JEONG You-jeong

UN BONHEUR PARFAIT

Roman traduit du coréen par
Lim Yeong-hee
avec la collaboration de Suzy Borello

OUVRAGE TRADUIT ET PUBLIÉ AVEC LE SOUTIEN DE
L'INSTITUT CORÉEN DE LA TRADUCTION LITTÉRAIRE
(LTI KOREA, SÉOUL)

Éditions Picquier

Ouvrage publié sous la direction de
LIM YEONG-HEE

DE LA MÊME AUTRICE
AUX ÉDITIONS PICQUIER

Généalogie du mal

Bonobo

Titre original : *Perfect Happiness – Wanjeonhan Haengbok*

Originally Published in Korea by EunHaeng NaMu Publishing Co., Ltd.
This edition is published by arrangement with EunHaeng NaMu Publishing Co., Ltd. c/o Barbara J. Zitwer Agency through Donatella d'Ormesson.

Mas de Vert
B.P. 20150
13631 Arles cedex
www.editions-picquier.com
Mise en page: Atelier Baie
Conception graphique: Picquier & Protière
ISBN : 978-2-8097-1666-5

I

LES CANARDS DE MAMAN

1

Maman prépare très bien la nourriture pour les canards. Jiyu l'a souvent vue faire. Il faut d'abord acheter de la viande de porc, de préférence des gros morceaux avec des os dedans, comme la tête, les côtes et les cuisses. Pour ça, maman va toujours au marché de gros, car au supermarché c'est trop cher. Bien sûr, ce n'est pas ce qu'elle dit ; elle trouve que parler d'argent est vulgaire. Elle se contente d'affirmer : « Les canards ont besoin d'énormément de calcium. »

Maman a toutes sortes d'outils pour trancher la viande. Le premier est un grand couteau pour découper les os. Ça ressemble à un couperet, et c'est tout aussi lourd. On l'agrippe des deux mains et on le soulève au-dessus de sa tête, puis on l'abat d'un coup, sans hésiter. Maman sait très bien y faire.

Le deuxième est un couteau à désosser. Il est long et tranchant, et sert à retirer la chair des côtes, un peu comme si on la sortait d'un emballage. Elle emploie encore un autre type de couteau pour les tendons, les articulations et les cartilages ; il en faut aussi un à sashimi pour faire des filets. Jiyu ne sait pas pourquoi maman a besoin de découper la viande en tranches aussi fines, mais elle n'a jamais l'occasion de le lui demander. Elle sait seulement que quand maman a ce couteau-là en main, elle ne doit pas lui adresser la parole, car elle risquerait de se déconcentrer et de se trancher la main.

Une fois la viande préparée, maman la répartit dans deux marmites et la laisse longuement mijoter, jusqu'à ce que les os se séparent proprement des chairs. Ensuite, elle les passe au hachoir, une machine qui sert à fabriquer des saucisses. Il faut faire très attention à ne pas y mettre les doigts, car l'appareil ne sait pas distinguer la chair animale d'une main humaine. Quant aux os, elle les broie dans un mixeur. Une fois qu'ils ont été réduits en poudre, elle les mélange avec la viande hachée avant de mettre le tout dans des sacs en plastique.

C'est au printemps dernier que maman a commencé à cuisiner pour les canards. C'était aussi la première fois que Jiyu mettait les pieds dans cette maison de campagne. Depuis, elle y est revenue à quatre reprises : une fois en mai, deux fois en été, et encore une fois il y a un mois.

A chacune de ces visites, maman a préparé à manger pour les canards. Au début, elle était maladroite dans le maniement des couteaux, mais aujourd'hui elle est devenue experte en la matière. Elle tranche, désosse et découpe en filets, rapidement et avec précision. Jiyu, qui l'a toujours regardée faire, sait désormais employer ces termes sans les confondre.

Jiyu a pour tâche de sortir une brouette de la remise dans la cour. La grand-mère de maman s'en servait jadis pour son potager et, aujourd'hui, maman l'utilise pour apporter la nourriture aux canards qui vivent dans le marécage envahi par les roseaux. Il faut faire un bon bout de chemin pour y parvenir et la charge est lourde. Maman sait pousser la brouette avec aisance.

Au sein du marécage, l'étang Demi-Lune est aussi vaste que la piscine de la YMCA que fréquente Jiyu. On raconte qu'il aurait été creusé à la fois par l'eau de la montagne et celle jaillie du sol. Il n'est pas très profond mais boueux, alors mieux vaut ne pas y entrer, ni se promener trop près. Au bout, le terrain plonge sur des gorges très encaissées, si on trébuche et qu'on dégringole tout en bas, on y laisse la peau à coup sûr. Jiyu ne s'est rendue seule à l'étang qu'une seule fois, sans que maman le sache.

Le marécage appartient à maman. Sa grand-mère le lui a légué avec la maison de campagne. L'étang Demi-Lune se trouve à son extrémité, et il est visité par toutes sortes d'oiseaux, surtout des espèces migratoires qui arrivent au début de l'hiver et repartent au printemps pour la Sibérie. Seuls quelques canards y passent toute leur vie ; pour eux, l'étang Demi-Lune est un petit cocon douillet.

Dans ce cocon, le colvert est l'espèce dominante. On y trouve aussi des canards mandarins, dont les mâles sont aussi jolis que des poupées. Mais maman les traite de « fils de putes », car ce sont de vrais coureurs de jupons. Les poules d'eau, ces oiseaux étranges qui ne sont pas vraiment des poules, n'arrêtent pas de leur tourner autour Quant aux petits grèbes, ils sont encore plus bizarres. Ils aiment rester cachés dans les plantes aquatiques. Au coucher du soleil, ils poussent des cris perçants dans la brume qui envahit le marécage, et Jiyu les entend parfois jusque dans ses rêves.

Au bord de l'étang Demi-Lune se dresse une grande pierre qu'elles appellent le « coin repas ». Large et un peu inclinée, elle ressemble à un toboggan. Maman pousse la brouette dessus pour distribuer la nourriture aux canards. Inutile de les appeler, il suffit de soulever la brouette et d'en verser le contenu dans l'eau. Les canards viennent en volant, en barbotant, ou ils surgissent de l'eau, la tête en avant. Les oiseaux de l'étang Demi-Lune adorent ce que maman leur prépare.

Une fois, à l'école, la maîtresse a demandé :

— Que mangent les canards ?

Beaucoup d'enfants ont levé la main. Ils voulaient tous répondre, mais en réalité ils n'en savaient rien. Ils disaient : des vers de terre, des loches, des escargots... La maîtresse, qui est aussi bizarre que les petits grèbes, désigne toujours un enfant qui ne lève pas la main.

— Notre petite Jiyu, tu veux bien répondre ?

Jiyu n'aime pas trop parler devant ses camarades. Quand plusieurs dizaines de paires d'yeux la fixent, elle sent son intestin se révulser, comme si un grand serpent rampait en dessous de son nombril. Le pire, c'est qu'elle n'a même pas le cran de rester muette, et n'a donc d'autre choix que de cracher le morceau.

— Du porc.

Les enfants ont éclaté de rire. Certains ont tapé sur leur pupitre, d'autres ont crié : « Idiote ! »

— Euh... Tu veux dire des cochons de cave ? a tenté la maîtresse, l'air de lui accorder une seconde chance.

Jiyu s'est tue, indignée. Elle avait donné la bonne réponse, elle le savait, et pourtant on se moquait d'elle. Comment prouver qu'elle avait raison ? La maîtresse la prenait pour une demeurée, incapable de distinguer du hachis de porc et des cloportes.

— Evidemment qu'ils n'en savent rien, a riposté maman quand Jiyu lui a tout raconté. C'est le secret des canards de l'étang Demi-Lune.

Ah, un secret ! Jiyu a senti sa colère se dissiper. Maintenant, ça paraissait évident. Elle comprenait tout. Comprendre, c'est vraiment son fort. Elle a entendu un jour sa tante dire à sa grand-mère maternelle : « Jiyu a une très bonne compréhension du langage. Je n'ai qu'à lui donner quelques mots-clés et elle est capable d'en saisir jusqu'au sens caché. »

— Qu'est-ce que c'est qu'un secret, je te l'ai déjà expliqué, non ? a demandé maman, comme pour la faire réviser.

— Quelque chose qu'on ne doit dire à personne, a répondu la fillette.

— Et puis ?

« Et puis » signifie que la réponse n'est pas complète.

— Si je parle, je serai punie.

Hier après-midi, Jiyu était dans la voiture de maman pour aller à la maison de campagne. Maman a pris le chemin habituel, mais cette fois elle n'est pas passée par le marché de gros. Elle s'est arrêtée au bord d'une route que Jiyu ne connaissait pas pour récupérer papa.

C'était la première fois que papa venait dans la maison de campagne. C'était aussi la première fois qu'elle le revoyait depuis qu'il avait quitté la maison. Elle ignorait pourquoi il n'avait plus remis les pieds chez eux. Elle n'avait gardé de lui qu'une image floue, quelques bribes de souvenirs du jour où il était parti. Bien sûr, maman lui a expliqué pourquoi ils ont divorcé : « C'est un fils de pute. »

Hier soir, avant que Jiyu aille se coucher, papa lui a chuchoté à l'oreille :

— Je ne pars pas ce soir. Je dors en bas.

Il a ajouté d'une voix ensommeillée :

— Levons-nous tôt demain matin. Nous irons nous promener à l'étang Demi-Lune.

Jiyu s'est dépêchée de se mettre au lit. Elle était tout excitée et craignait d'avoir du mal à trouver le sommeil, mais elle a dû s'assoupir sans s'en rendre compte. A un moment donné, dans son rêve, elle a entendu crier un petit grèbe. Elle avait l'impression que ça venait du grenier. Elle est allée voir, mais le bruit semblait plutôt provenir du rez-de-chaussée. Elle a dévalé l'escalier et comme les cris venaient de la salle de bains, elle s'y est précipitée. A l'instant même où elle a ouvert la porte, elle a senti le sol se dérober sous ses pieds, son corps chuter dans des ténèbres sans fin.

Elle a ouvert les yeux en battant des jambes. Derrière la fenêtre, la pleine lune a croisé son regard, aussi grosse et rougeâtre que le soleil couchant au-dessus de l'étang Demi-Lune. Elle a cru entendre la voix de maman : « Tout va bien. Ce n'est qu'un rêve. Demain matin, il aura disparu. Va te recoucher. »

Jiyu a obéi. Il fallait dormir si elle voulait se réveiller. Lorsqu'elle a rouvert les yeux, le jour commençait à poindre et l'odeur fétide de la viande flottait dans la lumière bleuâtre de l'aube, vague mais nettement perceptible. Maman préparait à manger pour les canards. Elle voulait sûrement apprendre leur secret à papa. Dans ce cas, ils avaient dû se réconcilier la veille. Oui, sûr et certain.

Jiyu s'est levée. Laissant son lit défait, elle a quitté la chambre en pyjama. Maman déteste ça, mais elle était trop pressée de vérifier si son rêve avait vraiment disparu.

*

Jiyu s'est arrêtée sur le palier, ou plutôt, ses pieds se sont figés tout seuls. Plus elle descendait, plus elle plongeait dans le noir. Elle ne voyait pas le bas de l'escalier. Elle avait l'impression qu'en bas s'étendait un abîme profond à la grande gueule béante. L'air était froid et le bourdonnement d'un appareil électrique résonnait depuis l'obscurité du rez-de-chaussée. Elle a tourné la tête pour regarder derrière elle et a vu la porte de sa chambre grande ouverte, illuminée par le bleu de l'aube.

Est-ce que je dois retourner dans ma chambre ? Attendre sagement couchée dans mon lit que maman m'appelle ? Toute tremblante, Jiyu tentait de deviner ce qui se passait à l'étage inférieur.

Une fois en bas, on tombe tout de suite sur la cuisine. Comme celle-ci n'est pas équipée de fenêtres, il y fait sombre même en plein jour. Le fait que la lumière soit éteinte signifiait que maman n'y était pas, et aussi que la porte donnant sur le séjour était fermée. Le vrombissement provenait sûrement du ventilateur, car maman le laissait toujours allumé quand elle faisait cuire de la viande. Maman et papa devaient donc se trouver dans le séjour. Jiyu voulait seulement vérifier une chose : si ce qu'elle avait vu dans son rêve avait bien disparu.

Elle est descendue prudemment en tâtant l'arête de chaque marche du bout de l'orteil. Comme elle l'avait deviné, la gazinière était allumée dans la cuisine. Elle distinguait deux marmites posées sur les flammes bleues, ainsi que le contour de la porte fermée du séjour, dont elle n'était séparée que de dix pas.

C'est une toute petite maison à deux niveaux, où tout va par deux : une chambre à coucher en haut et une autre en bas, pareil pour les salles de bains. Il y a aussi deux portes d'entrée, l'une donnant sur la cuisine et l'autre, petite, sur la salle de bains.

Sa composition est un peu particulière. Quand on entre par la porte principale, on tombe sur une longue et étroite table à manger. A gauche, c'est le coin cuisine, et à droite, la porte du séjour ; une fois dans le séjour, on aperçoit au fond la porte de la chambre, qui fait face à une grande fenêtre. La maison est donc traversée en son milieu par une enfilade de deux portes et d'une fenêtre.

En général, maman laisse les deux portes ouvertes. Jiyu s'assied toujours à gauche, du côté de la cuisine, et regarde par la fenêtre de la chambre. Quand elle est dehors, elle aime aussi voir la cuisine depuis cette même fenêtre, ce qui lui permet d'épier ce que maman y fait sans que celle-ci s'en aperçoive.

En revanche, si toutes les portes sont fermées, Jiyu s'inquiète. Elle se sent triste et perdue, comme si maman l'avait rejetée. Alors, elle fait les cent pas devant la porte du séjour en réfléchissant aux erreurs qu'elle a pu commettre. C'était justement le cas actuellement. Elle hésitait devant cette porte fermée depuis un bon moment. Devait-elle frapper ? Appeler maman ? Essayer d'entrouvrir ? Et si maman se fâchait ?

Jiyu a approché l'oreille du battant. Le vrombissement

provenait de l'intérieur. Ça ressemblait à celui du ventilateur, mais en plus bruyant et agressif. Peut-être l'aspirateur ? Maman faisait sans doute le ménage. Ce qui pouvait signifier que maman et papa étaient tous les deux réveillés, mais hélas pas que Jiyu pouvait entrer.

Avec maman, il y a toujours beaucoup de règles à respecter. Interdiction d'ouvrir une porte fermée sans autorisation. Pas d'exception possible, même en présence de papa. Jiyu le savait, mais elle avait quand même envie d'entrer. Elle tenait à s'assurer que les images de son rêve s'étaient bien envolées et que tout était revenu à la normale.

Elle a frappé, pas de réponse. Entrouvrant la porte et approchant le visage, elle est restée interdite. Le séjour était aussi noir que la cuisine. Le vrombissement semblait venir du côté du canapé. Elle n'entendait pas de bruits de conversation.

— Maman ? a-t-elle risqué dans un murmure.

Son appel s'est noyé dans le vrombissement qui l'a empêché d'entendre sa propre voix, comme si elle n'avait produit aucun son.

— Je peux entrer ? a-t-elle tenté, un peu plus fort.

Peut-être était-ce une hallucination, mais elle a cru entendre maman dire : « Oui. » Elle a pénétré dans le séjour.

— Je peux allumer ?

Maman avait-elle dit « oui », ou rien du tout ? Le vrombissement se poursuivait. Jiyu a appuyé sur l'interrupteur au mur, et la lumière s'est déversée d'un coup. Ses yeux éblouis se sont fermés tout seuls. Lorsqu'elle les a rouverts, elle a failli pousser un cri d'horreur, elle était tellement saisie qu'elle en a même oublié de respirer.

Quelqu'un était assis sur le canapé. Ce n'était pas papa, mais une femme nue, recroquevillée, qui laissait pendre ses longs cheveux noirs devant elle. En fin de compte, le vrombissement n'était pas celui de l'aspirateur ; de sa main pâle, la femme promenait un sèche-cheveux le long de sa chevelure mouillée. Jiyu a senti sa gorge se dénouer, et le mot réprimé jusque-là lui a brusquement échappé :

— Maman !

Le vacarme s'est arrêté net. La main de la femme s'est immobilisée. Elle a penché la tête sur le côté et a regardé Jiyu entre ses mèches éparpillées. La fillette a senti ses genoux se dérober sous elle. Elle avait lâché « maman » comme un appel au secours, sans songer une seule seconde qu'il puisse vraiment s'agir d'elle sur ce canapé.

Il lui a fallu un peu de temps pour accepter l'idée que cette étrange femme était bien sa maman, et encore plus pour en déduire que celle-ci venait de se doucher et qu'elle était en train de se sécher les cheveux. Puis elle s'est rappelé que maman s'était déjà lavée hier soir, puisqu'elle était en peignoir. C'est alors qu'elle a remarqué l'absence de papa ; sa doudoune posée sur l'accoudoir du canapé et sa sacoche avaient également disparu.

Elle a jeté un coup d'œil à la porte d'entrée. Elle ne voyait pas non plus ses baskets. Ce n'était pas la scène de son rêve qui s'était envolée, mais papa et ses affaires. A croire qu'il n'était jamais venu.

Papa était parti. Pour éviter de laisser paraître sa déception, Jiyu a tourné la tête vers la fenêtre à droite qui donnait sur la cour. Mais les épais rideaux avaient été tirés, cachant la lumière du jour.

— Pourquoi tu regardes partout comme ça ? s'est agacée maman.

Dans un sursaut, la fillette s'est tournée vers elle. Leurs regards se sont croisés et elle a secoué la tête.

— Je ne t'ai pas interdit de secouer la tête comme ça ?

La voix de maman est aiguë et sifflante comme le cri des oiseaux, mais à peine audible ; il faut tendre l'oreille pour comprendre ce qu'elle dit. Quand sa voix tremble fébrilement et monte à la fin de ses phrases, Jiyu doit faire très attention, car ça veut dire : « Tu m'énerves. » C'était le cas en ce moment.

Jiyu s'est avancée jusqu'au canapé et a joint soigneusement ses deux pieds avant de la saluer.

— Bonjour, tu as bien dormi ?

— Et toi, tu as bien dormi ? a renvoyé maman en calant une mèche de cheveux derrière son oreille.

— Je ne sais pas.

— Comment ça, tu ne sais pas ?

Ses lèvres frémissaient autant que sa voix. Jiyu a senti qu'elle se tassait sur elle-même. Si elle avait su que maman était de mauvaise humeur, elle ne serait pas entrée.

— Parce que mon rêve n'a pas disparu, a-t-elle répliqué en frissonnant.

Certaines images remontaient à sa mémoire. C'était vraiment étrange. Elle était réveillée, pourquoi son rêve ne s'en allait-il pas ? Elle avait envie de demander à maman, mais sans trop savoir pourquoi, elle pressentait qu'elle ne devait pas la questionner à ce sujet.

— Tu te souviens… de tout ?

Jiyu n'a pas pu répondre. Elle venait de remarquer que la main de maman qui tenait le sèche-cheveux était bandée du poignet jusqu'aux phalanges, et ce détail l'absorbait tout entière. Le pouce et le petit doigt étaient ensanglantés, ou plutôt, on aurait dit qu'ils nageaient dans une mare de sang, à tel point qu'une goutte était sur le point de tomber. Maman ne semblait pas s'en rendre compte, Jiyu s'est dit qu'il fallait l'en avertir.

— Maman, tu saignes… s'est-elle affolée en lui prenant la main.

Le « aaah ! » de maman l'a figée sur place. Son cri était tellement féroce et perçant qu'elle en est restée pétrifiée.

— Pousse-toi ! a fait maman en l'écartant du coude.

Le sèche-cheveux lui a échappé et a percuté le menton de Jiyu avant de s'écraser au pied du canapé. L'appareil s'est disloqué avec fracas et son embout s'est envolé quelque part. Jiyu s'est reculée de quelques pas, gardant l'équilibre de justesse.

— Qu'est-ce que tu as fait ?

La réprimande était si violente qu'elle lui a fait l'effet d'une gifle. Elle a encore reculé d'un pas, son menton endolori enfoui dans ses mains. Ses joues étaient brûlantes, comme si elles avaient réellement été frappées. Elle se sentait honteuse, elle aurait aimé être à cent pieds sous terre. Ses yeux s'embuaient, des sanglots lui montaient dans la gorge.

Elle a baissé la tête et serré fort les dents, craignant de laisser échapper des larmes. Un long et terrifiant silence s'est imposé, on n'entendait plus que la respiration haletante de maman.

— Viens ici.

Jiyu a chassé ses larmes en clignant des yeux. Avait-elle bien entendu ? Maman lui avait-elle vraiment dit, « Viens ici » ? Sur le moment, cette phrase lui a paru plus effrayante que « Pousse-toi ! ».

— Cha Jiyu, a insisté maman.

Jiyu n'est pas habituée à ce qu'elle l'appelle comme ça. Le nom de son papa est Seo Jun-young, et tout le monde l'appelle Seo Jiyu, aussi bien sa grand-mère et sa tante, avec lesquelles elle vit, que ses camarades de maternelle et son beau-papa, qu'elle ne voit que le week-end. Maman est la seule à lui attribuer le nom de son mari actuel. Elle dit que Jiyu le portera officiellement quand elle ira à l'école primaire au printemps prochain et qu'il faut donc qu'elle s'habitue à répondre « oui » quand on l'appelle « Cha Jiyu ».

La fillette s'est avancée.

— Cha Jiyu, a encore appelé maman.

— Oui ? a-t-elle répondu à contrecœur.

— Regarde-moi, a dit maman, un peu radoucie.

La fillette a levé la tête.

— Tu sais pourquoi maman s'est fâchée ?

Elle connaissait la réponse, car maman posait cette question à chaque fois.

— Parce que j'ai paniqué… Et que je n'ai pas réfléchi.

Maman a tendu la main pour lui effleurer le menton du côté gauche, alors que c'était le côté droit qui avait reçu le coup.

— Ça t'a fait mal ?

— Un peu, a-t-elle reconnu, avant d'ajouter aussitôt : Mais maintenant, ça va.

— Viens ici, ma petite chérie, a dit maman en ouvrant les bras en grand.

Jiyu a obéi à pas hésitants. Ses petites épaules écrasées par les seins nus et moelleux, elle a entendu les battements d'un cœur qui aboyait tel un chien furieux. Le sien ou celui de maman ? Elle n'aurait su le dire.

— Ce rêve n'a pas d'importance, a murmuré maman en lui caressant le dos du bout des doigts. Oublie-le. Ce qui compte, c'est que maman t'aime plus que tout au monde.

On aurait dit qu'elle s'adressait à elle-même. Ses phrases résonnaient aux oreilles de Jiyu comme le vent froid et lointain qui souffle sur le marécage. De nouveau, des larmes ont jailli et lui ont chatouillé les cils.

— Tu le sais, ça, pas vrai ? a insisté maman en l'écartant.

Jiyu savait parfaitement qu'il ne s'agissait pas d'une question, mais d'un signal indiquant qu'elle devait s'excuser.

— Pardon, maman, a-t-elle dit. Je ne le ferai plus.

Maman a rejeté sa chevelure en arrière et s'est redressée. Ses seins se sont gonflés et sont devenus tout durs. Gênée, Jiyu a glissé un regard furtif vers le canapé. Elle hésitait, tiraillée entre l'envie de lui apporter ses habits et celle de faire comme si de rien n'était.

— J'ai quelque chose à te dire, a annoncé maman.

Le chapitre de sa main blessée était donc clos.

— Papa est parti hier.

Son regard était flou, posé sur Jiyu sans la voir. Dans ces moments-là, ses yeux n'ont pas le même éclat. Jiyu sait bien faire la distinction.

— Il s'excuse auprès de toi de ne pas avoir tenu sa promesse. Il m'a demandé de te le dire.

Jiyu l'avait déjà deviné. Elle croyait enfin comprendre

pourquoi maman n'était pas de bonne humeur. Elle avait encore dû se disputer avec papa hier soir. A l'époque où ils habitaient encore ensemble, ça leur arrivait souvent. Maman pensait que Jiyu ne s'en souvenait pas. Elle n'avait qu'à moitié raison. Certes, elle ne se rappelait pas tout, mais il y avait quand même des bribes qui remontaient à la surface de temps en temps. Par exemple, la nuit où maman s'était entaillé le poignet avec le couteau de cuisine.

Ce soir-là aussi, maman et papa s'étaient disputés. Maman avait balancé des objets sur papa, hurlé et pleuré violemment. Jiyu était cachée sous la table. Elle priait pour que la bagarre se termine au plus vite, se bouchait les oreilles pour ne pas entendre les hurlements et fermait les yeux pour ne pas voir maman changer de visage.

La scène après cette fameuse dispute revenait souvent dans ses rêves : maman étendue sur le sol de la cuisine, la main couverte de sang, le couteau de cuisine à ses pieds ; papa en train de lui bander le poignet à l'aide d'une serviette, le front marqué de veines saillantes ; et puis, elle-même assise à côté de papa aux urgences, à attendre qu'on finisse de soigner maman.

C'est ce qui avait dû se passer la veille. Jiyu ne pouvait interpréter autrement la main bandée de maman. La seule différence, c'était que, cette fois, papa ne l'avait pas amenée aux urgences. Il était parti sans se préoccuper du fait qu'elle saignait. Une voix en elle lui chuchotait que ce n'était peut-être pas vrai, mais elle n'en a pas tenu compte. Elle s'est contentée d'attendre la suite.

— Papa ne reviendra plus jamais.

Jiyu s'est sentie frissonner jusqu'au bout des doigts. *Plus jamais ?* s'est-elle retenue de répéter. Si maman avait dit ça, il fallait la croire. Lui retourner la question ne ferait pas revenir papa. Elle n'avait pas non plus le courage de lui demander pourquoi il était parti. Pour le moment, c'était l'humeur de maman le plus important. Alors, elle a cherché à la rassurer.

— Ce n'est pas grave. On s'amusera ensemble toutes les deux.

— Maman a des choses à faire. Toi, tu vas jouer dans ta chambre.

— Je ne dois pas en sortir, c'est ça ? a demandé Jiyu pour s'assurer qu'elle avait bien compris.

Maman s'est contentée de la regarder en silence. Ça voulait dire « oui ». Et aussi qu'elle ne devait pas descendre, et qu'elle n'irait donc pas à l'étang Demi-Lune aujourd'hui. Elle avait pourtant très envie de s'y rendre, même sans papa. Elle voulait savoir pourquoi ce petit grèbe avait crié si fort la nuit dernière.

— Toute la journée ?

— Tu peux faire ça ? a rétorqué maman sans lui répondre.

Jiyu est une gentille fille, elle ne dit jamais « non » à maman. C'est la règle numéro un.

— Oui, a-t-elle répondu.

— Tu as d'autres questions ?

Jiyu a cru comprendre qu'il valait mieux ne pas en avoir, aussi a-t-elle répondu « non ».

— Bon, tu sais ce que tu dois faire ?

— Je monte à l'étage, je m'habille, je me lave et je fais mon lit.

Elle savait que c'était la réponse que maman attendait.

— Très bien. Je t'apporte le petit-déjeuner dans une demi-heure.

Dans ma chambre ? Elle a tourné cette question dans sa bouche mais ne l'a pas formulée. Maman ne lui apportait jamais le petit-déjeuner dans sa chambre. C'était étrange, mais elle a décidé de ne pas s'y attarder. Le plus urgent pour le moment était de se libérer au plus vite de son regard.

— D'accord. Je me dépêche.

Elle a tourné les talons pour se diriger vers la porte du séjour. Maman s'est penchée pour ramasser le sèche-cheveux et, de nouveau, le vrombissement s'est fait entendre. Quand la fillette est parvenue sur le seuil, ses pieds ont accroché quelque chose. C'était l'embout de l'appareil.

Elle a tourné discrètement la tête pour regarder par-dessus son épaule. Le sèche-cheveux marchait tout seul, orienté vers le plafond, et maman farfouillait sous le canapé. Elle a donné un petit coup de pied dans l'embout que maman était sûrement en train de chercher, pas dans sa direction mais dans celle de la table. Le bout de plastique a atterri sous une chaise, avec un bruit que maman n'a pas eu l'air d'entendre. Sinon, elle aurait demandé : « C'est quoi, ce bruit ? »

Jiyu est sortie du séjour et a gagné l'étage en gravissant les marches sur la pointe des pieds, comme une ballerine.

*

Toute la journée, Jiyu s'ennuie à mourir. Elle a l'impression d'être enfermée, non pas au premier étage, mais dans le temps. Elle mange, va aux toilettes, contemple le marécage, assise sur l'appui de sa fenêtre, lit en entier *La Reine des Neiges II : Un nouveau destin* que lui a acheté son beau-papa et consulte une centaine de fois son horloge Blanche-Neige avant que la nuit finisse enfin par tomber. Dans la pénombre, elle distingue mal les aiguilles, mais elle sait qu'il est 10 heures, car le train des petits nains vient de tourner dix fois.

Elle se redresse. Assise contre la tête de lit, elle écoute les bruits nocturnes venus de la fenêtre : les frottements des branches de l'érable dans la cour, le vent qui caresse les roseaux du marécage, un chien qui aboie dans le village voisin… Une nuit calme, claire et ennuyeuse. Sur l'appui de fenêtre inondé par le clair de lune, un plateau est posé. Il contient un bol de riz au goulasch, une cuillère et des baguettes, ainsi qu'un verre d'eau. Maman l'a apporté une heure plus tôt ; elle avait dû oublier de le faire avant de se le rappeler tardivement. Quand elle est venue, Jiyu a fait mine de dormir. Sans allumer, maman a posé le plateau avant de quitter la chambre. Jiyu n'y a pas touché. Ce n'est pas que c'était mauvais.

Maman prépare le goulasch aussi bien que la nourriture pour les canards. Jiyu en connaît la recette par cœur : faire sauter de la viande de bœuf avec des oignons émincés, y verser de l'eau et quand elle se met à bouillir, ajouter de la poudre de goulasch et du paprika, des pommes de terre en tranches, et laisser mijoter le tout jusqu'à ce que la viande devienne tendre. On peut en préparer une marmite entière pour en manger pendant plusieurs jours. Plus on fait mijoter, plus le goût est prononcé, un peu comme la soupe de *wakame*. C'est maman qui dit ça. Elle tient cette recette d'un colocataire hongrois qu'elle a connu à l'époque où elle faisait ses études en Russie. D'après beau-papa, c'est à peu près mangeable par rapport aux autres plats qu'elle cuisine.

Jiyu est du même avis. Seulement, là, elle n'a pas envie d'en manger. Ce n'est pas par caprice ; n'importe qui réagirait de la même façon après être resté enfermé toute la journée à l'étage en n'ayant rien d'autre que du goulasch à se mettre sous la dent matin, midi et soir. Sans doute devra-t-elle s'en contenter jusqu'à ce qu'elle quitte cette maison de campagne. Hier soir, maman en a préparé une pleine marmite.

Le rez-de-chaussée est calme. Le vacarme de l'aspirateur, du hachoir et du mixeur, qui n'a pas cessé de toute la journée, s'est enfin tu. Après lui avoir apporté le dîner, maman n'a plus donné signe de vie. Elle a dû s'endormir dès qu'elle est redescendue. Ça n'a rien d'anormal, elle devait être fatiguée à force de s'affairer sans répit. Il serait étonnant qu'elle revienne chercher le plateau en pleine nuit. « Pas vrai ? » murmure Jiyu en jetant un regard à la porte de sa chambre. *Tu veux aller au grenier ?* demande l'enfant en elle que maman a surnommée « Maligne petite souris ». Comme Jiyu ne répond pas, Maligne petite souris l'incite à se bouger les fesses : *Si tu en as envie, vas-y. Tu t'amuseras bien, et tu n'auras qu'à tout ranger comme avant.* « Je peux ? » demande Jiyu. Elle se rappelle le carton des marionnettes dans le grenier, et le jour où elle l'a découvert.

Au premier étage il y a une seule chambre, mais trois portes : celle de sa chambre en face de l'escalier, celle de la salle de bains, et celle à droite, toujours fermée à clé. Chaque fois qu'elle venait dans cette maison, elle mourait d'envie de savoir ce qu'il y avait derrière cette porte. Le jour où elle est tombée sur un trousseau de clés dans un tiroir de la commode du couloir, elle a eu l'impression d'avoir déniché un trésor, car l'une des trois clés s'est parfaitement insérée dans le cadenas de la porte en question.

Elle l'a ouverte sans hésiter ; un espace sombre est apparu, car la pièce n'est pas percée de fenêtres. Quand elle a actionné l'interrupteur près de la porte, l'unique petite ampoule opaque a diffusé une lumière bien plus faible que dans la chambre. Elle n'a d'abord distingué qu'un plafond incliné qui épousait la forme du toit, comme dans la salle de bains.

Dès qu'elle y a mis les pieds, une odeur de moisissure lui a assailli les narines. L'espace long et étroit au sol parqueté était rempli de bric-à-brac : un tapis enroulé posé à la verticale, une couverture emballée dans un sac plastique, des rideaux dans une pochette, des vieux livres de contes, des paniers en plastique contenant divers objets, des cartons de différentes tailles… C'est dans l'un d'eux qu'elle a découvert les marionnettes. Tout excitée, elle est redescendue au rez-de-chaussée. Elle voulait demander à maman si elle pouvait jouer avec elles.

— Maman ?

Maman, qui était en train de découper la viande sur le plan de travail, s'est tournée vers elle. En croisant le regard de sa fille, elle a eu un petit sourire. Jiyu adore le sourire de maman. Plus exactement, elle aime les précieux instants où maman sourit de toutes ses dents et où le coin de ses yeux s'arrondit.

Son regard brillant semblait lui demander : « Qu'est-ce qu'il y a, ma petite chérie ? »

— Je peux jouer dans le grenier ?

— Dans le grenier ? s'est étonnée maman.

— Oui, a répondu Jiyu, pleine d'espoir.

Si maman lui donnait la permission, elle était prête à avouer qu'elle avait trouvé la clé du grenier, et aussi à lui demander si elle pouvait jouer avec ce qu'elle y avait déniché. Les marionnettes, notamment.

Maman s'est retournée vers le plan de travail et a laissé tomber son couteau en forme de couperet d'un geste brusque. Lorsqu'elle lui a fait face de nouveau, son sourire s'était envolé. Ses lèvres étaient pincées, ses joues creusées, son regard ne brillait plus. Son visage était tellement fermé que la fillette n'osait même plus respirer. Elle a attendu la réponse en retenant son souffle.

— Non.

Si maman dit « non », c'est « non ». Jusqu'à présent, il n'est jamais arrivé que « non » devienne « oui ».

Ce n'est pas maintenant que ça va changer. Inutile d'aller la réveiller au rez-de-chaussée pour lui demander la permission. Jiyu s'est déjà fait réprimander une fois, ça suffit pour aujourd'hui. Mieux vaut en éviter une deuxième.

Jiyu descend de son lit. Le chemin est long jusqu'au grenier ; à vrai dire, il s'agit d'une courte distance que dix secondes suffiraient à parcourir, mais elle doit faire attention à beaucoup de choses. Il faut marcher sur la pointe des pieds, s'arrêter plusieurs fois pour guetter des bruits éventuels au rez-de-chaussée, ouvrir la porte du grenier très doucement en évitant que les clés ne s'entrechoquent.

Ce n'est qu'une fois qu'elle l'a refermée derrière elle qu'elle peut se détendre. Comme le grenier est juste au-dessus de la salle de bains du rez-de-chaussée, il est peu probable que le bruit de ses pas traverse le séjour et parvienne jusqu'aux oreilles de maman, qui dort dans sa chambre. Plus besoin de marcher sur la pointe des pieds.

Elle commence par allumer avant d'avancer vers le fond en faisant attention à ne rien heurter. Le carton des marionnettes est toujours là, dans un coin. Lorsqu'elle l'ouvre, elle voit apparaître ce qui l'avait tant enthousiasmée la dernière fois : quatre marionnettes, quatre chaises pour les y asseoir, une table ronde et une dînette.

Elle pensait apporter le carton dans sa chambre mais, après avoir essayé de le soulever, elle y renonce. Il est bien plus lourd qu'elle ne l'imaginait. Impossible de le déplacer. A part les marionnettes, tout est en bois. C'est pour ça qu'il pèse autant. A la limite, elle pourrait peut-être le pousser jusqu'à sa chambre, mais les obstacles sont trop nombreux ; elle ne peut pas jouer sur place non plus, il fait trop froid pour ça. Le temps qu'elle reste plongée dans l'indécision, le parquet lui frigorifie les pieds et le vent qui pénètre par le plafond la fait frissonner de part en part.

Elle décide finalement de ne prendre que les marionnettes, mais se retrouve aussitôt face à un grave dilemme. Elle imagine maman se réveillant tout à coup et montant à l'étage. Elle demande à Maligne petite souris : « Combien de marionnettes est-ce que j'arriverais à cacher si maman débarquait brusquement dans ma chambre ? » Ce à quoi Maligne petite souris répond d'un ton catégorique : *Une.*

« Juste une ? Mais qu'est-ce que tu veux que j'en

fasse ? » insiste Jiyu. *Tu sais comment est maman, non ?* réplique Maligne petite souris. En effet, c'est maman qui fixe les règles et elle punit Jiyu quand celle-ci ne les respecte pas. Aucune justification ne marche avec elle. Jiyu a beau lui demander pardon, ça ne suffit pas et elle doit affronter sa punition : celle de devenir orpheline.

Maman habite avec son nouveau mari à Cheongyeon, une ville nouvelle. L'entreprise dans laquelle elle travaille est à Geomdan-dong et la grand-mère habite à Hagik-dong, deux quartiers de la ville d'Incheon. L'école n'est pas très loin du travail de maman. Tous les jours en partant au travail, maman passe la prendre pour l'amener à l'école, et elle fait le chemin inverse en rentrant le soir. Le week-end, Jiyu rejoint maman et son nouveau mari.

Jiyu ne se plaint pas de vivre séparée de maman, car elle la voit malgré tout tous les jours, ce qui lui permet de vérifier qu'elle a bien une maman.

Mais quand elle devient « orpheline » par punition, elle perd cette certitude. Maman ne vient plus la chercher, ne lui téléphone plus. Jiyu doit prendre le bus du ramassage scolaire. Même le week-end, elle reste chez sa grand-mère. Ça peut durer une semaine si maman est un peu en colère, et un mois si elle est très fâchée. Dans ces moments-là, la grand-mère prend Jiyu dans ses bras et, les larmes aux yeux, murmure parfois une phrase que la fillette ne comprend pas vraiment :

— *Aïgo*, tout ça est ma faute, c'est toi qui es punie à ma place…

— Arrête, à la fin ! s'emporte alors la tante.

Parfois c'est sa tante qui l'accompagne à l'école, et elle vient aussi la chercher quand son travail le lui permet. Elle l'emmène alors dans un magasin de jouets ou un bar à chats pour la distraire. Jiyu aime sa tante plus que tout après sa grand-mère, mais elle ne lui est pas d'une grande consolation, car elle n'est pas sa maman. Mieux vaut s'en méfier, quitte à prendre moins de plaisir à être avec elle.

Jiyu sort la première marionnette. Elle porte un jean et un tee-shirt à carreaux, avec l'étiquette « Papa » sur la poitrine. La deuxième, « Maman », a les cheveux coupés au carré. Un bébé coiffé d'un bonnet rouge est « Petit frère », tandis qu'une princesse aux longs cheveux tressés coiffés d'une couronne s'appelle « Yuna ». Jiyu devine à qui appartiennent ces jouets : à maman. Elle a du mal à se l'imaginer, mais quand elle était enfant, maman a vécu dans cette maison avec ses parents.

Jiyu tâche de passer en revue les membres de sa famille maternelle. Son grand-père, le papa de maman, est mort. Elle-même vit avec sa grand-mère et sa tante, qui est la grande sœur de maman ; maman n'a pas de petit frère, et Jiyu n'a donc pas d'oncle. Or, dans cette famille de marionnettes, il y a bien un petit frère, mais pas de grande sœur.

Que représentent alors ces marionettes ? La famille imaginaire de maman ? Quand elle était seule, venait-elle, elle aussi, jouer dans ce grenier avec elles ? De quoi leur parlait-elle ? Pourquoi a-t-elle eu cette réaction effrayante, quand Jiyu lui a parlé du grenier ? Les questions s'enchaînent sans fin, mais Jiyu n'a aucune réponse à apporter. Ses pensées ne cessent de s'embrouiller. Elle a l'impression d'avoir pénétré dans le monde secret de maman. Elle croit entendre sa voix furieuse : « Remets tout ça en place ! »

Un *boum* retentit quelque part, sans qu'elle sache si ça vient de l'intérieur ou du dehors. On dirait le claquement d'un portail qui se referme, ou quelque chose qui tombe sous l'assaut du vent. Jiyu tend attentivement l'oreille. Le rez-de-chaussée est toujours aussi silencieux.

Tout à coup, l'inquiétude la reprend. Elle se dit qu'elle ferait mieux de filer dans sa chambre. Elle remet les marionnettes à leur place en se fiant à sa mémoire : la maman sur sa chaise, le petit frère sur la sienne. Mais sur celle de Yuna se trouve un truc bizarre qu'elle n'avait pas remarqué avant. Ça ressemble à une jambe de marionnette cassée. Non, on dirait plutôt une patte, couverte d'un duvet jaune clair, avec une palme marron au bout.

On dirait une patte de canard. Elle ignore où se trouve le reste du corps, mais décide de ne pas s'en soucier. Quand elle a un doute ou un mauvais pressentiment, elle préfère ne pas s'y attarder. En plus, là, elle n'a pas le temps. Alors, elle remet Yuna sur sa chaise avant de refermer le carton. Elle va juste prendre le papa. Si c'était le papa dans l'imagination de maman, il peut l'être aussi dans la sienne.

Elle regagne sa chambre. Une fois assise sur l'appui de fenêtre, les jambes tendues devant elle, elle se sent inondée de joie à l'idée d'avoir réussi sa mission. Le rez-de-chaussée est toujours aussi calme. Le soulagement la gagne. Elle a bien verrouillé la porte du grenier et maman dort profondément. Une longue nuit l'attend, elle n'a pas sommeil, elle a assez dormi dans la journée. Maman a beau tout savoir, elle ne devinera jamais ce qu'elle a fait pour une fois, car Jiyu a la ferme intention de remettre le papa à sa place avant le lever du jour.

Elle glisse la main dans la marionnette et la soulève à hauteur de ses yeux. C'est vraiment curieux. Au clair de lune, on dirait vraiment son papa : les mêmes lunettes, la même tenue, jusqu'aux baskets. En imitant la voix de papa, elle demande :

— Jiyu, qu'est-ce que tu as fait aujourd'hui ?

— J'ai lu, répond-elle en reprenant sa voix habituelle. *La Reine des Neiges II : Un nouveau destin.* Trois fois. Après, j'ai fait la sieste.

— C'est le livre que tu lisais dans la voiture ?

— Oui, c'est ça. Je l'aime bien… Mais j'aurais préféré aller à l'étang Demi-Lune. J'aurais aimé savoir si tout allait bien pour les petits grèbes.

— Tu les aimes à ce point ?

Quand Jiyu acquiesce, papa lui demande : « Pourquoi ? »

— Parce qu'ils sont bizarres. Des fois, ils gémissent comme des fantômes, et d'autres fois, quand ils crient, on dirait des enfants battus qui pleurnichent. Toi aussi, tu les as entendus hier soir ?

— Mais cette nuit, on ne les entend pas.

C'est vrai. Les oiseaux se taisent. Jiyu tourne la tête vers la fenêtre.

— Ils doivent dormir. Ils ont tellement crié hier soir qu'ils doivent avoir mal à la gorge.

La lune au-dessus de l'érable dans la cour dérive vers le marécage. Elle n'est pas rougeâtre comme la veille, mais plus grande, plus ronde, très pâle. Sa lueur est tellement forte qu'en ouvrant grand les yeux, on croit distinguer jusqu'aux plantes aquatiques dans l'étang Demi-Lune. Le brouillard argenté qui monte du champ de roseaux danse au gré du vent. C'est une nuit calme et lumineuse, et Jiyu ne s'ennuie plus du tout.

— Papa, pourquoi tu es parti ? demande-t-elle enfin.

— Je suis désolé. J'ai eu une affaire urgente à régler. Tu es déçue, ma chérie ?

Elle cligne des yeux en guise d'acquiescement.

— Oui, un peu. Mais papa, tu ne reviendras plus jamais me voir ?

— Si. Tu as déjà oublié la promesse que je t'ai faite hier, à l'étang Demi-Lune ?

Jiyu ne l'a pas oubliée. Comment le pourrait-elle, quand les moindres détails de papa depuis qu'il est monté dans la voiture hier, ses gestes, ses paroles, ses expressions, sa voix… restent gravés dans sa mémoire ?

Hier, maman est venue chercher Jiyu à l'école sans prévenir, juste avant l'heure du déjeuner. Elle l'a fait monter sur la banquette arrière avant de prononcer ces mots invraisemblables :

— Tout à l'heure, tu vas revoir papa.

Jiyu en a eu le souffle coupé. Avait-elle bien entendu le mot « papa » ?

— Tu dois garder deux secrets que papa ne doit jamais savoir.

Le premier, c'était de ne pas lui dire qu'elle vivait chez sa grand-mère ; le deuxième, de ne pas lui parler du beau-papa. Jiyu n'a pas demandé pourquoi. Elle a beaucoup de secrets à garder, et leur contenu varie selon les individus. Jamais maman ne lui explique pourquoi cela doit rester un secret. Et papa n'est pas une exception. Alors, Jiyu s'est dit : « Tant pis. » Ce qui l'intéressait surtout, c'était de savoir si elle allait vraiment revoir son papa.

Maman n'avait pas menti. Papa était réellement là,

debout devant un arrêt de bus désert. Sa sacoche sur l'épaule, il tenait à la main un Happy Meal de chez McDo. Quand la voiture s'est arrêtée, il est aussitôt monté sur la banquette arrière.

— Mon bébé ! s'est-il exclamé en s'installant à côté d'elle.

Il était essoufflé, comme s'il avait couru derrière la voiture. Quand Jiyu s'est tournée vers lui, il a posé le sachet à ses pieds avant d'ouvrir ses bras en grand. Il voulait la serrer contre lui, elle l'a très bien compris. Pourtant, elle est restée immobile, en se contentant de le fixer. Elle avait encore du mal à réaliser que c'était son vrai papa. Elle s'est même demandé si ce n'était pas un rêve qui allait s'envoler au premier geste.

— Jiyu, c'est moi, papa. Tu m'as déjà oublié ?

Son regard la suppliait : « Non, n'est-ce pas ? », et lui signifiait qu'il n'était pas trop tard pour venir se blottir contre lui. Jiyu a jeté un coup d'œil furtif au rétroviseur. Le regard froid de maman était fixé sur elle.

Maman ne supporte pas de la voir proche de quelqu'un d'autre, qu'il s'agisse de se tenir la main, de s'embrasser ou d'échanger des regards. Cette aversion s'applique même à sa grand-mère. S'il arrive à maman d'assister à ce genre d'effusion, ses yeux brillent d'un éclat froid que Jiyu est seule à discerner. Elle sait très bien aussi ce qu'elle va entendre plus tard : « Tu préfères ta grand-mère à ta maman, à ce que je vois ? Bon, alors tu n'as qu'à continuer à vivre avec elle, hein ? »

— Bonjour, papa, l'a-t-elle salué au lieu de se jeter dans ses bras.

Les mains jointes, elle a incliné poliment la tête. En temps normal, ce genre de comportement lui aurait valu un compliment, mais pas ce jour-là. Papa a baissé les bras, les yeux rouges et remplis de larmes. Ses lèvres, sur lesquelles flottait un sourire un instant plus tôt, se sont tordues bizarrement. Il lui a fallu un bon moment pour répondre.

— Bonjour, mon bébé.

Mon bébé… C'était comme ça qu'il l'appelait avant, s'est-elle alors souvenue.

— Tu es devenue une vraie petite fille, dis donc.

Sa voix tremblait légèrement. Le cœur de Jiyu s'est mis à tambouriner dans sa poitrine. La gorge nouée, elle a voulu lui dire quelque chose, mais aucun son n'est sorti. Au fond, elle ne savait même pas quoi dire. Elle se sentait coupable.

— Chéri, mets ta ceinture de sécurité, tu veux bien ? a dit maman.

Son regard, fixé sur Jiyu dans le rétroviseur, a disparu. Papa s'est exécuté après avoir posé sur la banquette la sacoche qu'il portait en bandoulière. L'attention de Jiyu était focalisée sur la lanière où pendait un frelon gros comme un poing. Cette breloque couverte de crasse ne cadrait pas vraiment avec le papa qu'elle connaissait.

— Bon, c'est parti, a annoncé maman en actionnant le clignotant gauche.

La voiture reprenait la route quand une mélodie a résonné dans une poche de la veste de papa. Il en a sorti précipitamment son portable en même temps que le regard de maman réapparaissait dans le rétroviseur. Dès qu'il a appuyé sur la touche verte, la voix d'une femme a retenti :

— Où es-tu, grand frère ?

— Gyochon.

Papa a coulé un regard dans le rétroviseur, comme Jiyu l'avait fait un instant plus tôt.

— Je te rappelle, Min-yeong.

La femme a dit quelque chose, mais papa a raccroché aussi sec.

— Tu n'as pas beaucoup changé, à ce que je vois, a commenté maman.

— Elle ne rappellera plus, a promis papa en secouant la tête.

Dans le rétro, maman a souri gentiment.

— Tu te souviens de ce qui s'est passé à Lotte World à l'anniversaire de Jiyu ?

— Oui, mais c'était parce que…

— Tu vas devoir te montrer irréprochable aujourd'hui si tu veux que je te confie Jiyu, l'a interrompu maman. Tu aimerais la voir seul à seul la prochaine fois, non ?

Papa est resté bouche bée, les yeux rivés à ceux de maman. Il n'avait pas l'air de comprendre où elle voulait en venir. Jiyu, elle, se rongeait les sangs. Elle avait peur que ses parents ne se disputent dès leurs retrouvailles. Aucune idée de qui était Min-yeong, mais elle espérait que papa allait vite éteindre son téléphone, car c'était ce que voulait maman.

— Moi, quand je suis avec Jiyu, je ne décroche jamais.

Visiblement désireuse de bien se faire comprendre, maman a attrapé le portable qu'elle avait posé sur son support et le lui a montré.

— Tu vois, je l'ai éteint. Comme ça, je ne suis dérangée par personne et je passe un bon moment avec ma fille.

Papa a coupé le sien et l'a donné docilement quand maman a tendu la main vers l'arrière.

Après quoi, ils ne se sont plus parlé. Jiyu a sorti son livre de son cartable et a fait mine de le lire. Chaque fois que papa lui adressait la parole, elle se contentait de secouer ou de hocher la tête en regardant le frelon accroché à sa saccche plutôt que lui. Lorsqu'il lui a proposé le Happy Meal, elle a fait pareil. Elle avait faim, car elle avait sauté le repas de midi, mais elle a fait « non » de la tête en l'évitant du regard. Il lui a fallu déployer toute la puissance de son imagination pour refuser : *Ces frites doivent être très salées et toutes ramollies. Le hamburger est trop gras et sucré. Le coca a perdu ses bulles. Si j'en mange, je risque de vomir.*

Au final, c'est papa qui a tout mangé. Le visage tout rouge collé à la vitre, il a englouti le hamburger à contrecœur. Si un passant l'avait vu, il aurait cru qu'il mâchait une crotte de chien.

— Jiyu, tu peux faire visiter l'étang Demi-Lune à papa ? a proposé maman lorsqu'ils sont arrivés à la maison de campagne.

Jiyu, sur le point de monter au premier étage avec son cartable, s'est retournée vers elle.

Rien qu'eux deux ? Avait-elle vraiment le droit d'y aller seule avec papa ? Le soleil allait bientôt se coucher.

— Et toi, maman ? a-t-elle demandé pour en avoir le cœur net.

— Moi, je dois préparer le dîner. Laisse ton cartable dans l'escalier, je le monterai plus tard.

Maman les a accompagnés jusqu'à la porte d'entrée.

— Hier il a plu, le sol doit être boueux, a-t-elle dit à la fillette. Pense à mettre tes bottes.

Jiyu a amené papa dans la remise. Trois paires de bottes étaient alignées près d'un grand escabeau. Les jaunes appartenaient à Jiyu, les bleues à maman, et les grandes noires flambant neuves n'avaient jamais été portées par personne. Maman les avait achetées au marché de gros, le jour où Jiyu était venue dans la maison pour la première fois.

— Pourquoi tu en achètes trois paires ? avait-elle demandé, intriguée.

— Tu le sauras le moment venu, avait répondu maman avec un petit sourire.

La fillette s'est dit que ce moment était arrivé, car maman pense toujours à tout. Elle a tendu les bottes noires à papa, puis elle a enfilé les siennes.

— Soyez de retour avant la nuit tombée, lui a lancé maman lorsqu'ils sont sortis de la remise. Que je n'aie pas à venir te chercher encore une fois.

Cela lui était donc déjà arrivé ? Certes, elle y était allée une fois à son insu, mais maman n'était jamais venue la chercher, à sa connaissance. Malgré un sentiment d'injustice, elle s'est tue. Elle n'avait pas le temps de discuter. Elle se voyait déjà courir vers le marécage en tirant papa par la main. Elle l'aurait réellement fait si maman n'avait pas été postée devant la porte d'entrée.

Jiyu sentait ses jambes lui démanger, mais elle s'est maîtrisée, à tel point qu'elle a failli être prise de crampes au mollet avant même d'avoir traversé la route.

— Qu'est-ce qu'il y a à l'étang Demi-Lune ? a demandé papa une fois de l'autre côté.

— Tu verras quand on y sera, a-t-elle répondu en s'engageant sur un sentier.

Le sentier mène tout droit à l'étang. C'est le seul endroit du marécage où le sol est dur. Il paraît que la grand-mère de maman, c'est-à-dire l'arrière-grand-mère de Jiyu, avait demandé à des ouvriers d'y verser du gravier et du sable afin que son époux malade puisse s'y promener. C'était toujours maman, alors petite fille, qui l'accompagnait. Le vieil homme, qui était ornithologue, lui expliquait souvent plein de choses sur les canards de l'étang. En fin de compte, tout ce que Jiyu a appris de maman à ce sujet vient de l'arrière-grand-père.

— Il ne faut pas s'écarter du sentier, a-t-elle dit à papa qui marchait sur le bord.

Il a tourné le menton sur le côté pour la regarder. Quand leurs regards se sont croisés, il a articulé « Pourquoi ? » en silence.

— Parce que le sol est boueux. D'après maman, la terre est trop molle et humide, il n'y a que les roseaux et les mauvaises herbes qui y poussent. On ne peut rien y cultiver, ni y construire de maison. Même pas un terrain de golf.

Papa a promené son regard sur l'étendue envahie par les roseaux avant de le reporter sur Jiyu. Gênée, elle a enchaîné sans réfléchir :

— C'est pour ça que la maison de campagne et le marécage ne rapportent pas d'argent. Personne ne veut les acheter.

— Qui t'a appris tout ça ? Maman ?

— Oui, a-t-elle répondu en haussant les épaules.

Elle avait un peu honte, mais elle était excitée comme une puce, elle avait peur d'avoir trop parlé.

— Tu viens souvent dans cette maison ? a demandé papa.

Jiyu a réfléchi. Les séjours qu'elle y avait faits avec maman étaient un « secret ». Elle ne devait en parler ni à son beau-papa, ni à sa tante, ni à sa grand-mère. Ce secret, fallait-il également le cacher à papa ? La réponse était « non », puisqu'il était justement là, dans cette maison.

— Parfois. Maman vivait ici quand elle était petite. C'était la maison de sa grand-mère.

Papa a fait « Aha », l'air d'avoir compris.

— Je crois que ta mère m'en a parlé il y a quelque temps. Tout à l'heure, j'ai vu le panneau indiquant le nom du village, U…

— Uhye-ri.

Jiyu s'est sentie soulagée. Un grand doute venait de s'envoler. Papa connaissait le village d'Uhye-ri. Elle n'avait donc plus besoin de se demander ce qu'elle pouvait lui dire ou non.

— Comme nous n'y allons jamais, nous n'y connaissons personne.

Le soleil de la fin d'après-midi s'est caché derrière des nuages gris. La lumière a baissé et le vent s'est considérablement rafraîchi. Jiyu a hâté le pas. Elle craignait que le soleil ne se couche avant d'avoir pu montrer à papa « les canards heureux » de l'étang Demi-Lune. Papa la suivait à grandes enjambées.

Un instant plus tard, l'étang est enfin apparu. Un brouillard opaque montait déjà. Elle s'est arrêtée devant le coin repas.

— On y est !

Le niveau de l'eau semblait plus élevé que l'été dernier ; il arrivait juste en dessous de la grande pierre plate. Seule l'extrémité des roseaux et des longues plantes aquatiques dépassait de la surface, sous une nuée de libellules rouges. Jiyu a pris son élan pour sauter sur un gros rocher. Papa l'a imitée.

— Quand je viens avec maman, c'est ici qu'elle donne à manger aux canards, a-t-elle dit en montrant la pierre plate.

— Elle achète de la nourriture toute faite ?

— C'est elle qui la prépare.

— Ah ? Comment ça ?

Pendant que Jiyu expliquait la recette, papa l'écoutait en hochant ponctuellement la tête. Il a paru étonné que les canards mangent du porc.

— Au fait, où se cachent ces canards ? a-t-il demandé. Je n'en vois pas un seul.

Jiyu a regardé au pied de la grande pierre. Comme elle l'avait deviné, une ombre noire évoluait dans l'eau floue. Elle a eu envie de crier à papa de s'écarter, mais c'était trop tard. A l'instant où elle ouvrait la bouche, l'ombre a surgi à ses pieds. Effrayée, elle s'est arc-boutée en arrière et, perdant l'équilibre, a glissé jambes en avant. Par réflexe, ses yeux se sont fermés tout seuls.

Mais elle avait évité le pire : elle n'avait pas été égratignée par les tiges des roseaux et n'était pas tombée dans la boue. Un fragment de seconde plus tard, elle a pris conscience des bras qui la tenaient en sécurité, du corps solide qui lui soutenait le dos et de la voix qui lui chuchotait à l'oreille :

— Ça va, mon bébé ?

Jiyu n'a pas répondu tout de suite, trop occupée à écouter les battements du cœur de papa contre son dos. *Boum-boum-boum*. Dans sa tête, des souvenirs réprimés ont brusquement fait surface. Avant, les mains et le corps de papa étaient toujours prêts à la secourir. Qu'elle trébuche ou qu'elle tombe, quel que soit le danger, ils étaient toujours là, comme par magie. Elle s'est rappelé à quel point ce contact chaleureux et rassurant lui avait manqué, s'est remémoré cette voix qu'elle entendait en rêve toutes les nuits : *Dépêchons-nous, Jiyu !*

— Toc-toc, allô ma princesse ? Tu dors ? a demandé papa.

— Non, je ne dors pas, a-t-elle répondu en ravalant un rire.

Papa s'est assis en la tenant dans ses bras. L'oiseau de tout à l'heure s'est approché d'un rocher voisin, a grimpé dessus et a crié en étirant le cou : « Houuuu… »

— C'est un petit grèbe ! s'est-elle exclamée. Les grèbes n'ont pas peur des gens.

Elle s'est levée et, n'écoutant que son courage, a tendu la main à papa, qui l'a prise avant de se lever à son tour avec un « Han ! ».

— Un petit grèbe, tu dis ? a-t-il répété, le visage éclairé d'un sourire radieux. On prend notre revanche ?

Jiyu a hoché vigoureusement la tête, retenant presque un cri de joie.

— Je compte jusqu'à trois et on saute sur le rocher pour lui faire peur. Un… Deux…

A l'instant même où il prononçait « Trois », Jiyu s'est élancée vers le rocher. Tous deux ont atterri côte à côte en criant : « Bouh ! » L'oiseau a bondi d'un mètre avec un cri d'effroi et il est tombé dans l'eau en agitant frénétiquement ses ailes.

— Baisse les yeux et déguerpis ! a crié Jiyu en se passant le pouce sous le nez comme pour lui faire signe de décamper.

Cette phrase et ce geste, elle ne les aurait jamais eus devant maman. Celle-ci l'aurait grondée en l'accusant d'être « grossière ».

— Où as-tu appris ça ? a demandé papa en riant.

— C'est ma tante qui me l'a appris.

— Ta tante ?

— Dans ma classe, il y a un garçon qui m'embête tout le temps. Quand la maîtresse ne regarde pas, il me tire les cheveux, soulève ma jupe et me fait des croche-pattes. La tante m'a dit qu'il était méchant, que je ne devais pas me laisser intimider, mais au contraire lui flanquer une grande claque et lui dire : « Baisse les yeux et déguerpis », avec ce geste-là.

Papa a ri encore plus fort, sans qu'elle comprenne pourquoi.

— Alors, tu l'as fait ?

— Non, a-t-elle admis en baissant la tête. Même si ma tante m'a dit que j'en étais capable. Que j'avais du cran.

Sa tante lui avait expliqué que le cran, c'était le courage d'aller jusqu'au bout. Jiyu n'est pas sûre d'avoir du cran. Elle n'a pas cessé de se repasser la scène dans son esprit, mais quand la situation s'est présentée, elle n'y est pas arrivée. Son cœur battait la chamade, elle avait des vertiges et des nausées. Plus bonne à rien.

— Non, je n'ai pas de cran, a-t-elle repris. Je suis timide, et quand quelque chose me perturbe, je deviens étourdie et je fais des bêtises. Si je ne veux pas passer pour une idiote, je dois me taire. M'effacer. Comme si je n'étais pas là.

Papa a arrêté de rire. Sa gaieté s'est envolée.

— C'est maman qui t'a dit ça ?

Tout à coup, la fillette a été prise d'inquiétude. Vu l'expression de papa, elle avait dû dire ce qu'il ne fallait pas. Dans ces cas-là, mieux vaut ne pas répondre. Heureusement, il ne l'a pas questionnée davantage.

— Je pense que c'est ta tante qui a raison, s'est-il contenté de conclure.

Il l'a longuement observée de son regard doux et prudent. Puis un sourire est réapparu sur son visage, comme pour dire : « Je ne te reproche rien. » Soudain, des battements d'ailes ont brisé le silence. Jiyu a tourné la tête. Deux oiseaux couraient à la surface en laissant des petits remous derrière eux.

— Ce sont des poules d'eau, a-t-elle dit.

Papa a fait « Aha », l'air de penser qu'elle en connaissait des choses.

— Ces poules-là sont différentes des autres. Elles volent comme des oiseaux et elles ne tiennent pas en place, c'est pour ça qu'elles passent leur temps à courir.

Papa a encore dit « Aha » ; derrière les verres de ses lunettes, ses prunelles tournaient comme des grandes roues. Elle avait déjà vu cette expression quelque part. Elle n'arrivait pas à se souvenir quand au juste, mais ce qui était sûr, c'est qu'il était en admiration devant elle.

— Tu veux qu'on aille voir les canards ? a-t-elle proposé.

Il lui a pris la main comme pour dire : « Oui, allons-y. » Côte à côte, ils ont longé l'étang Demi-Lune. Alors qu'ils parvenaient au bout du sentier, ils ont croisé un canard qu'elle connaissait. Il était au milieu d'un buisson et la regardait d'un air vague. On aurait cru qu'il faisait ses besoins.

— C'est un canard mandarin mâle, a-t-elle expliqué précipitamment à papa, avant qu'il s'envole.

Elle n'a pas ajouté son surnom, « fils de pute ». Elle s'est dit que ça ne plairait pas à papa. En fait, elle n'a même pas eu le temps de le préciser, car elle venait de découvrir, flottant parmi les plantes aquatiques, un nid fait de plantes d'eau et de tiges de roseaux qui abritait plusieurs œufs marron clair. Elle les a comptés. Un, deux…

— Il y en a cinq !

Papa a fait « Chut » en posant l'index sur ses lèvres.

— Essayons de savoir à qui ils appartiennent.

Il a pris la fillette par les épaules et s'est accroupi au milieu des roseaux. L'attente n'a pas été longue. Un petit grèbe femelle a nagé vers le nid avant de se poser doucement sur les œufs. Au loin, un autre criait : « Houuuu… »

— Maman m'a dit que quand le papa grèbe était loin, il prévenait ses petits de son arrivée en criant comme ça.

Jiyu a froncé les lèvres comme pour imiter un bec : « J'arriiiiiive… »

Sa voix s'est estompée peu à peu. Ce n'était pas ce qu'elle avait envie de lui dire. Elle aurait voulu lui demander : « Papa, pourquoi n'es-tu pas revenu plus tôt ? » Comme s'il lisait dans ses pensées, il lui a fait une promesse inattendue :

— A partir de maintenant, je viendrai te voir souvent.

Jiyu s'est dit qu'une fois de retour chez sa grand-mère, elle demanderait à sa tante ce que « souvent » voulait dire exactement, une fois tous les combien de jours c'était ? Elle n'avait pas envie de le demander directement à son papa. Si c'était une promesse en l'air, peut-être serait-il gêné, et elle, elle douterait de sa sincérité.

— Je te le promets, a-t-il insisté en tendant le poing vers elle.

Jiyu a entrechoqué son poing avec le sien.

— Si jamais tu oublies, qu'est-ce que je fais ?

— Je n'oublierai pas. Jamais.

— Mais si tu oublies ce que tu viens de dire ?

Papa a esquissé un petit sourire qui semblait triste sans qu'elle comprenne pourquoi. Elle s'est tournée vers les gorges tout en bas. Le lointain paysage s'est imposé à elle. Les gorges couvertes de pins et hérissées de grands rochers étaient sombres. Le soleil couchant était accroché entre les deux pics d'en face tandis que le crépuscule rougeâtre gagnait le ciel, l'étendue de roseaux, l'étang Demi-Lune et le sentier qui le bordait. Le vent sifflait entre les parois.

— Rentrons ! a déclaré Jiyu en se retournant vers papa. Si on arrive trop tard, maman ne sera pas contente.

Maman venait de finir de préparer le dîner. Il ne s'agissait pas d'un repas ordinaire, mais d'un vrai repas de fête. Sur la table brûlait une bougie parfumée, à côté d'un vase bleu contenant trois roses. Au centre trônait un gâteau au chocolat avec une bougie, un bol de salade, une panière remplie de pain, du fromage, du beurre et une bouteille de champagne. Du côté du séjour étaient posés une coupe et un verre à jus de fruit ; côté cuisine, il n'y avait qu'une coupe.

Papa a eu l'air surpris. Il s'est arrêté à l'entrée du couloir après avoir retiré ses chaussures, puis a regardé maman. Celle-ci a désigné du pouce la salle de bains.

— Vous deux, allez d'abord vous laver les mains.

Jiyu s'est trouvée avec papa devant le lavabo. Papa, derrière elle, l'a aidée à se laver les mains. Il les a savonnées et rincées en les frottant bruyamment.

— Avant, je te lavais les mains comme ça. Tu te rappelles ?

Jiyu a hoché la tête. Plusieurs souvenirs se sont enchaînés dans son esprit : ils étaient dans la baignoire, papa la lavait, et ils s'amusaient avec la mousse. Maman, de retour du travail, s'était fâchée en les voyant. Peut-être avait-elle crié : « Qu'est-ce que tu fabriques avec la petite ? » Quelque chose dans ce genre.

Quand Jiyu et papa sont revenus à table, maman a désigné le côté où étaient posés les deux verres.

— Toi et Jiyu, asseyez-vous là.

Chacun avait son bol de goulasch devant soi. Maman a passé le tire-bouchon à papa, puis a allumé la bougie sur le gâteau.

— Ce sont vos premières retrouvailles. Vous voulez qu'on fasse une photo-souvenir ? a-t-elle proposé en remplissant la coupe de papa.

Le voyant acquiescer, elle a sorti son téléphone d'un tiroir sous l'évier et l'a allumé.

— Allez, levez vos verres. Faites un sourire joue contre joue.

Papa et Jiyu ont obéi. Debout, appuyée contre le plan de travail, maman a pressé la touche sur son appareil.

— Ça fait une jolie photo.

Elle s'est approchée et a passé son téléphone à papa. Lui et Jiyu ont regardé ensemble l'image où ils souriaient de bonheur. Ils semblaient très proches, comme s'ils n'avaient jamais été séparés. Derrière eux, les portes ouvraient grand la bouche. Le séjour et la chambre, où la lumière était éteinte, ressemblaient à des grottes toutes noires.

— Je t'enverrai la photo, a promis maman en posant

son téléphone dans un coin.

Jiyu aurait bien aimé avoir elle aussi un téléphone. Comme ça, elle aurait pu regarder la photo chaque fois que papa lui manquait. Bien sûr, elle n'a rien dit. Ce n'était pas le genre de remarque que maman appréciait.

Le goulasch était délicieux. Maman a parlé plus que d'habitude. Papa aussi avait l'air de bonne humeur. Il a vidé la bouteille de champagne à lui tout seul et il était saoul avant même la fin du repas.

— Jiyu, il est temps que tu montes te coucher.

Elle a obéi docilement. Il valait mieux ne pas dormir trop tard si elle voulait se lever tôt demain matin et retourner à l'étang Demi-Lune avec papa. Puisque papa le lui avait promis, et que maman ne s'y était pas opposée.

— Mais pourquoi tu es parti ?

Jiyu caresse le visage du papa-marionnette du bout des doigts. Tout cela lui fait l'effet d'un rêve : son excursion à l'étang Demi-Lune avec papa, le nid de grèbes qu'ils ont vu ensemble, la promesse que papa lui a faite de revenir la voir souvent. Peut-être que maman a raison. Il ne reviendra plus jamais. S'il est parti sans même lui dire au revoir, c'est sûrement ce que ça veut dire, non ?

« C'est ce que tu crois, pas vrai ? » demande-t-elle à Maligne petite souris, qui lui répond méchamment : *Oui, c'est ce que je crois.*

Elle pose le papa-marionnette à ses pieds. Le menton calé sur les genoux, elle regarde par la fenêtre. La pleine lune glisse vers le milieu du marécage, qui scintille comme un immense miroir d'eau. Une lumière danse dans le champ de roseaux d'un noir bleuté qui ondule au gré du vent. Une luciole ? Pourtant, on n'est pas en été. Jiyu tend le cou au maximum et la suit des yeux. La lumière se déplace lentement le long du sentier, en direction de l'étang Demi-Lune.

2

Eun-ho a encore passé une nuit blanche. Son insomnie a commencé quand Yuna est partie dans sa famille. Ça fait déjà cinq jours. Ce matin, il a l'impression que son cerveau disjoncte, que sa mémoire se fragmente en nanosecondes. Il se rend dans la cuisine mais ne sait plus pourquoi, et ce n'est qu'une fois dans le bureau qu'il se souvient que c'était pour boire un café. Par contre, il ne se rappelle absolument pas pourquoi il est allé dans son bureau.

Ce manque de concentration le suit dans la salle de bains. Il se lave les cheveux avec la mousse à raser et se brosse les dents avec de la lotion pour le visage. Lorsque la brosse à dents qu'il a jetée sous l'effet de la surprise tombe dans la cuvette des toilettes, il doit se rendre à l'évidence : son âme n'est pas aussi noble qu'il le croyait. Des obscénités qui traduisent son énervement franchissent la barrière de ses lèvres : « Et putain de merde ! » Soudain, il croit entendre la voix de sa femme : « Encore une crise d'hystérie ? Tu fais vraiment n'importe quoi ! »

Cette prétendue hystérie est une « pathologie

congénitale » chez lui, enfin, d'après sa femme, car il n'y avait jamais été sujet avant de l'épouser. Pour elle, c'est l'un de ses trois travers qui menacent leur vie de couple. A force qu'elle lui en fasse la remarque, il se surprend à s'autocensurer en permanence. Il se demande sans arrêt si ce qu'il vient de dire lui a été dicté par son « hystérie », ou si c'est l'expression normale de ses sentiments.

Mais là, ce matin, il n'y fait pas attention. Que ce soit l'un ou l'autre, il s'en fout. Ou plutôt, il trouve tout à fait légitime de s'emporter ainsi, puisqu'il souffre de cette prétendue maladie congénitale. Si jamais il tombait sur un habitant du quartier jetant un simple regard sur son parterre de fleurs, il lui bondirait dessus : « Hé toi, qu'est-ce qui te prend de rôder autour de chez moi ? »

Regagnant son bureau, il glisse son ordinateur portable et ses livres dans son sac. C'est le week-end, mais il se dit qu'il vaut mieux aller au lycée. Ça lui permettra au moins de préparer les questions pour l'examen de la fin du semestre, histoire de calmer le corbeau qui tournoie dans sa tête et d'éviter de se quereller inutilement avec le premier voisin qui aura le malheur de regarder son parterre de fleurs.

Il commence à enfiler ses chaussures, puis s'arrête net. Avec un « oups », il retourne dans son bureau. Il a oublié de remettre à charger le combiné du téléphone fixe qu'il a laissé toute la nuit dans un tiroir du bureau. Il le prend et le dépose sur son socle dans le séjour, vérifie qu'il n'a rien oublié d'autre afin d'éviter de revenir encore une fois.

Dehors, l'hiver est arrivé plus tôt que prévu. Le ciel couleur d'acier est bas, l'air froid et humide. Des rafales de vent violentes secouent les arbres du jardin avant de filer sur la route à toute vitesse. Le temps est aussi sinistre que son humeur. Dire qu'hier encore, les rayons du soleil étaient doux comme pour un début d'automne.

Doit-il prendre son manteau ? A la porte d'entrée, il hésite. Pendant ce temps, deux véhicules passent devant la maison : un camion de livraison, suivi d'une Jeep bleu marine. Ils disparaissent rapidement, et l'idée de son manteau avec. Il a la flemme d'aller le chercher. Il ne va pas mourir de froid pendant les quelques minutes de trajet entre le parking du lycée et la salle des profs.

Il boutonne sa veste, dévale les marches et se dirige vers le garage. Il est en train d'ouvrir la porte quand la Jeep de tout à l'heure réapparaît à reculons, faisant clignoter ses feux arrière. Elle s'immobilise pile en face du garage ; elle est aussi grosse qu'un pick-up, mais le conducteur la manœuvre aussi facilement que s'il s'agissait d'un chariot de supermarché. S'ils étaient sur le parking d'un centre commercial, il lui ferait des compliments. Mais là, cette voiture stationne devant chez lui sans autorisation. Décidément, c'est pas son jour, à ce type. Il va lui faire sa fête.

A sa surprise, c'est une femme qui descend. Les cheveux coupés au carré au niveau des oreilles et le visage sans maquillage, elle porte un sweat-shirt à capuche ample, un legging noir et des baskets. On dirait qu'elle sort d'une salle de sport, d'autant plus qu'elle se déplace avec l'agilité d'un guépard.

L'inconnue traverse la rue et avance droit sur lui, sans regarder autour d'elle. Elle n'a pas l'air du genre à exaspérer son mari en réfléchissant pendant des heures à ce qu'elle va porter. Un instant plus tard, elle est déjà plantée devant lui.

— Vous habitez au numéro 111 ? lance-t-elle de but en blanc.

Si on fermait les yeux et qu'on se contentait de l'écouter, on aurait du mal à deviner son sexe. Elle s'exprime d'une voix grave, presque celle d'un baryton.

— Oui, pourquoi ?

Son ton n'est pas très bienveillant, même à ses propres oreilles. Après tout, cette conductrice s'est garée devant chez lui sans lui demander son avis.

— Seriez-vous M. Cha Eun-ho, par hasard ?

Au lieu de répondre tout de suite, il réfléchit. Qui peut donc être cette femme qui surgit brusquement devant chez lui et qui demande à le voir ? La mère d'un de ses élèves venue l'agresser, à bout de nerfs, pour une raison quelconque ?

— Non ? s'obstine-t-elle.

Il regarde les cheveux de la femme qui, sous l'effet du vent, gonflent comme une bogue de châtaigne. Non, ce n'est sûrement pas la mère d'un lycéen, elle est trop jeune pour ça.

— Si, c'est bien moi. Et vous, qui…

— Je suis Sin Jae-in, l'interrompt-elle.

Au début, il ne voit pas. Et puis, ça lui revient. C'est le nom de la sœur aînée de sa femme, qu'il n'a encore jamais rencontrée. Il sait seulement qu'elle existe. Il tente de se remémorer la photo de famille accrochée au mur du séjour chez la mère de Yuna ; la jeune femme qui sourit à côté de son père, est-ce celle qui se tient devant lui ? Peut-être. Peut-être pas. A vrai dire, il a du mal à la reconnaître.

— Oh… d'accord.

Il fixe le bout de ses pieds. Il ne sait pas comment

réagir. Doit-il lui dire « Enchanté », suivi de « Entrez, je vous en prie » ? Ce serait tout à fait approprié, mais il n'en a pas envie. Il croit savoir pourquoi sa belle-sœur est ici, et il est révolté de voir que sa femme est calculatrice au point de l'avoir envoyée à sa place.

Ce n'est pas la première fois que Yuna retourne dans sa famille. Elle n'a pas agi sur un coup de tête. C'est une sorte d'atout qu'elle garde dans sa manche quand elle veut le faire céder. Dans ces cas-là, elle lui envoie systématiquement un SMS annonciateur : *Je vais rester un peu avec l'enfant.*

L'enfant dont elle parle est la fille qu'elle a eue avec son premier mari. Depuis le divorce, la fillette vit chez sa grand-mère. Donc, ce message revient à dire qu'elle reste dans sa famille. *Un peu* signifie *jusqu'à ce que la situation s'arrange*, à savoir *quand tu finiras par céder*.

Jusqu'à présent, cela n'a jamais duré très longtemps. Au bout de quarante-huit heures, il rédige un message d'excuses attestant de son dévouement. Certes, c'est méprisable de sa part, et même humiliant, mais il n'a pas le choix. C'est lui qui doit se débrouiller pour arranger la situation, lui qui n'a pas envie de briser ce deuxième mariage – même s'il doit bien avouer qu'il n'est plus aveuglé par l'amour –, lui qui redoute que ce nouvel échec conjugal ne préfigure une vie qui serait un enchaînement de défaites, lui qui choisit toujours le chemin le plus facile.

S'ils se sont brouillés cette fois-ci, c'est parce que Yuna dilapide l'argent de l'entreprise de son père comme s'il s'agissait du sien. C'est déjà le cinquième détournement de fonds qu'elle commet en un an de mariage. Si on calcule bien, cela revient à cinquante détournements de fonds en dix ans, et cent en vingt ans. Et si on prend en compte le tempérament de Yuna, qui oscille entre l'eau et le feu, et qu'on le soumet à la loi de l'accélération, il est très probable que ce mauvais pli se transforme en pratique quotidienne. Ce qui lui garantirait un véritable enfer.

Actuellement, il met tout en œuvre pour ne pas la supplier. C'est indéniable, il n'a pas vraiment réussi jusqu'ici à se comporter en homme digne de ce nom, mais il n'est pas débile au point de se laisser rouler dans la boue avec le sourire. Bien sûr, cette résistance n'est pas sans conséquence. Un des effets secondaires, et ce n'est pas le moins grave, est d'osciller, chaque nuit d'insomnie, entre « tu vas voir ce que tu vas voir » et « oui ma chérie, tout ce que tu voudras ».

Tantôt il est fou de rage contre sa femme qui joue les petites filles brimées, tantôt il se sent coupable à l'idée qu'il l'encourage par sa conduite idiote. Il s'inquiète et se dit que si ça continue, il finira par divorcer, l'instant d'après, il trépigne d'impatience et veut aller la chercher avant qu'il ne soit trop tard. Puis, au lever du jour, alors qu'il se crispe nerveusement sur la cuvette des toilettes, il retrouve péniblement sa combativité, qui s'affaiblit pourtant de plus en plus. Tenir bon ou mourir !

Yuna a dû percevoir son changement d'attitude. Si elle lui a envoyé sa grande sœur, ça prouve qu'elle aussi est à bout. Elle a dû lui dire : « Va voir où en est Cha Eun-ho. » Ou bien c'est pour préparer le terrain, autrement dit, pour faire pression sur lui afin qu'il déroule le tapis rouge, histoire qu'elle puisse revenir sans se sentir humiliée.

La venue de sa belle-sœur ravive la flamme de son

esprit combatif qui était en train de s'éteindre. Il en veut à la famille de sa femme de céder à ses caprices. Ils sont tous de mèche. Les chiens ne font pas des chats. Brusquement déterminé, il prend une décision : sa femme ne rentrera pas à la maison tant qu'elle ne lui aura pas demandé pardon.

— Je suis venue voir Yuna. Pourriez-vous l'appeler ? demande sa belle-sœur, visiblement agacée par l'indécision d'Eun-ho.

— Elle n'est pas là, rétorque-t-il, irrité par cette requête hypocrite. Vous devez le savoir, non ?

Jae-in dresse le menton et abaisse brièvement les paupières avant de le regarder. Comme dans une partie de go, son regard figé ne laisse rien transparaître du mauvais coup qu'elle mijote.

— Qu'est-ce que je suis censée savoir ? Je ne comprends pas où vous voulez en venir, mais…

Elle s'interrompt et pince les lèvres, comme à court de mots. Eun-ho attend sans broncher.

— Faites savoir à Yuna que maman est partie en voyage et qu'elle ne doit pas amener Jiyu à la maison.

Eun-ho finit par esquisser un petit sourire. Il ne comprend pas ce qu'elle raconte mais, contrairement à ce qu'on lui a dit, elle n'a pas l'air si futée que ça. Qui pourrait croire qu'elle a fait ce long trajet d'Incheon jusqu'à Cheongyeon dans le seul but de transmettre cette information ? On n'est plus au dix-neuvième siècle, les messagers ne sont plus nécessaires.

— S'il ne s'agit que de ça, vous n'avez qu'à appeler…

— Yuna ne répond pas, le coupe-t-elle encore. J'ai appelé à son bureau, on m'a dit qu'elle était en congé depuis mardi dernier.

Sa voix est calme, mais ses mots sont chargés de colère. Eun-ho ne sourit plus. Yuna est en congé… ?

— Votre portable et votre fixe sont éteints eux aussi.

Eun-ho se rappelle qu'il vient de rebrancher le téléphone de la maison et que son portable se trouve actuellement dans un tiroir de son bureau au lycée. Ce n'est pas un oubli ; il l'y a laissé délibérément depuis mardi dernier. Il craignait qu'une longue nuit de solitude n'ait raison de sa volonté, qu'il finisse par craquer et par appeler sa femme. C'est également ce qui l'a poussé à débrancher le téléphone fixe.

— Je compte sur vous.

Sur ce, elle tourne prestement les talons, sans attendre de réponse ni dire au revoir. Elle retraverse la rue à grands pas sur ses longues et fines jambes de sauterelle. Une fois dans sa voiture, elle recule à une vitesse fulgurante avant de s'éloigner en trombe vers la sortie du lotissement, où elle bifurque et disparaît de son champ de vision. Sa conduite semble refléter sa force de caractère.

Eun-ho regagne son garage et s'installe au volant. Il se remémore les propos de sa belle-sœur. Aucune de ses phrases ne correspond à ce qu'il attendait. Ce qui l'a le plus perturbé, c'est quand elle a dit que Yuna ne devait pas confier Jiyu à sa mère.

Chaque week-end, les enfants se réunissent à la maison. Son fils Noah et Jiyu la fille de sa femme, venant respectivement de Hanam et d'Incheon, passent du temps ensemble. Mais ce week-end-ci, il était prévu que Jiyu, exceptionnellement, ne soit pas là car la mère d'Eun-ho va leur rendre visite avec Noah. Il a proposé à Yuna de se retrouver tous les cinq ensemble, mais elle a refusé sous prétexte que Jiyu se sentirait gênée en présence de cette nouvelle grand-mère. Ce qui signifie que, logiquement, Jiyu devrait être en ce moment chez sa grand-mère maternelle.

Pour autant, il ne croit pas que sa belle-sœur ait menti. Si elle avait besoin d'un prétexte pour venir le voir, elle aurait inventé une raison plus plausible. Il essaie de prendre les paroles de Jae-in au pied de la lettre : sa mère étant partie quelque part, elle ne veut pas que Yuna amène Jiyu à la maison. Ce qui veut dire qu'actuellement, sa femme est bien avec Jiyu, mais pas dans sa famille.

Tout à coup, il a l'impression que son esprit se vide, comme s'il venait de recevoir un grand coup de club de golf dans la nuque. Pendant qu'il conduit, la même question tourne en boucle dans sa tête : où est sa femme en ce moment ?

Il ignore ce que Yuna a fait de son temps ces derniers jours, il est donc incapable de répondre à cette question. On a beau presser l'air, on n'obtient pas de l'eau. Arrivé au carrefour devant le lycée, il se rend compte qu'il s'est trompé dans l'ordre des questions qu'il se pose. Il lui faudrait d'abord s'interroger sur l'arrivée inopinée de sa belle-sœur, et non sur la disparition de son épouse.

Sa belle-sœur qu'il n'avait encore jamais vue lui a rendu visite. Est-ce normal ou pas ? Voilà la question à se poser en premier lieu. Oui, c'est étrange, car les deux sœurs ne sont pas très proches, du moins pas au point que Jae-in cherche à aider sa cadette. C'est en tout cas ce qu'il a déduit de ce que lui a raconté sa femme, et ce qu'il devine à en juger par l'ambiance qui règne dans la famille.

Jae-in n'est même pas venue au mariage de sa sœur. Il n'a jamais eu l'occasion de la voir, ni avant, ni après. Chaque fois qu'il a rendu visite avec sa femme à sa belle-famille, Jae-in était absente, que ce soit lors de la fête de la récolte, du nouvel an lunaire ou de tout autre événement familial. Elle devait travailler de nuit, ou le week-end, partir en déplacement à l'étranger… Il en était venu à douter de son existence.

Bien sûr, il a appris des choses sur elle par sa belle-mère : elle n'est pas mariée ; elle est journaliste ; elle a emménagé chez sa mère après le décès de son père. Le reste, c'est sa femme qui le lui a raconté. Elles ne s'entendent pas. Yuna ne l'appelle jamais « grande sœur », elle la désigne toujours par son prénom : pour Jae-in, par Jae-in, à cause de Jae-in… Parfois, quand elle s'énerve, elle la traite carrément de « sale garce ». Jae-in éprouve-t-elle la même hostilité envers Yuna ? Même si ce n'est pas le cas, elle ne lui est pas attachée au point de l'aider en passant voir son beau-frère.

Eun-ho abandonne son hypothèse de départ et en envisage une deuxième : Jae-in est venue voir sa femme, qui n'est pas avec sa famille. Du coup, il revient à sa première question : où est-elle ? Il tâche de sonder ses souvenirs. Sa femme a-t-elle déjà précisé qu'elle allait « dans sa famille » ? Non. Comme à chaque fois, elle est revenue avec Jiyu, il en a déduit que c'était le cas, mais il n'est jamais allé vérifier par lui-même. Il ne lui est arrivé qu'une fois de lui demander : « Où étais-tu pendant tout ce temps ? » Elle a répondu : « A la maison. » Il n'a pas insisté, de peur de se laisser encore aller à sa « paranoïa », tare qu'elle lui avait diagnostiquée en même temps que son « hystérie ». Il s'est donc adressé à la fillette.

— Jiyu, où tu étais avec maman ?
— A la maison, a-t-elle répondu sans hésiter.

A-t-elle menti ? Peut-être vaut-il mieux raisonner autrement : il se peut que « la maison » dont parle Jiyu ne soit pas celle de sa grand-mère. Il réfléchit aux endroits que Jiyu pourrait désigner ainsi. Il y en a trois. Le premier est la maison où elle habite avec sa grand-mère et sa tante, le deuxième est sa maison à lui, son beau-père, et le troisième est la maison de son père, dont il ne connaît pas l'emplacement.

Tout à coup, il est frappé par une idée déplaisante. Il est sûr que Jiyu ne s'est pas rendue dans les deux premiers endroits. Il fixe furieusement le feu rouge du carrefour. Peut-être qu'à chaque fois…

*

Eun-ho appuie enfin sur la touche rouge de son téléphone, après avoir laissé sonner vingt fois. Depuis son arrivée au lycée, il essaie d'appeler chez lui toutes les heures. Il est actuellement 18 heures et personne ne décroche. Cela laisse supposer que sa femme n'est pas rentrée, et par conséquent qu'il doit prendre de nouvelles mesures.

Voici le programme du week-end que sa femme et lui avaient initialement planifié : tôt le samedi matin, passer prendre Noah et la mère d'Eun-ho à Hanam et se rendre au terrain de camping de Yangpyeong ; dormir une nuit là-bas, jouer au foot avec Noah, faire un barbecue, et puis rentrer à Cheongyeon.

La mère d'Eun-ho vient rarement chez eux. Seul Noah fait les allers-retours. Mais elle doit faire des travaux dans son appartement à Hanam, et ils sont censés commencer lundi. Comme ils concernent l'ensemble du logement, elle a besoin de passer quelques jours ailleurs. Il était donc prévu qu'elle et Noah restent à Cheongyeon jusqu'à mercredi.

Il ne leur avait pas parlé de son projet de camping. Il voulait leur faire la surprise, surtout à Noah, pour lui faire plaisir. Maintenant qu'il y pense, heureusement qu'il n'a rien dit, sinon sa mère en aurait fait toute une histoire. Quant à Noah, il aurait pris son père pour un menteur qui ne faisait que des fausses promesses.

Noah pensait que son père viendrait le chercher aujourd'hui. Toute la semaine, il attend ce moment. Eun-ho le sait très bien ; malgré cela, il n'est pas allé à Hanam. Impossible d'amener sa mère à la maison alors que sa femme est absente.

Sa mère n'est pas au courant de la mauvaise habitude qu'a Yuna de s'absenter régulièrement. A vrai dire, il fait tout pour le lui cacher. Si elle venait à le savoir, la situation risquerait de lui échapper, et la brèche s'agrandirait tellement que même une pelleteuse ne pourrait la combler. C'est la leçon qu'il a retenue de son premier et très bref mariage. Même maintenant qu'il est coincé dans une impasse, cette leçon reste valable. Il faut à tout prix éviter que sa mère intervienne dans son couple.

Ce matin, histoire d'arranger la situation, il a appelé pour dire qu'il était coincé aux urgences parce que sa belle-mère était malade. Comme cela risquait de se prolonger, il viendrait les chercher plus tard dans la soirée. C'était la meilleure excuse qu'il avait pu trouver, mais elle ne tenait qu'à la condition que sa femme rentre aujourd'hui.

Maintenant qu'il est sûr de ne pas pouvoir compter là-dessus, deux possibilités s'offrent à lui. L'une est d'appeler sa femme. Elle n'a pas répondu à sa sœur, mais peut-être décrochera-t-elle si c'est lui qui appelle ? S'il se montre persuasif, autrement dit s'il se rend en hissant le drapeau blanc comme avant, il se peut qu'elle l'accompagne à Hanam. C'est la solution la plus simple et la plus rationnelle. Mais c'est aussi celle qui lui plaît le moins.

Ce n'est pas une question d'amour-propre. Si, au début, il espérait désamorcer la mauvaise manie de sa femme, la visite de sa belle-sœur l'en a dissuadé. Ce qui lui fait peur, c'est surtout ce qu'il risque d'apprendre en passant ce coup de fil. Il craint que le doute qui grandit en lui, celui que sa femme continue de voir son ex-mari en douce et qu'elle se trouve actuellement chez lui, se vérifie, et qu'elle lui donne la pire réponse possible à sa question « Où es-tu ? » : « Je suis en famille. »

Il a toujours plié devant elle, c'est la vérité, mais il n'en est tout de même pas au point de se laisser poignarder dans le dos. Il ne veut pas qu'arrive ce qu'il redoute le plus au monde : devoir tirer un trait sur son couple.

Et surtout pas maintenant ; quitte à ce qu'un tel désastre survienne, mieux vaut que ce soit après lundi. Il opte donc pour la deuxième solution. Il rappelle sa mère et s'abrite derrière l'explication qu'il a soigneusement préparée : sa belle-mère étant finalement hospitalisée, sa femme veille à son chevet, et lui est retenu au lycée pour une affaire pressante. Du coup, il leur est impossible d'aller à Hanam aujourd'hui.

— Ta belle-mère n'a qu'une seule fille ? réplique sa mère d'une voix stridente qui trahit son irritation.

Il n'a aucun mal à l'imaginer à l'autre bout du fil : assise le dos bien droit, le visage crispé, les lèvres tordues par un rictus.

— Ma belle-sœur est en déplacement à l'étranger.

— Mais toi, tu peux bien venir nous chercher ?

— J'ai un rendez-vous demain matin avec mon directeur de master.

— Ah bon ? fait-elle en baissant la voix de deux octaves. Quel professeur dévoué ! Dire qu'il sacrifie son dimanche matin à son étudiant !

Aïe ! Il avait oublié que demain, c'était dimanche. Quel abruti ! Il a envie de se taper la tête contre un mur. Affolé, il se met à débiter n'importe quoi : ce professeur est très intransigeant et, comme il n'a rien d'autre à faire, il le convoque n'importe quand. Il ne peut pas refuser, sinon tout ce qu'il a préparé pour son master ne servira à rien. En outre, le professeur habite à Anseong et il faut du temps pour y aller…

— Je ne pense pas pouvoir arriver à Hanam avant 5 heures demain.

— 17 heures, tu veux dire ?

Sa mère laisse enfin exploser sa colère, suivie d'une longue plainte : s'il vient les chercher si tard le dimanche, le week-end sera gâché. Noah est déjà très triste de ne pas pouvoir voir son père plus tôt ; il faut penser à ce pauvre petit et essayer d'être un papa digne de ce nom ; jusqu'à quand devra-t-elle s'occuper de son petit-fils, et bla, et bla, et bla.

Eun-ho ferme les yeux. Il a l'impression que les postillons de sa mère traversent le combiné pour lui mouiller l'oreille.

— Quand tu t'es marié, qu'est-ce que tu m'as promis ?

Tu as bien dit que tu continuerais de t'occuper de Noah ?

La voilà qui entame son fameux refrain, il en a au moins pour une heure.

— Maman, excuse-moi, mais Jinu m'attend, on doit dîner ensemble… la coupe-t-il précipitamment, recourant à son prétexte habituel. Je te rappelle tout à l'heure, ajoute-t-il avant de raccrocher.

Il pose le téléphone sur son bureau. Il lui semble voir son ordinateur portable en double ou en triple. Ses oreilles bourdonnent, il lui semble même entendre des voix.

— Qu'est-ce que tu fais ? Je t'attends.

Pris d'un frisson de surprise, il lève la tête. Les fesses posées sur le bureau voisin, Jinu le regarde. Eun-ho se demande s'il s'agit d'un fantôme.

— Tu viens de dire que tu m'invitais au restau, non ?

Sur ce, Jinu se fend d'un sourire amusé en faisant passer sa clé de voiture d'une main à l'autre. Eun-ho s'apprête à lui demander ce qu'il fait là à cette heure-ci, puis se penche sur son téléphone. Qu'a-t-il entendu de sa conversation avec sa mère ? L'a-t-il vu se répandre en excuses bidon ?

— Tu es là depuis quand ? demande-t-il pour en avoir le cœur net.

— Depuis que tu m'as vendu à ta mère.

Jinu ajoute qu'il est passé chercher un truc qu'il avait oublié, et brandit une console Nintendo. Pour le moment, c'est avec elle qu'il passe tout son temps libre. D'après les rumeurs, Kim Jinu, l'unique célibataire parmi tous les professeurs du lycée de Cheongyeon, comble ses nuits solitaires avec des parties effrénées d'Animal Crossing.

— Au fait, tu m'invites dans quel restau ?

— Bon, sortons d'abord, dit Eun-ho en fourrant son ordinateur dans sa sacoche.

Puis, après trois secondes de réflexion, il glisse son téléphone dans une poche de sa veste. Il en aura besoin demain.

Dehors, il fait déjà nuit. Il pense à sa maison, qui doit toujours être vide. La question qu'il n'a pas cessé de se poser ces quatre derniers jours s'impose encore à lui : Yuna reviendra-t-elle cette nuit ? Si oui, l'émotion le gagnera une fois de plus, et une nouvelle dispute sera inévitable ; mais si elle ne revient pas, il va encore craquer. Dans un cas comme dans l'autre, mieux vaut éviter d'avoir l'esprit clair.

— On boit plutôt un coup ? propose-t-il.

Jinu accepte tout de suite sans poser de question.

Une demi-heure plus tard, ils sont assis dans un *izakaya* bondé et bruyant, juste assez pour mettre à l'aise. Eun-ho est avec son meilleur ami, avec lui on peut boire sans avoir besoin de parler. En un rien de temps, ils ont vidé deux bouteilles de *soju*. Mais il ne ressent aucune ivresse, à croire qu'il n'a bu que de l'eau ; au moins, ses sens se sont engourdis et il n'a plus son mal de crâne.

— Ça fait plus de deux ans, non ? demande tout à coup Jinu.

Eun-ho, le verre au bord des lèvres, le questionne du regard : *De quoi tu parles ?*

— Qu'on n'avait pas bu un coup ensemble comme ça.

Eun-ho a les joues en feu, comme sous l'effet d'une piqûre d'abeille. Il vide son verre d'un trait.

Jinu est son pote de lycée, ils ont été nommés la même année dans le même établissement. Comme ils avaient étudié dans des facs différentes, ils s'étaient un peu éloignés avant de se retrouver profs dans ce lycée. Ils n'ont pas tardé à redevenir proches, comme au temps où ils étaient lycéens. Ils se sont mis à fréquenter la même salle de sport, allaient voir des matchs de base-ball, se rendaient tous deux chez la mère d'Eun-ho pour s'amuser avec Noah et partaient à la mer avec lui.

Les choses ont changé quand Eun-ho a commencé à sortir avec Yuna. Ils se voyaient moins souvent. Pourtant, dans sa tête, ils étaient toujours aussi proches, et il se comportait avec Jinu au travail comme avant. Mais ils ne se retrouvaient plus en dehors du lycée. Yuna n'appréciait pas Jinu du tout. Pour elle, ce n'était qu'un gros type frimeur et pas très futé ; dès qu'il buvait un peu, on aurait dit un ours en hibernation.

— Allez, un petit coup de plus.

Eun-ho appuie sur le bouton d'appel tandis que Jinu jette un coup d'œil furtif à sa montre.

— Tu n'as pas besoin d'appeler ta femme ?

— Non.

— Quand même, tu devrais la prévenir que tu vas rentrer tard, non ?

Eun-ho prend son téléphone posé sur la table et le fourre dans son sac pour faire comprendre à son ami qu'il n'a plus envie d'en parler. Sauf que Jinu refuse de lâcher le morceau.

— On est en week-end. Elle ne va pas t'attendre à la maison ?

Eun-ho réfléchit. Dans quelle maison l'attendrait-elle ? Il se tait, de peur de dire des choses qu'il regretterait.

Sans doute l'ivresse le prend-elle tardivement, car son corps est tout brûlant et sa vision est floue.

— Vous vous êtes engueulés ?

Le ton de Jinu trahit son envie sournoise d'entendre le récit de leur dispute conjugale.

Eun-ho brandit une bouteille de *soju* vide à l'intention du serveur qui s'approche.

— Fais gaffe à toi. Au moindre faux pas, tu risques de claquer dans ton sommeil, s'esclaffe Jinu.

Curieusement, cette plaisanterie prend Eun-ho à rebrousse-poil. Son ami a fait la même blague l'an dernier à son mariage. Sauf qu'à l'époque, vu qu'il nageait dans le bonheur et qu'il avait l'impression d'être au sommet du monde, il ne l'a pas prise au sérieux. Là, il est de mauvaise humeur et n'y voit qu'une plaisanterie malveillante.

— N'importe quoi, espèce de taré ! articule-t-il d'une voix sourde.

— C'est que je m'inquiète pour toi, dit Jinu d'un air grave en l'observant attentivement. Tu sais, c'est moi qui ai joué les entremetteurs entre vous.

Ce n'est pas tout à fait faux ; enfin, il n'a pas vraiment joué les entremetteurs, juste les intermédiaires. Et on ne peut pas dire qu'il ait agi de gaieté de cœur.

— Occupe-toi de tes oignons, réplique Eun-ho, tout aussi sérieux.

Deux heures plus tard, il se sépare de Jinu qui, tel un ours en hibernation, monte dans sa voiture pour rentrer chez lui ; il a loué les services d'un chauffeur pour le remplacer au volant. Eun-ho en a appelé un aussi et l'attend près de son véhicule. La neige commence à virevolter. C'est la première de l'année, l'hiver n'étant pas encore arrivé. Les flocons mêlés de pluie tourbillonnent dans un vent tellement glacial qu'on croirait qu'il fait moins dix. Son visage le brûle, on dirait que son nez glacé va se fendre. Il est pris de nausées et, dans sa tête, une question tournoie comme une chanson entêtante : s'il avait su ce qu'elle lui ferait subir, l'aurait-il épousée malgré tout ? Il se dit que oui, car il était raide dingue d'elle à l'époque. Le vrai coup de foudre, l'amour fou dès le premier jour.

C'était à la même période, trois ans plus tôt. Il avait eu des nouvelles de Yun-hee, son ex-femme. Après leur divorce, elle était partie étudier aux Etats-Unis et s'était remariée aussitôt avec un péquenaud du Texas, un type qu'elle avait connu alors qu'elle travaillait comme interprète. Ce n'était pas qu'une rumeur, car il l'avait appris de la bouche de la mère de Yun-hee, croisée par hasard dans un grand magasin alors qu'il se promenait avec son fils Noah. La vieille dame n'avait pas manqué l'occasion de préciser que l'idée que Noah allait être confiée aux soins d'une belle-mère lui déchirait le cœur. Elle en avait les larmes aux yeux, ce qui avait plongé Eun-ho dans la perplexité.

A peine deux ans s'étaient écoulés depuis que Yun-hee avait quitté le pays en lui confiant Noah : « C'est ton fils, à toi de l'élever ! » L'encre dans les dossiers de leur divorce n'avait pas eu le temps de sécher qu'elle était déjà remariée. Evidemment, il n'avait aucune envie de la féliciter. Bien au contraire, la colère l'avait envahi, sans qu'il sache précisément pourquoi. Des idées folles s'étaient mises à germer dans son esprit : elle devait déjà fréquenter ce type quand ils étaient mariés ; elle avait demandé le divorce pour partir vivre avec lui ; elle disait vouloir retrouver la liberté mais en fait, c'était lui, sa liberté…

Sa raison lui ordonnait de cesser ces divagations absurdes, mais c'était comme d'interdire à un patient enrhumé de se moucher. Il lui fallait un remède à même d'arracher la jeune pousse de ses idées folles avant qu'elles ne deviennent un arbre capable de détruire sa vie entière. Un remède magique qui l'aiderait à se concentrer sur sa propre vie, plutôt que sur celle de son ex-femme.

C'est ainsi qu'il avait décidé de partir en voyage au lac Baïkal. A vrai dire, cette décision n'était pas le fruit d'une mûre réflexion. Ça lui était venu comme ça, alors qu'il regardait un film en sirotant du *soju*. Ce film, c'était *Les chemins de la liberté*. L'histoire de prisonniers qui s'évadent d'un camp de travail en Sibérie et qui marchent pendant 6 500 kilomètres en bravant des tempêtes de neige par moins cinquante à la recherche de cette fichue « liberté ». Le lac Baïkal se trouvait sur la route de leur long périple.

— Pourquoi le lac Baïkal ? a demandé Jinu quand il lui a proposé ce voyage.

Vu sa tête, l'idée n'avait pas l'air de le séduire. Eun-ho ne pouvait tout de même pas lui avouer que c'était parce qu'il en voulait à son ex de s'être déjà remariée. A la place, il lui a raconté l'histoire du film qu'il avait vu. Jinu a changé d'avis après l'avoir visionné à son tour. On aurait cru qu'il avait eu une sorte de révélation. Il a tenu à partir dès le début des vacances d'hiver. Et il s'est mis à établir activement le programme. Ce faisant, il a contracté la maladie du « tant qu'à faire », dont souffrent tous les voyageurs sans exception : tant qu'à faire, autant visiter d'autres sites.

Tant qu'à faire, il valait mieux partir de Vladivostok, à l'extrême sud de la Russie. Ils prendraient le Transsibérien et arriveraient à Irkoutsk au bout de quatre jours et trois nuits. De là, le lac Baïkal n'était pas très loin. Le lendemain, Jinu a proposé « tant qu'à faire » de prendre le Transsibérien jusqu'au terminus. Le jour suivant, il voulait « tant qu'à faire » pousser jusqu'en Mongolie après la visite du lac Baïkal. Le jour d'après, il a essayé de le persuader de faire un trekking dans le désert de Gobi. Parti comme il était, ils finiraient par suivre tout le parcours effectué par les personnages du film. Aussi Eun-ho a-t-il fixé fermement le terminus du Transsibérien comme destination finale.

— On ira seulement jusqu'à Moscou.

Ils ont donc prévu dix-huit jours de voyage, dont sept nuits et huit jours en train. C'est Jinu qui s'est chargé de faire des recherches, de planifier le trajet et de réserver les billets de train et les hôtels. Quant à Eun-ho, il s'est résigné à la corvée de devoir écouter, protester et freiner l'enthousiasme de son ami.

En janvier de l'année suivante, les deux amis sont partis pour Vladivostok. A l'arrivée, le soleil était déjà couché. L'aéroport n'était guère plus grand que la gare routière d'une petite ville, mais aussi bondé que celui d'Incheon. Les départs, les arrivées, le service bagages et les magasins duty-free occupaient tous le même espace, ce qui produisait encore plus d'agitation. Malgré la cohue, ils ont réussi à récupérer leurs bagages, puis Jinu s'est précipité aux toilettes en lançant : « On se retrouve dans la salle d'attente. »

Alors que, assis dans la salle d'attente, Eun-ho gardait les deux grands sacs à dos de vingt-six litres chacun, son regard a été attiré par une femme installée en face de lui. Elle était en train de changer la carte SIM de son téléphone. Il a compris qu'elle était coréenne en voyant le passeport à couverture verte posé sur ses genoux avec sa chapka, ses gants fourrés et son écharpe.

Il n'arrivait pas à distinguer son visage, car ses yeux étaient rivés à la carte SIM et ses longs cheveux raides pendaient tels des rideaux. Il ne voyait que sa longue doudoune noire, son pantalon, ses bottes et sa main bandée. En l'observant de plus près, il s'est aperçu que son index était plâtré.

Elle était sûrement droitière, sinon, elle ne se serait pas donné autant de mal pour changer la carte SIM à l'aide de son pouce et de son majeur blessés. La manipulation exigeait un geste simple mais précis, et y parvenir sans son index n'était pas évident. Loin de réussir la manœuvre, elle n'arrivait même pas à insérer la carte SIM dans la fente. Avait-elle bu en pleine journée ? Ses doigts tremblaient comme des feuilles et elle n'arrêtait pas de laisser échapper la carte.

Sa main gauche, qui accompagnait chacun de ses gestes, a capté l'attention du jeune homme pour une autre raison. Elle était ensorcelante. Avec sa blancheur, ses doigts longs et fins et ses ongles soignés, elle semblait irréelle. Etait-elle aussi soyeuse qu'elle en avait l'air ? Tout à coup, il a été pris de curiosité.

Comme il n'avait rien d'autre à regarder, il a continué d'observer ces mains, captivé par la gauche et soutenant la droite par la pensée. La voyant échouer à répétition, il s'est mis à suffoquer ; l'empathie lui rendait la scène insupportable. Il lui aurait suffi de détourner le regard, mais il n'en avait pas envie. Obsédé par l'idée de la voir réussir, il ne pouvait la quitter des yeux. En voyant la carte SIM lui échapper encore, il a manqué crier : « Ah, c'est pas vrai !... »

Curieusement, la propriétaire du téléphone n'avait pas perdu son calme. Lentement, elle a rassemblé ses affaires sur ses genoux, les a déposées sur le banc à côté d'elle, puis s'est accroupie, a baissé la tête en dessous et s'est mise à chercher l'objet perdu, tout en tenant de sa main blessée ses longs cheveux qui se déversaient en cascade. Si Jinu n'était pas revenu des toilettes à ce moment-là, Eun-ho lui aurait peut-être proposé de tenir ses cheveux à sa place.

— Qu'est-ce que tu regardes comme ça ?

Jinu a considéré la femme à son tour. Face au tableau qu'elle offrait – longue doudoune et fesses levées en l'air –, il a secoué ostensiblement la tête en remettant son sac à dos sur ses épaules. Il a même émis un ricanement en faisant claquer sa langue : espèce de pervers…

Jinu s'est dirigé vers la sortie. Eun-ho lui a emboîté le pas sans parvenir pour autant à oublier la femme. Il mourait d'envie de savoir si elle avait trouvé la carte SIM et s'est retourné juste avant de franchir la sortie. A la vue de la moitié du corps sous le banc, il en a eu la gorge nouée.

Dehors les attendait le royaume hivernal dont il avait tant entendu parler. Une tempête de neige accompagnée d'un vent violent s'abattait sur les rues sinistres et sombres. Un panneau lumineux fixé sur un mur de l'aéroport indiquait – 24 °C. La nuit suivante, quand ils ont pris le Transsibérien, il a fait – 27 °C, puis – 32 °C à leur arrivée en gare de Khabarovsk, après avoir traversé la vaste plaine enneigée, l'interminable forêt de bouleaux, la rivière gelée et plusieurs fuseaux horaires.

Il était 8 h 30 du matin, heure locale. L'aube pointait à la fenêtre. Autour de la gare, les cheminées des usines crachaient des fumées derrière lesquelles se dressaient des bâtiments grisâtres. Il devait s'agir d'une grande ville. Le téléphone d'Eun-ho, hors réseau jusqu'à présent, recommençait tout juste à capter. Dehors, le vacarme régnait. Un employé du chemin de fer retirait la glace sur les roues du train à l'aide d'un bâton métallique. Le train allait rester en gare pendant cinquante minutes.

Jinu, ayant vidé une bouteille de vodka la veille au soir, était encore dans son état d'ours en hibernation. Eun-ho a enfilé sa doudoune avant de quitter la cabine. Il n'avait pas d'endroit précis où aller, il voulait seulement respirer un peu d'air frais. Dans le couloir, devant la fenêtre, se tenait une vieille dame russe qui l'avait salué plusieurs fois du regard. Le front appuyé contre la vitre, elle était captivée par quelque chose. Il s'est approché d'elle, curieux de savoir ce qui la fascinait tant.

Il y avait une femme au visage caché sous une chapka, un masque et une écharpe. Elle prenait des photos du paysage battu par la tempête de neige, à l'aide d'un appareil jetable et non de son téléphone. Elle tournait dans le sens des aiguilles d'une montre, s'arrêtant tour à tour face aux cheminées d'usine, au chemin de fer interminable et à la gare. Lorsqu'elle a enfin pivoté vers la fenêtre du train, il l'a aussitôt reconnue. La main qui tenait l'appareil photo était bandée. Elle avait dû monter dans le même train qu'eux.

Avait-elle retrouvé sa carte SIM ? Sa curiosité s'est réveillée. Il était euphorique, comme s'il venait de croiser aux toilettes une star qu'il adulait. Il s'est mis à l'observer de près, comme à l'aéroport. Il n'en éprouvait aucun sentiment de culpabilité. Après tout, notre habitude d'épier les autres ne nous vient-elle pas de nos ancêtres qui pistaient le gibier dans la savane ?

Une, peut-être deux minutes plus tard, une dame portant une grande valise s'est approchée d'elle. Après quelques échanges, la dame a sorti de sa valise un sac transparent contenant des petits pains. La jeune femme a plongé la main gauche dans la poche de sa doudoune pour en ressortir une poignée de monnaie.

Eun-ho s'est ainsi retrouvé soumis à une torture aussi insoutenable que lors de l'épisode avec la carte SIM. A l'aide du majeur de sa main droite qui tenait l'appareil photo, elle a poussé une à une les pièces posées dans sa main gauche vers la dame. Elle prenait tout son temps et son geste était tellement lent qu'il avait envie de lui crier : « Dis à la dame de se débrouiller et de prendre ce qu'il lui faut ! »

— Qu'est-ce que tu regardes comme ça ?

La voix de Jinu a résonné derrière lui. Eun-ho s'est retourné et a vu son ami sur le seuil de la cabine, l'air à peine réveillé. Impossible de répondre, car quand Jinu s'est approché de lui, elle n'était plus là. L'inquiétude l'a saisi ; il s'est demandé si la marchande de petits pains, perdant patience face à cette jeune femme lente comme une tortue, avait fini par l'entraîner quelque part en la tirant par les cheveux.

Après cela, chaque fois que le train s'arrêtait, Eun-ho se précipitait vers la fenêtre. Hélas, il ne l'a plus revue, même lorsqu'ils sont descendus de nuit en gare d'Irkoutsk, la ville à l'ouest du lac Baïkal, en pleine tempête de neige. Le lendemain matin, ils sont partis pour le lac Baïkal. D'après un employé de l'hôtel, c'était tout près. Eun-ho ignorait que « tout près » ne signifiait pas du tout la même chose en Russie qu'en Corée. Ils ont dû faire cinq heures de bus sur la plaine enneigée, le chauffage poussé tellement à fond qu'on se serait cru dans un four. Ensuite, ils ont traversé le lac Baïkal gelé à bord d'un aéroglisseur, puis l'île d'Olkhon dans un ancien véhicule militaire qui les attendait à l'embarcadère. Lorsqu'ils ont atteint le village de Khoujir, leur destination, un soleil rougeâtre déclinait au-dessus du lac.

Dès qu'ils ont posé leurs valises à l'hôtel, Jinu a consulté la carte sur Google. Apparemment, non loin de l'hôtel se trouvait le Rocher du Chaman, qu'on disait chargé d'une puissante énergie. Il suffisait de faire un vœu au moment où le soleil atteignait la montagne de l'autre côté du lac pour que l'esprit du rocher l'exauce. C'était aussi un lieu de pèlerinage pour les chamans du monde entier. Malgré la fatigue du long voyage, Eun-ho a suivi son ami, qui lui avait promis que cette sortie équivalait à une petite promenade dans le quartier.

Toutefois, il leur a fallu gravir plusieurs collines abruptes, glissantes, verglacées, enneigées et creusées de crevasses béantes. On était plus proche d'un tour du monde que d'une petite promenade de santé. En plus, comme le soleil se couchait, il n'y avait presque personne. Parviendraient-ils jusqu'à ce fameux rocher avant la tombée de la nuit ? Pouvaient-ils faire confiance à Google Maps, qui commet parfois des erreurs ? Réussiraient-ils à regagner l'hôtel ? Toutes sortes de doutes se bousculaient dans sa tête quand, soudain, quelque chose a accroché son regard : un portail dont les piliers semblables à des mâts étaient enroulés de bandes de tissu multicolores.

— Ce doit être par là ! s'est écrié Jinu en désignant un rocher noir au-delà du portail.

D'immenses formations rocheuses déchiquetées se superposaient les unes aux autres. A leur pied il y avait toute une colonie de pierres de tailles différentes, certaines entassées et d'autres érigées en tours. Parmi elles, l'œil d'Eun-ho a repéré un petit rocher, et ce n'est qu'en s'approchant qu'il a compris qu'il s'agissait d'une forme humaine.

Une femme. Debout, l'air absent et les bras croisés, elle se tenait face au Rocher du Chaman. Elle était en noir des pieds à la tête : ses longs cheveux qui pendaient sous sa chapka comme ceux de Lara dans *Le Docteur Jivago*, son écharpe, sa doudoune, ses bottes, et même les petites pagodes de pierre devant elle, tout était noir. Les pagodes étaient constituées de deux colonnes, chacune composée de quatre pierres plates noirâtres empilées les uns sur les autres, sûrement en souvenir des défunts. Dans les interstices entre les pierres, on avait coincé des brindilles encore fraîches ainsi que des restes de bâtons d'encens brûlés. Un léger parfum flottait dans l'air malgré le vent violent.

Eun-ho s'est arrêté net. S'approcher davantage aurait risqué de créer un malentendu. Dans la rue, il aurait pu passer devant elle, mais au bord de ce lac désert, c'était impensable. Feignant l'indifférence, il s'est tourné vers le lac et a fait semblant de le contempler.

Le soleil rouge sang descendait vers la terre, et un crépuscule mauve gagnait le ciel ; de leur côté du lac, les croupes des collines qu'ils avaient franchies se coloraient d'un rouge orangé. A l'horizon, sous l'ombre de la montagne, une Jeep noire roulait en soulevant des gerbes de neige.

Il a imaginé le lac recroquevillé sous ce vaste champ de glace et s'est vu sombrer dans une eau bleue, limpide et profonde. Un frisson de peur l'a saisi. A cet instant, le déclic d'un appareil photo a retenti ; sans réfléchir, il s'est retourné. Debout près de la jeune femme, Jinu photographiait le Rocher du Chaman sous tous les angles et à différentes distances. *Clic-clac.*

Sans doute gênée par le bruit, la femme a pivoté vers Jinu, qui l'a dévisagée.

— Tu ne me reconnais pas ? Moi, je crois savoir qui tu es, a-t-il lancé en avançant d'un pas.

Eun-ho a rougi de honte. Non, mais il est cinglé ou quoi ! a-t-il tempêté. Voilà qu'il cherchait à draguer en pleine Sibérie ! Sans lui répondre, la femme s'est retournée face à Eun-ho qui, involontairement, lui bloquait le passage.

Elle a levé le visage et leurs regards se sont croisés. Pile à ce moment-là, le vent a écarté ses cheveux et le halo du crépuscule a transformé ses prunelles en êtres vivants rouge foncé, qui semblaient lui demander : *Et toi, qui es-tu ?* A la fois effrayés, irrités et méfiants, ces yeux scrutaient le visage d'Eun-ho dans ses moindres détails.

Eun-ho s'est subitement rappelé une théorie sur la beauté féminine développée par un célèbre YouTubeur spécialisé dans le bien-être. D'après lui, il existait deux sortes de beauté : universelle, reconnue par tout le monde, et subjective, qui ne se révélait qu'à celui qui tombait sous son charme. La beauté de cette jeune femme répondait au second critère. Il a senti son bas-ventre se contracter.

Elle a cligné une fois des yeux, l'air de lui demander : *Tu me laisses passer ?* Il a incliné poliment la tête avant de s'écarter. Baissant le regard, il a aperçu sa main droite, et ce n'est qu'alors qu'il a compris qu'il s'agissait de celle qui l'avait torturé avec ces histoires de carte SIM et de pièces de monnaie. C'était la troisième fois qu'il la croisait dans des lieux et des circonstances inattendus.

— Tu as fréquenté la fac Dong-a à Séoul, pas vrai ? a dit Jinu derrière la femme, dérangeant leur rencontre. Sin Yuna du département de littérature russe, promo 2005 ?

Eun-ho avait l'impression de s'être pris une gifle. Il ne s'agissait donc pas d'un stratagème de drague, son ami la connaissait réellement ? La femme a lentement tourné le regard vers Jinu. Ses prunelles rouge foncé, qui l'avaient ensorcelé un instant plus tôt, exprimaient clairement son sentiment et semblaient demander : *Qui es-tu, toi qui prétends me connaître ?*

— C'est bien toi, Yuna ! Je n'étais pas sûr, a dit Jinu avec un doux sourire.

Il cherchait manifestement à détendre l'atmosphère, mais ça n'a pas marché, car on percevait la crispation de la jeune femme à travers son épaisse doudoune.

— Tu ne te souviens pas de moi ? On se connaît, pourtant.

Jinu guettait la réaction de la jeune femme. Sans répondre, elle se contentait de le dévisager, l'air d'attendre la suite.

— On s'est vus chez toi le jour du déménagement de Ji-un. Tu m'as même offert un café.

Le regard de la femme a zigzagué sur le visage de

Jinu, et plusieurs expressions ont traversé ses prunelles couleur du crépuscule avant de disparaître. Eun-ho ne pouvait pas tout déchiffrer, mais il est parvenu à deviner la dernière : *Ah, oui...*

— Maintenant, je te reconnais, a-t-elle enfin lâché.

Sa voix était à peine audible, si bien qu'il fallait tendre l'oreille au maximum pour l'entendre, et elle semblait tellement prête à s'éteindre qu'on n'était pas sûr qu'elle arrive à la fin.

— Tu étais au département de biologie : Kim…

— Jinu, a complété l'intéressé en imitant un salut militaire avec l'index.

Puis les événements se sont enchaînés d'eux-mêmes, à tel point qu'Eun-ho en a éprouvé un brin de déception. Deux camarades de fac, aussi réjouis que gênés de s'être retrouvés après tant d'années – ils avaient déjà la trentaine bien sonnée –, ont décidé d'aller boire un coup. Eun-ho les a suivis, tout en écoutant leur conversation. Voici les informations qu'il a pu glaner : elle était arrivée sur l'île d'Olkhon dans l'après-midi ; elle voyageait seule ; elle travaillait actuellement comme stagiaire dans l'entreprise de son père ; les pagodes en mémoire des défunts n'étaient pas son œuvre ; Jinu, encore étudiant, avait bu un café chez elle alors qu'elle vivait avec le dénommé Kang Ji-un ; ils étaient tous les trois de la même promo de fac et avaient donc le même âge ; soit, le même âge qu'Eun-ho.

Jinu les a emmenés dans un bar près de leur hôtel, où l'on pouvait aussi se restaurer. L'endroit était bondé et la musique très forte. Ils se sont installés à une table près de l'entrée.

— Au fait, tu es avec un ami ? a-t-elle dit à Jinu.

Celui-ci a ouvert des yeux ronds, comme s'il se souvenait subitement de la présence d'Eun-ho. Il l'a présenté brièvement, sur un ton un peu contrarié : « aspirant écrivain à l'époque de la fac, actuellement prof de coréen, tout juste divorcé. » Il voulait faire passer ça pour une plaisanterie, mais c'était un coup tordu, voire carrément vicieux. Face à cette attaque surprise, Eun-ho est resté médusé. Alors la femme, tout en le fixant du regard, a demandé à Jinu :

— Et toi ? Tu t'es marié ?

— Moi ? Je suis un animal en liberté, en rut tout au long de sa vie. Et toi, Yuna ?

Les yeux de la femme se sont plissés en forme de croissant.

— J'ai divorcé il y a une semaine.

Un bref instant, sa respiration s'est bloquée. On aurait dit qu'il avait avalé sa langue. Etait-il surpris par l'annonce de ce divorce, ou par le fait que cela ne remontait qu'à une semaine ? Eun-ho n'aurait su le dire, mais pour sa part il avait surtout retenu que la ligne de but était dégagée, que cela remonte à une semaine ou à un an, ça lui était égal. L'important, c'était qu'il n'y ait plus personne pour lui barrer le passage.

— Ah... Mon cœur a failli lâcher !

A cette réplique tardive de Jinu, elle a ri aux éclats en dévoilant ses belles dents. Cette fois, c'est Eun-ho qui en a eu le souffle coupé. Ce rire était si léger et mélodieux qu'il en a eu des chatouillis dans le ventre, comme s'il avait avalé des plumes d'oiseau, et les poils sur sa nuque se sont tous dressés. Heureusement qu'un serveur est arrivé, sinon même ceux de ses jambes se seraient hérissés.

— Qu'est-ce qu'on boit ? a demandé Jinu.

La tête ailleurs, Eun-ho n'a rien répondu, toute son attention était mobilisée par cette agréable sensation de chatouillement au niveau de son nombril. C'est donc elle qui a répondu :

— De la vodka.

Ils étaient d'accord tous les trois. Puis chacun s'est choisi un plat. C'est encore elle qui a passé commande. Eun-ho était surpris par deux choses. D'abord, par sa maîtrise du russe. Etait-elle interprète, comme son ex-femme ? Ensuite, par l'aisance avec laquelle elle communiquait avec le serveur, sans avoir à élever la voix dans ce bar pourtant bruyant. Le serveur s'est penché vers elle et lui a dédié son oreille gauche.

— J'ai entendu dire que tu étais partie étudier à Moscou, c'était donc vrai ? a repris Jinu une fois que le serveur est reparti. Tu parles comme une vraie Russe.

— Dis donc, j'ai l'air d'intéresser beaucoup de monde, a-t-elle riposté sur le ton de la plaisanterie.

Tous les deux bavardaient de tout et de rien. Enfin, « bavarder » n'était pas franchement le terme adéquat, car c'était surtout Jinu qui parlait. Il lançait trois ou quatre phrases, auxquelles elle répondait brièvement. Elle formulait souvent des phrases tronquées, sans sujet ni verbe, qu'elle terminait par des points de suspension. Par exemple, au lieu de dire : « Tu peux me passer une serviette ? », elle se contentait d'un : « La serviette… » en la désignant du regard. De toute évidence, cette approche de la conversation était comme une seconde nature chez elle.

Eun-ho se contentait de les écouter en silence. Il aurait été un peu malvenu d'intervenir, mais surtout, il s'évertuait à grappiller des informations à partir des brèves phrases qu'elle prononçait et à jeter des coups d'œil furtifs vers son visage tout en sirotant sa vodka. De temps en temps, leurs regards se croisaient, et alors les yeux de Yuna se plissaient en forme de croissant. Mais au lieu de lui rendre son sourire, il se contentait de vider son verre. Lui, un grand dadais de trente-trois ans, divorcé et malade de jalousie en apprenant le remariage de son ex, se comportait comme un gamin de treize ans éperdument amoureux de la petite voisine. Robert Frost avait raison de dire : « Il faut vingt ans à une mère pour faire de son garçon un homme, mais vingt minutes suffisent à une femme pour en faire un idiot. »

Peut-être parce qu'il avait pris froid à la visite du Rocher du Chaman, ou qu'il n'avait pas mangé correctement de toute la journée, en tout cas, après quelques verres de vodka, Jinu a commencé à ressembler à un ours en hibernation. Il parlait de moins en moins, et quand Eun-ho est revenu des toilettes, son ami avait posé la tête sur la table. Il l'a secoué en le tenant par les épaules, en vain.

— Ce n'est pas moi qui l'ai mis dans cet état-là, a dit Yuna comme pour se justifier quand Eun-ho lui a jeté un regard.

Il a aidé Jinu à se lever en enroulant un de ses bras autour de ses épaules et en tirant sur la ceinture de son pantalon. Yuna s'est chargée de porter les affaires des deux hommes : doudounes, écharpes, bonnets, gants, etc.

L'hôtel était à peine à cinq minutes de là. Jinu lui paraissait moins lourd que d'habitude, même s'il pesait deux fois plus que lui. En fait, il était obnubilé par l'idée de séduire Yuna, et le poids de son ami était le cadet de ses soucis. Que cela plaise à Jinu ou non, il n'avait pas envie de laisser filer cette chance. Ce n'était pas tous les jours qu'il rencontrait une femme capable de lui chatouiller le ventre avec son rire.

Il a couché Jinu sur son lit, lui a ôté ses chaussettes et a tiré sur lui la couverture pour qu'il dorme paisiblement tandis qu'elle disposait leurs affaires sur le canapé. Eunho a remis sa doudoune, pris son écharpe et son bonnet.

— Tu loges où ?

Elle a esquissé un petit sourire timide.

— Tiens, tu sais parler.

A vrai dire, c'était la première fois qu'il ouvrait la bouche de toute la journée. Ce n'était pas délibéré de sa part, et ça n'avait rien d'exceptionnel. Avec Jinu, il préférait souvent écouter. Ce n'était pas qu'il n'aimait pas parler, mais il se sentait plus à l'aise dans ce rôle-là. Sauf avec sa mère.

— A l'auberge de Nikita, a-t-elle répondu.

Il a consulté Google Maps sur son téléphone. C'était à dix minutes à pied. Il aurait préféré que ce soit plus loin.

Le GPS l'a guidé vers la rue la plus large du quartier. Il était encore tôt ; en Corée, la rue aurait été noire de monde, mais là il n'y avait personne. La plupart des magasins avaient fermé. Seules des meutes de gros chiens traînaient dans les rues sombres et tranquilles ; des cris d'animaux résonnaient dans une forêt lointaine.

L'horizon resplendissait comme sous une pluie d'étoiles filantes. Le ciel bleu sombre était parsemé de nébuleuses, tels des archipels perdus au milieu de l'océan. A chaque pas, des étoiles glissaient jusque sur son front, tellement lumineuses et scintillantes qu'il avait l'impression d'avoir le visage trempé par leur éclat bleuté.

Il marchait lentement, en se calant sur le pas de la jeune femme, silencieux et attentif au bruit de leurs chaussures. Depuis qu'ils avaient quitté l'hôtel, il avait de nouveau sombré dans le mutisme. Désemparé, il se bornait à consulter sa montre sans arrêt. Six minutes s'étaient déjà envolées sans qu'il ait tenté quoi que ce soit. Quelle frustration ! Enfin, non loin de l'auberge de Nikita, ils sont tombés sur un magasin ouvert.

— On peut y faire un saut ? a-t-il proposé en désignant la boutique.

Il n'avait rien à acheter, c'était juste un stratagème pour gagner du temps.

— Je te suis si tu m'achètes un esquimau au nougat, a-t-elle répondu.

Un esquimau au nougat ? Si ce n'était que ça, il était prêt à lui en offrir une centaine. En partant du principe que ce petit magasin perdu de Sibérie en vendait.

La boutique était adjacente à une maison d'hôtes. On y trouvait un peu de tout, des souvenirs aux crèmes glacées. Curieux, il a regardé quelques articles ici et là avant de choisir un sachet de cacahuètes, petit mais tellement compact qu'on aurait dit un fragment de brique, il devait contenir une quantité considérable de cacahuètes. Yuna, quant à elle, a sorti quelque chose d'un congélateur et l'a brandi en disant :

— Esquimau au nougat !

Ils ne sont même pas restés dix minutes, mais cela a suffi pour que la météo change radicalement. Quand ils ont mis le nez dehors, ils se sont trouvés en pleine tempête de neige. C'était comme si on lui avait mordu le nez, et il a lâché spontanément un « aïe ! ». Une douleur intense, pareille à celle d'une morsure de crocodile, a irradié dans toute sa tête. Des larmes, jaillies brusquement, se sont aussitôt transformées en stalactites collées à ses cils.

Il s'est arrêté de marcher et a enfoui ses yeux dans ses mains. Dans le court instant où les stalactites ont fondu sur ses rétines, il a tremblé telle une feuille, le dos comme paralysé. Le froid était si cruel et brutal qu'il en grinçait des dents.

— Tu as des glaçons dans les yeux ?

Eun-ho a entendu la voix de Yuna tout près.

— Ne les frotte surtout pas, ça ne ferait qu'aggraver le problème.

Il a écarté les mains. A sa surprise, elle était effectivement tout près de lui, au point que son souffle lui chatouillait le cou, et elle levait le visage pour l'étudier.

— Ça va maintenant, a-t-il dit en clignant des paupières.

Elle a hoché la tête en reculant d'un pas. Son visage était à moitié noyé dans les bourrasques de neige, et ses longs cheveux échappés de sa chapka ondoyaient comme la crinière d'un cheval.

— On y va ? a-t-elle dit.

Malgré ses joues bleues, elle ne semblait pas intimidée par le froid intense. Elle a rajusté son écharpe avant de s'avancer dans la tempête de neige qui l'assaillait de plein fouet. Nonchalamment, elle a déballé son bâtonnet de glace et s'est mise à le grignoter. Eun-ho a consulté la température ambiante sur son téléphone : – 41 °C.

— Tu n'as pas les dents gelées ?

Pour toute réponse, elle lui a tendu le bâtonnet, comme pour lui en proposer. Il a accepté sans hésiter. Mais elle avait déjà dévoré toute l'enveloppe chocolatée, et il n'en restait que l'intérieur blanc. Il a voulu mordre dedans, curieux de savoir s'il était toujours fondant même par – 41 °C. Horreur : un goût de sang a jailli dans sa bouche. Avant même que ses dents ne touchent la glace, ses lèvres sont restées collées et, en voulant les détacher précipitamment, il s'est arraché la peau. De nouveau, les larmes ont monté.

— Tu aurais dû les décoller avec de la salive.

Elle lui a lancé ce conseil tardivement, d'une voix un brin moqueuse, tout en lui tendant un mouchoir en papier. Il l'a accepté et lui a rendu la glace, qu'elle s'est mise à grignoter avec les molaires, comme pour expliquer : « C'est comme ça que ça se mange. » De sa bouche s'échappaient des petits crissements semblables à ceux qu'on fait en marchant dans la neige.

— Il y a trois questions que j'aimerais te poser, a-t-il risqué. Je peux ?

Elle a hoché la tête, le bâtonnet entre les dents.

— Tu as retrouvé ta carte SIM ?

Le crissement s'est arrêté net.

— Les petits pains étaient bons ? a-t-il enchaîné.

Saisissant le sens de ces deux interrogations, elle a ôté le bâtonnet de sa bouche et l'a regardé. La lueur d'un réverbère vacillait dans ses prunelles comme une cloche qui se balance ; pour un peu, on aurait cru entendre *ding-dong*. Etait-ce de l'amusement ou de la méfiance qu'il lisait dans ses yeux ? Franchement, il n'aurait su le dire. Dans ces cas-là, mieux vaut étouffer le feu que l'attiser, telle était sa philosophie.

— Je ne suis pas un désaxé, a-t-il précisé. Simplement, je suis assez observateur.

La réponse à la première question était « non ». Elle avait même perdu sa carte SIM d'origine, son téléphone ne marchait plus. Pour la deuxième question, elle a aussi répondu par la négative.

— J'ai moi aussi une question à te poser, Eun-ho.

Eun-ho… Il était flatté qu'elle l'appelle par son prénom, et l'a interprété comme un signe qu'elle s'intéressait à lui. Du coup, il a ravalé sa troisième interrogation, qui portait sur la main blessée. Il a hoché la tête en retenant un sourire béat. *Demande-moi tout ce que tu veux, je suis prêt à passer la nuit à te répondre.*

— Pourquoi tu as divorcé ?

Eun-ho a sursauté. La question était inattendue, presque indiscrète. Mais il avait envie de lui répondre quand même. Alors, il a tâché de réfléchir sérieusement à la raison de son divorce. Il avait beau se creuser la tête, il ne trouvait pas de motif élégant. Faute de mieux, il a fini par lui livrer la vérité toute crue.

— Elle m'a dit de foutre le camp.

Yuna a éclaté de rire, tandis que lui se pétrifiait, recroquevillé sur lui-même. Son rire lui a fait un effet encore plus extraordinaire que la première fois, lui hérissant les poils de partout. Le corps en feu, il a oublié un instant le froid et s'est senti rougir des oreilles aux orteils. Après avoir lâché un rire interminable qui l'a mis au supplice, elle a lancé :

— Oh, mon pauvre… Je te plains.

Il a voulu dire « C'est sûr » mais il s'est immobilisé. Il venait de s'apercevoir qu'une meute de chiens du quartier les avait encerclés. Noirs, jaunes, blancs, tachetés… ils étaient aussi gros que des loups et se comportaient de manière tout aussi organisée. Comme s'ils ne formaient qu'un seul corps, ils avançaient à pas mesurés, refermant peu à peu leur étau. Certains remuaient la langue, d'autres montraient les crocs, ou rugissaient comme des fauves. Il supposait que ces animaux devaient avoir deux fonctions : le jour, ils gardaient des vaches, et la nuit, ils se changeaient en racketteurs de touristes. On aurait dit qu'ils convoitaient l'esquimau, comme s'il s'agissait d'un droit de passage. Eun-ho a mis Yuna derrière lui et elle a caché le bâtonnet dans son dos. Les bêtes avançaient en suivant la crème glacée, leurs pattes sonnaient sur le sol gelé.

— Allez-vous-en ! a-t-elle crié, prise de peur.

Même dans ces circonstances, son cri était proche du chuchotement, on aurait pu croire qu'elle leur proposait un casse-croûte. Evidemment, les chiens ne reculaient pas. La langue pendante, ils se sont avancés jusqu'à être à portée de main.

— N'approchez pas ! a-t-elle encore chuchoté vainement.

Elle s'est retournée et, dos à dos avec Eun-ho, a fait passer l'esquimau de sa main gauche à la droite. Les chiens ont suivi son mouvement, et elle a encore changé le bâtonnet de main. Ainsi s'est poursuivi l'affrontement sans issue. Les bêtes tournaient en suivant l'esquimau, tandis que les deux humains, dos contre dos, tels des siamois, suivaient la meute de chiens du regard.

De toute évidence, le jeu n'était pas en leur faveur. Ni numériquement, ni stratégiquement, car ces saletés de bêtes devaient avoir pour habitude de piller les touristes qui sortaient du magasin.

Eun-ho a frôlé la main de Yuna avec son majeur.

— Cette glace au nougat, donne-la-moi, lui a-t-il dit.

Elle a dû comprendre, car elle la lui a aussitôt donnée, sans demander pourquoi. Il l'a jetée dans la direction d'où ils venaient, ainsi que le sachet de cacahuètes qui a éclaté avec un grand *bang*. La meute de chiens s'est précipitée en direction du bruit en aboyant. C'était le moment ou jamais. Attrapant la main de Yuna, il s'est élancé vers l'auberge de Nikita.

— Ils nous suivent ! a-t-elle crié en se laissant entraîner.

Bien sûr qu'ils n'allaient pas les lâcher. Il l'a prise par les épaules et ils se sont engouffrés par le lourd portail en bois, qu'il a refermé d'une poussée du dos. Le portail a claqué en heurtant les têtes de plusieurs chiens, puis il y a eu un chœur d'aboiements. Il devait y avoir au moins quatre ou cinq chiens.

Il a fallu pas mal de temps avant que le calme revienne. Debout contre le portail, Eun-ho a attendu que les animaux repartent, tout en continuant de tenir Yuna par les épaules, même si ce n'était plus vraiment nécessaire.

— Ma glace au nougat s'est envolée, a-t-elle fait remarquer en s'écartant.

— Mon sachet de cacahuètes aussi, a renchéri Eun-ho en baissant le bras, un peu gêné.

L'auberge de Nikita était plus proche d'une résidence que d'un hôtel. Il y avait une réception à l'entrée et chaque logement était indépendant, comme des petits bungalows séparés. Vu que plusieurs chemins partaient dans différentes directions, l'établissement devait être de taille assez conséquente.

— Tu loges où, Yuna ? a-t-il demandé.

Elle l'a guidé vers la droite de la réception. Son bungalow se trouvait en face d'un café. Il s'est arrêté devant la porte. Il était temps de dire quelque chose. Peu importait quoi, du moment que cela lui permettait de la revoir. Par exemple, lui demander son numéro de téléphone, ou lui proposer une promenade le lendemain, comme pour jeter un appât.

— On peut peut-être acheter des glaces ici, même si on n'en trouve pas au nougat, a-t-il proposé en désignant le café encore ouvert.

— On peut en manger sur place ? a-t-elle fait avec un petit sourire.

En fin de compte, on les a chassés avant même qu'ils aient eu le temps de s'installer. C'était l'heure de la fermeture. A présent, il n'avait plus aucune raison de rester avec elle. Ils n'allaient pas traîner dehors en grelottant en pleine tempête de neige. Et il n'osait pas se faire inviter dans son logement bien chauffé. Il a donc décidé de se retirer. Gagner sa confiance importait plus que d'écouter ses envies à lui.

— Demain, on va faire un tour dans le nord. Ça te dit de nous accompagner ?

— Oui, a-t-elle aussitôt répondu. Si tu m'achètes un autre esquimau au nougat.

Le lendemain, Jinu, qui avait trop bu de vodka, avait mal à la tête et vomissait encore. De toute évidence, il n'était pas d'attaque pour cette excursion dans le nord. Sur le chemin de l'auberge de Nikita, Eun-ho a acheté une glace au nougat. Le cœur en joie, il avait presque l'impression de danser – non, il dansait carrément –

dans cette rue matinale où il n'y avait pas l'ombre d'un chien.

Il y a des moments dans la vie où tout semble se dérouler à merveille, où le ciel paraît éclairer le chemin. C'était précisément ce genre de moment-là. Il a senti que l'univers lui envoyait une énergie favorable. Le destin semblait bien décidé à l'aider en mobilisant tous les moyens possibles : glace au nougat, meute de chiens, vodka.

*

La porte d'entrée s'ouvre, et Noah bondit dehors en criant : « Papa ! » Eun-ho sort de l'ascenseur et ouvre grand les bras en s'écriant à son tour : « Fiston ! » Il soulève aisément dans les airs le corps léger du garçonnet de cinq ans. Les bras et les jambes de son fils, qui s'enroulent autour de son cou et de sa taille, sont aussi souples et fins que des tiges de cosmos. Son petit cœur bat comme celui d'un lièvre en pleine course et sa respiration sifflante évoque celle d'un athlète ayant parcouru cent mètres à pleine vitesse, alors qu'il a à peine fait quelques pas depuis la porte.

La réalité rattrape enfin Eun-ho : il est le papa d'un enfant asthmatique qu'il ne peut pas élever lui-même, ce qui le désole.

— Papa t'a manqué, Noah ? demande-t-il en frottant sa joue contre celle de son fils.

L'enfant répond distraitement « oui ».

— Papa, il n'y a plus que quarante dodos avant que je puisse aller au club de foot, hein ? lui demande-t-il aussi sec. C'est bien ça ?

— Quarante dodos ? répète Eun-ho, pris de court.

Il ne comprend pas. Noah recule la tête pour le regarder, ses yeux noirs et brillants traversés par une lueur d'inquiétude.

— Peut-être quarante et un dodos ? En tout cas, on m'a dit que je pourrai y aller quand j'aurai six ans.

Eun-ho réfléchit. A-t-il vraiment dit ça ? Il sonde sa mémoire, mais n'en a aucun souvenir.

— C'est le docteur qui me l'a dit, précise Noah.

Aïgo... Il réprime un gémissement. Comme tous les petits garçons de son âge, Noah adore le football. Il aime regarder des matchs, mais encore plus jouer. Son plus grand désir est de jouer avec ses camarades de maternelle, mais il se décourage à chaque fois.

D'abord, il est incapable de courir. Dès qu'il commence à courir, ses lèvres bleuissent et, au bout de quelques pas, il n'arrive plus à respirer. Il est plus petit que les enfants de son âge et manque de force physique. Même quand il se heurte à des plus jeunes que lui, c'est systématiquement lui qui tombe ; s'il a participé à un match de foot un peu violent dans la journée, il passe la nuit à gémir de douleur. Il a donc dû arrêter. Il n'a même pas encore appris à jouer qu'il a déjà été confronté à la dure réalité : ses capacités ne sont pas à la hauteur de ses rêves.

Noah se console en dribblant dans la salle de séjour, souvent celle de sa grand-mère. Mais depuis peu, même cette activité toute simple pose problème, car les voisins se plaignent du bruit. Désormais, Noah ne peut jouer au ballon que le week-end, dans la maison de son papa. Chaque fois qu'il retrouve son père, il le supplie de l'inscrire au club de foot. « Quand tu seras un peu plus grand, si ton asthme s'améliore, tu pourras y aller. » Ces paroles de son médecin traitant lui ont fait l'effet d'une révélation, même si Eun-ho ignore comment « un peu plus grand » a pu se transformer en « quand j'aurai six ans » dans sa tête.

— Ton anniversaire est encore loin, lui fait-il remarquer.

— Mamie m'a dit que dans notre pays, on prend un an de plus au Nouvel An.

— Vous allez passer la nuit dehors comme ça ? lance la mère d'Eun-ho depuis la porte.

Cette interruption n'aurait pas pu mieux tomber car il est à court de mots. Il entre promptement dans l'appartement, Noah encore dans les bras, et ôte ses chaussures avant de pénétrer dans le séjour.

— Tu es ponctuel, dis donc, ironise sa mère, debout les bras croisés devant le canapé. Si tu arrivais un peu plus tôt, ce serait la fin du monde ?

La pendule murale indique 16 h 30. Il a une demi-heure d'avance.

— Ce matin, le petit est sorti voir sur le balcon des dizaines de fois.

En reposant Noah au sol, Eun-ho se rend compte que celui-ci est déjà en tenue pour sortir : sweat-shirt, jean, chaussettes… Il visualise aussitôt l'enfant qui se lève tôt et se dépêche de s'habiller. D'après sa mère, c'est toujours ce qu'il fait le jour où il se rend chez son papa.

Sur le canapé se trouvent la doudoune de Noah et le manteau de sa mère, tandis qu'au pied reposent le ballon de foot tant chéri et deux sacs, dont le cartable de maternelle, qui doit contenir les affaires de Noah et les médicaments pour son asthme. Eun-ho en met un sur chaque épaule et s'incline devant sa mère.

— Après vous, chère madame.

Elle monte avec Noah sur la banquette arrière et n'adresse pas la parole à son fils pendant un bon moment. A vrai dire, elle n'en a pas l'occasion, car Noah ne cesse de pépier. Au bout d'un moment, le petit garçon, épuisé, commence à somnoler ; la balle est enfin dans le camp de la mère.

— Ta femme est rentrée de l'hôpital ?

— Oui, répond Eun-ho tout en pensant « peut-être », car il n'a pas vérifié.

Il n'a reçu qu'un message de Yuna quelques heures plus tôt : *Je fais des courses au supermarché. Toi, va à Hanam.*

Il était en train de se préparer un café. Après avoir été en proie à un tourbillon d'émotions toute la matinée, il venait de reprendre ses esprits. Il avait renoncé à attendre le retour de sa femme et commençait à se demander comment il allait se débrouiller sans elle. Il avait alors recouru à sa vieille méthode du « si… », souvent utilisée du temps où il était étudiant et aspirant écrivain : *si Jinu se trouvait à ma place, quel conseil je lui donnerais ?*

Il a d'abord réfléchi à « l'adultère » de sa femme. Mais il n'en avait aucune preuve tangible ; il supposait simplement qu'elle allait voir son ex chaque fois qu'elle quittait la maison. Aussi était-il inutile de trembler de colère d'avance en se sentant trahi. Il serait toujours temps de s'en assurer lorsque Noah et sa mère seraient rentrés à Hanam. Deux possibilités s'offraient à lui : recourir aux services d'un détective privé, ou s'en occuper lui-même. Mais ce n'était pas le moment.

Ensuite, il a songé à ses priorités. L'être le plus cher à ses yeux était Noah. Il ne fallait pas le décevoir davantage. Tant pis si sa mère finissait par être au courant que sa femme quittait la maison à chaque dispute. Il se rendrait donc à Hanam dès qu'il aurait fini son café.

C'est à ce moment-là qu'il avait reçu le message de sa femme, alors qu'il venait d'attraper sa clé de voiture. Plusieurs interrogations l'ont assailli. Ce timing extraordinaire n'était-il qu'une coïncidence ? Elle devait savoir pertinemment qu'il l'attendait en multipliant les mensonges auprès de sa mère pour expliquer son absence, elle avait supputé combien de temps il patienterait et comment il réagirait en recevant son message. Sans quoi, elle n'aurait pas pu choisir un moment aussi opportun.

Le contenu de son message a ravivé ses émotions qu'il était parvenu à réprimer à grand-peine. Elle allait faire des courses avant de rentrer, comme si de rien n'était ? S'il lisait entre les lignes, elle se moquait de lui, et fanfaronnait même un peu : je te sauve la mise, au moins cette fois-ci. Il croyait entendre aussi sa voix fière : je peux justifier mon départ de la maison, et toi, tu finiras par l'accepter.

Comme un pauvre nul, il avait obéi à l'ordre de sa femme. Le plus lamentable, c'est qu'il avait même répondu à son message : *J'ai dit à ma mère que la tienne était hospitalisée.*

Pour éviter tout conflit avec sa mère, Eun-ho devait faire part de son mensonge à sa femme. Sinon, il serait tout de suite découvert. Un instant plus tard, elle avait répondu : *O.*

Son sang s'était remis à bouillir. Ce n'était ni un

Entendu, ni un *OK*, juste un *O*. Pour qui elle le prenait, à la fin ? Une voix résignée a résonné dans sa tête : *A ton avis, pour qui elle te prend ? Pour une bonne poire.*

Il a quitté la maison, toujours submergé par la colère. Une fois sorti de Cheongyeon, il s'est un peu calmé, et il avait retrouvé son sang-froid au moment où il est arrivé chez sa mère, du moins suffisamment pour se comporter normalement.

— Au fait, qu'est-ce qu'elle a, la mère de Yuna, tout à coup ? demande sa mère.

— On n'a pas encore eu le résultat des examens.

— Elle est dans quel hôpital ?

— Pourquoi ? Tu veux aller la voir ?

Elle le regarde dans le rétroviseur. Il lit dans ses yeux qu'elle l'a percé à jour.

— Bien sûr ! Ce n'est pas une étrangère, c'est ma belle-famille.

Un vélo passe en frôlant presque le capot. Par réflexe, il pile. La voiture a un soubresaut tandis que sa vue se trouble, et le cri perçant de sa mère lui déchire les tympans ; le véhicule s'immobilise en prenant la moitié du passage piéton. Il a honte de n'avoir pas remarqué que le feu était au vert pour les piétons. Les gens traversent et regardent sa voiture bizarrement.

— Tu ne pourrais pas faire attention ? vocifère sa mère en prenant Noah dans ses bras, d'une voix évoquant celle d'un cambrioleur surpris.

Eun-ho relâche le souffle qu'il a retenu et sent toutes ses forces le quitter.

— Mais à quoi tu pensais, enfin ?

A toi, voyons, qui d'autre ? Il ravale sa phrase. Hélas, elle ne s'en tient pas là et continue de déverser sa colère :

— Il faut ralentir avant d'arriver au passage piéton, ne pas conduire aussi brutalement quand ton enfant est à l'arrière ! Si tu avais écrasé quelqu'un, qu'est-ce que tu aurais fait ? La dernière fois, tu as failli renverser un scooter de livraison…

Ce quatrième couplet ne la satisfaisant sans doute pas, elle repart de plus belle, comme si elle suivait une partition. Eun-ho l'écoute en silence. Il ne servirait à rien de lui dire d'arrêter, elle ferait la sourde oreille. Elle agit ainsi depuis son enfance. Quand le père conduisait et qu'elle était assise à côté de lui, elle l'abreuvait de paroles et, au moindre problème, l'accusait d'être un chauffard de première. S'il lui demandait de se calmer, elle devenait encore plus insupportable, lui cherchait des noises, et continuait de râler jusqu'à ce qu'elle descende du véhicule.

Dès qu'il a pris sa retraite, son père a déclaré que leur mariage était terminé – sans pour autant divorcer – et s'est carapaté sur l'île de Jeju. Depuis, Eun-ho ne l'a revu que deux fois : le jour où il s'est marié avec sa première femme Yun-hee, et celui où il a épousé Yuna. Mais il ne lui en veut pas, car il le comprend. Sa mère, elle, semble en éprouver de l'amertume. Elle refuse de se résigner à l'idée qu'elle puisse être à l'origine de cette fuite.

Contrairement à son père, Eun-ho n'arrive pas à se dépêtrer d'elle. Ce serait mentir de dire que c'est par pitié filiale ; il serait plus honnête d'avouer que c'est parce qu'elle élève Noah. Il doute qu'elle change un jour. Un être humain qui a vécu soixante-quatre ans n'est pas une substance volatile mais réfractaire.

— Qu'est-ce que tu attends ? Vas-y !

La voix stridente de sa mère l'arrache à ses rêveries. Le feu passe au vert et il repart. Durant tout le trajet, il est assailli par un flot continu de commentaires :

— Ralentis un peu, tu vas rentrer dans la voiture de devant ! Allez, roule plus vite, ça klaxonne derrière. Inutile de dépasser les autres, il n'y a pas le feu. Ne roule pas si près du camion, c'est dangereux, dépêche-toi de le dépasser…

Quand il se gare devant chez lui, elle se tait enfin. Il aperçoit les signes du retour de son épouse : le séjour, la cuisine et même la salle de jeux au premier étage sont allumés ; la porte du garage est restée ouverte et la voiture de sa femme s'y trouve. Des pensées coriaces comme des cafards grouillent dans un coin de sa tête : il est soulagé de voir que sa femme est rentrée, et caresse aussi l'espoir illusoire et insensé de reprendre leur vie d'avant comme si de rien n'était.

— Entre d'abord avec Noah, dit-il à sa mère. Je m'occupe de rassembler les affaires.

Une fois qu'ils sont descendus, il entre dans le garage. Après s'être immobilisé à côté de la voiture de sa femme, il respire un grand coup. Il va devoir se comporter avec elle comme d'habitude, ne serait-ce que pour donner le change à sa mère. En est-il seulement capable ?

Il prend les deux sacs et ouvre la porte d'entrée en ayant l'impression d'arriver chez le dentiste. Yuna est dans le vestibule ; il est éberlué de la voir toute souriante.

— Il y a moins d'affaires que je ne croyais, décrète-t-elle en considérant les sacs qu'il tient à la main. J'ai préparé la chambre de Jiyu pour ta mère.

Eun-ho comprend tout de suite ce qu'elle veut dire. C'est la deuxième fois que sa mère séjourne chez eux. La dernière fois, elle a dormi avec Noah, Jiyu dormait dans sa chambre, et lui et sa femme dans la leur. C'était une période paisible, mais là, la situation a changé. C'est ce que Yuna lui a fait comprendre : elle dormira avec Jiyu dans la chambre parentale.

— Va vite déposer les sacs, je suis en train de cuisiner votre plat préféré, à toi et Noah.

Il retient son souffle. Le sourire de sa femme est aussi radieux qu'un soleil printanier et sa voix chuchotante évoque le murmure d'un ruisseau, mais son regard est glacial comme un vent d'hiver. Il est troublé par le trop grand décalage entre le chaud et le froid qui émane de son joli petit minois.

— Qu'est-ce que tu as préparé ? demande-t-il malgré lui.

Question inutile, puisque la maison entière embaume le goulasch. Un vacarme retentit dans le séjour, sûrement celui du ballon de foot heurtant la baie vitrée. Il ôte ses chaussures avant de gagner le parquet du séjour. Yuna se pousse sur le côté, et Jiyu apparaît comme s'il s'agissait de son ombre.

— Bonjour, dit la fillette en s'inclinant, les deux mains jointes.

Il retient encore son souffle. Il se rappelle les paroles de sa belle-sœur : « Elle ne doit pas amener Jiyu à la maison. » Il ne sait trop comment interpréter la présence de la fillette. Cela prouve-t-il que sa femme communique avec sa grande sœur ? Que Yuna et sa fille ne se trouvaient pas dans la maison familiale ? Ou ni l'un ni l'autre ?

Il devrait rendre son salut à Jiyu, mais ses lèvres restent closes. A vrai dire, il craint de laisser échapper une question inopinée : où étais-tu ces derniers jours ?

— Elle t'a dit bonjour, souligne Yuna, comme pour le pousser du coude.

Son ton est calme, mais cinglant. Il comprend alors qu'en ne répondant pas à son bonjour, il a mis la petite dans l'embarras. Il ne sait pas quelle tête il fait, mais il ne doit pas avoir l'air particulièrement ravi de la voir, et cela doit la mettre mal à l'aise. Il lui rend tardivement un salut de pure forme :

— Bonjour, Jiyu ! Te revoilà.

— Oui, répond-elle.

Il passe devant elle pour gagner le séjour. Malgré le regard acéré de Yuna sur sa nuque, il n'a pas envie de rattraper sa maladresse. Au contraire, il aurait presque envie de se rebeller. Si c'est involontairement qu'il n'a pas répondu tout de suite à Jiyu, ce que sa femme lui a infligé était délibéré. Il a plus de raisons qu'elle d'être contrarié.

Noah est en train de tirer un coup franc entre le canapé et la table basse. Le ballon qui vient de quitter son pied s'envole en percutant la table, le canapé, les pots de fleurs et la baie vitrée. Le séjour est déjà dans un état chaotique. Le téléphone sans fil et le support de la télécommande traînent par terre, les pots de fleurs ont été renversés ; les branches du figuier des banians sont cassées. Et dire que ça ne fait même pas dix minutes qu'il est là ! Sa grand-mère tente de le calmer en lui courant derrière.

— Noah, ça suffit, arrête un peu maintenant ! Si tu continues, tu vas encore avoir du mal à respirer.

Eun-ho prend l'escalier. La maison étant un duplex haut de plafond, la superficie de l'étage fait la moitié de celle du rez-de-chaussée. Deux chambres se font face, séparées par une petite pièce qui tient lieu d'espace de jeux pour les enfants ; l'une est celle de Jiyu, l'autre celle de Noah. La salle de bains jouxte cette dernière.

Il ouvre la porte de la chambre de Jiyu. Sans allumer ni regarder à l'intérieur, il se contente de poser le sac de sa mère près du seuil avant de refermer la porte. Même en temps normal, il évite d'y entrer et n'y met jamais les pieds tout seul. Quand Jiyu n'est pas là, il n'a pas besoin de s'y rendre, et quand elle est là, ça le gêne.

D'après sa femme, Jiyu aurait subi des agressions sexuelles subtiles de la part de son père. Yuna ne lui a pas expliqué en quoi consistait concrètement cette « subtilité ». Elle s'est contentée de décréter que c'était ce qui avait permis de lui retirer l'autorité parentale lors de la procédure de divorce. Depuis, Eun-ho se sent mal à l'aise en présence de Jiyu. Impossible de lui témoigner la moindre affection, il marche toujours sur des œufs, de peur de susciter des malentendus. Il lui serait inimaginable de la prendre dans ses bras ou de la caresser dans le dos comme il le fait avec Noah, encore moins de la gronder pour ses bêtises.

Jiyu n'a pas non plus un caractère facile. C'est une enfant indépendante, mûre pour son âge, calme et en même temps un poil insolente, contrairement à Noah. Elle est extrêmement intelligente et d'une beauté à couper le souffle. La combinaison de tous ces éléments a instauré entre beau-père et belle-fille une distance aussi grande que celle qui sépare la Terre de Pluton.

Au fait... Eun-ho s'arrête net en ouvrant la porte de

la chambre de Noah. A force de se concentrer sur le prétendu adultère de sa femme, il a laissé échapper une contradiction : s'il se fie à ce qu'on lui a dit, sa femme a fait des pieds et des mains pour empêcher son ex-mari de revoir sa fille. Elle lui a même refusé son droit de visite, pourtant concédé par le tribunal. D'après Yuna, c'était pour protéger Jiyu d'« abus sexuels subtils ». Dans ce cas, ne serait-il pas absurde qu'elle aille chez lui avec Jiyu ? A moins, bien sûr, qu'elle n'ait menti sur le motif de son divorce.

De la porte, il contemple le lit de Noah. Un pingouin géant est allongé sur la droite. La vue de son bec jaune entrouvert lui flanque la migraine. Une voix lui chuchote à l'oreille : *Tu penseras à tout ça à partir de jeudi, quand Noah et ta mère seront partis. Pour l'instant, contente-toi de déposer le sac et de redescendre.*

Lorsqu'il regagne le rez-de-chaussée, sa femme et Jiyu se tiennent face à sa mère et Noah, dans l'espace entre la cuisine et le séjour. Noah enlace sa grand-mère par la taille, tandis que Jiyu baisse les yeux devant sa mère. On dirait deux équipes sur le point de s'affronter. Avec le ballon de Noah au milieu.

— Il n'a pas fait exprès, et puis la petite n'est pas blessée, affirme la grand-mère.

Yuna, sans même lui accorder un regard, dévisage le garçon.

— Noah, excuse-toi auprès de ta grande sœur, ordonne-t-elle fermement.

Eun-ho s'interpose entre les deux camps et demande ce qui s'est passé. D'après sa mère, Jiyu a été touchée par le ballon de Noah. Elle précise qu'il lui a à peine frôlé la poitrine. Mais Yuna n'est pas d'accord. Frôlée ou pas,

Jiyu a été frappée si fort qu'elle a failli s'écrouler avec le ballon dans les bras. Puis Noah s'est précipité pour le récupérer en bousculant la fillette, qui est tombée par terre. Sauf que Noah refuse de s'excuser. Voilà toute l'histoire.

— Tu crois vraiment qu'il l'a poussée exprès ? intervient la grand-mère. Il voulait juste récupérer son ballon.

— C'est vous qui lui avez appris ça ? rétorque Yuna d'un ton ouvertement accusateur. C'est-à-dire qu'il a le droit de pousser les autres pour récupérer son ballon ?

— Mais qu'est-ce que tu racontes… réplique la grand-mère en montant dans les octaves. Noah a à peine cinq ans !

Yuna, elle, baisse encore d'un ton.

— Jiyu et Noah ont à peine onze mois de différence.

— Mais il est malade !

— Ça ne lui donne pas le droit de s'en prendre à Jiyu.

A chaque cinglant échange entre les deux femmes, Eun-ho souffre comme s'il avalait une pièce de cinq cents wons. Ce genre de scène lui est très familier. Plus d'une fois, il s'est retrouvé entre sa mère et sa femme sans savoir quoi faire, sauf que cette fois ce n'est pas Yun-hee, mais Yuna.

Il en a plus qu'assez et aimerait arranger les choses avant que ça dégénère. C'est ce qui le conduit à porter un jugement précipité et à gronder son fils :

— Noah, présente tes excuses à ta grande sœur.

Le petit garçon, tout rouge à force de retenir ses larmes, regarde sa grand-mère. Visiblement, il comptait sur son père pour le soutenir et se sent trahi. La grand-mère, recevant un SOS de son petit-fils, prend aussitôt sa défense.

— Elle s'est cassé quelque chose ou quoi ? Pourquoi tu t'y mets, toi aussi ?

Eun-ho fait la sourde oreille et attrape Noah par les épaules pour le prendre à part.

— Tu vas t'excuser, oui ?

Muet, le petit garçon serre encore plus fort le ballon contre lui. Son regard obstiné trahit clairement sa réponse : « Non. » Eun-ho a l'impression d'avoir la gorge qui enfle, comme si une balle de golf était logée à l'intérieur. Ce conflit n'est pas le premier. Ça arrive à chaque week-end où les deux enfants se retrouvent, en général pour des broutilles. D'après sa femme, le problème vient toujours de Noah, trop sensible et nerveux, comme son père. Eun-ho reconnaît qu'en effet, il l'a trop couvé. Non seulement il ne l'élève pas lui-même, mais en plus c'est un enfant malade ; il faut bien avouer qu'il ne l'a pas éduqué comme il fallait.

Malgré tout, c'est la première fois qu'il voit Noah aussi buté. En général, le petit reconnaît son erreur sans discuter et s'excuse. Son attitude a sûrement un rapport avec la présence de sa fidèle alliée, qui le défend quoi qu'il arrive. Pour résoudre le problème, il doit le séparer de sa grand-mère.

— Noah, j'aimerais te parler seul à seul, dit-il en attrapant la main de l'enfant. Que personne n'entre dans la pièce, ajoute-t-il sur un ton ferme, coupant court à toute levée de bouclier de la part de sa mère.

Noah résiste encore, tout en continuant d'envoyer son SOS. Il avance à reculons, tête tournée vers sa grand-mère, jusqu'à ce qu'il soit entré dans le bureau.

— Mais qu'est-ce qui te prend ? ronchonne la grand-mère quand Eun-ho lui claque la porte au nez. Tu vas lui faire peur, à ce petit !

Après avoir pressé le bouton de la poignée pour enclencher le verrou, il installe Noah sur un fauteuil et pose un genou à terre face au garçon. Puis il se met à lui expliquer quelle erreur il a commise et pourquoi il doit s'excuser. Noah ne l'écoute pas. Il jette des coups d'œil vers la porte en tripotant son ballon.

— Noah, tu as compris ce que je viens de te dire ?

Le petit garçon secoue la tête. Il n'a pas compris, ou il n'a pas envie de reconnaître sa faute ? Difficile à dire.

— Tu veux que je t'explique encore ?

Une fois de plus, Noah se contente de faire non de la tête.

— Ça veut dire que tu vas demander pardon à ta grande sœur ?

Là, il secoue vigoureusement la tête. Ce geste de refus se mue bientôt en entêtement violent, il s'agite en agrippant les accoudoirs.

— C'est pas ma grande sœur ! s'écrie-t-il, sortant enfin de son mutisme. Dis-lui de rentrer chez elle !

Eun-ho n'en croit pas ses oreilles.

— Qu'est-ce que tu viens de dire ?

— Pourquoi elle vient tout le temps chez nous ? C'est nul !

A cet instant, Eun-ho sent quelque chose se rompre en lui. Comme un ressort, il se lève d'un bond et attrape le garçon par les épaules.

— Cha Noah, tu mérites une bonne punition !

— Non, je veux pas ! Ne me punis pas ! Dis à la fille de ne pas revenir chez nous !

Il fond en larmes, et ses gestes et ses émotions deviennent incontrôlables. Il hurle « non », se tord dans tous les sens et agite les bras et les jambes jusqu'à ébranler le fauteuil. Cette violence déstabilise Eun-ho, qui panique. Que faire ? S'il serre davantage les épaules de l'enfant, il risque de lui faire mal, mais s'il les lâche, le garçon pourrait se blesser tout seul.

— Cha Noah, calme-toi !

Il le maîtrise et le fait rasseoir dans le fauteuil. A ce moment, son cœur fait un bond, car il se rend compte que son fils n'est pas dans son état normal : il a les lèvres bleues, la respiration sifflante, le front en sueur. Ses yeux larmoyants se ferment à moitié et son corps se relâche complètement. Il est en pleine crise d'asthme.

Eun-ho n'a pas les idées claires. Il s'est déjà retrouvé confronté à cette situation, mais à chaque fois, il est déconcerté et ne vaut pas mieux que Noah. Il ouvre la porte à la volée et crie à sa mère d'apporter l'inhalateur sur-le-champ.

Elle s'exécute en moins d'une minute, mais ce bref instant lui paraît atrocement long, comme s'il descendait au tréfond des enfers. Lorsque Noah, après avoir inhalé, est pris d'une quinte de toux, puis inspire péniblement avant de retrouver enfin une respiration normale, Eun-ho manque de s'agenouiller devant lui pour lui demander pardon. Il l'aurait réellement fait si sa mère ne lui avait pas arraché le petit des bras.

— Ce n'est pas toi qui t'en occupes…. Et tu te prends pour son père ? aboie-t-elle avant de quitter le bureau avec Noah dans les bras. Arrête de faire l'idiot !

Eun-ho la suit dans le séjour. Elle allonge le garçon sur le canapé, lui cale un coussin dans le dos et se met à lui masser les bras et les jambes d'un geste habile, tout en dispensant toutes sortes d'ordres.

— Apporte-moi de l'eau. Monte un peu le chauffage. Allume l'humidificateur. Branche le purificateur d'air. Apporte-moi un plaid…

Elle poursuit, comme pour elle-même, mais d'une voix suffisamment forte pour que tout le monde puisse entendre.

— On a failli perdre mon pauvre petit chéri ! Ses lèvres sont encore toutes bleues. Son corps est glacé. Oh, comme il a dû se sentir traité injustement pour se retrouver dans cet état ! Je le croyais presque guéri, et voilà que tous ces efforts n'ont servi à rien. J'ai entendu dire qu'un enfant avait été tué par son propre père qui s'était remarié, voilà que mon petit Noah a failli connaître le même sort…

Personne ne bronche à part elle. Eun-ho court partout dans la maison pour exécuter ses ordres, sous le regard de Yuna qui semble le supplier de faire taire sa mère. Il ne lui accorde aucune attention. De toute façon, il ne parviendra jamais à réduire sa mère au silence. Autant cueillir une étoile. Et puis, il n'en a aucune intention. Il faut dire qu'il n'est pas tout à fait dans son état normal, il a failli tuer son fils.

Noah est encore léthargique. Les sifflements qu'il émet en respirant s'estompent peu à peu, mais il lui faudra du temps pour récupérer complètement. Il ne retrouvera pas sa vivacité d'avant, en tout cas pas aujourd'hui. Eun-ho le sait, mais il ne peut pas s'empêcher de se ronger les sangs : si son état se dégradait ? Doit-il l'amener tout de suite aux urgences ?

— Bon, je vais mettre la table, déclare Yuna en se dirigeant vers la cuisine.

— Tu penses au dîner dans ces circonstances ?

s'offusque la grand-mère.

Sans lui répondre, Yuna disparaît dans la cuisine. La grand-mère tourne son regard vers Jiyu qui, debout à une extrémité du canapé, les deux mains jointes sur la poitrine, paraît attendre une punition. Elle semble lire clairement le message qui brille dans le regard de sa grand-mère : *Tu es contente de voir que Noah a failli mourir, hein ?*

Même depuis la cuisine, Yuna doit percevoir l'ambiance tendue qui règne dans le séjour. Elle réagit en faisant délibérément du bruit : elle ouvre le robinet à fond et lave à grandes eaux, fait tomber la boîte de couverts, pose brutalement de lourds récipients, claque violemment la porte du frigo.

Au bout d'un moment, Eun-ho finit par se ressaisir. Il cesse de paniquer au sujet de Noah et, songeant à l'embarras de Jiyu, décide de dissiper sa gêne.

— Jiyu, tu peux aider ta maman dans la cuisine, s'il te plaît ?

Elle émet un son bizarre, entre « oui » et « non », proche d'un sanglot étranglé. Il ne s'en était pas aperçu jusque-là, mais ses yeux sont tout rouges et, lorsqu'elle fait demi-tour, ses épaules semblent secouées par des pleurs. Elle marche vers la cuisine en chancelant, comme à deux doigts de tomber.

Il tourne la tête vers Noah. Ce n'est pas le regard de son fils mais celui de sa mère qu'il croise, un regard lourd de reproches qui est plus éloquent qu'un long discours : *Espèce de crétin !* Il sent également sa nuque parcourue de picotements sous le tir croisé de sa femme, qui doit aussi le fustiger : *Fils à sa maman !* Encore un défaut qui menace, d'après elle, leur vie de couple.

Vers 21 heures, Noah se remet à respirer normalement. Le rétablissement est plus rapide que d'habitude. Hélas, l'ambiance ne s'est pas améliorée ; tout le monde est mal à l'aise. Personne ne pipe mot, à part sa mère et Noah, ni ne touche au goulasch. Noah veut du yaourt, sa mère réclame du riz et un bol d'eau. Jiyu compte soigneusement les grains de riz à l'aide de ses baguettes. Eun-ho, lui, repose ses couverts après s'être forcé à avaler deux cuillerées de riz.

Yuna reste debout. De sa propre initiative, elle se plie à toutes les réclamations de Noah et de la mère. Quand Eun-ho veut se lever, elle le fait rasseoir d'un signe de la tête. Les moments où aucune demande ne lui est adressée, elle les passe à exécuter des tâches qui auraient pu attendre : ranger la vaisselle, nettoyer le plan de travail et la gazinière. Le message qu'elle fait passer est clair : elle n'a pas envie de s'attabler avec eux.

— Et toi, tu ne manges pas ? s'étonne la mère, après avoir englouti une cuillerée de riz trempé dans l'eau.

Elle ne semble pas poser cette question par sollicitude pour sa belle-fille, ni pour détendre l'atmosphère ; à en juger par son ton, elle a dû comprendre comme lui le message de Yuna. Autrement dit, elle la provoque.

— Si, je vais manger.

Yuna enlève ses gants en caoutchouc et les pose sur le plan de travail avant de venir s'asseoir. Ce n'est qu'alors qu'il s'aperçoit que sa main droite est bandée.

— Qu'est-ce qui t'est arrivé à la main ? demande la mère.

— Je me suis fait mal en coupant de la viande, répond la jeune femme en s'emparant des couverts avec les jointures de ses doigts.

Cette réponse met Eun-ho mal à l'aise. Il y a deux ans, le jour où ils sont partis tous les deux dans le nord de l'île Olkhon en laissant Jinu seul à l'hôtel au bord du lac Baïkal, il lui a posé la même question, celle qu'il n'avait pas osé lui poser la veille, et elle lui a donné à peu près la même réponse : son couteau lui avait échappé alors qu'elle découpait de la viande.

A ce moment-là, il l'a crue sur parole, puisque de toute façon, il perdait toute capacité de réflexion dès qu'il croisait son regard. Mais plus maintenant. Comme il croise le regard de sa femme, une question tout à fait sensée lui vient à l'esprit : elle est droitière, et elle se serait blessé la main droite en coupant de la viande ? Et à deux reprises, en plus ? A moins qu'elle n'ait saisi la lame du couteau à la place du manche ?

— C'est arrivé quand ? s'enquiert la mère.

— Il y a quelques jours, répond Yuna, les yeux baissés, tout en remuant son goulasch.

— Tu as vu un médecin ?

— Oui. On m'a fait plusieurs points de suture.

La mère hoche la tête, puis décoche une salve de sarcasmes en faisant mine de s'inquiéter pour elle : elle devrait s'estimer heureuse qu'il ne s'agisse que d'une petite coupure, car elle aurait pu carrément se trancher la main. Elle ferait mieux de s'entraîner à cuisiner tous les jours. Puis elle passe aux choses sérieuses.

— Au fait, j'ai quelque chose à te dire.

— Je vous écoute, répond Yuna, toujours les yeux baissés.

A sa voix, elle semble avoir retrouvé son calme habituel, même si son visage, telle une fenêtre aux volets fermés, ne laisse guère entrevoir ce qu'elle pense.

On dirait que tous ceux attablés là lui sont invisibles. Eun-ho lui a déjà vu cet air, même avant leur mariage ; à chaque fois, il se sent mis à l'écart, loin d'elle, même quand ils sont côte à côte. A l'instant où il croit bien la connaître, elle lui fait l'effet d'une inconnue. Tout ça à cause de cette étrange expression semblable à un mur de glace.

— J'aimerais parler de Noah. Je voudrais que vous le preniez chez vous avant la fin du mois.

Yuna lève les yeux, puis se tourne vers Eun-ho, qui regarde sa mère. Il ne s'attendait pas à cette annonce. Il en a le tournis. Avant la fin du mois ? Mais c'est dans dix jours à peine !

— J'ai beau réfléchir, je ne vois pas comment le garder jusqu'en mars. Aujourd'hui, je vous ai observés attentivement, mais…

— Attendez, mère, l'interrompt Yuna d'une voix posée. On en parlera dans le séjour, pendant la tisane.

— Oui, mamie, on en parlera dans le séjour, répond Noah à la place de sa grand-mère. J'ai sommeil.

Celle-ci remue un peu les lèvres et finit par quitter la table, entraînée par son petit-fils qui la tire par la main.

— Jiyu, tu as des choses à faire avant de te coucher ? demande Yuna en tournant la tête vers la fillette.

Jiyu repose ses baguettes et se lève. Yuna demande également à son mari :

— Eun-ho, tu veux bien t'occuper un peu des enfants ? Moi, je range et je vous rejoins.

Eun-ho entre dans le séjour où Noah est couché sur les genoux de sa grand-mère.

— Noah, on ne s'allonge pas tout de suite après manger, le sermonne-t-il.

Mais Noah fait mine de ne pas l'entendre. Comme son père s'approche de lui, il lui tourne le dos et enfouit le visage dans le ventre de sa grand-mère. Penaud, Eunho se tourne vers Jiyu.

— Jiyu, tu as besoin d'aide ? demande-t-il.

— Non, je vais aller faire mes devoirs. Bonne nuit, dit-elle en inclinant la tête vers lui, puis vers la grand-mère.

Celle-ci la regarde disparaître dans la chambre parentale.

— C'est tout le portrait de sa mère, lâche-t-elle.

Non, absolument pas ; Jiyu ne ressemble en rien à Yuna. Au vu de son corps allongé et de ses traits fins, elle doit plutôt tenir de son père, qui est dramaturge, d'après ce qu'il a compris.

— Je la trouve très antipathique, enchaîne sa mère.

— C'est que tu ne la vois pas souvent, proteste-t-il.

— Pas besoin de voir quelqu'un souvent pour éprouver de l'affection, rétorque-t-elle en fronçant les sourcils. Vu son comportement, comment veux-tu qu'elle m'inspire une quelconque tendresse ? Aujourd'hui, par exemple…

— Arrête, maman ! la coupe-t-il. Ça suffit. Tu ne vois pas que Noah est là ?

Il ravale la phrase qui lui tient à cœur : *C'est à force de t'entendre dire des choses pareilles que Noah réagit comme ça.* Il va bientôt devoir monter sur le ring, alors mieux vaut ne pas gaspiller son énergie dès l'échauffement. Et puis, à quoi bon lui dire ça ? Il ne pourra rien changer à ce que sa mère ressent envers Jiyu.

Elle ne l'a jamais appréciée. Sa seule existence lui tape sur les nerfs. Pour elle, quand deux adultes se remarient, l'un d'eux ne doit pas avoir d'enfants pour que le couple puisse se consacrer entièrement à ceux de l'autre. Mais ce n'est pas le cas de son fils. De son point de vue, on sacrifie Noah à Jiyu.

A vrai dire, s'il ne peut pas prendre Noah sous son toit, Yuna n'en est qu'en partie responsable. Lui aussi a sa part de responsabilité, l'idiot de la famille Cha réduit au statut de domestique par cette Sin Yuna. Il se rappelle l'été dernier, quand il l'a demandée en mariage.

Ce week-end-là, Yuna était venue chez lui. Leur rencontre remontait à un peu plus d'un an, et il jugeait qu'ils se connaissaient suffisamment. Il trouvait qu'ils s'entendaient à merveille sur tous les plans, et il était persuadé qu'ils ne se disputeraient jamais. Il se disait que leur rencontre était prédestinée, et que Yuna accepterait avec enthousiasme.

Etonnamment, elle s'était montrée mitigée. Elle était partante pour qu'ils sortent ensemble, mais réticente à l'idée du mariage. D'après elle, ce n'était possible que quand les deux partenaires souhaitaient la même chose.

— Quoi donc ? a-t-il demandé.

— Vivre heureux.

Quelle réponse absurde, pour lui c'était tellement évident ! Existait-il sur cette planète des personnes qui souhaitaient le contraire ? Il a répliqué qu'il voulait la même chose, et a ajouté que justement, c'était dans ce but qu'il désirait l'épouser.

— C'est quoi, pour toi, le bonheur ? a-t-elle demandé. Sois plus concret.

Il a été pris par surprise. Il ne savait pas qu'elle allait lui poser une question aussi existentielle. Pour être honnête, il ne s'était jamais vraiment demandé en quoi consistait le bonheur. Y réfléchir ne suffisait pas pour l'atteindre. Il a hésité un moment avant de répondre :

— Additionner chaque petit instant de bonheur, c'est ce qui fait que la vie est heureuse, non ?

— Non. Le bonheur n'est pas une addition.

Sur ce, elle a jeté un coup d'œil distrait par la baie vitrée du séjour. Son regard semblait fixer un horizon lointain, même si la vitre ne faisait que refléter le décor intérieur.

— Le bonheur est une soustraction, a-t-elle repris. Il faut supprimer un à un les facteurs potentiels de malheur, jusqu'à ce que tout devienne parfait.

Eun-ho n'était pas d'accord avec cette vision des choses, mais il ne savait pas comment riposter. Alors, il a attendu la suite.

— J'ai vécu jusqu'à ce jour en m'efforçant d'y parvenir, a-t-elle poursuivi en se retournant vers lui pour le dévisager. Est-ce que toi aussi, tu peux essayer de faire comme moi ?

— Oui, je peux, a-t-il répondu aussitôt.

Elle voulait qu'on se donne la peine d'être heureux, et il n'y avait aucune raison de lui refuser ça. Il souhaitait de tout cœur y parvenir, et il pensait que l'épouser était la solution.

— Tu me le jures ? a-t-elle insisté.

— Oui, je te le jure.

Il ne faut pas faire une promesse qu'on ne peut pas tenir. Au moment des préparatifs du mariage, il a commencé à comprendre vaguement le sens des « efforts » dont elle avait parlé. Comme le jour où il l'a amenée pour la première fois chez sa mère, à Hanam. Sa mère lui a demandé s'ils pourraient prendre Noah chez eux après le mariage. Yuna lui a répondu franchement.

— Oui. Dès que nous aurons une maison pour vivre à quatre.

Cette réponse a donné lieu à un refrain que sa mère répète inlassablement, « la promesse faite avant le mariage ». Le problème vient du fait que les deux femmes mettent l'accent sur des aspects différents : sa mère sur le « oui », sa femme sur « une maison pour vivre à quatre ».

A l'époque, il habitait dans un appartement douillet près du lycée où il travaillait, pour lequel il avait versé un gros acompte[1]. C'était un deux-pièces, avec une chambre, un séjour et une salle de bains. Difficile pour un couple et deux enfants d'y vivre. Yuna, elle, habitait dans un complexe résidentiel et commercial à Seogyo-dong. Son logement était suffisamment grand pour qu'ils y vivent tous les quatre, mais c'était loin du travail d'Eun-ho. Soit il ne pourrait les rejoindre que le week-end, soit il lui faudrait faire de longs allers-retours tous les jours.

Yuna a alors proposé d'opter pour une maison mitoyenne dans un lotissement en cours de construction à l'orée de la ville de Cheongyeon, où il restait quelques logements disponibles. Elle lui a expliqué que c'était l'idéal, surtout pour Noah, car le lotissement était situé au milieu d'un bois où il pourrait respirer l'air pur, et les maisons étaient bien isolées, si bien qu'il pourrait crier et courir sans craindre de déranger les voisins.

— Tu sais, Noah adore le foot.

1. En Corée, il existe un système selon lequel, plutôt que de payer un loyer mensuel, on verse une grosse somme d'argent à l'entrée qu'on récupère en partant. *(Les notes sont des traductrices.)*

Aussi tous deux sont-ils allés visiter la maison témoin. Il n'y avait rien à reprocher à l'habitation en soi. Elle était suffisamment distante des autres, équipée d'un garage et d'un petit jardin à l'arrière. L'intérieur était en duplex, composé de quatre chambres et de deux pièces à vivre, plus un dressing. Chaque enfant pourrait donc avoir sa propre chambre, et il en resterait une en plus. Yuna lui a proposé de s'en servir comme bureau. Il lui a su gré de cette attention, car il venait justement de commencer son master.

— C'est la maison de mes rêves, a-t-elle tranché, comme si sa décision était déjà prise.

Mais Eun-ho a secoué la tête. Ça dépassait trop son budget. Même en récupérant l'acompte qu'il avait déposé pour son appartement actuel, en réunissant toutes ses économies et en contractant un prêt bancaire, ce serait loin d'être suffisant. Et puis, la date d'emménagement était trop tardive. C'était en juin, soit dans plus de six mois. En attendant, où vivraient-ils avec les enfants ? Ce n'était pas une bonne solution. Le mieux serait de louer un quatre-pièces.

Mais Yuna avait d'autres projets : elle vendrait son propre appartement afin de verser un acompte pour leur future maison, ils vivraient tous les deux dans l'appartement d'Eun-ho en attendant, et feraient venir les enfants quand ils auraient emménagé dans leur nouveau logement. Si cela ne plaisait pas à Eun-ho, ils n'avaient qu'à retarder la date du mariage. Voilà ce qu'elle lui proposait.

Finalement, il a décidé de repousser la date à laquelle il accueillerait Noah. Cela faisait presque quatre ans que son fils vivait loin de lui, il se disait qu'il attendrait bien quelques mois de plus. Sa mère n'était pas ravie, mais a fini par accepter de garder son petit-fils un peu plus longtemps.

Tout s'est relativement bien passé jusqu'à ce qu'ils s'installent dans leur nouvelle maison. Le problème, c'était qu'ils ne pouvaient toujours pas prendre Noah. Yuna voulait que les deux enfants viennent s'installer le même jour et qu'ils aient le même nom de famille. Si chacun portait un nom différent, tout le monde saurait qu'ils venaient d'une famille recomposée ; ils en souffriraient, alors qu'il y avait un moyen de l'éviter. Pour sa femme, cette blessure était une graine de malheur qui finirait forcément par germer.

Elle avait un plan pour ça aussi : il n'avait qu'à adopter Jiyu et lui donner son nom. C'était une solution simple et claire, mais il y avait un grand bémol, puisqu'il fallait être marié depuis au moins un an pour pouvoir en faire la demande. Ils devaient donc patienter encore cinq mois.

Il a refusé. Ce n'était pas qu'il n'avait pas envie d'adopter Jiyu, c'est plutôt l'idée de ne pas pouvoir faire venir Noah qui lui a déplu. D'ailleurs, il n'était pas tout à fait d'accord non plus avec l'argument de Yuna. Leur remariage n'était pas un secret honteux. Certes, leur famille était atypique, mais elle n'était pas non plus scandaleuse au point de devoir changer le nom des enfants.

Chaque être humain évolue dans un univers en accord avec ses croyances. Celui de sa femme est fondé sur une perfection dépourvue de tout défaut et toute faille. Elle croit que le bonheur naît d'une famille parfaite. Cette conviction est proche d'une religion. Il n'y a pas de place pour le compromis. Elle n'a donc pas pu accepter son refus.

En quelques minutes, leur divergence d'opinions a dégénéré en dispute, au cours de laquelle ils n'ont pas hésité à échanger des mots blessants. Elle l'a traité d'égoïste qui ne pensait qu'à son fils, ajoutant qu'il s'agissait là du troisième défaut menaçant la vie du couple. Il a rétorqué qu'elle ne tenait pas ses promesses, qu'elle revenait toujours sur ce qu'elle avait dit, il l'a traitée en somme de menteuse, ce qui lui a valu deux claques : l'une de la paume, l'autre du revers de la main. Il était tellement choqué qu'il n'a même pas eu la présence d'esprit de riposter ou de se défendre. Il a enduré la pluie de coups. Il leur arrivait de se disputer violemment, mais c'était la première fois qu'elle l'agressait physiquement. Cette nuit-là, il a compris que les hommes aussi peuvent être victimes de violences conjugales.

Elle, l'agresseur, a aussitôt quitté la maison, et lui, la victime, a reçu le lendemain un SMS réclamant le divorce. Jetant son amour-propre au loin, il a renoncé à son projet de faire venir Noah tout de suite. Il n'avait pas envie de mettre son mariage en péril et s'est dit qu'il valait mieux céder que tout gâcher, principe qui régissait son univers depuis l'échec de son premier mariage. Sa femme le savait très bien, alors qu'il n'en avait jamais parlé. Comment l'avait-elle deviné ? En tout cas, c'était pour cette raison qu'il préférait toujours céder face à elle.

Au retour de Yuna, il est allé voir sa mère et a essayé de la convaincre de garder Noah quelques mois de plus. Il ne lui a pas parlé de cette histoire d'adoption.

Certes, elle finirait par l'apprendre tôt ou tard, mais en attendant, il préférait éviter de s'attirer ses foudres. Il a prétendu que sa femme avait eu un petit accident : elle s'était fait mal au dos et devait recevoir des soins pendant plusieurs mois. Sa mère n'a pas eu l'air de le croire, mais elle a accepté malgré tout, à condition que le couple couvre toutes les dépenses.

Lundi dernier, c'était leur premier anniversaire de mariage. Eun-ho a retrouvé sa femme à Songdo avant d'aller dîner ; puis ils ont vu un vieux film, *Before Sunset*, dans un cinéma drive-in, avant de rentrer chez eux à Cheongyeon partager une bouteille de vin et faire l'amour.

Leur vie conjugale a toujours oscillé entre le paradis et l'enfer, et ce soir-là correspondait au premier. C'était une nuit paisible et agréable, où il s'est dit que si les choses continuaient ainsi, il pourrait peut-être vieillir avec elle. Il avait envie de croire que tout allait bien dans son couple. Jusqu'à ce qu'elle lâche une nouvelle bombe : elle voulait qu'il procède à une adoption plénière. Une adoption simple reconnaîtrait juridiquement le lien de filiation entre Jiyu et son père, tandis que la plénière amènerait à rompre tout lien et contact entre eux. Ainsi, Jiyu serait inscrite dans le livret de famille comme sa fille légitime et porterait son nom. En un mot, sa femme lui demandait de couper toutes les racines de Jiyu. Lui qui somnolait agréablement jusque-là s'est redressé brusquement en position assise. Il n'aurait pas été plus surpris si on l'avait étranglé en plein sommeil. Une adoption plénière ? Peut-être était-ce son objectif depuis le début, et lui ne s'était rendu compte de rien. Ils avaient beau être mariés depuis un an, il avait encore du mal à la cerner. Du mal ? Non, c'était impossible, plutôt. Il paraît que même un concombre de mer prend conscience de ce qui l'entoure au bout d'un certain temps…

— Je m'occuperai de la paperasse, lui a-t-elle dit en s'asseyant à son tour. Tu n'auras qu'à signer.

Son ton laissait entendre qu'elle était certaine qu'il accepterait.

— Tu le feras, n'est-ce pas ?

A ce stade, elle affichait encore un doux sourire. Eun-ho n'avait pas envie de la décevoir, ni de casser l'ambiance, mais il n'avait pas le choix.

— Non, je ne peux pas faire ça.

D'un seul coup, le sourire de sa femme a disparu, comme si on venait de couper la lumière.

— Pourquoi ?

Elle n'avait pas l'air de vouloir connaître la raison de son refus, son ton disait plutôt : « Comment oses-tu ? » Sa voix accusatrice était celle d'une personne tellement sûre de son pouvoir qu'elle ne pouvait admettre que l'autre ait son mot à dire.

— Ce n'est pas aussi simple, a-t-il rétorqué, sur la défensive sans trop savoir pourquoi.

— C'est pourtant pas compliqué ! Il s'agit toujours de l'adoption dont on avait parlé. Ce n'est que la procédure qui change un peu. Et ça ne retardera pas la date où on accueillera les enfants.

— Autant que je sache, pour l'adoption plénière, il faut l'accord du père de Jiyu. Mets-toi un peu à sa place, tu crois vraiment que ce sera si facile pour lui d'écrire une lettre renonçant à son lien de filiation ? Tu crois vraiment qu'il va se laisser arracher sa fille comme ça, sans rien dire ? Il n'est pas fou quand même.

Le visage de Yuna a changé de couleur et une étrange lueur a traversé son regard, signe qu'elle était en proie à diverses émotions.

— Si j'arrivais à obtenir son accord... a-t-elle commencé avant d'instaurer un silence. Tu signerais ?

Il était pris de court, sans avoir envie de changer d'avis pour autant.

— Non.

— Non ?

— Mon accord ne résoudrait pas tous les problèmes. La principale concernée dans cette histoire, c'est Jiyu. Tu ne crois pas qu'elle pourrait nous en vouloir plus tard ? Qu'est-ce qu'elle ressentira en apprenant qu'on a coupé ses liens avec son père, alors qu'il était toujours en vie ? Tu n'as pas peur de la blesser ? Pourquoi tu tiens à tout arranger à ta guise ? Jiyu est ta fille, mais elle ne t'appartient pas. Elle a sa vie à elle.

— Quel hypocrite !

Le rictus aux lèvres, elle a planté son regard dans celui d'Eun-ho, qui a eu l'impression qu'on lui tranchait la cornée avec une lame de rasoir. Le souffle frémissant, pâle et trempée de sueur, elle dégageait une odeur aigre.

Décidément, le physique de Yuna reflétait parfaitement ses émotions. Il en était presque admiratif. Lorsqu'elle éprouvait de l'amour, son corps dispensait un bonheur paradisiaque, mais si elle était submergée par la colère, elle vous entraînait en enfer. Eun-ho en était parfaitement conscient, mais ne pouvait s'empêcher de dire ce qu'il avait sur le cœur :

— Si j'étais Jiyu, je ne te le pardonnerais jamais.

Yuna est descendue du lit et, furieuse, s'est mise à

l'accabler de reproches. Ne fais pas semblant de penser au bien de Jiyu, je sais très bien que tu ne la considères pas vraiment comme ta fille. Tu couvres ton fils de bisous et de caresses, mais ma fille, tu la traites comme si c'était celle du voisin. Je ne t'ai jamais vu lui prendre la main ni sourire en la regardant dans les yeux. Tu es bien le fils de ta mère ! Quels hypocrites vous êtes tous les deux, j'en ai vraiment marre…

Eun-ho est sorti de la chambre pour entrer dans son bureau, en fermant à clé pour empêcher sa femme de le suivre. Si elle s'en prenait encore à lui physiquement, cette fois, il n'était pas sûr de sa propre réaction. Le lendemain, Yuna a encore quitté la maison. C'était la cinquième fois. Sans la visite de sa sœur, il aurait cru jusqu'au bout qu'elle était chez sa mère. Mais là, le doute s'était installé dans son esprit : était-elle simplement partie de la maison, ou le trompait-elle avec un autre ?

Sin Yuna, où étais-tu passée ? Cette question tourne en boucle dans son esprit. Il jette un coup d'œil vers la cuisine, dont sa femme sort à l'instant avec un plateau chargé de tasses. Peut-être est-elle allée voir son ex pour cette histoire d'adoption. Y serait-elle restée cinq jours, à lui tenir tête jusqu'à obtenir son accord ? Même si c'est le cas, qu'est-ce que ça changerait, au fond ? Il ne saurait le dire.

— Noah dort déjà ? demande-t-elle en posant le plateau sur la table basse.

Eun-ho regarde les biscuits et les trois tasses de couleurs différentes remplies d'une infusion brunâtre.

— Tenez, propose sa femme en tendant la tasse jaune à sa belle-mère.

Quant à lui, il reçoit la tasse rouge, qui exhale un parfum aigre-doux. Il doit s'agir d'une infusion aux coings.

— Tu l'as préparée toi-même ? demande sa mère à Yuna après en avoir bu une gorgée.

— Oui. Si elle vous plaît, je vous en donnerai un peu quand vous repartirez.

Yuna, la tasse bleue à la main, vient s'asseoir près de lui. Un silence pesant s'abat brusquement sur le séjour, on n'entend rien d'autre que le bruit de leurs souffles sur l'infusion. Sa mère repose sa tasse en premier.

— Il est tard, je voudrais revenir à notre discussion de tout à l'heure. Qu'allez-vous faire de Noah ? Il faut qu'on en décide rapidement.

Yuna, la tasse coincée entre ses mains, esquisse un sourire, ce sourire bien à elle qui découvre ses belles dents et plisse ses yeux en forme de croissant. Elle paraît paisible et détendue.

— Comme toujours, moi, je me plierai à la décision d'Eun-ho, répond-elle de sa voix basse et tendre.

Eun-ho manque d'avaler de travers. Sa femme vient de lancer deux balles en même temps, dans deux directions différentes : l'une à sa mère pour laisser entendre que, s'ils n'ont pas pris Noah jusque-là, c'était une décision de son mari, et l'autre à lui-même, pour le prévenir que c'était à lui d'arranger la situation.

— Ah booon ? s'étonne sa mère.

Elle tourne son regard vers son fils, tandis que Yuna, les yeux baissés, fixe sa tasse bleue, l'air de se retirer du jeu. Eun-ho décide de ne pas tenir compte de son avertissement.

— Tu penses prendre Noah avant la fin du mois ?

insiste sa mère.

Il vide sa tasse jusqu'à la dernière goutte, la léchant presque. Un arrière-goût doux-amer lui reste sur la langue.

— Oui, répond-il.

Yuna hausse un sourcil et le considère du coin de l'œil. Rien de plus. Elle n'approuve pas sa réponse, mais ne s'y oppose pas non plus. Il repose sa tasse sur le plateau. Sa couleur, presque rouge sang, lui déplaît. Il ne connaît rien aux arts de la table, mais une chose est sûre, c'est que ces tasses, avec leurs couleurs vives, ne sont pas du genre de sa femme.

— Bon, d'accord. Alors j'attends que tu viennes le chercher vers la fin du mois.

Elle caresse les cheveux de Noah endormi.

— *Aïgo*, mon pauvre petit, qui te protégera si je ne suis pas là ? se lamente-t-elle tout à coup en faisant claquer sa langue.

— Vous voulez un peu plus d'infusion ? propose Yuna.

— Non, il est presque 11 heures. Il faut que j'aille me coucher.

— J'ai préparé votre lit dans la chambre de Jiyu à l'étage, dit Yuna en reposant sa tasse avant de se lever en ajoutant, comme pour bien faire sentir qu'elle s'est donné du mal : Afin que vous vous reposiez bien, j'ai fait en sorte que Noah dorme avec Eun-ho.

Eun-ho prend son fils dans ses bras et monte à l'étage. Il pousse sur le côté le pingouin géant et allonge Noah à sa place. Il lui enlève ses chaussettes et ses habits, remonte les mèches collées sur son front. Son visage est sale. Les larmes ont tracé de longs sillons entre ses joues et son menton. Il se sent de nouveau rongé par la culpabilité, qui se ravive tels des brins d'herbe se redressant à l'aube. Le coup de colère qu'il a eu face au garçon lui fait mal jusqu'à la moelle. En outre, il commence à redouter le conflit qui prendra une tournure sérieuse dès la fin du mois, soit dans neuf jours exactement. Il n'a aucune idée de ce qu'il faut faire pour que Noah change de comportement, ni de ce qu'il y a de mieux pour lui. Ce qui est plutôt drôle venant de sa part, sachant qu'il est prof !

— Eun-ho, c'est moi qui prends la salle de bains en premier.

Il entend la voix de sa mère derrière la porte. Lorsqu'il ouvre, elle a déjà disparu dans la salle de bains. Il tire les rideaux et va s'allonger à côté de son fils, enlevant ses chaussettes, puis son pantalon et sa chemise, avant de les laisser tomber par terre. Il pense rester couché le temps que sa mère termine sa toilette, mais son corps commence déjà à s'alourdir. La lumière faiblit et autour de lui, tout devient flou. Ses paupières se ferment toutes seules, comme si l'esprit du sommeil s'abattait sur lui.

*

Il flotte au milieu d'une eau bleue et profonde. Saisi par un courant sous-marin, il se laisse emporter telle une feuille morte, avant de plonger brutalement vers un sombre abîme. Une fois qu'il a touché le fond, il rejaillit vers la surface gelée comme dans un jeu de bascule. Transi de froid, il étouffe dans cette obscurité totale, où sa peur frise la folie.

Il a beau savoir qu'il s'agit d'un rêve, il ne parvient

pas à s'en libérer. Incapable de bouger, il sent son corps propulsé par les courants et voit une lumière blanche osciller à la surface malgré ses yeux fermés. Il est conscient qu'il va se heurter violemment à un bloc de glace, mais il lui est impossible de modifier sa trajectoire.

Il heurte la surface glacée de plein fouet. La lumière explose dans ses yeux, des éclairs blancs brûlants l'éblouissent.

Quand enfin il distingue une forme vague, il dérive dans l'obscurité comme le corps d'un noyé. Il doit encore être en plein cauchemar, paralysé par le sommeil. A travers ses paupières entrouvertes, il voit une lumière bouger. Elle se déplace comme un projecteur, de gauche à droite, passe sur ses oreilles, son cou, sa poitrine et son ventre avant de descendre jusqu'à ses pieds. Peu après, elle disparaît, comme si elle s'était éteinte. A cet instant, il voit la forme se dessiner plus nettement, une forme petite et blanche qui émerge lentement dans le noir.

Une main. Il entend ces mots résonner dans sa tête. Aussitôt, un rideau de fer s'abat sur sa conscience et les ténèbres l'engloutissent.

Lorsqu'il rouvre les yeux, il est couché à plat ventre sur le lit. Il fait encore sombre dans la chambre, mais les oiseaux chantent à la fenêtre. Un faible rayon de soleil s'infiltre par la fente des rideaux. Le matin est arrivé. Le voilà enfin libéré de son cauchemar.

En voulant se retourner pour s'allonger sur le dos, il tressaille. Une masse molle est écrasée sous ses côtes. Au début, il se dit que c'est le pingouin géant, mais il se ravise aussitôt. Il se souvient de l'avoir poussé la veille à l'extrémité du lit pour pouvoir coucher Noah.

Sa mémoire corporelle le lui confirme. Cette masse n'a rien à voir avec le pingouin géant. Tendre et peu volumineuse, on dirait plutôt une petite chose frêle pareille à une jeune brindille, si fragile qu'il lui suffirait de respirer un grand coup pour la briser sous le poids de ses côtes. Mais surtout, il sent une odeur familière. Une terrible intuition le prend à la gorge. Son instinct lui chuchote à l'oreille : *Ne bouge pas, ne regarde pas.*

Le temps s'écoule lentement. Il entend le tic-tac de l'aiguille des secondes qui semble ralentir à l'infini. Il sent palpiter une veine à son cou, et son cœur bat tellement fort qu'il cogne dans ses oreilles. Dans sa tête, une nuée de corbeaux tournoie sans cesse. N'y tenant plus, il se dit « advienne que pourra » et se retourne d'un coup avant de s'asseoir. Il baisse les yeux pour vérifier sur quoi il était allongé.

C'est Noah. Couché sur le ventre, le visage enfoui dans son pingouin. Noah qui ne bouge pas, tout avachi. Noah qui ne répond pas aux appels de son père. Dont le pouls ne bat plus. Qui ne respire plus. Dont la tête tombe sur le côté quand il le secoue.

Tout à coup, le monde disparaît. Dans sa tête, tout devient noir. Il entend ses cris de désespoir, pareils à des déflagrations, résonner dans l'obscurité.

Non, non, c'est impossible…

3

En pénétrant dans le café Eloy situé dans le hall d'entrée de son journal, Jae-in aperçoit Min-yeong assise au fond près d'une fenêtre, les yeux baissés, les mains posées sur ses genoux et le dos légèrement voûté. Elle semble ailleurs, déconnectée de la réalité. On croirait un ordinateur en veille.

Jae-in a brusquement envie de faire demi-tour. Qu'est-ce qui lui a pris d'accepter de voir cette fille ? Franchement, elle ne le comprend pas elle-même. « C'est une affaire urgente, et ça a un rapport avec toi aussi, Jae-in. » Est-ce cette phrase qui l'a convaincue ? Ou est-ce le fait que Min-yeong est la jeune sœur de l'homme qui a été pendant longtemps son ami ?

Elle finit par s'approcher.

— Tu es là depuis longtemps ? lui demande-t-elle.

Min-yeong lève la tête et la regarde comme si elle s'extirpait de son sommeil.

— Il y a du monde ici, se contente-t-elle de répondre. Ses lèvres sont toutes desséchées.

— C'est l'heure du déjeuner.

Jae-in s'assied en face d'elle sans lui dire qu'elle est

contente de la revoir, car ce serait faux.

— Ça fait sept ans qu'on ne s'est pas revues, je crois, dit Min-yeong.

Jae-in hoche la tête. Oui, ça doit être ça. Si elle ne se trompe pas, leur dernière rencontre remonte au mariage de Yuna.

— Tu n'as pas encore déjeuné, j'imagine ? demande-t-elle en s'emparant du menu.

— Pour moi, ça ira, décrète Min-yeong en montrant la tasse de café sur la table. Je dois bientôt retourner au bureau.

Jae-in l'interprète comme : « Toi aussi, contente-toi d'un café. » Elle lève les yeux vers Min-yeong et croise son regard visiblement préoccupé par autre chose que l'appétit de son interlocutrice. On dirait même qu'elle a oublié que c'est elle qui a insisté pour qu'elles se rencontrent. Bientôt, un serveur arrive et Jae-in commande un café, préférant y voir une bonne occasion de garder la ligne.

Une fois que le serveur s'est éloigné, le silence revient. Voyant que Min-yeong garde les yeux rivés à sa tasse, Jae-in se carre le dos dans son siège. Attendre patiemment sans rien dire, ça, elle sait faire. Peu importe avec qui elle se trouve, le silence ne la gêne pas. Elle ne se sent donc pas obligée de demander à Min-yeong pourquoi elle veut soudain la voir. Elle se contente d'attendre.

— Jae-in, lâche enfin Min-yeong. Tu n'as pas croisé mon grand frère récemment ?

Le serveur lui apporte son café. Ça tombe à pic, car cela lui permet de gagner un peu de temps avant de répondre. Elle baisse les yeux pour ne pas laisser paraître ses sentiments. Elle s'en doutait. Le monde de cette fille tourne toujours autour de son grand frère.

Il y a longtemps, elles étaient allées ensemble à un festival de rock. C'était Jun-young qui lui avait demandé d'y emmener sa petite sœur. Si elle se souvient bien, c'était un concert de Kim Kyung-ho. Elles étaient au premier rang. Dès le début, la foule en délire s'est enflammée ; les spectateurs chantaient en chœur avec l'artiste en poussant des cris. Au milieu de ce vacarme, Min-yeong, plantée là comme la tour de Namsan, gardait les yeux rivés à l'écran de son téléphone. Jae-in lui a lancé un coup d'œil en se demandant ce qu'elle faisait. Elle écrivait un message à son grand frère :

Où es-tu ?

Jae-in avale une gorgée de café. La boisson chaude coule dans sa gorge et balaie au passage son irritation grandissante. Elle se décide à rompre le silence.

— C'est pour ça que tu voulais me voir ?

Elle ravale sa phrase suivante : *Tu aurais pu me le demander par téléphone.*

Min-yeong se redresse. Le menton baissé et les yeux grands ouverts, elle la fixe avec insistance, puis répond en articulant clairement, comme pour ponctuer chaque syllabe :

— Pour. Moi. C'est. Très. Important.

Brusquement, Jae-in est victime d'une hallucination : elle croit voir une fillette de onze ans, et non une femme trentenaire, assise face à elle. L'expression de Min-yeong est la même qu'autrefois, quand, écolière, elle était persuadée que son frère la défendrait quoi qu'elle fasse. Celle qu'elle avait il y a dix-huit ans, le jour où Jae-in s'est rendue pour la première fois chez Jun-young.

Elle n'y était pas allée seule. Ils étaient quatre en comptant Jun-young, tous membres du club de théâtre de la fac, et comptaient se préparer des *ramen*. Après être descendus à la station de Sinlim, ils étaient arrivés devant un petit immeuble au bord de la route, quand une petite voix a retenti.

— Grand frère !

C'était presque un cri. Jae-in n'a pas tardé à apercevoir une fillette qui avançait en sautillant depuis l'autre côté de la route. Vu son gabarit, elle devait être en première ou deuxième année d'école primaire. Jun-yeong a crié :

— Reste là, je viens te…

Avant qu'il ait pu terminer sa phrase, la fillette s'est engagée sur la route où il n'y avait pas de passage piéton. Sans regarder à gauche ni à droite, elle a traversé, les yeux fixés sur son grand frère. Les voitures freinaient, l'évitaient ou klaxonnaient, mais elle s'en moquait éperdument. Jun-yeong, affolé, est descendu du trottoir.

— Grand frèèèère…

Elle a fait un petit bond avant de se pendre au cou de Jun-yeong en enroulant les jambes autour de sa taille. Jun-yeong, qui soutenait des mains les fesses de sa sœur, était tout pâle. Si Jae-in avait voulu recourir à une image cinématographique, elle aurait dit que c'était un peu comme un frère et une sœur vampires se retrouvant après un siècle de séparation. On aurait cru qu'ils étaient seuls au monde, et la scène a duré un bon moment. Jun-yeong a déversé un flot de paroles, sans qu'on sache bien s'il la suppliait ou la grondait :

— Je t'avais dit que je viendrais te chercher, c'est dangereux de traverser la route comme ça ! Combien de fois je t'ai dit de ne pas le faire. J'ai cru que mon cœur allait lâcher…

Entre chaque phrase, il regardait le visage de sa sœur en lui tapotant le dos et en la serrant de plus belle contre lui. Ce n'est qu'une fois que cette longue cérémonie de retrouvailles a pris fin que l'enfant a tourné la tête vers les autres.

— C'est qui, eux ?

— Mes amis.

Toujours avec Min-yeong dans ses bras, il les lui a présentés à tour de rôle. Elle a ignoré les « bonjour » des garçons et fixé Jae-in, qui était la seule fille. C'était un regard presque insolent, agressif, qui l'a embarrassée. Elle avait l'impression d'être une Martienne venue envahir la Terre. Si l'autre n'avait pas été une enfant, peut-être lui aurait-elle lancé : « Tu veux ma photo ? »

Min-yeong était en réalité en cinquième année d'école primaire. Ses parents l'avaient eue sur le tard, elle avait huit ans de moins que son frère. C'était peut-être pour ça que tous deux étaient exceptionnellement proches. Cela sautait aux yeux, d'autant plus qu'ils avaient quitté ensemble le nid familial sur l'île de Geoje, où ils étaient nés, pour venir vivre ici.

Pour Min-yeong, Jun-young était à la fois son grand frère, son père et son prince, tandis que celui-ci la choyait comme une princesse. Quand il contemplait sa petite sœur, on aurait cru qu'il la berçait du regard. Les choses étaient restées ainsi jusqu'à ce que Jun-young se marie avec Yuna. Mais visiblement, Min-yeong n'avait pas beaucoup changé, vu qu'elle tenait toujours à savoir qui voyait son frère.

— Il est arrivé quelque chose ? demande Jae-in.

— Mon frère a disparu, annonce Min-yeong avant d'enchaîner aussitôt, comme si elle n'attendait que cet instant : Je n'arrive pas à le joindre. Il n'est pas chez lui et personne ne l'a vu récemment.

— Depuis quand exactement ?

— Depuis mardi dernier.

Mardi… Jae-in repose sa tasse de café. Mardi matin, Jun-young lui a passé un coup de fil.

— J'ai parlé avec lui vers 14 heures ce jour-là, précise Min-yeong. Quand il m'a répondu, il était à Gyochon.

Bon, c'était donc bien après. Elle n'a pas envie d'expliquer à Min-yeong ce qui s'est passé ce matin-là.

— Il m'a presque raccroché au nez en disant qu'il me rappellerait plus tard, poursuit Min-yeong. Depuis, pas de nouvelles. Je lui ai envoyé des SMS et des messages sur KakaoTalk, mais il ne les a même pas lus. Son portable est carrément éteint. Je suis sûre qu'il lui est arrivé quelque chose.

Elle balaie ses cheveux en arrière d'une main tremblante. Jae-in essaie de réfléchir. Quand un homme de trente-sept ans ne donne aucune nouvelle pendant six jours, cela signifie-t-il forcément qu'il lui est arrivé quelque chose ?

— Ton frère, il n'a pas d'emploi fixe, non ? Il a deux bras, deux jambes, il est libre de ses mouvements et peut aller où il veut. C'est normal que tu ne puisses pas le suivre à la trace. Il se peut qu'il fasse des recherches pour ses livres, qu'il soit parti en voyage ou qu'il se soit simplement rendu injoignable pour rester tranquille.

Min-yeong a un petit rire silencieux, aussi crispant

pour Jae-in que quand elle reçoit un simple *haha* sur KakaoTalk. Ça l'énerve mais elle ne le montre pas, elle n'a pas envie de faire des histoires.

— Comment tu peux dire ça alors que tu connais très bien la situation de mon frère ?

Jae-in prend un air grave et dévisage Min-yeong. Quand cette fille comprendra-t-elle que le monde entier ne tourne pas autour de son frère ?

— Non, je ne suis pas au courant.

Min-yeong incline légèrement la tête, l'air de dire que ce n'est pas possible, ce qui énerve encore plus Jae-in. Et elle déteste qu'on joue avec ses nerfs. Elle a envie de lui rappeler qu'elle est venue pour lui faire plaisir, que Min-yeong est censée lui expliquer gentiment la raison de leurs retrouvailles et que, pour sa part, elle se fout royalement de ce que peut bien faire Jun-young.

— Depuis son divorce, mon frère n'écrit plus de pièces. Il accepte tout ce qui lui tombe sous la main : livreur, chauffeur remplaçant, ouvrier de chantier…

Sa fureur va crescendo.

— Il jongle entre deux ou trois jobs par jour. Il n'a pas un seul instant de répit et ne prend même pas le temps d'aller voir un médecin quand il est malade. Tout ça pour envoyer de l'argent à son ex-femme ! Et toi, tu me dis qu'il est peut-être parti en voyage ?

Contrairement à Min-yeong, Jae-in sent son émotion retomber. Ce n'est pas elle qui a divorcé de Jun-young, mais Yuna. C'est à elle qu'il envoie de l'argent, sans doute pour la pension alimentaire. Elle n'a jamais su les raisons et les conditions de leur divorce. Elle n'a pas posé de questions là-dessus, et à vrai dire elle s'en moque. Sa mère n'est pas entrée dans les détails, si ce n'est pour préciser que les torts étaient du côté de Jun-young. Payer la pension alimentaire est à la charge de la personne en tort. A lui de trouver l'argent nécessaire. Peu importe comment il le gagne, c'est son problème.

— Je ne sais toujours pas pour quelle raison tu veux me voir, et pourquoi je dois subir toutes ces jérémiades, mais…

— Ça ne t'inquiète pas ? la coupe Min-yeong. Mon frère a disparu, et vous êtes amis de longue date. On dirait que ça ne te fait rien.

Oui, ils étaient amis, mais c'était il y a longtemps. D'ailleurs, on ne sait pas à ce stade s'il a vraiment disparu ou s'il est juste injoignable. Dans un cas comme dans l'autre, elle ne peut pas dire que ça ne lui fasse rien. A vrai dire, ce qui l'inquiète surtout, c'est qu'il ne donne plus de nouvelles depuis mardi dernier. Elle hésite à dire à Min-yeong ce qui s'est passé ce matin-là.

Elle n'a pas forcément de raison de le cacher, ni d'obligation de le divulguer. Ce ne sera pas nécessairement très utile si Min-yeong lui a parlé après son coup de fil. Et surtout, elle n'a pas envie de se mêler de cette histoire. Cette femme obsédée et envahissante risque de l'appeler n'importe où, n'importe quand, et de venir la voir à tout bout de champ pour exiger qu'elle retrouve son frère jusqu'à ce que celui-ci réapparaisse. Pour lui, elle est capable de tout, sans se préoccuper de l'heure, de l'endroit ou de ce que vivent les autres.

Horrifiée à cette idée, Jae-in avale une gorgée de café. *Ce n'est pas ce qu'elle veut obtenir de toi*, lui chuchote son intuition. C'est vrai, dans le sens où Min-yeong n'insiste pas pour qu'elle réponde à sa question d'origine : « Tu as vu mon frère récemment ? » Sinon, elle se serait bien débrouillée pour arriver à ses fins. Jae-in décide d'aller droit au but. Elle verra après si elle parle ou pas de ce qui s'est passé ce fameux mardi.

— Qu'est-ce que tu veux de moi ?

Comme elle se l'était imaginé, Min-yeong a une autre idée en tête.

— Aide-moi à voir Yuna.

Jae-in ne comprend pas tout de suite le sens de sa requête. Pourquoi a-t-elle besoin d'elle pour ça ?

— Tu n'as qu'à l'appeler.

Min-yeong écarquille les yeux.

— Et comment ? réplique-t-elle sur un ton innocent.

— Tu n'as pas son numéro ?

Min-yeong laisse échapper un « Ha ! ».

— Même mon frère ne le connaît pas, comment veux-tu que je l'aie ?

D'après elle, Yuna a changé de numéro à la fin de son divorce. A l'encontre des conclusions du tribunal, elle ne permet pas à Jun-young de voir Jiyu une fois par mois et a même vendu son appartement avant de déménager. Comme il ne parvenait pas à joindre son ex-femme, Jun-young a dû adresser une demande au tribunal pour pouvoir exercer son droit de visite ; autrement dit, il a supplié le juge de le laisser voir sa fille.

Jae-in essaie de mettre de l'ordre dans ses souvenirs : quand, déjà, sa mère lui a-t-elle donné le nouveau numéro de Yuna ? Etait-ce avant ou après qu'elle a déménagé à Seogyo-dong ? Elle n'en est pas sûre, mais cela semble coïncider à peu près avec la période du divorce. Dans ce cas, elle ne peut pas donner à Min-yeong les coordonnées de sa sœur. Si celle-ci a coupé les ponts, elle a sûrement ses raisons.

— Tu as essayé d'appeler son bureau ? demande-t-elle.

Yuna a dû reprendre le boulot aujourd'hui après ses congés. Sauf si l'employé qu'elle a eu au téléphone tout à l'heure lui a menti.

— Son bureau ? fait Min-yeong avant d'ajouter dubitativement : Tu parles de la boîte de ton père ?

— Exactement.

— Mais Yuna l'a quittée il y a deux ans, non ?

Cette fois, c'est Jae-in qui incline la tête, intriguée. Min-yeong doit sûrement se tromper. Au retour de ses études en Russie, Yuna a travaillé sous les ordres de leur père avant d'hériter de l'entreprise à la mort de ce dernier. De toute façon, dans la famille, elle est la seule à avoir appris ce métier. Et personne d'autre ne souhaitait succéder à leur père.

Quant à Jae-in, ça ne l'intéresse pas, et elle n'a aucune envie de se disputer avec sa sœur à ce sujet ; à vrai dire, la somme laissée en héritage n'en vaut pas la peine. L'immeuble de six étages de l'entreprise et la maison familiale sont au nom de leur mère, et le patrimoine légal ne consistait qu'en un petit terrain acheté par leur père pour y construire des entrepôts. Elle a donc volontiers accepté que la succession revienne à Yuna, à condition que celle-ci subvienne aux besoins de leur mère.

Depuis, Yuna gère bien l'entreprise et n'a pas la moindre intention d'y renoncer, c'est en tout cas ce que leur mère a décrété à Jae-in.

— Non, riposte-t-elle enfin en se fiant à ce qu'on lui a dit. Elle y travaille encore.

Min-yeong pâlit soudain, à tel point qu'on croirait que tout le sang a quitté son visage.

— Tu veux dire qu'elle n'a pas été licenciée ?

— C'est elle la patronne, qui va la virer ?

— Ah… fait Min-yeong avant de baisser les yeux en pinçant les lèvres.

Elle prend le temps d'y réfléchir, puis repose sa question comme pour en avoir le cœur net.

— Donc, Yuna était la patronne même avant leur divorce ?

Visiblement, elle réprime ses émotions, et avec beaucoup de mal. Jae-in, inquiète, essaie de se remémorer ce qu'elle vient de lui répondre. A-t-elle dit une chose qu'il ne fallait pas ?

— Ça, je n'en sais rien. En tout cas, c'est elle qui dirige l'entreprise depuis le décès de notre père.

Min-yeong semble ne l'écouter que d'une oreille, car elle pose une question inattendue.

— Tu sais pourquoi mon frère multiplie les boulots au lieu d'écrire ?

N'a-t-elle pas dit il y a un instant que c'était pour payer la pension alimentaire ? Peut-il y avoir une autre raison ? Jae-in attend que Min-yeong le révèle d'elle-même.

— Si ce que tu viens de dire est vrai, cette femme est une voleuse.

L'inquiétude de Jae-in se mue en contrariété. D'instinct, elle se met sur la défensive. Elle a beau ne plus avoir de relations avec sa petite sœur, elle ne peut pas tolérer une accusation dénuée de fondements. Leur père était un petit distributeur d'huile de graissage industriel, son entreprise comptait à peine dix employés, livreurs compris. En avoir hérité ne mérite pas d'être traitée de la sorte. Sinon, toute la Corée du Sud serait une république de voleurs puisque, des grandes entreprises jusqu'aux petits commerces indépendants, tout se transmet par filiation.

— Fais gaffe à ce que tu dis ! Je te rappelle que c'est de ma petite sœur que tu parles.

— Tiens, c'est vrai ! ironise Min-yeong en montant soudain la voix d'un ton. Cette arnaqueuse qui a gâché la vie de mon frère est ta petite sœur !

Les clients autour d'elles, surpris, les dévisagent.

Jae-in sent des sueurs froides lui inonder la nuque. Elle est en train de se faire insulter au sujet d'un couple divorcé dont l'histoire ne la regarde pas. Les propos ironiques de Min-yeong semblent trahir une colère soudaine. Si elle perd ainsi les pédales, mieux vaut renoncer à dialoguer avec elle. De ce point de vue, Min-yeong et Yuna ont le même profil : une fois qu'elles commencent à disjoncter, ça ne peut mener qu'à une explosion.

— Quelle idiote je fais ! J'avais presque oublié qu'elle et toi étiez de connivence. Le lien le plus coriace et le plus sordide au monde est celui du sang.

Jae-in ne réagit pas. Ça ne ferait qu'aggraver les choses.

— Je suis venue te voir en pensant que tu étais une amie de mon frère, je croyais que tu m'aiderais. Mais je me rends compte que c'était complètement stupide de ma part.

Sur ce, elle lâche un rire hystérique qu'on pourrait traduire par « putain de merde ». Jae-in voit une lueur d'orage passer dans son regard. Maintenant, elle n'a plus envie de savoir pourquoi elle est si remontée. Le plus urgent, c'est de s'éloigner au plus vite de son orbite explosive.

— Je dois retourner au boulot, dit-elle en se levant.

— Quoi ? Tu pars ? Mais de quel droit ? lance Min-yeong en repoussant violemment la table avant de se lever à son tour.

Déséquilibrée, la tasse tombe par terre et se brise en mille morceaux. Les clients intrigués braquent leurs regards vers elles, comme autant de flashes d'appareils photo. D'un seul coup d'œil, elle reconnaît au moins quatre ou cinq visages. Le serveur accourt. Sans en tenir compte, Min-yeong se met carrément à hurler en approchant son front bombé du menton de Jae-in.

— Vous deux, vous êtes de connivence entre sœurs pour plumer mon frère, et là, tu pars ?

Le sang de Jae-in se met à bouillir. Elle plonge les mains dans les poches de son pantalon, de peur de s'en servir pour résoudre cette situation plus qu'embarrassante. Min-yeong tend un doigt et lui pousse légèrement l'épaule.

— Allez, pars si tu veux ! Tu vas voir ce qui va se passer. Je vais faire en sorte que tu ne puisses plus jamais exercer ton métier…

Prise de vertiges et de bourdonnements d'oreille, Jae-in n'entend pas la suite. Elle s'éloigne précipitamment vers le comptoir en s'efforçant à tout prix de ne pas courir. Tout en payant son café, elle regarde par-dessus son épaule. Min-yeong, retenue par le serveur, est en train de vociférer. Jae-in ne comprend pas ce qu'elle dit, mis à part la dernière phrase qui vient se ficher dans sa nuque telle une flèche :

— Hé, arrête, arrête-toi !

Elle n'en a aucune intention. Elle sort du café et fonce dans les toilettes du hall. Le sang dans son cerveau tourne à une vitesse fulgurante et elle voit trouble, si bien qu'elle reste là un bon moment, les mains appuyées contre un mur. Ses joues sont brûlantes et les veines à ses tempes battent fort. Quelle histoire ! Son horoscope du jour ne l'avait pas prévenue que la foudre s'abattrait ainsi sur elle !

Dans la poche de sa veste, son téléphone se met à vibrer. C'est Min-yeong. Elle l'éteint, entre dans une cabine et s'effondre sur la cuvette. Elle reste immobile, les épaules crispées. En entendant quelqu'un entrer dans les toilettes, elle retient sa respiration, craignant que ce ne soit Min-yeong venue la chercher.

Elle est envahie par la honte mais, plus encore, par la stupeur. Elle ne serait pas plus bouleversée si elle avait été victime d'une violence gratuite dans la rue. Elle n'avait pas vu Jun-young et sa sœur depuis sept ans. Pourquoi l'ont-ils soudain appelée, l'un après l'autre, pour la tourmenter de la sorte ?

Pour elle, Jun-young c'est du passé, aussi bien amicalement que sentimentalement. C'est pourquoi, quand il l'a appelée, cela lui a presque paru irréel. Il était 8 heures du matin, ce fameux mardi.

— Alors comme ça, tu n'as pas changé de numéro ?

C'est la première phrase qu'il a prononcée. Elle s'est sentie gênée. Si elle avait su que c'était Jun-young, elle n'aurait pas répondu. C'était un numéro inconnu, car elle l'avait supprimé de son répertoire quand il s'était marié avec Yuna. Il ne figurait donc plus dans ses contacts. Visiblement, il n'avait pas fait la même chose.

— On peut se voir ? a-t-il demandé, avant d'ajouter aussitôt : Je viendrai à Gwanghwamun pendant la pause déjeuner.

Pour être honnête, elle n'avait pas envie de le revoir. De toute façon, elle n'avait pas le temps. Elle devait se rendre au musée littéraire de Chungju dans le but de recueillir des informations pour une série d'articles intitulée « Journal du voyage de Sin Jae-in à travers les musées littéraires ».

— Je dois descendre à Chungju pour mes recherches.

Jun-young lui a demandé où elle était, et elle a répondu qu'elle sortait tout juste de chez elle.

— Tu pars seule ?

Quand elle lui a dit que oui, il lui a proposé :

— Je peux t'accompagner ? Je suis près de la gare de Juan.

Il tenait absolument à la voir et promettait de ne pas la déranger dans ses recherches. Il voulait juste faire l'aller-retour avec elle. Il avait des choses à lui dire sur Jiyu.

Maintenant qu'elle y pense, elle aurait dû refuser. Mais elle ne l'a pas fait. Elle connaît bien Jun-young, il n'est pas du genre à demander des services. Contrairement à Min-yeong, il n'est pas buté ; c'est plutôt quelqu'un de mou, incapable de défendre son bifteck. Donc, s'il insistait, c'était qu'il avait une bonne raison. Pourquoi s'adresser à elle pour une affaire concernant Jiyu ? Elle trouvait ça bizarre, mais elle a accepté.

Vingt minutes plus tard, elle est passée prendre Jun-young en voiture. Lorsqu'il s'est installé à côté d'elle, elle l'a trouvé méconnaissable : les cheveux ternes et presque grisonnants, le regard éteint, les paupières assombries, les joues creuses, une barbe de trois jours, une tenue peu soignée… Son allure était si pitoyable que, s'il s'était assis dans la rue, des passants lui auraient sûrement jeté une pièce de cinq cents wons. Pourtant, à l'époque de la fac, c'était lui l'étoile la plus brillante.

— Je suis désolé de te déranger, s'est-il excusé en guise de salut.

— Qu'est-ce que tu fais à Incheon de si bon matin ? a-t-elle demandé en démarrant.

— Je viens de terminer un boulot et...

Il n'a pas fini sa phrase. Après ça, il a sombré dans le silence jusqu'à ce qu'ils quittent Incheon. De temps à autre, il se tournait vers elle comme pour lui dire quelque chose, mais dès que leurs regards se croisaient, il s'emmurait dans son silence.

— Je peux dormir un peu ? a-t-il fini par dire au bout d'un moment. Ça fait plusieurs jours que je n'ai pas roupillé et je suis complètement dans les vapes.

Elle lui a jeté un coup d'œil de biais. Avec sa mine atone, ses yeux injectés de sang, ses lèvres crevassées et sa voix cassée, il paraissait triste et épuisé. Elle a hoché la tête en se disant qu'il pourrait toujours lui parler au retour.

— Réveille-moi dans une heure.

Il a incliné le dossier de son siège en arrière et a abandonné sa tête. Dès qu'il a fermé les yeux, il s'est endormi. Son visage enfoui dans le siège ne ressemblait pas à celui d'un vivant. Elle avait l'impression de voir un hologramme qui venait d'atterrir brutalement à côté d'elle après avoir traversé une multitude de galaxies. Finalement, elle ne l'a pas réveillé.

Vers 11 heures, elle est arrivée au musée littéraire de Chungju et s'est garée dans un coin du parking. Un rayon de soleil frais de la fin d'automne a inondé le visage du jeune homme. Sous ses paupières fines, ses yeux remuaient lentement de manière aléatoire, comme s'il poursuivait un oiseau en songe.

Elle a hésité un instant à le réveiller, et puis elle a décidé de le laisser dormir. A bien y réfléchir, inutile de le tirer de son sommeil. De toute façon, elle avait rendez-vous avec le directeur du musée pour l'interviewer et déjeuner avec lui ; l'après-midi, elle entamerait le gros de ses recherches sur le musée. Elle en avait au moins pour quatre ou cinq heures. Elle a réglé le chauffage et elle est descendue sans couper le contact. Une fois dans le musée, elle lui a envoyé un SMS.

Je commence le boulot. J'ai laissé la clé sur le contact. Débrouille-toi pour déjeuner.

Lorsqu'elle a fini par regagner sa voiture, Jun-young n'était plus là. La portière n'était pas verrouillée et la clé était toujours sur le contact. Au début, elle s'est dit qu'il était peut-être parti aux toilettes, mais elle s'est aussitôt ravisée. En ce cas, il aurait verrouillé et pris la clé avec lui. Ce n'est qu'en s'installant au volant qu'elle a enfin eu l'idée de jeter un coup d'œil à son téléphone, qu'elle avait mis en mode avion le temps d'enregistrer l'interview. Lorsqu'elle l'a désactivé, un message est arrivé :

J'ai une urgence à régler. Je m'en vais. Désolé.

C'était de Jun-young. Il l'avait envoyé à 11 h 04, soit dès qu'elle avait pénétré dans le musée. Sur le trajet du retour, elle s'est replongée dans ses souvenirs. Elle s'en voulait de n'avoir pas repoussé la main tendue par son passé. Pourquoi avoir accepté de le rencontrer ? Et, surtout, pourquoi avait-il voulu la revoir ? Juste pour faire un somme ?

Après cet épisode, il ne l'a pas recontactée.

Le choc provoqué par la réaction violente de Min-yeong s'étant un peu apaisé, la curiosité finit par l'emporter : où est-il donc passé ? Il n'a pas eu un accident, sinon la police aurait déjà contacté sa sœur. Il est très peu probable aussi qu'on l'ait kidnappé. Ce n'est pas une célébrité susceptible de rapporter une grosse rançon, ni quelqu'un à la santé fragile qu'on peut enlever facilement. Certes, il est un peu abîmé mais il a une bonne constitution. Il n'a pas non plus un tempérament porté vers le suicide ; c'est vrai qu'il est sensible et introverti, mais il aime la vie. Il est animé par l'ambition d'être reconnu dans le milieu du théâtre en tant que dramaturge. Enfin, c'était le cas à l'époque où elle le fréquentait.

Elle émet une hypothèse : il a peut-être besoin d'être seul. Peut-être est-il dégoûté des gens et du monde ? Ou a-t-il envie de repos ? Il refera surface en temps et en heure.

Tout l'après-midi, elle n'arrive pas à se concentrer sur son travail, obnubilée par une vision qui s'impose à son esprit malgré elle. C'est le visage de Jun-young, semblable à un spectre. Quoi qu'elle fasse, ses pensées reviennent toujours à lui. Chaque fois qu'elle s'en aperçoit, elle se déconcentre, fait une bourde et s'énerve. Et puis, en fin de journée, elle reçoit un message de Yuna.

J'ai besoin que tu prennes Jiyu aujourd'hui. Le fils d'Eun-ho est mort subitement et toute la maison est retournée. Je l'ai amenée à l'école, tu n'auras qu'à la récupérer en rentrant du travail.

*

Yuna ne décroche pas. Sur son répondeur, une voix de femme l'informe : « La personne que vous essayez de joindre n'est pas disponible actuellement. » Elle a dû bloquer la réception de ses appels après lui avoir envoyé ce SMS. En d'autres termes, elle la prévient que le « aujourd'hui » dont elle parle peut se prolonger jusqu'à demain, après-demain, ou pourquoi pas jusqu'au retour de leur mère. C'est bien le genre de Yuna. Si Jae-in devait lui donner un surnom, ce serait « pied-dans-la-porte » ; elle commence par vous demander un petit service sans importance avant de vous charger de tout le reste. Vous le savez parfaitement, mais à chaque fois, vous tombez dans le piège. Par exemple, elle vous demande de lui tenir son sac rien qu'un instant, et vous vous apercevez bientôt que vous la suivez comme une servante, les bras chargés de toutes ses affaires.

Jae-in est acculée, elle n'a pas le choix ou presque : qu'elle refuse ou accepte la demande de Yuna, le résultat sera le même. Si elle ne va pas chercher Jiyu, la maîtresse tentera de joindre Yuna ; faute de la joindre, elle appellera la grand-mère, la deuxième responsable. Celle-ci, qui est actuellement en visite chez sa sœur à Moscou, finira par téléphoner à Jae-in pour la supplier d'une voix larmoyante : « Va récupérer la petite, tu n'as donc pas pitié de cette pauvre enfant ? »

Si elle refuse, sa mère passera la nuit à geindre en dénigrant sa fille aînée auprès de sa sœur. Dès le point du jour, elle la harcèlera pour qu'elle lui trouve un billet d'avion en insistant pour rentrer d'urgence en Corée, et le programme que les deux sœurs ont élaboré ensemble pendant des mois tombera à l'eau. En fin de compte, c'est la sœur de sa mère qui en pâtira par ricochet.

La tante et la mère de Jae-in sont jumelles. Elles ont beau se ressembler comme deux gouttes d'eau, elles sont très différentes, qu'il s'agisse de leur caractère, de leur vision du monde ou de leur parcours de vie. Contrairement à la mère de Jae-in, devenue femme au foyer après s'être mariée à vingt et un ans, la tante a mené une existence de célibataire et a passé seule son soixantième anniversaire à l'étranger. Partie étudier en Russie à un âge avancé, elle a fini par s'y installer pour de bon. C'est en tout cas ce que Jae-in a entendu dire.

Si Yuna a pu étudier à Moscou, c'est grâce à cette tante. Sauf qu'elle est rentrée subitement, sans aller jusqu'au bout de ses études. Apparemment, c'était à cause de la mort de son petit ami, un étudiant hongrois. Celui-ci s'était retrouvé dans le coma suite à un accident de voiture, avant de rendre son dernier souffle une semaine plus tard. C'était arrivé après six mois de vie commune. Ce n'est pas de la bouche de Yuna que sa mère l'a appris, mais de sa sœur jumelle, quand elle l'a appelée pour lui annoncer le mariage de sa fille.

La tante a fait part de son étonnement, et lui a raconté toute cette histoire. Comment Yuna, rentrée précipitamment en Corée en abandonnant ses études, sous le choc de la mort de son petit ami, pouvait-elle se marier au bout de quelques mois à peine ? Franchement, ça la dépassait. Mais la mère s'est énervée, lui lançant farouchement : « C'est vraiment minable de remuer ce passé malheureux, alors qu'on devrait se réjouir pour elle ! » A cause de ça, les sœurs jumelles sont restées en froid pendant une longue période.

Le voyage de la mère à Moscou était une tentative de réconciliation. C'est la tante qui l'avait proposé en premier, et la mère avait accepté. Elle avait projeté d'y rester un mois et d'emmener Jiyu avec elle. Yuna était d'accord, c'était une bonne occasion pour sa fille de voir le monde.

Hélas, comme toujours, les humeurs de Yuna étaient imprévisibles, et personne ne pouvait la raisonner. Mardi dernier, cinq jours avant le départ de sa mère, Yuna est passée prendre Jiyu à l'école. Elle n'a laissé à sa mère qu'un bref message :

Je reste avec Jiyu pendant quelques jours, je te la ramène avant ton départ.

Mais elle n'a pas tenu parole. Elle n'a pas donné de nouvelles, ni répondu au téléphone, même le matin du départ de sa mère. Si faire une promesse lui vient aussi facilement que de cracher par terre, la tenir lui est plus ardu que de remettre le crachat dans sa bouche.

Avant de partir, la mère a laissé les coordonnées de Yuna à Jae-in : son adresse, son numéro de ligne fixe et celui du téléphone de son mari. Jusqu'au dernier instant, alors même qu'elle passait le contrôle de sécurité de l'aéroport, elle n'a cessé de la supplier d'aller voir Yuna. Comme Jae-in ne répondait pas, elle a ajouté : « C'est que, ces dernières nuits, j'ai fait des rêves agités. »

En quittant l'aéroport, Jae-in a pris la route pour Cheongyeon, où habitent Yuna et son mari. Elle avait envie de flanquer une belle baffe à sa sœur, mais ce n'était pas le but de sa visite. Ce n'était pas non plus à cause des mauvais rêves de sa mère. Elle voulait juste lui dire de ne plus remettre les pieds dans la maison familiale. Elle ignorait seulement qu'elle allait tomber sur Cha Eun-ho et non sur sa sœur.

D'après sa mère, Cha Eun-ho était plutôt sympathique. Maintenant que Jae-in l'a vu de ses propres yeux, elle trouve qu'il est tout à fait le genre d'homme de Yuna. Il a des points communs avec Jun-young : un air introverti, un regard d'ado sensible et fragile. Quand on est fragile, on est forcément en proie à l'anxiété. Si Jae-in a perçu chez lui un sentiment de malaise mêlé d'angoisse, c'était sûrement pour ça.

Elle démarre la voiture. Sur le trajet pour se rendre à l'école, elle continue de ruminer le message de Yuna. Son beau-fils est-il vraiment mort subitement, comme elle l'a dit ? Peut-être que non ; c'est même le plus probable. Yuna est très créative, elle serait capable d'inventer un massacre collectif si nécessaire. C'est un talent que connaissent le ciel, la terre, et même la mère qui les a mises au monde. Jae-in décide de récupérer Jiyu, puis de passer à Cheongyeon avec elle. Elle n'a pas envie de se faire encore rouler dans la farine par Yuna. Elle tient à vérifier les faits par elle-même.

Elle se gare devant l'école avant d'y entrer. Dans la classe, elle voit tout d'abord un petit garçon qui empile des Lego, puis la maîtresse. Ce n'est qu'après qu'elle aperçoit Jiyu, qui lit, assise dans un coin de la salle. Dès qu'elle pousse la porte, la fillette lève la tête, comme si elle l'attendait.

— Tante ! s'écrie Jiyu en se levant d'un bond après avoir reposé son livre.

Elle s'élance vers Jae-in et l'enlace brusquement à la taille, se serre de toutes ses forces contre elle et appelle de nouveau :

— Tante !

Puis, croisant son regard, elle répète une troisième fois :

— Tante !

Elle la serre encore plus fort et, le visage enfoui dans le ventre de la jeune femme, chuchote :

— Je croyais que tu ne viendrais pas.

Ce comportement est inhabituel chez Jiyu. Elle n'est jamais très câline, même avec sa grand-mère. Jae-in sent son cœur faire un bond. Cette « mort subite » doit donc être vraie. La petite a-t-elle assisté à cette tragédie ? C'est ce qui expliquerait sa conduite étrange.

— Qu'est-ce qui te fait croire que j'allais te laisser ici ? murmure Jae-in en lui tapotant le dos.

Le fait que la fillette ait prononcé « tante » trois fois de suite la pousse à réviser son plan : il serait trop cruel de ramener l'enfant sur les lieux de cette mort, ce ne serait pas digne d'une tante. Elle décide donc de rentrer chez elle avec sa nièce. Elle déversera sa colère sur Yuna plus tard, une fois que la situation se sera tassée.

— Jiyu a l'air très contente de vous voir, commente la maîtresse en guise de salut.

Jae-in lui demande à quelle heure elle est arrivée à l'école.

— Vers midi.

D'après l'institutrice, Yuna est repartie aussitôt après avoir prévenu que la tante de Jiyu viendrait la chercher. La fillette, blottie dans un coin, n'a pas desserré les dents de toute la journée. Elle n'a presque pas touché au déjeuner, ni au goûter.

— Quand vous serez rentrées, donnez-lui à manger. Elle doit avoir très faim.

Exceptionnellement, Jae-in fait monter l'enfant sur le siège passager, car elle paraît trop perturbée pour rester seule à l'arrière.

— Si on mangeait quelque chose de bon avant de rentrer ? suggère-t-elle en mettant le contact.

Elle tente de se rappeler les plats préférés de Jiyu :

escalopes de porc panées, pâtes, nouilles *tchajang*… La fillette renifle un coup, puis secoue la tête.

— Dans ce cas, je vais acheter quelque chose à emporter. Qu'en dis-tu ?

Jiyu ne répond pas. Sa bouche reste obstinément fermée, et le bout de son nez a rougi. A la prochaine proposition, elle fondra en larmes.

Jae-in est perplexe. Jiyu n'est pas du genre à exprimer clairement ses refus. Quand un adulte lui fait une suggestion, elle est d'accord neuf fois sur dix, qu'elle en ait envie ou pas. Donc, si elle ne répond pas, ça veut dire qu'il y a un problème.

— Tu préfères qu'on rentre directement à la maison ? propose Jae-in.

La petite répond « oui » si vite qu'elle en est surprise. Son visage trahit même une certaine impatience. Jae-in se met à rouler. Pendant tout le trajet, l'enfant ne bronche pas, fait comme si elle n'existait pas. Son cartable serré sur sa poitrine, elle regarde par la vitre, à tel point que Jae-in se demande si la joie qu'elle a montrée lors de leurs retrouvailles n'était qu'une hallucination de sa part.

Une fois à la maison, son attitude ne change pas. Aussitôt arrivée, elle gagne sa chambre, son cartable toujours serré sur sa poitrine. En temps normal, elle se serait d'abord précipitée dans la salle de bains pour se laver les mains ; ensuite, elle serait allée se changer dans sa chambre avant de venir dans le séjour. Mais là, elle ne réapparaît pas. Après avoir enlevé sa tenue de travail, Jae-in va frapper à la porte.

— Jiyu, tu dors ?

Pas de réponse.

— Je peux entrer ? insiste-t-elle, l'oreille collée contre le battant.

Un « oui » à peine audible lui parvient, comme venu d'une île perdue au milieu de l'océan. Elle entre dans la chambre. Jiyu est assise sur le lit, les jambes pendantes ; encore en uniforme d'école, elle n'a même pas posé son manteau.

— Qu'est-ce que tu fais là ?

— Rien de spécial.

Elle est pâle et a l'air un peu perdue, comme si elle venait de se réveiller.

— Je vais préparer des *ramen*, tu veux venir en manger avec moi ?

Ce n'est pas le plat qu'elle lui propose d'habitude, mais elle ne va pas s'encombrer de ce genre de détail. Il faut qu'elle mange, peu importe quoi. Mais Jiyu décline.

— Un chocolat chaud, alors ?

Elle approuve à contrecœur. Jae-in va lui préparer une grande tasse de chocolat et la lui apporte. La fillette n'en boit même pas la moitié. Elle est toute somnolente.

— Tu veux faire ta toilette et te coucher ?

Jiyu hoche la tête.

— Dans ce cas, enlève ton uniforme et viens dans la salle de bains. Je vais te faire couler un bain.

Quand Jiyu arrive, la baignoire est à moitié remplie. Jae-in la fait asseoir dans l'eau et entreprend de défaire ses tresses. De toute évidence, Yuna ne s'en est pas occupée ce matin. A l'arrière, les cheveux sont emmêlés et tout aplatis. Pendant que Jae-in se bat pour les démêler, Jiyu fixe le bout de ses pieds, puis le plafond, en s'abandonnant aux mains de sa tante. Ses grands et beaux yeux noirs devant lesquels tout le monde s'extasie ont un regard flou et papillonnant. Lorsqu'elle se couche enfin, en pyjama et les cheveux séchés, elle a déjà les paupières à moitié fermées.

— Jiyu, tu as mal quelque part ?

Elle secoue la tête. Jae-in lui tâte le front ; pas de fièvre, même si la peau est tiède après le bain.

— Tu as sommeil ?

Elle forme un « oui » avec ses lèvres. Jae-in s'attarde près du lit, ne pouvant se résoudre à la laisser seule avec un « dors bien ». Elle s'inquiète de la voir si épuisée et égarée ; son manque d'appétit la préoccupe également.

— Tu veux que je dorme ici avec toi ? lui chuchote-t-elle à l'oreille.

— Non, répond Jiyu aussi catégoriquement que lorsqu'elle a refusé de manger tout à l'heure.

— J'éteins la lumière ? demande Jae-in en la bordant.

— Quand je serai endormie.

Jiyu ferme les yeux tandis que Jae-in se met à ranger ses vêtements. Elle accroche le manteau, la veste et la robe. Puis, ramassant un haut blanc destiné à être passé sous la robe, elle s'arrête net. Le col, les coudes et les manches sont noirs de crasse ; quant au legging, il pue. Les chaussettes, du dessous jusqu'aux mollets, sont luisantes et durcies par la saleté. On dirait qu'elle les porte depuis au moins une semaine. Jae-in se rappelle tout à coup ce qu'a dit Eun-ho : « Elle n'est pas là. Vous devez le savoir, non ? » Yuna n'était-elle réellement pas chez elle ? Depuis mardi dernier, quand elle a pris Jiyu, jusqu'à hier ? A-t-elle quitté la maison sur un coup de tête et non pour un voyage planifié d'avance ? Cela expliquerait les vêtements sales de la fillette. Elle porte la même tenue depuis six jours, puisque Yuna n'a pas pu prendre de vêtements de rechange. Jae-in croit enfin comprendre la phrase de Eun-ho : « Vous devez le savoir, non ? » Il entendait par là : « Elle est bien chez sa famille, non ? »

Jae-in s'assied sur le bureau. Jun-young l'a rejointe mardi, le jour de sa disparition. C'est également le jour où Yuna a récupéré Jiyu à l'école. Une idée vague surgit dans sa tête avant de disparaître aussitôt. En se concentrant bien, elle pourrait la retrouver, mais elle la laisse s'échapper. Elle n'a pas envie de faire cet effort-là. Elle est très fatiguée. C'est le moment de se détendre, non de faire travailler son cerveau.

Elle sort de la chambre de Jiyu, jette ses habits sales dans la panière à linge et se dirige vers la salle de bains. Pendant qu'elle se douche, un mot tournoie dans sa tête, comme une rengaine : *mardi, mardi, mardi*...

Quand elle sort de la salle de bains, il est un peu plus de 22 heures. Avant de se sécher les cheveux, elle va jeter un coup d'œil à Jiyu. Couchée à plat ventre, la joue sur son oreiller Kakao Peach qu'elle adore et un bras pendant en dehors du lit, elle ne répond pas à son appel. Elle doit dormir profondément.

En voulant s'approcher du lit et la retourner sur le dos, Jae-in piétine quelque chose. Elle se penche et s'aperçoit qu'il s'agit d'une marionnette à gaine portant l'étiquette « Papa » sur la poitrine. Il lui semble l'avoir déjà vue, mais où ? Aussitôt, un souvenir obscur surgit et lui coupe la respiration.

Elle se sauve de la chambre ou, plus exactement, elle se dérobe à ses souvenirs. En se laissant tomber sur le canapé, elle se rend compte qu'elle agrippe encore fort la marionnette dans sa main, alors que c'est justement ce qu'elle cherchait à fuir. Elle sent que son poignet la brûle, et que sa mémoire s'ouvre malgré elle. Impuissante, elle se laisse entraîner dans le passé, tel un chiot dont la mère a enfoncé les canines dans son cou. Le début de l'été. L'arbre à soie alourdi par des grappes de fleurs rouge foncé. Elle avait sept ans.

Au printemps de cette année-là, on avait décelé chez sa mère le dernier stade d'une insuffisance rénale. La nouvelle était foudroyante. On a appris par la suite qu'une tumeur sur la glande surrénale en était la cause. Son état se dégradait rapidement ; une greffe de rein était l'unique solution.

La mère avait tout de même de la chance dans ce malheur, car il existait sur terre une autre personne dont le corps était identique au sien, et cette personne s'est proposée d'elle-même de lui offrir un de ses reins. La démarche préparatoire avant l'opération était longue et fastidieuse. La mère a enduré cette attente en se soumettant à une dialyse tous les jours ; de son côté, sa sœur jumelle, qui était la donneuse, patientait tout en veillant à sa santé.

Le père, après avoir quitté l'armée où il était militaire de carrière, venait de monter une affaire ; Jae-in était en première année d'école primaire et Yuna fréquentait encore la maternelle. La période était donc très délicate pour cette famille, qui allait voir son destin changé par de graves circonstances.

Le père était devenu l'homme le plus occupé au monde : il devait prendre soin à la fois de sa femme malade, de ses deux filles en bas âge, de la maison, et de l'affaire qu'il venait de démarrer. Il n'avait sans doute pas assez d'argent pour prendre une aide ménagère, et il n'y avait personne autour de lui pour lui filer un coup de main. Leur grand-mère maternelle n'était plus de ce monde ; quant aux grands-parents paternels, ils venaient juste de s'installer dans le petit village d'Uhye-ri, au sein du district de Gapyeong. Ils avaient déménagé à la campagne pour le bien du grand-père, un peu paralysé suite à un AVC. En outre, le père était enfant unique et n'avait donc aucun frère ni sœur pour l'aider.

C'est peut-être en songeant à cela que la grand-mère a tendu la main quelques jours avant l'opération : elle proposait de prendre en charge l'une des filles et demandait qu'on la lui amène à Uhye-ri. Le père a choisi Yuna, et la mère est tombée d'accord. Sans doute n'avaient-ils pas le choix car, dans le petit village d'Uhye-ri, il n'y avait pas d'école. En outre, l'aînée donnerait moins de travail au père. Elle avait sept ans, l'âge où l'on est capable de se débrouiller seule pour se laver, manger, faire ses devoirs et tout le reste ; il pouvait même lui demander certains services très simples.

Yuna est donc partie vivre chez ses grands-parents, mais pas de son plein gré, car elle ne comprenait pas la raison de son départ. Jusqu'au dernier moment, elle a supplié et pleurniché en se cramponnant à sa mère : « Pourquoi moi ? Dites à Jae-in d'y aller. Papa me déteste ! Plutôt mourir que de vivre avec grand-mère dans cette maison qui grouille de bestioles… »

A l'époque, Jae-in pensait que Yuna reviendrait au début de l'hiver et que sa famille retrouverait sa vie d'avant. Elle croyait qu'il suffisait d'attendre l'hiver et que tout se résoudrait. Hélas, le temps ne lui a pas donné raison, mais lui a en revanche transmis un enseignement inattendu : que demain n'est pas toujours celui qu'on attend, et qu'on a beau prier de toutes ses forces, les vœux ne se réalisent pas forcément. L'hiver, puis le printemps ont passé, mais Yuna ne rentrait pas.

Une ombre planait toujours sur la maison. Le rétablissement de la mère était lent, très lent. Elle souffrait d'une maladie de peau due à la greffe ainsi qu'aux immunodépresseurs ; quand la tante, complètement rétablie, a fini par repartir en Russie, la mère a fait une dépression. Elle parlait peu, perdait du poids, évitait tout contact avec les autres. Parfois, elle entrait dans la chambre de Yuna et y restait assise, l'air perdue, ou pleurait en silence, les yeux posés sur la photo de sa benjamine.

Elle se montrait froide, même impitoyable, avec Jae-in. Quand celle-ci rentrait de l'école, elle n'avait pas la moindre parole aimable. Elle s'agaçait de ses moindres faits et gestes : quand Jae-in allumait la télé, elle trouvait que ça faisait trop de bruit ; si la petite lui adressait la parole, elle lui demandait de se taire ; quand elle voulait l'aider à se déplacer, elle la repoussait ; si elle lui demandait comment elle se sentait, elle la rabrouait en lui disant de se mêler de ses affaires.

Jae-in avait appris beaucoup de choses par elle-même : se déplacer en silence pour ne pas être vue de sa mère, se débrouiller toute seule sans déranger personne, retenir son envie de parler et s'empêcher de pleurer même dans les situations humiliantes, savoir décrypter l'humeur de sa mère d'après l'expression de son visage, comprendre qu'il fallait être une gentille fille si elle voulait survivre au sein de sa famille.

Elle évitait de se retrouver seule avec sa mère. Après

l'école, elle passait du temps au centre de loisirs ou chez une amie. Les jours où elle n'avait personne avec qui jouer, elle attendait son père, recroquevillée sous l'arbre à soie dans un coin du jardin. Entrer dans la maison lui faisait l'effet de pénétrer dans une grotte sombre. Elle aurait préféré mourir que de se retrouver face à sa mère, et ne pas laisser paraître ce sentiment d'horreur était la tâche la plus ardue au monde.

Le père se rendait chez la grand-mère à la campagne tous les week-ends et emmenait Jae-in avec lui. Une fois, elle lui avait demandé pourquoi la mère ne les accompagnait jamais.

— Elle ne le supporterait pas, avait-il répliqué.

Cette phrase comportait un double sens. Le premier était que l'état de la mère était trop fragile pour effectuer un long trajet dans une camionnette ; le deuxième, que les retrouvailles avec Yuna seraient trop bouleversantes pour elle.

Yuna attendait son père, elle était toujours prête à revenir à la maison. Parfois, elle se tenait debout devant le portail dans sa tenue d'écolière, son cartable sur le dos. Dès qu'il descendait du véhicule, elle lui barrait la route en le suppliant de ne pas entrer dans la maison des grands-parents et de la ramener directement à Incheon.

En apprenant qu'elle ne pouvait toujours pas rentrer, elle piquait une crise. Elle jetait les cadeaux apportés par son père, demandait en hurlant pourquoi il était revenu si ce n'était pas pour la ramener ; elle se roulait par terre en criant qu'elle voulait que tout le monde crève. Quand l'heure du départ approchait, elle changeait du tout au tout et pleurnichait en se cramponnant à lui.

— Papa, s'il te plaît, ramène-moi ! Je n'ai pas envie

de retourner dans cette chambre qui ressemble à un débarras.

Le père avait demandé à la grand-mère ce qu'elle voulait dire par là, mais la grand-mère avait répondu tout en lui arrachant Yuna :

— Ne fais pas attention à elle, va-t'en. Elle s'en remettra.

Une fois rentré à Incheon, le père appelait la grand-mère, qui répétait presque toujours la même chose :

— Ne t'inquiète pas, elle est allée se promener avec son grand-père à l'étang Demi-Lune.

La mère ignorait tout de ces scènes à répétition. Le père n'en laissait rien paraître ; sans doute ne voulait-il pas l'inquiéter. Jae-in non plus n'en parlait pas, et encore moins de ce qui s'était passé un jour en particulier.

C'était en février, un an s'était écoulé. Jae-in entamait ses vacances de printemps. Le père l'avait prise avec lui pour aller récupérer Yuna. Elle ne se souvient pas du jour précis, mais elle est sûre que ce n'était pas un week-end, car Yuna ne les attendait pas au portail. D'après la grand-mère, elle était allée avec son grand-père à l'étang Demi-Lune et ignorait que son père venait la chercher. Elle ne le lui avait pas dit à l'avance, ne sachant pas comment la situation allait évoluer.

— Ils seront de retour avant midi. Déjeunons d'abord ensemble, on fera ses valises après.

La grand-mère a regagné la cuisine tandis que le père allait aux toilettes. Quant à Jae-in, elle est montée à l'étage. Elle était venue plus d'une fois dans cette maison de campagne, mais elle ne connaissait pas la chambre de Yuna, qui ne lui avait jamais proposé de la lui montrer. Jae-in s'est dit qu'elle pouvait peut-être s'autoriser à la voir, puisque sa sœur allait la quitter. En apercevant cette chambre depuis la cour, elle s'était dit qu'on devait voir l'étang Demi-Lune par cette grande fenêtre. Elle avait envie de le vérifier.

A l'étage, il y avait trois portes. Lorsqu'elle a ouvert celle de droite, elle est tombée sur une pièce qui ressemblait à une remise. La chambre de Yuna était celle du milieu. Dès qu'elle y a pénétré, elle a tout oublié de l'étang Demi-Lune. Elle avait l'impression de se retrouver dans la chambre de Yuna à Incheon. Tout était à l'identique, mis à part la grande fenêtre : des rideaux en dentelle aux motifs de papillons, un lit et une couverture blancs, un ciel de lit rose clair, un lustre en forme de fleur de cosmos, un bureau équipé d'un miroir rond et sa chaise, une grande poupée Barbie et ses bébés rangés soigneusement sur des étagères, une armoire au toit bleu…

Jae-in a tout de suite deviné qui avait décoré cette chambre. Ce n'était pas la grand-mère, de toute évidence, puisqu'elle n'était jamais venue à Incheon. Cela ne pouvait être que leur père. Soit il avait fait livrer les meubles, soit il était allé les chercher lui-même avant de les disposer ainsi, en tout cas, c'était forcément lui.

Jae-in s'est approchée de la grande fenêtre et a vu de curieux objets posés sur le renfoncement qui était aussi large qu'un banc. Il y avait une petite table ronde et cinq chaises munies de longues colonnes faisant office de dossier. Sur chacune d'elles avait été installée une marionnette. Grâce aux étiquettes qu'elles portaient sur le devant, Jae-in savait qui elles représentaient : Papa, Maman, Yuna et Petit frère.

Mais la cinquième n'était pas humaine. C'était un canard fixé au dossier du siège à l'aide d'un élastique, un canard avec un œil crevé, le ventre troué et les palmes déchirées. Lui aussi portait une étiquette : « Jae-in ».

Jae-in se souvient encore du vertige qui l'a saisie à ce moment-là. Elle a failli s'effondrer en poussant un cri. Jamais elle n'a eu aussi peur de voir son propre nom.

D'une main tremblante, elle a défait l'élastique pour libérer le canard. Malheureusement, le bas de la peluche s'est accroché au dossier, et la chaise est tombée par terre avant de se fendre en éclats. Paniquée, elle a ramassé précipitamment les débris, sans s'apercevoir qu'on ouvrait la porte, ni qu'une présence humaine était entrée, jusqu'à ce qu'on lui arrache le canard de la main.

Instinctivement, Jae-in s'est retournée. Au même instant, le canard s'est abattu brutalement sur sa joue, projeté avec une force aussi féroce que brutale. Jae-in en a eu les larmes aux yeux, et sa vue s'est troublée.

— Sale voleuse ! s'est écriée Yuna.

Sa voix était si perçante que Jae-in a eu l'impression qu'on lui enfonçait un clou dans l'oreille à coups de marteau. Tout en portant une main à sa joue endolorie, elle s'est écartée. Les épaules rentrées, elle a tenté de chasser ses larmes en clignant des yeux.

— Qu'est-ce que tu viens de dire ? s'est-elle offusquée.

Elle voulait se montrer digne d'une grande sœur, mais sa voix tremblait de manière incontrôlable.

— Sale voleuse, a répété Yuna en s'approchant jusqu'à se trouver nez à nez avec elle. Sale voleuse !

Ses pupilles, si grandes qu'on ne voyait plus ses iris, brillaient d'une lueur étrange. De ses lèvres ouvertes comme dans un sourire, Yuna a chuchoté encore :

— Sale voleuse.

Jae-in tâchait de toutes ses forces de ne pas s'écrouler malgré ses jambes flageolantes. Sur le moment, elle n'a pas su pourquoi elle tremblait comme ça, en larmes, devant sa petite sœur. Maintenant qu'elle y repense, elle suppose qu'elle a perçu instinctivement la haine que Yuna éprouvait à son égard, et que cette haine était profonde, sombre et ardente, au point de la dévorer tout entière.

— Tu le veux à ce point, ce canard ? a dit Yuna en sortant une paire de ciseaux d'un tiroir du bureau.

Le temps que Jae-in se dise, « Non, elle ne va quand même pas… », une patte du canard était coupée, suivie de l'autre, du bec, de l'œil restant… Il ne restait plus qu'un amas de poils jaunes éparpillés à leurs pieds.

— Dans ce cas, tu n'as qu'à le ramasser, a lancé Yuna avant de jeter la tête de l'oiseau, le seul morceau qu'elle avait conservé.

— Pourquoi tu fais ça ? a bégayé Jae-in d'une voix larmoyante.

— Parce que tu as volé tout ce qui m'appartient, a répondu sa sœur en reprenant les ciseaux comme s'il s'agissait d'un couteau. Maman, papa, et même notre maison. Tu as tout pris pour toi !

Ce n'était pas la faute de Jae-in. C'était une décision de leurs parents. Pour sa part, tout ce qu'elle en avait tiré, c'était que sa mère la rejetait. Elle aurait voulu réfuter les accusations de sa sœur point par point, mais elle n'arrivait pas à ouvrir la bouche. Ce n'était pas facile de se défendre face à une haine si féroce. Il fallait beaucoup de courage, et elle en manquait. Elle n'avait même pas celui de rester plus longtemps dans cette chambre.

Elle a fui pas à pas, à reculons, tétanisée par le regard furieux de Yuna. Arrivée sur le seuil, alors qu'elle faisait demi-tour, sa petite sœur lui a lancé un avertissement.

— Si jamais tu parles de ça à papa, je te découperai comme ce canard.

Jae-in n'a pas cafardé. Non seulement elle n'avait pas envie de se faire découper comme le canard, mais elle ne voulait pas paraître aussi immature que Yuna aux yeux de son père. Elle tenait à ce que lui, au moins, la considère comme une fille aînée exemplaire : gentille, mûre et sage.

Du coup, elle avait dû assumer toute seule sa blessure et sa peur. Elle avait essayé de les apaiser par l'oubli, de se persuader que cet épisode ne s'était jamais produit. Malgré tout, le souvenir en ressurgissait n'importe quand, toujours accompagné d'une interrogation : si le canard lacéré était elle, qui le « Petit frère » représentait-il ?

Jae-in considère le papa-marionnette trouvé dans la chambre de Jiyu. Est-ce celui qu'elle a vu à l'époque ? L'étiquette sur son torse semble le confirmer. Elle ne se souvient pas de l'écriture de Yuna, mais elle connaît bien celle de Jiyu, et ce « Papa » écrit au stylo-feutre n'est pas de sa main. La marionnette est donc bien celle de Yuna. Elle a dû la donner à sa fille après l'avoir gardée pendant vingt-neuf ans.

Jae-in réfléchit. Comment Yuna a-t-elle fait pour la garder jusqu'à présent ? Maintenant que la mémoire lui revient, elle se rend compte qu'elle n'avait pas revu cette famille de marionnettes depuis ce jour-là, ni la petite table avec ses cinq chaises. Peut-être Yuna ne les a-t-elle pas prises avec elle en partant de chez la grand-mère. A vrai dire, elle a laissé toutes ses affaires là-bas, à Uhye-ri, mis à part son cartable, qu'elle portait sur son dos chaque week-end en attendant son père. Quand la grand-mère lui a demandé pourquoi elle voulait tout laisser, elle a répondu :

— Mamie, tu ne touches à rien dans ma chambre. Je vais bientôt revenir te voir.

La grand-mère a-t-elle fait comme elle le lui avait demandé ? Jae-in ne saurait le dire. Elle-même s'est souvent rendue à Uhye-ri quand la grand-mère était encore en vie, mais elle ne mettait jamais les pieds à l'étage. Elle avait peur que la haine de la propriétaire de la chambre y flotte encore, et que ce spectre vienne s'agripper à sa poitrine comme une étiquette.

La grand-mère a continué de vivre à la campagne, même après le décès du grand-père. Elle n'a pas quitté la maison jusqu'à son dernier souffle. Ce qui a causé sa mort, c'est le choc de celle de son fils. Dans son testament, elle désignait Yuna comme héritière de la maison et du marécage.

D'après leur mère, Yuna n'était pas franchement enchantée de cet héritage. D'un point de vue financier, sa réaction n'avait rien d'étonnant. La maison était délabrée, et le marécage, classé comme zone d'exploitation contrôlée, bloquait la vente. Le sol mou s'affaissait par endroits et ne pouvait même pas servir de sépulture familiale. En somme, c'était plus ou moins une terre en friche. Et puis, sur le plan sentimental, Yuna devait avoir cette maison en horreur. N'est-il pas dans la nature humaine de vouloir se défaire de ses souffrances passées ?

Yuna n'y avait jamais remis les pieds, pas même les jours d'offrande pour l'anniversaire de la mort du grand-père, ni pour les fêtes traditionnelles. Elle préférait rester seule à la maison, à croire qu'elle avait tout oublié de sa promesse faite à la grand-mère. Jae-in était convaincue que Yuna n'y retournerait jamais et que la maison resterait à l'abandon. En fin de compte, elle s'est trompée. Peut-être qu'elle lui sert de résidence secondaire et que Yuna y passe quelques week-ends... En tout cas, elle a dû s'y rendre mardi dernier avec Jiyu. Rien d'autre ne pourrait expliquer que la fillette ait le papa-marionnette en sa possession.

Jae-in dépose la marionnette sur le canapé. Qu'est-ce que ça peut faire de savoir ça maintenant ? En quoi est-ce important que Yuna ait emmené sa fille dans cette maison, qui lui appartient, et qu'elle lui ait donné un de ses anciens jouets ? C'est vrai, ça n'a rien de grave ; n'empêche qu'elle a du mal à le digérer, et qu'elle aimerait savoir pourquoi. Depuis l'âge de vingt ans, elle a tout fait pour ne pas croiser Yuna, qu'elle considère comme une inconnue. Alors pourquoi tout à coup... ?

Croyant entendre quelque chose, elle interrompt le cours de ses pensées. Le bruit est plus faible que celui du frigo, mais elle discerne clairement d'où il vient : de la chambre de Jiyu. Elle tend l'oreille. Peu après retentit un cri proche du désespoir :

— Papa !

Jae-in se précipite dans la chambre. Les yeux fermés et les mains agrippant la couverture, la fillette pousse des hurlements stridents :

— Papa... Papa m'appelle !

Plutôt que d'allumer, Jae-in laisse la porte ouverte

avant de s'approcher du lit. Elle la secoue doucement par l'épaule.

— Jiyu !

Comme si elle entendait son appel, l'enfant ouvre les yeux à demi et tend les bras. Croyant comprendre son geste, Jae-in lui saisit les mains et, tout à coup, la fillette l'attire avec une force stupéfiante. Alors qu'elle s'effondre sur le corps de Jiyu, celle-ci chuchote :

— Papa… Papa m'appelle.

Elle continue de parler en dormant, les paupières encore mi-closes. Un gémissement s'échappe de ses lèvres fendillées. Elle doit être en train de faire un terrible cauchemar où elle voit son papa. Jae-in se redresse et la serre dans ses bras.

— Ça va aller, ne t'inquiète pas, ce n'est qu'un rêve, dit-elle doucement en lui caressant le dos.

Jiyu ne se calme pas pour autant, prise dans les affres du cauchemar. Plus Jae-in tente de la rassurer, plus elle semble s'enfoncer dans son angoisse. Bientôt, ses reniflements se muent en sanglots incontrôlables.

— Ouvre les yeux, mon bébé. Ouvre les yeux.

Jae-in n'est pas très douée pour consoler un enfant. Elle n'a même aucune expérience en la matière. Avec Jiyu, d'habitude si sage, elle n'a jamais eu besoin de le faire. Aussi ne sait-elle que la prendre dans ses bras en l'abreuvant de paroles futiles :

— Mon bébé, ta tante est là.

Les pleurs de l'enfant sont saccadés, et à chaque intervalle, elle déverse des mots incompréhensibles, la respiration hachée et la voix tremblotante :

— Le petit grèbe… crie dans le grenier. Papa… m'appelle… depuis l'étang Demi-Lune.

Jae-in sursaute deux fois : la première en entendant « étang Demi-Lune », la seconde en constatant que le corps de la petite est brûlant. Ses joues sont rouges, chaudes comme un radiateur électrique, ses lèvres sont aussi sèches que des feuilles mortes, son souffle dégage une odeur de brûlé. Jae-in comprend enfin que ce n'est pas un cauchemar qui tourmente la petite, mais une forte température ; elle ne rêve pas, elle délire de fièvre. Jae-in la recouche dans son lit.

— Je reviens tout de suite. Je vais chercher le thermomètre.

Une fois dans le séjour, elle se sent perdue ; l'affolement lui fait perdre la tête, elle ne sait plus où se trouve la trousse à pharmacie. Le placard du séjour, le meuble dans le couloir, la commode dans la salle de bains… Elle fouille partout en vain. Elle s'insulte pour son étourderie, accuse sa mère qui jette tout, s'énerve contre tant de désordre… Puis, alors qu'elle s'apprête à péter un câble, elle le trouve enfin dans un meuble de la cuisine.

Entre-temps, l'état de Jiyu s'est encore aggravé. Elle agite les mains, secoue la tête et pousse des cris en se tordant dans tous les sens. Jae-in la reprend dans ses bras et insère le thermomètre dans son oreille : 39,9. Catastrophée, elle ne sait pas quoi faire. La fièvre est-elle forte au point qu'une enfant de six aurait des convulsions ? Doit-elle l'amener aux urgences ? Ou peut-elle se contenter de la garder en observation tout en lui donnant du paracétamol ?

Elle fouille frénétiquement dans ses souvenirs. Comment sa mère faisait-elle quand Jiyu avait de la fièvre ? Elle se précipite de nouveau dans la cuisine et cherche dans la trousse de secours, où elle trouve une bouteille de sirop transparent. Elle lit la posologie écrite dessus au stylo-feutre : *Ibuprofène, 320 ml quatre fois par jour*.

Vu qu'il en reste 640 ml, la bouteille a déjà dû servir, mais sans mention de date, elle ne peut savoir quand sa mère est passée la prendre à la pharmacie. En espérant que le médicament ne soit pas périmé, elle revient avec dans la chambre de Jiyu, ouvre la bouche de l'enfant et y verse la moitié du sirop. Elle enlève la couverture, lui ôte son pyjama, pose une serviette mouillée sur son front. Ensuite…

A vrai dire, elle n'a pas grand-chose d'autre à faire, à part surveiller son état. Une demi-heure, qui lui paraît trois heures, s'écoule. Les signes d'amélioration sont lents, mais visibles. Le corps brûlant refroidit peu à peu et la peau paraît moins sèche. Des gouttes de sueur perlent sur le front. La respiration sifflante devient calme et régulière. Le visage affiche un air paisible. La fillette semble dormir d'un sommeil profond.

Trente minutes passent encore. Immobile, Jae-in continue de l'observer. Elle a peur de quitter son chevet. Elle a peur qu'en son absence la fièvre remonte. Et que si elle regagne son lit, elle manque l'instant crucial où il faudrait l'amener aux urgences.

Jae-in comprend enfin pourquoi sa mère restait éveillée toute la nuit chaque fois que Jiyu tombait malade. Pour elle, ces nuits-là étaient infernales, elle avait l'impression de se faire frapper par la foudre en plein sommeil. La mère ouvrait brusquement la porte de sa chambre et déversait sur elle un flot d'agressivité, qu'elle aurait mieux fait d'adresser à Yuna : « La petite est presque mourante, et toi tu dors ? »

Jae-in ne trouve pas le sommeil, en cette nuit où elle seule est responsable de l'enfant. Elle s'allonge sur le flanc auprès de la fillette. Elle regarde ses cils qui frémissent à peine. Ça fait trois ans qu'elle vit à ses côtés, mais c'est la première fois qu'elle l'observe de si près et avec autant d'attention, en se sentant aussi inquiète qu'impuissante.

Habituellement, elle gardait ses distances et s'efforçait de se montrer indifférente afin de ne pas s'attacher à elle. Sa mère lui demandait parfois : « Est-ce que tu la détestes parce qu'elle est la fille de Yuna ? »

Elle ne la détestait pas, et ce n'était pas parce qu'elle était la fille de Yuna qu'elle la tenait à distance. C'était plutôt à cause de sa trop grande ressemblance avec son père Jun-young, dont Jiyu a hérité l'apparence physique, le caractère, et même l'aversion pour les crèmes glacées.

Papa ! La voix de l'enfant ne cesse de hanter son esprit. Jae-in tâche de se remémorer les années passées. Est-il arrivé à Jiyu de parler de son vrai père, pas de son beau-père ? Non, jamais. Elle n'a pas dû en garder beaucoup de souvenirs. Si elle se fie à ce que lui a dit Min-yeong ce midi, elle n'a pas revu son père depuis l'âge de trois ans.

Elle tente de reconstituer des phrases complètes à partir des propos incohérents tenus par sa nièce fiévreuse : un petit grèbe crie dans le grenier ; papa m'appelle depuis l'étang Demi-Lune. Elle a beau se creuser la cervelle, elle n'en comprend pas le sens. Même en changeant l'ordre des mots, le résultat reste le même. Y a-t-il un grenier dans la maison de campagne ? Les petits grèbes sont-ils proches des humains au point de pénétrer dans la maison ? Crient-ils la nuit, comme les hiboux ? Elle n'a aucune réponse à ces questions. Mais elle parvient malgré tout à retrouver un souvenir concernant les petits grèbes.

Elle ne se rappelle pas la date précise, ce devait être une des nombreuses fois où elle s'était rendue avec son père à Uhye-ri. Mais elle est sûre que c'était l'été, à l'heure où le soleil rouge se couche derrière les cumulus et où tout le monde se met à table pour dîner.

Tout à coup ont retenti des cris à vous donner la chair de poule. Venant du marécage envahi par les roseaux, ils étaient à mi-chemin entre des cris de douleur et des sanglots. Ils ont résonné longuement, comme l'écho du hurlement de loups. Elle a sursauté et laissé échapper un des petits pois mijotés à la sauce soja qu'elle venait de saisir avec ses baguettes.

— Il doit y avoir des loups dans le marécage ! a-t-elle dit avant d'avoir eu le temps de réfléchir.

Yuna a éclaté de rire en ouvrant grand sa bouche pleine de riz, cela a fait un crissement comme quand on nettoie des vitres. Pour un peu, elle allait s'étouffer. Elle a d'ailleurs fini par avaler de travers.

— Ce sont les cris des petits grèbes dans l'étang Demi-Lune, a répondu la grand-mère en donnant des tapes à Yuna dans le dos.

Jae-in se tourne pour se mettre sur le dos et tape sur un clavier imaginaire au plafond.

Mardi midi, Yuna récupère Jiyu à l'école.

Vers 14 heures, Jun-young se trouve à Gyochon et reçoit un appel de Min-yeong, puis disparaît sans donner de nouvelles.

Jiyu, revenue après une semaine, porte des habits

sales et a une marionnette de Yuna en sa possession.

Elle réclame papa dans son sommeil.

Elle dit qu'un petit grèbe pousse des cris dans le grenier, et que papa l'appelle depuis l'étang Demi-Lune.

Jae-in est presque sûre d'une chose : mardi dernier, Jiyu s'est rendue avec Yuna dans la maison de campagne, où elle a retrouvé son père. En se basant sur cette hypothèse, elle tente de reconstituer la journée de Jun-young : vers 11 heures ce fameux mardi, il reçoit un coup de fil de Yuna ; quand celle-ci lui propose de venir voir Jiyu, il les rejoint précipitamment ; ce rendez-vous n'était pas fixé d'avance, sinon il n'aurait pas accompagné Jae-in à Chungju ; il n'était encore jamais allé à Uhye-ri, puisque Yuna avait hérité de la propriété après leur divorce, aussi doit-il la rejoindre quelque part avant qu'ils se rendent ensemble à la maison ; il est fort probable que ce « quelque part » soit Gyochon ; tous les trois restent quelque temps là-bas ; Jiyu et son père vont se promener à l'étang Demi-Lune, où ils voient les petits grèbes ; Jiyu et sa mère ne rentrent à Cheongyeon qu'après la matinée du samedi, car Yuna n'était pas encore là quand Jae-in a croisé Eun-ho devant chez eux ; Jun-young n'est toujours pas réapparu. Où est-il donc passé ?

*

Vers l'aube, la température de Jiyu remonte en flèche, accompagnée cette fois de toux et de vomissements. Jae-in la prend sur son dos. Elle se dit que la transporter dans sa voiture sera plus rapide que d'appeler les pompiers, car il y a un grand hôpital pédiatrique à cinq minutes de chez elle.

D'après le médecin, Jiyue a attrapé une grippe compliquée d'une pneumonie. Elle est hospitalisée dans une chambre individuelle. Grâce à une perfusion de paracétamol, sa fièvre retombe enfin. Lorsque le médecin fait sa tournée matinale, elle a déjà sombré dans un profond sommeil.

Pendant que l'enfant dort, Jae-in s'active. Elle prévient l'école que la fillette est hospitalisée, appelle son supérieur pour demander un congé, contacte le temple Baekdam, où réside le poète bouddhiste Manhae qu'elle était censée rencontrer pour son reportage, et dit qu'elle doit reporter sa venue d'une semaine. Puis elle rentre chez elle afin de récupérer le nécessaire pour un séjour à l'hôpital : de quoi faire sa toilette, une petite couverture pour elle, quelques habits de rechange, son ordinateur, une biographie de Manhae…

Elle ne parvient pas à joindre Yuna. Se disant que sa sœur filtre peut-être ses appels, elle tente de l'appeler depuis une cabine téléphonique, mais le résultat est le même. Finalement, elle renonce à la joindre. Une fois cette décision prise, sa colère s'apaise.

Jiyu se réveille vers midi. Au début, Jae-in ne s'en rend pas compte. A un moment donné, alors qu'elle est en train de mettre de l'ordre dans ses affaires, elle se retourne et voit Jiyu qui la regarde, les yeux dans le vague.

— Te voilà réveillée ! s'écrie-t-elle, euphorique malgré elle.

— Oui. Tante, je suis à l'hôpital ?

Jae-in hoche la tête.

— Tu es entrée ici à l'aube, tu te souviens ?

— Un peu. Tu m'as appelée, non ?

— Oui. Tu m'as entendue ?

Jae-in tend la main pour remonter la frange désordonnée de la fillette.

— J'ai entendu ta voix dans mon rêve. J'ai voulu te répondre, mais je n'ai pas pu.

— De quoi as-tu rêvé ?

Jiyu promène son regard sur le visage de Jae-in, comme si elle sondait sa mémoire.

— Je ne me rappelle pas.

C'est normal, après tout. Qu'elle s'en souvienne malgré la fièvre, c'est ça qui serait bizarre.

— Jiyu, depuis quand te sens-tu malade ?

— Depuis que je suis arrivée chez beau-papa. J'avais mal à la tête.

Jae-in veut lui demander de quel jour il s'agissait précisément, quand on frappe à la porte. Une infirmière ouvre aussitôt et apporte un médicament à prendre à midi ; ensuite, une dame vient poser un plateau comportant une bouillie de riz, une soupe claire de pâte de soja fermentée, du tofu tendre, de la chair blanche de poisson cuite à la vapeur sans sauce et des tranches de courgette assaisonnées. Franchement, ce n'est pas très appétissant, et Jae-in n'y toucherait pour rien au monde, mais ça ne l'empêche pas de mentir, sans ciller :

— Oh, ça a vraiment l'air délicieux !

Elle déplie la table fixée au lit et pose le plateau dessus. Puis elle aide Jiyu à se redresser en adoptant une voix enthousiaste :

— Allez, mon bébé, mange vite !

Les yeux baissés sur le plateau, Jiyu pousse un gros

soupir, signifiant par là qu'elle n'est pas dupe.

— Si tu prends une cuillerée de bouillie, je poserai un morceau de poisson dessus.

Jiyu prend la cuillère à contrecœur tandis que Jae-in saisit un morceau de poisson avec les baguettes. Si, en général, Jiyu aime ça, là, elle n'a pas l'air très emballée, car elle le garde dans sa bouche sans avaler.

— Il faut que tu manges, sinon tu ne pourras pas prendre le médicament et la fièvre ne tombera pas.

Les yeux fermés, Jiyu tente d'ingurgiter ce qu'elle a dans la bouche. Vu sa tête, on croirait qu'on lui donne du poison. Jae-in lui glisse une tranche de courgette entre les lèvres. A force de persuasion, de supplications et presque de chantage, elle réussit tant bien que mal à lui faire vider le bol de bouillie de riz, suivi des médicaments et de deux fraises en guise de dessert. A la troisième fraise tendue, l'enfant pousse un lourd soupir signifiant « n'en fais pas trop ». Jae-in décide d'en tenir compte.

— Jiyu, tu veux que je te nettoie un peu le visage avant que tu te recouches ?

— Oui.

A l'aide d'une serviette mouillée, la jeune femme essuie le visage et les mains de sa nièce, qui commence déjà à somnoler. Comme elle la recouche et lui remet la couverture, la fillette murmure d'une voix ensommeillée :

— Merci, tante.

Jae-in s'arrête net et la fixe du regard. Cette politesse la gêne. Dire « merci » comme ça, dans des circonstances pareilles, témoigne d'une éducation très particulière. Celle que lui a dispensée Yuna a un côté dérangeant.

— Si tu fais encore un cauchemar, appelle-moi, lui murmure-t-elle à l'oreille. Je ne bouge pas d'ici, tu sais.

Jiyu s'endort aussitôt. Jae-in pose son ordinateur sur le bord du lit et s'assied sur son lit de camp. Elle ouvre le fichier sur le musée littéraire de Chungju et se met à visionner la vidéo de l'interview. Elle est fatiguée et aimerait se laisser aller, mais elle ne peut pas se le permettre. Malgré son congé, elle a un article à terminer.

Ce n'est que tard dans la nuit qu'elle consulte sa messagerie professionnelle. Sont arrivés plusieurs dizaines de mails agressifs critiquant ce qu'ils appellent du « journalisme poubelle ». La plupart d'entre eux s'en prennent publiquement à son article sur la maison de Chae Man-sik, un écrivain du début du vingtième siècle, publié une semaine plus tôt : un pro-Japonais se vautrant dans le luxe même après sa mort. Le fait qu'un assassin se soit repenti suffit-il à l'amnistier ?... Parmi tous ces messages, un intitulé lui saute aux yeux : *Bonjour Jae-in, c'est Min-yeong. Mail à lire absolument.*

Elle repense aussitôt à la scène de la veille, à l'émotion qui l'a saisie sur le moment. Elle ferme les yeux pour se maîtriser. Son intuition lui conseille de cliquer sur « supprimer » ; si elle l'ouvre, elle sera forcément impliquée. Elle finit par obéir et le met dans la corbeille. Elle passe rapidement en revue les autres mails et ferme toutes les fenêtres. A l'instant où elle s'apprête à éteindre l'ordinateur, la voix de Jiyu retentit dans sa mémoire : « Papa… appelle… étang Demi-Lune. »

Celle de Min-yeong aussi : « Mon frère a disparu… depuis mardi dernier. »

Puis, sa propre voix : « Jiyu a retrouvé son papa mardi après-midi. »

Elle retourne sur sa boîte mail et repêche le message de Min-yeong, qui commence par *Jae-in, excuse-moi*, suivi de phrases étonnantes venant d'elle : *Je sais que tu devais être en colère, te sentir humiliée et très gênée devant tes collègues. Je te demande pardon. Ce n'est pas du tout pour ça que j'étais venue te voir. J'ai dû perdre les pédales...*

Ses excuses ne touchent pas Jae-in qui, doutant de leur sincérité, saute ces phrases qui lui paraissent bidon. Le gros du sujet commence au troisième paragraphe :

J'habite actuellement à Wonju, dans un deux-pièces, car j'ai trouvé un boulot ici. Mon frère était très occupé depuis son divorce, et je ne l'ai pas beaucoup vu ces derniers temps.

Mardi dernier, j'étais en déplacement professionnel à Séoul. J'ai appelé mon frère pour le voir, ça faisait longtemps. Mais, comme je te l'ai dit hier, il m'a presque raccroché au nez.

Je me suis doutée de quelque chose, car ça ne lui ressemblait pas de faire ça, ni ne disparaître plusieurs jours en coupant son portable. Pour autant, je ne pouvais pas prendre de congé pour me mettre à sa recherche car, manque de chance, l'inspection du travail venait dans mon entreprise le lendemain. J'ai appelé mes parents, sur l'île de Geoje, mais il n'y était pas non plus, et ils n'avaient aucune nouvelle.

A cause d'un empêchement, je n'ai pu retourner à Séoul que le samedi. Je suis d'abord passée chez lui, mais il n'y était pas. Aucun moyen de savoir depuis quand il avait quitté son logement, car celui-ci était propre et rangé, sans la moindre poussière. J'ai contacté ses amis, qui m'ont tous dit qu'ils ne l'avaient pas vu dernièrement. L'entreprise de livraison à domicile pour laquelle il travaille m'a informée qu'il avait donné sa démission une semaine plus tôt. J'étais donc la dernière personne à avoir communiqué avec lui avant qu'il se volatilise.

Je me suis rendue à la police pour signaler sa disparition. Ça n'a pas eu l'air d'inquiéter les flics. J'ai essayé de les convaincre que la situation était préoccupante, mais ils m'ont répété d'attendre encore quelques jours : il ne s'agissait ni d'un enfant, ni d'une femme, mais d'un homme adulte en pleine santé.

J'étais désespérée. Je me suis dit qu'il fallait absolument que je joigne son ex. C'est pour ça que je suis venue vers toi. Je voulais que tu m'aides à organiser un rendez-vous. Tu dois te demander pourquoi je tiens autant à la revoir, alors que ça fait déjà un bail qu'ils ont divorcé, et pourquoi j'ai besoin de ton aide pour ça. Je croyais que tu le savais déjà. J'ai cru que tu feignais l'ignorance, et j'ai pété un câble. Pourquoi est-ce que ça ne m'a pas effleurée que tu puisses l'ignorer ?

Ce n'est que sur le chemin du retour pour Wonju que je me suis souvenue de la cruauté dont il avait fait preuve à ton égard. Vous sortiez ensemble depuis vos dix-neuf ans, mais il a fini par épouser ta petite sœur. Moi, à ta place, je les aurais tués tous les deux. J'imagine que le ressentiment que tu éprouves n'est pas très différent du mien. Faute de pouvoir les supprimer pour de vrai, tu as voulu couper les ponts, non seulement avec mon frère, mais aussi avec ta sœur. C'est ce raisonnement qui me pousse à t'écrire ce mail...

Jae-in lève les yeux de son ordinateur. Les lettres jaillissent de l'écran comme pour brandir le poing.

Elle a le visage en feu, le souffle court, la tête qui lui tourne. Elle regrette amèrement de s'être enfuie du café hier. Elle aurait dû briser les doigts de Min-yeong pour l'empêcher d'écrire de telles aberrations.

Brusquement hors d'elle, elle se lève d'un bond et s'approche de la fenêtre. Le front contre la vitre, elle scrute l'obscurité. La voix de Jun-young retentit depuis le passé : « Jae-in, je vais me marier. »

A la fac, Jun-young était toujours très occupé. Il passait ses journées à étudier et à écrire des pièces pour son club de théâtre, sans oublier tous les petits boulots entre lesquels il jonglait. En général, il travaillait à temps partiel dans des cafés ou des grills près de son université. Quand il avait de la chance, il donnait des cours particuliers à domicile. Dès qu'il avait un instant de répit entre deux boulots, il venait voir Jae-in dans son studio non loin de la fac et la suppliait de le laisser dormir rien qu une heure, sous prétexte qu'il n'avait pas le temps de rentrer chez lui.

Et en vérité il ne faisait que dormir, couché sagement sur le canapé avec un coussin en guise d'oreiller. Dans ces moments-là, elle avait le sentiment de se changer en lampe automatique car, au moindre battement de cils de Jun-young elle sentait tous ses nerfs s'électriser. L'intensité et la force de cette lumière étaient telles que Jae-in manquait d'exploser dès qu'un cheveu s'agitait.

Lorsqu'il repartait, hop, la lampe s'éteignait, et d'épaisses ténèbres s'abattaient sur elle. Alors, elle avait l'impression d'être une employée d'hôtel chargée de louer des chambres. Pendant un temps, elle s'est persuadée qu'il éprouvait la même chose qu'elle, même s'il ne l'exprimait pas. C'était un peu comme une prière du matin : on implore de tout son cœur, sans obtenir de réponse.

Les membres du club de théâtre croyaient qu'elle était la petite amie de Jun-young qui, curieusement, ne niait pas forcément. Ses amis à elle le décrivaient comme « le parfait petit ami », car il était gentil, brillant, et beau, ce qui ne gâchait rien. Jae-in était d'accord. Seulement, ils ignoraient un détail crucial.

Il ne la voyait pas comme une femme. Le terme le plus exact pour décrire la façon dont il la voyait aurait été « légume » : un être pas particulièrement appétissant mais toujours près de lui, quelqu'un pour qui son cœur ne battait pas mais qui le rassurait, qui lui était utile sans pour autant lui procurer de joie, chez qui il pouvait venir sans se gêner, même en pleine nuit, et lui demander de l'héberger, qui le mettait à l'aise et le laissait dormir tranquillement.

Jae-in ne dépassait jamais la ligne qu'il avait tracée entre eux. Elle ne le saisissait pas par le col pour le forcer à coucher avec elle quand il repartait, elle avait toujours des regrets : elle aurait dû passer à l'acte et, s'il n'y avait vraiment aucun espoir, l'envoyer valdinguer jusqu'à la stratosphère.

De longues années s'étaient écoulées sans qu'il se passe rien entre eux. Leur relation est restée inchangée même après la fac, quand elle a trouvé un travail et qu'il a débuté une carrière de dramaturge. Lorsqu'il manquait d'inspiration pour écrire ou qu'il avait un peu de temps entre deux petits boulots, il venait la voir, un peu comme un chat de gouttière apparaissant ponctuellement à la cantine. Après son départ, elle trouvait toujours deux billets pour une pièce de théâtre, un peu comme la souris que laisse un chat en guise d'offrande.

Si cette relation, pareille à celle entre une vieille fille et un chat de gouttière, a duré aussi longtemps, c'était pour une pure et simple raison : elle n'avait pas trouvé de petit ami. Mais le lien a fini par se rompre lorsqu'il est tombé amoureux.

C'était peu après le retour de Yuna de Russie. Elle était venue voir sa sœur au bureau en fin de journée. Elle avait une course à faire à Gwanghwamun et, comme c'était tout près, elle était passée la voir. Elle voulait que Jae-in l'invite à dîner. C'était justement la première d'une pièce écrite par Jun-young et Jae-in s'apprêtait à se rendre dans le quartier universitaire où se trouvait le théâtre. Avec un stylo-bille gravé aux initiales de Jun-young et un bouquet de fleurs qu'elle avait acheté pour le féliciter. Yuna, sans gêne comme à son habitude, l'avait suivie sous prétexte qu'elle aussi adorait le théâtre.

La pièce était excellente, et le public très enthousiaste. Pas Jae-in. Yuna a offert à Jun-young le bouquet de fleurs apporté par sa sœur, comme si c'était elle qui l'avait acheté. Elle s'est présentée toute seule, sans que Jae-in ait besoin d'intervenir. Puis elle a demandé à Jun-young avec un joli sourire :

— Vous êtes le petit ami de Jae-in ?

Il s'est contenté de sourire doucement, sans répondre. Ce qui s'est passé ensuite, Jae-in n'en a pas la moindre idée. Comme Jun-young ne venait plus dormir chez elle depuis des mois, elle a trouvé ça un peu bizarre, mais c'est tout. Elle n'aurait jamais imaginé qu'il puisse aller dormir chez une autre.

Un jour d'automne, il est revenu la voir, pas pour dormir comme avant, mais pour lui annoncer son mariage. C'est en préparant une omelette que Jae-in a appris la nouvelle. Quatre mois étaient passés depuis que Yuna lui avait tendu le bouquet de fleurs. Jae-in était plus choquée par la rapidité de ce mariage que par la nouvelle en elle-même.

— Quoi ? Qu'est-ce que tu viens de dire ? a-t-elle demandé.

Il a répondu qu'il était désolé.

— Désolé de quoi ?

— C'est que je connais bien… la relation que tu entretiens avec Yuna.

Il voulait dire par là qu'il avait beau être désolé, ça ne changeait rien à sa décision de l'épouser. Furieuse de le voir aussi sincèrement contrit, Jae-in a dû se retenir de lui balancer la poêle chaude au visage. Si au moins elle lui avait hurlé : « Fiche le camp, espèce de salaud ! », elle se serait sentie soulagée.

Quant à Yuna, elle tenait à ce que Jae-in reçoive le bouquet de la mariée. Elle ne le lui a pas demandé directement, mais a fait pression en passant par leur mère.

— Apparemment, elle n'a pas d'amie assez proche pour ça. Pendant qu'elle était en Russie, elles se sont toutes mariées de leur côté.

Jae-in était surprise une nouvelle fois par l'effronterie de Yuna. Elle s'est même demandé si sa petite sœur n'était pas une créature dénuée de morale qui avait pris forme humaine, avant de se rappeler un prof de fac désignant l'effronterie comme la caractéristique la plus représentative des êtres humains. Yuna avait-elle décidé d'épouser Jun-young uniquement parce qu'il était le petit ami de Jae-in ? En tout cas, elle a catégoriquement refusé d'accéder à la requête de Yuna.

— Oh, mais elle ne te demande pas de le lui acheter, ce bouquet de fleurs ! s'est brusquement énervée sa mère. Elle veut juste que tu l'attrapes. C'est si difficile que ça ?

Min-yeong avait vu juste. Jae-in avait bel et bien coupé les ponts avec le couple, et elle n'a aucune intention de changer d'attitude. Il faut qu'elle classe tout de suite ce mail dans ses spams pour ne plus jamais le relire. Mais elle ne parvient ni à supprimer le message, ni à le transférer dans ses spams. A l'instant où son regard se pose sur l'écran, le piège de Min-yeong se referme de nouveau sur elle.

Maintenant, je vais te raconter ce que je sais de mon frère et de son ex-femme, en supposant que tu ignores tout : pourquoi il a décidé de partir, la procédure de divorce, sa situation par la suite, les coups tordus qu'elle lui a faits. Je ne connais pas les détails de sa vie conjugale, je le croyais heureux, jusqu'à ce qu'il vienne me voir sans prévenir à Wonju. Si je me souviens bien, c'était un dimanche, puisque je n'étais pas au travail. Il a débarqué à l'aube avec rien d'autre qu'un sac à dos sur l'épaule. Il avait un bleu près du menton et les lèvres déchirées. J'ai tout de suite deviné qu'il s'était bagarré avec quelqu'un, sauf que je n'imaginais pas que ce quelqu'un puisse être sa femme. D'après lui, ces blessures n'avaient pas été infligées par des coups de poing, mais par un iPad qu'elle avait balancé sur lui.

Sur le moment, je n'ai pas pu le questionner beaucoup, car il avait l'air très fatigué. Il m'a demandé de le laisser dormir un peu et je lui ai prêté mon lit. Je voulais en profiter pour aller faire des courses au super-

marché et lui préparer quelque chose, un plat qu'il aime tant qu'à faire, histoire qu'il puisse manger à son réveil. En plus, comme c'était le week-end, j'avais le temps.

Je suis allée chercher une veste dans ma chambre. Mon frère s'était déjà endormi après avoir posé ses habits sur une chaise. Alors que je les accrochais sur la tringle dans l'armoire, je me suis aperçue qu'il manquait une partie du devant de son tee-shirt. Il ne s'agissait pas du genre de déchirure qu'on se fait en se bagarrant ; le tissu avait été entaillé par un couteau. J'ai beau ne pas être experte en la matière, j'en étais sûre et certaine.

J'ai soulevé la couverture pour voir le corps de mon frère. Franchement, je l'ai regretté. Je me suis demandé si c'était vraiment avec sa femme qu'il s'était bagarré. Ses bras portaient des traces de morsures, et il y avait trois grosses marques à la base de son cou ; elle lui avait donné des sacrés coups de griffes, tout ongles dehors. Entre le pouce et l'index de sa main il y avait une plaie recousue à l'aide de trois ou quatre points, et un bleu se répandait sur son tibia, qui avait dû recevoir un coup de pied.

Ça m'a mise hors de moi. Il m'a fallu faire des efforts surhumains pour me convaincre qu'elle ne lui avait pas infligé volontairement tous ces coups, et qu'il avait peut-être voulu l'empêcher de s'automutiler.

Mon frère ne s'est réveillé que le soir, à l'heure du dîner. A table, je l'ai questionné sur ses blessures. Sans répondre, il s'est contenté de dire qu'il avait quitté la maison dans l'intention de divorcer. Sans doute avait-il honte d'avouer ce qui s'était passé, ou alors il avait peur que je me précipite chez sa femme pour lui arracher les cheveux. Tu sais de quoi je suis capable, surtout si ça concerne mon frère !

Je lui ai demandé pourquoi il voulait divorcer, et il m'a simplement répondu : « Si je vis plus longtemps avec elle, je crois que je n'y survivrai pas. »

Apparemment, il songeait au divorce depuis un moment déjà ; vu le contexte, je suppose que les choses avaient commencé juste après le mariage. Je me demande s'il n'a pas changé d'avis à la naissance de Jiyu. Tu sais à quel point il adore sa fille. Il lui voue un amour démesuré, c'en est presque gênant. Ce n'est que mon hypothèse, mais je pense qu'il a supporté sa femme pour le bien de Jiyu, avant d'arriver à la limite du soutenable. Il m'a même affirmé qu'il voulait divorcer pour Jiyu, qu'il ne pouvait plus la laisser grandir sous l'emprise de sa mère, parce qu'elle finirait par lui ressembler, ou par devenir son jouet.

Sa femme refusait de divorcer, elle disait que pour elle, le divorce était hors de question. Elle prétendait faire le maximum pour préserver son foyer, et qu'elle continuerait de le faire. Il faut dire que durant ces quatre années de mariage, mon frère ne gagnait presque pas sa vie. Les pièces qu'il écrivait ne voyaient pas la lumière, quasiment aucun théâtre ne lui proposait de projet. C'était donc sa femme qui mettait le pain sur la table, en travaillant dans l'entreprise de son père. C'est aussi elle qui avait contracté un prêt pour l'achat de leur maison.

Le fameux jour où ils se sont bagarrés, elle lui avait annoncé que, pendant tout ce temps, elle avait puisé dans l'argent de l'entreprise. Elle ne voulait pas que sa petite famille vive dans la misère. La somme qu'elle disait avoir empruntée à la banque provenait en réalité de la boîte de son père. On dit que celui qui commet trop d'exactions finit un jour par être démasqué. Eh bien, c'est ce qui lui était arrivé. Son père lui avait demandé de quitter l'entreprise et de rendre l'argent si elle ne voulait pas être traînée devant le tribunal ; il lui avait soumis une lettre promettant de rembourser le capital sur dix ans, qu'elle avait signée. C'est précisément ce jour-là que mon frère lui a dit qu'il voulait demander le divorce.

Après son départ, il n'a plus réussi à joindre sa femme. Il s'est rendu à la maison, mais il n'y avait personne, et le code de la porte avait été changé. Il n'était même pas au courant que son beau-père était mort, personne ne lui avait rien dit. A ce moment-là, sa belle-mère, elle, devait déjà savoir qu'ils allaient divorcer.

Ce n'est qu'après les obsèques que mon frère a su pour la mort de son beau-père. Il l'a appris en se rendant dans son entreprise. Il est allé voir sa belle-famille, mais la belle-mère l'a flanqué à la porte comme un malpropre. Pourtant, avant, elle l'aimait bien et l'appelait « mon cher gendre », d'après ce que j'ai entendu dire.

La procédure de divorce s'est avérée compliquée, voire carrément sordide. Comme l'initiative venait de mon frère, sa femme a porté plainte contre lui à son tour. Il a dit qu'en guise de pension alimentaire, il rembourserait l'argent détourné par sa femme et renoncerait à la somme qu'il avait avancée pour l'achat de l'appartement. Tout ce qu'il souhaitait, c'était obtenir la garde de Jiyu. Mais sa femme s'y est opposée, en exigeant qu'on lui retire non seulement le droit de garde, mais aussi son autorité parentale. La raison qu'elle a mise en avant était vraiment horrible : elle accusait mon frère d'avoir violé Jiyu régulièrement. Tu y crois, toi ?

Finalement, c'est elle qui a gagné, puisqu'elle a obtenu tout ce qu'elle voulait : c'est mon frère qui doit rembourser la dette, payer la pension alimentaire, et pire que tout, il a perdu le droit de garde de sa fille. On a su plus tard qu'elle s'était payé les services d'un avocat de renom dans les affaires familiales. On a uniquement accordé à mon frère un droit de visite une fois par mois. C'était vraiment injuste, ces lourdes accusations qu'on faisait peser sur lui.

Le problème, c'est que sa femme n'a même pas respecté ce droit de visite. Elle a coupé les ponts avec lui, allant jusqu'à changer de numéro de téléphone et d'adresse. Sa mère avait aussi déménagé. Du coup, mon frère n'avait aucun moyen de revoir Jiyu, alors que chaque mois, sans faute, il payait la pension alimentaire et remboursait la dette. Pour cela, il a dû prendre toutes sortes de boulots, même sur des chantiers. Ah, mais je t'en ai déjà parlé hier !

Evidemment, il a demandé au tribunal de faire respecter son droit de visite, mais sa femme ne s'est pas présentée malgré plusieurs convocations. Vraiment, quel toupet !

J'ai revu mon frère au début de ce mois, et il m'a parlé de toi. Il voulait te voir. A mon avis, il avait l'intention de te demander de l'aider à revoir son ex-femme. La décision n'a pas dû être facile pour lui, vu la manière dont il s'était conduit avec toi. Tu sais, il se comporte parfois comme un âne, mais il n'a pas un mauvais fond.

Est-ce que j'en ai assez dit pour que tu comprennes pourquoi je suis venue te voir, pourquoi je t'ai demandé si tu avais revu mon frère, et pourquoi j'ai traité son ex-femme de voleuse ? Maintenant, laisse-moi te raconter la raison pour laquelle je dois la voir.

Avant, mon frère m'envoyait régulièrement des photos de Jiyu. Comme elle était encore bébé, on la voyait surtout dans les bras de sa mère. Un jour, j'ai montré une de ces photos à mon supérieur ; tu sais, en général, on a envie de faire admirer sa nièce aux autres. En plus, Jiyu était un très beau bébé. Je sais que tu vas faire la grimace, mais il faut bien dire qu'elle est le portrait de mon frère. Même mes parents, sur l'île de Geoje, ont dit qu'elle avait exactement la même tête que lui lorsqu'il était petit.

Mon supérieur s'est plus intéressé à Yuna qu'à Jiyu. Il a longuement contemplé la photo avant de me demander si elle n'avait pas fait ses études à l'université Dong-a. Il connaissait même son nom, et il l'a reconnue alors qu'il n'avait pas étudié dans le même département qu'elle.

Après cela, nous n'avons pas eu l'occasion d'en reparler, car il a été affecté à un poste à Jeonju, avant de revenir à Wonju ce printemps. Lors d'une soirée organisée pour son retour, il m'a demandé discrètement si tout allait bien pour mon frère.

La question était insolite. Pourquoi tenait-il à avoir des nouvelles de mon frère, qu'il ne connaissait pas, et non de ma belle-sœur ? Après, il m'a expliqué la raison de sa question : lors d'une soirée avec des anciens amis de fac, il avait appris que Yuna s'était remariée ; l'un d'eux était un ami de son nouveau mari, et tous les deux étaient profs dans le même établissement. Mon supérieur n'a pas voulu me dire son nom, préférant le désigner par K.

En tout cas, d'après lui, à l'époque de la fac, Yuna était connue pour fréquenter beaucoup de garçons. Tu sais, dans n'importe quel groupe, il y a toujours une femme mystérieuse, pas forcément très belle, mais qui attire les hommes comme un aimant. L'une des particularités de ce genre de femme, c'est qu'elle se trouve toujours au centre de l'attention et des rumeurs. Cela avait été son cas à elle. Elle aurait été la protagoniste de deux histoires qui avaient agité toute la fac : l'une concernant un suicide, l'autre un accident de voiture.

Dans la première, un garçon qui sortait avec elle avait été découvert noyé dans l'étang du campus. L'autopsie avait décelé des traces de somnifère et d'alcool, mais rien ne justifiait pour autant de considérer cet incident comme un meurtre. La police avait conclu au suicide. Le bruit courait qu'un témoin aurait vu les deux amoureux en train de boire du soju, *assis sur un banc près de l'étang la nuit de sa mort, vers minuit. Le problème, c'est que le témoin ne s'était jamais manifesté. Et il n'y avait pas de caméras de surveillance.*

La deuxième histoire est arrivée deux ans plus tard, lorsque Yuna était en quatrième année. Elle vivait en couple avec un étudiant, toujours de sa fac. Leur histoire d'amour faisait beaucoup de bruit, au point que tout le monde savait si le couple s'était disputé la veille ou pas. Ils avaient le projet de partir étudier à Moscou dès leur année finie. K était l'ami du petit copain de Yuna, il fréquentait le même département que lui. Mais celui-ci est mort dans un accident de voiture. Il se serait endormi au volant. D'après ce qu'on m'a dit, il n'était plus amoureux d'elle et avait décidé de la quitter. Il est allé avec son ami K chercher ses affaires chez elle en voiture, et c'est sur le chemin du retour qu'il a eu cet accident. Il s'est mis à somnoler, et curieusement son ami K faisait de même sur le siège passager. Est-ce vraiment une coïncidence si tous les deux se sont assoupis en même temps ? Pourquoi les hommes de Sin Yuna finissent-ils tous par mourir ? Ces questions ont enflammé l'université. A force de voir les coïncidences s'accumuler, on nourrit des soupçons et on cherche des liens. Les deux garçons avaient bu « quelque chose » qui les avait rendus somnolents en même temps. Ils n'avaient sûrement pas bu du soju, *puisqu'ils devaient prendre le volant.*

Seul K, qui a survécu, doit connaître la vérité. Malheureusement, il n'a jamais rien dit sur l'accident...

Jae-in écarte les doigts du pavé tactile. Elle est arrivée à la fin d'une page mais, au lieu de passer à la suivante, elle tourne son regard vers Jiyu. Ce qu'elle vient de lire se résume sur le front de l'enfant endormi : l'amoureux de Yuna, son décès dans un accident de voiture le jour de leur séparation, sa somnolence au volant.

Ce répertoire lui est familier. Elle a déjà entendu cette histoire, sauf que, dans le rôle du héros, le petit ami de Moscou a été remplacé par celui de la fac. Et qu'il est mort sur le coup, pas au bout d'une semaine. Non, c'est l'inverse : d'abord le petit ami de la fac, puis celui de Moscou. Ensuite… Non, quand même pas…

Elle secoue la tête pour chasser un mauvais pressentiment. Inutile de se demander si elle doit continuer de lire ou pas. Ses doigts tremblants glissent tout seuls pour passer à la page suivante.

Après la fin de ses études universitaires, plus de nouvelles de Yuna. On racontait qu'elle était partie étudier à l'étranger comme prévu. Lors de sa soirée avec ses anciens amis de fac, mon supérieur, en parlant de Sin Yuna, a dit à tout le monde : « Au fait, j'ai appris que Yuna s'était mariée avec le grand frère d'une employée de ma boîte. » Alors, K a rigolé en disant que ça faisait un million d'années qu'elle avait divorcé et qu'elle s'était remariée. Tu sais, ce pays est vraiment petit. On est presque tous reliés les uns aux autres par des connaissances communes ou des anciens camarades de classe, tu ne trouves pas ?

Ce n'est qu'après la disparition de mon frère que le passé de Yuna m'a intriguée. Je voulais connaître les circonstances exactes de l'accident, sans me contenter des rumeurs. J'ai donc demandé à mon supérieur s'il lui arrivait de communiquer avec Yuna, ou s'il avait du moins ses coordonnées. Il m'a répondu que non. Il n'a même pas voulu me donner le nom de K, ni celui de l'établissement où il travaille. J'ai eu beau le supplier, il est resté inflexible, et a fini par se fâcher. Sans doute ne voulait-il pas être mêlé à ces histoires et craignait-il que ses propos ne soient déformés.

C'est vraiment regrettable. Si seulement je connaissais le nom du lycée où travaille K, je pourrais réduire le champ de mes recherches. Mon supérieur a étudié la biologie à la fac. Il n'y a pas dix profs de bio dans un même lycée, alors le retrouver devrait être rapide, non ?

Le plus simple serait que tu me donnes le numéro de téléphone de Yuna, ou au moins le nom du lycée où travaille son nouveau mari. Même si tu as coupé les ponts avec elle, tu sais au moins où travaille ton beau-

frère, pas vrai ? En fait, ce que j'aimerais, ce serait que tu m'aides à la joindre. Si je l'appelle moi-même, en supposant que j'aie son numéro, elle risque de m'envoyer balader.

Ne me dis pas de me rendre sur son lieu de travail, c'est ce que j'ai fait après t'avoir vue. On m'a dit qu'elle était absente pour raisons familiales, et qu'on ne savait pas quand elle reviendrait. Bien sûr, on ne m'a pas donné son numéro de téléphone, ni son adresse. Evidemment, je vais appeler son entreprise tous les jours, mais je te serais très reconnaissante si tu intervenais pour que je puisse la rencontrer.

Tu aimerais savoir pourquoi je tiens à la voir, n'est-ce pas ? Yuna a été sommée plusieurs fois par le tribunal d'exécuter la décision du juge concernant le droit de visite. Comme elle n'en a pas tenu compte, elle a dû payer des amendes. Si elle ne s'exécute pas avant la fin du mois, la justice la retiendra en garde à vue. Elle a deux solutions : soit elle permet à son père de voir Jiyu, soit elle se retrouve en maison d'arrêt. Nous sommes aujourd'hui le 23. Il lui reste une semaine.

Je dois retrouver mon frère avant. Il a une voiture, même si elle est vieille. Tu ne crois pas que je dois l'empêcher de s'endormir en conduisant ? Je compte sur ton aide. Oui, je te fais confiance.

PS : Il y a longtemps, j'ai appris par mon frère que son beau-père aussi était décédé dans un accident de voiture. S'il est vrai qu'il avait mis Yuna à la porte, l'accident a dû survenir vers la même époque. Etait-ce également le résultat d'une somnolence ?

Jae-in sent ses paupières se crisper, un goût acide lui monter dans la bouche. Dans ses oreilles résonne le tic-tac de sa montre. Le temps remonte comme une flèche vers le fameux jour de l'accident de son père.

C'était l'anniversaire de la mort de son grand-père. Prenant sa mère et Jiyu dans sa voiture, elle est arrivée tôt chez la grand-mère. Il était prévu que le père les rejoigne vers 19 heures, après le travail, mais c'est la nouvelle de l'accident qui leur est parvenue à la place. La voiture avait heurté le terre-plein central avant de dévaler la voie d'en face aux alentours de Namyangju. Elle avait été réduite en bouillie, et lui était mort sur le coup.

Jae-in ne sait plus comment elle est allée jusqu'à Namyangju. Elle se rappelle seulement qu'elle appuyait continuellement sur l'accélérateur, les dents serrées et les mains crispées sur le volant, oubliant même que sa mère se trouvait sur le siège à côté d'elle. Comme si elle croyait qu'il suffisait d'arriver à l'hôpital pour que son père ressuscite.

Bien évidemment, non. Il n'était pas revenu à la vie. Seul son cadavre, aussi abîmé que la voiture, les attendait. La police leur a annoncé qu'il s'était sans doute endormi au volant. Elle est restée debout sans broncher. Elle n'arrivait pas à ouvrir la bouche. Sa voix ne sortait pas, ses larmes non plus. Le corps sur le lit du service des urgences ne ressemblait pas à celui de son père. Elle avait du mal à accepter l'idée qu'il ait pu mourir. Pour elle, il était immortel. Un homme qui ne connaîtrait jamais la mort.

Yuna était injoignable, quant à Jiyu, elle était restée chez sa grand-mère. Elle a donc veillé le défunt seule avec sa mère. Trois jours durant, en ce lieu de recueillement, elle s'est retrouvée prisonnière du passé :

de l'époque où la mère déprimait, environ un an après que Yuna était partie vivre chez la grand-mère, quand la maison familiale était aussi sombre et silencieuse qu'une tombe.

C'était le premier jour des vacances de printemps. Comme la mère était hospitalisée à cause d'un rhume qui avait dégénéré en pneumonie, le père avait emmené Jae-in au travail avec lui.

Jae-in avait toujours imaginé son père comme un patron qui, assis dans un luxueux bureau, passait ses journées à signer des dossiers avec son stylo-plume. Elle n'aurait jamais pensé que son entreprise était un petit entrepôt puant où des bidons d'huile de graissage s'entassaient jusqu'au plafond, et où il n'y avait que deux bureaux dans un coin, l'un pour son père et l'autre pour son associé, que tout le monde appelait l'adjudant Choi.

Il était sous les ordres de son père dans l'armée. Il avait été démobilisé plus tôt que son supérieur, et l'avait rejoint lorsque ce dernier avait monté son affaire. Leurs tâches étaient bien définies : Choi était chargé des affaires administratives, le père du côté commercial.

— Tu peux t'amuser ici avec l'adjudant Choi, a dit le père, qui s'apprêtait à partir démarcher des clients. Tu n'auras qu'à manger des nouilles *tchajang* et bouquiner.

Mais la petite Jae-in voulait le suivre. Elle ne connaissait pas bien Choi, et elle était curieuse de savoir en quoi consistait le travail de son père. Il a hésité un moment avant de la faire monter dans la camionnette.

Ce jour-là, elle a appris ce que signifiait « faire du commerce » quand on venait de monter une affaire :

frapper à la porte de toutes les boîtes susceptibles d'avoir besoin d'huile de graissage, comme les réparateurs de tracteurs, les garages et les stations essence pour bateaux alignées le long des ports, afin de présenter sa carte de visite aux patrons et de leur recommander l'utilisation de ses produits. Cela consistait aussi à essuyer des refus neuf fois sur dix et à laisser des échantillons avec un rire désinvolte.

Chaque fois qu'il riait, cela rappelait un souvenir à Jae-in : lorsqu'au petit matin, en tenue militaire, il soulevait ses filles tour à tour et les serrait dans ses bras avant de partir au boulot. A l'époque, la famille vivait dans un logement réservé aux officiers.

Le père chantait sur le trajet d'un client à l'autre :

Maria, Maria, Maria que j'aime

J'ai planté une fleur après t'avoir laissée partir

J'ai planté une fleur dans mon cœur en pleurs...

Comme une rengaine, il répétait la même chanson en boucle et tapait en rythme sur le volant du bout des ongles. Sa voix était tellement basse qu'on aurait cru qu'il murmurait pour lui-même.

Le printemps revient et les fleurs refleurissent

Les fleurs refleurissent comme mon amour qui me manque...

Jae-in était curieuse de savoir pour qui le père avait planté une fleur dans son cœur. Etait-ce pour sa mère ? Le printemps allait-il revenir dans leur famille ? La fleur s'épanouirait-elle sur le visage sombre de sa mère ?

A l'heure du déjeuner, il a garé sa camionnette sur une aire de repos et lui a demandé si elle voulait manger quelque chose en particulier.

— J'irai acheter ce qu'il faut, a-t-il ajouté.

Jae-in a secoué la tête. Elle n'avait envie de rien. Non, elle se sentait incapable d'avaler quoi que ce soit, surtout s'il fallait l'acheter avec l'argent que son père gagnait en répandant son rire désinvolte malgré les refus des clients, tout en roulant sur la route à l'infini avec une fleur plantée dans son cœur.

— Dans ce cas, tu veux qu'on partage mon déjeuner ?

— Oui, a-t-elle répondu.

Il a sorti de l'arrière de son siège une bouteille isotherme et une boîte-repas. Du premier coup d'œil, elle a deviné qu'il s'agissait des restes du riz et des accompagnements du petit-déjeuner. Il a versé de l'eau chaude dans le couvercle de la bouteille et le lui a tendu en disant :

— Le riz est froid. Bois ça en même temps.

Pendant toutes les vacances de printemps, elle a accompagné son père. Les casse-croûtes qu'elle partageait avec lui dans la camionnette se sont transformés en fleurs dans son cœur. Sur le moment, elle ne s'en est pas aperçue. Ce n'est qu'après avoir bravé le long hiver de la vie qu'elle l'a compris ; et aussi, que ces fleurs l'avaient protégée, empêchée de devenir folle ou de mourir.

En février de l'année suivante, Yuna est revenue. Animée d'une haine profonde, non pour son père ou sa mère, mais pour Jae-in. Elle semblait persuadée que sa sœur devait subir la même épreuve qu'elle et quitter la maison. Elle ne cherchait pas à dissimuler cette conviction, au contraire, elle la montrait par ses actes.

Pour commencer, elle ne l'appelait pas « grande sœur », mais la désignait par toutes sortes d'autres termes, parmi lesquels elle préférait utiliser le plus souvent « hé, toi ! », « l'autre, là », « l'idiote », « la cruche », « la nulle »… Sans Yuna, Jae-in n'aurait jamais su qu'il existait autant de mots pour remplacer « grande sœur ».

Quant aux habits, aux chaussures, aux fournitures scolaires, et même aux barrettes, c'était toujours Yuna qui s'appropriait ce qu'il y avait de mieux. Il en allait de même pour les goûters, elle devait toujours être la première à choisir. Si jamais Jae-in se servait avant elle, même s'il ne s'agissait que d'une tranche de fruit, Yuna faisait une scène de tous les diables : elle renversait ou jetait des assiettes quand son père était absent, et s'il était là, elle pleurait à chaudes larmes en se prosternant à ses pieds. Yuna aimait aussi les jeux de questions-réponses, mais c'était toujours elle qui interrogeait et sa mère qui répondait, et cela portait toujours sur Jae-in.

— Maman, tu préfères qui entre Jae-in et moi ?

Au début, la mère lui donnait une réponse toute faite :

— Mais quelle question ! Vous êtes toutes les deux mes filles.

— Je sais. Mais laquelle tu aimes le plus ?

La mère faisait semblant d'hésiter avant de dire :

— Tu es ma petite dernière, alors je te trouve un peu plus mignonne.

— Je ne t'ai pas demandé laquelle était la plus mignonne des deux. Tu préfères qui ?

Des étincelles de colère jaillissaient des yeux de Yuna et, pour étouffer les flammes avant qu'elles ne dégénèrent en incendie, la mère donnait la réponse attendue :

— C'est toi que je préfère, Yuna.

Alors, Yuna passait à la question suivante, le point

culminant qu'elle souhaitait atteindre :

— Maman, tu n'avais pas envie de m'envoyer chez grand-mère, pas vrai ? S'il n'y avait pas eu Jae-in, tu m'aurais gardée ici, hein ?

A ce stade, la mère, embarrassée, sondait l'humeur de Jae-in. Du regard, elle la suppliait de la comprendre : « Quelle que soit ma réponse, c'est pour la paix de la maison, ça n'a rien à voir avec la réalité, ne le prends pas mal. »

A mesure que ce jeu de questions-réponses se répétait quotidiennement, la mère ne tenait plus compte de l'humeur de son aînée, et ne marquait plus d'hésitation avant de répondre : « Oui, bien sûr. » Chaque fois, Jae-in était tiraillée par des sentiments contradictoires : de la déception vis-à-vis de sa mère qui capitulait devant les caprices de Yuna, de la colère envers sa sœur qui la traitait de voleuse, de la culpabilité à l'idée qu'à cause d'elle, Yuna avait été obligée d'aller vivre chez ses grands-parents. La culpabilité était la grande gagnante, raison pour laquelle elle avait choisi de faire semblant d'endurer patiemment toutes ces méchancetés.

Le pouvoir tyrannique de Yuna s'exerçait également sur ses parents. Tirant parti du fait d'avoir été « abandonnée » pendant deux ans, elle les manipulait à sa guise. La mère la défendait inconditionnellement. Sans doute était-ce pour elle le moyen le plus efficace et le plus immédiat de soulager sa conscience ; c'était en tout cas la solution de facilité. Yuna le savait pertinemment, vu qu'elle se servait d'elle pour mener le père par le bout du nez.

Une fois, il avait amené Jae-in au cinéma voir le film *Madame Doubtfire*, l'histoire d'un homme divorcé qui se déguisait en femme de ménage chez son ex-épouse pour revoir ses enfants. Comme le film était interdit aux moins de douze ans, il n'avait pas pu amener Yuna. Sans doute cherchait-il aussi à consoler sa fille aînée. Ça a marché, elle était tout heureuse, elle n'avait pas ri d'aussi bon cœur depuis longtemps. Elle est rentrée à la maison de bonne humeur, son sachet de pop-corn encore à la main. Quelle idiote !

Elle a vu les yeux de Yuna se révulser. Puis tout ce qui était imaginable est arrivé. Pour parachever sa scène, Yuna s'est fait mal en se cognant la tête contre un mur et a hurlé qu'elle voulait mourir. Cette fois-là, le père l'a menacée de lui donner des coups de bâton.

— Vas-y, pleure, je vais te montrer une bonne fois pour toutes ce que c'est que des vraies larmes !

La mère s'est plantée devant Yuna, a bousculé le père, et a tellement hurlé de rage qu'elle s'est retrouvée aux urgences. Après cet épisode, le père ne s'est plus occupé de ce qui concernait Yuna, qui en a profité sans scrupules. Elle s'appropriait tout ce que Jae-in possédait. Jae-in n'en pouvait plus et inventait toutes sortes de prétextes pour mettre les pieds à la maison le moins possible. Petite, elle passait du temps chez ses amis ou au centre de loisirs, adolescente, dans les salles d'études privées et les *hwagwon*, ces instituts de cours particuliers.

Il ne lui serait jamais venu à l'idée d'affronter Yuna directement. Cela serait revenu à s'opposer à sa mère. Elle attendait patiemment ses dix-neuf ans. Une fois à la fac à Séoul, elle pourrait prendre son indépendance. « Patiente encore un peu, je te trouverai un logement rien que pour toi en face de ton université », voilà la promesse que lui avait faite son père, et il a tenu parole.

Deux ans plus tard, Yuna a réussi elle aussi à entrer dans une université à Séoul. Le père lui a également trouvé un studio près de sa fac. Il a dit que leurs universités étaient trop éloignées pour qu'elles habitent ensemble, mais en réalité, surtout pour le bien de Jae-in, il n'avait aucune intention de les faire vivre dans le même logement. Bien sûr, c'était possible parce que son affaire marchait bien. Il n'était pas devenu le patron d'un conglomérat, mais il était capable d'assumer les loyers de ses deux filles.

Grâce à ça, elle a pu vivre loin de Yuna. Dès ses dix-neuf ans, sauf à l'occasion des fêtes traditionnelles, des anniversaires des membres de la famille, ou de la mort du grand-père, où elles se croisaient, Jae-in n'avait des nouvelles de sa sœur que ponctuellement par leur mère : Yuna était brusquement partie étudier à l'étranger, elle était revenue sans prévenir, etc.

Après le décès du père, la mère a recommencé à déprimer, c'était même pire qu'avant. Comme elle avait toujours dépendu de son mari, le vide devait être immense. Presque toutes les nuits, elle appelait Jae-in, qui n'en pouvait plus. Une fois le combiné en main, elle ne le lâchait pas, et ses plaintes s'éternisaient, accompagnées systématiquement de larmes : elle pleurait en reprochant à son mari de l'avoir laissée seule au monde, en se plaignant d'avoir peur dans cette grande maison vide, en disant que si elle mourait, personne ne le saurait…

Et puis, un jour, elle a dit qu'elle était désolée pour Jae-in. A force de sangloter continuellement, avait-elle épuisé tous les autres motifs ?

— Pourquoi pour moi, tout à coup ? s'est étonnée Jae-in.

Sa mère s'est excusée d'avoir été dure avec elle dans son enfance. Elle a expliqué que c'était parce qu'elle se sentait coupable envers Yuna. Elle a dit qu'elle pleurait seule, le cœur meurtri par les remords, chaque fois qu'elle s'était montrée cruelle envers son aînée.

Pour Jae-in, cet aveu n'était ni compréhensible, ni pardonnable. Ce sentiment de culpabilité n'expliquait en rien sa cruauté ; l'un ne saurait engendrer l'autre, sous quelque prétexte que ce soit. Aussi soupçonnait-elle une intention cachée derrière cette brusque confession.

— Tu ne voudrais pas venir vivre avec moi ? a demandé sa mère après de longues lamentations. On pourrait faire du shopping, aller au restaurant, au cinéma…

Aïgo ! L'exclamation s'est échappée toute seule de la bouche de Jae-in. Cette proposition n'était guère étonnante de la part d'une personne qui essayait systématiquement de résoudre ses problèmes par les larmes.

— Même pas en rêve ! a-t-elle répondu catégoriquement.

Mais un mois plus tard, elle emménageait chez sa mère. Ce n'était pas qu'elle était séduite par l'idée des sorties ensemble, mais tout simplement parce qu'elle ne pouvait plus dormir à cause de ces coups de fil incessants. Elle allait devenir folle à force de manquer de sommeil, et elle avait fini par prendre cette décision absurde.

La mère s'étant remise de sa dépression, Yuna lui a confié Jiyu. Jae-in n'intervenait pas dans leurs affaires à toutes les deux. Elle ne croisait pas non plus Yuna.

La mère l'avertissait des jours où sa sœur venait à la maison. Tel était l'accord qu'elles avaient conclu avant que Jae-in vienne s'installer chez elle. Aussi n'était-elle presque pas au courant de la vie privée de sa petite sœur.

Cependant, au moins une chose était claire : à l'époque où le père avait eu l'accident, Yuna n'était pas en Corée. D'après sa mère, ce jour-là, elle avait pris l'avion pour Vladivostok. Elle n'avait même pas pu assister à l'enterrement de son père ; on n'arrivait pas à la joindre car elle avait atterri dans un coin paumé où il n'y avait pas de réseau Internet. Enfin, si on la croyait sur parole.

En tout cas, Yuna avait un alibi sûr. Même dans le cas contraire, il était difficile d'établir un lien entre elle et la mort de son père. Jae-in préfère se dire que l'accident provoqué par la somnolence était un hasard, et qu'il était plus sage de ne pas relier Yuna à cette mort.

Jae-in se bouche les oreilles pour ne pas entendre la voix méfiante qui résonne sans cesse dans sa tête. Elle s'efforce de détourner son attention. En vain. Un doute persiste dans son esprit, c'est plus fort qu'elle : le jour de l'accident, à quelle heure Yuna était-elle montée dans l'avion ?

Yuna devait connaître l'emploi du temps de son père ce jour-là, et donc savoir qu'il finissait de travailler plus tôt pour se rendre chez la grand-mère. Après tout, Vladivostok était aussi proche que Tokyo de Séoul. S'il y avait un vol le soir, elle aurait même pu le prendre après avoir retrouvé son père en fin d'après-midi.

Jae-in consulte sur Internet les vols pour Vladivostok. Il y en a plusieurs de directs, plus qu'elle ne l'aurait cru. Chez la compagnie aérienne russe, il y a même un départ vers 22 heures. Les vols avec escale sont encore plus nombreux. La plupart partent le soir pour arriver le lendemain, en fin d'après-midi. Certes, ce n'est pas l'idéal, mais pas impossible.

Parvenue à ce raisonnement, un nom lui revient à l'esprit : celui de l'adjudant Choi. Elle se souvient d'avoir enregistré son numéro de téléphone à l'enterrement de son père. Il a passé la moitié de sa vie près de son père, il est le dernier à l'avoir vu et s'est occupé des obsèques du début à la fin. Depuis, elle n'a pas eu l'occasion de le revoir ni de l'appeler. Elle sait seulement qu'il a démissionné quand Yuna a pris la tête de l'affaire.

Sa mémoire ne s'est pas trompée. Le numéro de Choi est bien enregistré sur son téléphone. Elle réfléchit avant de l'appeler. Que veut-elle lui demander au juste ? Que fera-t-elle si jamais elle apprend le pire ? Aucune idée. Elle a peur, tout simplement.

Savoir, c'est ne plus pouvoir retourner en arrière, et parfois, savoir, c'est assumer. Ce qu'elle souhaite apprendre de l'adjudant Choi correspond précisément à ce dernier cas de figure, voilà ce qu'affirme le flair de la journaliste qu'elle est depuis treize ans, spécialisée dans le traitement des connaissances.

Elle consulte sa montre. 22 h 40. Trop tard pour appeler. Mais elle compose le numéro quand même, car si elle ne le fait pas tout de suite, elle sent qu'elle ne le fera jamais et que demain, elle finira par conclure à une simple coïncidence.

— Allô ? répond Choi quelques secondes plus tard.

— Bonjour, monsieur, c'est moi, Jae-in.

L'adjudant Choi est très surpris, et en même temps ravi de son appel. Il lui demande si elle et sa mère vont bien, s'il est arrivé quelque chose dans la famille. Elle réfléchit encore une fois avant de lui poser ses questions. En fonction de ses réponses, elle ne pourra plus reculer. Doit-elle l'interroger, malgré tout ?

— J'aimerais parler de mon père. A-t-il licencié Yuna avant son décès ?

Monsieur Choi garde le silence. Cela veut dire « oui ». Elle lui pose sa deuxième question : quand, précisément, l'a-t-il licenciée ?

— Ça devait être une semaine avant sa mort.

Jae-in sent le sang circuler plus vite dans ses veines.

— C'était une histoire d'argent ?

— Oui. C'est moi qui ai découvert ses abus et qui les ai rapportés au patron.

Il est temps de lui poser la quatrième question :

— Mais pourquoi vous ne nous avez rien dit ?

— Le patron voulait fermer les yeux.

Il reste encore une question, la plus importante. Elle inspire un grand coup.

— Le jour de l'accident de voiture, Yuna est passée à l'entreprise, n'est-ce pas ?

— Oui. Elle a dû arriver vers 16 heures, puisque ton père s'apprêtait à partir pour Uhye-ri.

— Elle est arrivée les mains vides ?

D'après Choi, Yuna avait apporté deux gobelets de café. Elle était restée près d'une demi-heure dans le bureau du père, et lorsqu'ils en étaient ressortis, tous deux avaient l'air de bonne humeur, comme s'ils s'étaient réconciliés. Yuna a dit au revoir à son père avec un grand sourire, tandis que ce dernier lui tapotait l'épaule en signe d'encouragement.

— Je me suis dit que c'était tant mieux si ça se terminait ainsi, parce qu'au moment du renvoi de Yuna, l'ambiance était vraiment tendue, à tel point qu'on aurait pu croire que cette histoire d'argent allait briser leur relation à tout jamais. Pour être franc, je voulais que le patron passe l'éponge en échange de la promesse de ne plus recommencer. Après tout, c'était sa fille, pas besoin d'aller jusqu'à la virer. C'est ce que j'ai pensé sur le moment. Enfin, bref, en les voyant réconciliés ce jour-là, je me suis senti soulagé.

— Donc, elle a quitté l'entreprise vers 16 h 30 ?

C'était d'abord Yuna qui était partie, puis le père. Il avait eu son accident deux heures plus tard.

— Les gobelets que Yuna a apportés, c'était du café frappé ?

— Je ne saurais le dire.

La question est inutile. Le père aimait le café filtre. Avec des glaçons, sans sirop. Il avait pour habitude de tout aspirer d'un coup à l'aide d'une paille, avant que les glaçons fondent. Yuna, qui était sa secrétaire, chargée en plus de la comptabilité pendant plusieurs années, ne pouvait l'ignorer.

— Au fait, pourquoi avez-vous démissionné ? Je pensais que vous donneriez un coup de main à Yuna.

Le silence règne un moment. Jae-in se sent désolée et gênée pour lui. Aux yeux de Yuna, Choi avait contribué à son licenciement. S'il avait continué à travailler dans l'entreprise, elle aurait vu cela comme un affront.

Jae-in raccroche. Adossée au mur, elle ferme les yeux. Une pensée lui vient, mais elle ne sait pas de quoi il s'agit au juste. Son esprit est embrouillé, au point de lui flanquer la nausée. Elle a peur, comme si elle venait de plonger les pieds dans un marais dont elle ignore la profondeur. Sa voix intérieure est scindée en deux ;

l'une fait tout pour la convaincre que ce n'est qu'une coïncidence et qu'elle ne doit pas essayer d'y voir autre chose, l'autre demande à Yuna : *Mais qu'as-tu fait à notre père ?*

II

QUI EST-ELLE AU JUSTE ?

4

Jiyu est allongée sur le lit de sa chambre dans la maison de campagne. Le ciel nocturne qu'elle voit par la fenêtre est aussi rouge qu'au coucher du soleil. Dans la ville voisine, des chiens aboient et, tout près, un petit grèbe cancane. Mais il ne crie pas comme d'habitude. On dirait parfois des sanglots tristes, parfois des gémissements de douleur, parfois des hurlements effrayés. Et ça ne vient pas du marécage, mais de l'autre côté du mur.

Jiyu se dit que ça doit sortir du grenier. Au même instant, elle s'y retrouve, comme par enchantement, et regarde autour d'elle. Pas de petit grèbe, ni de créature capable d'émettre ces cris. Même pas un grillon. Les pleurs continuent avant de se muer en bruits d'éclaboussures. Leur provenance a également changé : ils ne viennent plus du grenier, mais d'en bas.

Jiyu s'aperçoit qu'elle descend déjà l'escalier, qui lui paraît interminable. Cette fois encore, c'est comme si on lui avait jeté un sort. Malgré tous ses efforts, elle n'arrive pas à atteindre le rez-de-chaussée. Elle commence à compter le nombre de marches, mais se trompe dans ses calculs, et ignore depuis combien de fois elle recommence. Entre-temps, le petit grèbe s'est tu. A la place, une voix lui parvient de derrière le portail : *Jiyu, dépêchons-nous !*

La fillette s'immobilise. Cette phrase, elle l'entendait quand elle était petite, c'était papa qui la disait. Il voulait l'emmener au jardin d'enfants. Mais là, ça vient du marécage. Elle comprend qu'il veut se rendre avec elle à l'étang Demi-Lune.

Jiyu, dépêchons-nous...

La voix s'éloigne de plus en plus. Papa se dirige-t-il réellement vers l'étang ? Jiyu crie en tendant les mains dans le vide : *Non, papa, ne va pas au-delà de l'étang Demi-Lune !* Mais la phrase ne sort pas de sa bouche. Sans réfléchir, elle saute de l'escalier. A l'instant où elle sent ses pieds toucher le vide, elle tombe déjà la tête la première et roule dans l'escalier. Malgré tout, elle hurle : *Papa, pas par là ! C'est le précipice !*

Une fois tombée sur le sol de la cuisine, elle s'immobilise. Elle tâche de se relever, mais son corps ne lui obéit pas ; elle n'arrive même pas à bouger le petit doigt. Etendue sur le parquet froid, elle entend la voix de maman résonner dans l'obscurité : *Jiyu, qu'est-ce que tu fais là ?* Sauf qu'elle ne la voit pas. Seule une étrange odeur nauséabonde lui assaille les narines.

Un petit grèbe pleure dans le grenier, répond Jiyu.

Les petits grèbes sont dans l'étang Demi-Lune, fait la voix froide et basse de maman.

Jiyu ne la voit toujours pas et crie en suffoquant : *Non, dans l'étang Demi-Lune, il y a papa !*

Ça va aller, tu fais un rêve, ma chérie. Tout aura disparu à ton réveil demain matin.

Non, non, proteste Jiyu en secouant la tête. *Papa m'appelle depuis l'étang Demi-Lune.*

— Mon bébé, ce n'est qu'un rêve, tout va bien, intervient une autre voix.

Celle-ci n'est pas dans sa tête, mais vient de l'extérieur. C'est celle de sa tante. Elle a envie de la croire sur parole : *Ce n'est pas réel, je fais un rêve ?*

Mais les mots ne franchissent pas la barrière de ses lèvres, et elle ne parvient pas non plus à ouvrir les yeux. Il lui est impossible de se libérer du rêve. Une force puissante l'entraîne de nouveau dans les ténèbres. La voix de sa tante est coupée, comme quand on éteint la radio.

Jiyu se trouve dans la maison de campagne. Assise sur l'appui de fenêtre de sa chambre, le papa-marionnette à la main, elle contemple le marécage. A la lueur de la lune, il scintille comme un grand lac bleu foncé. C'est le même endroit, mais pas au même moment que dans son premier rêve : c'est la deuxième nuit qu'elle passe dans la maison de campagne, comme en atteste la lumière qui se déplace le long du marécage et qui semble avancer vers la maison avec une intensité croissante. Mais derrière elle, Jiyu ne voit rien, si ce n'est une silhouette qui vacille telle une ombre. La lumière quitte le marécage, arrive devant le portail, et disparaît d'un coup. A ce moment-là, la lune se cache derrière les nuages, comme si elle n'avait attendu que ce signal, et tout devient noir. Seule la lampe accrochée à l'érable dans la cour dessine un cercle clair.

Une série de bruits retentissent hors du halo lumineux : le portail qu'on ouvre, des roues qui roulent, le portail qu'on referme. Enfin, quelque chose entre dans le cercle de lumière : une brouette, celle qui sert à transporter la nourriture pour les canards.

Le temps lui joue des tours. Les scènes s'entrechoquent et défilent sous ses yeux comme les cases d'une bande dessinée. D'abord, les poignées de la brouette, puis les mains qui les tiennent, et enfin, la personne à qui ces mains appartiennent.

La silhouette de tout à l'heure s'avère humaine. Elle porte un imperméable noir, la capuche relevée. La seule chose que Jiyu voit clairement, ce sont les bottes bleues dépassant de l'habit de pluie. *Ces bottes sont celles de maman.* La phrase résonne dans sa tête. Comme si elle l'avait entendue, la porteuse de bottes tourne la tête vers la fenêtre. Jiyu pousse un cri d'effroi, même si elle sait que ce n'est qu'un rêve.

Il n'y a pas de visage, on dirait que la capuche coiffe une ombre. Malgré tout, elle sent un regard, un regard invisible qui semble la fixer. Impossible de l'éviter, ni de quitter le rebord de la fenêtre. Elle ne peut ni bouger ses membres, ni remuer les yeux.

Le regard dans la capuche avance vers elle en voletant, tel un papillon noir. Bientôt, ses prunelles sombres occupent toute la fenêtre, les pupilles dilatées semblent sur le point d'avaler Jiyu.

Jiyu, qu'est-ce que tu as vu ? demande la voix de maman.

*

Rien. Je n'ai rien vu.

Tout en répondant, Jiyu ouvre les yeux. Des prunelles noires nagent telle une nuée de têtards et lui obstruent la vue. Dans sa tête, une voix larmoyante essaie de se justifier : *Je n'ai rien vu. Je te le jure.*

Des larmes chaudes coulent sur ses joues, faisant fondre le sortilège du rêve. Peu à peu, la réalité s'impose à elle : l'air sec et tiède, la faible odeur de désinfectant, la douce sensation de la couverture qui enveloppe son corps, le silence, la rumeur lointaine des voitures…

Jiyu se libère progressivement des griffes du rêve. Les sanglots qui bouillonnent dans sa gorge s'apaisent, ses jambes étendues se décrispent. Autour d'elle, les prunelles disparaissent, et elle commence à distinguer ce qui l'entoure : le plafond blanc, la grande fenêtre, les gouttes de perfusion qui coulent lentement, le petit lit de camp posé près de son lit, l'ordinateur portable et les écouteurs qui traînent dessus. La lumière bleuâtre qui éclaire la pièce provient de l'écran.

Jiyu se rappelle qu'elle se trouve dans un hôpital, que sa tante est à son chevet, qu'elle s'est réveillée plusieurs fois et qu'elle a pris des repas. Mais, ne voyant pas sa tante, l'inquiétude la saisit de nouveau. Est-elle toujours dans son rêve ? Va-t-elle se retrouver dans la maison de campagne ? Doit-elle appeler sa tante à haute voix ?

Brusquement, elle l'entend tirer la chasse d'eau dans les toilettes. Elle tend l'oreille, et elle est rassurée d'entendre la porte s'ouvrir. Des pas s'approchent d'elle, confirmant enfin qu'elle n'est plus dans son rêve, mais bel et bien à l'hôpital.

Jiyu ferme les yeux. Elle décide de faire semblant de dormir. Elle a l'intention de rester ainsi jusqu'au petit matin. Elle craint que les griffes du rêve ne rôdent encore autour d'elle, et que, dès qu'elle appellera sa tante, elles ne viennent la saisir par le cou pour l'entraîner dans les ténèbres.

Sa tante s'arrête à son chevet. Un instant plus tard, une main mouillée tâte le front de Jiyu, et une odeur de savon vient lui assaillir les narines. Sa gorge la chatouille, elle craint d'éternuer. Elle retient sa respiration. Elle se dit qu'elle n'a pas de fièvre et qu'elle n'a mal nulle part, si ce n'est que la tête lui tourne un peu. Peut-être est-elle complètement guérie. Elle prie pour que sa tante ôte la main de son front… Enfin, celle-ci l'enlève et lui remonte la couverture jusqu'à la poitrine avant de chuchoter, l'air de savoir que la fillette est réveillée :

— Rendors-toi. Je vais rester près de toi.

Jiyu manque de répondre « d'accord ». Elle sent son visage rougir, ses cils frémir, mais s'obstine à garder les yeux fermés. Elle aurait honte d'être démasquée maintenant. Sa tante ne lui parle pas davantage et s'éloigne. Le silence qui retombe dans la pièce est tel que le bruit de sa propre déglutition lui fait l'effet d'un coup de tonnerre. Elle tente d'ouvrir un œil et aperçoit sa tante qui, assise contre un mur, les écouteurs dans ses oreilles, fixe l'écran de son ordinateur. Elle ne peut retenir des soupirs semblables à des sanglots. Quel soulagement de voir sa tante près d'elle !

Jiyu referme son œil et, au même moment, la voix de Maligne petite souris retentit en elle : *Pourquoi maman est allée au marécage ?* « Sûrement pour donner à manger aux canards, répond Jiyu. Sinon, pourquoi elle aurait pris la brouette ? » *Elle est allée leur donner à manger en pleine nuit ?* ironise Maligne petite souris. *Et seule, en plus ? C'était donc si urgent ?*

Jiyu ne sait pas quoi répondre. A bien y réfléchir, maman a préparé la nourriture toute seule ce jour-là, en lui interdisant de descendre au rez-de-chaussée. C'était la première fois qu'elle agissait ainsi, en temps normal Jiyu a le droit de rester près d'elle et d'observer. Maman lui donne le statut d'assistante et lui confie diverses tâches. Aux questions de la fillette, elle répond gentiment, enfin, quand elle est de bonne humeur.

Maligne petite souris pose une troisième question : *Maman t'a-t-elle vue assise sur l'appui de la fenêtre ?*

Jiyu pense que oui. Mais pas au début, c'est-à-dire pas avant que maman lève la tête sous la capuche et que la lumière de sa lampe frontale éclaire directement la fenêtre. Ses yeux brusquement éblouis lui ont fait mal comme si on venait d'y enfoncer un couteau, et elle a laissé échapper un « Ah ! » avant de tomber du renfoncement de la fenêtre et de se cogner la nuque sur le sol. Ça a fait pas mal de bruit. Ce qui ne l'a pas empêchée d'entendre la porte d'entrée s'ouvrir.

Affolée, elle s'est jetée sur le lit, a fourré le papa-marionnette sous son oreiller et a remonté la couverture jusqu'à son menton avant de fermer les yeux. Elle ne songeait même pas à la douleur qui l'élançait dans la nuque. Aux aguets, elle se concentrait sur les bruits provenant du rez-de-chaussée : maman qui entrait dans la salle de bains, qui prenait sa douche et en sortait avant de pénétrer dans la chambre parentale…

Après quoi, maman n'a plus mis les pieds dehors. Le matin et l'après-midi, agités par la tempête, sont passés, puis la nuit est tombée. Maman n'a fait que dormir toute la journée, sans rien manger. Quant à Jiyu, elle s'est contentée de jouer avec le papa-marionnette, toujours assise sur l'appui de la fenêtre. Elle n'a pas osé descendre.

Ah si, une fois : poussée par la faim, elle est allée dans la cuisine. Le frigo était vide, il n'y avait même pas une pomme ou un œuf. Elle est montée sur le plan de travail pour jeter un coup d'œil dans les meubles suspendus en hauteur. Il n'y avait rien non plus. Seules deux choses étaient mangeables : du riz qui jaunissait dans l'autocuiseur, et du goulasch durci dans une casserole.

Où étaient passés le jus de fruit, le fromage et le pain ? Maman les avait-elle jetés ? Ou avait-elle tout mangé ? Jiyu a entendu son ventre gargouiller. Faute de mieux, elle a mis du riz dans une assiette et a versé dessus une louche du goulasch devenu aussi dur qu'un gâteau. Elle est remontée à l'étage sans faire de bruit et, assise les jambes pendantes sur l'appui de la fenêtre, elle a tout dévoré. Elle a posé l'assiette vide près d'elle sans oser aller la remettre dans l'évier, de crainte de croiser maman.

Le jour suivant non plus, maman n'est pas sortie de sa chambre. Jiyu a décidé de ne plus rester enfermée. Maman lui avait interdit d'aller seule au marécage, mais elle comptait s'y rendre quand même. Elle avait peur que maman se réveille entre-temps, mais son envie était trop forte.

A la fenêtre, le ciel était bleu et dégagé, et le soleil se coulait à travers les nuages moutonneux. Une nuée d'oiseaux volait au-dessus du marécage, tandis que les petits grèbes criaient dans l'étang Demi-Lune. Ce n'étaient pas les mêmes cris que la veille, ils poussaient comme d'habitude leurs hurlements de loups. Elle s'est sentie rassurée. Maman avait raison : tout ce qui s'était passé cette fameuse nuit n'était qu'un rêve.

Jiyu a pris un manteau dans l'armoire avant de descendre l'escalier à pas de chat et de sortir. Elle a traversé la cour, puis s'est déplacée silencieusement du côté où se trouvait la fenêtre de la chambre parentale. Les épais rideaux y étaient tirés, mais on pouvait voir à l'intérieur car ils n'atteignaient pas le bas de la fenêtre. Elle n'avait pas besoin de se dresser sur la pointe des pieds, ni de se baisser. L'espace était juste à la hauteur de ses yeux. Au début, elle n'a rien vu. La chambre était trop sombre. Au bout d'un moment, les yeux rivés à la vitre, elle a enfin pu apercevoir ce qu'elle s'était imaginé : maman, couchée à plat ventre, le visage tourné vers la fenêtre. Vu que ses yeux étaient fermés et qu'elle ne bougeait pas, elle devait être profondément endormie.

Jiyu a compté jusqu'à cinq cents. Maman n'a pas bougé. Alors seulement, elle a eu le courage de repartir. Elle est retournée dans la cour de devant et est passée sous l'érable pour gagner la remise.

Lorsqu'elle en a ouvert la porte, la brouette posée vers l'entrée lui a sauté aux yeux. Ses roues et le reste étaient couverts de terre. L'imperméable noir, tout aussi sale, était accroché à ses poignées, et les bottes bleues, jetées à l'intérieur, encore plus souillées. Les scènes vues la veille lui sont revenues à l'esprit, notamment le moment où elle avait croisé le regard de maman. Elle a secoué la tête pour chasser ces images et s'est glissée dans l'espace étroit à côté de la charrette pour atteindre le fond de la remise. Elle a trouvé ses bottes, ainsi que celles de papa, posées côte à côte près de l'escabeau. Elle venait d'enfiler les siennes quand elle a repéré un carton, un de ceux dont on se sert pour envoyer un colis à la poste. Il était fermé, mais pas scellé par une bande adhésive.

Se trouvait-il là depuis longtemps ? Non, lui a répondu sa mémoire. Elle connaissait par cœur le bric-à-brac entassé dans cette remise. Chaque fois qu'elle venait dans cette maison, elle y était toujours fourrée, il lui arrivait même d'y jouer seule toute une journée. Elle avait beau réfléchir, elle n'avait encore jamais vu ce carton. Ce n'était pas maman qui l'avait apporté, puisqu'en arrivant, elle n'avait sorti qu'un panier de courses du coffre de sa voiture.

Jiyu avait envie de l'ouvrir, mais elle s'est retenue, et elle est sortie précipitamment pour se défaire de sa curiosité. Elle se sentait déjà assez coupable comme ça d'avoir pris le papa-marionnette ; si elle exagérait, elle friserait la crise cardiaque. Le jour où ces méfaits seraient découverts, la punition serait double.

Il faisait froid, bien plus qu'elle ne l'avait cru. Les rayons de soleil ressemblaient à des éclats de verre, à la fois brûlants, glacials et mordants. Le vent venant de l'étang Demi-Lune charriait l'hiver. Il était brutal et féroce au point de faire basculer ses épaules en arrière. Elle a traversé la route en courant, le menton rentré dans le cou.

Le marécage avait été ravagé par la tempête, les roseaux couchés dans la boue, le sentier recouvert d'une vase noire. Le sol était bourbeux et glissant, si mou que ses pieds s'y enfonçaient. A chacun de ses pas, elle croyait entendre le coassement de grenouilles. L'étang Demi-Lune lui semblait deux fois plus loin que d'habitude. Lorsqu'elle a fini par atteindre le coin repas, elle avait mal aux jambes, comme si elle venait de gravir une montagne.

Sur le grand rocher plat, un petit grèbe somnolait. Son apparence lui était familière. C'était celui qui avait surgi de l'eau le jour où elle était venue avec son papa, elle l'a reconnu à sa taille et à la couleur de son plumage. Elle croyait entendre la voix de papa quelque part : *On prend notre revanche ?* Jiyu a sauté sur le rocher en criant « Wouh ! ». L'oiseau a sursauté en battant des ailes avant de tomber dans l'eau. Elle a dit, tout en se passant le pouce sous le nez comme la dernière fois : « Baisse les yeux et déguerpis ! » Mais ce n'était pas aussi amusant. Elle a fait le tour en passant par tous les coins où elle était venue avec papa, mais son humeur ne s'améliorait pas. Au contraire, elle était de plus en plus triste. *Pourquoi papa est-il parti alors qu'il m'avait promis qu'on reviendrait ici le lendemain matin ?*

Jiyu s'est accroupie au bord de l'eau, là où ils avaient aperçu le nid de petits grèbes de l'autre côté de l'étang. Maintenant, il n'y avait plus rien, ni nid, ni œufs. Les plantes aquatiques qui l'avaient soutenu étaient couchées sous l'eau. Le nid avait dû être emporté par la tempête de la veille, ou bien avait sombré tout au fond.

Elle a fait dix fois le tour de l'étang, en essayant de compter le nombre de canards et en regardant les gorges tout en bas, debout sur le bord. En fin de compte, elle a fait tout ce que maman lui interdisait, et dix fois de suite, en plus.

Le paysage escarpé ne lui faisait pas aussi peur qu'elle l'avait imaginé, sans l'attirer pour autant. Le soleil rougeoyant se couchait déjà derrière le sommet d'en face. Le vent qui jaillissait des gorges lui écorchait férocement les joues, comme doté de griffes acérées. Dans le ciel au loin, des amoncellements de nuages noirs avançaient rapidement. Il allait encore pleuvoir.

Maman s'était-elle réveillée ? Jiyu a tourné le regard vers la maison. Oui, peut-être, car elle était partie depuis un bout de temps. Dans ce cas, elle devait la chercher à l'étage… Oh, catastrophe ! Si elle trouvait le papa-marionnette caché sous l'oreiller ?

Prise de panique, la fillette a quitté le marécage précipitamment. Lorsqu'elle est arrivée à la maison, la nuit tombait déjà. Elle a commencé par s'approcher de la fenêtre de la chambre en bas pour regarder à l'intérieur. Maman dormait encore. Enfin, ce n'était pas sûr, puisque son visage était désormais tourné dans l'autre sens.

Elle est allée au point d'eau dans la cour afin d'y laver ses bottes boueuses avant de regagner la remise. Au début, elle pensait seulement changer de chaussures, mais elle ne quittait pas des yeux le fameux carton.

Ouvre juste un peu le couvercle, l'a tentée Maligne petite souris avec espièglerie. *Tu n'as qu'à ne pas toucher à ce qu'il y a dedans. Si tu te contentes de regarder, maman n'en saura rien.*

Jiyu avait réellement l'intention de se contenter de regarder, et elle l'aurait fait si elle n'y avait pas découvert un objet qui lui était familier. C'était la sacoche de papa avec le gros frelon. Son cœur a fait un bond et ses oreilles se sont mises à bourdonner.

Il aurait mieux valu qu'elle s'en tienne là. Comme ça, elle aurait pu croire que papa était parti en oubliant sa sacoche. Mais ses mains étaient déjà en train de la soulever. C'était plus fort qu'elle. En dessous sont apparus une veste, une chemise et un jean, soigneusement pliés. Les habits que papa portait. Au fond reposait une paire de baskets marron, celles de papa, et dedans, son téléphone.

Jiyu était dans un état de confusion extrême. Toutes sortes de questions se bousculaient dans sa tête. *Que portait papa lorsqu'il est parti ? Comment a-t-il pu faire sans ses habits ni ses chaussures ? Pourquoi avoir laissé sa sacoche ? Reviendra-t-il chercher son téléphone ? Pourquoi maman a-t-elle laissé tout ça dans la remise ? Pourquoi mon cœur bat si fort ? Pourquoi j'ai si peur ?*

Elle avait une réponse claire au moins pour les deux dernières questions la concernant : elle craignait d'être découverte par maman. Elle a tout remis dans l'ordre d'origine : baskets, jean… En dernier, elle a déposé la sacoche, mais elle n'arrivait pas à refermer le couvercle. Le carton était plein à craquer. Alors, elle a recommencé depuis le début. Même résultat. Il en a été de même à sa troisième tentative. Elle n'a pas essayé une quatrième fois. A la place, elle a modifié ses souvenirs : le carton était déjà plein et le couvercle mal fermé dès le début.

Jiyu a quitté la remise sans regarder en arrière et elle est montée tout droit à l'étage. A la fenêtre, il faisait déjà très noir.

Malgré la nuit qui avançait, maman ne se réveillait toujours pas. Jiyu s'efforçait de dormir, la couverture rabattue sur sa tête. Sans doute parce qu'elle avait faim, plus elle cherchait le sommeil, plus les idées tourbillonnaient dans sa tête au sujet du carton. Elle n'avait pas la moindre idée de ce que signifiaient les affaires découvertes dans la remise. Elle a demandé au papa-marionnette caché sous son oreiller : « Pourquoi tu es parti en laissant tes affaires ? » Comme pour lui répondre, des petits grèbes se sont mis à crier. Elle a tiré encore plus sa couverture et s'est bouché les oreilles. Les cris ne s'arrêtaient pas. Au contraire, ils devenaient de plus en plus intenses. A vrai dire, ça ne venait pas du marécage, ni de l'autre côté du mur, mais de son esprit. Impossible de les faire taire.

Finalement, elle a repoussé la couverture avant de s'asseoir. Là, elle s'est rendu compte que dehors, il y avait de la lumière. Puis il lui a semblé sentir une odeur de brûlé. Elle s'est approchée de la fenêtre. Cachée derrière les rideaux, il lui a suffi de tendre le cou pour voir la cour.

La lampe suspendue à l'érable était allumée, et des flammes montaient du fourneau installé au pied de l'arbre. La fumée qui s'en dégageait était emportée par le vent. Maman, assise le dos rond au bord de la prise d'eau non loin de là, les fesses posées sur la pierre qui servait de planche à laver et les jambes serrées contre elle, contemplait les flammes. Leur ombre dansait sur ses joues pâles. A ses pieds était posé un carton. Jiyu l'a reconnu tout de suite, elle a compris ce qui était en train de brûler dans le fourneau. Elle a failli crier en frappant la vitre : « Maman, ne fais pas ça, ne brûle pas les affaires de papa ! »

Elle a plaqué sa main sur sa bouche, de peur de hurler réellement, et elle est retournée dans son lit en serrant le papa-marionnette dans ses bras. Les yeux fermés, elle a attendu que le sommeil vienne, et il a fini par le faire comme par miracle. Plus exactement, elle ne se souvient pas de s'être endormie, mais comme elle a été réveillée par un bruit, elle est sûre que c'était le cas. Les rayons du soleil se déversaient par la fenêtre. *C'est la voiture que j'entends*, s'est-elle dit avant de se demander aussitôt : *La voiture ? Papa est revenu ?* Elle s'est levée d'un bond et s'est précipitée vers la fenêtre. Mais ce n'était pas papa. La voiture blanche de maman venait de franchir le portail. Quelques instants plus tard, elle contournait la colline avant de disparaître en direction du village voisin.

Jiyu était désemparée. Il lui arrivait de faire des rêves dans lesquels maman partait en la laissant seule. Chaque fois, elle ouvrait les yeux avec un sanglot et se ruait hors de sa chambre. A son grand soulagement, maman était là, préparant à manger dans la cuisine, dormant encore, ou bien prenant une douche. Ses rêves se déroulaient tantôt dans la maison de beau-papa, tantôt dans la maison de campagne. Mais maman ne disparaissait jamais réellement. Ce n'était que des rêves.

Ce serait sûrement pareil cette fois aussi. Oui, il le fallait. Jiyu s'est élancée hors de sa chambre et a dévalé l'escalier sombre en sautant deux marches à la fois. La cuisine sans lumière était aussi obscure que l'escalier. Aucun signe de maman. Dans ce cas, elle devait encore dormir. Au lieu de l'appeler, Jiyu a poussé doucement la porte du séjour. Il faisait noir. Lorsqu'elle a actionné l'interrupteur, la pièce était vide. Elle l'a traversée, puis a ouvert la porte de la chambre de maman. Personne non plus. Elle est allée voir dans la cour arrière, car il arrivait parfois à maman de se promener dans la pinède de l'autre côté du mur.

Non. Maman n'y était pas non plus. Ni dans la cour de devant, ni dans la remise, ni au-delà du portail. Elle n'était nulle part. Jiyu s'est sentie prise de vertiges. Les jambes en coton, elle s'est laissée tomber au pied de l'érable. En voyant le tas de cendres dans le fourneau, elle a eu envie de pleurer. Ce n'était pas un rêve. Maman était vraiment partie.

La journée s'est avérée terriblement longue. Jiyu, le papa-marionnette dans ses bras, a tué le temps assise sur l'appui de la fenêtre, sans manger ni se laver. Elle n'est pas allée fouiller dans la remise, ni dans le grenier. Elle n'est pas sortie se promener dans le marécage non plus. Elle ne pouvait pas quitter la fenêtre, car maman pouvait revenir la chercher à tout moment et repartir seule si elle ne la voyait pas. C'est ce qu'elle redoutait plus que tout.

La nuit est tombée, mais maman n'était toujours pas revenue. Jiyu n'a pas bougé. Un grand calme régnait dans les environs. Elle redoutait malgré tout de ne pas entendre les bruits du dehors, car une voix féroce occupait son esprit, celle qui condamnait toutes ses erreurs : maman est partie parce que tu es descendue au rez-de-chaussée dans ton rêve, que tu as volé le papa-marionnette dans le grenier, que tu l'as épiée à son retour du marécage, que tu es allée à l'étang Demi-Lune à son insu, que tu as fouillé dans le carton de la remise sans son autorisation…

La fillette ne se rendait pas compte qu'elle pleurait en demandant pardon, le papa-marionnette serré contre son cœur :

— Maman, reviens ! Je te jure que je ne ferai plus jamais de bêtises et que je n'écouterai plus Maligne petite souris.

C'est pourquoi elle n'a pas entendu la voiture qui revenait, ni le portail et la porte d'entrée qui s'ouvraient. Maman l'a appelée, mais Jiyu ne savait pas si elle devait répondre. Cette voix était-elle réelle, ou était-elle le fruit d'une hallucination ?

— Cha Jiyu !

La voix provenait du bas de l'escalier. Ce n'était donc pas une illusion, maman était bel et bien revenue. Elle voulait l'appeler : « Maman ! », mais elle était incapable d'ouvrir la bouche. Elle s'est contentée de descendre de l'appui de la fenêtre en couinant comme un petit chiot. Au même moment, le papa-marionnette est tombé à ses pieds. Les pas ont commencé à résonner dans l'escalier.

— Jiyu !

Le troisième appel venait de tout près, sans doute du palier. Jiyu a senti ses plaintes s'éteindre dans son ventre et s'est aussitôt ressaisie. Au même instant, Maligne petite souris a ressurgi : *Allez, vite, vite ! Maman va entrer avant que tu aies eu le temps de compter jusqu'à cinq.*

Ça voulait dire qu'il était trop tard pour cacher le papa-marionnette. Maman serait là avant que Jiyu ait pu gagner son lit. Elle a poussé la marionnette sous le bureau à coups de pied. Alors qu'elle essuyait son visage couvert de larmes avec son tee-shirt, maman a ouvert la porte.

— Pourquoi tu ne réponds pas ? a-t-elle demandé en s'approchant.

Elle n'avait pas l'air en colère, et sa voix n'était pas irritée. Elle paraissait sans forces, comme malade. Sa main bandée était soutenue par une écharpe fixée à son épaule. Les doigts qui sortaient du pansement étaient rouges et gonflés comme des saucisses.

— Je ne t'ai pas entendue, a répondu Jiyu en avançant d'un pas.

L'envie de se précipiter dans ses bras avait déjà disparu. De toute façon, les mains de maman n'étaient pas libres, puisque celle qui n'était pas bandée tenait un sachet rempli de petits pois et de salade.

— Qu'est-ce qui t'arrive ? Ton visage est tout bouffi, a lâché maman en s'arrêtant devant le bureau.

Jiyu, les yeux baissés, a regardé les pieds de maman, qui se trouvaient à une paume de main du papa-marionnette. Il lui aurait suffi de baisser la tête pour l'apercevoir. Le mensonge est sorti tout seul :

— Je me suis endormie en t'attendant, et j'ai fait un rêve affreux.

Maman a tourné la tête pour jeter un regard au lit. La couverture était en désordre, comme si Jiyu venait de se lever. Normal, elle n'avait pas fait son lit depuis le matin. Ouf ! C'était la première fois qu'elle se sentait soulagée de ne pas l'avoir fait.

— Quel rêve ?

— J'ai rêvé que… tu étais partie en me laissant seule.

Maman a incliné légèrement la tête sur le côté. Un sourire à peine perceptible flottait sur ses lèvres.

— C'est pour ça que tu as pleuré et que tes joues sont toutes gonflées ?

— Je ne savais pas si c'était un rêve ou pas.

Elle faisait tout ce qu'elle pouvait pour retenir le regard de maman. Elle ne clignait absolument pas des yeux, de peur que maman ne détourne la tête et ne voie ce qu'il y avait sous le bureau.

— Alors, tu es restée assise à la fenêtre à guetter mon retour ?

Jiyu a hoché la tête.

— Oh, ma pauvre chérie…

Maman a posé le sac plastique rempli de petits pois et de salade.

— Viens ici, a dit maman en tendant son bras libre.

Jiyu a avancé d'un pas, et maman l'a serrée contre elle avant de la tapoter dans le dos.

— Où voudrais-tu que j'aille en laissant ma Jiyu ? J'ai juste fait un saut à l'hôpital, je me suis fait mal à la main. On m'a fait quelques points de suture et on m'a mise sous perfusion, ça a pris un peu de temps.

Jiyu s'est écartée doucement pour se libérer du bras de maman.

— Tu es guérie, maintenant ?

— Oui, ça ira si je descends me reposer. Et dire que ma fille chérie a pleuré en attendant sa maman ! Ça me fait de la peine, tu sais. Tu veux que je me repose ici, avec toi ? On pourra manger un peu de salade ensemble.

Maman a eu un rire silencieux. Jiyu a sursauté et a secoué vivement la tête. Elle avait l'impression qu'un petit pois s'était coincé dans sa gorge.

— Non, ça va ! a-t-elle lâché, en un cri pareil à un bêlement de chèvre.

— Tu es sûre ? Tu ne regretteras pas que je descende ?

— Si tu restes dormir ici, tu seras encore plus malade. Tu sais, j'ai un sommeil agité.

Maman l'a scrutée avec insistance, comme pour s'assurer de sa sincérité. Elle est restée debout un moment sans rien dire. Peut-être pour lui laisser le temps de changer d'avis ? Jiyu a soutenu son regard en s'efforçant de maîtriser ses jambes tremblantes. A peine quelques minutes plus tôt, elle attendait désespérément le retour de maman ; et là, elle aurait tout fait pour que celle-ci sorte de sa chambre.

— Bon, d'accord. Dans ce cas, je vais descendre me reposer.

Enfin, maman a quitté la pièce, laissant les petits pois et la salade sur le bureau comme pour l'espionner à sa place.

Dimanche dans la matinée, elles ont quitté la maison de campagne. Maman a dit qu'elles retournaient à Cheongyeon. Pendant tout le trajet, elle n'a pas ouvert la bouche. Comme d'habitude, Jiyu s'est installée sur la banquette arrière et a fait mine de lire *La Reine des Neiges II : Un nouveau destin*, mais toute son attention était accaparée par son cartable, à cause du papa-marionnette qu'elle avait caché tout au fond. Elle aurait eu suffisamment d'occasions, si elle l'avait voulu, de le remettre à sa place, mais elle avait fini par le prendre avec elle.

Au début, le papa-marionnette n'avait été qu'un jouet. A présent, c'était devenu un ange gardien qui la protégeait contre le temps qu'elle devait passer seule dans sa chambre, contre le fait que papa lui manquait depuis qu'elle l'avait revu, contre les cris des petits grèbes qui résonnaient dans sa tête à tout moment, contre les cauchemars qu'elle faisait chaque nuit, et contre le terrible crime qui consistait à douter de la parole de maman.

— Jiyu, j'ai quelque chose à te demander, a commencé maman une fois sur l'autoroute. Il faut que tu me répondes franchement.

Jiyu a levé les yeux vers le rétroviseur pour croiser le regard de maman.

— Tu as ouvert le carton qui était dans la remise ?

Jiyu a eu un tel hoquet de surprise qu'elle a cru entendre ses côtes craquer. Elle avait presque oublié cette histoire. Elle pensait que, si maman n'en parlait pas, c'était parce qu'elle ne soupçonnait rien. Ce qui était évidemment impossible.

— Oui.

Elle s'est sentie rougir. Elle avait honte des efforts qu'elle avait faits pour le cacher, et la voix impassible de maman lui faisait peur.

— Pourquoi ? a insisté maman.

— En fait… a commencé Jiyu en levant timidement la tête.

Dans le rétroviseur, les yeux de maman étaient souriants. Un sourire vague, mais qui donnait de l'espoir. Si elle disait la vérité, peut-être maman pourrait-elle lui pardonner, même si ce n'était encore jamais arrivé.

— J'ai pris mes bottes dans la remise pour aller à l'étang Demi-Lune, et j'ai remarqué un carton que je ne connaissais pas…

— Donc, tu l'as ouvert, a achevé maman.

— Je te demande pardon pour cette bêtise.

— Ce n'est pas grave. Les affaires qui étaient dedans ne sont pas à moi. Papa les a laissées en partant.

Maman lui a expliqué qu'à l'époque où papa avait quitté la maison, il avait laissé un costume et une paire de chaussures en cuir. Maman les avait apportées pour les lui rendre à l'occasion de ces retrouvailles, et c'était tombé à pic : papa avait reçu un appel en pleine nuit lui annonçant la mort d'un ami dans un accident de voiture et, comme il devait se rendre directement à l'enterrement, il avait décidé de mettre le costume.

— Il m'a demandé de jeter ses autres habits, parce qu'ils étaient usés. Mais tu sais, comme le camion des poubelles ne passe pas à la campagne, je n'avais nulle part où les jeter. C'est pour ça que je les ai brûlés. Je ne peux quand même pas les rapporter à Cheongyeon !

Sur ce, maman a jeté un bref coup d'œil à Jiyu dans le rétroviseur ; la voyant hocher la tête, elle a reporté son regard sur la route.

— Beau-papa n'aimerait pas savoir que nous étions tous les trois là-bas. Tu comprends ce que je veux dire ?

— Oui.

En effet, Jiyu avait tout compris. Mis à part une chose.

— Très bien. Ma fille est très intelligente.

Le regard de maman est réapparu dans le rétroviseur. C'est celui que Jiyu aime, celui pareil à une eau chaude, capable de faire fondre n'importe quoi, et il lui disait que sa bêtise était pardonnée. Maman ne l'a pas confirmé par la parole, mais Jiyu voulait absolument y croire.

— Notre séjour dans la maison de campagne aussi est un secret. Nous étions chez grand-mère, d'accord ?

— D'accord.

— C'est la réponse que tu donneras à tous ceux qui te poseront la question.

— D'accord.

Jiyu ne lui a pas demandé pourquoi, car c'est l'une des « règles secrètes ». Elle ne lui a pas non plus posé de question sur cette chose qu'elle n'avait pas comprise. Elle avait peur que cette eau chaude qu'elle avait enfin obtenue ne gèle de nouveau. Aussi a-t-elle ravalé la phrase qui tournoyait dans sa tête : pourquoi papa n'avait-il pas pris son téléphone ?

*

Quand Jiyu se réveille, le jour est déjà levé. Les rideaux sont ouverts mais elle ne voit pas le paysage extérieur car, sous l'effet combiné de l'humidité et des rayons du soleil, les vitres sont devenues opaques. La porte de la chambre est fermée, mais toutes sortes de bruits lui parviennent du couloir : bavardages, pas, grincements de chaises et lits roulants qu'on pousse…

On frappe à la porte, puis une équipe de médecins et d'infirmières entre et se poste devant le lit.

— Bonjour, docteur ! dit la tante, comme surgissant de nulle part, à celui qui doit être le chef d'équipe.

Celui-ci lui répond d'un signe de tête. Jiyu sent tout son sang affluer dans ses orteils, paniquée à l'idée qu'on lui inflige une piqûre ou quelque chose dans ce genre.

— Bonjour, Jiyu. Tu as bien dormi ? demande le docteur en baissant les yeux sur elle.

Elle jette un regard à sa tante, qui hoche la tête comme pour lui signifier : « Réponds-lui. » La fillette obéit :

— Bonjour, docteur.

L'homme éclate de rire. Les autres aussi, et même la tante. Jiyu est perplexe.

— Ça veut dire que tu as bien dormi ? réplique le médecin en chef.

Jiyu réfléchit, elle se demande si elle peut mentir et répondre par oui.

— J'ai l'impression que oui et non.

Il l'observe sans rien dire, mais ses yeux sont encore plissés et il semble toujours sourire.

— Très bien. Disons que tu as à la fois bien dormi et pas bien dormi. Je vais te poser quelques questions et tu vas me répondre après avoir bien réfléchi, comme tu viens de le faire.

Et les questions s'enchaînent : Tu as mal à la tête ? Pas de problème pour respirer ? Tu tousses ? Comment tu te sens ? Jiyu répond à chacune d'elles : elle n'a pas mal à la tête, respire sans problème, n'a pas toussé depuis son réveil, et ne se sent pas trop mal.

— Donc, tout va bien ?

Le médecin en chef interprète les réponses à son gré, même s'il lui a demandé de bien réfléchir de son côté.

— Oui, dit Jiyu.

— Tu n'as pas la tête qui te tourne ? Tu n'as pas mal quand tu bouges ?

— Je n'ai pas encore bougé.

— Dans ce cas, tu vas essayer maintenant, propose-t-il en jetant un coup d'œil rapide à la tante.

Celle-ci s'approche aussitôt. Jiyu, nouant les bras derrière la nuque de sa tante, se redresse pour s'asseoir. Elle n'a pas de vertiges et n'a mal nulle part. Le médecin en chef l'ausculte en appuyant son stéthoscope sur son dos et sa poitrine.

— Il y a quelque chose qui te gêne ?

— Non, je ne crois pas.

Il hoche la tête et sort de la chambre en proférant une terrible menace :

— On se revoit tout à l'heure.

Les autres médecins le suivent. La tante les accompagne dans le couloir et revient avec un plateau-repas.

— Bon, on essaie de manger ?

Elle va se chercher un gobelet de *ramen* et s'assied en face de Jiyu, qui lui pose enfin la question qui la préoccupe depuis un moment.

— Tante, j'étais vraiment très malade ?

— Tu ne te souviens de rien ?

Jiyu réfléchit longuement. Elle se souvient des bras qui l'enserrent et des mains qui lui tapotent le dos, d'une serviette mouillée posée sur son front. Elle se souvient de la voix de la tante : « Ouvre les yeux, mon bébé. Ça va aller. »

Sur le moment, elle a cru qu'elle rêvait, car seuls papa et grand-mère l'appellent « mon bébé ». Mais elle se rend maintenant compte que la voix qui l'a appelée ainsi entre deux rêves était celle de sa tante. C'est aussi elle qui lui a dit : « Si tu fais encore un cauchemar, tu m'appelles. » Elle qui l'a aidée à manger de la bouillie de riz, qui l'a amenée aux toilettes, qui lui a changé ses habits et qui l'a nettoyée.

Jiyu a l'esprit embrouillé. Elle se demande si cette tante est sa vraie tante, car celle qu'elle connaissait jusqu'à présent ne lui a jamais témoigné l'affection que la plupart éprouvent pour leurs nièces. Elle s'est toujours contentée de l'observer à distance, un peu comme son beau-papa. Elle l'amenait parfois à l'école et lui apprenait des choses amusantes, mais elle ne l'a jamais prise dans ses bras en l'appelant « mon bébé ».

— Si, je me souviens de tout, répond enfin Jiyu en prenant une cuillerée de bouillie de riz. Hier soir, je me suis réveillée et tu étais devant ton ordinateur. Tu regardais un film ?

— Perdu, dit la tante avec un petit rire.

— Ça aussi, c'était un rêve ?

— Non, tu ne rêvais pas. Mais tu t'es trompée de date, miss.

D'après la tante, voilà quatre jours que Jiyu est à l'hôpital. Jusqu'à hier midi, elle n'a fait que dormir, en proie à des montées et descentes de fièvre. C'est avant-hier soir que Jae-in a regardé un film. A ce moment-là, la fillette était encore fiévreuse, même si elle allait mieux par moments grâce au paracétamol. Ce n'est qu'hier soir que son état s'est stabilisé.

— Comme tu allais mieux, la nuit dernière j'ai enfin pu dormir. D'après le médecin en chef, il n'y a plus d'inquiétude à avoir.

Jiyu enfourne la bouillie de riz. Ça a un goût de colle insipide.

— J'ai eu ta grand-mère au téléphone tout à l'heure, elle était très contente d'apprendre que tu n'avais plus de fièvre. Elle m'a demandé de te dire qu'elle t'aime.

Jiyu sent le fond de sa gorge se contracter comme quand elle a envie de vomir.

La tante ne dit pas un mot sur maman. Jiyu ne la questionne pas non plus. Elle a peur d'apprendre que maman n'est pas venue la voir. Elle s'efforce de se convaincre elle-même : *Maman n'a pas fait exprès de ne pas venir. Elle m'a prévenue que j'allais passer un peu de temps avec ma tante et qu'elle serait très occupée à cause de Noah.*

Jiyu ne sait pas pourquoi Noah est mort. Mais elle se souvient de ce qui s'est passé au début de la nuit. Elle s'est réveillée, encore agitée par le même cauchemar, avec l'escalier interminable. Elle avait connu un répit ces deux dernières nuits, où elle avait dormi avec le papa-marionnette sous son oreiller, mais elle n'avait pas pu le prendre dans son lit chez le beau-papa, car elle devait dormir avec maman dans la chambre parentale. Dès qu'elle a ouvert les yeux, elle s'est aperçue que maman n'était plus près d'elle et que la porte de la chambre était entrouverte. Une lumière blanchâtre s'y infiltrait de temps en temps. Elle s'est approchée de l'entrebâillement et y a glissé un regard.

Quelqu'un grimpait l'escalier sans faire de bruit, en éclairant les marches sous ses pieds à l'aide de la lumière de son téléphone. Comme elle ne voyait la silhouette que de dos, elle ne savait pas qui c'était.

Au sommet de l'escalier, la silhouette s'est immobilisée. Elle a éclairé tour à tour les portes de la chambre de Jiyu et de Noah, illuminant brièvement son propre visage au passage. Jiyu n'a pu la voir que de profil, mais elle a tout de suite reconnu maman.

Quand celle-ci est entrée dans la chambre de Noah, Jiyu a regagné son lit, rassurée de savoir qu'il ne s'agissait pas d'un voleur. Maman devait rejoindre le beau-papa, puisqu'ils dormaient toujours ensemble.

Jiyu a fermé les yeux. Par la suite, s'est-elle rendormie ou est-elle restée éveillée ? Elle ne saurait le dire. Tout ce dont elle se souvient, c'est du moment où maman est revenue et où, dégageant une odeur aigre de sueur, elle a chuchoté :

— Jiyu, tu dors ?

Si sa mémoire est bonne, elle n'a pas pu lui répondre, car aucun son n'est sorti de sa bouche. Lorsqu'elle a rouvert les yeux, le hurlement du beau-papa résonnait à l'étage. C'était si puissant et si soudain qu'elle a eu l'impression d'avoir reçu un coup de poing en pleine figure. Maman s'est levée d'un bond et précipitée hors de la chambre. Quand Jiyu s'est élancée à sa suite, maman montait déjà l'escalier en courant. Quelques instants plus tard, le beau-papa, maman et la grand-mère de Noah criaient tous en même temps, comme s'il y avait un incendie.

Jiyu ne savait pas quoi faire. Il avait dû se passer quelque chose de terrible, mais elle n'avait pas le courage de monter. Elle ne pouvait pas non plus retourner se coucher. Qu'était-il arrivé ? Le seul mot qu'elle pouvait distinguer au milieu des pleurs et de l'agitation était « Noah ».

Elle a attendu, sans savoir quoi. Elle n'arrêtait pas d'aller jusqu'à l'escalier avant de revenir devant la porte de la chambre. Personne ne descendait. Les cris et les sanglots étaient de plus en plus forts. Une sirène s'est mise à retentir au loin. En l'entendant s'approcher, Jiyu s'est précipitée vers la baie vitrée.

Une ambulance s'est arrêtée devant la maison. La porte arrière s'est ouverte pour laisser sortir un homme de haute taille et une femme avec des lunettes. Portant un brancard et une grande trousse de secours, ils ont gravi précipitamment les marches qui mènent à l'entrée. Jiyu ne sait pas ce qui lui a pris, mais elle s'est ruée dans l'entrée avant qu'ils aient pu sonner et leur a crié en ouvrant grand la porte :

— C'est en haut !

Lorsqu'ils ont gagné l'étage, le calme est revenu un instant. La fillette faisait les cent pas au pied de l'escalier, toujours sans savoir ce qu'elle attendait. Mais une chose est sûre, c'est qu'elle n'aurait jamais imaginé voir Noah dans cet état-là.

On a descendu le petit garçon sur le brancard. Ses paupières étaient noires, ses lèvres bleues et sa bouche grande ouverte, comme sous le coup de l'étonnement. Son corps, enveloppé dans une couverture, ne bougeait pas. Jiyu a reculé à pas timides. Ses jambes tremblaient et une multitude de questions lui traversaient l'esprit. Pourquoi le visage de Noah était-il comme ça ? Pourquoi ne bougeait-il pas ? Avait-il fait une nouvelle crise ?

Le beau-papa suivait le brancard. Il était méconnaissable. Ses cheveux étaient trempés de sueur, sa chemise toute déboutonnée, ses yeux rougis perdus dans le vague. Il chancelait à chacun de ses pas et a failli tomber en avant plusieurs fois comme s'il distinguait mal les marches de l'escalier. On aurait dit un aveugle.

Il est monté avec Noah dans l'ambulance qui est repartie aussitôt, sirènes hurlantes. Un instant plus tard, la grand-mère de Noah, soutenue par maman, est descendue à son tour. Elle semblait sans forces, presque incapable de déplier ses jambes. A plusieurs reprises, elle s'est effondrée sur les marches et a pleuré en appelant Noah. Maman l'a aidée à s'asseoir sur le canapé.

— Mère, est-ce que ça va ? a demandé maman. Vous pouvez… aller jusqu'à l'hôpital ?

Sa voix tremblait, comme prise de sanglots. Le bout de son nez était rouge, ses yeux gonflés débordaient de larmes.

— *Aïgo*, mon pauvre petit…

La grand-mère a fini par s'effondrer, le visage enfoui dans le canapé. Maman est allée chercher son manteau et son sac dans la chambre ; en ressortant, elle a demandé à Jiyu, qui traînait encore au pied de l'escalier :

— Jiyu, tu peux rester seule quelques heures ?

— Vous allez à l'hôpital ? a demandé la fillette.

— Oui, je t'appellerai tout à l'heure. Reste bien à côté du téléphone.

Tout en soutenant la grand-mère, maman est sortie. Peu après, sa voiture a quitté le garage. Jiyu, installée sur le canapé inondé de soleil, a attendu le coup de fil. Elle n'avait pas envie de bouger de là, et encore moins de monter à l'étage.

Maman l'a appelée plus tôt qu'elle ne l'aurait cru. Elle lui a dit qu'elle était sur le chemin du retour.

— J'arrive bientôt. Prends ton cartable et attends-moi à l'entrée.

En effet, maman n'a pas tardé à arriver.

— Maman, comment va Noah ? a demandé Jiyu une fois sur la banquette arrière de la voiture.

Maman l'a considérée dans le rétroviseur. Il n'y avait aucune trace de larmes. Le doute a gagné la petite : les yeux tristes et gonflés par la peine et la douleur qu'elle avait vus plus tôt, les avait-elle rêvés ?

— Il est mort, a répondu maman en démarrant.

Jiyu était choquée. Maman avait dit ça sur le même ton et avec la même indifférence que lorsqu'elle avait annoncé dans la maison de campagne : « Papa est parti. »

— Tu es triste, maman, pas vrai ? a-t-elle demandé en prenant son courage à deux mains.

Les yeux de maman ont disparu du rétroviseur. Sans doute voulait-elle se concentrer sur la conduite, puisque la voiture parvenait à une intersection.

— Maman n'a pas le temps d'être triste, a-t-elle repris une fois engagée sur l'autoroute. Ta grand-mère est aux urgences, sous perfusion. Je dois me présenter à la police à la place de papa, il n'est pas dans son état normal. Je vais donc être très prise pendant un moment.

— Oui, mais Noah est aussi ton fils, non ?

Jiyu ignorait d'où lui venait un tel courage mais elle tenait vraiment à obtenir une réponse, quitte à reposer la question plusieurs fois. Peut-être avait-elle besoin d'une preuve que les larmes versées par maman au petit matin étaient sincères.

— Non, Noah n'est pas mon fils. Je n'ai jamais mis cet enfant au monde.

Après quoi, maman a gardé le silence. Sans regarder Jiyu dans le rétroviseur, elle s'est focalisée sur le trajet pour se rendre à l'école. Elle a lâché une seule phrase avant de repartir :

— Tout à l'heure, ta tante viendra te chercher.

Jiyu a revu les paupières toutes noires de Noah. Elle avait une autre question qu'elle n'osait pas poser à maman : pourquoi était-elle montée à l'étage en pleine nuit ?

— Jiyu, j'ai une question à te poser, dit la tante, l'arrachant à ses songes.

La fillette hoche la tête avant d'engloutir une nouvelle cuillerée de bouillie de riz.

— La semaine dernière, tu es allée avec ta maman et ton papa à la maison de campagne, c'est bien ça ?

Jiyu manque de se mordre la langue. La bouillie de riz qu'elle vient d'enfourner se colle au fond de sa gorge.

— Quand as-tu vu ton papa pour la dernière fois ?

Comment la tante peut-elle être au courant ? Maman lui en a-t-elle parlé ? Jiyu s'efforce d'avaler la bouillie restée coincée au fond de sa gorge. La tante scrute attentivement son expression pour déceler le moindre signe. Son regard ressemble un peu à celui de maman. Il semble dire : « Il ne faut pas mentir. » Mais Jiyu ne peut pas lui répondre. C'est un secret.

5

Yuna se gare devant la maison. Eun-ho descend de voiture, le portrait funéraire de son fils à la main.

— Essaie d'avaler quelque chose, sinon tu vas mourir, toi aussi, lance la grand-mère depuis la banquette arrière.

— Je ramène ma mère chez elle, je reviens tout de suite, dit Yuna.

Eun-ho et sa famille reviennent du parc Yeongin, où ils ont enterré Noah. Il leur a fallu six jours pour accomplir toutes les démarches, car la police a mené une sérieuse enquête et a décidé de pratiquer une autopsie. Celle-ci n'a eu lieu que ce matin, et on les a enfin autorisés à procéder à l'enterrement.

Eun-ho se retrouve à devoir prouver que la mort de Noah était bien un accident. Plus précisément, il doit se laver du soupçon d'homicide volontaire. L'histoire est trop banale : un homme se remarie, il a un fils né d'un premier mariage, celui-ci meurt dans des circonstances étranges.

Il ignore quand tombera le résultat de l'autopsie, mais au fond, cela ne changera rien à la situation. Et il n'a aucune envie de faire des efforts pour la changer.

Accident ou pas, les faits sont les faits : il a causé la mort de son fils Noah, qui ne pourra jamais le lui pardonner. Lui non plus ne pourra jamais se le pardonner.

Son propre père, venu par avion de l'île de Jeju, a gardé le silence du début à la fin. Il n'a pas dit un mot, ni à son épouse, ni à son fils, ni à sa bru. Il n'a fait que prendre part à la veillée mortuaire et s'occuper des détails des obsèques. Une fois l'enterrement terminé, il a dit au revoir à la famille à la sortie du parc Yeongin en disant qu'il rentrait directement. Il a serré Eun-ho dans ses bras et lui a chuchoté une phrase énigmatique : « Ne fais confiance à personne. »

Eun-ho pénètre chez lui, où règne un calme étrange. On dirait qu'il ne s'est rien passé. La cuisine briquée, l'impeccable sol marbré du séjour, les coussins soigneusement alignés sur le canapé, les rideaux accrochés de part et d'autre de la baie vitrée donnant sur la véranda. Les feuilles du figuier des banians sont fraîches et bien luisantes, comme si on venait de les astiquer. Entre la plante en pot et le canapé, les plots de marquage et le ballon de foot ont disparu.

Il en va de même à l'étage. La salle de jeux des enfants est parfaitement rangée. Pas le moindre Lego ne traîne sur le tapis en coton posé au sol. Les rideaux sont ouverts des deux côtés, deux grands coussins sont calés contre un mur en guise de canapé, la petite maison de conte de fées au toit bleu baigne dans l'éclat rougeâtre du coucher de soleil, la caisse contenant les jouets de Noah est bien fermée.

La porte de la chambre de Noah est fermée elle aussi. Eun-ho s'immobilise devant. Il veut y accrocher le portrait de son fils, mais n'a pas le courage d'ouvrir la porte. Il a peur de réentendre les hurlements qu'il a poussés le matin de sa mort. Il finit par faire demi-tour.

Comme s'il avait quelqu'un à ses trousses, il se rue au rez-de-chaussée, il gagne son bureau et ferme la porte derrière lui. Une fois de plus, la tête lui tourne. Les persiennes sont descendues. Sa sacoche sagement couchée sur une étagère. Son ordinateur posé sur le bureau. Les livres entassés soigneusement à côté. La multiprise éteinte. Le fauteuil bien à sa place. La plaque de verre du bureau, aussi luisante que les feuilles du figuier des banians.

On dirait qu'on a appuyé sur un bouton pour tout réinitialiser, et que la maison est retournée à l'époque paisible d'avant. Le décor est particulièrement paisible, sans le moindre défaut : le royaume inviolable d'une famille s'étant construit un bonheur parfait. A croire qu'il ne s'est rien passé sous ce toit. Absolument rien.

Eun-ho se demande quand sa femme a pu opérer une telle magie. Etait-ce quand il restait enfermé toute la journée dans la chambre funéraire, sans rien voir, ni entendre, ni dire quoi que ce soit ? Ou pendant qu'il bafouillait au poste de police où on l'avait convoqué ? Ou bien, quand il a attendu interminablement le retour du corps de Noah après l'autopsie ?

Cette maison impeccable le dérange infiniment. La tranquillité qui règne sous ce toit semble dire qu'il ne manque plus qu'un élément à effacer pour atteindre la perfection, et cette idée l'oppresse. Cet élément n'est autre que lui-même.

Eun-ho va s'asseoir à son bureau. Il dépose le portrait de Noah à côté de son ordinateur. Ses épaules et son dos, qu'il a tenus droit jusque-là, s'affaissent. Il respire difficilement, il lui semble sombrer dans un abîme, pieds et mains liés. Que doit-il faire pour retrouver une respiration normale ? Nettoyer le frigo ? Lancer le lave-linge, faire sa toilette ?

Il sait quelle tâche il doit effectuer tout de suite. Il ne le sait que trop bien. Il doit allumer son ordinateur et chercher Yi Yun-hee dans le carnet d'adresses de sa boîte mail. Cet acte tellement simple lui paraît aussi insurmontable que retrouver un cheveu tombé dans une étendue de sable. La voix en lui qui ne se tait jamais, quelle que soit la situation, ironise d'un ton moqueur : *Tu crois que son adresse est encore valide ? Ça remonte à cinq ans. Bon, supposons que ce soit le cas. Qu'est-ce que tu vas lui dire ? Notre fils est mort dans son sommeil, peut-être écrasé sous mon poids ? Mais tu ne te souviens de rien...*

Il est sûr que l'adresse est toujours valable. Avant de partir à l'étranger, Yun-hee lui a envoyé un message précisant qu'il s'agissait d'une adresse particulière, réservée uniquement à leurs échanges, et qu'il devait donc bien la garder. Elle lui a également demandé de lui envoyer des photos de Noah de temps en temps et de lui donner de ses nouvelles.

Il ne lui a pas répondu, n'a pas accédé à ses demandes. Il n'allait quand même pas raconter aimablement l'enfance de son fils à son ex partie refaire sa vie ailleurs. S'il a gardé cette adresse, c'était uniquement pour la donner à Noah le jour où celui-ci voudrait entrer en contact avec sa mère. Il ouvre la fenêtre pour écrire un mail.

Yun-hee,

Là, il s'interrompt. Il ne sait pas par quoi commencer. Sa tête est comme l'écran vide de l'ordinateur ; seul le visage de Noah y clignote comme un curseur. Peut-être qu'un petit verre d'alcool lui ferait du bien ? Mais il secoue aussitôt la tête. Il n'a pas envie de dissiper le peu de volonté qu'il lui reste.

Yun-hee est la mère de Noah, la première personne à laquelle il doit apprendre sa mort. Il aurait même dû le faire avant les obsèques. S'il avait été dans son état normal, il l'aurait fait. Mais pour dire la vérité, il n'avait pas envie d'être dans son état normal, c'était trop insoutenable. Dès qu'il reprenait ses esprits, la réalité était une lame tranchante qui lui lacérait le cœur.

La mort de Noah est comme un oiseau empaillé qui se balance devant ses yeux. Dans sa tête, deux voix se disputent sans cesse : l'une refuse l'idée qu'il ait causé sa mort, l'autre se moque de lui en disant : « Si ce n'est pas toi, alors qui ? Ton arrière-grand-père ? » Quoi qu'il fasse, il ne peut remédier à la situation, et cette terrible impuissance le torture comme si on le brûlait au fer rouge.

Dans la famille, sa femme est la seule à avoir gardé son sang-froid. On lui a rapporté que c'était elle qui avait appelé les secours, prévenu le grand-père de Noah et conduit sa grand-mère à l'hôpital. Quant à lui, il se contentait de faire la seule chose dont tout être doté d'yeux et d'une bouche aurait été capable à sa place : pleurer toutes les larmes de son corps, prier et supplier Dieu de ne pas prendre la vie de son enfant, s'accrocher à l'espoir naïf qu'à l'hôpital, on pourrait le sauver.

Les médecins n'ont rien pu faire. C'était bien trop tard. On lui a dit qu'il était mort asphyxié. Gagné par un profond désespoir, Eun-ho a eu l'impression que tout son sang le quittait d'un coup. Les bruits environnants se sont estompés, son dos s'est affaissé et ses jambes se sont dérobées. Son esprit l'a lâché, et il s'est écroulé par terre.

Il ne se souvient pas de ce qui s'est passé ensuite. Lorsqu'il a rouvert les yeux, il était assis seul dans le funérarium. Sa femme, sa mère et son père n'étaient nulle part. Il a regardé autour de lui et a remarqué le portrait funéraire de Noah sur l'autel. Le petit garçon, un ballon de foot dans les bras, souriait de toutes ses dents en fixant un point devant lui. Qui avait trouvé cette photo ? Malgré sa stupeur, la réponse s'est tout de suite imposée à lui. Qui d'autre que sa femme ? Mais… Comment avait-elle pu avoir accès à son téléphone ? Elle qui avait pourtant insisté pour qu'ils gardent leurs codes d'accès secrets… Il s'est levé et a caressé son fils sur la photo. Ses joues roses, ses dents de travers, ses narines rondes. Au moment où le bout de ses doigts rencontrait les yeux du garçon, un souvenir de l'été dernier lui est revenu.

C'était la veille des vacances d'été. Comme il était en cours, il n'avait pas pu prendre l'appel de sa femme. Lorsqu'il avait rappelé après la classe, elle n'avait pas décroché. Par la suite, les cours et réunions pédagogiques se succédant, il n'avait pas eu le temps de réessayer. Le jour touchait à sa fin quand il avait reçu un long message de sa part sur KakaoTalk.

Je n'arrive jamais à te joindre quand j'en ai besoin. Aujourd'hui, j'ai fait une hémorragie, et j'ai dû aller chez le gynéco. On m'a dit que j'avais fait une fausse couche. Je ne savais même pas que j'étais enceinte. Finalement, j'ai subi une intervention toute seule. Ça m'a fait drôle, comme si j'avais porté un enfant sans père. J'ai beaucoup à te raconter, mais là je t'écris juste pour te prévenir que je pars un peu avec Jiyu pour remonter la pente.

Il avait lu et relu le message plusieurs fois, avec l'impression d'avoir été foudroyé sur place. Dire qu'elle avait été enceinte, puis avait fait une fausse couche !

La première fois qu'ils s'étaient disputés, c'était quand ils avaient parlé de l'éventualité d'avoir un enfant. C'était la première nuit de leur voyage de noces, dans un hôtel à Seogwipo, sur l'île de Jeju. Il avait sorti un préservatif, mais sa femme n'en avait pas voulu. Elle voulait tomber enceinte le plus vite possible, tant qu'elle était encore jeune. Mais pas lui. Ils avaient déjà chacun un enfant, qu'ils n'étaient même pas en mesure d'élever eux-mêmes. En outre, Noah était de santé fragile. Avoir un enfant de plus dans ces conditions aurait été irresponsable, presque criminel. Dès qu'ils avaient commencé à sortir ensemble, il avait été clair là-dessus. A l'époque, Yuna lui avait répondu : « Je vois. » Ils s'étaient même promis de discuter du moment opportun pour qu'il fasse une vasectomie.

Cette première nuit de noces, il lui avait rappelé sa réponse, « Je vois », et leur « promesse » commune. Avait suivi une controverse syntaxique inattendue. D'après sa femme, « Je vois » ne signifiait pas « D'accord », mais plutôt « Je comprends ta position, mais ce n'est pas la mienne ». Quant à cette fameuse « promesse », elle portait plutôt sur la discussion que sur la vasectomie.

Ils avaient eu beau en débattre toute la nuit, ils n'avaient pas réussi à trouver un terrain d'entente, car l'écart qui les séparait était aussi vaste qu'un océan.

Yuna y avait mis fin en décrétant : « Oui, c'est toi le meilleur ! » Et le lendemain matin, elle avait disparu sans rien dire. Plutôt que de rentrer chez eux, elle était retournée chez sa mère.

Le moment où l'on décide qui est l'attaquant et qui est l'attaqué n'est pas celui où l'un des deux décroche la première victoire, mais celui où l'un réussit à obtenir la soumission de l'autre. D'ailleurs, dans toute relation humaine, dès l'instant où une hiérarchie s'établit, c'est pour la vie. C'est ainsi entre les enfants et les parents, et aussi entre deux conjoints.

Au bout d'une journée, son intransigeance s'était émoussée. Il l'avait appelée pour tenter de l'apaiser avec un compromis : il était d'accord pour avoir un enfant, mais seulement quand Jiyu et Noah seraient revenus à la maison.

« Apaiser » était un grand mot, il l'avait quasiment suppliée, avant de le regretter par la suite. Il n'aurait pas dû céder : sa femme aurait peut-être renoncé à sa stratégie consistant à disparaître après chaque dispute.

Yuna avait accepté sa proposition. C'est pour ça que cette fausse couche l'avait surpris ; les deux enfants ne vivaient toujours pas avec eux.

Il avait appelé sa femme. Sa voix n'était pas aussi fâchée qu'il l'avait imaginé. Elle avait accepté ses excuses. Il lui avait demandé si elle se sentait bien, et elle avait dit que oui. Elle avait décliné sa proposition d'aller la chercher en disant qu'elle voulait se reposer un ou deux jours avant de rentrer avec Jiyu.

Quel imbécile ! Il l'avait crue sur parole. Il avait pensé au projet qu'ils avaient de passer les vacances d'été à la maison avec les deux enfants. Comme Yuna allait devoir travailler, ce serait lui qui s'occuperait d'eux.

Puisqu'il n'avait pas grand-chose à faire dans l'immédiat, il avait décidé à la dernière minute d'aller chercher Noah. En chemin, il était passé par un magasin de jouets pour acheter des cadeaux : *La Reine des Neiges II : Un nouveau destin* pour Jiyu, et un kit de dribble comprenant des plots de marquage et un ballon de foot pour Noah.

Une fois de retour à Cheongyeon avec son fils, il avait disposé les plots de marquage en zigzag sur le sol du séjour. Le petit garçon, les yeux écarquillés, avait contemplé le parcours ainsi dessiné par son père.

— Maintenant, tu peux shooter dans le ballon tant que tu veux ! lui avait dit Eun-ho en lui tendant le ballon.

— Tu es sûr ? Je peux taper dedans n'importe où ? avait demandé Noah, sans trop y croire.

Ses joues étaient rouges comme des pommes. Eun-ho avait hoché la tête.

— Je peux crier ?

— Avant, je peux te prendre en photo ? avait proposé son père en sortant son téléphone de sa poche.

Le petit garçon avait serré fort le ballon dans ses bras et fait un grand sourire quand son père avait dit « Cheese ! ». Eun-ho avait pris la photo, et pendant que son fils dribblait, il l'avait mise sur le profil de son compte KakaoTalk. Environ deux heures plus tard, il avait reçu un message de sa femme :

Je suis effondrée après avoir perdu mon bébé, et toi tu es heureux avec ton fils ? On dirait que la mort de ce bébé ne te concerne pas.

C'était comme si on lui avait donné un coup de marteau sur le crâne. Sa joie avait disparu. Il avait envie de se mordre la langue pour son comportement irréfléchi. Il n'avait pas eu l'intention de blesser sa femme, il aurait pu le jurer, la main sur le cœur. Ce n'est pas qu'il ne s'inquiétait pas pour elle ; simplement, il l'avait oubliée l'espace d'un instant, voilà tout. Il avait également oublié que sa femme était très douée pour retenir ses moindres faits et gestes et s'en servir comme preuves pour l'accuser à la moindre contrariété. C'était le prix à payer, comme s'il lui avait tendu un lance-flammes pour qu'elle l'embrase.

Il avait aussitôt supprimé la photo de son profil. Puis il avait appelé sa femme tout en sachant qu'elle ne décrocherait pas, avant de lui envoyer un message d'excuses. A part ça, il n'y avait pas grand-chose à faire, si ce n'était attendre sa sanction. Il ne pouvait tout de même pas partir la rejoindre avec Noah pour lui prouver à quel point il regrettait.

Yuna a donc choisi comme portrait funéraire cette photo qui l'avait tant énervée. Il n'a pas réfléchi à ce que ce choix signifiait. Il a manqué de temps, n'avait pas la tête à ça. Dès l'apparition de sa femme dans le funérarium, les inspecteurs ont débarqué pour lui demander de les suivre au commissariat.

— Essaie de t'en tenir aux faits, de rester bref, lui a chuchoté Yuna alors qu'il quittait les lieux.

Les inspecteurs lui ont répété les mêmes questions : pourquoi Noah ne vivait-il pas avec eux ? Avait-il bu la veille ? Avait-il ressenti quelque chose de bizarre dans son sommeil ? Dans quelle position l'enfant se trouvait-il à son réveil ? Ils l'ont également interrogé en détail sur sa relation conjugale, depuis leur rencontre jusqu'à leur mariage.

Il a tenté de rafraîchir sa mémoire vacillante, passant plusieurs fois du « oui » au « non » et, se laissant piéger par des questions biaisées, a tenu des propos incohérents. A force, il a fini par comprendre ce qu'ils lui demandaient au juste : quelle était la probabilité pour qu'un garçon de cinq ans meure asphyxié sous le poids de son père ? Combien de pères sur cent n'arrivent pas à se réveiller quand leur enfant pousse des cris ou s'agite sous lui ? Il s'est enfin rendu compte que, bouleversé par la disparition de son enfant, il avait négligé la question essentielle : une telle mort était-elle possible ? La réponse était « non ».

Hier après-midi, sa femme a été convoquée par les inspecteurs. Ils l'ont interrogée sur les habitudes de sommeil d'Eun-ho. Voici ce que Yuna leur a répondu :

— Une fois endormi, la maison pourrait s'effondrer, mon mari ne se réveillerait pas. En outre, il a un sommeil très agité. J'ai moi aussi failli mourir, écrasée sous lui. Et à son réveil, il ne se souvient de rien. Au début de notre mariage, je me suis même demandé s'il n'était pas narcoleptique.

Eun-ho a du mal à la croire. La seule mauvaise habitude dont il soit conscient, c'est surtout qu'il se réveille trop souvent. Son sommeil est si léger qu'il ouvre les yeux chaque fois que sa femme remue dans le lit. Il lui arrive très souvent de se tourner et se retourner sans trouver le sommeil, mais jamais de sombrer dans un état léthargique au point d'écraser sa femme.

— Tu te rappelles le message que je t'ai envoyé par KakaoTalk il y a quelque temps ? lui a-t-elle demandé.

Adossé au mur, Eun-ho a fermé les yeux. Il en avait assez. Il ne se rappelait pas, et même si c'était le cas, qu'est-ce que ça pouvait faire ?

— Regarde ! a-t-elle insisté en lui secouant l'épaule.

Comme il rouvrait les yeux malgré lui, elle lui a fourré son téléphone sous le nez, le forçant à lire le message à l'écran.

Cette nuit, j'ai failli mourir écrasée par toi, chéri ! Tu te rappelles ? Ces derniers temps, tu as un sommeil de plus en plus agité. Tu parles aussi beaucoup en dormant. Tu es stressé au travail ?

En effet, elle lui avait bien envoyé ce message quelques mois plus tôt. Il s'est rappelé avoir murmuré, complètement dérouté : « Mais qu'est-ce qu'elle raconte ? » Comme son cours allait commencer, il n'avait pas répondu. A la fin de la journée, il avait déjà oublié, et les choses en étaient restées là.

— J'ai aussi montré ce message aux inspecteurs, a repris sa femme.

Il a refermé les yeux. Il voyait où elle voulait en venir, mais ne pensait pas que cela puisse lui être d'une grande aide. Lui aussi avait été interrogé à ce sujet, et il avait dit la vérité.

— Dans ce cas, comment se fait-il que vous ne vous soyez pas réveillé cette nuit-là ? a questionné l'un des inspecteurs d'un air dubitatif.

Oui, pourquoi ? Il aurait bien voulu le savoir. Il aurait aimé que quelqu'un lui explique ce qui était vraiment arrivé cette nuit-là. Il n'avait qu'une seule hypothèse à leur suggérer :

— Je n'avais presque pas dormi depuis cinq jours.

La mort de Noah est passée du statut de simple accident à présomption de meurtre. Les inspecteurs ne l'ont pas exprimé aussi ouvertement, mais il l'a bien compris ; il a beau ne pas être dans son assiette, il n'est pas un demeuré.

La police le convoquera sûrement à nouveau quand elle aura le résultat de l'autopsie. Ou bien on viendra lui passer directement les menottes après lui avoir récité ses droits. Il doit encaisser à la fois le choc d'avoir perdu son enfant et celui d'être soupçonné de l'avoir tué. En lui chuchotant « ne fais confiance à personne », son père cherchait sûrement à lui conseiller de résoudre le problème lui-même.

En est-il vraiment capable ? Il est sceptique. Quand on a envie de croire quelqu'un, un seul argument suffit, ainsi vont les relations humaines ; mais si on ne lui fait pas confiance, on exige beaucoup : preuves, témoins, alibis… Et même si les preuves sont là, on a du mal à se débarrasser de ses premiers soupçons, parce qu'on n'a pas envie de reconnaître qu'on s'est trompé. Il suffit qu'un suspect suscite la méfiance pour qu'il soit marqué à vie, quelle que soit l'issue de l'enquête.

La police n'est pas disposée à le croire. Et lui manque de volonté pour se défendre. Pour l'instant, il a surtout besoin de dormir. Ne serait-ce qu'une heure, d'un sommeil sans rêves. La réalité qu'il affronte, les yeux ouverts, le terrifie, mais les cauchemars qui lui rendent visite dès qu'il s'assoupit sont encore plus effrayants. Celui qu'il a fait la fameuse nuit de la mort de Noah se répète à l'infini : des éclats de lumière jaillissent comme dans une explosion, une main blanche apparaît juste avant que l'obscurité s'abatte sur lui ; il se débat de tout ses forces, immobilisé sous un lac gelé, et se réveille en poussant des cris d'horreur.

Yun-hee,

Je t'écris parce que j'ai une nouvelle à t'annoncer. Il y a six jours, à l'aube...

Il se met à taper sur son clavier, s'efforçant de s'en tenir aux faits, comme s'il rédigeait une déposition. Il doit maîtriser ses émotions pour ne pas divaguer, ni se répandre en lâches faux-fuyants. Du coup, le message est bien plus concis qu'il ne l'avait envisagé. Il le relit pour voir s'il manque un élément, ou s'il y a des passages susceptibles d'être mal interprétés.

Tout au long de sa lecture, il sent sa gorge le serrer jusqu'à suffoquer, sa fréquence cardiaque grimpe en flèche. Franchement, son message est lamentable. Dire qu'il s'est creusé les méninges pendant des heures pour un résultat pareil ! Yun-hee aura beau le lire sous tous les angles, ce n'est qu'un mail informatif, rien d'autre : j'ai tué mon fils, voilà, maintenant tu le sais.

Il tâche de réfléchir. S'il recevait un tel message, comment réagirait-il ? Pas besoin de réfléchir longtemps, la réponse s'impose d'elle-même : il irait acheter un revolver sur-le-champ et prendrait le premier avion pour la Corée. Mais il n'a pas le courage de réécrire le message. Il se contente de tambouriner sur le clavier, avant de revenir à la réalité en entendant toquer.

La porte s'ouvre sans bruit, et sa femme passe le visage par l'entrebâillement. Croisant le regard de son mari, elle pénètre dans la pièce.

— Te voilà, chéri !

Eun-ho baisse discrètement les yeux sur l'écran de son ordinateur. Il clique sur « envoyer », avec l'impression de signer son arrêt de mort. Il n'a aucune raison de cacher à sa femme le fait qu'il vient d'écrire à Yun-hee, mais il n'a pas forcément envie d'en parler.

Connaissant le tempérament de Yuna, il sait que cette nouvelle ne l'enchantera pas. Il sera obligé de se justifier en lui disant pourquoi. Yuna lui demandera de lui montrer le message et cherchera un prétexte quelconque pour le lire en détail. Et lui, ce qu'il déteste par-dessus tout et encore plus en ce moment, c'est justement d'être surveillé de près par sa femme.

— Je t'ai cherché partout.

Elle s'avance vers le bureau. A chacun de ses pas, Eunho a l'impression qu'elle grandit de dix centimètres. Sur l'écran de son ordinateur s'affiche le message signalant que son mail a bien été envoyé, avec le nom et l'adresse de la destinataire. Il clique encore pour passer à l'écran suivant. Sa femme est à côté de lui.

— Tu viens d'envoyer un mail ? dit-elle en posant sa main sur son épaule, le regard fixé sur l'écran.

Le message a disparu, mais sa boîte mail est encore ouverte. Il ferme la fenêtre et éteint son ordinateur.

— Tu as écrit à qui ? insiste-t-elle.

Il tourne la tête vers elle. Elle porte une robe sans manches qu'elle met souvent à la maison. Sans doute vient-elle de se doucher, car le bout de son nez brille, ses longs cheveux sont détachés et sa peau dégage le parfum de son huile corporelle.

Quand est-elle rentrée ? Comment se fait-il qu'il n'ait rien entendu ? Mystère. Pendant que Yuna se lavait, se séchait les cheveux et s'habillait, que faisaient ses deux oreilles ? Ou bien, est-elle passée par le bain public du quartier avant de rentrer ? Baissant les yeux, il remarque qu'elle est pieds nus et qu'elle s'est mis du vernis rouge sur les orteils. Il se souvient aussi que, pieds nus, elle est capable de se déplacer aussi silencieusement qu'un félin.

— Au responsable administratif de mon lycée, répond-il enfin. Je lui ai dit que je viendrai travailler demain.

— Tu es sûr que ça ira ? s'inquiète-t-elle en plantant son regard dans le sien.

Pour toute réponse, il baisse les yeux, se laissant happer par la photo de Noah à côté de l'ordinateur.

— Ça ne fait même pas trois jours qu'il a été enterré, reprend-elle en s'asseyant sur le bord du bureau, tournée vers lui, de sorte qu'il a Noah à sa gauche et sa femme à sa droite. Si ça te pèse, n'y va pas.

La main gauche de Yuna, qui était sur son épaule, se déplace vers son visage et, à l'aide du pouce, elle lui masse doucement le milieu du front, où le pouls bat fort. Chaque fois que le bout de son doigt fin passe sur son front, il est pris d'un frisson en bas de la colonne vertébrale.

— Si c'est mieux pour toi, tu peux démissionner, ça m'est égal, dit-elle tout en repoussant sa frange collée et en bataille. On pourrait partir en voyage, très longtemps si tu veux, le temps que tu guérisses de tes blessures.

Il sait qu'elle essaie de le consoler et qu'en temps normal, il l'aurait volontiers accompagnée dans un voyage. Seulement, il y a des moments où plus rien ne paraît acceptable ; ni les plaisanteries, ni les reproches, ni les preuves d'attention, ni les consolations. C'est justement un de ces moments-là. La seule chose qu'il désire, c'est qu'elle s'éloigne de lui ; mieux, qu'elle quitte carrément la pièce.

— Je vais y réfléchir, répond-il.

Il reporte son attention sur la main de sa femme posée sur le bureau ; elle est libérée de son bandage. Les doigts ont des zébrures rouges, plus ou moins longues : une sur le pouce, deux sur l'index et l'auriculaire, quatre sur la tranche de la main. Des croûtes noirâtres se sont formées là où on a retiré les points de suture. Elle a bien dit qu'elle s'était blessée en coupant de la viande ?

Brusquement, il est saisi de vertiges. La main blanche qu'il a vue en rêve surgit devant lui. Les questions « pourquoi » et « qu'est-ce que ça veut dire ? » se croisent dans son esprit. Il incline la tête sur le côté, détourne le regard de la main de sa femme, pousse son fauteuil en arrière. Les deux bras appuyés sur les accoudoirs, il se lève. A force de faire des efforts pour ne pas tomber, il sent l'intérieur de ses cuisses qui tremble.

— Je vais passer un moment dans la chambre de Noah.

Le sourire de Yuna disparaît d'un coup, comme si on venait d'éteindre la lumière. Ses yeux se figent et elle prend cet air froid qui lui est propre et qui se manifeste lorsqu'elle se sent repoussée. Il prend la photo de Noah et quitte la pièce. Alors qu'il grimpe l'escalier, la voix de sa femme résonne derrière lui :

— Redescends vite, je vais préparer le dîner.

En gravissant les dernières marches, il sent sur sa nuque son regard qui le suit. Sans hésiter cette fois, il pénètre dans la chambre de Noah, où l'accueille l'obscurité.

En ville, il ne fait jamais tout à fait noir. La lumière des lampadaires, des appartements, des buildings, des enseignes et des phares des voitures est toujours présente. Cette maison leur a plu parce qu'elle était au milieu d'un bois. La nuit tombée, ses environs devennent très sombres, comme au fin fond de la campagne. Pour lui, ces ténèbres étaient synonymes d'un luxe qu'il pouvait savourer en pleine ville.

Mais ce n'est plus le cas. A présent, l'obscurité lui fait plutôt l'effet d'un spectre susceptible de l'entraîner de force dans le cauchemar de cette fameuse nuit, capable de le plonger dans un lac gelé. Il cherche précipitamment le mur à tâtons et actionne l'interrupteur.

Il est de nouveau pris de vertiges face à une scène totalement inattendue : les doubles rideaux soigneusement tirés, les étagères et le bureau vides, les draps flambant neufs sur le lit. Il pose le portrait de Noah sur le bureau et fait le tour de la chambre. Il ne voit plus le pingouin géant, ni le cartable de Noah, ni les plots de marquage et le ballon de foot qu'il pensait y trouver.

Il ouvre l'armoire. Son blouson, ses vêtements, tout a disparu. Les tiroirs sont vides et les cintres ne sont plus là. Aucune trace de Noah. A croire que son fils n'a jamais mis les pieds dans cette maison.

Eun-ho sent des picotements dans le crâne, des décharges électriques lui parcourent l'échine, une boule lourde et brûlante se forme dans son ventre. Les signes avant-coureurs de ce qu'on appelle « disjoncter ».

Il s'élance hors de la pièce, dévale les marches deux par deux et se précipite dans la cuisine. Sa femme, qui est en train de laver des légumes à l'évier, se tourne vers lui et il s'écrie :

— Mais enfin, qu'est-ce que tu as fait ?

*

Le téléphone relié au réseau interne sonne sur son bureau au lycée. La salle des profs est déserte. Personne n'est encore arrivé. Eun-ho pose sa sacoche et décroche le combiné.

— Monsieur Cha Eun-ho ? lui demande-t-on.

Il reconnaît tout de suite la voix. C'est la jeune secrétaire administrative du proviseur.

— Monsieur le proviseur demande à vous voir.

Eun-ho comptait justement passer ; comme il s'est absenté une semaine, c'est dans l'ordre des choses d'aller le saluer. Il ne s'appesantit donc pas sur le motif de la convocation. Il se dit juste que le proviseur va lui demander des nouvelles, et il pense lui répondre brièvement : « Je vais devoir m'entretenir avec la police pendant quelque temps. »

— Est-ce qu'on a le résultat de l'autopsie ? demande le proviseur à son arrivée dans le bureau.

Sa première phrase n'est guère accueillante.

— Non, pas encore, répond-il avant d'ajouter après une hésitation : C'est pour ça que je préfère vous prévenir que je risque d'être encore convoqué par la police. Mais je vais me débrouiller pour que cela n'interfère pas avec mes cours…

— Inutile, le coupe le proviseur. Actuellement, vous avez besoin de temps et de repos pour arranger la situation et vous remettre.

Eun-ho s'efforce de comprendre le sens caché de cette phrase. Lui demande-t-il de se reposer parce qu'il ne le juge pas encore en état de travailler, ou lui annonce-t-il qu'il n'est plus autorisé à faire cours ?

— Pour la suite, on vous recontactera.

Il s'agit donc de la seconde hypothèse. Les gens doivent se livrer à toutes sortes de conjectures extravagantes à propos de la mort de Noah. Ou alors la police a envoyé une lettre à l'établissement l'informant de l'ouverture de l'enquête. Mais même là, la direction agit de manière trop rapide et, qui plus est, arbitraire. La moindre des choses aurait été de lui laisser l'occasion de s'expliquer.

— Donnez-moi… commence-t-il avant de se taire.

Même si le proviseur lui permettait de se justifier, y parviendrait-il vraiment ?

— Cette décision a été prise lors d'une réunion d'urgence vendredi dernier. J'aurais préféré ne pas en arriver là, mais je n'ai pas eu le choix. Il y a eu tellement de plaintes que le site de l'établissement s'est bloqué et les délégués des parents d'élèves ont fait irruption dans mon bureau. Il paraît que le rectorat reçoit aussi de virulentes pétitions réclamant votre licenciement. Les gens n'arrivent pas à accepter ce qui s'est passé, ni moralement ni émotionnellement. Personnellement, je suis vraiment navré pour vous.

Sur ce, le proviseur se lève pour signifier que l'entrevue est terminée et que Eun-ho doit vider les lieux. Visiblement, il n'éprouve aucun scrupule. Eun-ho quitte le bureau, la tête vide ; il tremble de tout son corps comme si on venait de le plonger dans une eau glacée. Il comprend pour la première fois qu'il est dans un sacré pétrin. Cette prise de conscience ne tarde pas à se confirmer en salle des profs, où la plupart de ses collègues sont arrivés. Le temps qu'il gagne sa place, le brouhaha qui régnait dans la salle s'est brusquement éteint. Tous l'évitent du regard. Personne ne le salue, même par pure politesse. Chacun, assis à son bureau, semble absorbé par sa tâche.

Jinu n'est pas encore arrivé. Eun-ho s'aperçoit alors

qu'à part son ami, aucun prof n'est venu lui présenter ses condoléances. Pour eux, il n'est déjà plus un confrère, ni même un papa malheureux qui vient de perdre son enfant, mais un meurtrier qui a tué son fils, et un salaud qui est revenu travailler comme si de rien n'était.

La phrase de sa femme lui traverse l'esprit : « Tu peux démissionner, ça m'est égal. » Savait-elle déjà que les choses se passeraient ainsi ? Pour sa part, il n'avait jamais imaginé ça. Il a beau être sous le choc, comment a-t-il pu être aveugle à ce point ? Il reprend sa sacoche et quitte la salle des profs, sans songer à vider les tiroirs de son bureau. La gorge brûlante, il a l'impression de marcher dans le vide ; à chacun de ses pas, c'est comme s'il chutait d'un mètre. Même si tout le monde l'ignore, il se sent cerné par les regards qui lui lacèrent le corps.

Ce n'est qu'une fois arrivé au parking qu'il parvient enfin à respirer et à entendre normalement.

— Eun-ho !

C'est Jinu qui l'appelle. Il se retourne et voit son ami courir vers lui.

— Je suis arrivé en salle des profs, et on m'a dit que tu venais de sortir.

Jinu baisse les yeux et fixe le bout de ses pieds pendant qu'il reprend haleine.

— Il paraît que tu as vu le proviseur.

Eun-ho hoche la tête.

— Considère ça comme des vacances. Tu sais, la vérité finit toujours par éclater.

Eun-ho lui est reconnaissant, mais ce n'est qu'un vain réconfort. Quelle vérité finira donc par éclater au grand jour ? Lui-même l'ignore. Comment prouver qu'il n'a rien fait de mal ? Le résultat de l'autopsie confirmera-t-il que la mort de Noah n'a pas été causée par une action extérieure ? Telle une girouette dans le vent, son intuition sent venir des nuages menaçants. Il est très probable que les choses se déroulent dans le sens contraire de ce qu'il attend. Il n'est pas prêt à affronter la situation, il n'en a pas la force.

— Bon, j'y vais.

Il lui faut un effort presque surhumain pour prononcer cette courte phrase, puis pour marcher le dos droit jusqu'à sa voiture. Pas question de trébucher devant son ami. A cet instant, c'est ce qui importe le plus au monde.

Jinu est venu tous les jours au funérarium, même quand on a emmené le corps de Noah pour l'autopsie. Il est resté près de Eun-ho jusque tard dans la soirée, il a été son seul ami à porter le cercueil, il est aussi son unique collègue à l'avoir suivi jusqu'au parking. Eun-ho n'a pas envie de s'effondrer devant lui en pleurant comme une fontaine. Il aurait trop peur de ne plus jamais se relever.

— Je te dis ça comme ça… commence Jinu en tenant la portière de la voiture pendant qu'Eun-ho s'installe au volant. Si jamais tu as des questions à me poser… n'hésite pas à m'appeler.

La sonnerie signalant le début des cours retentit. Jinu referme la portière avant de reculer. Eun-ho commence à rouler. Tout le long du trajet, il rumine la phrase de son ami. Quels propos énigmatiques ! Il n'a pas dit « si tu as besoin de parler », mais « si jamais tu as des questions à me poser ». Qu'est-ce que cela veut dire ? Pourquoi aurait-il besoin de l'interroger ? On dirait que Jinu sait déjà ce qu'Eun-ho doit lui demander, alors que lui-même n'en a pas idée. Une chose est sûre, c'est que, à en juger le ton et l'expression de son ami, il ne s'agit pas d'une plaisanterie.

Il décide de ne plus y songer pour le moment. Il a bien d'autres soucis. De toute façon, Jinu est déjà en classe. Mieux vaut commencer par s'occuper de ce qu'il est possible de vérifier : pour quelle raison, concrètement, l'a-t-on viré du lycée ?

Installé à son bureau chez lui, il se rend compte que cette petite enquête risque de lui donner du fil à retordre. Il n'aurait jamais imaginé qu'allumer son ordinateur, lancer Internet et aller sur le site de son lycée puisse s'avérer une épreuve aussi longue et redoutable. Sur le forum, il est cloué au pilori. Les commentaires le concernant s'étendent sur plusieurs pages.

Il aurait divorcé un an après son premier mariage, se serait remarié trois ans plus tard avec une riche femme d'affaires et, fou amoureux d'elle, se serait débarrassé de son fils en le laissant à sa mère. Il est impossible qu'un enfant de cinq ans meure écrasé sous le poids de son père, à moins que ce dernier ne l'ait fait exprès. Sans doute sa deuxième épouse détestait-elle cet enfant. Il se peut que le couple ait prémédité le meurtre. Apparemment, la police soupçonne un homicide volontaire. Sinon, pourquoi effectuer une autopsie…

Eun-ho sent la bile lui monter dans la gorge, comme s'il allait vomir. Pris d'un atroce mal de ventre, il lui semble qu'une grande main puissante lui agrippe l'estomac et le tord violemment, en lui infligeant une souffrance convulsive qui va crescendo.

Il pose son front sur le bureau, prend son abdomen dans ses mains et se recroqueville. Il s'efforce de réguler sa respiration saccadée, en vain ; à chaque expiration, un gémissement proche du sanglot lui échappe. Sur son menton, il sent couler quelque chose, sans savoir s'il s'agit de larmes, de sueur ou de salive. Il a l'impression de se changer en bête.

Il faut un long moment pour que ses convulsions s'apaisent. Lorsqu'il lève enfin le visage, son corps tout entier est trempé de sueur et, dans sa tête, on croirait qu'on vient de s'entraîner à tirer des boulets de canon. Il a envie de s'écrouler par terre.

Mais ce n'est pas la douleur physique qui l'épuise, ni les commentaires absurdes laissés par des élèves à l'imagination débridée. Même s'ils exagèrent, ça reste accessoire. Quelle que soit l'affaire, quand on retire le contexte et la dimension émotionnelle, il ne reste plus que l'essentiel. Non, ce qui le tue, c'est que les autres voient plus clairement que lui ce qu'il refusait de reconnaître : sa propre lâcheté.

Oui, c'est ainsi qu'il a vécu jusqu'à présent, comme un chien refusant de voir sa propre queue, pourtant aussi longue et tangible que le chemin de la vie. On a beau la couper, elle ne disparaît pas. Même si les autres ne la voient plus, on ne peut jamais tout à fait oublier qu'elle est là, derrière, accrochée à son propre arrière-train.

Eun-ho ferme la page. Il ne consulte pas les mails venant du rectorat, ni ceux d'ordre professionnel. Il ne regarde même pas la page des portails Web, de peur de tomber sur des infos le concernant. Mais il y a un mail qu'il ne peut pas ignorer : celui de Yun-hee. Elle lui a répondu plus tôt que prévu. Le titre se limite aux trois syllabes de son nom : *Cha Eun-ho*.

Il clique dessus.

Je n'aurais pas imaginé réécrire ce nom pour un événement aussi tragique.

Si tu espérais mon pardon, tu peux laisser tomber.

Si tu souhaitais racheter ton crime, oublie.

Nous ne pourrons jamais nous libérer, moi du crime d'avoir abandonné notre enfant, toi de celui de l'avoir tué.

PS : Réfléchis un peu. Sois honnête avec toi-même, cesse de te cacher la vérité. Ton sommeil est-il si profond que ça ?

Je vais te donner mon avis, après être sortie avec toi pendant six ans et avoir vécu sous le même toit pendant un an. Non, c'est impossible. Même si on superposait trois ou quatre matelas, il suffirait qu'une petite épingle se trouve dessous pour que tu ne puisses pas dormir. Voilà le genre de dormeur que tu es. A moins que tu aies bu jusqu'à être ivre mort, ou que tu aies avalé une poignée de somnifères.

Il n'avait pas bu d'alcool ni pris de somnifères. Il l'avait répété plusieurs fois aux inspecteurs. Au final, la déposition n'était pas en sa faveur, mais c'était la vérité. Ce soir-là, il n'avait pas avalé grand-chose, sauf une tasse d'infusion aux coings préparée par sa femme…

Tout à coup, il revoit les grandes tasses de différentes couleurs. La sienne était rouge, celle de sa mère bleue, celle de sa femme jaune. Non, c'est sa mère qui a eu la jaune, sa femme la bleue… Il secoue la tête pour chasser cette image persistante. Il enfouit aussi une pensée qui se met à brasiller, comme un tison incandescent ; en se concentrant bien, il pourrait la raviver, mais il n'en fait rien. Telle quelle, elle n'a pas de sens. Oui, ça vaut mieux.

Il s'intéresse plutôt à une autre question : laquelle des deux a raison ? Son épouse actuelle et son ex-femme ont des avis divergents sur ses habitudes de sommeil. Il lui faut donc l'opinion fiable d'une tierce personne. Celle de sa mère ? De Jinu ? Ni l'un ni l'autre ne peuvent l'aider. Leurs avis, fondés sur de simples souvenirs, ne seraient pas crédibles. Il faut quelqu'un qui soit capable de décrire objectivement la qualité de son sommeil.

Il tape dans le moteur de recherche *psychiatrie et habitudes de sommeil* et trouve des articles consacrés aux « Troubles du comportement liés au sommeil paradoxal » ou sur « Le sommeil et la dépression », etc. En faisant défiler page après page, il tombe sur des sites de cliniques spécialisées dans les troubles du sommeil. Il clique sur l'un d'eux.

Il y est question de polysomnographie : un examen médical où sont enregistrés, pendant le sommeil du patient, la cadence respiratoire, le rythme cardiaque, l'électroencéphalogramme, l'électromyogramme... en vue de les analyser. Si on souffre de symptômes comme l'apnée, la narcolepsie ou l'hypersomnie, il peut même être pris en charge par l'assurance maladie, paraît-il. Dans son cas, il ne pourra sans doute pas se faire rembourser, mais il peut au moins passer l'examen. Le hic, c'est que la clinique est à Séoul. Il ajoute « Cheongyeon » dans la barre de recherche pour réduire la zone. Une clinique se trouve effectivement près de chez lui. Visiblement, il peut obtenir les résultats immédiatement après l'examen. Il réfléchit un instant à la raison motivant cette démarche, ce qu'il cherche à prouver, et ce qu'elle lui apportera.

Malgré les preuves physiques irréfutables, il ne peut

se résoudre à l'idée qu'il a tué Noah. Si Yun-hee a raison, la situation est encore pire. Si les résultats de l'examen confirment ses dires, cela pourrait valider le soupçon de meurtre. Doit-il vraiment passer cet examen ?

La réponse est affirmative. Ce que la police peut bien penser est le cadet de ses soucis. Avant tout, il lui faut une preuve, ne serait-ce qu'infime, qu'il n'a pas tué Noah. Sans cela, il ne voit pas comment il pourrait continuer de vivre ; non, pas s'il a causé la mort de son propre enfant, que ce soit volontairement ou pas.

Il appelle la clinique pour prendre rendez-vous. Les patients ne doivent pas être très nombreux, car on lui propose un examen le jour même, et il va pouvoir achever toutes les étapes en une seule fois : consultation préliminaire à 17 h 40, début de l'examen à 20 h 30, résultats le lendemain matin.

Il éteint son ordinateur et monte dans la chambre de Noah, sans raison précise. Ses jambes bougent toutes seules. Sur le bureau, il repère un grand carton d'emballage bleu, du genre qu'on utilise dans les déménagements. C'est lui qui l'a sorti du garage hier soir pour le poser là. Il contient les affaires de son fils : ses vêtements, son cartable, le pingouin géant, le ballon de foot, les plots de marquage…

Sa femme, qui avait rempli ce carton, n'a pas compris sa colère. Elle a dit qu'elle avait fait ça pour son bien. Elle voulait éviter que le pingouin géant ne lui rappelle cette fameuse matinée, que le ballon de foot et les cônes ne le plongent dans la culpabilité. Quant aux vêtements et au cartable, c'était pour les brûler lors de l'offrande du troisième jour après l'enterrement.

— C'était pour alléger ta peine, c'est tout ! s'est-elle

défendue, l'air de dire : « Quel est le problème ? »

Il lui a expliqué ce qui le dérangeait.

— Tu fais toujours ça. Pourquoi tu décides tout à ma place ?

— Quand est-ce que j'ai fait ça ?

Le visage de sa femme est devenu tout rouge et ses yeux en forme de demi-lune se sont emplis de larmes.

— Qu'est-ce que tu es susceptible ! Pourquoi je devrais subir tous tes mouvements d'humeur ?

Sa voix s'est muée en sanglots.

— Si j'avais su que ça se passerait comme ça, je n'aurais pas fait tant d'histoires quand Jiyu a été heurtée par le ballon ! Je le regrette, et ça me déchire le cœur. J'aurais dû me taire. Tout ça, c'est à cause de moi…

Les larmes ont fini par déborder pour lui couler sur les joues. Sa voix tremblait fortement.

— Moi aussi, je suis un être humain. Je me suis mise en colère…

Sa femme a le don extraordinaire de verser des larmes qui vous incitent à la prendre dans ses bras. Elle sanglote comme une enfant en vous considérant d'un air triste et larmoyant.

— Je ne savais pas que tu allais te montrer aussi sévère. Je voulais juste que tu le grondes un peu. Je m'en veux, il a fait cette crise à cause de moi…

En plus, elle est très douée pour retourner le couteau dans la plaie comme il faut. Elle venait de le toucher là où ça faisait le plus mal.

— Cette crise a dû le secouer et, du coup, il en a fait une autre dans la nuit, pendant que toi, tu dormais profondément.

La sonnette l'arrache à ses songes. C'est la porte d'entrée. Il descend au rez-de-chaussée et aperçoit deux hommes sur l'écran.

— Qui est-ce ?

— La police.

Il sent toutes ses forces le quitter. Ce qui devait arriver est enfin arrivé. Ils ont dû recevoir les résultats de l'autopsie. S'ils sont venus au lieu de se contenter de le convoquer, ça ne présage rien de bon. Ce ne sont pas les inspecteurs qui l'ont interrogé, mais de toute évidence, ils sont là pour lui passer les menottes. Eun-ho leur ouvre.

— Nous sommes bien chez madame Sin Yuna ? demande celui qui porte un coupe-vent bleu en lui montrant son badge.

Eun-ho est intrigué. Pourquoi est-ce Yuna qu'ils cherchent et non lui ?

— Oui, en effet.

— Elle est là ?

— Non. Qu'est-ce que vous lui…

Les deux hommes échangent un regard avant de poursuivre :

— Où se trouve-t-elle actuellement ?

— Sûrement au travail.

Celui au coupe-vent fait « Ah » en hochant la tête.

— Nous y sommes passés, annonce-t-il. On nous a dit qu'elle était rentrée chez elle plus tôt que d'habitude.

Eun-ho est troublé. C'est vraiment sa femme qu'ils veulent voir.

— Elle n'est pas encore là, mais de quoi s'agit-il… ?

— Rien de spécial, on a juste quelques questions à lui poser, répond l'homme en lui tendant sa carte de visite. Si vous la voyez, demandez-lui de m'appeler à ce numéro.

Eun-ho regarde la carte de visite. C'est un inspecteur du commissariat de Seodaemun. Cela le laisse perplexe, car il n'y a aucun rapport entre sa femme et Seodaemun. Pas plus qu'entre un alligator et un bain public.

— Si vous me donniez le motif de votre visite, ça me faciliterait la tâche.

— Monsieur Seo Jun-young, l'ex-mari de madame Sin Yuna, a disparu, explique l'inspecteur après un instant de réflexion. Cela remonte à mardi, il y a deux semaines, soit treize jours aujourd'hui. Actuellement, nous menons une enquête sur cette affaire et nous aimerions avoir son aide.

Deux données lui frappent l'esprit : *mardi*, et *il y a deux semaines*. Le jour précis où sa femme a quitté la maison. Il se souvient de l'avoir soupçonnée d'avoir revu son ex, et il se dit qu'il ne lui a toujours pas demandé où elle avait été pendant ce temps-là.

— Vous savez quelque chose à ce sujet ? demande l'inspecteur au coupe-vent bleu.

Son regard est tellement perçant qu'on dirait qu'il pointe une visée sur lui.

— Non, pas vraiment, répond Eun-ho en fourrant la carte de visite dans sa poche. Je suis juste un peu troublé parce que ça concerne son ex-mari. En tout cas, je transmets le message à ma femme.

Son regard s'attarde sur la voiture garée de l'autre côté de la rue, comme pour leur suggérer de partir. L'inspecteur jette un coup d'œil furtif à l'intérieur par la baie vitrée du séjour avant de se retirer. Debout devant la porte d'entrée, Eun-ho regarde les deux hommes regagner leur véhicule, et ne rentre qu'une fois qu'ils ont disparu de son champ de vision. Ses idées sont tout embrouillées. Mal à l'aise, il regarde de nouveau la carte de visite du policier. Avant que sa femme rentre, il doit décider s'il va lui donner la carte sans un mot, ou lui demander où elle se trouvait pendant ces fameux cinq jours.

Il opte pour la première solution. Sa tête est déjà pleine à craquer. Même s'il avait tout son sang-froid et toutes les chances de son côté, il ne viendait pas à bout de tous ses problèmes. Le conflit avec sa femme est le dernier sur la liste.

Il gagne la chambre et se change, enfile un tee-shirt, un pantalon de jogging, une doudoune par-dessus. Il glisse son portefeuille, son téléphone et son ordinateur dans son sac. Alors qu'il sort de son bureau avec ses clés de voiture, sa femme pénètre dans le séjour.

— Tu es rentré tôt, constate-t-elle, un peu étonnée.

Elle tient un grand panier de courses. Elle a dû passer par un supermarché.

— Mais j'ai l'impression que tu es sur le point de ressortir ? ajoute-elle en déposant le panier sur la table.

— Je vais à l'hôpital.

— Pourquoi ? Tu es souffrant ?

— Non. Je vais à la clinique du sommeil.

— Ah… fait-elle en hochant la tête. Oui, c'est une bonne idée. Ça fait une semaine que tu dors mal.

Elle sort les courses du panier.

— Rentre vite. Je nous prépare un bon petit plat.

— Je ne rentrerai peut-être pas ce soir. L'examen est censé durer jusqu'à demain matin.

La main figée dans le panier, elle tourne son regard vers lui.

— Mais de quel examen s'agit-il pour qu'on te garde toute la nuit ?

— Ça consiste à enregistrer plusieurs variables physiologiques pendant le sommeil. Bon, j'y vais.

Il remonte sa sacoche sur son épaule et se dirige vers la porte.

— Pourquoi tu fais ce genre d'examen ? insiste sa femme en le suivant. C'est la police qui te l'a demandé ?

— Oui.

— Ils ont eu le résultat de l'autopsie ?

— Non, pas encore.

— Alors, pourquoi on te demande ça ?

Pour toute réponse, il sort la carte de visite d'une poche de son pantalon et la lui tend. Sa femme la regarde puis lève la tête vers lui, comme pour demander une explication.

— Des inspecteurs sont passés tout à l'heure. Ils aimeraient que tu les contactes.

— Moi ?

Un éclair traverse son regard, puis disparaît aussitôt ; Eun-ho n'est pas certain, mais il croit y avoir lu une tension.

— Seo Jun-young aurait disparu, précise-t-il. Mardi, il y a deux semaines.

Tout en faisant mine de chercher ses baskets dans le meuble à chaussures, il jette un coup d'œil furtif derrière lui. Sa femme fixe la carte de visite, hébétée. Il referme la porte en silence et prend la route pour la clinique.

La phase de consultation est simple. On lui demande sa taille, son poids, son IMC, ses fragilités, s'il prend ou non des stupéfiants, avant de lui expliquer le déroulement de l'examen. On lui donne un somnifère, au cas où il en aurait besoin. Il a environ deux heures de battement avant l'examen.

Il passe le temps au café du rez-de-chaussée, où il mange une tranche de cheese-cake en guise de dîner tout en cherchant des articles sur le sommeil. Il a l'impression de se gaver de vaseline, mais s'efforce d'avaler quand même, en l'accompagnant d'une boisson. Il le faut, pour faire fonctionner son cerveau, sans quoi il sera incapable de réfléchir.

20 h 30. Il entre dans l'annexe où se situent les salles d'examen. Un infirmier le conduit dans une chambre qui lui fait penser à celle d'un hôtel pour hommes d'affaires. Elle est petite, propre, calme et sombre.

— Je reviens dans une demi-heure.

L'infirmier sort de la chambre. Eun-ho en profite pour se doucher, enfiler son pyjama de patient et aller aux toilettes. Il se prépare soigneusement et se débarrasse de tout ce qui pourrait déranger son sommeil. Il éteint son téléphone, ôte sa montre, et même son alliance.

Il est allongé sur le lit lorsque l'infirmier revient et se met à installer l'équipement. Il place des patchs reliés à des fils électriques sur le dessus de son crâne, sur son front et ses tempes. Il insère des canules à oxygène dans ses narines, enroule deux ceintures autour de son torse, installe des capteurs sur ses doigts. Pour finir, il dépose une bouteille d'eau minérale sur la table de chevet.

Dès que l'infirmier est sorti en éteignant la lumière, Eun-ho ferme les yeux. Il tente de se rappeler « la meilleure méthode pour s'endormir en deux minutes » qu'il a vue sur YouTube, relâche son corps, puis, en respirant profondément, récite : « Ne pense pas. Ne pense pas. Ne pense pas. »

Les pensées surgissent telles des étoiles dans le ciel. Chaque fois qu'il répète son mantra, elles rayonnent et scintillent de plus belle. Les capteurs à ses doigts lui écrasent les ongles et les ceintures autour de sa poitrine l'empêchent de respirer. Finalement, il prend le somnifère et attend impatiemment que le sommeil vienne.

Sa respiration se met à siffler, on dirait le grincement d'un moteur sans huile. Tout à coup surgit Noah, Noah qui se débat sous lui, Noah qui tente de le repousser de toutes ses forces, Noah qui s'agite dans tous les sens et ouvre ses lèvres bleuies pour respirer.

Quel spectacle atroce ! A deux doigts de perdre la tête, il doit se retenir d'arracher les capteurs pour s'élancer hors de la chambre. Il serre les dents et fixe la caméra à infrarouges.

Dire qu'il croyait pouvoir vivre heureux, qu'il lui suffirait de patienter un peu pour mener une vie sereine à quatre dans le cocon familial. Il ne voulait rien d'autre que ce petit bonheur. Etait-ce trop demander ?

Il referme les yeux. Dans le noir, une main blanche apparaît et disparaît en un éclair. Soudain, une question lui traverse l'esprit : lors de cette fameuse nuit, a-t-il éteint la lumière avant de dormir ?

*

— Vous n'avez aucun problème particulier, annonce le médecin.

Eun-ho contemple l'écran de l'ordinateur posé sur le bureau du docteur. Les graphes qu'il y voit n'ont aucun sens pour lui.

— Vous ne faites pas d'apnées du sommeil et je ne vois rien d'anormal, mais il est vrai que la qualité de votre sommeil n'est pas très bonne.

Le docteur s'explique : il se réveille souvent, ses muscles se contractent très fréquemment. Et ses rêves sont plutôt longs.

— Il y a autre chose que vous aimeriez savoir ?

Eun-ho commence par l'interroger sur ce qui le préoccupe le plus.

— Vous avez dit que mes muscles se contractaient souvent. Qu'est-ce que ça veut dire au juste ?

— Vous vous tournez et retournez fréquemment. Toujours vers la droite, ou vous vous mettez à plat ventre, la tête tournée du même côté.

Eun-ho sent le bout de sa langue s'assécher. Noah était à sa gauche. Il a beau redouter la réponse, il ne peut s'empêcher de demander :

— Il m'arrive aussi de me mettre à plat ventre en me tournant vers la gauche ?

— Non, répond catégoriquement le médecin. Votre cas n'est pas habituel, mais vous êtes toujours tourné vers la droite.

— Jamais vers la gauche ?

Face à son insistance, le médecin prend un air intrigué. Il doit se demander pourquoi Eun-ho attache autant d'importance à ce côté gauche.

— Pour des raisons personnelles, je dors avec mon enfant, explique Eun-ho. Alors, j'ai toujours peur de l'étouffer dans mon sommeil. S'il est sur ma gauche, il n'y a rien à craindre ?

Le docteur fait un « Ah » en hochant la tête.

— S'il s'agit d'un nourrisson, il vaut mieux le placer

à votre gauche et dormir un peu loin de lui. Vous savez, rien n'est sûr à cent pour cent en ce monde.

— Ce n'est pas un nourrisson, mais un garçon de cinq ans. Il a une santé fragile.

Le médecin éclate de rire. Il trouve sûrement que son patient s'inquiète pour rien.

— S'il a cinq ans, il n'y a aucun problème, assure-t-il.

Eun-ho se rappelle la première fois qu'il a dormi avec Yuna. C'était un mois après son retour de Russie. Une nuit délicieuse, comme dans un rêve. Mais au petit matin, Yuna était remontée contre lui. Elle lui a demandé pourquoi il dormait en lui tournant le dos. Elle avait l'impression d'être rejetée, abandonnée. Elle a même dit qu'elle se sentait humiliée. Après cet épisode, il avait essayé de dormir en la serrant contre lui. Mais ça n'avait servi à rien, à son réveil, il lui tournait toujours le dos.

Il comprend maintenant pourquoi. C'est qu'il est habitué à dormir tourné vers la droite. Si Yuna était à sa droite, il se réveillerait face à elle, ou en la serrant dans ses bras. Comme il l'ignorait, il n'avait jamais songé à changer de place dans le lit. Il s'était juste dit que c'était bizarre.

Du coup, il pense au message de KakaoTalk que sa femme a montré à la police. Il est sûr qu'elle n'a pas dit la vérité. Les humains mentent bien plus souvent que la science. Pourquoi Yuna a-t-elle fait ça ? Ça n'a pas de sens. C'est comme si elle avait pressenti que ça lui servirait quelques mois plus tard. Les soupçons s'enchaînent, mais il les réprime pour l'instant, car la consultation est payante. Il doit poser un maximum de questions au médecin.

— Cette nuit, on m'a donné un somnifère pour dormir, reprend-il. Ce n'est pas censé empêcher de se réveiller la nuit ? J'ai eu l'impression que quelqu'un entrait dans la chambre vers l'aube et me touchait les doigts. Je me demande si c'était un rêve.

— Ah… Ce devait être un de nos infirmiers. C'est l'heure à laquelle ils font leur tournée pour vérifier que tout va bien. Ce qu'on vous a donné n'est pas vraiment un somnifère, ni un anesthésiant, mais un inducteur de sommeil. Les plus sensibles perçoivent la différence. L'état d'éveil n'implique pas forcément un esprit clair et alerte. Il arrive fréquemment que des patients s'en souviennent comme d'un rêve.

Eun-ho sent son pouls s'accélérer.

— Donc, si je comprends bien, on peut prendre la réalité pour un rêve ? insiste-t-il, pour s'assurer qu'il a bien tout saisi.

A la réponse positive du médecin, il pose la question qui le préoccupe le plus :

— Même en prenant une dose plus forte, j'arriverais à réagir aux stimulations extérieures, comme la lumière… ?

— Eh bien, cela dépend de la quantité et du type de médicament qu'on prend. Si, par exemple, vous avaliez une pilule de plus de ce qu'on vous a donné cette nuit, ce serait possible, mais vous seriez dans un état plus vaseux.

— Est-ce que si je faisais un examen un autre jour sans prendre le moindre médicament, le résultat pourrait être complètement différent ?

— Non, je ne pense pas, répond le médecin sans hésiter.

Eun-ho rentre à la maison et allume son téléphone, qu'il a éteint la veille en salle d'examen. S'affichent dix appels en absence et huit SMS, tous de sa femme. Ils datent de la veille au soir, et se sont poursuivis toute la matinée. Voici son dernier message :

Pourquoi tu ne réponds pas ? Ça m'angoisse. Tu es où ? Toujours à l'hôpital ?

Eun-ho a une forte impression de déjà-vu. C'est le même genre de SMS qu'il envoie à sa femme chaque fois que celle-ci quitte la maison. Il croit enfin comprendre ce qu'elle a dû ressentir en consultant son téléphone : un sentiment de domination, comme si elle pouvait faire de lui tout ce qu'elle voulait. S'il devait le résumer en une phrase, ce serait : « Bon, maintenant je vais lui en faire baver. »

Il ne répond pas, de peur qu'elle l'appelle sur-le-champ pour lui demander des comptes. Tout ça lui porte sur les nerfs. Il a besoin de rester un peu seul. Il doit réfléchir sérieusement, mettre de l'ordre dans ses idées. Que signifie le résultat de son examen ? Pourquoi sa femme lui a-t-elle envoyé un message mensonger sur KakaoTalk ? Comment interpréter son faux témoignage sur ses habitudes de sommeil ?

Il met son téléphone en sourdine, entre dans son bureau et s'installe dans son fauteuil avant de sortir la feuille des résultats d'examen. Il tente de rassembler ses idées dispersées telles des feuilles mortes afin de les consigner sur papier.

Polysomnographie – prise d'un cachet de somnifère.

Mouvement du côté droit pendant le sommeil – message mensonger de ma femme – Noah endormi sur ma gauche.

Réveil pendant mon sommeil – confusion entre rêve et réalité, éclat de lumière, main blanche.

Main droite de ma femme – bandage, cicatrices aux doigts et à la tranche de la main.

Infusion aux coings – tasses rouge, bleue, jaune.

Mère – …

Fameuse nuit – endormi en laissant la lumière allumée.

Fausse couche de ma femme et portrait de Noah – …

Mardi 16 – jour où Yuna a quitté la maison et où son ex-mari a disparu.

Jinu – Si jamais tu as des questions à me poser, n'hésite pas à m'appeler.

Il appelle sa mère, qui répond d'une voix étonnamment énergique et le mitraille de questions sans lui laisser le temps de souffler : comment va-t-il ? Est-ce qu'il mange bien ? Il n'a pas de problème au travail ? Il attend qu'elle ait fini pour lui demander :

— Cette nuit-là, est-ce que tu es entrée dans la chambre de Noah pour éteindre la lumière ?

— Cette nuit-là ? Tu veux parler de celle où ce malheur est arrivé ?

— Oui.

— Non. J'avais tellement sommeil qu'après avoir fait ma toilette, je me suis endormie tout de suite. Pourquoi cette question ?

Ce n'était donc ni lui ni sa mère qui avaient éteint la lumière. Sûrement pas Noah non plus, et encore moins Jiyu.

— Toi aussi, tu as dormi jusqu'au matin sans te réveiller ?

— En effet. J'ai dormi comme une masse, sans savoir ce qui était en train d'arriver à mon petit…

Sa voix est brusquement vide de toute énergie. S'il la laisse poursuivre ainsi, elle finira par s'accuser elle-même en pleurant.

— Tu dors aussi profondément d'habitude ?

— Tu ne connais donc pas ta mère ? Ton père n'arrêtait pas de dire que tu avais le sommeil léger parce que tu tenais de moi. C'est la première fois de ma vie que je dors comme une tombe, mis à part le jour où on m'a anesthésiée pour mon appendicite…

Elle s'interrompt un instant, un brin intriguée, avant de reprendre :

— Mais au fait, pourquoi tu me demandes ça ?

— Pour rien. Simple curiosité.

Il raccroche et note :

Mère – a dormi comme anesthésiée.

Il glisse sous le tapis en caoutchouc du bureau ses résultats d'examen et sa feuille de notes, puis quitte la pièce avec son téléphone dans sa poche de pantalon. Il gagne la chambre et ouvre les tiroirs de la coiffeuse, fouille dans le coffret à bijoux et dans les valises du dressing. Il plonge la main dans toutes les poches des vestes suspendues, un peu comme s'il était un inspecteur de police sur la scène d'un crime.

Au début, il ne sait même pas ce qu'il cherche. Ce n'est qu'une fois parvenu dans le séjour, après avoir terminé sa fouille, qu'il comprend quoi : des somnifères.

Au pied de l'escalier, il contemple le billet de mille wons dans sa main. C'est tout ce qu'une heure de recherches a donné. Le soulagement de ne pas avoir trouvé ce qu'il cherchait, le regret d'avoir soupçonné sa femme et la honte d'avoir tenu le rôle d'un détective maladroit l'envahissent d'un coup. Il aurait arrêté là si une question n'avait pas surgi au fond de sa conscience : toi, tu aurais laissé ça dans la chambre ?

Sa montre indique 17 heures. Il lève les yeux vers l'escalier. Yuna doit être en train de finir sa journée de travail. Si elle rentre directement, elle ne sera pas là avant 19 heures. Il lui reste donc deux heures de répit.

Il entre dans la chambre de Jiyu et allume la lumière. C'est la seule pièce où il ne met jamais les pieds. Le décor reflète les goûts de sa femme : un ciel de lit rose clair, un drap et une couverture blancs, des rideaux en dentelle aux motifs de papillons, une armoire en forme de cabane, un bureau ressemblant à un piano et un siège assorti. Les tiroirs sont remplis de fournitures de bureau, toutes neuves, encore dans leur emballage : crayons de couleur, stylos-feutres, marqueurs, crayons à papier, carnet de dessin, cahiers…

L'armoire est presque vide, à part deux robes d'été sans manches. Mais quelque chose est coincé entre le mur et l'armoire, caché derrière un pan de rideau. Ça a l'air assez volumineux. Il tend la main dans l'interstice et en sort un carton marron de la taille d'un ordinateur portable. A l'intérieur se trouve un classeur jaune fermé à l'aide d'un lacet. Il consulte de nouveau sa montre. 18 h 15. Il a encore un peu de temps devant lui. Le classeur contient des pochettes en plastique transparent fixées par des reliures à pinces métalliques. Sur chacune d'elles a été collé un index de classification selon le mois et l'année ; les premiers sont les plus récents, et plus on avance, plus on remonte dans le temps. La première pochette date d'il y a un mois, la dernière remonte à plus de huit ans. Il en ouvre une au hasard vers le milieu et tombe sur le mois de janvier d'il y a deux ans. Il s'agit d'une demande de divorce, rédigée non par sa femme mais par son ex-mari. La date d'envoi est le 11 janvier. Eun-ho fouille dans ses souvenirs : c'est le 18 janvier qu'il a rencontré Yuna au lac Baïkal. Il croit même entendre sa voix : « J'ai divorcé il y a une semaine », et son rire semblable à des plumes d'oiseau lui chatouillant le ventre.

Dans la pochette suivante se trouve une copie de la demande reconventionnelle qu'elle a formulée en réaction le 25 janvier. Après avoir passé du temps ensemble au lac Baïkal, Jinu, Yuna et lui sont retournés à Irkoutsk l'après-midi du 21 janvier, ville où ils devaient se séparer de Yuna. Il était prévu que lui et son ami reprennent le Transsibérien, et qu'elle rentre en Corée le lendemain dans la matinée.

Eun-ho a acheté une carte SIM et l'a installée dans le téléphone de Yuna. Il comptait échanger des SMS avec elle une fois dans le train. Dès que son téléphone a été de nouveau opérationnel, la première nouvelle qu'elle a reçue a été celle du décès de son père. D'après elle, le message était arrivé une semaine plus tôt, c'est-à-dire au moment où elle avait perdu sa carte SIM à l'aéroport de Vladivostok.

Eun-ho se revoit marcher vers la gare à pas lourds, les yeux de Yuna étaient rouges et bouffis à force de pleurer. Il avait très envie de rester avec elle à Irkoutsk jusqu'à ce qu'elle prenne l'avion pour la Corée. S'il ne l'a pas fait, c'est à cause de la petite voix qui l'avertissait froidement : *Ne gâche pas le voyage de Jinu à cause d'une femme que tu ne connais que depuis quatre jours !*

Le lendemain matin, il a reçu un SMS de Yuna alors qu'ils étaient dans la gare d'une ville quelconque. Elle lui disait qu'elle venait de prendre l'avion. Si ses calculs sont bons, elle se trouvait en Corée depuis à peine trois jours quand elle a fait sa contre-accusation pour le divorce.

Eun-ho sent son esprit s'embrumer. Il a du mal à comprendre ce que signifie la date du 25 janvier. Tout ce qu'il peut en déduire, c'est qu'elle était encore mariée lorsqu'il l'a rencontrée.

Pourquoi a-t-elle prétendu avoir déjà divorcé ? Et « divorcer » revenait-il au même qu'être « l'objet d'une demande de divorce pour faute » ? Rentrée précipitamment en Corée en apprenant le décès de son père, elle aurait donc eu la présence d'esprit de faire une demande reconventionnelle ? Ça aussi, il a du mal à le comprendre, surtout quand il la revoit pleurer à chaudes larmes, le front contre la table.

Soudain, l'effroi le paralyse. Quels nouveaux mensonges les autres pochettes renferment-elles ? Il redoute d'en établir la liste et d'y faire des découvertes insoutenables. Mieux vaudrait refermer ce classeur, non ? Il fixe le document, en proie à des sentiments contradictoires. Dans son esprit se heurtent son désir de trouver quelque chose, sans savoir quoi, et sa peur que cela détruise son quotidien. Enfin, s'il lui reste encore un « quotidien ».

Il passe à la pochette suivante, puis à une autre, et à une autre… Tous les documents concernent la procédure de divorce et montrent que la dispute sur le droit de garde de l'enfant a été longue. Le divorce n'a été prononcé qu'un an plus tard. Pendant tout ce temps, sur le plan juridique, Eun-ho n'était donc rien de plus qu'un amant, avec qui Sin Yuna commettait un adultère.

Plusieurs documents ont été envoyés par le tribunal, même une fois le divorce prononcé. Ils portent sur le droit de visite et l'exécution des décisions prises par la justice. Visiblement, l'ex-mari aurait gagné sur ce point. Yuna s'est vue sommée de payer une amende de trois millions de wons (environ 2 200 euros) pour ne pas avoir obtempéré, et a reçu une nouvelle injonction de présentation de l'enfant. La date limite était le 30 novembre, soit aujourd'hui même.

Ses pensées dérivent. Sa femme a-t-elle fini par s'exécuter ? Dans le cas contraire, quelle sanction encourt-elle ? Celle-ci sera forcément plus lourde que la dernière fois.

A sa connaissance, Jiyu est actuellement chez sa grand-mère. C'est en tout cas ce que sa femme lui a dit. Elle l'a également prévenu que la fillette y resterait jusqu'à ce que les choses se tassent. Son ex-mari a-t-il revu sa fille là-bas ? Avant ce qui est arrivé à Noah ? Soudain, il repense aux inspecteurs qui lui ont rendu visite. D'après eux, l'ex-mari de sa femme a disparu depuis deux semaines…

Ses pensées continuent de vagabonder. Il les stoppe non sans mal, avant qu'elles l'obnubilent tout à fait. Il tourne encore une page. Là, contrairement aux pochettes précédentes, se trouve une enveloppe blanche. Il en sort deux Polaroïds. Ceux-ci sont jaunis, mais on distingue clairement ce qu'ils représentent.

Sur le premier, un homme occidental est assis à une table, une tasse entre les mains. Ce qui retient son attention n'est pas l'homme, mais un objet posé dans une niche murale derrière lui. Il reconnaît aussitôt la boîte à musique qui représente la cathédrale de Moscou.

Si on la remontait, peut-être jouerait-elle *Les Nuits de Moscou*. Il en a acheté plusieurs au terminus du Transsibérien. Plus précisément quatre, les mêmes, au marché traditionnel Izmailovsky. Il en a offert trois en cadeau et en a mise une dans son bureau.

La photo a été prise le 20 janvier, il y a huit ans, l'année où Yuna est rentrée de Russie. Il essaie de sonder ses souvenirs. Quel mois est-elle rentrée, déjà ? En mars ? Avril ? Ça ne devait pas être en janvier, puisqu'elle a dit être arrivée juste avant le début du semestre. S'il ne se trompe pas, cette photo a probablement été prise en Russie.

Sur le deuxième Polaroïd, on voit deux hommes. Ils sont eux aussi assis à une table face à des tasses. L'un d'eux lui est familier. Son visage a perdu de sa netteté sur ce cliché datant de treize ans, mais il est sûr et certain qu'il s'agit de Jinu.

Un souvenir remonte, et il croit entendre la voix de son ami lorsqu'ils ont croisé Yuna devant le Rocher du Chaman : « On s'est vus chez toi le jour du déménagement de Ji-un. Tu m'as même offert un café. »

Il étale les photos par terre, sort son téléphone et active l'appareil photo, se laissant dicter par son intuition. Il ne sait pas encore ce qu'elles signifient, mais il pressent qu'il vaut mieux en garder une trace.

Il est déjà 19 heures. Sa femme ne va pas tarder à rentrer. Il range les documents dans le classeur, qu'il remet en place. Puis il éteint la lumière avant de quitter la chambre de Jiyu. En refermant la porte, il se rend compte que la maison tout entière est plongée dans le noir ; c'est normal, après tout, car lorsqu'il est monté au premier étage, il ne faisait pas encore sombre au point d'allumer.

Tout à coup, il est pris de vertiges. Quel comportement adopter ? Il est incapable de faire comme si de rien n'était. Il craint de ne pas pouvoir s'empêcher de mitrailler sa femme de questions pour savoir où et avec qui elle se trouvait après avoir quitté la maison, jusqu'où vont ses mensonges, pourquoi elle a menti et ce que veulent dire les deux photos qu'elle a conservées.

Même s'il ne le fait pas, elle va deviner, c'est sûr. Elle est douée pour lire dans ses pensées. Il est quasiment certain qu'elle va lui demander : « Chéri, tu as quelque chose à me dire, non ? » Il ne pourra pas se dérober indéfiniment. Contrairement à lui, lorsque sa femme a envie de savoir quelque chose, elle ne lâche pas. Il aura beau s'enfermer dans son bureau comme une âme en peine, plus apathique qu'une feuille flétrie, elle ne se gênera pas pour venir le harceler : pourquoi n'a-t-il pas décroché ? Quel est le résultat de l'examen ? Qu'a-t-il fait de sa journée ? Pourquoi n'a-t-il pas répondu à ses messages ?

Il avance vers la fenêtre, soulève le rideau et regarde par la vitre. Les lumières d'un véhicule apparaissent vers l'entrée du lotissement et, quelques instants plus tard, une voiture blanche passe sous le lampadaire allumé devant chez eux. C'est celle de sa femme. Il est trop tard pour descendre, elle a dû voir que toutes les lumières étaient éteintes. Il gagne la chambre de Noah, sort le pingouin géant du carton avant de grimper sur le lit. Il retire ses chaussettes et les jette n'importe où, comme s'il avait agi à moitié endormi.

Il se couche en chien de fusil, le pingouin serré dans les bras, pose une jambe sur le ventre de la peluche et enfouit le visage sous son cou. Il tend l'oreille.

Il entend le garage qui s'ouvre, la porte d'entrée qu'on pousse et qu'on referme. Puis, un silence de mort, jusqu'à ce que sa femme vienne frapper à la porte de la chambre. Il inspire un grand coup. A l'instant même où le mot « Entrez » va lui échapper, une voix en lui chuchote : *Qu'est-ce que tu fais là, à faire semblant de dormir, de peur de voir ta femme ? Et chez toi, en prime ? Un homme digne de ce nom ne se comporterait pas comme ça.*

La porte s'ouvre, il sent la lumière frapper ses paupières. Ce n'est pas celle du plafonnier de la chambre, mais une faible lueur provenant d'en bas. Elle a dû allumer dans le séjour.

— Eun-ho, qu'est-ce que tu fais là-haut ?

A son ton, on devine qu'elle sait pertinemment qu'il ne dort pas. Dans la tête d'Eun-ho résonne encore la voix : *Fais semblant de te réveiller en sursaut. Si elle te perce à jour, ce sera la honte.*

Il aimerait savoir qui est réellement cette femme qu'il a aimée éperdument, et qu'il croit encore aimer, malgré ses défauts. Est-ce la femme qu'il connaît ? Ou une inconnue dont il ignore tout ? Comment les agissements de cette inconnue ont-ils pu se trouver mêlés à son passé, son présent et son avenir ? S'il veut le savoir, il doit calmer cette voix qui résonne dans sa tête. Alors, il se met à chanter en silence une berceuse pour lui-même :

Dors, mon bébé, dors
Coq, petit coq, ne chante pas
Tu vas réveiller mon bébé...

Il sent que sa femme s'approche. Elle doit être pieds nus. Son pouls bat si fort qu'il peine à entendre ses pas.

Elle avance avec une telle lenteur qu'il se demande si c'est même humainement possible. La tension est insoutenable, il sent sa colonne vertébrale parcourue de spasmes, son corps s'engourdir, ses orteils tressaillir.

— Eun-ho, tu dors ?

Sa voix résonne tout près de son visage, mais il se concentre sur les paroles de la berceuse que sa grand-mère lui chantait autrefois.

Chien noir, petit chien noir
N'aboie pas
Tu vas réveiller mon bébé...
Petit chien de la voisine de devant
Petit chien de la voisine de derrière
N'aboyez pas...

— Pourquoi tu es venu dormir ici ? Il fait froid.

Les doigts glacés de sa femme lui frôlent les joues. Par réflexe, il inspire vivement. Peut-être ses joues frémissent-elles. Il chante la berceuse dans sa tête, comme s'il récitait une incantation.

Petit chien rouge, n'aboie pas
Petit chien bleu, n'aboie pas
Petit chien jaune, n'aboie pas...

Le chuchotement de sa femme lui chatouille l'oreille.

— Bon, eh bien, dors. Je vais allumer le chauffage dans la chambre.

Elle semble s'éloigner aussi lentement qu'elle s'est approchée. Il a l'impression qu'un siècle passe avant que la porte se referme. Lorsqu'enfin le calme et l'obscurité reviennent, il relâche son souffle. La voix qu'il a étouffée dans sa tête se libère alors et lui demande ce qu'il compte faire. Justement, il a l'intention d'y réfléchir. A présent, il a tout le temps du monde.

3 heures du matin. Il se lève et sort de la chambre pieds nus, comme sa femme. Sans allumer, il va sur le palier de l'escalier en s'appuyant sur le mur à tâtons. L'intérieur de la maison lui fait l'effet d'une gigantesque masse d'obscurité. On ne voit pas la lumière du lampadaire, Yuna a dû fermer tous les rideaux, ceux de la baie vitrée, de la porte de derrière et de la cuisine. Il prend son téléphone, allume la lampe et descend les marches en silence. Il traverse le séjour en veillant à ne rien heurter. Arrivé devant la chambre, il baisse la lumière au maximum. Si jamais sa femme est réveillée, il fera mine d'être venu dormir avec elle.

Il entre et s'arrête au chevet du lit. Sa femme est couchée sur le flanc, la tête tournée vers le mur, ce qui rend difficile de savoir si elle dort ou pas. Près de sa nuque repose son téléphone. Au vu de sa respiration régulière, elle a dû s'assoupir en le consultant.

Il ramasse l'appareil et le rallume. L'écran d'accueil s'affiche mais, évidemment, il est verrouillé. La main droite de sa femme est posée sous son menton, paume contre le lit. Il a besoin de son pouce pour déverrouiller le téléphone.

Si elle était couchée sur le dos et qu'il y avait un espace entre le lit et le mur, cela serait plus facile. Mais ce n'est pas le cas. Il n'a donc que deux options : déplier le bras de sa femme, ou se pencher au-dessus d'elle. Pas évident.

Il choisit la seconde. Si elle se réveille, il jouera le mari foldingue qui saute sur sa femme. Il pose son propre téléphone par terre, au pied du lit, la lumière de la lampe braquée vers le plafond, et pose un genou sur le matelas en y mettant tout son poids. Le lit oscille, mais la dormeuse ne réagit pas. Il étire le buste par-dessus le corps de sa femme pour prendre appui de l'autre côté du lit et baisse les yeux sur le visage de Yuna. Il fait assez sombre, mais il distingue malgré tout le contour des globes oculaires sous les paupières. Elle respire paisiblement, la bouche à moitié ouverte. D'après ce qu'il a lu la veille, elle doit être en pleine phase de sommeil à ondes lentes. Il faudrait la secouer pour la réveiller.

Il glisse le lecteur d'empreinte digitale sous le pouce droit de sa femme, puis le presse jusqu'à ce que retentisse un bip sonore. Quand l'écran s'allume, les paupières de Yuna semblent remuer et ses globes oculaires se déplacent lentement vers lui, comme pour le transpercer du regard. Il retient son souffle, immobile, prêt à sauter sur elle.

Mais elle se remet à respirer tranquillement et ses yeux se recentrent sous ses paupières. Se dépêchant de s'écarter avant que l'écran ne s'éteigne de nouveau, il redresse le buste, ôte son genou du lit et ramasse son propre téléphone avant de quitter la pièce pour gagner son bureau. Une fois assis, il pousse un grand soupir de soulagement et se détend d'un coup.

Yuna devait regarder une vidéo sur YouTube avant de s'endormir. La première page affiche des vidéos sur l'immigration en Russie : *Investisseurs immigrants, Immigrer à Vladivostok en tant que petit investisseur, Le quotidien d'un couple avec enfants à Moscou, Pourquoi je suis venu m'installer en Russie, Le pays où on peut obtenir la citoyenneté pour pas cher*... Il réfléchit. Lui a-t-elle déjà parlé d'immigration ? Non. Elle a souvent évoqué son passé à Moscou, mais rien de plus.

Il ouvre le moteur de recherche. Apparaît alors une longue liste de recherches autour de thèmes similaires, sauf qu'il ne comprend pas ce qui a bien pu l'intéresser là-dedans : techniques de désossement, préparer un ragoût de patates douces aux os de porc, comment hacher la viande…

Il fouille sa mémoire. Sa femme a-t-elle déjà préparé ce genre de ragoût ? Certes, elle aime en manger, mais elle n'en a jamais cuisiné.

Il vérifie la batterie ; il reste huit pour cent. Brusquement pressé par le temps, il ferme hâtivement la fenêtre et parcourt la liste des communications. Parmi une foule d'inconnus, il trouve un nom familier : Kim Jinu. Elle l'a appelé hier, à 14 h 37, sûrement après avoir échoué à joindre son mari. Dans ce cas, elle doit être au courant pour son licenciement. Jinu lui en a forcément parlé.

Il fait défiler la liste et s'arrête sur Seo Jun-young. La communication a eu lieu à 11 h 01 le mardi 16, et a duré cinquante et une secondes.

Il se rappelle les inspecteurs qui sont venus à la maison, et une idée déplaisante lui traverse l'esprit. A-t-elle vraiment revu son ex-mari ? Quel rapport y a-t-il entre le motif de leur visite et les agissements de sa femme ?

Il prend cette page en photo et continue de faire défiler les appels, mais ne trouve pas d'autre communication avec son ex-mari. Elle ne l'a donc appelé qu'une seule fois. Il ne sait pas ce que ça signifie, mais il peut en déduire que sa femme et son ex ne se voient pas régulièrement.

Ensuite, il consulte les SMS. Aucune trace de Jun-young. En revanche, il repère un message envoyé par une entreprise de livraison à domicile : *Madame Sin Yuna, nous venons de déposer devant votre portail, au n° 11, les cordes d'escalade que vous avez commandées.*

Cette notification date du 15 novembre, et aucune autre information n'est précisée. Il prend le temps de la réflexion. Sa femme a-t-elle déjà fait de l'alpinisme ? A sa connaissance, la pente la plus élevée qu'elle ait jamais grimpée est la colline derrière chez eux où elle aime se promener.

Il fait défiler les SMS, mais pas d'autre message concernant une livraison. Sur KakaoTalk, il ne trouve pas non plus de nom familier, mis à part le sien. Rien de particulier dans l'agenda et le bloc-notes. Quant à la galerie de photos, à son grand étonnement, elle est plutôt sobre. Les photos sont peu nombreuses, et la plupart sont des selfies ou des portraits de famille. Elles ont été prises en voyage, dans des fast-foods, et parfois dans des lieux où tous deux s'étaient donné rendez-vous. Il y a malgré tout un point commun à toutes : on y voit surtout Sin Yuna. Elles ne sont pas très différentes des selfies, dans le sens où Yuna est toujours devant ou pile au milieu, faisant des autres un simple décor.

Il ferme la galerie de photos et réfléchit encore. Y a-t-il autre chose qu'il aimerait voir ? Il ne reste plus que deux pour cent de batterie.

Il ouvre un navigateur. Diverses icônes permettent d'accéder à des portails Web, à des sites de shopping et à la boîte mail. Il clique sur cette dernière. Plus de trois cents messages ; impossible d'en survoler ne serait-ce que les titres. Il décide d'ouvrir trois messages portant le libellé « Pour moi ».

Le troisième mail ne contient qu'un fichier joint. C'est la photo d'un homme d'un certain âge, en costume noir et cravate, un gobelet de café posé devant lui. Il doit s'agir de son beau-père. Il ne l'a pas connu, mais l'homme sur la photo ressemble au portrait du défunt qu'Eun-ho a vu chez sa belle-famille lors de l'offrande pour l'anniversaire de sa mort. Il prend aussi ce cliché en photo.

Le deuxième mail ne contient également qu'une photo, où Jiyu, assise à une table à côté d'un homme, sourit jusqu'aux oreilles, leurs joues collées l'une contre l'autre. La fillette porte son uniforme d'école, et l'homme un tee-shirt à carreaux. N'importe qui devinerait qu'ils sont père et fille. Elle lui ressemble comme deux gouttes d'eau, de la forme du visage aux oreilles décollées. Sur la table trônent une bougie parfumée et un vase bleu contenant trois roses, une bouteille de champagne, deux coupes, un verre à jus de fruit et un plat. Il tente d'agrandir l'écran. On dirait que le plat contient du goulasch.

Quand a-t-elle pris cette photo ? La date d'envoi est le 20 novembre, la veille de son retour à la maison avec Jiyu. Il ne s'agit pas là d'un selfie. Vu le cadrage, quelqu'un les a photographiés, pas besoin de se demander qui. Conformément à ses soupçons, sa femme était avec son ex. Il prend également cette image en photo.

Le mail le plus récent a été envoyé à 3 h 42, le matin du 22 novembre. Il a un mauvais pressentiment. Il ne saurait l'expliquer précisément, mais c'est plus fort que lui. Sans tenir compte de la voix dans sa tête qui lui ordonne de ne pas ouvrir, il clique dessus.

Son intuition ne l'a pas trompé. Dès qu'il ouvre

le fichier, un cri de stupeur lui échappe, comme si on venait de lui porter un uppercut au ventre. Sur la photo, lui et Noah sont couchés dos à dos. Le petit garçon, le pingouin géant dans les bras, est tourné vers la gauche, tandis que lui est tourné vers la droite, en chien de fusil.

Le souvenir de cette nuit-là lui revient, cet instant où la lumière a jailli, où il n'a pu distinguer le rêve de la réalité. A présent, il est sûr que ce n'était pas un rêve. L'éclat de lumière devait être celui du flash qui s'est déclenché.

Pourquoi a-t-elle pris cette photo ? Qui plus est, en pénétrant discrètement dans la chambre pendant que tout le monde dormait ? Eun-ho sent ses mains trembler, son corps se crisper. Il a ouvert une petite lucarne donnant sur un monde inconnu, celui d'une femme qui a le visage de Yuna et qui lui est pourtant étrangère.

Il doit mobiliser toutes ses forces pour la prendre en photo, d'une main si tremblante qu'il a du mal à appuyer sur la touche. A plusieurs reprises, il manque de lâcher son téléphone. Il accomplit enfin péniblement sa tâche et ferme la fenêtre. Au même instant, l'écran de l'appareil de sa femme vire au noir.

Il le fixe du regard, consterné. La page du mail a-t-elle eu le temps de se fermer avant qu'il s'éteigne ? Il aimerait bien disposer d'une caméra de surveillance qui lui permettrait de visionner les images ! Si le téléphone s'est éteint avant que la fenêtre se ferme, sa femme se rendra compte qu'il l'a consulté car, dès qu'elle ouvrira sa messagerie, le dernier mail lu s'affichera.

Il est rongé par l'angoisse, mais il ne peut rien faire. Il change le mot de passe de son propre téléphone, puis fourre l'appareil de sa femme dans une poche de son pantalon, avec l'idée de le remettre à sa place. Au même instant, il entend vaguement la porte s'ouvrir. En levant les yeux, il retient un cri. Yuna passe la tête dans l'entrebâillement.

— Qu'est-ce que tu fais là ? Et dans le noir, en plus ! dit-elle en le rejoignant.

Elle jette un coup d'œil au téléphone de son mari posé sur le bureau.

— Je n'arrivais pas à dormir, alors je regardais quelques vidéos sur YouTube, prétend-il en ressortant la main de la poche de son pantalon.

Il a l'impression d'entendre non sa propre voix, mais un lointain écho. Autour de lui, tout tangue. Peut-être est-ce lui qui tremble. Sa femme l'attrape par le coude, comme pour le soutenir.

— En rentrant, je t'ai trouvé endormi, dit-elle. Tu as faim ? Tu veux que je te prépare des *ramen* ?

— Pas à cette heure-ci, décline-t-il en secouant la tête. Retournons nous coucher.

Comme il se dirige vers la porte, elle le suit, sa main le tenant toujours par le coude. Cette main le conduit jusqu'à la chambre et l'incite à s'asseoir sur le lit. Il a l'impression d'être mené par la police, sauf qu'il n'est pas menotté. Il s'allonge, et elle s'installe à son tour.

— Eun-ho !

Elle attire à elle son bras gauche et pose la tête dessus en se tournant vers lui. Il sent le souffle de sa femme qui lui chatouille le cou, alors que ses tempes battent toujours violemment. De sa main droite, il sort discrètement le téléphone de sa poche de pantalon.

— Ne garde pas ta souffrance pour toi, murmure-t-elle en levant une main pour lui toucher la joue, ou, plutôt, le forcer à tourner le visage vers elle. Je suis là, moi. Tu peux compter sur moi.

Leurs deux visages ne sont qu'à un souffle l'un de l'autre. Du pouce, Yuna lui caresse les paupières, si délicatement qu'il perçoit la texture de son empreinte et la chaleur de son sang.

Il se tourne vers elle et passe une jambe derrière ses fesses pour se rapprocher, tout en glissant le portable sous l'oreiller de Yuna. Ayant accompli sa mission, il tend avec naturel sa main droite vers la nuque de sa femme et attire sa tête, petite et tendre, pour la serrer contre lui. Car, sous le poids de son regard, il se sent incapable de dire quoi que ce soit.

— Allez, essayons de dormir, murmure-t-il, les lèvres posées sur le front de Yuna.

Elle passe un bras autour de sa taille pour se blottir contre lui, puis glisse une main sous son tee-shirt et chuchote, tout en lui caressant le dos :

— Non. Ce n'est pas de sommeil dont nous avons besoin, mais de réconfort.

6

Dès la fin de la réunion, Jae-in quitte précipitamment son bureau. Elle doit retrouver Jiyu.

Après sa sortie de l'hôpital, la fillette n'a pas pu retourner à l'école tout de suite. L'administration a demandé à ce qu'on la garde une semaine de plus à la maison. Jae-in a protesté en disant qu'elle n'était plus contagieuse, mais en vain, et elle a donc dû trouver quelqu'un pour s'occuper de Jiyu.

Yuna restait injoignable. Le téléphone de la maison sonnait dans le vide. A son entreprise, on lui a dit qu'elle était encore en congé. Il y avait bien une solution : débarquer chez Yuna, à Cheongyeon, avec Jiyu. C'était le moyen le plus sûr, mais elle préférait ne pas y recourir tout de suite.

Jiyu est une enfant sensible et intelligente, qui a beaucoup de pudeur. Il est rare qu'elle laisse paraître ses sentiments. Ce sont ces traits de caractère qui ont incité Jae-in à renoncer à abattre sa dernière carte. La fillette aurait pu croire que sa maman et sa tante voulaient se la refiler comme une patate chaude et qu'elle n'était la bienvenue nulle part. Elle aurait douté de la valeur de son existence, tout comme, enfant, Jae-in avait douté de la sienne.

Jae-in a fini par trouver une dame par le biais d'une agence. Elle prétendait avoir trente ans d'expérience professionnelle en tant que puéricultrice, mais elle ne lui inspirait pas vraiment confiance, et Jae-in doutait même de ses compétences. Rien ne lui plaisait chez elle, ni son langage affecté, ni sa manie de se frotter les mains sur son pantalon au lieu de les laver. Il n'y avait qu'en calcul qu'elle était douée : ses horaires de travail, la quantité de tâches qu'elle pouvait accomplir ou pas, les heures supplémentaires à facturer, etc. Mais elle n'avait guère le choix, puisqu'il s'agissait de l'unique candidate.

A cause de la pluie, il y a des bouchons partout. Dans le centre d'Incheon, on passe son temps à freiner. Même une voiture sans roues avancerait plus vite ! Elle est pressée et tente de les contourner. Et voilà que son téléphone se met à sonner, par-dessus le marché. L'appel venant de chez elle, il doit s'agir de la dame, qui tient à préserver « ses soirées ». La sonnerie semble lui hurler : « Dépêche-toi ! » Jae-in décroche à contrecœur. Aussitôt, une voix tonitruante retentit à l'autre bout du fil.

— Vous ne m'aviez pas prévenue que quelqu'un venait aujourd'hui !

— Que voulez-vous …

— Ce n'est pas ma faute si des choses disparaissent ! N'allez pas m'accuser. Si c'est comme ça tous les jours, je ne viendrai plus travailler ici. Non seulement vous êtes en retard tous les soirs, mais en plus une femme bizarre débarque à l'improviste pour mettre la maison sens dessus dessous…

Jae-in ne comprend pas tout de suite. En plus, la dame parle tellement vite qu'elle ne peut pas en placer une. Aussi se contente-t-elle d'écouter en silence. En mettant de l'ordre dans ses propos décousus, voici à peu près ce que ça donne : une femme, soi-disant la mère de Jiyu, a débarqué à la maison en voulant emmener la petite avec elle. La dame lui a demandé de patienter jusqu'au retour de Jae-in, mais l'inconnue lui a rétorqué d'aller attendre dans la cuisine. Elle fouille partout sous prétexte de chercher les affaires de la petite, et avec un tel aplomb que la dame n'ose pas l'en empêcher. On dirait une créancière, pas une mère venue chercher son enfant. Pourtant, d'après la fillette, c'est bel et bien sa mère.

— Attendez une minute ! la coupe Jae-in. Elle sait que vous êtes en train de m'appeler ?

— Elle est dans la chambre, moi dans la cuisine. Elle ne doit pas nous entendre. Mais ça arrive souvent, ce genre de choses ? Ça n'a pas l'air de vous étonner.

C'est vrai que Jae-in a l'habitude. Yuna est du genre à s'insérer subitement dans une file de voitures sans mettre de clignotant. Jae-in n'a pas l'intention de l'empêcher d'emmener Jiyu ; s'opposer à sa sœur n'est pas seulement difficile, mais impossible. Inutile d'essayer, la bataille est perdue d'avance, et c'est toujours elle qui s'en prend plein la figure.

— Surtout, ne lui dites pas que vous m'avez appelée.

Visiblement, la dame entend ce qu'elle a envie d'entendre, car elle réplique d'un ton irrité :

— Vous voulez dire que vous ne venez pas, c'est ça ?

— Je suis en route, mais il y a des embouteillages. J'arriverai d'ici une demi-heure.

— Je vais encore devoir subir tout ce cinéma pendant une demi-heure ? Vous vous rendez compte de l'heure qu'il est ?

Jae-in consulte sa montre. 19 h 35.

— Bon, rentrez chez vous. Inutile de rester.

La dame raccroche sans un mot. Jae-in agrippe le volant.

Pour Yuna, le monde se divise en trois catégories : les vainqueurs, les vaincus, et les autres, qu'elle ne connaît pas. Selon la catégorie à laquelle on appartient, elle réagit différemment. Un vainqueur, elle le caresse dans le sens du poil, le vaincu, elle le mord. Un inconnu, elle le traite de haut, comme s'il avait mauvaise haleine. Jae-in fait partie des perdants. Sa sœur n'explique jamais quoi que ce soit aux vaincus, c'est ce que Jae-in appelle la « loi de Yuna ».

Jae-in n'aura pas le droit de savoir pourquoi, tout à coup, sa sœur est venue chercher Jiyu. Elle n'a pas d'autre choix que de s'incliner, tout comme elle l'a fait lorsque Yuna lui a confié sa nièce par simple SMS. Mais elle a quand même envie de dire au revoir à Jiyu et d'en savoir un peu plus, dans la mesure du possible.

La circulation s'est un peu améliorée. Au moins, elle n'a plus besoin de freiner en permanence. Elle se met à rouler, phares allumés, passant d'une voie à l'autre comme un scooter de livraison. D'habitude, sa conduite n'est pas aussi sportive, mis à part le jour où elle a appris l'accident de son père ; du coup, elle atteint le parking souterrain de sa résidence en dix minutes chrono. Yuna surgit juste à cet instant, une grande valise dans une main, son téléphone dans l'autre.

Jae-in descend de voiture en prenant son sac et son

manteau. Jiyu, qui suit sa mère en tirant une petite valise, la repère en premier et s'arrête net. Au lieu de s'écrier « Tante ! », elle considère la nuque de sa mère. Cette dernière est absorbée par son téléphone. Vu l'énergie avec laquelle elle pianote, elle doit envoyer un SMS. Jae-in claque sa portière et Yuna lève la tête, range son téléphone dans une poche de son manteau et s'immobilise. On dirait que le temps n'a pas de prise sur elle, elle semble presque inchangée alors que Jae-in ne l'a pas vue depuis des années : longs cheveux bruns, teint diaphane, joues couleur pêche et longues jambes fines de ballerine.

Yuna reprend sa marche en traînant sa grande valise. Elle se dirige vers sa sœur aînée, le menton dressé et le dos droit, tout en agitant ses longs cheveux. A chacun de ses pas, le claquement de ses talons martèle les tympans de Jae-in. *Tac tac tac…*

Jiyu, tête baissée, la suit à petits pas rapides. On croirait la petite servante d'une reine. Drôle de scène. Presque révoltante. Jae-in enfile son manteau, met son sac en bandoulière et va se camper devant le capot de sa voiture, comme si elle montait sur un ring de boxe. Il doit faire froid, car des frissons lui parcourent le dos.

Un instant plus tard, Yuna atteint sa BMW blanche garée à côté de celle de Jae-in. Elle coince des mèches rebelles derrière une oreille et se retourne vers sa grande sœur, tout en sortant sa clé d'une poche de son manteau et en appuyant sur le bouton de télécommande.

— Cha Jiyu, monte dans la voiture, dit-elle en ne remuant que les lèvres, le regard toujours posé sur Jae-in.

Cha Jiyu ? Jae-in se demande quand Yuna a changé

le nom de l'enfant. A-t-elle obtenu l'autorisation de Jun-young ?

— Je monte devant ? demande la fillette en avançant la tête derrière sa mère.

— Non. A l'arrière.

Seulement alors, Jiyu s'écarte de sa mère. La tête toujours baissée, elle soulève à peine les paupières pour regarder Jae-in puis, du coin de l'œil, sa mère, avant de disparaître à petits pas. Quelques secondes plus tard, on entend la portière s'ouvrir.

— Referme-la ! ordonne sa mère.

— D'accord, répond Jiyu en obtempérant.

— Tu as couru ? ironise Yuna à l'intention de sa sœur. Tu as l'air essoufflée.

Elle plisse les yeux. Dans ses prunelles luit ce qui ressemble à un sourire. Il s'agit là d'une expression à laquelle Jae-in est habituée depuis sa plus tendre enfance, ce sourire sans sourire qui lui donnait envie de lui cogner le front avec l'arête d'un livre.

— Tu t'es inquiétée ? Tu as eu peur que je touche à tes affaires ?

A en juger par son ton, Yuna est un peu crispée ; quand elle se trouve dans l'embarras, elle a pour habitude d'user de moqueries. La dame n'a donc pas exagéré lorsqu'elle a dit que l'inconnue avait débarqué sans crier gare pour emmener Jiyu. Yuna est gênée de croiser sa sœur, mais surtout, elle n'a aucune envie de la voir, car elle va être obligée de la remercier, ne serait-ce que par pure politesse.

— Tu emmènes Jiyu pour de bon ? s'enquiert Jae-in.

Yuna penche la tête sur le côté, et son sourire s'incline aussi. Ses prunelles noisette brillent sous les lumières du parking. En l'observant en silence, Jae-in se dit, une fois de plus, qu'il s'agit décidément d'une bien curieuse créature. Comment parvient-elle à user de ses pupilles aussi habilement que de ses doigts ? On dirait, alternativement, un bloc de glace, des lames de rasoir, des étoiles scintillantes, un rayon de soleil printanier. Là, en ce moment, on croirait un chat qui vient de repérer un moineau.

— Tu t'es donné bien du mal, réplique Yuna, sur le ton qu'on emploierait pour dire à une domestique qu'elle peut à présent se retirer.

Jae-in inspire en silence. Il ne faut pas qu'elle s'énerve, sinon elle sait ce que sa sœur lui rétorquerait : « Que tu es susceptible ! Je disais ça pour te remercier et m'excuser. » Elle dresse les parois d'un miroir dans sa tête pour que tout ce qui y entre rebondisse dessus avant d'en ressortir aussitôt.

— Tu as changé le nom de Jiyu, son père est d'accord ?

— Tu gardes ma fille quelques jours, et voilà que tu te prends pour ma belle-mère ?

— Tu connais un certain Kim Jinu ?

Yuna se contente de cligner des yeux.

— Il a étudié dans la même fac que toi, s'obstine Jae-in. Vous êtes proches ?

— Comment tu connais Kim Jinu ? réplique Yuna.

Malgré son refus de répondre, visiblement, elle le connaît.

— Je l'ai rencontré par hasard au cours d'un de mes reportages, explique Jae-in. Il paraît qu'il est ami avec vous deux, toi et ton mari.

— Et alors, qu'est-ce que ça peut te faire ?

Pour Jae-in, le doute n'est plus permis : le K dont lui a parlé Min-yeong est bel et bien Kim Jinu. D'après ses investigations, il y a deux profs de biologie au lycée de Cheongyeon, deux hommes à peu près du même âge que Cha Eun-ho. C'est l'initiale K qui l'a incitée à contacter Kim Jinu : s'il s'était appelé Park, Min-yeong aurait parlé de P.

— Je ne lui ai pas parlé assez longtemps pour prétendre le connaître vraiment, précise-t-elle. On s'est croisés, rien de plus.

Elle décide d'en rester là pour le moment. Il ne faut pas éveiller les soupçons de Yuna, du moins pas encore.

— Tu veux que je me charge de parler à maman ? propose Jae-in. Que je lui dise que tu as récupéré Jiyu et qu'elle peut passer tranquillement la fin de l'année chez sa sœur ?

— Si tu veux.

Jae-in tourne la tête pour scruter l'intérieur de la voiture de Yuna. Jiyu, qui a avancé le visage entre les deux sièges avant, croise son regard et sursaute avant de se reculer aussitôt.

— Je peux au moins dire au revoir à Jiyu ? demande-t-elle en pivotant vers sa sœur. Je me suis tout de même occupée d'elle pendant dix jours !

— Si tu veux, répète Yuna.

Jae-in lui passe devant et s'approche de la BMW blanche. Elle ouvre la portière arrière et passe la tête à l'intérieur en sortant une carte de visite de son sac.

— Tante, dit la fillette d'une petite voix.

Jae-in fait « chut » en portant un index à ses lèvres.

— Appelle-moi si tu en as besoin, chuchote-t-elle en déposant sa carte dans la main de l'enfant.

Voyant la petite cligner des yeux pour acquiescer, elle a envie de la prendre dans ses bras, mais se retient. Elle ne voudrait pas la mettre dans l'embarras. Yuna ne manquerait pas de la harceler en lui demandant depuis quand elle est aussi proche de sa tante.

— Au revoir, Jiyu, dit-elle avant de ressortir la tête de la voiture.

Sans grande surprise, elle sent que Yuna la fixe du regard. Toujours sous sa surveillance, elle entre dans sa voiture.

— Et nous, tâchons de ne pas nous revoir, lance-t-elle à sa sœur en guise d'au revoir, histoire de ne pas la décevoir.

Yuna plisse les yeux. Elle remue les lèvres comme pour parler, mais Jae-in n'en tient pas compte et se met à rouler. Arrivée devant la porte du parking, elle jette un regard furtif en arrière et voit Yuna qui ouvre sa portière.

La pagaille règne dans l'appartement, à croire que celui-ci a été mis à sac par des créanciers. Jae-in s'était imaginé la scène, mais la réalité va bien au-delà. Le meuble à chaussures est ouvert et celles de Jiyu traînent par terre, éparpillées : vieilles tennis, sandales d'été, claquettes, chaussons pour l'école…

La chambre de la fillette se trouve dans le même état. L'armoire et les tiroirs de la commode ont été fouillés. Yuna n'a pris que les vêtements d'hiver : manteau, doudoune, pulls, écharpe et bonnet. Les habits restants sont entassés sur le lit. Certains tiroirs du bureau sont ouverts, d'autres mal fermés ; pastels, crayons de couleur, crayons à papier, carnet à dessin, tout est sens dessus dessous. Le cartable de Jiyu traîne sous le bureau, à côté du kit de peinture que Jae-in lui a offert.

Le séjour n'a pas été épargné. Tous les tiroirs de la commode sont ouverts. Même dans la chambre de sa mère, les albums photos ordinairement rangés dans l'armoire gisent au sol. A voir tout ce bazar, on a du mal à croire que Yuna est simplement venue faire la valise de Jiyu. On dirait plutôt qu'elle cherchait quelque chose. De quoi peut-il bien s'agir ? Ça doit concerner Jiyu. L'a-t-elle trouvé ?

Jae-in commence par remettre de l'ordre dans la chambre de sa nièce. Elle range le contenu des tiroirs et replace les habits dans l'armoire. Alors qu'elle remet en place l'oreiller Kakao Peach, elle aperçoit le papa-marionnette coincé entre le matelas et la tête de lit.

Ça devait être jeudi dernier, le troisième jour d'hospitalisation. Jiyu lui avait demandé de lui apporter ce jouet.

— Où se trouve-t-il ? a dit Jae-in, faisant mine de l'ignorer alors qu'elle le savait pertinemment.

— Dans mon cartable.

Une fois que Jiyu a récupéré le papa-marionnette, elle ne l'a plus quitté. Elle ne s'amusait pas spécialement avec lui, elle se contentait de dormir en le serrant dans ses bras, ou de l'enfiler sur sa main pour le contempler. Elle semblait lui parler sans cesse, aussi bien quand elle était réveillée que dans son sommeil. A partir de ce jour, elle ne s'est plus réveillée en hurlant.

— Jiyu, tu ne fais plus de cauchemars ? s'est étonnée Jae-in.

— Non, le papa-marionnette me protège.

Pour Jiyu, ce jouet est trop précieux pour qu'elle l'ait fourré n'importe comment derrière le lit. Elle cherchait sûrement à le cacher pour éviter que la vraie propriétaire ne le découvre, ce qui veut dire qu'elle l'a pris à l'insu de sa mère.

Yuna ne donne ni ne prête jamais ses affaires. Elle a horreur qu'on touche à ce qui lui appartient. Agit-elle différemment avec sa fille ? se demande brièvement Jae-in. Mais à vrai dire, la réponse s'impose d'elle-même. Les gens ne changent pas si facilement. Elle remet le papa-marionnette dans sa cachette pour que Jiyu puisse le récupérer à son retour.

Ensuite, elle gagne la chambre de sa mère. Les albums photos éparpillés retiennent de nouveau son attention. L'un d'eux est ouvert à la page du premier anniversaire de Jiyu, ce qu'elle n'avait pas repéré tout à l'heure. Elle y voit une signification, un indice lui permettant de savoir ce qui a disparu : le passeport de Jiyu.

Avant son départ, sa mère a cru jusqu'au dernier instant que Yuna lui amènerait Jiyu. Elle a conservé son passeport avec elle, au cas où la fillette les rejoindrait directement à l'aéroport. Elle a fini par le donner à Jae-in juste avant de gagner le terminal de départ en lui disant de le ranger dans cet album photo. Jae-in l'a glissé à la page du premier anniversaire de Jiyu.

Comment Yuna a-t-elle eu l'idée de chercher le passeport dans cet album ? Quels extraordinaires pouvoirs de déduction ! Jae-in en serait presque admirative. Et puis, les interrogations s'enchaînent : pourquoi ce besoin subit de récupérer ce passeport ? Aurait-elle l'intention de rejoindre tardivement sa mère avec la fillette ?

Elle en profite pour appeler sa mère. En décrochant, cette dernière lui dit :

— Devine où je suis actuellement.

On dirait qu'elle mastique, la bouche pleine. Elle n'est sans doute pas chez sa sœur. Jae-in n'est pas d'humeur à jouer, mais finit par céder.

— Tu es au resto avec ta sœur.

— Perdu !

En fait, toutes deux se trouvent dans un train à grande vitesse pour Saint-Pétersbourg. Visiblement, le service est au top dans ce train russe, d'aussi bon niveau que dans un avion : il y a un personnel de service, des repas pour les passagers, et même du café. Elles sont aux anges. Sans que Jae-in ait besoin de la questionner, sa mère lui détaille tout leur programme pour trois nuits et quatre jours. Une fois arrivées à Saint-Pétersbourg, elles iront visiter l'exposition de Matisse, dîneront dans un restaurant chic avant d'aller voir *Le Lac des cygnes* au théâtre Mariinsky, réalisant ainsi, en une seule journée, deux rêves parmi les dix de leur liste d'envies.

— Beau programme, non ? s'exclame la mère avec entrain à la fin de son énumération.

Jae-in n'a pas envie de lui gâcher son enthousiasme, mais n'a pas non plus l'intention de continuer à l'écouter, car c'est elle qui paie le prix de la communication.

— Maman, j'ai quelque chose à te demander. Va dans le couloir.

— Pourquoi ? réplique sa mère tout en semblant lui obéir. Bon, j'y suis. Je t'écoute.

— Tu m'as bien dit que Yuna était passée à la maison le jour où papa est décédé ?

— Oui.

— Elle a parlé de son divorce ce jour-là ?

— Oui. D'après elle, son mari avait quitté la maison

et la traînait au tribunal. Pourquoi cette question ?

— Je t'expliquerai plus tard. D'abord, raconte-moi ce qui s'est passé ce jour-là.

Le matin de ce fameux jour, Yuna était passée à la maison avec Jiyu. Comme l'une de ses mains était bandée, sa mère lui avait demandé ce qui lui était arrivé. Voici ce que Yuna lui avait répondu : Jun-young, son mari de l'époque, avait abusé régulièrement de Jiyu à son insu, ce qui avait donné lieu à une violente dispute conjugale. Jun-young avait brandi un couteau en proposant qu'ils meurent tous ensemble, et elle s'était blessée en voulant le désarmer. Le jour même, Jun-young avait quitté la maison et entamé une procédure de divorce.

Sa mère était restée sans voix. Non seulement Jun-young n'avait pas imploré pardon, mais il avait quitté le domicile en demandant le divorce !

Elle s'était sentie trahie par cet homme qu'elle chérissait comme un fils. En songeant aux abus sexuels dont Jiyu avait souffert, elle avait cru que son cœur allait exploser de colère, elle aurait aimé se jeter sur lui et lui couper les mains !

Mais ce n'était pas ce que Yuna attendait d'elle, elle voulait lui confier sa fille. Elle comptait passer une semaine à Vladivostok et avait donc besoin d'un endroit sûr pour Jiyu. Sa mère avait accepté volontiers, afin de permettre à Yuna de se reposer. Sauf qu'elle ne se doutait pas qu'elle se chargerait aussi longtemps de la fillette.

— Mais maman, tu as cru tout ce qu'elle t'a raconté ? s'étonne Jae-in, tout en connaissant déjà la réponse.

— Comment aurais-je pu ne pas la croire, alors que

ma fille était blessée à la main ? réplique sa mère d'une voix brusquement glaciale. Tu détestes toujours autant Yuna, c'est ça ?

Que je l'aime ou la déteste n'est pas la question. C'est une garce, voilà tout. Et sûrement une cinglée, par-dessus le marché.

Mais Jae-in ne dit rien et se contente de demander :

— Yuna ne t'a pas dit qu'elle avait quitté l'entreprise ?

— Mais qu'est-ce que tu racontes ? C'est elle qui était chargée de l'aspect financier.

— Dans ce cas, comment aurait-elle pu s'absenter une semaine entière ? Comme ça, du jour au lendemain ? Papa l'aurait autorisée à le faire ?

— Yuna m'a dit que c'était lui qui l'envoyait. Comme elle lui avait raconté l'histoire de son mari, il lui avait proposé de partir quelque temps en me laissant Jiyu. Il lui avait dit qu'il se débrouillerait sans elle. Sauf que c'est ce jour-là qu'il a eu son accident.

En effet, la Yuna que je connais est parfaitement capable de raconter ce genre de mensonge, songe Jae-in en hochant la tête. Elle a l'impression de se trouver face à un château de cartes : il suffirait que l'une d'elles soit posée de travers pour que tout s'écroule. Vu que ce château n'est toujours pas tombé, Yuna doit décidément avoir une sacrée mémoire pour se rappeler toutes ses affabulations !

— Mais pourquoi tu remets encore ça sur le tapis ? poursuit sa mère avant d'ajouter, manifestement excédée : Q'est-ce que tu as bien pu entendre pour faire encore autant d'histoires ?

Encore ? A-t-elle l'habitude de faire des histoires au sujet de Yuna ? Au contraire, son nom ne lui effleure même pas les lèvres. Si c'est le moyen qu'a choisi sa mère pour couper court, ça ne lui pose aucun problème, car c'est justement ce qu'elle comptait faire.

— Bon, je te laisse. Tu es restée trop longtemps dans le couloir, ta sœur va se poser des questions.

— Laisse Yuna tranquille. Elle a enfin trouvé un peu de bonheur. Tu n'as pas pitié d'elle ?

Pourquoi, pour sa mère, est-ce toujours Yuna qui est digne de pitié ? Tout à coup, Jae-in sent la colère lui agripper la gorge.

— Oui, oui, bien sûr, marmonne-t-elle.

Après avoir raccroché, elle envoie un message à la sœur de sa mère.

Bonjour, ma tante, c'est Jae-in. J'ai une question à te poser, mais il ne faut pas que maman soit au courant. Je t'appelle dans vingt minutes. Réponds-moi dans le couloir.

Vingt minutes plus tard, sa tante décroche en disant quelque chose en russe, sans doute qu'elle sort dans le couloir. Peu après, elle repasse au coréen.

— Qu'est-ce que tu as dit à ta mère tout à l'heure ? Quand elle est revenue, elle était rouge de colère, chuchote-t-elle, amusée.

Mais Jae-in n'est pas d'humeur à rire, car elle croit deviner ce que sa mère a éructé avec colère : « Cette petite idiote s'efforce de faire souffrir sa seule et unique sœur ! »

— Ma tante, tu as dit que le petit ami de Yuna s'était tué dans un accident de voiture juste avant qu'elle rentre en Corée, c'est bien ça ? commence-t-elle, entrant dans le vif du sujet.

— Quoi ? fait sa tante, intriguée. Elle se demande sûrement d'où vient cette question sortie de nulle part.

— Est-ce qu'il s'était endormi au volant ?

— J'ai dit ça ? réplique sa tante, un peu surprise.

— Ce n'est pas le cas ?

— C'est ce qu'on aurait vu sur la caméra embarquée.

— Il était ton assistant à la fac, pas vrai ?

— En effet. J'ai aussi été sa tutrice jusqu'à l'arrivée de ses parents à Moscou.

— Il vivait dans l'appartement de Yuna en attendant de se marier avec elle, sauf qu'il a changé d'avis entre-temps, tente de récapituler Jae-in. Après avoir récupéré ses affaires, il a eu cet accident en s'endormant au volant. On m'a bien renseignée ?

— C'est ce dont tu voulais parler sans que ta mère le sache ? Elle aussi est au courant de tout ça.

— Tu sais comment est maman.

— Alors, tu ne veux pas me dire pour quelle raison tu me poses ces questions ?

— Plus tard. Au fait, comment s'appelait ce garçon, déjà ?

— Istvan.

Après avoir raccroché, Jae-in s'enfonce dans son fauteuil. Une photo de famille accrochée à côté d'un meuble du séjour entre dans son champ de vision : quatre personnes sont assises côte à côte sur des chaises métalliques bleues devant un mur blanc. Ses parents, tous deux en tee-shirt bleu et pantalon blanc, occupent les deux places du milieu. Jae-in, en jean et tee-shirt blanc, est à côté de sa mère, Yuna est près de son père. Sa longue crinière brillante lui tombe jusqu'à la taille, elle porte une robe blanche qui lui dénude les épaules et tient un ballon bleu dans une main. C'est une photo-souvenir pour le soixantième anniversaire de leur père, mais on dirait plutôt un portrait de famille à l'occasion du mariage de Yuna. A cette époque, elle avait vingt-deux ans, et était en quatrième année de fac. Si les informations données par Min-yeong se confirment, ce doit être l'époque où elle vivait avec un garçon de la même promo qu'elle, avec qui elle envisageait aussi de se marier. Maintenant, il s'agit de vérifier si c'est vrai. Et si jamais elle découvrait que c'est le cas… ?

Tel un nuage sombre et terrifiant, la peur envahit son ventre vide. Elle se trouve au seuil d'un monde inconnu. Elle n'y est pas encore entrée, et préférerait s'arrêter là car, une fois la porte ouverte, elle craint de ne jamais pouvoir revenir en arrière. Elle pourrait perdre Jiyu, sa mère, et plein d'autres choses encore. Peut-être même le monde dans lequel elle croit pourtant être solidement ancrée.

Elle pose le front sur la table, tâchant de ne pas se laisser dominer par ce qu'elle ressent à l'égard de Yuna. Ce n'est pas facile. Une jolie chanson résonne dans sa tête, celle que son père chantonnait à mi-voix en pianotant doucement sur le volant.

Maria, Maria, Maria que j'aime
J'ai planté une fleur après t'avoir laissée partir
J'ai planté une fleur dans mon cœur en pleurs…

*

Assise dans la salle d'interrogatoire au commissariat de Seodaemun, Jae-in attend l'inspecteur, un certain Kim Ki-beom, depuis déjà vingt minutes.

Avant d'être transférée à la rubrique culturelle, elle a travaillé pendant dix ans aux faits divers. A l'époque, elle passait plus de temps dans les locaux de la police que dans son bureau. Aussi devine-t-elle clairement l'intention de l'inspecteur qui la fait patienter seule dans cette salle isolée. Elle a beau le savoir, cela ne l'empêche pas de se laisser envahir par ses émotions.

La colère remonte. Inquiète et angoissée, elle dirige toute son attention vers ce qui se passe à l'extérieur de la salle : bruits de voix ou de pas, venant dans sa direction ou passant devant la porte. Elle avait cru à tort qu'être interrogée ne l'affecterait pas, mais mener un interrogatoire n'a rien à voir avec le fait d'en subir un.

Dans la matinée, elle a reçu un coup de fil la convoquant au poste de police. Elle se trouvait alors au siège des médias, sur le point d'assister à une conférence de presse autour du nouveau livre d'un auteur qualifié, par lui-même comme par d'autres, d'« écrivain majeur ». L'homme qui lui a téléphoné s'est présenté sous le nom de Kim Ki-beom, inspecteur de la brigade criminelle du commissariat de Seodaemun. Il lui a demandé si elle connaissait Seo Jun-young. Quand elle a répondu par l'affirmative, il lui a expliqué le motif de son appel.

— J'ai quelques questions à vous poser. Pourriez-vous passer au commissariat cet après-midi ?

— De quoi s'agit-il au juste ?

En apprenant que Seo Jun-young n'avait toujours pas reparu depuis seize jours, Jae-in a eu l'impression que la chaise sur laquelle elle était assise basculait. Elle avait beau s'y attendre, la nouvelle l'a vraiment déstabilisée. Elle avait pourtant prié de tout cœur pour que ce jour n'arrive jamais. Mais voilà, son vœu n'avait pas été exaucé et, à présent, elle craignait qu'il ne soit arrivé malheur à Jun-young. Et la police devait être au courant pour le trajet qu'elle avait effectué avec Jun-young le matin de ce fameux mardi, sans quoi un inspecteur, qui plus est, de la brigade criminelle, n'aurait eu aucune raison de l'appeler.

— Vous me convoquez à quel titre ? a-t-elle insisté.

Il lui a répondu que c'était en tant que témoin.

— Vous pourriez venir tout de suite ? a-t-il ajouté.

— Je ne peux pas maintenant. Je viendrai vers 18 heures.

Elle aurait pu différer sa présentation à la police de quelques jours, mais elle n'en a rien fait : si on ne peut éviter des coups de bâton, autant les recevoir sans tarder. Et puis, elle est prête, et elle n'a pas l'intention de recourir aux services d'un avocat. Elle n'est pas inculpée, du moins pas pour le moment.

Elle considère les objets qu'elle a disposés sur la table : un cahier où prendre des notes pour organiser sa défense, une feuille volante et un stylo-bille fournis par la police, ainsi que son téléphone en mode avion, prêt à enregistrer. Dans sa tête défilent les réponses auxquelles elle a réfléchi pendant toute une semaine au cas où elle se retrouverait dans ce genre de situation. Elle les passe en revue une à une, comme pour une ultime révision. Elle se dit que ça l'aidera à calmer son esprit agité, et aussi à tuer le temps. Mais elle a du mal.

Lorsqu'un inspecteur d'un certain âge en veste noire, accompagné d'un jeune avec des airs de débutant, entre dans la salle, son cœur se met à battre comme un cheval au galop. Elle se lève de sa chaise sans les saluer, craignant que sa voix ne tremble, et se contente de les fixer en silence.

L'inspecteur le plus vieux s'avance et se tient debout face à elle, de l'autre côté du bureau. Les mains dans les poches de son pantalon, il soutient son regard. Il n'a pas l'air décidé à se présenter.

— Désolés de vous avoir fait attendre, lance le jeune à sa place en souriant bêtement. La situation a changé subitement. Asseyez-vous, je vous prie.

Jae-in obéit. L'autre policier, toujours debout, la tête penchée sur le côté, parcourt lentement du regard les objets posés devant elle, comme si c'étaient des créatures bizarres qu'il voyait pour la première fois. Cette nonchalance agace Jae-in. Déjà, il débarque avec vingt-cinq minutes de retard, et maintenant qu'il est là, il prend tout son temps.

— Merci d'avoir accepté de venir jusqu'ici, dit aimablement le jeune en s'installant.

Son aîné prend place à son tour. Le jeune le présente comme Kim Ki-beom, puis interroge Jae-in sur son identité : numéro de carte d'identité, nom complet, profession, etc. Il lui rappelle qu'elle a le droit de faire appel à un avocat et de garder le silence, avant de lui demander si c'est ce qu'elle souhaite. Son ton laisse entendre qu'il s'agit là d'une formalité.

Jae-in sait que, si elle n'était là qu'en tant que témoin, il ne l'aurait pas avertie de tout cela. Elle est donc considérée comme suspecte.

— J'y recourrai en cas de nécessité, décrète-t-elle.

Le jeune, étonné, regarde tour à tour son supérieur et Jae-in.

— Ah… lâche-t-il, visiblement pris de court. Oui, bien sûr.

— Vous permettez que j'enregistre notre conversation ?

demande-t-elle en brandissant son téléphone.

— Vous n'êtes pas journaliste pour rien ! commente Kim Ki-beom.

Il n'a répondu ni oui, ni non. Elle appuie donc sur la touche d'enregistrement et le policier fixe le bout de son doigt, d'un regard tellement pénétrant qu'on dirait qu'il va percer un trou dans son ongle. Ce n'est pas vraiment de l'hostilité de sa part, il cherche plutôt à la déstabiliser, à lui faire comprendre que la police n'est pas son alliée, qu'elle a pour mission de poursuivre les criminels. Elle sent son cerveau passer à la vitesse supérieure ; comme par miracle, son corps ne tremble plus.

— Vous savez pourquoi vous êtes là ? demande le jeune.

On croirait un adepte de la secte Daesoon Jinrihoe cherchant à convertir des passants en leur demandant s'ils connaissent la pensée orientale. Visiblement, Kim Ki-beom est chargé du rôle du méchant flic, et lui du gentil.

— Non, je ne sais pas, répond-elle.

Il tente de résumer l'affaire. Seo Jun-young a quitté son domicile à l'aube du 16 novembre et n'a donné aucun signe de vie depuis. La police mène actuellement l'enquête en supposant une possible affaire criminelle. On a découvert son véhicule dans un parking public près de la gare de Juan, à Incheon, et on a la preuve qu'il s'était garé là à 8 heures du matin ce jour-là. Jae-in ne laisse rien paraître et attend la suite.

— Je voudrais d'abord savoir où vous étiez et ce que vous faisiez ce matin-là, madame Sin Jae-in, énonce Kim Ki-beom.

— Je suis sortie de chez moi vers huit heures. J'étais en route pour Chungju en vue d'un reportage…

Elle se met à expliquer ce qui s'est passé ce jour-là. Elle a beau s'être entraînée plusieurs fois, ses phrases ne sont pas aussi ordonnées qu'elle le souhaiterait. En désespoir de cause, elle s'efforce de noter ce qu'elle dit dans son cahier tout en parlant. Du coup, son débit est deux fois plus lent, et son registre plus écrit que parlé.

— Bon, récapitulons, intervient Kim Ki-beom. Vous avez quitté votre logement vers 8 heures du matin, et vingt minutes plus tard, vous avez retrouvé monsieur Seo Jun-young en gare de Juan. Puis vous êtes allés tous les deux dans votre voiture à Chungju, où il a disparu en votre absence sans laisser de message. Depuis, vous n'arrivez plus à le joindre. C'est bien cela ?

Jae-in transcrit la version de l'inspecteur Kim, et y apporte quelques rectifications en comparant avec ce qu'elle a déjà noté.

— Mon reportage a duré quatre heures. Entre-temps, il avait disparu, mais il m'a envoyé un message pour dire qu'il devait rentrer pour une urgence. Je n'ai pas essayé de le joindre depuis, et je ne sais donc rien de plus. Voilà ce que je vous ai dit.

L'inspecteur Kim se fend d'un sourire carnassier qui laisse entrevoir ses dents irrégulières entre ses lèvres épaisses.

— C'est bien ce que j'ai dit, non ? réplique-t-il.

Jae-in ne répond pas.

— Quel genre de relation entretenez-vous tous les deux ? Vous vous retrouvez le matin, vous allez ensemble à Chungju et, qui plus est, monsieur Seo dort dans votre voiture, j'imagine que vous êtes très proches ?

— Je vous ai déjà dit qu'on était des camarades de fac.

— Dans ce cas, votre sœur s'est mariée avec votre ami, ou bien était-ce votre petit ami ? dit-il avant de s'adresser à son jeune collègue : Ça sent un peu le drame passionnel, non ?

Jae-in ne réagit pas. En revanche, elle prend note de ce que vient de laisser entendre Kim Ki-beom, dans l'espoir qu'il s'en tiendra aux faits. Hélas, c'est visiblement raté, puisqu'il prend un air amusé.

— Donc, si j'ai bien compris, vous avez continué à voir votre ancien petit ami après qu'il a épousé votre petite sœur, c'est bien ça ?

— Je ne veux plus parler de ça, tranche-t-elle.

Kim Ki-beom, le menton appuyé sur une main, la fixe, et Jae-in fait tout son possible pour ne pas détourner les yeux. Le temps s'écoule, les deux regards s'affrontent. *Tic-tac, tic-tac.*

— Quelle heure était-il précisément quand vous avez retrouvé Seo Jun-young ce matin-là ? reprend l'inspecteur Kim en revenant à la case départ.

Elle réagit avec calme et répond un peu comme si elle lisait un script, en consultant les notes prises dans son cahier. Ça ne servirait à rien de s'énerver, elle serait la seule à en pâtir ; la fatigue émotionnelle aidant, elle finirait par dire des choses qui se retourneraient contre elle. Plus elle gardera son sang-froid, moins elle passera de temps dans cette salle. De toute façon, cet homme au sourire carnassier ne lâchera pas sa proie.

— Le message que monsieur Seo Jun-young vous a envoyé, vous pouvez me le montrer ?

Jae-in interrompt son enregistrement, cherche le SMS en question et tend son téléphone à l'inspecteur, qui y jette un coup d'œil avant de le lui rendre.

— Vous pouvez faire une capture d'écran et me l'envoyer ? J'aimerais l'étudier tranquillement.

A l'entendre, on croirait qu'il s'agit d'un document d'une dizaine de pages. Mais bon, elle obtempère.

— Vers quelle heure avez-vous lu ce message ? demande Kim Ki-beom en tripotant l'écran de son téléphone.

— Vers 15 heures.

— Il est descendu de la voiture à onze heures, vous avez reçu son message à 11 h 04, et vous ne l'avez lu que vers 15 heures ?

— J'avais mis mon portable en mode avion avant d'entrer dans le musée littéraire. Si je reçois un appel pendant que je suis en plein travail, ça m'empêche de me concentrer. Et puis, j'en ai besoin pour enregistrer mes entretiens. Comme maintenant, précise-t-elle en désignant son appareil.

— Ah... fait-il, avant de changer brusquement de sujet. Vous connaissez mademoiselle Seo Min-yeong ?

— Oui.

— Il paraît qu'elle est venue vous voir lundi dernier ? D'après elle, vous lui auriez caché votre rendez-vous avec Seo Jun-young. Pourquoi ?

— Je n'ai jamais cherché à le cacher. Seulement, elle ne m'a pas laissé l'occasion d'en parler. Elle m'a prise par surprise. Vous êtes au courant de la scène qu'elle m'a faite ? Elle ne vous l'a pas racontée ?

L'inspecteur Kim la regarde en pianotant sur la table du bout de l'index, l'air de dire : « Eh bien, racontez, vous. » Jae-in s'en acquitte avec la plus grande désinvolture possible, en résumant les points essentiels.

— Dites donc, elle a dû y aller fort si elle a réussi à

vous faire fuir, on a du mal à l'imaginer ! commente-t-il. Ça aussi, vous l'avez enregistré ? J'aimerais l'écouter.

Jae-in ne répond pas. Visiblement, il cherche à la pousser à bout.

— Non ? Pourtant, vous avez l'air d'adorer ça, les enregistrements.

— Si vous tenez vraiment à savoir ce qui s'est passé, vous n'avez qu'à demander à un des employés qui travaillaient dans le café ce jour-là.

A vrai dire, ça n'a pas tellement l'air de l'intéresser. Il passe à la question suivante.

— Dès le lendemain, elle vous a envoyé un mail vous demandant de l'aider. Vous auriez pu lui en parler à ce moment-là.

Plus de « il paraît que ». Il connaît le mail, Min-yeong a dû le lui communiquer.

— Vous avez lu le contenu de ce mail ? demande-t-elle pour en avoir le cœur net.

Kim Ki-beom ne répond pas. Elle l'interprète comme un « oui ».

— Ce n'était pas facile pour moi de répondre à ce genre de message, ajoute-t-elle.

— C'est parce que vous n'étiez pas d'humeur que vous ne lui avez pas révélé votre rencontre avec son frère, si je comprends bien. Pour vous, mademoiselle Sin Jae-in, votre humeur importe plus que la vie d'un être humain ?

Elle lit le mépris dans son regard. Sa raison lui commande de ne pas en tenir compte, mais son corps réagit comme s'il venait de recevoir un coup. Elle a le visage en feu, les yeux gonflés. Elle serre de toutes ses forces le stylo entre ses doigts. Ce qu'elle écrit sur la feuille part dans tous les sens, comme si elle essayait de griffonner sur un bloc de glace.

Il y a deux raisons pour lesquelles elle n'a pas répondu au mail de Min-yeong. La première, c'est qu'elle était trop choquée par ses propos, et elle ne sait d'ailleurs toujours pas comment réagir. Ce qui la rend aussi indécise, c'est qu'il y a ce qu'on appelle « les liens du sang » ; quoi qu'on dise, Yuna est sa petite sœur. Vis-à-vis d'elle, elle ne peut pas adopter une attitude de procureur, mais elle est une avocate prête à la défendre. Elle se dit que ce ne sont que des présomptions et suppositions, et qu'il n'existe aucune preuve tangible d'un méfait commis par Yuna.

La deuxième raison est purement émotionnelle : elle n'en a pas eu envie. Même si elle lui avait parlé de sa rencontre avec Jun-young, Min-yeong ne se serait pas forcément calmée. Au contraire, elle l'aurait sûrement harcelée pour savoir pourquoi Jae-in le lui avait caché, et lui aurait attiré des ennuis pour ne pas le lui avoir dit dès le début. Cela se vérifiait maintenant.

Aussi Jae-in avait-elle décidé d'attendre. S'il était arrivé quelque chose à Jun-young, la police se manifesterait et, à ce moment-là, elle le dirait directement aux inspecteurs, en espérant qu'ils seraient plus sensés que Min-yeong. A voir la tête de Kim Ki-beom, elle comprend qu'elle s'est trompée.

— Votre humeur est si importante que ça ? insiste l'inspecteur.

— Je ne répondrai pas.

Kim Ki-beom tourne la tête vers le mur et fait claquer sa langue, comme s'il trouvait ça absurde.

— Ecoutez, mademoiselle Sin Jae-in. Vous êtes la

seule à avoir vu monsieur Seo Jun-young ce jour-là, et depuis, il a disparu. Vous savez ce que ça veut dire ?

Jae-in trace un point d'exclamation dans sa tête en songeant à l'habileté avec laquelle Yuna a esquivé la toile d'araignée du réseau de caméras de surveillance. Sans quoi, ils ne la harcèleraient pas ainsi.

— Mademoiselle Sin Jae-in ? insiste-t-il.

— Je vois qu'il y a une erreur de chronologie dans votre scénario, rétorque-t-elle. Après avoir quitté ma voiture, il a parlé au téléphone avec quelqu'un d'autre.

— Qui ? demande Kim Ki-beom, d'un air innocent.

— Celle-là même qui vous a averti de sa disparition. Elle ne vous l'a pas précisé ? D'après ce qu'elle m'a dit, elle a communiqué avec son frère vers 14 heures ce jour-là, heure à laquelle j'étais en plein entretien.

— Mais quel genre d'entretien prend toute une demi-journée ?

Jae-in sort un porte-cartes de son sac. Par chance, la carte de visite de l'employé du musée littéraire se trouve tout devant.

— Voici les coordonnées de la personne qui m'a aidée pour mon reportage ce jour-là. Elle vous donnera mon emploi du temps de la journée.

L'inspecteur Kim prend la carte et la regarde avant de la glisser dans une poche.

— J'aimerais que vous confirmiez aussi la véracité du contenu du mail envoyé par mademoiselle Seo Min-yeong, dit Kim Ki-beom, revenant au sujet précédent.

— Dans ce qu'elle a écrit, une seule chose est vraie. Le fait que mon père est décédé dans un accident de voiture. Pour le reste, il ne s'agit que d'interprétations.

— Le fait que Seo Jun-young est sorti avec vous

mais a épousé votre sœur est également vrai, n'est-ce pas ? Il paraît que vous avez coupé les ponts avec votre sœur à cause de ça.

Jae-in prend le temps de la réflexion. Pourquoi s'acharne-t-il à évoquer une histoire d'amour entre elle et Jun-young ? Il doit pourtant savoir qu'un ami, ce n'est pas la même chose qu'un petit ami. Les deux policiers sont-ils déjà parvenus à la conclusion que, poussée par un dépit amoureux, elle se serait vengée de son ex ? Bon, c'est vrai que la piste est tentante.

— Et à côté de ça, vous revoyez Jun-young en secret, à l'insu de votre sœur, reprend-il. Ma parole, c'est un vrai feuilleton télévisé !

Jae-in se mord l'intérieur de la joue ; elle doit se maîtriser à tout prix, quitte à se faire saigner. Sinon, elle sera engloutie par la colère qui se déchaîne en elle.

— Je vous ai déjà dit que je ne l'avais pas revu depuis sept ans.

Kim Ki-beom hoche légèrement la tête, l'air de dire : « Oui oui, bien sûr. »

— Vous revoyez un ancien petit copain pour la première fois depuis sept ans, mais il se contente de dormir dans votre voiture avant de disparaître en votre absence. A ma place, vous y croiriez, vous ?

— Que vous y croyiez ou non, c'est la vérité, affirme-t-elle après avoir inspiré un grand coup.

Kim Ki-beom se frotte la tempe avec le bout de l'index.

— Qu'est-ce qui prouve que monsieur Seo Jun-young a quitté votre voiture de lui-même ?

— Vous venez de lire son message.

— C'est facile à trafiquer.

— Où avez-vous localisé son téléphone pour la dernière fois ? demande-t-elle. A Chungju ? D'après Seo Min-yeong, quand elle a eu son frère, il était à Gyochon. A ce moment-là, je me trouvais au musée littéraire de Chungju.

Intrigué, Kim Ki-beom incline légèrement la tête et baisse les yeux.

— Eh bien, cela ne prouve en rien que vous n'êtes pas la dernière personne à avoir vu Seo Jun-young.

La dernière personne... Il n'a qu'à convoquer Yuna pour le lui demander. Jae-in serre les dents pour retenir les mots qui lui brûlent les lèvres. Ce n'est pas le moment. Elle a la ferme intention de se taire tant qu'elle n'a pas vérifié ce qui relie Yuna à Jun-young, à la maison de Uhye-ri, au décès de leur père et aux morts précédentes.

Ce n'est pas seulement que Yuna est sa sœur ; c'est surtout que ce qu'elle serait en mesure de raconter pour l'instant n'aurait pas plus de valeur qu'un article de Namuwiki[1]. Elle n'a pas de mal à imaginer la tempête que provoqueraient ses paroles, pourtant fondées sur de simples suppositions. La vie de Jiyu, de la mère et la sienne basculeraient dans le chaos.

— Vous n'avez qu'à chercher le chauffeur de taxi qui a amené Seo Jun-young à Gyochon, et vous aurez votre réponse, rétorque-t-elle.

— Comment pouvez-vous être sûre qu'il a pris un taxi ? demande Ki-beom, d'un air sceptique.

— Je doute qu'il ait pris le bus. Il n'aurait pas pu être vers 14 heures à Gyochon.

L'inspecteur la dévisage longuement, et Jae-in soutient son regard.

---

1. Sorte de Wikipédia coréen manquant de précision et de neutralité.

— Très bien, dit-il enfin, reportant son attention sur son bloc-notes. Nous y reviendrons tout à l'heure. Où êtes-vous allée après Chungju ?

— Je suis rentrée chez moi.

— Et vous y êtes restée jusqu'au matin ?

Elle répond par l'affirmative.

— Quelqu'un pourrait en témoigner ? insiste-t-il.

— Non.

— Pourquoi ?

Perplexe, Jae-in incline la tête malgré elle et fixe Ki-beom.

— Parce que j'étais seule.

— Ah… fait-il en acquiesçant.

Son sourire carnassier flotte de nouveau sur ses lèvres. Aussitôt, elle sent que quelque chose cloche. Mais quoi ? Impossible à savoir.

— Et toute seule, vous avez fait quoi ?

— J'ai rédigé un article jusqu'à 2 heures du matin. Mais vous pouvez vérifier que je ne suis pas ressortie entre-temps.

— Ah oui, et comment ? fait Ki-beom en croisant les bras avant de se carrer le dos dans son siège. Expliquez-moi.

— Il suffit de visionner la caméra de surveillance de ma résidence. On doit me voir entrer dans le parking avec ma voiture ; si j'en étais ressortie après, ça se verrait aussi.

Ki-beom écarquille les yeux, comme pour s'exclamer « C'est pas vrai ! Mais quelle méthode géniale ! », les narines frémissantes. Ça énerve tellement Jae-in qu'elle doit se retenir de lui enfoncer son stylo dans le nez. Si elle n'avait pas plongé la main sous le bureau, elle l'aurait réellement fait. Elle change de position en croisant les jambes.

Les heures de cette nuit d'hiver s'égrènent lentement et, petit à petit, elle en vient à comprendre pourquoi les gens soumis à des interrogatoires finissent par avouer des choses qu'ils n'ont pas commises. Les mêmes questions et réponses se répètent à l'infini. Ça fait sûrement plus de dix fois que l'inspecteur l'interroge sur ce qu'elle a fait en rentrant de Chungju. Quand enfin l'interrogatoire s'achève, la moindre inflexion de voix de Ki-beom lui flanque la nausée.

— Voulez-vous vérifier le procès-verbal ? propose le jeune policier.

Elle répond par l'affirmative et, peu après, a sous les yeux le document imprimé. Dès la première phrase, elle sent que ses propos ont été un peu déformés

— Le sujet de cette phrase n'est pas correct, commente-t-elle en indiquant le passage concerné avec son stylo. C'est Seo Jun-young qui m'a appelée, pas le contraire.

Elle passe une heure à comparer chacune des phrases rédigées par le policier et ses propres notes. Pendant ce temps, Ki-beom murmure comme pour lui-même, mais d'une voix assez forte pour que tout le monde l'entende, ce qui la déconcentre :

— Quelle patience extraordinaire ! Dire qu'elle s'est tue jusqu'à ce qu'on la convoque, alors qu'elle était au courant depuis le début de la disparition de Seo Jun-young.

D'après lui, qu'aurait-elle dû faire ? Pour commencer, elle ignorait quel commissariat Min-yeong avait prévenu de la disparition de son frère. Elle ne pouvait tout de même pas se présenter dans n'importe quel poste de police alors que la disparition de Jun-young n'avait pas encore été officiellement reconnue ! Même si elle l'avait voulu, elle n'aurait rien pu faire. Et, si elle s'était présentée, qu'aurait-elle bien pu dire ? « Je suis sans doute la dernière personne à avoir vu Seo Jun-young, qui a peut-être disparu » ?

Elle appose enfin son sceau sur le procès-verbal.

— Madame Sin Jae-in, pourriez-vous me montrer les images de la caméra embarquée de votre véhicule ? demande alors Ki-beom en lui reprenant le document des mains.

Mais oui, se dit Jae-in. Pourquoi n'y a-t-elle pas songé plus tôt ? Il est très peu probable que l'enregistrement de ce jour-là y soit encore, mais peut-être pourra-t-on le retrouver par le biais d'une investigation numérique. Elle se dirige vers sa voiture, suivie des deux policiers, en sort la caméra embarquée et la tend à Ki-beom, qui s'en empare avant de reculer d'un pas.

— On vérifie ça et je vous recontacte, déclare-t-il. Ça risque de prendre un peu de temps.

Jae-in remonte dans sa voiture et quitte le parking sous le regard des deux policiers. Une fois qu'elle a intégré la circulation, elle est prise de nausées. Ses muscles, jusque-là tendus au maximum, se relâchent d'un coup en tressaillant. Elle a l'impression d'avoir le corps et l'esprit en lambeaux.

Elle a envie de partir tout de suite pour Uhye-ri. C'est sans doute la première chose qu'elle aurait dû faire. Le hic, c'est qu'elle n'en a pas eu le temps jusqu'à présent. Le jour, elle était coincée au bureau, croulant sous une montagne de travail accumulée par le congé qu'elle avait dû prendre à l'improviste, et lorsqu'elle rentrait le soir à la maison, elle devait s'occuper de Jiyu. Elle n'a pas eu une minute à elle.

Jiyu sait tenir sa langue. Cela vient probablement de l'éducation qu'elle a reçue de sa mère. En tout cas, elle n'a rien dit sur la maison de campagne. Que Jae-in la questionne de façon directe ou détournée ou qu'elle tente carrément de lui tirer les vers du nez, rien à faire. D'ailleurs, elle n'a pas vraiment essayé de faire pression sur elle. Bref, elle n'a pas le moindre indice concernant un éventuel séjour de Jun-young à Uhye-ri. Mais elle est quasiment certaine qu'il y était avec elles, même brièvement. Histoire de vérifier cette hypothèse, elle va devoir s'y rendre avant que Ki-beom ne vienne lui réciter ses droits avec son sourire carnassier et ses narines frémissantes.

*

C'est samedi matin. Jae-in sent son corps aussi lourd et raide qu'un vieil arbre de cent ans, mais elle se lève avec détermination. Il y a beaucoup à faire. Elle a un rendez-vous, et elle doit ensuite se rendre quelque part.

Elle prend un café pour tout petit-déjeuner et se prépare à sortir en enfilant une tenue confortable : bonnet et masque, pull, legging et blouson. Quant aux gants, au téléphone et au porte-cartes, elle les fourre dans une poche de sa doudoune. Elle est en train de sortir une paire de Converse haut de gamme avec une fermeture Eclair quand son téléphone vibre dans sa poche. L'écran affiche *Yuna Fixe*. Ce n'est sûrement pas Yuna elle-même, car elle n'a aucune raison de l'appeler.

Encore moins Cha Eun-ho. Elle appuie sur l'icône verte et dit « Allô ? ».

— Tante, résonne la voix basse et prudente de Jiyu.

On dirait qu'elle appelle près d'un lion endormi. Comprenant soudain à quel point elle lui a manqué, Jae-in sent l'émotion lui nouer la gorge.

Troublée, elle n'arrive pas à répondre tout de suite. Elle a un peu honte. Qu'elle est bête d'être aussi bouleversée, alors que Jiyu n'est partie que depuis quelques jours ! Elle ne se croyait plus capable d'éprouver ce genre de sentiments. Depuis la mort de son père, elle était devenue pareille à une feuille morte, rien ne pouvait l'émouvoir ni lui arracher une larme.

— Tante, c'est Jiyu, chuchote la petite d'une voix encore plus hésitante.

— Oui, je sais.

Sa réponse est presque sèche, et Jae-in a envie de se mordre la langue. Elle pourrait se montrer plus affectueuse, ou au moins dire « Bonjour ».

— Tante, tu es très occupée aujourd'hui ?

Comme elle l'avait deviné, Jiyu semble guetter l'humeur de son interlocutrice, même si elle ne la voit pas.

— Non, pas du tout. C'est samedi, dit Jae-in d'une voix délibérément enjouée pour réparer son impair plus tôt. Je n'ai rien à faire. Je m'ennuie tellement que je dois me pincer pour ne pas m'endormir.

Des petits gloussements retentissent à l'autre bout du fil. En entendant ce rire timide, Jae-in se sent un peu mieux.

— Jiyu, tu as gardé ma carte, à ce que je vois.

— En fait, je l'ai déchirée en tout petits bouts et je les ai jetés dans la cuvette des toilettes. J'ai appris le numéro par cœur.

— Vraiment ?

— Oui ! Tu veux que je te le récite ?

Elle énumère un à un les onze chiffres. Jae-in est de nouveau émue aux larmes. Elle suppose que la fillette a agi ainsi de peur que sa mère ne trouve la carte.

— C'est bien ça, hein ? demande Jiyu.

Les larmes de Jae-in se muent en rire. *Si je reçois ton appel, c'est que tu ne t'es pas trompée, tête de linotte.*

— J'ai répété le numéro cinq fois avant de jeter la carte. Je l'ai écrit sur une feuille blanche et je l'ai comparé à celui de la carte. Et comme j'avais peur de l'oublier malgré tout, je l'ai noté dans un endroit que je suis la seule à connaître.

A cette explication posée et minutieuse, bien digne de la fillette, Jae-in éclate de rire.

— Au fait, tante… Je suis vraiment désolée.

Surprise, Jae-in sent son hilarité s'estomper.

— Pourquoi es-tu désolée ?

— Je n'ai pas pu emporter le kit de peinture que tu m'as offert la dernière fois. Maman…

Elle s'interrompt soudain, comme pour dire « oups ». Sa tante ne lui demande pas la suite. Elle la devine. Yuna a dû empêcher la petite de le prendre, parce que c'était un cadeau de Jae-in.

— Quand tu reviendras chez ta grand-mère, tu t'en serviras à ce moment-là.

— Tante, peut-être que je n'y retournerai plus jamais.

Jae-in sent disparaître le peu de joie qu'il lui restait.

— C'est ce que ta maman t'a dit ?

— Oui, répond l'enfant d'une voix faible.

— Jiyu, tu n'aimes pas vivre chez ta maman ?

— Non, ce n'est pas ça, répond-elle avec la même

petite voix. Seulement, j'ai peur quand je dors, parce que je suis toute seule.

— Ici, chez ta grand-mère, tu as toujours dormi seule.

— Oui, mais c'est un appartement. Grand-mère dort dans la chambre d'à côté, toi dans celle d'en face. Mais ici, je suis toute seule à l'étage. La chambre d'en face, c'est celle de Noah. Il suffit d'ouvrir ma porte pour la voir. C'est pour ça que…

Jiyu s'interrompt une deuxième fois, semblant hésiter à continuer ou pas.

— Tu fais encore des cauchemars ? risque Jae-in.

— Oui. Il sort de sa chambre et n'arrête pas de frapper à ma porte. Il me crie de lui rendre son ballon.

Jiyu lui a déjà raconté cette histoire de ballon, en s'accablant de reproches. Elle était persuadée que si elle lui avait rendu le ballon de foot, Noah n'aurait pas fait de crise, et ne serait donc pas mort. Ses cauchemars doivent venir de ce sentiment de culpabilité. Jae-in tente de lui proposer une alternative :

— Si tu demandais à ta maman de changer de chambre ?

— Non, ce n'est pas possible.

Jae-in ne demande pas pourquoi. Quand Yuna a décidé quelque chose, personne ne peut la faire changer d'avis. Il faut dire que toute intervention extérieure la vexe. Ce trait de caractère ne doit pas être inconnu à Jiyu.

— Tu veux que je t'apporte ton papa-marionnette ? suggère Jae-in.

— Oui ! lance la petite, dont la réponse fuse aussi vite qu'une balle de fusil.

Sans doute craint-elle d'avoir révélé trop vite ce qu'elle a dans le cœur, car elle ajoute aussitôt :

— Enfin, si ça ne te dérange pas, tante.

Ça tombe à pic, puisque Jae-in prévoyait justement de se rendre à Cheongyeon ; elle sait que le papa-marionnette est un remède miracle pour les cauchemars de Jiyu. Seulement, il faut qu'elle agisse à l'insu de Yuna.

— Maman n'est pas à la maison, n'est-ce pas ?

— Non.

— Et ton beau-papa ?

— Non plus.

Jae-in consulte sa montre. 10 h 50. Elle effectue un rapide calcul : cinq minutes pour atteindre la station-service, cinq autres pour mettre de l'essence, environ une heure pour rallier Cheongyeon.

— Je peux y être vers midi.

— Au fait, tante, tu sais où se trouve le papa-marionnette ?

— Oui, je sais.

Il est un peu plus de midi quand Jae-in arrive devant chez Yuna. Comme elle est passée par un McDonald's sur le trajet, elle a cinq minutes de retard. Elle se gare en face de la maison et descend avec le papa-marionnette et un Happy Meal.

Le vent souffle fort, l'air est froid et le ciel couvert. Sur le toit bleu, des feuilles mortes volent de-ci de-là. Le temps est à la neige. Elle traverse la rue en courant avant de gravir précipitamment les marches. Dès qu'elle parvient à la porte, celle-ci s'ouvre, et Jiyu bondit pour se jeter dans ses bras en poussant presque un cri de joie.

— Tante !

Jae-in la serre fort contre elle, en une réaction quasi instinctive.

— Tante, tante… répète Jiyu en enroulant les bras autour de sa taille et en plaquant sa petite joue contre son flanc.

Sa voix est proche des larmes, comme quand Jae-in est allée la chercher à l'école lundi dernier. La jeune femme jette un coup d'œil furtif aux fenêtres du premier étage. Il y en a trois. Laquelle est celle de la chambre de Jiyu ? Celle-ci devait surveiller la rue par la vitre. Cinq minutes ont dû lui paraître une heure. Elle est sortie pieds nus et porte encore sa chemise de nuit, qui laisse entrevoir ses mollets.

— Je pensais que tu ne viendrais pas, déclare la fillette en écartant la joue pour regarder sa tante.

— Je t'ai dit que je venais.

— Oui, mais…

Jae-in dépose le papa-marionnette dans la main de l'enfant.

— Cache-le quelque part où ta maman ne pourra pas le trouver, conseille-t-elle. L'espace entre le lit et le mur est dangereux.

— Je sais. C'est une cachette que…

Une fois de plus, elle laisse sa phrase en suspens.

Ses yeux s'arrondissent, elle a compris ce que sous-entendait le conseil de Jae-in.

— Tu étais au courant, tante ?

— Ne t'inquiète pas. Je ne dirai rien.

Elle tend le Happy Meal à Jiyu, qui paraît un peu réticente.

— Tu m'as dit qu'il n'y avait personne à la maison, insiste Jae-in.

Au lieu de dire « merci », Jiyu baisse les yeux.

— J'ai enlevé le cadeau surprise, précise sa tante.

Quand tu auras fini, nettoie tout sans laisser de traces. Je t'ai appris comment plier l'emballage pour le rendre le plus petit possible, tu te souviens ?

— Oui. Je le plierai bien comme il faut avant de le mettre dans le bac de recyclage. En général, c'est beau-papa qui descend les poubelles.

— Allez, mademoiselle ! achève Jae-in en reculant d'un pas. Dépêche-toi de cacher ton trésor dans un endroit secret.

Jiyu hoche la tête, mais reste plantée là.

— Si tu as besoin de moi, tu peux m'appeler. Je garderai toujours mon portable allumé.

Sur ce, Jae-in descend une marche à reculons.

— Bon, j'y vais.

La fillette ne bouge pas. Elle suit du regard sa tante, qui descend deux, trois marches, arrive en bas, traverse la rue pour regagner sa voiture. Jae-in, elle aussi, s'immobilise et la regarde : ses longs cheveux emmêlés, le pan de chemise de nuit blanche qui s'agite dans le vent, ses mollets fins, ses pieds nus, le papa-marionnette serré sous un bras, le Happy Meal dans l'autre main, une petite fille qui la fixe d'un air rêveur.

Jae-in se sent parcourue d'un frisson glacé. Tout ce qui touche à la fillette lui paraît triste, aussi bien la grande maison derrière elle que les feuilles mortes qui virevoltent sur le toit, le ciel gris qui les surplombe, le thuya qui fait une ombre dans le parterre de fleurs. Il lui semble entendre Jiyu lui chuchoter à l'oreille : *Tante, ne fais pas de mal à maman.*

Une question lui vient à l'esprit : si jamais ses soupçons s'avèrent fondés, et que Jiyu perd Yuna, la fillette le supportera-t-elle ?

La réponse est non. Pour Jiyu, Yuna n'est pas une maman comme les autres, mais un être absolu qui tient son âme entre ses mains et constitue son univers. Perdre Yuna signifierait tout perdre. C'est pourtant ce que Jae-in s'apprête à faire : arracher Yuna à son enfant et détruire le monde de celle-ci.

Elle tourne le dos à Jiyu, sort sa clé de voiture et appuie sur le bouton, déverrouillant la portière dans un clic. Au même moment, elle entend approcher un véhicule. Par réflexe, elle tourne la tête et voit un SUV blanc qui avance dans sa direction depuis l'entrée du lotissement. Du coin de l'œil, elle regarde la porte de la maison. Jiyu a disparu.

Le SUV blanc se gare derrière elle. La portière s'ouvre et Eun-ho en descend. Quand elle le voit, cela lui fait un choc. Comment a-t-il pu devenir aussi méconnaissable en quelques jours ? Les cheveux au-dessus de son oreille gauche sont tout blancs ; ses yeux sont caves et ses joues, pourtant roses comme celles d'un ado il y a deux semaines, sont creusées. On dirait qu'il a pris dix ans d'un coup.

Elle est traversée d'un frisson causé à la fois par le froid et par un sentiment de déjà-vu, car elle se rappelle brusquement la dernière fois qu'elle a vu Jun-young. Comment se fait-il que tous les hommes de Yuna finissent par se retrouver dans un sale état, ou par mourir ?

— Qu'est-ce que vous faites là ? lui lance Eun-ho, debout devant elle.

Il semble un peu essoufflé. Prise de court, elle se voit contrainte d'improviser.

— Je voulais savoir si Jiyu allait bien. Et puis, elle

me manque. C'était sur la route, alors je me suis arrêtée. Je ne suis pas venue exprès…

Eun-ho avance légèrement la tête. Il semble sincèrement attentif, et elle se voit obligée de lui en dire plus.

— Rassurez-vous, je n'ai rien volé ! assure-t-elle. J'ai juste vu la petite à la porte un moment.

Malgré la plaisanterie, il ne rit pas.

— Ne dites pas à Yuna que vous m'avez vue, ajoute-t-elle. Je suis passée parce que Jiyu m'avait dit qu'elle n'était pas là.

Eun-ho acquiesce de la tête en regardant le bout de ses baskets. Et puis, curieusement, il continue de la hocher. Une fois, deux fois, cinq fois, six fois… Si elle n'intervient pas, il va continuer jusqu'au petit matin. On dirait qu'il cherche à lui dire quelque chose.

Jae-in trouve la situation un peu grotesque. S'il n'a rien à dire, il n'a qu'à partir. Peut-être que ça ne lui fait rien de rester planté là, les bras ballants, mais Jae-in, elle, n'a pas de temps à perdre. Elle a rendez-vous. Et elle tient à vider les lieux avant l'arrivée de Yuna.

— Bon, je m'en vais.

Alors seulement, il cesse ses mouvements de tête et lève les yeux vers elle.

— Attendez un instant. J'ai une question à vous poser.

Jae-in patiente en silence.

— Est-ce que ma femme est restée chez vous du mardi 16 jusqu'au matin du dimanche 21 novembre ?

Elle se demande ce que cache cette question. A moins qu'il n'ait contracté un Alzheimer entre-temps, il doit bien se souvenir du samedi matin où elle est venue chez eux pour parler à Yuna.

— Non, répond-elle malgré tout.

— Et avant ?

Cette question suppose que Yuna a l'habitude de quitter le domicile. S'est-elle rendue à Uhye-ri à chaque fois ?

— Si vous voulez savoir si elle est restée plusieurs jours dans sa famille, je vous répondrai la même chose.

— Pas même une fois ?

— Non.

Une lueur passe dans son regard, tellement brève que Jae-in ne saurait la décrire, mais ça ressemble un peu à un hochement de tête disant : « C'est bien ce que je pensais. » Il fourre les mains dans ses poches et fixe de nouveau le bout de ses baskets, comme s'il y était écrit ce qu'il allait dire.

Elle tourne discrètement le regard vers la maison. Au premier étage, l'une des trois fenêtres est allumée. Sans doute celle de la chambre de Jiyu. Elle a beau être cachée derrière d'épais rideaux, Jae-in imagine sans mal la fillette. Elle doit observer la rue à la dérobée, rongée par l'inquiétude, en se demandant comment sa tante va se tirer de ce mauvais pas.

— Dans ce cas, où est-elle allée ? interroge Cha Eun-ho. J'imagine que vous devez le savoir.

Jae-in reporte son attention sur le mari de sa sœur. Non, mais quelle question !

— Monsieur Cha Eun-ho, vous vous rendez compte de ce que vous dites ?

Il la regarde d'un air interloqué, comme pour lui rétorquer : « Non, quoi ? »

— Samedi dernier, je suis venue ici, je cherchais Yuna. Or, votre question suppose que j'ai fait tout ce cinéma, de connivence avec elle, pour vous mener en bateau, j'ai raison ?

Eun-ho, tête baissée, inspire entre ses dents en produisant une sorte de sifflement : il ne vient tout de même pas de l'insulter ?

— Non, ce n'est pas du tout ce que je sous-entendais, proteste-t-il en relevant le visage, comme enfin décidé à se justifier. Je posais juste cette question au cas où vous auriez su quelque chose au sujet de ma femme. Vous êtes de sa famille, après tout.

On dit qu'au sein d'un couple, les deux conjoints finissent par se ressembler, et l'excuse d'Eun-ho ressemble à la phrase préférée de Yuna : « Pourquoi tu es aussi susceptible ? »

— C'est vous, la famille de Yuna. Pas moi.

Il ne réagit pas, se contente de se mordiller la lèvre inférieure. Elle décide que cet entretien est clos. Sa montre indique déjà midi et demi.

— Bon, je dois vous laisser.

— J'ai une question concernant Jiyu, lance-t-il alors qu'elle ouvre la portière de sa voiture. Quel est son plat préféré ?

D'où lui vient cette question ? Elle ne répond pas, et se retient de lui reprocher de ne pas encore connaître les préférences alimentaires de la fillette. Même si, au fond, elle peut comprendre. Il n'est que le beau-père, après tout, et il ne vit même pas avec Jiyu. Seulement, elle ne voit pas pourquoi il lui demande ça à elle, et non pas à Yuna. Mieux vaut ne pas répondre à une question dont elle ignore l'intention cachée.

Elle s'installe au volant, met la clé de contact. A cet instant, il passe la tête par la portière encore ouverte, instaurant entre eux une intimité subite, leurs visages à une dizaine de centimètres l'un de l'autre.

— Vous savez, chaque enfant a un plat qu'il adore commander au restaurant.

Jae-in est obligée de lui répondre si elle ne veut pas partir avec la tête de son beau-frère coincée dans la portière.

— Elle aime les Happy Meal de chez McDo. Avec un hamburger, des frites et un coca.

Il hoche la tête et s'écarte d'un pas, en refermant de lui-même la portière. Cette amabilité ne plaît pas à Jae-in, elle a l'impression qu'il a obtenu ce qu'il voulait, mais elle ignore de quoi il s'agit.

Elle se met à rouler. Pendant tout le trajet, elle ne cesse de se creuser les méninges en tournant autour des trois questions que lui a posées Eun-ho. Elle parvient à deviner l'intention cachée de la première. Quand elle se rappelle sa première rencontre avec lui, le doute n'est plus permis : il voulait vérifier si Yuna lui avait menti à propos de ses cinq jours d'absence.

La troisième question est la plus difficile à interpréter. Pourquoi les préférences alimentaires de Jiyu le préoccupent-elles soudain ? Tient-il à tenir tardivement le rôle de papa ? Et à lui offrir son plat préféré pour le déjeuner ? Dans ce cas, la méfiance de Jae-in est excessive. Oui, mais un homme qui mène l'enquête sur les faits et gestes de sa femme est-il dans de bonnes dispositions pour faire plaisir à la fille de celle-ci ? C'est peu probable, à moins qu'il n'ait un objectif précis. Un objectif précis… ? L'hypothèse est plausible, car Jiyu connaît la réponse à cette question qui lui tient à cœur : où était Yuna pendant ces cinq jours ? Mais Jae-in est sûre qu'il ne réussira pas. Depuis toute petite, Jiyu est une fervente adepte de la religion nommée « Yuna », persuadée qu'elle ira en enfer si jamais elle en viole les dogmes ou les défie. Il aura beau lui offrir un camion entier de Happy Meal, il n'arrivera jamais à la faire parler.

Elle arrive avec dix minutes de retard. Le café est plutôt bondé, mais elle n'a pas besoin de se dévisser la tête pour le chercher. Elle le reconnaît tout de suite. Il est exactement comme sur sa photo de profil Facebook : parmi les quatre lycéens en uniforme qui se prennent par le cou, l'un d'eux dégage une présence particulière. Il suffit de le voir une fois pour ne jamais l'oublier. Ce n'est pas tous les jours qu'on croise un homme dont le visage et le corps ont la même forme. S'il fallait lui trouver un surnom, Jae-in n'hésiterait pas à l'appeler « l'homme carré ».

— Bonjour, je suis Sin Jae-in, se présente-t-elle.

L'homme se lève à moitié.

— Bonjour, Kim Jinu, répond-il.

— Pardon pour le retard, s'excuse-t-elle en s'inclinant.

— Aucun souci, fait-il en l'imitant.

Juste après, la phrase « Je vous en prie, asseyez-vous » leur échappe simultanément.

— Qu'est-ce que vous buvez ? demande-t-il, toujours debout, alors qu'elle s'installe.

Vu sa tête, elle se sent obligée de répondre dans la seconde. Aussi dit-elle la première chose qui lui vient à l'esprit.

— Un café latte, je l'aimerais…

Kim Jinu disparaît sans même entendre le mot

« chaud ». Voyant qu'après avoir commandé, il se dirige tout droit vers le comptoir pick-up, elle en déduit qu'il va probablement revenir avec les boissons. A première vue, il n'a pas l'air d'un garçon très compliqué, contrairement à l'impression qu'il lui a laissée au téléphone. La première fois qu'elle l'a appelé à son lycée, elle n'a pas réussi à l'avoir. La personne qui a décroché lui a dit qu'il était en cours. Alors, elle a laissé son nom et son numéro. Une demi-heure plus tard, il l'a rappelée, pas avec son portable, mais sur la ligne fixe de l'établissement. Quand Jae-in s'est présentée comme la grande sœur de Yuna, il a répondu qu'il ignorait que celle-ci avait une sœur. Jae-in a demandé comment elle pouvait prouver son identité, et il a rétorqué qu'il la rappellerait après vérification. Craignant qu'il n'interroge Yuna, elle lui a proposé une autre solution.

— Si je vous envoyais une copie de ma pièce d'identité ?

Il a hésité un moment avant de lui donner son numéro de portable, un peu contrarié. Elle a pris sa carte de presse en photo et l'a envoyée sur KakaoTalk. Quelques instants plus tard, il lui envoyait un message demandant ce qu'elle lui voulait.

J'ai quelques questions à vous poser au sujet de Yuna. Ce n'est pas le genre de discussion qu'on peut avoir au téléphone. J'aimerais vous voir en personne. Je vous promets que ce ne sera pas long.

Peu après, elle a reçu une réponse positive de sa part. Elle lui a précisé qu'elle préférait que Yuna ne soit pas au courant de leur rencontre. Kim Jinu a répondu « Entendu », et c'est lui qui a fixé le lieu et l'heure du rendez-vous.

— Vous avez déjeuné ? demande Jinu en posant le café devant elle. J'imagine que non.

Jae-in n'a effectivement pas mangé, mais prétend le contraire, pour ne pas l'embêter avec ça. Après quoi, ils se taisent tous les deux. Elle réfléchit à ce qu'elle va dire, tandis qu'il sirote son café.

— Vous avez fréquenté la même fac que Yuna, c'est bien ça ?

Elle décide d'aller droit au but, comme quand elle mène des interviews pour ses articles, en espérant que son interlocuteur réponde sur le même ton.

— Et vous étiez ami avec le garçon qu'elle fréquentait à l'époque ? ajoute-t-elle.

— Oui, tout à fait.

— J'ai entendu dire que vous aviez vu Yuna juste avant que votre ami se tue dans un accident de voiture.

Il avale sa gorgée de café.

— J'aimerais que vous me racontiez cette histoire.

III

UN BONHEUR PARFAIT

7

Eun-ho regarde s'éloigner la voiture de Jae-in. Il reste longtemps debout sans bouger, même une fois qu'elle a disparu. Elle lui a répondu assez sèchement, mais il n'y avait aucune ambiguïté. Etait-elle honnête pour autant ? Il ne saurait le dire.

D'après sa femme, sa sœur est une vraie menteuse. Quand elles étaient petites, elle inventait toutes sortes de mensonges sur Yuna pour faire d'elle une « enfant à problèmes », raison pour laquelle Yuna avait passé son enfance chez ses grands-parents à la campagne. La prenant en pitié, sa grand-mère lui avait laissé la maison et son grand terrain en héritage. C'était où déjà, cette campagne ?

Il lève la tête et scrute la fenêtre de la chambre de Jiyu. Les rideaux s'agitent, ce qui veut dire que la fillette était derrière et qu'elle vient de partir. Elle devait encore l'observer même après le départ de Jae-in. Sans doute meurt-elle d'envie de savoir ce qu'ils se sont dit.

Où est passée sa femme ? Lorsqu'il a quitté la maison, elle avait l'air décidée à y passer la journée. Pour le déjeuner de Jiyu, c'est donc sa tante qui s'en est occupée à l'improviste. Vu que Jae-in lui a demandé de ne rien dire à Yuna, celle-ci ne doit pas être au courant.

Il remonte dans sa voiture. Il a l'intention d'aller voir Jinu. Maintenant, il a des questions à lui poser. Son ami décroche et lui propose de le voir dans l'après-midi, car il a déjà un rendez-vous vers midi. Eun-ho rechigne à laisser Jiyu seule trop longtemps à la maison, mais il n'a pas envie de rentrer. Il se dit que sa femme va bientôt arriver ou, plutôt, il essaie de s'en persuader.

Pendant qu'il se promène en voiture, une voix trotte dans sa tête : « Elles sont de connivence. »

Dans la matinée, il a reçu un appel de celle qui a proféré cette phrase. Il s'essuyait après la douche quand sa femme lui a passé son téléphone. L'écran affichait un numéro inconnu.

— Qu'est-ce que tu fais ? Tu ne réponds pas ? s'est étonnée sa femme, l'épaule contre la porte de la salle de bains.

Il l'a regardée en songeant : *Et toi, pourquoi tu restes là ?* Le téléphone a sonné obstinément, jusqu'à ce que sa femme s'en aille.

— Monsieur Cha Eun-ho ? a lancé une femme dès qu'il a appuyé sur le bouton vert.

Cette voix lui était inconnue. Quand il a voulu savoir qui était à l'appareil, elle s'est présentée comme la jeune sœur de Seo Jun-young. Elle souhaitait le rencontrer.

— Et pourquoi ?

— Il vaudrait mieux qu'on se voie, a-t-elle répliqué avec arrogance. Si vous voulez résoudre l'énigme de la mort de votre fils.

Sa main, qui essorait ses cheveux dans sa nuque, s'est figée net. Il savait déjà que le premier mari de sa femme avait disparu. Mais quel rapport avec la mort de Noah ? Comme en réponse, deux photos ont surgi dans sa mémoire : l'une de Jiyu et Seo Jun-young, l'autre de lui et Noah.

Il était méfiant. Si ce n'était pas là une promesse en l'air et si cette femme pouvait réellement lui fournir un indice sur la mort mystérieuse de son fils, cela voulait dire qu'elle souhaitait quelque chose de lui en retour, quelque chose qui avait autant de valeur que ce qu'elle comptait lui apprendre. Sauf qu'il n'avait aucune idée de ce dont il s'agissait. Il avait beau réfléchir, il ne voyait pas ce qu'il pourrait lui donner qui puisse l'intéresser.

Il a hésité un moment avant de se décider à la rencontrer. Un noyé s'accroche à un brin de paille. Ne dit-on pas que l'ennemi de mon ennemi est mon ami ? Elle n'était sûrement pas une amie, mais peut-être l'orienterait-elle dans la bonne direction. Et si elle était effectivement la jeune sœur de l'homme qui s'était battu en justice contre Yuna dans le cadre d'un divorce, au moins ne se liguerait-elle pas avec son épouse contre lui.

La femme semblait persuadée qu'il accepterait de la voir, car elle a dit qu'elle se trouvait tout près de la maison. Elle lui a également décrit son apparence physique :

— J'ai une queue-de-cheval, une robe noire, vous me reconnaîtrez tout de suite car je ressemble beaucoup à Jiyu.

Elle lui a indiqué leur lieu de rendez-vous.

— Je suis dans un café qui s'appelle Mojo. Vous voyez où c'est ?

Oui, il était juste derrière son lotissement. Lui et sa femme y passaient souvent en se promenant après le dîner, ce qui le gênait un peu, mais il n'avait pas envie d'en chercher un autre rien que pour ça. Après tout, ce n'était pas comme s'il voulait la tromper avec une autre. Il a décidé de voir les choses autrement : Yuna n'avait aucune raison de s'y rendre de si bon matin.

— Tu sors ? s'est-elle étonnée alors qu'il quittait la chambre après s'être changé.

Il a hoché la tête en se dirigeant vers le vestibule.

— Tu vas où ?

— J'ai rendez-vous avec mon avocat.

Le mensonge est sorti tout seul, il n'a même pas cillé.

— Et quand as-tu décidé de faire appel à un avocat ? Où est son cabinet ? Pourquoi veut-il te voir un samedi matin ? l'a mitraillé sa femme en lui barrant le chemin.

— Le résultat de l'autopsie va bientôt tomber. Je dois m'y préparer.

— Comment va-t-il s'y prendre ? a-t-elle répliqué, l'air de ne pas vouloir lâcher prise.

— Justement, on doit se voir pour en discuter.

— Attends, je viens avec toi, a-t-elle dit en lui prenant le bras. Je vais me changer, je reviens tout de suite.

Il a été pris de panique. Il a écarté la main de sa femme, tout en tâchant de n'en rien laisser paraître.

— Une prochaine fois. Aujourd'hui, j'aimerais le voir en tête à tête.

— Tu ne dois pas y aller seul. Il va se dire que tu n'as même pas de famille pour te soutenir. Et puis, il faut quelqu'un qui puisse expliquer la situation en toute objectivité…

— Je suis parfaitement capable de me défendre. J'ai

une langue, tu sais. Tu n'as qu'à t'occuper de Jiyu, a-t-il ajouté froidement pour couper court à la conversation.

Et sans prendre le temps de voir la réaction de sa femme, il a foncé vers la sortie, enfilé ses chaussures et refermé la porte derrière lui. Malgré tout, il a senti que Yuna l'observait par la baie vitrée qui donnait sur la véranda. C'est pour ça qu'il s'est dirigé vers le garage au lieu de sortir par la porte de derrière, et qu'il est arrivé sur le lieu du rendez-vous en voiture. Ça lui a pris dix minutes, alors que cinq lui auraient suffi à pied.

Avant de descendre de voiture, il a sorti son téléphone et, le mettant en mode avion, a lancé un enregistrement. Dès qu'il est entré dans le café, il a croisé le regard d'une femme. Assise dans un coin près de la fenêtre, elle portait une robe noire. Elle l'a fixé alors qu'il avançait vers elle, le regard plus malicieux qu'intelligent. Contrairement à ce qu'elle semblait croire, elle n'avait aucun point commun avec Jiyu, mis à part leur nom de famille.

— Mademoiselle Seo Min-yeong ?

Elle s'est levée, un sourire énigmatique aux lèvres.

— Je crois connaître les goûts de mon ex-belle-sœur en matière d'hommes.

Eun-ho n'a pas saisi l'allusion, mais s'est dit que ce n'était en tout cas pas le genre de phrase qu'on lançait à un inconnu. Baissant les yeux, il a constaté qu'elle buvait une tasse de café. Il s'est écoulé environ cinq minutes avant qu'il vienne s'installer face à elle, car il est allé commander son café au comptoir et a dû attendre un peu avant de revenir avec. Cela lui éviterait de devoir aller le chercher en pleine discussion.

Ils ont éludé les présentations habituelles. Seo Min-yeong le considérait d'un regard scrutateur, l'air un peu anxieuse.

— Je suis navrée pour votre fils, a-t-elle dit.

Sans répondre, il a avalé une gorgée de café. Alors que la chaleur se diffusait sur sa langue, une réalité s'est imposée à lui : il se trouvait face à la petite sœur de l'ex-mari de Yuna. S'il devait classer les gens selon la probabilité de les rencontrer, cette femme arriverait à la fin de la liste. Aussi était-il très curieux de savoir pourquoi elle voulait le voir en prenant la mort de Noah comme prétexte.

— J'aimerais que vous me racontiez en détail ce qui s'est passé ce jour-là.

Eun-ho n'en avait aucune envie. Il en avait déjà parlé à la police un nombre incalculable de fois. Il en avait plus qu'assez, alors le raconter encore à une parfaite inconnue…

— D'abord, il y a certaines choses que vous allez devoir m'expliquer.

Min-yeong l'a regardé en faisant la moue, comme si elle se demandait de quoi il parlait. Elle semblait vraiment l'ignorer, à moins qu'elle ne joue parfaitement la comédie.

— Comment avez-vous eu mes coordonnées ?

Min-yeong a levé légèrement le menton, l'air de faire un « Ah ! », et a répliqué avec une mine innocente :

— C'est si important que ça ? L'essentiel, c'est qu'on se soit rencontrés.

Eun-ho s'est tout de suite dit que Yuna et Min-yeong n'étaient sûrement pas très proches, et qu'elles seraient peut-être même capables de s'entretuer. A ses yeux, elles appartenaient à la même catégorie de personnes, celles qui se considèrent comme le centre du monde. Sauf qu'il ignorait encore laquelle des deux était un cran au-dessus de l'autre. Il allait devoir les observer davantage.

— J'imagine que vous avez recouru aux services d'un professionnel. Je ne pense pas que ma femme vous ait donné mon numéro, et personne autour de moi ne vous connaît.

— Vous êtes là pour écouter ce que j'ai à vous dire, non ?

— Je ne suis pas là pour vous écouter, ni pour répondre à vos questions. Je veux juste savoir pourquoi vous avez enquêté sur moi derrière mon dos.

— Vous n'avez aucun soupçon sur la mort de votre fils ? Vous croyez vraiment que c'est vous qui l'avez tué ?

Soudain, il a senti que ses oreilles étaient brûlantes, et sans doute rouge cramoisi. Il a perçu le regard des gens à côté d'eux, et même de ceux assis derrière lui. Sans rien dire, il a baissé les yeux et inspiré vivement entre ses dents, pour l'inciter à se taire. Même un chien aurait saisi le message, mais Min-yeong, elle, a fait la sourde oreille.

— Vous dormez aussi profondément, d'habitude ? Vous ne vous réveillez jamais ? Vous n'avez pas trouvé ça louche ?

— Attention, mademoiselle Seo Min-yeong ! Je peux vous dénoncer sur-le-champ pour insinuation calomnieuse…

— Cette nuit-là, vous n'avez pas bu quelque chose avant de dormir ?

Son cœur s'est mis à battre. Comment pouvait-elle être au courant ?

— Qu'est-ce que vous entendez par là ?

Min-yeong n'a pas répondu tout de suite, se contentant de le contempler avec un sourire aux lèvres. Eun-ho s'est efforcé de ne pas laisser paraître son impatience, de peur que cette femme rusée ne renonce à abattre sa dernière carte.

— J'aimerais vous parler de mon ex-belle-sœur, précise-t-elle. Elle n'était pas à la maison le 16 novembre, n'est-ce pas ?

Jusqu'à quand allait-elle l'assaillir de questions ? Il a eu une bouffée de colère.

— Yuna n'est pas une femme au foyer, a-t-il répliqué. La semaine, elle n'est pas à la maison dans la journée.

— Non, mais elle n'y était pas la nuit non plus, pas vrai ? Puisqu'elle se trouvait avec mon frère.

Il a pincé les lèvres pour retenir un « Oh ! » de stupeur. Que savait-elle au juste pour affirmer une chose pareille avec autant d'aplomb ?

— D'après la police, c'est dans un McDo à Gyochon que mon frère a utilisé sa carte bancaire pour la dernière fois. Il a acheté un Happy Meal. Ce n'est pas un menu d'adulte.

Alors qu'Eun-ho s'enfonçait dans son siège, elle a poursuivi.

— Je suis sûre qu'il l'a acheté pour Jiyu, et qu'il l'a donc retrouvée non loin de là. Elle n'a pas pu venir toute seule, elle était sûrement accompagnée par sa mère. C'est vers 14 heures ce jour-là que j'ai communiqué avec lui pour la dernière fois. Enfin, communiquer est un bien grand mot, vu que mon frère m'a presque raccroché au nez. Depuis, son téléphone est resté éteint.

Min-yeong a toussé deux fois avant de saisir son verre d'eau et de boire à petites gorgées comme un chat.

— Je vais vous dire ce que je pense, a-t-elle repris. Quand mon frère a répondu à mon appel, il devait être déjà dans la voiture de Yuna, quelque part où il n'y avait pas de caméras de surveillance. S'il m'a raccroché au nez, c'est sûrement à cause d'elle. Je ne sais pas si vous êtes au courant, mais vous savez, mon frère a bataillé longtemps au tribunal pour obtenir le droit de voir Jiyu. Alors, il n'a sûrement pas voulu contrarier son ex-femme. Il revoyait sa fille pour la première fois depuis trois ans, vous vous rendez compte ? Et il voulait la revoir régulièrement à l'avenir. D'après la police, c'est aux alentours de Gyochon que son téléphone a émis pour la dernière fois. Ça veut dire qu'il n'a pas simplement raccroché, il l'a carrément éteint dès la fin de mon appel. Depuis, plus aucun signe de vie.

Eun-ho a songé à la photo où l'on voyait Jiyu et son père. Où avait-elle été prise ? D'après le décor, ce n'était pas dans un hôtel. Ou alors un appart-hôtel ? Ou bien…

— J'ai entendu dire que la police était en train de vérifier les caméras de surveillance de toutes les routes partant de Gyochon, dans le but de repérer les voitures de Yuna et de Sin Jae-in, qui seraient toutes les deux passées aux alentours de 14 heures.

Aussitôt, Eun-ho s'est redressé, tandis que Min-yeong éclatait d'un rire silencieux en retroussant ses lèvres fines.

— C'est étonnant que les deux sœurs aient fricoté avec mon frère, non ?

En effet. Il croyait avoir mal entendu, car il ne comprenait pas pourquoi elle avait mentionné le nom de Jae-in.

— Si la voiture de mon frère n'avait pas été découverte, peut-être que la police n'aurait pas ouvert l'enquête. Au fait, vous savez où on l'a retrouvée ?

Comment l'aurait-il pu ? Il a attendu la suite en silence.

— Dans un parking public près de la gare de Juan. La police m'a convoquée pour m'interroger sur la relation entre mon frère et Jae-in, en me précisant qu'il était monté avec elle dans sa voiture. J'ai tout de suite pressenti ce qui avait dû se passer, car tous deux se sont rencontrés quand ils avaient dix-neuf ans et leur histoire a duré onze longues années.

Eun-ho a dégluti. S'il avait bien compris, le frère de cette femme avait abandonné sa petite amie de longue date avant de se marier avec la sœur de celle-ci ?

— Elles sont de connivence.

Sans rien ajouter de plus, Min-yeong s'est contentée de le fixer, l'air de dire : Vous voyez où je veux en venir ?

— Qu'est-ce que vous voulez dire par là ? n'a-t-il pu s'empêcher de demander.

— Je veux dire qu'elles ont kidnappé mon frère toutes les deux. Jae-in l'a fait venir et l'a emmené en voiture jusqu'à un endroit où Yuna les attendait. Ensuite, Yuna l'a fait monter dans son véhicule, sachant qu'il aurait suivi n'importe qui jusqu'en enfer, pour retrouver sa fille.

Les propos de la femme n'étaient pas très cohérents. Si elle disait vrai, il n'y avait aucune raison pour que Jae-in intervienne. Il aurait suffi que Yuna agite ne serait-ce qu'un pan de vêtement de Jiyu pour que Seo Jun-young accoure ventre à terre.

— A mon avis, c'était sûrement pour entraîner la

police sur une fausse piste, et visiblement elles ont réussi. En ce moment, les flics sont complètement paumés. Ils n'ont pas l'air de savoir sur laquelle des deux femmes ils doivent se focaliser. Mais si vous voulez mon avis, elles sont complices.

Cet argument non plus, il ne le comprenait pas. Pour quelle raison Jae-in aurait-elle enlevé son ex-petit ami de mèche avec une sœur qu'elle n'aimait pas ? Et sept ans après, en plus ? Aveuglée par ses convictions, cette femme ne tenait aucun compte des faits les plus incontestables. Elle prenait pour des preuves tangibles de simples élucubrations.

— Si l'homme avec qui elle sortait depuis onze ans l'a trahie en épousant sa propre sœur, elle a bien dû en éprouver du ressentiment ! A sa place, moi, j'aurais voulu me venger. Je ne pense pas que Sin Jae-in soit très différente. Sans doute a-t-elle attendu le moment propice pour passer à l'action.

Eun-ho en avait marre. Cette femme ne cessait de tourner autour du pot, sans aborder le sujet essentiel : quel rapport entre la disparition de Seo Jun-young et la mort de Noah ?

— Je vous repose la question au sujet du 16 novembre, a-t-elle repris. Ce jour-là, votre femme n'est pas rentrée à la maison, c'est bien ça ?

Eun-ho a compris qu'il fallait lui répondre s'il voulait qu'elle passe à l'étape suivante.

— Elle m'a dit qu'elle était dans sa famille.

— Elle vous a menti, a déclaré Min-yeong en secouant la tête. Elle n'était pas dans sa famille. Je crois qu'elle a amené mon frère dans un endroit prévu d'avance, et que là-bas, elle a dû lui faire boire quelque chose.

Il s'est rappelé la photo de Jiyu et de son père. Plus précisément, la coupe de champagne de Jun-young et le verre de jus de fruit de sa fille. La gorge sèche, il a bu un peu de café. Il était tellement impatient qu'il lui aurait volontiers arraché les mots de la bouche.

— Quand elle était étudiante, Yuna a vécu avec un garçon, qui est mort dans un accident de voiture. Il paraît qu'il s'était assoupi au volant. Pile le jour où il était allé chercher ses affaires après s'être séparé de Yuna. Par chance, l'ami qui l'accompagnait ce jour-là a survécu.

Min-yeong a levé le menton et a croisé son regard avant d'ajouter :

— Ce n'était autre que votre ami, monsieur Cha.

Eun-ho a senti son diaphragme se contracter brusquement et le sang affluer dans sa gorge. La photo de Jinu avec un inconnu a ressurgi dans son esprit troublé. La voix de son ami a résonné à ses oreilles : « Si jamais tu as des questions à me poser, n'hésite pas à m'appeler. »

— Et une mort de plus par somnolence au volant, a-t-elle enchaîné. Le père de Yuna. L'accident a eu lieu juste après son licenciement pour détournements de fonds. On m'a dit qu'elle avait hérité de la société après le décès de son père.

Non, ce n'est pas possible, a-t-il songé en secouant la tête malgré lui. Lorsque sa femme avait appris la mort de son père, elle était avec lui à Irkoutsk, mais le message l'informant de l'accident était parti une semaine plus tôt… Il essayait de calculer les dates, mais son cerveau ne fonctionnait pas correctement. Il revoyait le visage de son beau-père qui souriait de toutes ses dents, une tasse de café à la main.

— Est-ce que vous avez demandé à Yuna de divorcer ?

Là, il aurait pu répondre on ne peut plus clairement : « Jamais de la vie ! »

— Ou est-ce que vous lui avez donné un signe allant dans ce sens ?

Eun-ho s'est demandé tout à coup : désobéir à sa femme, est-ce un signe qu'on veut divorcer ?

— Si c'est le cas, vous avez dû boire quelque chose la veille de la mort de votre fils, en guise de représailles.

Ça, il le soupçonnait déjà, sauf qu'il n'en avait aucune preuve.

— C'est à cause de ça que votre fils est mort pendant votre sommeil.

Il s'est rappelé la photo où on le voyait avec Noah, et aussi son rêve avec les explosions de lumière. Ses mâchoires ont tressailli, comme sous l'effet d'une convulsion. Pourquoi Noah, et pas lui ?

— Peut-être s'agissait-il d'un avertissement, pour dire : « Toi aussi, tu peux partir comme ça. »

Min-yeong l'a dévisagé, sans doute pour voir sa réaction. Il a soutenu son regard. Il se demandait sérieusement si elle n'était pas complètement cinglée. Non mais franchement, commettre un meurtre en guise d'avertissement !

— Vous, vous cherchez à vous libérer du soupçon de meurtre qui pèse sur vous, et moi, j'aimerais retrouver mon frère. Je pense qu'il est encore en vie, sinon on aurait déjà retrouvé son corps… Si nous voulons obtenir chacun ce que nous voulons, vous devez me dire, avant qu'il soit trop tard, où se trouvait Yuna le 16 novembre. Ou, au moins, me donner une idée de l'endroit où elle aurait pu se rendre.

— Ecoutez, mademoiselle Seo Min-yeong…

Il ne pouvait approuver son raisonnement car, manifestement, elle déformait les faits pour aboutir à la conclusion qui l'arrangeait. C'est ce qui clochait dans sa version de l'histoire. Lui, il voulait des preuves tangibles, non des suppositions futiles.

— Vous essayez de me dire que ma femme et ma belle-sœur ont kidnappé votre frère et tué mon fils, c'est bien ça ?

— Si vous ne parvenez pas à voir votre femme sous un autre angle… a-t-elle commencé en scrutant Eunho… vous serez la prochaine victime. J'en mettrais ma main au feu.

— Votre main, vous avez intérêt à en prendre soin ! a-t-il déclaré en se levant.

Il estimait en avoir assez entendu. Il ne lui restait plus qu'à partir. De toute façon, il n'était pas en mesure de donner à Min-yeong ce qu'elle voulait, et d'ailleurs il n'en avait aucune envie.

— Si vous revenez me raconter encore des absurdités, j'appelle la police.

Il a brandi son téléphone.

— Toute notre conversation est enregistrée là-dedans.

Seo Min-yeong s'est mordu la lèvre et l'a fusillé du regard. Il a tourné les talons et quitté le café avant qu'elle ait pu riposter. Craignant qu'elle ne se lance à ses trousses, il a démarré précipitamment ; sans doute fuyait-il une vérité qu'il refusait de croire depuis un moment.

Le temps qu'il reprenne ses esprits, il était déjà devant chez lui. L'idée qu'il avait roulé jusque-là sans même s'en rendre compte l'a déconcerté. Mais ce qui l'a ébranlé encore plus, cela a été de tomber sur sa belle-sœur et non sur sa femme. En un sens, il était plutôt content que ce soit le cas, car Yuna était la dernière personne qu'il avait envie de voir ce jour-là. Et puis, c'était l'occasion de vérifier auprès de Jae-in quelques détails qui le tourmentaient.

La dernière phrase de sa belle-sœur lui traverse l'esprit : « Elle aime les Happy Meal de chez McDo. Avec un hamburger, des frites et un coca. » Seo Jun-young aussi en avait apparemment acheté lors de cette fameuse journée. Si ses calculs sont bons, celui-ci a divorcé de Yuna quand Jiyu avait trois ans. A l'époque, la fillette devait être trop jeune pour aimer les Happy Meal. Alors, comment a-t-il pu savoir ce qu'elle préférait ? A-t-il demandé à Jae-in, ou à Yuna ?

Eun-ho gagne la résidence de Jinu en fin d'après-midi et se gare dans le parking en sous-sol avant de monter au cinquième étage. Son ami lui ouvre, vêtu d'un simple bermuda, son torse imposant en sueur. Eun-ho jette un coup d'œil furtif à ses bras, qui sont aussi épais que ses cuisses à lui.

— Tu disais que tu avais rendez-vous, mais on dirait plutôt que tu es allé soulever de la fonte ?

Jinu se fend d'un grand sourire, faisant saillir ses pectoraux.

— Je ne fréquente plus les salles de sport. J'en ai installé une dans la chambre près de l'entrée.

Il explique avoir acheté une station de musculation pour une somme colossale. Son objectif est d'atteindre les 500 kilos en combinant développés couchés, squats et soulevés de terre. Visiblement, il a troqué sa chère

Nintendo contre une machine de musculation.

— Les voisins du dessous ne se plaignent pas ? s'inquiète Eun-ho.

— J'ai fait refaire le sol. Tu veux voir ?

Eun-ho secoue la tête. Son ami serait capable de passer deux bonnes heures à expliquer les corrélations entre les travaux, la station de musculation et le bruit d'un étage à l'autre.

— Tu as faim ? demande Jinu en désignant la table du pouce. Qu'est-ce que tu veux manger ? Je ne sais pas ce que tu aimes, mais tout est prêt.

Des saucisses, des steaks et des blancs de poulet préparés de diverses manières sont disposés sur la table.

— Je veux bien une bière.

— Ça va pas la tête ? Il fait encore jour, je te signale !

Tout en ronchonnant, Jinu se rend sur le balcon et en revient avec une caisse entière de bières. Comme accompagnement, il apporte des blancs de poulet tandoori, son plat préféré. Eun-ho s'assied par terre, calé contre le canapé. Le ciel est sombre, le vent secoue bruyamment la vitre qui donne sur le balcon. Il ne va pas tarder à pleuvoir ou à neiger.

— On connaît le résultat de l'autopsie ? s'enquiert son ami en venant s'asseoir à côté de lui.

— Pas encore.

Eun-ho vide sa première canette d'un trait. Dès que l'alcool se répand dans son corps, il se détend un peu. Il se rend compte qu'il est à cran, et aussi que c'est la première fois qu'il touche à l'alcool depuis qu'il a vu Jinu, deux semaines plus tôt. Comment a-t-il pu tenir le coup ? Mystère !

— J'ai des questions à te poser.

Il sort son téléphone de sa poche et le pose entre eux.

— Ecoute d'abord ça.

Il lance la lecture et sa propre voix retentit. Il décapsule une deuxième canette. Jinu, immobile, se contente de fixer le bout de ses pieds et ne réagit pas, même quand son nom est prononcé. Quand l'enregistrement s'arrête, il lève enfin la tête en émettant un bruit étrange, à mi-chemin entre un gémissement et un « oui ».

— J'ai aussi quelques trucs à te montrer.

Eun-ho fait défiler les photos qu'il a prises quelques jours plus tôt et clique d'abord sur celle montrant un homme blanc avant de tendre le téléphone à son ami.

— Regarde.

Son ami obéit sans broncher. A mesure qu'il passe d'un cliché à l'autre, ses émotions semblent aller crescendo. Au début surpris, il paraît de plus en plus troublé. Arrivé à la dernière photo, il a l'air carrément chamboulé, ce qui signifie qu'il a compris le sens de l'agencement de ces clichés.

— Maintenant tu sais ce que je vais te demander, pas vrai ? Tu devais te dire : « Quand est-ce que ce crétin va enfin débarquer ? »

Sur ce, Eun-ho s'ouvre une troisième canette, en boit la moitié d'un coup et ajoute :

— Tu aurais dû me le dire dès le début.

— C'est vrai que je t'ai sorti ça sur le moment, mais… répond Jinu après un long silence, je n'étais pas sûr à cent pour cent. J'avais juste des doutes, et ça m'a perturbé jusqu'à ce midi. Je ne savais pas trop si je devais t'en parler quand tu viendrais, ou même si j'avais le droit de le faire. A quoi bon, au fond ?

Les mots « jusqu'à ce midi » attirent l'attention

d'Eun-ho, qui en déduit :

— Si je comprends bien, aujourd'hui tes doutes se sont dissipés. Qu'est-ce qui s'est passé ?

— A midi, j'ai rencontré quelqu'un qui se posait les mêmes questions que toi.

— Qui ça ? fait Eun-ho, surpris, sa bière à mi-chemin de ses lèvres.

— Sin Jae-in.

Eun-ho reste sans voix. Il n'aurait jamais imaginé entendre son ami prononcer ce nom. Comment sa belle-sœur a-t-elle pu savoir pour Jinu, et comment a-t-elle fait pour le trouver ?

— Je suppose qu'elle a entendu parler de moi par cette Seo Min-yeong qui t'a aussi contacté. Elle a dû aller la voir avant toi. Mais là, après avoir écouté ton enregistrement, j'avoue que je suis un peu perdu. J'ai du mal à croire que Sin Jae-in et Yuna puissent être complices…

— Alors, tu as tout déballé à ma belle-sœur ?

Jinu regarde distraitement par la fenêtre. Quelque part, des colombes roucoulent.

— Au début, j'avais l'intention de ne rien lui dire. A ma place, tu en aurais parlé au premier venu ? Mais elle m'a raconté l'accident de son père, et elle voulait savoir la vérité. Je lui ai dit que ce n'était peut-être qu'une coïncidence. Alors, elle m'a appris que le petit ami qui avait vécu avec Yuna à Moscou était lui aussi mort dans un accident de voiture. Après s'être endormi au volant.

Eun-ho baisse les yeux sur son téléphone. S'agit-il de l'homme blanc qu'on voit sur le Polaroïd ? Une petite voix lui dit que oui.

— Pour tout dire, je suis encore secoué. Cette histoire est-elle vraisemblable ? Est-ce que plusieurs personnes se seraient liguées pour accuser une innocente ? Est-ce que ma mémoire me joue des tours ? Franchement, je m'interroge, et je suis assez chamboulé, achève Jinu en tournant la tête vers son ami.

— Raconte-moi ce que tu voulais me dire, propose Eun-ho.

Comme il le pensait, l'homme sur le deuxième Polaroïd est bien ce Kang Ji-un dont Jinu avait parlé au lac Baïkal. Ce que son ami raconte semble corroborer les propos de Min-yeong : Yuna et Ji-un vivaient ensemble et avaient le projet de partir étudier en Russie après leur licence…

A l'époque, Jinu venait de terminer son service militaire et reprenait tout juste ses études. C'est pourquoi il ne savait rien de Yuna, qui était pourtant bien connue à la fac. Malheureusement, c'était le jour de l'accident de son ami Ji-un qu'il l'avait rencontrée pour la première fois.

La veille au soir, Ji-un était passé voir Jinu sans prévenir et, dans un bar à bières du quartier, il lui avait confié s'être séparé de Yuna. Cela faisait déjà une semaine qu'il avait quitté précipitamment leur appartement sans rien emporter. Il ne s'agissait pas d'une simple dispute ni d'une querelle d'amoureux ; à vrai dire, elle le faisait carrément flipper.

Yuna était toujours à fond, à chaque seconde, et son humeur était très changeante. En un instant, elle passait de « viens là » à « va-t'en ». Quand on en était à « viens là », c'était un ange, mais quand on parvenait à « va-t'en », elle devenait complètement barge. Elle pointait le moindre défaut de son compagnon, et si celui-ci s'évertuait à avoir un comportement irréprochable, elle se fâchait en disant qu'il gardait trop ses distances. Quand elle s'énervait, elle pouvait aller jusqu'à l'agression physique ou l'automutilation. Il avait déjà failli la quitter et elle ne comprenait pas comment il pouvait lui faire ça, à elle.

Il avait peur de se trouver seul avec elle. C'est pour ça qu'il était venu voir Jinu : il voulait que son ami l'accompagne récupérer ses affaires. C'est ainsi que, le lendemain après-midi, ils sont allés tous les deux chez Yuna.

— A cause de ce que m'avait dit Ji-un, j'imaginais Yuna comme une femme rigide tirée à quatre épingles, ou bien comme une sorcière dotée de pouvoirs surnaturels.

En réalité, sa première impression avait été déconcertante.

— Tu sais mieux que moi qu'elle ressemble un peu à un ciel clair après la pluie, c'est ce qui a dû te séduire, toi aussi, au départ. On ne l'aurait jamais crue capable de s'automutiler ni d'agresser les autres. Elle avait l'air de quelqu'un de simple et pur, avec une élégance féminine qui la faisait paraître plus mûre que son âge. Tu sais, sur le moment, j'ai vraiment douté de Ji-un, en me disant que ce salaud avait fait passer ce charmant bout de femme pour une cinglée dans le seul but de se séparer d'elle.

Debout dans la cuisine, Yuna les a regardés faire les valises en silence. Elle leur a proposé un café avant qu'ils repartent. Ji-un lui a fait comprendre du regard qu'il préférait ne pas accepter, mais Jinu n'en a pas tenu compte. Ça lui faisait tellement de peine de voir tout le café qu'elle avait préparé qu'il n'a pas eu le cœur de refuser. Ji-un s'est attablé à son tour. C'est à ce moment-là que Yuna a sorti son Polaroïd.

— Elle voulait avoir une photo-souvenir de leur séparation, et Ji-un a accepté à contrecœur.

Elle en a tiré trois exemplaires, pour que chacun en ait un. Puis plus personne n'a prononcé un mot. Ce n'est que lorsque les deux amis ont quitté l'appartement que Yuna a adressé un bref « Salut » à Ji-un.

Sa voix était tellement faible et détachée que Jinu s'est retourné. Quand leurs regards se sont croisés, elle lui a également lancé : « Salut à toi. »

Jinu vide sa canette de bière d'un coup et la repose par terre.

— Qui aurait pu croire que Ji-un allait partir aussi vite ? En fait, Seo Min-yeong se trompe sur certains points. Elle a dû avoir vent de l'accident par des rumeurs, mais en réalité je ne suis pas monté dans la voiture. Mon ami retournait chez ses parents à Bundang, dans la ville de Seongnam, et je n'avais pas de raison de l'accompagner. En plus, j'avais un autre rendez-vous dans la soirée. Mais, tu sais…

En rentrant chez lui, Jinu s'était senti tout mou. Mais sur le moment, il n'avait pas trouvé ça bizarre. Il s'était simplement dit qu'il était fatigué après ce déménagement dans une ambiance tendue. Il s'était allongé sur le lit pour se reposer cinq minutes et s'était réveillé le lendemain matin. Peu après, il avait appris l'accident de Ji-un. Ce dernier s'était endormi au volant et sa voiture avait quitté brutalement l'autoroute Olympic et plongé dans le fleuve Han.

— Tu sais quelle est la première chose qui m'est venue à l'esprit en apprenant cette nouvelle ?

C'était le café qu'ils avaient pris tous les deux. L'un s'était endormi comme une masse, l'autre était mort en piquant du nez au volant. Il s'est demandé si ces deux événements étaient vraiment le fruit du hasard. Yuna ne s'est pas présentée aux obsèques. Jinu ne l'a pas revue à la fac non plus. Tout ce qu'il savait, c'est qu'elle était partie en Russie juste après l'accident, et que lui, il était condamné à vivre avec ce terrible doute enfoui au fond de son cœur. Et voilà que, par un drôle de concours de circonstances, il la retrouve au lac Baïkal.

— Pourquoi tu ne m'en as pas parlé à ce moment-là ? s'étonne Eun-ho.

Mais la réponse, il la connaît déjà. Si Jinu lui en avait parlé, Eun-ho l'aurait traité de rabat-joie. Déjà qu'il lui en voulait de l'avoir présenté à Yuna comme un divorcé ! Il croit enfin comprendre le sens caché des paroles que Jinu lui a lancées dans le bar à bières deux semaines plus tôt : « Fais gaffe à toi. Au moindre faux pas, tu risques de claquer dans ton sommeil. » Mais c'est Noah, pas lui, qui a quitté ce monde. Pourquoi son fils, alors que c'est lui qui a mis sa femme en colère ? Yuna est la seule à le savoir.

— Dès que j'ai appris la mort de Noah, j'ai pensé à votre rencontre au lac Baïkal. Je me suis dit que j'aurais dû t'empêcher de l'épouser, quitte à me faire insulter ! Pourquoi l'ai-je abordée au lac Baïkal, au lieu de l'ignorer ? Je l'ai amèrement regretté. Si seulement je ne vous avais pas entraînés au bar tous les deux, ton destin ne serait pas maintenant lié au sien !

— Mais pourquoi l'as-tu fait ?

— Peut-être que je voulais confronter mes doutes à la réalité : était-elle vraiment capable de ça ? Ridicule, pas vrai ? dit Jinu avec un rire forcé. De toute façon, il n'y a pas écrit sur son front « Oui, je suis coupable ».

Jinu ouvre une nouvelle canette et la vide avant de sombrer dans le silence. Eun-ho se tait, lui aussi. Il pensait que les choses seraient plus claires après avoir vu Jinu, mais ce n'est pas le cas. Il a encore du mal à croire à ce qui est arrivé, et il ne sait toujours pas où se trouve la vérité. Son esprit est assiégé par une question sans réponse : Sin Yuna, qui es-tu au juste ?

*

En cet après-midi crépusculaire, le jour s'assombrit et prend la couleur du plomb alors qu'il n'est pas encore 17 heures. Jae-in se redresse et agrippe le volant, le regard tourné vers la droite afin de ne pas louper une indication qui ne devrait pas tarder à apparaître.

L'entrée du village d'Uhye-ri est facile à rater. Cachée derrière les arbres tel un passage secret, elle n'est même pas annoncée. Le village n'est pas visible non plus depuis la route. L'arrêt de bus est le seul indicateur, mais il est marqué par un petit panneau pas plus gros que la paume d'une main :

Uhye-ri

Bus n° 1001 – Bukmyeon, Surisan

Elle vire à droite juste après le panneau et pénètre dans le village. Elle roule sur environ un kilomètre, le long des rizières en terrasse où traînent de gros rouleaux de paille semblables à des œufs de dinosaure, avant d'apercevoir les habitations. C'est un petit village d'une vingtaine de maisons éparpillées çà et là au pied d'une colline.

Une fois qu'elle a contourné la colline, apparaît une maison en ruines. La clôture est inexistante, le portail a disparu ; en bordure de la cour s'étend une serre au toit à moitié arraché. D'après ses souvenirs, cette maison est à peu près dans le même état que la dernière fois qu'elle est venue, il y a trois ans.

A l'époque, elle s'est dit qu'elle ne remettrait plus jamais les pieds dans ce village. Il s'avère que si. Elle se gare derrière la serre, c'est le meilleur endroit auquel elle a pensé pour cacher son véhicule.

La maison de sa grand-mère se trouve dans un cul-de-sac aux confins du village. Elle est entourée sur trois côtés par une pinède touffue, il n'y a nulle part où se garer. Jae-in sort des ruines et s'assure que sa voiture n'est pas visible depuis la rue.

Elle gravit les cinq cents mètres qui l'en séparent à la course. Le portail en piteux état l'attend : la peinture bleue s'est écaillée, une eau rouillée pourpre y a coulé en laissant des traînées de larmes et, à son pied, des mauvaises herbes hivernales poussent aussi dru que des lianes. Elle essaie de le pousser. Evidemment, il est verrouillé. Elle appuie sur la sonnette et attend. Rien. Elle appelle à tue-tête :

— Il y a quelqu'un ?

Toujours rien. Cette fois, elle peut affirmer avec certitude qu'il n'y a personne. Elle se dirige vers la clôture métallique envahie par les rosiers grimpants. On dirait un bout de ferraille tout juste bon à jeter, mais les poteaux semblent solides. Elle leur flanque des coups de pied. Ils ne bougent pas, et supportent fermement son poids lorsqu'elle monte dessus en s'appuyant sur le grillage.

Elle atterrit en douceur, près de l'érable. En se relevant, elle se trouve face à un paysage déconcertant. La charmante petite maison multicolore à un étage de ses souvenirs, sortie tout droit d'un conte, a bien changé. On dirait qu'elle est à l'abandon depuis des siècles.

L'érable n'a plus que ses branches, les genévriers de Chine du parterre qui ont poussé n'importe comment ont perdu leurs formes rondes depuis longtemps, des lianes ont escaladé les murs avant d'envahir le toit. Le sol devant le séjour est jonché de feuilles mortes en état de décomposition et les fenêtres sont aussi sales que celles de la ruine de tout à l'heure.

Jae-in traverse la cour dallée et atteint la porte d'entrée. Celle-ci est fermée à clé. La baie vitrée du séjour et la fenêtre de la chambre de la grand-mère sur le côté également. Toutes deux étant masquées par d'épais rideaux, elle ne peut voir l'intérieur.

Elle gagne la cour arrière, où l'attend un paysage encore plus désolé. Le mur de soutènement en béton est crevassé et éboulé, le potager est envahi par les mauvaises herbes et couvert d'une bâche en plastique déchirée en mille morceaux, un sécateur ouvert traîne au pied du plaqueminier qui donnait des kakis chaque année. Sur le sol humide pousse une mousse verte, tandis qu'un vent cinglant provenant de la montagne secoue l'ombre de la pinède qui longe le mur.

Jae-in gagne la porte de derrière en marchant à grandes enjambées sur le sol mou. Elle est aussi fermée à clé. Il en va de même pour la fenêtre de la salle de bains à côté ; même si elle était ouverte, ça ne servirait à rien puisque, de toute façon, elle ne pourrait y passer que la tête. Elle se penche en arrière et inspecte l'étage. Il y a une fenêtre sur l'extrémité gauche. Celle-ci est un peu étroite, mais assez grande pour s'y glisser. Est-elle verrouillée aussi ? Elle va devoir grimper pour le vérifier.

Elle se précipite vers la remise. Quand elle ouvre la porte, l'entrée est bloquée par une brouette qui servait à sa grand-mère pour le potager. Curieusement, les roues et le plateau sont maculés de terre, comme si on venait de s'en servir. Une paire de bottes bleues tachées de boue a été jetée par-dessus.

Lorsqu'elle appuie sur l'interrupteur, un escabeau pliant à huit marches posé près d'un tas de bûches attire son regard. A l'époque, il servait à cueillir les kakis ou à réparer la toiture. A son pied se trouvent, côte à côte, deux paires de bottes. Vu leurs tailles, la paire noire doit être pour un homme, et la jaune, pour un enfant. Elles aussi sont couvertes de terre.

Trois paires de bottes souillées. Pour le moment, elle enfouit cette donnée dans sa mémoire et décide de ne plus y penser, car une tâche plus urgente l'attend : traîner jusqu'à la fenêtre un escabeau plus grand qu'elle et déplier ses huit marches.

Posséder une grande force physique peut s'avérer utile, par exemple pour transporter un escabeau et l'appuyer contre un mur. Heureusement, c'est son cas, et elle exécute cette tâche avec facilité. Grimper jusqu'à la fenêtre s'avère un jeu d'enfant. En outre, la chance est de son côté : la fenêtre n'étant pas verrouillée, elle n'a pas besoin de la casser, et l'ouverture est suffisamment large pour qu'elle puisse s'y introduire facilement. Et en prime, elle est coulissante. Jae-in l'ouvre au maximum avant de pénétrer à l'intérieur.

Elle atterrit dans la salle de bains. Sur le lavabo, à côté du robinet, elle repère un élastique à cheveux et un savon dans sa boîte. Sur l'étagère au-dessus sont posés un shampoing pour enfant, une brosse à dents, un dentifrice et un verre Kakao Peach ; les chaussons près de la porte ont eux aussi un motif Kakao Peach. C'est le personnage préféré de Jiyu, qui collectionne toutes sortes d'objets à son effigie, des autocollants aux chaussettes et aux oreillers.

Jae-in en conclut que Yuna a investi le rez-de-chaussée et que Jiyu occupe l'étage. Elle enlève ses chaussures et les prend dans la main avant de sortir de la salle de bains. Le couloir étant sombre, elle laisse la porte ouverte et se dirige vers la chambre voisine. A l'intérieur, elle est accueillie par le même décor qu'il y a trente ans. Le lit, le bureau, l'armoire, même la lampe sont identiques à ceux de la chambre d'enfant de Yuna. Comme envoûté, son regard est aimanté par l'appui de la fenêtre. Là, la famille marionnette, dont chaque membre porte une étiquette, boit du thé autour d'une table : Maman, Papa, Yuna, Petit frère. Une cane Jae-in éventrée, les pattes coupées et les yeux crevés, gît à leurs pieds. Elle semble la regarder, et lui chuchoter : *Enfuis-toi vite avant l'arrivée de Yuna.*

Jae-in ferme fort les yeux. Elle entend une petite voix lui murmurer : *Ce n'est pas réel, c'est une hallucination, une vision sortie de tes souvenirs, reprends-toi et fais ce que tu as à faire.*

Lorsqu'elle rouvre les yeux, l'appui de fenêtre est vide. Seuls des papillons jaunes virevoltent sur les rideaux de dentelle blanche. Elle sort de la chambre à reculons, ferme la porte et scelle sa mémoire. Tout en frottant sur son pantalon ses mains aussi froides et moites que le dos d'un crapaud, elle s'avance vers la pièce au fond du couloir. Celle-ci est cadenassée.

Jae-in sort de sa mémoire. Etait-ce verrouillé comme

ça avant ? Elle ne sait plus. En revanche, elle se rappelle Jiyu rêvant tout haut chaque nuit : *Un petit grèbe crie dans le grenier*. S'il s'agit bien du grenier en question, compte tenu de la structure de la maison, la salle de bains du rez-de-chaussée devrait se trouver juste en dessous. Voulant vérifier si ses souvenirs sont justes, elle sort son téléphone de la poche de son blouson, dévale l'escalier sombre en s'éclairant à l'aide de la lampe et se dirige vers la salle de bains du bas. Elle ouvre la petite porte au fond et pose ses chaussures à l'extérieur.

Contrairement au couloir, cette salle de bains n'est pas tout à fait sombre ; la lumière pénètre par la lucarne. Jae-in examine un à un tous les objets qui s'y trouvent : le dentifrice, la brosse à dents, les affaires de toilette, la serviette blanche accrochée au mur ; la poubelle, propre et vide ; l'eau de javel et le nettoyant pour canalisation dans le meuble de rangement ; les deux brosses à récurer à côté de la cuvette.

Aucune trace de Jun-young. Elle éclaire tous les recoins, jusqu'au trou d'évacuation, mais ne trouve pas un seul de ses cheveux. Aucune trace non plus du moindre petit grèbe. Elle quitte précipitamment la salle de bains, car l'odeur de javel lui chatouille la gorge et la fait tousser, il lui semble qu'à chaque inspiration, ses bronches et ses poumons se mettent à blanchir.

Elle traverse le couloir et se rend dans la cuisine. Là aussi, elle est accueillie par une forte odeur. Pas celle de l'eau de Javel cette fois, on dirait plutôt que l'air est imprégné de viande, comme quand on fait longtemps mijoter des os à moelle.

Elle ouvre le frigo. Il n'y a même pas une bouteille d'eau, et encore moins du bouillon d'os à moelle.

D'ailleurs, il n'est pas branché. Sur la table trônent une bougie aromatique et un vase bleu. Les meubles hauts sont remplis de vaisselle, les tiroirs sous le plan de travail contiennent des couverts, un tire-bouchon et d'autres ustensiles. La plupart sont vieux et tout à fait ordinaires.

Toutefois, elle ne tarde pas à découvrir des articles plus insolites dans les trois grands meubles de rangement du bas. Le premier renferme un billot et quatre couteaux accrochés à un support : un couteau long et fin, un court, un couteau à sashimi et un couperet. Dans le deuxième se trouvent un hachoir et un grand mixeur ; dans le troisième, deux marmites si grandes qu'on pourrait presque s'y baigner.

Les deux marmites pourraient expliquer l'odeur d'os à moelle qui flotte dans l'air. Quant aux autres ustensiles, ils ne sont pas vraiment à leur place dans une cuisine ordinaire. Leur présence est à la fois intrigante et dérangeante, et on ne peut s'empêcher de se demander ce qu'ils font là. Jae-in, qui venait toujours donner un coup de main dans la cuisine pour l'anniversaire de la mort de son grand-père, peut affirmer catégoriquement qu'ils n'appartenaient pas à sa grand-mère. Ce sont des ustensiles de boucher pour découper la chair d'êtres vivants comme des vaches, des cochons, des poulets ou des canards.

Qu'est-ce que Yuna peut bien faire avec ça ? Leur fonction est tellement claire qu'on pourrait difficilement en imaginer une autre. Les couteaux servent à découper, les marmites à faire cuire, le hachoir et le mixeur à moudre. Découper, faire cuire et moudre : les différentes étapes d'une même action. Un frisson glacial lui parcourt la nuque et une image fulgurante surgit dans son esprit.

Elle ferme brutalement les meubles, ainsi que la porte entrouverte de son imagination, et se redresse d'un bond avant de s'enfuir vers le séjour.

Un décor familier apparaît dans le rond de lumière projeté par la lampe de son téléphone : le plafonnier aux deux tubes fluorescents, l'étagère avec les livres du grand-père, le vieux canapé en tissu, la petite table basse, le calendrier accroché au mur et ouvert au mois de septembre d'il y a deux ans, date à laquelle leur grand-mère a quitté ce monde.

Il en va de même pour la chambre de la grand-mère : le lit, les draps et la couette, rien n'a changé. Vue de l'extérieur, la maison paraît abandonnée, et pourtant c'est comme si la grand-mère y vivait encore. Jae-in croit la voir assise dans chaque recoin qu'éclaire sa lampe. Yuna n'a aucune intention de s'installer ici pour de bon ni d'y passer régulièrement des week-end, ça saute aux yeux ; sinon, elle n'aurait pas laissé autant de vestiges de la grand-mère.

Jae-in fouille l'armoire, puis la commode et la coiffeuse. Rien ne semble appartenir à Yuna, ni ne retient particulièrement son attention. Après avoir fourragé jusque dans la boîte à couture, elle ne voit aucune raison de traîner davantage dans cette pièce. Alors qu'elle s'apprête à la quitter, une voix surgit dans sa tête, la stoppant net : *Qu'est-ce que tu cherches au juste ? Des traces du passage de Jun-young, ou des preuves qu'il n'a jamais mis les pieds ici ? Sois bien claire là-dessus, arrête de changer d'avis toutes les deux secondes. Je te rappelle qu'il est peu probable que tu restes une simple spectatrice ou une figurante dans cette histoire. Actuellement, tu es le suspect numéro un.*

En effet, elle avait presque oublié le pétrin où elle est fourrée, et dans quel but précis elle est venue ici. A tel point qu'en découvrant justement ce qu'elle cherchait, elle a préféré fermer les yeux. Non, c'est même pire que ça : elle a quitté la cuisine pour chercher activement un indice prouvant que sa découverte ne voulait rien dire. Une sorte de réaction instinctive contre une intuition inacceptable, une rébellion de son inconscient. Et voilà qu'à force de se dire « non, quand même pas ! », elle est prise à son propre piège.

Tel un fugitif traqué, elle regagne précipitamment le séjour et, les jambes en coton, se laisse lourdement tomber sur un coin du canapé. Elle croit entendre un bruit, le craquement d'un objet en plastique.

Elle se lève et soulève le coussin sur lequel elle s'est assise. Un objet allongé est à moitié enfoncé sous l'accoudoir ; un stylo-bille. Ses mains se mettent à trembler. Les initiales S.J.Y. y sont gravées. C'est un cadeau qu'elle a fait à Jun-young le jour où la pièce qu'il avait écrite a été jouée pour la première fois sur scène. Le jour où elle et Yuna ont assisté à la représentation. Tout à coup, les paroles de Jinu lui reviennent : « J'ai entendu par hasard Eun-ho qui parlait à la police aux obsèques de Noah… Il disait que ce soir-là, il avait bu une infusion aux coings que lui avait préparée sa femme et puis qu'il s'était endormi si profondément qu'il ne s'était pas aperçu que son enfant était en train de mourir. »

Serait-il également possible de s'endormir sans s'apercevoir de sa propre mort ? Les ustensiles qu'elle a vus dans la cuisine défilent devant ses yeux : les couteaux de boucher, le hachoir, le mixeur et les marmites. Quand elle était au collège, un de ses professeurs leur avait parlé du phénomène d'« épiphanie ». Il avait expliqué qu'il s'agissait d'un instant où, en un éclair, on appréhende la totalité d'une réalité, comme si on voyait un tableau. C'est justement ce genre d'instant qu'elle est en train de vivre. Le voile de son inconscient qui lui obstruait la vue se déchire d'un coup, les résistances qu'elle dressait comme un mur en se disant « non, quand même pas ! » se brisent, et un flot d'images se déverse, comme une digue qui se rompt. Elle est horrifiée par tout ce que son cerveau est capable d'imaginer. *Va vérifier*, ordonne sa voix intérieure. *Va voir de tes yeux ce qu'il y a dans ce grenier à la porte cadenassée. Enfonce-la ou brise le cadenas et tente d'y pénétrer. Tu verras bien par toi-même si c'est le produit de ton imagination ou pas.*

Fourrant le stylo dans la poche de son blouson, elle regagne la cuisine et sort d'un meuble bas le porte-couteaux. Elle choisit le plus approprié pour cette tâche, le couperet grand et lourd à la lame bleuâtre. Lorsqu'elle se relève, le couperet à la main, elle entend résonner un *clic* dans son dos. C'est la porte d'entrée qui s'ouvre.

Un vent froid lui glace la nuque. Aujourd'hui, sa chance ne cesse de passer d'un extrême à l'autre. Lentement, elle se retourne. Yuna se tient sous la lumière jaune vif projetée par le plafonnier automatique du vestibule. Contrairement à Jae-in, elle n'a pas l'air surprise.

— On dirait que j'ai de la visite, dit-elle en enlevant ses chaussures en cuir avant de fouler le parquet du couloir.

Elle porte une robe noire et un manteau de la même couleur, une splendide écharpe autour du cou, et tient dans une main un diable pliant. Sur son autre poignet pend un sac orné d'un sabot de cheval gros comme sa tête.

— Je ne me souviens pas de t'avoir invitée, poursuit-elle dans un murmure.

Elle pose le diable contre un mur, marche vers la porte du séjour et allume. Aussi rayonnante qu'une comédienne revenant sur scène sous les ovations, elle s'avance vers la table et se retourne vers Jae-in, qui se contente de l'observer en silence. Ou, plutôt, qui tâche de focaliser son regard au lieu de le laisser partir dans tous les sens.

Jae-in a l'impression de revivre ce jour où elle se tenait, tremblante, face à Yuna avec un canard en peluche lacéré à la main. Comme ce jour-là, ses jambes flageolent, sa nuque la picote, son ventre se noue et son cœur tambourine dans sa poitrine.

— Pourquoi tu fais cette tête ? dit Yuna en défaisant sa longue écharpe et en la posant sur la table. On dirait que tu as avalé un gros bourdon.

On la croirait sur le point d'éclater de rire. Jae-in reste muette. La seule chose qui la préoccupe pour le moment, c'est de maîtriser la bouffée de panique qui monte en elle. *Ne tremble pas comme ça. Tu es plus grande, plus forte que Yuna, tu as une plus grosse tête aussi. Et puis, tu as un couperet à la main. Montre-toi à la hauteur.*

Mais ce n'est pas facile. D'abord, son cerveau presque paralysé ne fonctionne pas correctement. Malgré toutes ces années, elle n'est manifestement toujours pas parvenue à fabriquer des anticorps contre Yuna.

— Qu'est-ce que tu es venue faire ici ? Et en faisant

le mur comme une sale voleuse, en plus ! lâche Yuna sur le même ton enjoué.

Jae-in éteint la lampe de son téléphone avant de le glisser dans sa poche de blouson. Puis elle agrippe fermement le manche du couperet qu'elle tenait jusque-là distraitement dans sa main moite.

— Où est Jun-young ? demande-t-elle en fusillant du regard sa sœur qui, le sourire aux lèvres, vient encore de la traiter de sale voleuse.

— Qu'est-ce qui te fait croire qu'il est ici ? réplique Yuna, l'air de ne pas comprendre.

— C'est toi qui l'as amené, tu ne te souviens pas ? lui renvoie Jae-in sur un ton doucereux.

Yuna incline légèrement la tête. Son regard de biais semble innocent, comme si elle n'avait rien à cacher.

— La dernière fois que je l'ai vu, c'était il y a trois ans.

Jae-in n'en revient pas. Comment, avec ce regard franc et candide, peut-elle proférer un tel mensonge ? Elle sort le stylo et le brandit devant elle.

— Ça, c'est un cadeau que je lui ai fait il y a sept ans. Je viens de le trouver sous l'accoudoir du canapé.

— Et alors ?

— C'est pour ça que je te demande où est Jun-young.

— Et moi, j'aimerais savoir pourquoi tu le cherches.

— Hier, j'ai été convoquée au commissariat. Les flics avaient très envie de savoir où tu étais vraiment du 16 au 20 novembre. Je leur ai demandé pourquoi, et ils m'ont répondu que Jun-young avait disparu.

Yuna hausse un sourcil, l'air de dire, continue.

— En fait, moi aussi je trouvais ça bizarre, parce que ça fait une semaine que je n'arrive pas à le joindre, invente Jae-in, en espérant que le scénario sera assez convaincant pour leurrer sa sœur. Quand tu l'as appelé ce jour-là, il était avec moi, à Chungju.

Yuna relève la tête. Le sourire qui papillotait dans ses yeux a disparu.

— C'est moi qui l'ai amené en voiture jusqu'à Gyochon, ajoute Jae-in. De loin, je l'ai même vu monter dans la tienne.

— Tu as continué de le voir dans mon dos ?

La voix de Yuna frémit, signe qu'elle est contrariée. Jae-in, elle, commence à reprendre de l'assurance, et trouve le courage de passer à l'action.

— Dis-moi où se trouve Jun-young.

Elle remet le stylo dans la poche et contourne la table pour s'approcher de Yuna, qui lui fait face.

— Alors, tu as fait ça ? murmure sa sœur, comme atteinte de démence.

Jae-in s'arrête à vingt centimètres d'elle.

— Tu as encore touché à ce qui m'appartient, continue de marmonner Yuna, sûrement aux prises avec le pouvoir surnaturel qui lui permet de n'entendre que ce qu'elle a envie d'entendre.

— Je t'ai demandé où était Jun-young, insiste Jae-in, cherchant à la tirer de sa transe pour la ramener au sujet principal.

— Sale voleuse ! s'écrie Yuna.

Pour une fois, Jae-in ne réprime pas sa colère. Elle appuie le couperet sous la gorge de sa sœur.

— Calcule bien ton coup, lâche-t-elle. Je ne sais pas si tu as intérêt à me provoquer comme ça.

Sous la lame, elle sent se contracter les muscles de la gorge de sa sœur.

— Bravo, fait Yuna d'une voix brusquement calme. C'est comme ça que se comporte une grande sœur envers sa petite sœur ?

Tu n'as pas tort, mais tu es mal placée pour dire ça, songe Jae-in.

— Quel est le point commun entre Kang Ji-un, Istvan et notre père ? lance-t-elle comme si c'était une devinette.

Sans répondre, Yuna la fusille du regard.

— Je te donne un indice : tous les trois ont bu un café et, quelques heures plus tard, ils sont morts dans un accident de voiture. Endormis au volant.

Elle sent la carotide de Yuna qui palpite sous la lame.

— Je vais te donner la réponse. Ils ont tous abandonné Sin Yuna. Surtout le père, à deux reprises.

Yuna plisse les yeux ; entre ses paupières mi-closes brûle une flamme si ardente qu'elle serait capable de la calciner.

— Enfant, tu ne pouvais rien faire, mais la deuxième fois, tu n'as pas pu le pardonner, enchaîne Jae-in, avant de pousser son hypothèse encore plus loin. Le crime de Jun-young était plus grave. Non seulement il t'avait abandonnée, mais en plus il t'avait pourri la vie pendant des années, et il avait même menacé de t'envoyer en prison si tu continuais à l'empêcher de voir Jiyu. Avec le caractère que tu as, tu ne t'es sûrement pas contentée de le laisser partir après l'avoir hébergé ici une nuit.

— C'est toi qui devrais écrire des pièces, pas lui ! réplique Yuna presque sans remuer les lèvres, d'une voix à moitié écrasée, comme si elle provenait d'entre ses dents et non de sa gorge.

— Justement, j'aimerais vérifier la vraisemblance de

l'intrigue. Tu pourrais me montrer la pièce à l'étage ? Je veux dire, celle qui est cadenassée.

Jae-in s'écarte et désigne l'escalier du menton.

— Passe devant.

Yuna obtempère et entreprend de gravir les marches sur la pointe des pieds. Jae-in la suit en laissant une distance d'une épaule, déplaçant le couperet de l'oreille à la nuque de sa sœur. Elle a des fourmillements dans le bras et le bout des doigts qui tremble ; la nuque de Yuna, elle, ne trahit aucune tension. A vrai dire, depuis le début, celle-ci reste impavide, mis à part ses muscles qui se crispent un peu. Même avec le couteau sous la gorge, elle ne semble pas effrayée. Jae-in trouve ça ahurissant, voire incompréhensible. La prend-elle pour une débile, ou n'éprouve-t-elle réellement aucune peur ? Si elle joue la comédie, elle est excellente comédienne. Mais si c'est réellement dans sa nature…

Jae-in interrompt brusquement ses réflexions. Lorsqu'elle lève les yeux, c'est déjà trop tard. Le sac de Yuna s'élance vers son visage à vitesse grand V. Par réflexe, elle recule la tête, mais impossible d'éviter cette attaque inattendue. La décoration en forme de sabot de cheval s'enfonce dans sa paupière gauche.

Un choc terrible la frappe de plein fouet. Elle a l'impression que son œil explose, en même temps, elle sent qu'on lui pousse violemment l'épaule. Laissant échapper un « Ah ! », elle chavire en arrière, ses talons quittent la marche pour s'envoler, et sa tête s'écrase sur le parquet.

Elle n'a pas le temps de pousser un cri de douleur, car l'obscurité s'abat aussitôt. Alors que ses yeux se ferment, la dernière chose qu'elle voit est Yuna brandissant le couperet. Les ténèbres l'engloutissent juste avant que la lame s'abatte sur elle.

— Sale voleuse… retentit au loin la voix de Yuna.

*

Quand maman rentre enfin à la maison, il est tard. Jiyu, assise sur le canapé, est absorbée par le dessin animé *Ballerina*. Alors qu'elle regarde béatement la scène où Félicie et son amie Camille font une compétition de danse, la voix de maman brise le charme.

— Cha Jiyu !

La petite sursaute, se ressaisit et tourne la tête vers la porte, où maman se tient debout, son manteau dans une main et un grand sac en plastique dans l'autre. Jiyu se lève promptement.

— Tu ne dors pas encore ? s'étonne maman en jetant un bref coup d'œil à la pendule.

Jiyu suit son regard et constate qu'il est déjà 23 heures. Elle n'a pas vu le temps passer.

— Je regardais un dessin animé…

Maman se rend dans la cuisine, dépose le sac et son manteau sur la table, et s'assied sur une chaise en croisant les jambes.

— Eteins la télé et viens ici.

Jiyu obéit. Alors qu'elle s'approche, maman désigne du regard une chaise en face d'elle. Comprenant sans un mot, la fillette s'y installe.

— Tu as dîné ?

— Non.

— Tu dois avoir faim. J'avais acheté ça pour demain, mais…

Elle sort un Happy Meal du sac, le pose devant sa fille, sort aussi un sachet de frites.

— Allez, mange.

Jiyu déteste les cheeseburgers, et encore plus les bâtonnets de fromage. Elle n'aime pas le lait non plus. Or, ce sont justement ces trois aliments que contient ce Happy Meal. En plus, les figurines en cadeau sont Bob l'éponge et M. Krabs, qu'elle possède déjà en trois exemplaires. Difficile à croire que tout ça ait été choisi au hasard. Est-ce délibéré, pour l'empêcher de manger ? A présent, elle se méfie même des intentions de maman.

Bien sûr, elle n'ose rien lui dire, et encore moins lui avouer qu'elle n'a pas faim. Hors de question de se plaindre, même quand maman est de bonne humeur. En plus, elle regardait un dessin animé à l'heure où elle aurait dû dormir, et maman a le visage fermé. Elle ferait donc mieux de manger en prenant un air réjoui. Hélas, elle a beau le savoir, sa bouche ne lui obéit pas. Tout en réprimant l'envie de vomir, elle grignote un petit bout du pain avec les incisives.

— Pourquoi tu manges comme un lapin ? s'agace maman.

Comme toujours, ce n'est pas une question mais un ordre lui intimant de manger correctement au lieu de picorer. Jiyu s'exécute et mord à pleines dents. Pour sentir le moins possible le goût du fromage, elle avale presque sans mâcher. Comme son papa, l'autre jour dans la voiture.

— Qu'est-ce que tu as mangé au déjeuner ? s'enquiert maman en prenant une frite.

La fillette tente de tout avaler d'un coup, mais elle a du mal car sa gorge est sèche.

— Du riz, répond-elle enfin d'une voix étranglée.

— Mais je vois que le curry instantané est encore là ? s'étonne maman, en regardant du coin de l'œil le sachet de « curry en trois minutes » posé près du micro-ondes.

Jiyu se dépêche d'ouvrir la brique de lait et de boire à grands traits, jusqu'à ce que le morceau de cheeseburger coincé dans sa gorge descende. Pendant ce temps, elle cherche frénétiquement une réponse appropriée.

— En fait… Je n'ai pas vraiment déjeuné.

Maman cligne une fois des yeux, comme pour dire qu'elle ne saisit pas.

— Je suis désolée de t'avoir menti, reprend Jiyu en baissant spontanément la tête.

Maman pianote sur la table du bout de ses ongles pointus. Une, deux, trois fois…

— Pourquoi tu n'as pas mangé ?

Jiyu déteste le curry autant que le fromage.

— J'avais mal au ventre, ment-elle encore, sans réfléchir.

— Tu as encore mal ?

La fillette est de plus en plus inquiète, car maman n'a pas vraiment l'air d'avoir envie de le savoir. Sa voix posée manque de sincérité.

— Un peu.

Maman hoche la tête, et c'est tout.

— Je peux m'arrêter de manger ? demande la fillette, prenant son courage à deux mains.

— Si tu veux, répond maman en engloutissant une frite. Papa n'est pas passé à la maison dans la journée ?

Jiyu est perdue. Parle-t-elle de son vrai papa, ou de son beau-papa ? Comme elles sont dans la maison du beau-papa, il doit s'agir de celui-là. A cette idée, son cœur se serre. Si elle ne veut pas mentir, elle va devoir évoquer la visite de la tante ; si elle n'en parle pas, elle a peur de s'attirer des ennuis. Il suffirait que le beau-papa prononce un mot pour que tout soit découvert. « Ne t'inquiète pas, il gardera le secret », lui a assuré sa tante au téléphone. Elle a appelé Jiyu après que le beau-papa est reparti en voiture. Mais Jiyu ne sait pas trop si elle peut faire confiance au beau-papa. Elle ne sait pas grand-chose de lui, à part qu'il parle très peu et sourit rarement. Finalement, elle décide de se fier à sa tante. Si sa tante a dit ça, c'est sûrement vrai.

— Je ne sais pas. J'avais mal au ventre et j'ai dormi toute la journée.

— Il n'a même pas appelé ?

— Je n'ai pas entendu le téléphone sonner, répond-elle après avoir pris le temps de la réflexion.

Maman ne dit plus rien, ne hoche pas la tête non plus. Elle se contente de sortir des frites du sachet et de les découper avec le bout des ongles.

— Je peux aller dormir maintenant ? demande Jiyu après une hésitation.

— D'accord. Va te coucher.

Maman a le regard rivé au cheeseburger, on croirait que c'est à celui-ci qu'elle s'adresse. Ça lui arrive souvent. Elle parle en faisant autre chose, ou en regardant ailleurs. C'est lorsque le comportement ou le discours de Jiyu lui déplaît. Aussi la fillette n'ose-t-elle pas se lever, même après que sa mère lui en a donné la permission.

— Qu'est-ce que tu attends ? s'irrite maman en levant les yeux.

Sous le regard de sa mère, Jiyu quitte enfin la cuisine

pour gagner le séjour. Elle monte lentement à l'étage, comme si elle souffrait encore du ventre. Elle aimerait gravir les marches quatre à quatre, mais elle se retient. Si seulement elle pouvait se transformer en n'importe quelle créature au monde ! En chenille, par exemple, pour ramper sans attirer l'attention de maman.

Même une fois à l'étage, elle est mal à l'aise. Elle a l'impression que devant sa chambre, Noah la fixe d'un regard noir et que, d'un instant à l'autre, elle va entendre : « Rends-moi mon ballon ! » Elle se bouche les oreilles et passe devant la chambre de Noah sans regarder pour aller à la salle de bains. Elle fait pareil en regagnant sa chambre après avoir fait sa toilette. Le temps de faire quelques pas, deux envies contradictoires se disputent en elle : celle de tourner la tête pour voir si Noah est réellement là, et celle de se réfugier à toute vitesse dans sa chambre.

En fin de compte, elle ne fait ni l'un ni l'autre. Elle avance d'un pas mesuré, le regard droit devant elle, et entre dans sa chambre. Elle ne verrouille pas la porte, même si elle en a envie. Car maman n'aime pas ça ; elle dit que ça l'énerve de se trouver devant une porte fermée à clé quand elle vient lui souhaiter bonne nuit, c'est comme si Jiyu lui disait qu'elle ne veut pas la voir.

Jiyu éteint la lumière du plafonnier et se glisse sous la couette. Elle allume la lampe de chevet et s'allonge sur le dos. Son regard se dirige machinalement vers le dessus de son armoire, où elle a caché le papa-marionnette. Il ne lui reste plus qu'à attendre le retour de beau-papa pour que maman aille se coucher. Alors, elle pourra enfin dormir tranquillement, avec le papa-marionnette sous son oreiller.

Elle se met à compter. Un, deux, trois… Jusqu'à mille. Le beau-papa ne rentre toujours pas. Elle compte encore jusqu'à mille. Cinq fois de suite. Hélas, il n'est toujours pas là. Le silence règne dans la maison. Aucun bruit de maman. Se serait-elle endormie ? Jiyu a envie d'y croire. « Est-ce que je peux y croire ? » *Oui*, répond Maligne petite souris.

La fillette quitte le lit, grimpe sur le bureau et prend le papa-marionnette sur le dessus de l'armoire. Une fois qu'elle a glissé le jouet sous son oreiller, elle se sent soulagée. A présent, elle peut dormir tranquillement. Si elle l'avait pris en partant de chez sa grand-mère, ça lui aurait évité d'appeler sa tante.

Le jour où maman est venue la chercher chez grand-mère, Jiyu était en train de dîner. Les repas préparés par la dame qui s'occupait d'elle étaient généralement à son goût, surtout le *bibimbap* à l'omelette et le poulet émincé mijoté dans une sauce pimentée. Ce soir-là, elle avait fait griller du bœuf et des champignons. Jiyu n'avait encore avalé que deux morceaux de viande, qu'elle trouvait bons, quand maman a surgi, folle de rage, avant de se mettre à fouiller l'appartement. La dame avait voulu la calmer, mais elle s'était fait envoyer balader. Quant à Jiyu, elle était restée debout près de son lit, où elle avait caché le papa-marionnette, morte d'inquiétude.

Maman n'a pas voulu qu'elle prenne la plupart de ses affaires, même celles auxquelles elle tenait. Elle lui a dit qu'elle ne remettrait plus les pieds chez sa grand-mère. Elle n'a pas pu prendre ses vêtements, ni son kit de peinture, ses livres de contes, même le cartable que sa grand-mère et sa tante lui avaient acheté. Evidemment, il était hors de question d'emporter le papa-marionnette.

C'est pourquoi, depuis son arrivée chez le beau-papa, elle souffre de cauchemars dès qu'elle s'endort, même en pleine journée.

Elle ne s'est sentie rassurée qu'après la visite de sa tante. *Je vais enfin pouvoir dormir paisiblement*, s'est-elle dit. Le papa-marionnette la protégerait des cris des petits grèbes, de l'escalier qui descend sans fin, de l'appel du marécage.

Maintenant qu'elle est couchée avec le papa-marionnette sous son oreiller, une nouvelle préoccupation la mine : elle n'a plus peur des cauchemars, mais elle a peur que maman découvre le papa-marionnette. Cette angoisse lui paraît malgré tout préférable aux cauchemars. Au pire, elle peut cacher la marionnette, mais pour les cauchemars, il n'y a rien à faire. Et elle ne tiendra pas le coup indéfiniment sans dormir.

Elle s'allonge sur le côté et glisse la main sous l'oreiller. Elle prend celle de la marionnette et se sent réconfortée, le nœud dans son estomac se desserre.

Soudain, elle ouvre les yeux en sursaut. Elle a dû s'endormir, et vient d'être réveillée par un faisceau de lumière dont la lueur blanche et violente frappe ses paupières. Elle lève la main devant les yeux.

— Cha Jiyu !

C'est la voix de maman. La fillette baisse la main, mais a du mal à distinguer maman. Une masse opaque semble avancer vers le lit. Dans la chambre, tout lui apparaît en double, triple ou quadruple. Lorsqu'elle parvient enfin à discerner nettement ce qui l'entoure, c'est déjà trop tard. On lui a enlevé sa couverture et le papa-marionnette lui est arraché des mains.

— Lève-toi, chuchote la voix doucereuse de maman.

C'est le murmure que Jiyu redoute le plus au monde. Elle se redresse d'un bond.

— Qu'est-ce que c'est ? demande maman en secouant délicatement le papa-marionnette.

Jiyu se fige et sa vue se trouble, comme si ses yeux vrillaient dans leurs orbites. Le papa-marionnette s'approche et s'éloigne.

— Tu ne réponds pas ? dit maman encore plus bas.

— J'ai fait une bêtise, dit Jiyu sans réfléchir.

— Ce n'est pas une réponse, ça, rétorque sa mère en secouant la tête. Il faut m'expliquer.

Jiyu fixe ses genoux. Comment expliquer ça ? Aucune idée.

— Cha Jiyu, dit maman.

Sa voix excessivement calme lui lance un avertissement : que tu dises la vérité ou pas, tu ne sortiras pas indemne de cette nuit.

— J'ai fait une bêtise.

— Laquelle ?

— J'ai pris… le papa-marionnette sans te demander la permission.

— C'est tout ?

Jiyu sent jaillir dans sa gorge une salive acide comme du vinaigre. Son bas-ventre se contracte et elle est assaillie par une envie pressante.

— Je l'ai gardé en cachette.

— Et puis ?

— Et puis…

Elle déglutit bruyamment. Son esprit est obscurci par la peur. Et puis…

— Tu as vraiment eu mal au ventre aujourd'hui ? insiste maman.

Jiyu se rend compte que maman sait tout, et qu'elle a raté la dernière occasion d'avouer. Maman brandit sous le nez de la fillette le téléphone sans fil qu'elle cachait jusque-là dans son dos.

— Ma petite Jiyu, toi qui es intelligente, tu sais où je veux en venir.

La fillette retient son souffle. Le numéro de la tante s'affiche deux fois de suite dans la liste d'appels.

— Tu m'as volé le papa-marionnette et tu l'as caché chez ta grand-mère. Et ce matin, tu as appelé ta tante pour lui demander de te l'apporter. Jae-in n'est pas seulement venue avec cette marionnette, puisque c'était l'heure du déjeuner ; je suis sûre qu'elle t'a acheté un Happy Meal, celui que tu préfères. Pas vrai ? C'est pour ça que tu n'as pas mangé celui que maman t'a apporté tout à l'heure.

— Non, tente de réfuter la petite en secouant la tête. J'avais vraiment mal au ventre.

Maman sort quelque chose d'une poche de sa veste. C'est le sac en plastique de chez McDonald's que Jiyu a jeté après l'avoir soigneusement plié, avec le sachet de frites dedans.

— Tu nies encore ?

La fillette sent son ventre se nouer brutalement et commence à suffoquer.

— Maman t'a pourtant donné l'occasion de dire la vérité.

Elle lance le papa-marionnette et le téléphone sur le lit, jette par terre le sac plastique.

— Tu aurais dû en profiter. Tu aurais alors juste été punie pour m'avoir volé la marionnette. Maintenant, tu vas aussi payer pour m'avoir menti.

Maman s'écarte d'un pas.

— Descends de là, ordonne-t-elle.

Jiyu obéit et se tient debout devant elle.

— Tu vas sortir ta valise de l'armoire.

La voix de maman est aussi mordante et glaciale qu'une tempête de neige. La fillette est si terrifiée qu'elle sent les poils de sa nuque se hérisser. Pourquoi maman lui demande-t-elle de sortir sa valise ?

— Tu as volé un objet qui était à maman, tu m'as désobéi. En plus, tu m'as menti. Si, au moins, tu avais agi sans réfléchir, j'aurais pu te pardonner.

Un mauvais pressentiment s'empare de Jiyu, avec une telle violence qu'elle est horrifiée rien que d'y penser. Elle secoue la tête en se disant : *Non, elle n'ira quand même pas jusque-là.*

— Mais non, reprend maman en baissant encore plus la voix. Tu as agi délibérément. Tu as comploté avec ta tante pour me ridiculiser. Le monde entier a beau me trahir, je croyais que toi, au moins, tu serais toujours de mon côté.

— Mais, maman, je suis… essaie de protester la fillette en secouant vigoureusement la tête.

— Je ne peux pas vivre avec une petite traîtresse.

Ainsi donc, son pressentiment se vérifie. Jiyu s'entend presque crier malgré elle :

— Non, maman, ce n'est pas ce que tu…

— Dépêche-toi de sortir ta valise.

Jiyu recule d'un pas et joint les mains pour la supplier.

— Pardon, maman, je ne le referai plus…

— Je te l'ai déjà dit deux fois. Si tu me fais me répéter, tu te retrouveras dans la rue en pyjama.

Jiyu recule encore d'un pas. Ses cuisses touchent le

lit, sa vue devient floue, ses yeux s'emplissent de larmes brûlantes. Elle peine à réaliser ce qui est en train de se passer. Elle a envie de croire que maman ne va pas la chasser de la maison en pleine nuit. Peut-être veut-elle simplement la punir un peu plus sévèrement que d'habitude ? C'est en tout cas ce qu'elle préfère penser.

— Maman, ne fais pas ça !

La fillette s'agenouille à ses pieds.

— S'il te plaît, ne me chasse pas ! implore-t-elle d'une voix chevrotante.

Des sanglots lui montent dans la gorge. Elle a l'impression que sa tête va exploser et ne réalise même pas qu'elle ne fait qu'aggraver la situation.

Elle vient de commettre deux autres erreurs. En demandant pardon, elle n'aurait pas dû pleurer ; cela ne fait qu'énerver encore plus maman. Elle aurait dû se contenter de reconnaître franchement sa faute, et d'expliquer pourquoi. Deuxièmement, il lui est interdit de dire : « Ne fais pas ça. » C'est maman qui décide quelle punition elle va lui donner. Et malgré tout, elle ne peut s'empêcher de commettre une troisième erreur irréparable : suggérer son propre châtiment, ce qui ne pourra paraître que bien insolent aux yeux de maman.

— J'irai chez grand-mère, j'y resterai jusqu'à ce que tu…

Avant qu'elle ait pu achever sa phrase, une violente gifle projette sa tête sur le côté, et elle en reçoit aussitôt une autre sur l'autre joue. Propulsée en arrière, elle se cogne la tête contre l'angle du lit avant de s'affaler par terre. Un cri de douleur lui échappe. Le plafond tourne et le monde s'éloigne tout à coup. La voix de maman résonne au loin.

— Debout.

Jiyu lève la tête. Au même instant, un liquide tiède et écœurant lui coule dans la gorge. Elle est prise de haut-le-cœur mêlés de hoquets.

— Dépêche-toi.

Jiyu obéit. Elle trébuche. Sous ses pieds, le sol tourbillonne. Quelque chose dégouline de son menton, parsemant le sol et son pantalon de pyjama de gouttes rouges. Du sang. Jiyu lève le visage vers maman et tente désespérément d'accrocher son regard. Elle espère que celle-ci tiendra compte de son nez en sang, mais non. Maman la saisit froidement par l'épaule et la pousse brutalement.

— Va devant ton armoire.

Jiyu obéit en trébuchant. Maman se tient derrière elle.

— Allez, sors ta valise.

Elle ouvre la porte de l'armoire, mais elle ne veut pas prendre sa valise. Sinon, elle devra partir pour de vrai.

— Maman, je t'en prie, pardonne-moi, fait-elle en se retournant vers elle pour lui enlacer la taille.

— Lâche-moi, dit maman en la repoussant.

Elle enfouit le visage dans le ventre de maman et le frotte frénétiquement.

— Non, je veux pas sortir. Maman… Maman…

Sans se rendre compte de son entêtement, la petite crie et pousse maman de toutes ses forces. Celle-ci, qui s'efforce de se dégager, finit par hurler, comme un coup de tonnerre :

— Lâche-moi, sale garce !

A cet instant, le corps de Jiyu s'envole vers le mur. Sa tête doit s'y cogner, car elle entend un *boum* sonore et voit le visage de maman s'éloigner à toute vitesse. Tout vire au blanc, et le monde disparaît.

— Jiyu, ouvre les yeux. Jiyu.

C'est la voix du beau-papa. Elle soulève les paupières et aperçoit son regard surpris.

— Tu me vois ? s'inquiète-t-il.

Elle veut lui répondre « Oui », mais n'arrive pas à ouvrir la bouche. Elle se contente donc de cligner des yeux.

— Tu reprends un peu tes esprits ?

Peut-être bien que oui. Seulement, elle se dit qu'il vaut mieux rester comme ça, sans bouger. Si elle fait semblant de ne pas revenir à elle, qui sait ? Peut-être maman se montrera-t-elle plus indulgente. Aussi referme-t-elle les yeux.

— Ne te mêle pas de ça, résonne la voix de maman tout près de son oreille.

Le beau-papa la prend dans ses bras et la soulève.

— Repose Jiyu ! crie maman.

Faisant la sourde oreille, il la porte jusqu'au lit. Le cœur de Jiyu bat si fort qu'elle craint qu'il ne jaillisse de sa poitrine.

— Tu n'entends pas ce que je te dis ?

Toujours sans répondre, il la dépose sur le lit. Maman s'avance en faisant claquer ses talons. Elle bouscule violemment le beau-papa.

— Touche pas à ma fille, fils de pute !

Jiyu a du mal à imaginer que cette voix puisse sortir de la bouche de maman. Elle a la même inflexion terrifiante que lorsqu'elle lui a crié : « Sale garce ! » Le beau-papa s'écroule sur Jiyu, qui entrouvre les yeux. Très vite, il se relève et vocifère à son tour :

— Mais qu'est-ce qui te prend ?

— Je t'ai dit de ne pas toucher à ma fille, rétorque maman en lui flanquant un coup de poing sur le torse pour le repousser.

Il ne s'attendait sans doute pas à cette deuxième attaque et recule d'un pas en chancelant. Le troisième assaut ne se fait pas attendre : maman le percute carrément pour le plaquer contre le mur, qui semble s'ébranler avec fracas.

— Je t'ai dit de ne pas la toucher, tu as compris ? hurle-t-elle en le rouant de coups.

— Tu es folle ou quoi ? crache-t-il en lui saisissant les poignets.

Maman s'agite en tous sens pour se libérer.

— Lâche-moi, espèce de salaud ! hurle-t-elle encore.

— Ressaisis-toi, enfin ! insiste-t-il. Ta fille est là.

Il la secoue deux fois avant de la repousser. Maman cesse de se débattre et se laisse tomber en arrière. Le souffle coupé, la fillette regarde la bagarre. Des souvenirs remontent en elle. Il y a longtemps, quand maman se disputait avec papa. Maman hurlait de rage, comme si elle perdait la boule, bousculait papa et le martelait de coups de poing. Et quand papa, à bout de patience, finissait par la repousser… elle se précipitait dans la cuisine et revenait avec un couteau.

— Tu viens de me frapper, là ? fulmine maman en se relevant lentement.

Furieuse, elle le fixe, les yeux aussi rouges que des boules de Noël.

— Si tu veux continuer, allons en bas, propose le beau-papa. Va te prendre un verre d'eau dans la cuisine et rejoins-moi dans mon bureau.

Maman pince les lèvres, tendue. Sans tourner la tête, elle jette un regard à Jiyu. La fillette ferme hâtivement les yeux. Quelques instants plus tard, elle entend la porte s'ouvrir. Maman a dû sortir.

— Ça va aller maintenant, dit le beau-papa.

Elle rouvre les yeux et le voit qui regarde le papa-marionnette sur le lit.

— C'est à cause de ça que tu es punie ?

Jiyu hoche la tête.

— C'est parce que c'est un cadeau de ton papa ?

Cette fois, elle secoue la tête.

— Ce n'est pas à toi ?

Elle ne répond pas. Il la dévisage longuement avant de dire :

— Bon, si tu n'as pas envie de m'en parler, ce n'est pas grave.

Il sort de la chambre et revient quelques instants plus tard avec une serviette mouillée. Il s'assied au bord du lit et nettoie le visage de Jiyu.

— Ça ne te fait pas mal ?

— Ça va, répond-elle péniblement avant d'ajouter, se disant qu'elle doit le remercier : Merci de m'avoir aidée.

Il la dévisage avec un air étrange qu'elle n'a jamais vu, à mi-chemin entre la tristesse et la colère. Elle ne sait pas trop s'il essaie de lui sourire ou de lui dire quelque chose.

— Tu veux que j'éteigne ? demande-t-il en remontant sur elle la couverture.

— Oui.

— Bonne nuit.

Il prend le téléphone sans fil, éteint la lumière et quitte la chambre. Jiyu serre doucement le papa-marionnette contre elle. Elle ferme les yeux, mais le sommeil ne vient pas. Maman n'est pas du genre à passer facilement l'éponge. Et il lui arrive rarement d'oublier. La punition n'en sera que différée. Jiyu est tellement anxieuse qu'elle croit devenir folle. En même temps, elle est très curieuse de savoir si maman va se contenter de boire un verre d'eau dans la cuisine, ou si elle va revenir avec un couteau, comme elle l'a fait avec papa.

8

Dans son bureau, Eun-ho attend sa femme depuis déjà une demi-heure. En descendant l'escalier, il l'a vue assise sur le canapé du séjour. Il ne voyait pas ce qu'elle faisait, car elle lui tournait le dos. Tout le rez-de-chaussée était plongé dans le noir. C'est à peine s'il distinguait la nuque de sa femme à la lueur du lampadaire qui éclairait la baie vitrée.

Yuna a dû sentir sa présence, mais ne s'est pas retournée. Il ne l'a pas appelée. Il croyait qu'elle viendrait d'elle-même. Il s'est trompé. Il n'entend toujours pas le bruit de ses pas, mais il est quasiment certain qu'elle n'est pas allée se coucher. La connaissant, elle devrait le rejoindre pour achever leur dispute. Il le sait, mais il est malgré tout au supplice. Il y a quelque chose qu'il doit absolument lui dire cette nuit.

Il est parti de chez Jinu vers 22 heures, il a préféré marcher en laissant sa voiture dans le parking souterrain de la résidence de son ami. A pas lourds, il a longé le fleuve. Il avait bu non-stop depuis la fin de l'après-midi, et il voulait dessoûler, et aussi se remettre les idées en place après toutes ces émotions. Sur le chemin, la voix de sa femme n'a cessé de résonner dans son esprit : *Le bonheur est une soustraction. Il faut supprimer un à un les facteurs potentiels de malheur, jusqu'à ce que tout devienne parfait.* Les facteurs potentiels de malheur… Il a gravi l'escalier depuis la berge avant de s'engager dans une rue. Alors qu'il attendait de traverser au passage piéton, la voix de sa femme lui a encore chuchoté : *J'ai vécu jusqu'à ce jour en m'efforçant d'y parvenir.*

Le feu a changé plusieurs fois, mais il est resté planté là, sans bouger, à cligner des yeux. Son petit ami de la fac, celui avec qui elle avait vécu en Russie, son père, son ex-mari, et Noah. Sa conviction selon laquelle le bonheur commence par une famille parfaite. Eun-ho a entendu résonner un *clac* dans sa tête. Le bruit de rouages qui s'engrènent enfin.

D'après les dires de Seo Min-yeong et de Jinu, les quatre hommes avaient rendu Yuna malheureuse : en ne l'aimant plus, en la licenciant ou en demandant le divorce. Quant à Noah, il faisait tache dans son bonheur, puisqu'il était né d'une autre femme. Il était pour elle comme une menace perpétuelle. Ou alors, elle refusait tout bonnement d'accepter son existence.

Fouetté par le vent, il s'est mis à trembler. Cette vague de frissons n'était pas due au froid mais à une soudaine prise de conscience. Les quatre hommes et son fils avaient été victimes des « efforts » dont sa femme lui avait parlé ; et son insistance pour avoir un enfant avec lui et pour l'adoption plénière de Jiyu était forcément un « effort » de même nature, comme deux branches d'un même arbre.

Dès le départ, la famille dont elle rêvait était en tout point différente de celle qu'il avait en tête. Dans les projets de la jeune femme, Noah n'existait pas. Elle, lui, Jiyu et leur futur bébé, telle était la famille idéale à ses yeux. Et c'était sûrement une condition fondamentale pour le bonheur parfait dont elle rêvait.

Une fois arrivé devant chez lui, il a hésité à entrer. Il regardait la maison en faisant les cent pas. L'étage et le séjour du rez-de-chaussée étaient éclairés, mais ces lumières ne lui réchauffaient pas le cœur. Il avait l'impression qu'elles l'attiraient vers un sombre et profond abîme. A l'idée d'y pénétrer, il était traversé de frissons.

Un choix s'imposait à lui : faire demi-tour ou entrer. Le premier équivalait à fuir, ce qui lui correspondait bien, car dans la vie il avait plutôt pour coutume de botter en touche à la première difficulté. Le second impliquait de servir lui-même d'appât, ce qui serait une première pour lui. Quelle que soit sa décision, le résultat serait similaire, qu'il croupisse en prison pour avoir tué son fils, ou qu'il meure dans son sommeil.

Il a fini par emprunter le petit escalier menant à la porte d'entrée. Il a gravi les marches une à une ; son pouls palpitait, sa nuque était parcourue de picotements, une cloche résonnait à ses oreilles. Quel pauvre type ! Parviendrait-il seulement à s'exprimer ?

Lorsqu'il a ouvert la porte, il a été accueilli par les pleurs de Jiyu et les cris furieux de Yuna. Il était stupéfait. C'était la première fois qu'il entendait Jiyu pleurer et sa femme se mettre en colère contre elle. Il a traversé le séjour pour se diriger vers son bureau. Il n'avait pas envie de s'interposer entre mère et fille.

Mais il n'a pas pu poursuivre, car les sanglots de Jiyu se sont mués en cris de douleur, les cris instinctifs d'une enfant paniquée. C'est aussi poussé par l'instinct qu'il a jeté sa sacoche avant de se précipiter à l'étage.

En arrivant devant la chambre de Jiyu, il a entendu un *boum*. Lorsqu'il a ouvert, Jiyu était étendue par terre, le nez en sang, et sa femme hurlait de colère en secouant le corps inerte de l'enfant.

— Ouvre les yeux et lève-toi avant que je te tue !

Yuna, les yeux luisants et révulsés, avait complètement disjoncté. A vrai dire, il n'en était pas vraiment surpris, car ce n'était pas la première fois qu'il la voyait dans un tel état. Ce qui l'a vraiment choqué, c'est la phrase qu'elle a prononcée lorsqu'il a pris Jiyu dans ses bras après la lui avoir arrachée des mains :

— Touche pas à ma fille, fils de pute !

« Touche pas… » Le sous-entendu de cette formule était d'une malveillance subtile. Elle l'a répétée plusieurs fois en le rouant de coups de poing. Dans ce genre de contexte, on aurait plutôt tendance à dire : « Te mêle pas de mes affaires ! » A moins qu'on n'ait délibérément l'intention d'avertir sa fille que cet homme est en train d'abuser d'elle.

Des idées lui traversent l'esprit : son ex-mari n'avait-il pas été l'objet de ce genre d'accusations lors du divorce ? Et n'était-ce pas à cause de ça qu'il avait perdu le droit de garde ?

Il réfléchit. Si jamais il faisait une demande de divorce, que se passerait-il ? Il décide de pousser ses suppositions un peu plus loin. Il n'a pas de droit de garde à perdre. Par contre, il pourrait être accusé d'agression sexuelle. Jiyu répétera mot pour mot ce que sa mère lui soufflera. On l'accusera d'être le meurtrier de son fils et le violeur de sa belle-fille. La phrase « Touche pas à ma fille » n'avait donc rien d'anodin. Yuna insinuait par là que lui aussi pouvait finir comme son ex-mari, et en même temps, c'était une amorce lancée délibérément, comme ses prétendues mauvaises habitudes de sommeil qu'elle avait un jour évoquées sans raison sur KakaoTalk.

— Eun-ho ?

L'appel de sa femme l'arrache à ses songes. Il lève la tête. Sa voix se fait entendre derrière la porte :

— Tu peux m'ouvrir, s'il te plaît ? J'ai les mains prises.

Lorsqu'il s'exécute, il se retrouve face aux yeux bruns, rougis et dilatés de sa femme. Une odeur d'alcool lui assaille les narines. Elle a dû boire seule dans le séjour obscur.

Comment lui dire ce qu'il a sur le cœur alors qu'elle est dans cet état ? En proie à l'inquiétude, il s'écarte. Yuna entre dans la pièce, tenant dans une main deux verres remplis de glaçons et dans l'autre une bouteille de vodka pas encore ouverte.

— Toi et moi, on va boire un coup, affirme-t-elle en brandissant la bouteille.

Sa voix est pâteuse, elle a visiblement pris de l'avance. Il prend la bouteille, va à son bureau, déplie une chaise et la pose non loin de son fauteuil, dans lequel il s'installe.

Yuna, au lieu de s'asseoir sur le siège proposé, pose un bout de fesse sur un coin du bureau et lui fait face. Puis elle lui tend les deux verres. Une fois qu'il a débouché la bouteille et qu'il les a servis, elle dit en levant son verre :

— Pour commencer, toutes mes félicitations !

Sans réfléchir, il l'imite. Avant qu'il ait pu lui demander de quoi elle parle, elle choque son verre contre le sien.

— Aujourd'hui, c'est la première fois ! Je veux dire, que tu t'es comporté comme le papa de Jiyu.

Elle avale une gorgée et le fixe, comme pour lui demander : « Et toi, tu ne bois pas ? » Eun-ho effleure le verre du bout des lèvres. Sans doute a-t-il déjà dessoûlé, car l'odeur de la vodka lui pique les narines et lui donne des haut-le-cœur.

— Tu sais, chéri, je suis très touchée par ce que tu as fait.

Il ne réagit pas. Un instant plus tôt, elle le martelait de coups de poing et le poussait violemment, les yeux révulsés… Drôle de manière d'exprimer sa reconnaissance ! En trente-cinq années d'existence, il n'a jamais vu ça.

— Jusqu'ici, tu te fichais complètement de ma fille, quoi que je fasse. Mais là, tu l'as défendue en allant jusqu'à te bagarrer avec moi.

Elle agite son verre en faisant se heurter les glaçons.

— Pourquoi as-tu fait ça ? questionne-t-elle.

Le regard posé sur les glaçons de sa femme, il attend la suite, car il ne sait pas où elle veut en venir.

— J'étais très fâchée à cause de Jae-in, reprend-elle.

Elle pousse un soupir sonore, puis, les yeux baissés sur ses pieds, se met à hocher la tête. Cela dure si longtemps qu'il se demande si elle a oublié ce qu'elle voulait dire. Mais elle poursuit :

— Il y a une histoire de famille dont je ne t'ai pas parlé, parce que j'en ai honte. Jae-in est amoureuse de mon ex-mari, et cet amour n'a jamais été réciproque. Ça dure depuis la fac.

Eun-ho considère le verre qu'il tient à la main. Dans sa tête, il cherche le moment opportun pour dire ce qu'il a à lui dire.

— C'est sans doute pour ça qu'elle est très attachée à Jiyu, peut-être trop. Elle se prend souvent pour sa maman. Encore aujourd'hui, elle est venue la voir en mon absence. Je l'ai tout de suite compris en voyant l'emballage de Happy Meal dans le bac à recyclage. Elle lui a même apporté une marionnette bizarre. Jiyu est encore petite, elle aime ce genre de choses, elle adore sa tante qui lui achète tout ce qu'elle veut et lui fait souvent des cadeaux. Du coup, elles sont très complices, et Jiyu va jusqu'à me mentir. Elle a nié catégoriquement que sa tante était venue, alors que je savais pertinemment que c'était le cas.

Sa femme vide son verre avant de le lui tendre. Il la ressert.

— C'est pour ça que je lui passais un savon. Mais tu es rentré juste à ce moment-là et tu t'es comporté comme son papa, ce qui ne m'a pas plu sur le moment.

Pour résumer, elle était énervée parce que sa sœur avait apporté de quoi manger à sa fille, folle de rage à cause du mensonge de Jiyu, et a disjoncté complètement quand il est intervenu en voyant la fillette tomber et perdre connaissance. En un mot : « C'est toi et Jiyu qui m'avez rendue folle ! » C'est sa manière habituelle de justifier son comportement. Il le sait bien.

— Je suis tellement touchée ! Je ne pouvais pas ne pas fêter ça, tu comprends ?

Il vide son verre sans lui répondre. Le liquide lui brûle le gosier avant de descendre dans son ventre.

— Toi aussi, tu as bu aujourd'hui.

— Oui, un peu, admet-il à contrecœur.

— Avec qui ?

Il n'a pas envie de lui avouer qu'il était avec Jinu,

car ce serait un motif de dispute. Il pourrait prétendre qu'il était avec un de ses collègues, un ami de fac, ou un copain d'enfance croisé dans la rue par hasard, mais le croirait-elle ?

Brusquement, il en a par-dessus la tête de cette histoire. Ça le dégoûte de guetter constamment l'humeur de sa femme, même maintenant qu'il connaît le sens des « efforts » qu'elle déploie pour leur bonheur, qu'il est convaincu que c'est elle la meurtrière de son fils, et qu'il est rentré dans l'unique but de confirmer cette certitude. On dirait qu'une phrase s'est gravée dans son inconscient, comme l'un des dix commandements : « Tu ne contrarieras point Sin Yuna. »

— Avec qui tu as bu ? insiste-t-elle.

— Avec Jinu.

— Jinu ? Il me semble pourtant que tu m'avais promis de ne plus le revoir.

En effet, c'était à l'époque où il cherchait à prouver sa foi en tant qu'adepte de la religion « Sin Yuna ». Et il ne savait pas pourquoi elle détestait autant Jinu. Il fixe son verre qui ne contient plus que des glaçons en espérant que sa colère à lui va s'apaiser un peu.

— C'est mon ami. Le seul qui était à côté de moi lors des obsèques de Noah.

— Tiens, c'est vrai ! Il était là. Ton ami.

Elle continue de hocher la tête tout en secouant en cadence les glaçons dans son verre.

— D'accord. Tu as donc revu cet ami extraordinaire. Mais je suis très curieuse de savoir de quoi vous avez pu parler. Vous n'auriez pas dit du mal de moi qui ai voulu t'empêcher de voir un si bon ami ?

Il lève les yeux et croise le regard perçant de sa

femme. La langueur alcoolisée où elle avait sombré quand elle est entrée dans le bureau s'est envolée.

— Je me suis plaint de mon sort, c'est tout.

— Rien de plus ? insiste-t-elle en approchant le visage du sien, comme pour déceler s'il ment.

Il détourne le regard et change de sujet.

— Tu as appelé le commissariat de Seodaemun ?

— Qu'est-ce que ça peut te faire ?

Puisqu'il a commencé, il doit continuer.

— Les inspecteurs n'arrêtent pas de m'appeler.

— Pourquoi ?

— Ils m'ont demandé si tu étais à la maison le 16 novembre et les jours suivants.

Elle recule le visage et le considère du coin de l'œil, l'air de dire : « Continue. »

— A vrai dire, moi aussi j'aimerais bien savoir où tu étais pendant ces cinq jours.

— Non, mais c'est pas vrai ! réagit-elle, le sourire aux lèvres. Toi qui n'as même pas essayé de joindre ta femme pendant ces cinq jours ?

Quelle manipulatrice ! Avec ces deux phrases, elle vient de renverser les rôles ; plutôt que de répondre, elle lui retourne la question : « Et toi, qu'est-ce que tu as fait pendant ce temps-là ? » Avant, il se serait laissé entraîner dans son jeu, et la conversation aurait progressivement tourné à la violente dispute. Mais maintenant, il sait garder son sang-froid.

— Je te croyais chez ta famille, mais j'ai appris que non, puisque ta grande sœur est venue en demandant à te voir.

Le sourire de Yuna s'envole aussitôt. Les seuls mots de « grande sœur » semblent la mettre sur la défensive.

— Elle voulait te transmettre un message. Ta mère était partie, et tu ne devais pas amener Jiyu chez elles.

Brusquement, les prunelles de sa femme virent à gauche avant de revenir au centre. Il sait très bien ce que ça signifie. Elle est acculée et cherche une issue.

— C'est pour ça que je lui ai demandé si tu n'étais pas avec ta famille. Elle n'a pas compris, a même eu l'air étonnée...

— Je ne t'ai jamais dit que j'allais dans ma famille, le coupe-t-elle.

Ça y est, elle s'est trouvé une porte de sortie.

— Je suis partie en voyage avec Jiyu, poursuit-elle. J'avais besoin de réfléchir. Pour quelle raison continuerais-je à vivre avec un homme qui n'accepte pas ma fille comme la sienne ?

Eun-ho se ressert. Il a l'impression qu'aucune quantité d'alcool ne pourra le saouler.

— Je suis rentrée dans l'idée de te donner une seconde chance, enchaîne-t-elle. Une dernière. Mais visiblement, malgré tous mes efforts, tu ne changes pas.

La cible de ses efforts était donc Noah ? Il boit cul sec, et éprouve un spasme autour du nombril.

— Le jour de notre mariage, on s'était promis de faire des efforts ensemble. Ou tu l'as oublié ?

Elle rectifie sa position en remontant les fesses sur le bureau. Une main appuyée à l'angle et l'autre tenant son verre, elle croise les jambes. Sa claquette glisse de son pied droit et reste accrochée au bout des orteils. Elle remue légèrement ses orteils pâles, si lisses qu'on les croirait dénués d'os. Son odeur corporelle assaille les narines de son mari.

— Et maintenant, tu as l'intention de faire des efforts ? demande-t-elle en plantant son regard dans le sien.

Cette tentative de séduction aurait été efficace avant le mariage, ou même six mois plus tôt. Mais là, il suffoque. Yuna, elle, semble croire que ce genre de tactique a encore du pouvoir sur son compagnon. Il est sûr qu'elle porte en elle un miroir, un miroir magique qui lui dit que c'est toujours elle, la reine. Franchement, il n'en revient pas.

— J'attends ta réponse.

Elle tend la main et, de ses doigts doux et tièdes, caresse la joue de son mari mangée par une barbe dure, provoquant une violente chair de poule.

— Yuna, lâche-t-il en renversant la tête en arrière pour s'écarter. J'ai quelque chose à te dire.

Sa femme, soudain désemparée, regarde sa main et secoue la tête.

— Non, c'est moi qui parle d'abord. Toi, après.

Il se tait donc.

— Voilà, j'ai vendu l'entreprise. Les conditions m'ont convenu. J'ai passé la main hier.

Elle le fixe longuement, comme pour observer sa réaction. Eun-ho n'avait jamais imaginé ce scénario. Il fait de son mieux pour que son regard ne se trouble pas.

— Je vais mettre en œuvre un projet que je prépare depuis longtemps.

Elle lui explique qu'elle envisage d'immigrer en Russie comme investisseuse, qu'elle est allée à la réunion d'information pour s'installer à Khabarovsk et qu'elle a élaboré un business plan. Elle a même déjà trouvé un logement là-bas.

— Quant à cette maison, je vais en confier la vente à une agence ce lundi. Si je fixe un prix inférieur à celui du marché, elle partira vite. Nous allons commencer une nouvelle vie.

Mais quand a-t-elle planifié tout ça ? se demande Eun-ho, ahuri. Sûrement depuis longtemps, le contraire serait impossible. Ce projet ne peut se réaliser qu'avec son accord à lui aussi. A-t-elle cru qu'il l'approuverait sans poser de questions ? Ou bien avait-elle l'intention de le persuader ? Il se retient de lui demander : Noah faisait-il partie de la « liquidation » pour un nouveau départ ?

— Je sais que c'est difficile, mais maintenant tu dois laisser partir Noah, reprend-elle. Tu as ta vie, et tu dois penser à la famille qui te reste.

Elle se décale pour lui faire tout à fait face, laissant ses claquettes glisser au sol. Elle recourait souvent à ce genre de manœuvre pour le séduire à l'époque où ils étaient très amoureux : elle l'emprisonnait en posant les jambes sur les accoudoirs du fauteuil où il était assis, et il adorait ça. Encore récemment, il attendait la suite, tout excité, le sang battant à grands coups dans ses veines. Mais aujourd'hui, il trouve ça puéril.

— L'enquête de police va bientôt prendre fin. Et tu vas sûrement écoper d'un petit séjour en prison ou d'une amende pour homicide involontaire. Il nous suffit d'attendre les bras croisés. C'est ce que dit mon avocat. Tu sais, il fait partie d'un cabinet spécialisé dans les affaires pénales qui a la réputation d'avoir le pourcentage de succès le plus élevé du pays. Quand cette affaire retombera…

La voix de sa femme lui paraît lointaine. Il lutte de

toutes ses forces pour ne pas l'étrangler. Il sera bientôt accusé du meurtre de son fils, il doit donc faire éclater la vérité avant. S'il n'y parvient pas et qu'il cède à son impulsion, il finira par devenir réellement un meurtrier. Un meurtrier abominable, qui aura tué à la fois son fils et sa femme.

— Alors, inutile de leur apporter tes résultats d'analyse du sommeil.

Sur ce, Yuna pose ses pieds nus sur les cuisses de son mari et fait grimper ses orteils vers l'entrejambe. Eun-ho s'efforce de détendre ses jambes crispées. En même temps, il pressent ce que sa femme a deviné : elle sait qu'il doute, et qu'il a déjà compris un certain nombre de choses au sujet de la mort de Noah.

— Moi, je me démène dans tous les sens pour te défendre…

Elle le regarde les yeux dans les yeux, comme pour l'ensorceler. Son odeur le pénètre par tous les pores.

— Mais si tu t'acharnes contre moi, je vais finir par perdre mon entrain, tu comprends ?

Il ne s'était donc pas trompé. Elle vient bel et bien de proférer une menace : quoi que tu saches sur la mort de Noah, oublie-le si tu ne veux pas que les journaux t'accusent d'être le meurtrier de ton fils.

— Yuna, dit-il en rendant son regard à sa femme.

Il tâche de ne pas y mettre d'émotion. Il doit rester neutre s'il veut que ses paroles soient efficaces.

— Divorçons.

Le visage de Yuna s'incline légèrement sur le côté. Elle le contemple en fronçant les sourcils, l'air de dire : « C'est une mauvaise blague ou quoi ? »

— C'est moi qui vais quitter cette maison, poursuit-il

distinctement, tout en soutenant son regard. Dès demain matin.

*

Le papa-marionnette a un mystérieux pouvoir. Pendant que Jiyu dort, il la protège des cauchemars, et quand elle est éveillée, il l'aide à affronter la réalité.

La nuit dernière, elle s'est réveillée par à-coups. Dès qu'elle ouvrait les yeux, l'angoisse la saisissait. A chaque fois, elle se confiait au papa-marionnette : les maladresses qu'elle avait commises, le remords d'avoir laissé percer à jour ce qu'il ne fallait pas, le chagrin et le regret d'avoir perdu la confiance de maman, les doutes croissants qu'elle avait à son sujet et la culpabilité qui en découlait, la peur de la punition à venir. Après s'être ainsi épanchée, elle sentait sa souffrance s'apaiser et elle se rendormait.

Enfin, le jour se lève. Jiyu se sent à peu près vaillante. Elle a même la force de convoquer Maligne petite souris, ce qui veut dire qu'elle est capable de réfléchir sérieusement à qui pourrait l'aider à sortir de cette situation.

Pas son beau-papa. Il ne s'intéresse pas vraiment à elle. Il la considère comme une enfant du quartier qui le salue poliment quand ils se croisent. S'il lui a tendu la main hier soir, c'était par pure compassion. N'importe qui aurait agi de la sorte en voyant une enfant perdre connaissance, le nez en sang, frappée par sa mère.

Sa tante… Peut-être pourrait-elle l'aider ? Elle viendra à la rescousse de sa nièce dès qu'elle comprendra sa situation, non ? Et puis elle la ramènera chez elle, quitte à se bagarrer avec maman. Elle s'occupera d'elle jusqu'à ce que maman lui pardonne, ou au moins jusqu'au retour de grand-mère. C'est ce qui s'est passé la dernière fois que Jiyu est tombée malade. Sa tante a pris soin d'elle et a veillé à son chevet à la place de maman. Chaque fois qu'elle faisait des cauchemars, elle l'appelait « mon bébé » et la prenait dans ses bras.

Jiyu, toujours sous la couverture, se creuse la cervelle. Comment appeler la tante à l'insu de maman ? Elle ne trouve pas la réponse, et ne l'a toujours pas trouvée quand on frappe à sa porte.

— Jiyu, tu es réveillée ? demande beau-papa.

Même avant qu'il parle, elle aurait pu deviner qu'il s'agissait de lui. Maman, elle, ne frappe jamais avant d'entrer. Elle dit qu'elle a tous les droits en ce qui concerne sa fille, celui d'entrer non seulement dans sa chambre mais aussi dans son cœur. Elle sait ce que celle-ci doit penser et comment elle doit se comporter. Un jour, Jiyu lui a demandé pourquoi. « Parce que tu es mon œuvre », a répondu maman. Comme elle a voulu répliquer « Oui, mais… », maman lui a retourné la question : « Le dessin que tu fais, il est à qui ? » La fillette a enfin compris qu'elle était à maman.

— Jiyu, tu dors encore ? insiste beau-papa.

— Non, répond-elle en sortant juste le visage de la couverture.

Comme toujours, le beau-papa n'entre pas dans sa chambre. Il lui parle depuis l'autre côté de la porte.

— Viens prendre ton petit-déjeuner.

— D'accord, dit Jiyu en se levant.

Elle fait son lit et s'habille deux fois plus vite que d'habitude. Elle ne doit pas faire attendre maman, qui est déjà assez fâchée contre elle.

Maman n'est pas dans la cuisine. Seul à table, le beau-papa boit un café.

— Bonjour, tu as passé une bonne nuit ? dit-elle en s'inclinant, les mains jointes.

— Et toi, tu as bien dormi ? renvoie le beau-papa.

Il ne sourit pas, mais il a un air plus affectueux que d'habitude. Son ton est certes maladroit, mais pas froid.

— Oui, répond-elle, avant de lui demander après une hésitation : Où est maman ?

— Elle est sortie. Elle avait une course à faire. Elle reviendra pour midi.

Ravie de cette nouvelle, la fillette hoche la tête. La punition est donc ajournée jusqu'à midi. Elle pense tout de suite à sa tante. Elle se dit qu'elle pourrait l'appeler, mais y renonce aussitôt, car maman vérifiera forcément la liste d'appels. C'est ce qui lui a permis de découvrir l'histoire du papa-marionnette. Jiyu réfléchit : et si elle demandait au beau-papa de lui prêter son téléphone ?

— Pourquoi tu restes plantée là ? Viens t'asseoir, dit-il en désignant du menton la chaise en face de lui.

Sur la table il y a des céréales, des yaourts, du jus d'orange, une omelette, des bananes, des toasts, de la confiture de fraise et du miel. De quoi rassasier tous les enfants du quartier. Il ne veut quand même pas qu'elle avale tout ça ? s'inquiète Jiyu en lui jetant un regard.

— Je ne sais pas trop ce que tu aimes, avoue-t-il en découvrant ses dents. Mange ce que tu veux. Le reste, je m'en occupe.

Après quoi, il ne bronche plus. Il n'insiste pas pour qu'elle mange, ne la questionne pas non plus sur ce qui s'est passé la veille. Il se contente de feuilleter des pages imprimées ou de prendre des notes en buvant une deuxième tasse de café.

Jiyu se détend si vite qu'elle en est la première surprise. Son regard ne cesse de dériver vers le téléphone posé à côté de la tasse de café, et le courage jaillit tout au fond d'elle. Peut-être son désespoir en est-il à l'origine ?

— Euh…

— Oui ? dit beau-papa en quittant ses documents des yeux.

Après avoir tourné et retourné la phrase dans sa tête, elle reprend enfin :

— J'ai un service à te demander.

Il repose les papiers sur la table et la regarde, l'air de dire : « Je t'écoute. »

— Tu pourrais me prêter ton téléphone ?

— Mon téléphone ? répète-t-il après avoir réfléchi un instant.

— Oui.

Elle a l'impression que sa voix rentre dans son ventre au lieu de sortir de sa bouche. Elle aimerait effacer ce qu'elle vient de dire : « Non, oublie. Je disais ça comme ça. »

Le beau-papa affiche le pavé de numérotation sur son appareil et le tend à la fillette.

— Je peux aller téléphoner dans la salle de bains ? demande-t-elle.

— Non, appelle plutôt d'ici, répond-il en se levant de sa chaise. Je voulais justement aller aux toilettes.

Il ne lui demande pas qui elle veut appeler, ni pourquoi. Il prend les documents qu'il était en train de consulter et la laisse seule. Jiyu compose vite le numéro de sa tante avant que l'écran ne s'éteigne. Ça sonne. Une fois, deux fois, trois fois. Personne ne décroche. Le répondeur se déclenche, elle raccroche et réessaie. Même résultat. Elle sent ses forces la quitter ; non, l'expression n'est pas assez forte pour décrire son état. Dans des moments comme celui-ci, on parlerait plutôt de désespoir. C'est ce que sa tante lui a appris. En effet, Jiyu est submergée par le désespoir. Pourquoi la tante a-t-elle éteint son téléphone alors qu'elle lui avait promis de le laisser allumé en permanence ?

Le beau-papa revient, alors qu'elle repose le téléphone après avoir essayé une bonne dizaine de fois.

— Tu as fini ?

Elle n'arrive pas à dire « Merci », car les sanglots l'étouffent brusquement. Elle enfourne précipitamment un toast en évitant de le regarder, de peur de fondre en larmes. A force de se retenir, sa gorge lui fait mal et elle a la nausée. Elle s'empare du verre de jus de fruit et le vide d'un trait avant de le reposer.

— Ça va ? lui demande le beau-papa.

— Oui, ça va.

Là, elle ne ment pas. En un rien de temps, sa gorge s'est dénouée, et les pleurs qui montaient en elle ont disparu le temps qu'elle mâche son toast.

— Si tu n'as pas faim, ne te force pas, déclare-t-il en se rasseyant.

Il fronce les sourcils, mais n'a pas l'air en colère. Il semble juste observer l'humeur de la fillette.

— Tu vas sortir, toi aussi ? demande-t-elle.

— Non. Je vais rester à la maison jusqu'au retour de maman. Pourquoi ?

— Pour rien. Je peux monter dans ma chambre ?

Elle entend « Oui », mais ne bouge pas de sa chaise. Elle hésite à parler de la peur qui l'étreint.

— Il y a quelque chose que tu veux me dire ? demande-t-il enfin pour lui faciliter la tâche.

— Oui, j'ai un autre service à te demander, confie-t-elle, prenant son courage à deux mains. Tu peux ne pas dire que tu m'as prêté ton téléphone ?

— Ne pas le dire à maman, c'est ça ? devine-t-il.

Jiyu hoche la tête.

— Moi aussi, j'ai une question à te poser. Je peux ?

Sa tante dit que dans ce monde, rien n'est jamais gratuit. Quand on reçoit un cadeau, il faut rendre la pareille. Si on n'a pas envie de donner, il ne faut pas recevoir. Alors, comme elle a demandé deux services, elle doit en rendre au moins un.

— Laquelle ? demande-t-elle donc, tout en craignant que cela ne la plonge dans l'embarras.

— Tu te souviens du jour où Noah est venu ici ? Avant que ça arrive, c'est-à-dire du mardi jusqu'au dimanche matin…

L'inquiétude de Jiyu va crescendo. Elle croit deviner ce qu'il veut savoir.

— Tu étais où avec maman ?

La question n'est pas seulement embarrassante, elle sait qu'elle n'est pas censée y répondre. Elle se sent suffoquer, comme quand elle s'est forcée à avaler son toast. Elle commence par donner la réponse habituelle :

— A la maison.

Hélas, beau-papa ne s'en contente pas. Il exige plus de détails.

— Quelle maison ?

Jiyu est embêtée. Elle doit garder le secret, mais n'a

pas envie de mentir pour autant.

— Tu ne pourrais pas demander ça à maman plutôt ?

Comme il la fixe, elle baisse discrètement les yeux.

— Bon, si tu veux, lâche-t-il après une longue pause.

— Je peux monter maintenant ? supplie Jiyu, qui tient à se libérer rapidement de cette situation gênante.

— Si tu veux.

Elle se lève.

— J'ai bien mangé. Merci, dit-elle en s'inclinant profondément.

— Jiyu…

Il hésite, puis redresse le dos.

— Non, rien…

— Bon, je monte.

Pendant qu'elle gravit l'escalier, elle sent son regard posé sur elle, qui lui donne envie de se retourner. Elle est mal à l'aise mais aussi remplie de curiosité. Pourquoi lui pose-t-il cette question à elle et non à maman ? Qu'a-t-il failli dire avant de se raviser ? A-t-elle mal répondu ?

La matinée lui paraît à la fois longue et courte. Elle s'ennuie à mourir, car elle n'a rien d'autre à faire que regarder par la fenêtre. Il faut dire qu'elle n'a envie de rien. Dans sa chambre, il n'y a pas de profond appui de fenêtre comme dans la maison de campagne. Assise sur le bureau, elle observe les voitures qui passent, agitée par des sentiments contradictoires.

Au début, chaque fois qu'elle entend un bruit de moteur, son cœur bat à coups redoublés. Puis, à mesure que le temps passe, elle espère que maman rentrera tard ce soir, après qu'elle sera couchée. Peut-être qu'elle ne la punira que demain. Et même qu'elle finira par oublier…

Mais Jiyu sait très bien que cela n'arrive jamais à maman. Tôt ou tard, elle sera punie. Tant qu'à faire, autant que ça arrive au plus vite. Même si elle se retrouve dans un orphelinat, il lui suffira d'appeler sa tante pour que celle-ci vienne la récupérer. Enfin, à condition, bien sûr, qu'elle allume son téléphone.

Sans trop savoir depuis quand, elle s'aperçoit qu'elle voit flou. Elle a dû s'assoupir. Elle ouvre brusquement les yeux en entendant du bruit en dessous de sa fenêtre. Elle tend le cou pour voir ce qui se passe. La porte du garage est en train de remonter devant la voiture de maman. Ce qui devait arriver est arrivé.

Jiyu descend précipitamment du bureau, mais se sent un peu perdue. Elle n'a pourtant pas cessé de réfléchir au comportement qu'elle allait adopter à l'arrivée de maman. Faire mine de dormir, de lire ? Descendre la saluer ? Et le papa-marionnette ? Plus besoin de le cacher à présent. Mais elle n'ose pas le laisser en vue, même si maman ne le lui a pas confisqué.

Finalement, elle le cache sous son oreiller, puis s'assied à son bureau et sort *La Reine des Neiges II : Un nouveau destin*, qu'elle avait rangé sur une étagère. Elle sait que cela n'annulera pas la punition de maman, mais se dit que la voir lire l'énervera moins que si elle est couchée. Elle regarde la page sans la voir, toute son attention tournée vers l'extérieur.

Elle entend chaque mouvement de maman, comme si la scène se déroulait sous ses yeux : celle-ci descend de sa voiture, compose le code de la porte d'entrée et traverse le séjour avant de gagner sa chambre et de refermer derrière elle. Jiyu relâche longuement le souffle qu'elle a retenu, ses épaules haussées jusqu'aux oreilles s'affaissant dans un soupir. Il faut qu'elle réfléchisse à ce qu'elle dira lorsqu'elle sera en face de maman. Celle-ci va bientôt monter la voir.

Elle se trompe. C'est beau-papa qui vient la chercher. Elle se lève.

— Maman te dit de descendre et de mettre ton manteau.

Elle ne demande pas pourquoi, car elle le sait très bien.

— Elle veut que tu mettes le minimum dans ta valise, comme ton pyjama, des culottes, des chaussettes, etc.

Cette fois, elle a envie de demander pourquoi. Si elle doit aller à l'orphelinat, elle ferait mieux de prendre toutes ses affaires, pas vrai ?

— Tu veux un coup de main ? propose beau-papa.

— Je peux me débrouiller toute seule, répond-elle en secouant la tête.

Et puis, sans trop savoir pourquoi, elle ajoute :

— Je sais faire. Ce n'est pas la première fois.

— Oui, mais tu vas devoir descendre l'escalier avec la valise, lui rappelle-t-il. Tu ne veux vraiment pas de mon aide ?

Jiyu secoue de nouveau la tête. Elle ne va pas au parc d'attractions, mais à l'orphelinat. Elle n'a pas besoin de l'appui de son beau-papa alors qu'on la chasse de la maison.

— Je vous retrouve en bas.

Les deux mains plongées dans les poches de son pantalon, il la regarde, alors elle baisse les yeux sur ses orteils. De toute manière, il ne peut rien contre maman. Pourvu qu'il s'en aille vite, histoire qu'elle puisse choisir tranquillement les affaires qu'elle va emporter.

— Bon, d'accord, je descends, consent-il avant de quitter enfin sa chambre.

La fillette se tient debout au milieu de la pièce, perdue. Une fois sa valise sortie, elle n'arrive pas à se décider. Elle se dit tantôt qu'elle doit tout emporter, tantôt qu'elle n'a besoin de rien. Elle remarque une étiquette collée près de la poignée de la valise et voit son nom écrit dessus. Tout à coup lui revient à l'esprit ce que sa tante lui a dit à propos des « choix » : quand tu as une décision à prendre, tu n'as qu'à penser à ce qui est le plus important pour toi.

Elle prend d'abord le papa-marionnette et son livre préféré. A la dernière page se trouve le numéro de téléphone de sa tante, qu'elle a noté au cas où elle l'oublierait. Elle remplit le reste de la valise avec les affaires dont a parlé maman.

En bas, maman et beau-papa sont assis côte à côte sur le canapé, tous les deux en jean et doudoune. Une grande valise est posée près de la table basse. Jiyu est intriguée. Le beau-papa aussi l'accompagne à l'orphelinat ?

— Tu portes des sous-vêtements bien chauds ? demande maman en se levant du canapé.

— Oui.

— Tes gants, ton bonnet ?

Jiyu lui montre les affaires qu'elle tient à la main. Maman tourne son regard vers le beau-papa, comme pour lui dire que tout est prêt.

— Alors, on y va, annonce-t-il en se levant à son tour et en s'emparant de la valise.

Dans le garage, il n'y a que la voiture de maman. C'est sans doute elle qui va conduire, vu que le beau-papa range les deux valises dans le coffre et monte sur la banquette arrière. C'est aussi lui qui attache la ceinture de sécurité de Jiyu.

— On arrive dans combien de temps ? demande-t-il une fois qu'ils ont quitté le centre-ville de Cheongyeon.

— Environ deux heures, répond maman. Je suis sûre que ça va te plaire.

Voici ce que Jiyu peut déduire de leur conversation : maman va l'abandonner dans un lieu à deux heures de voiture de la maison, et le beau-papa lui aussi préfère qu'elle aille à l'orphelinat. Jiyu l'épie à la dérobée et croise son regard sans le vouloir. Ses yeux sont souriants. Elle ne comprend plus rien. Vu son expression, ça ne doit pas être ce qu'elle croit.

— Je pense qu'il vaut mieux ne pas s'arrêter sur une aire de repos, décrète maman. On va plutôt déjeuner dans la voiture.

Et elle se gare devant un grand immeuble avec un McDonald's au rez-de-chaussée.

— Chéri, tu peux aller nous acheter à manger ?

Maman commande pour elle un burger aux crevettes et un café.

— Jiyu, tu viens avec moi ? propose beau-papa en se tournant vers elle.

Elle dit « oui ». Elle a peur de rester seule avec maman. Elle saisit vite la main que lui tend beau-papa, qui est descendu en premier. Autrefois, elle aurait d'abord guetté la réaction de maman, mais maintenant ce n'est plus le cas. Beau-papa est son dernier espoir. Si elle le supplie, peut-être pourra-t-il dissuader maman de l'envoyer à l'orphelinat.

— Jiyu, tu aimes le hamburger, les frites et le coca, n'est-ce pas ? demande-t-il une fois à la caisse.

— Comment tu sais ça ? réplique Jiyu, visiblement surprise.

— C'est ta tante qui me l'a dit, répond-il avec un doux sourire.

Ce sourire détend d'un coup l'atmosphère. Une fois qu'ils se sont installés à une table en attendant leurs commandes, Jiyu trouve le courage de lui demander timidement :

— Vous m'emmenez à l'orphelinat, c'est ça ?

Le beau-papa hausse les sourcils.

— Ça ne peut être que ça, ajoute-t-elle après une hésitation. Parce qu'hier soir, j'ai fâché maman.

— Non, Jiyu, nous partons en week-end ! affirme-t-il, son sourire s'envolant. Je pense que…

A cet instant, la sonnette d'appel posée sur la table vibre.

— On en reparle plus tard, décrète-t-il en se levant.

Alors qu'il a regagné la voiture avec leurs achats, le téléphone dans sa poche se met à sonner. Il le sort et consulte l'écran, semblant hésiter à répondre. L'appareil sonne avec insistance. Enfin, il appuie sur la touche verte.

— Allô ?

— Tu es où ? demande la voix d'un homme.

Jiyu jette un coup d'œil malgré elle dans le rétroviseur et croise aussitôt le regard de maman. Sans répondre, le beau-papa tourne la tête vers la vitre.

— Est-ce que tu vas… ? dit son interlocuteur.

— Ah, bonjour maître Park, l'interrompt le beau-papa. Comme le numéro commençait par 070, j'ai cru que c'était quelqu'un d'autre.

Maman coupe la radio d'un geste furtif. Cette fois, l'homme ne dit plus rien.

— Là, ça me paraît un peu difficile, poursuit le beau-papa en jetant un regard en coin au rétroviseur. Je suis sur la route avec ma femme et ma fille.

L'homme semble dire quelque chose, mais comme il s'exprime d'une voix très basse, on l'entend mal.

— Ah, je vois. Je vous rappelle tout à l'heure.

Et le beau-papa raccroche. La voiture s'engage sur l'autoroute, direction « Wirye et Hanam ».

— Que dit ton avocat ? s'enquiert maman.

— Il veut que j'aille le voir à son bureau demain matin tôt.

— Et alors ?

— Tu m'as entendu, je lui ai dit que je ne pouvais pas, répond le beau-papa en reportant son regard sur le rétroviseur.

— Alors, tu vas le rappeler tout à l'heure ? demande maman, qui enchaîne aussitôt sans lui laisser le temps de répondre : Tu ne pourrais pas éteindre ton téléphone au moins pendant une journée ?

Elle brandit son portable éteint.

— Tu vois, moi je me consacre entièrement à vous.

Le beau-papa a l'esprit plus vif que papa. Il coupe son appareil sans protester.

— Donne-le-moi, je vais te le garder, dit maman en tendant la main vers la banquette arrière.

— Pourquoi ? riposte le beau-papa en regardant la main de maman d'un air interloqué. Tu vois bien que je l'ai éteint, non ?

— La promesse que tu m'as faite ce matin, tu l'as déjà oubliée ? dit-elle avant d'ajouter en haussant un peu le ton : Rien qu'un jour, le dernier.

Le beau-papa finit par céder, puis maman rallume la

radio. Après quoi, plus personne n'ouvre la bouche, si ce n'est pour manger sa part de déjeuner.

Cette situation, Jiyu l'a déjà vécue. Toutes les scènes ressemblent à celle qui s'est déroulée le jour où papa est monté dans la voiture, sauf qu'à ce moment-là, ils étaient en route pour la maison de campagne. Cette fois-ci, elle ne connaît pas leur destination. Elle voit défiler les panneaux de signalisation, qui n'indiquent hélas que des noms inconnus : Igok, Samnae, Byeolnae…

La neige tombe depuis un petit moment, les flocons fins comme des grains de poussière se changeant en tempête d'envergure. La voiture s'engage sur une route à deux voies et la circulation devient moins dense. Maman bifurque à droite après un arrêt de bus et, soudain, un paysage que Jiyu connaît bien surgit comme par magie. Certes, il est recouvert de neige, mais elle arrive à le reconnaître à ses contours. Maman ne se rend pas à l'orphelinat, mais à la maison de campagne.

Si tout le chemin qu'ils ont parcouru lui était étranger jusqu'ici, c'est sûrement parce que le point de départ était différent. Normalement, elles partent toujours d'Incheon, mais aujourd'hui, ils sont partis de Cheongyeon. L'itinéraire n'est pas le même. Jiyu est à la fois soulagée et réjouie. Elle est probablement pardonnée.

La voiture contourne la colline, et la petite aperçoit une maison abandonnée qu'elle a déjà vue plusieurs fois en passant par là. Sans doute ravagée par la tempête de neige, la serre dans le potager révèle ses supports, avec la bâche en plastique toute déchirée. Derrière la maison en ruines est garé un véhicule qui n'était pas là la dernière fois. Comme celui-ci est entièrement recouvert de neige, elle ne sait pas de quel type de voiture il s'agit. On dirait une camionnette, ou alors la Jeep de la tante.

La voiture de maman tourne et Jiyu aperçoit le toit de la maison de campagne. Maman se gare devant le portail.

— Nous y voilà. Vous pouvez descendre.

— Où sommes-nous ? demande le beau-papa en retirant sa ceinture de sécurité à Jiyu.

— Chez ma grand-mère, répond maman. Je t'ai dit il y a quelque temps que j'en avais hérité à sa mort.

Elle descend de la voiture, sort une clé de son sac et ouvre le portail. Pendant ce temps, le beau-papa en profite pour vider le coffre : un panier de courses, une grande valise et une petite, celle de Jiyu, qui descend à son tour.

Elle s'aperçoit que la neige lui arrive jusqu'aux chevilles. Elle a dû tomber toute la journée. La pinède, le marécage envahi de roseaux, le toit de la maison, les fenêtres du premier étage, la cour et la liane qui grimpe le long du mur, tout est blanc. Maman passe devant pour se diriger vers l'entrée, suivie de Jiyu, qui court presque en traînant sa valise. Quant au beau-papa, les mains prises par le panier et la grande valise, il les suit d'un pas hésitant en jetant des regards de tous côtés.

Dès que maman ouvre la porte, une odeur leur saute à la gorge avec la vigueur d'un jeune chiot. Elle est familière à Jiyu, qui sait que c'est celle de la nourriture des canards. Mais elle semble déconcerter le beau-papa.

— C'est quoi, cette odeur ? demande-t-il en balayant la maison du regard.

— C'est celle d'une maison inoccupée, répond maman.

Elle pose son sac sur la table et allume la hotte avant

de sortir un briquet d'un tiroir et d'allumer la bougie aromatique au centre de la table.

— Je viens parfois ici avec Jiyu, mais pas très souvent, explique-t-elle. Attends un peu, ça va se dissiper.

— Ah… fait le beau-papa en enlevant ses chaussures avant de fouler le parquet du vestibule. Où je mets les courses ? Je les range dans le frigo ?

— Pose le panier sur le plan de travail. Je m'en charge.

Maman pénètre dans le séjour, où elle allume également la bougie parfumée sur la table basse près du canapé. Elle gagne ensuite sa chambre. Le beau-papa, lui, se rend dans la cuisine et pose le panier de courses non sur le plan de travail, mais sur la table. Il suit du regard Yuna qui s'éloigne. Il semble étourdi, comme si on lui avait jeté un sort.

— Maman, je vais monter ma valise ! crie Jiyu.

— Laisse ton manteau en haut avant de redescendre, répond maman depuis sa chambre.

Jiyu se dirige vers l'escalier. En arrivant devant les marches, elle entend cogner au-dessus de sa tête et croit percevoir les cris d'un petit grèbe. Elle regarde d'abord le plafond puis cligne des yeux vers le beau-papa, qui fixe lui aussi le plafond au-dessus de la tête de Jiyu. Maman est devant la porte du séjour, sans qu'on sache comment elle est arrivée là.

— C'est quoi, ce bruit ? dit le beau-papa dans un murmure.

— Ce sont les cris d'un petit grèbe, répond la fillette à voix basse, comme pour elle-même.

— Non, c'est le toit qui craque sous le vent, rectifie immédiatement maman.

Aussitôt après, un nouveau coup retentit, cette fois plus long et plus fort. Jiyu n'entend plus les cris du petit grèbe.

— Ça ne ressemble pas aux craquements d'un toit. Tu veux que j'aille voir ? propose le beau-papa en tournant la tête vers maman.

— Non, pas la peine. Qu'est-ce que tu en sais ? Quand le vent souffle fort, ça fait toujours un drôle de bruit. C'est une vieille bicoque.

Jiyu trouve ça bizarre. Jusqu'à présent, le toit de cette maison ne craquait pas, seules les vitres parfois vibrent quand il y a beaucoup de vent. Et elle est sûre d'avoir aussi entendu les cris d'un petit grèbe. Ça venait du côté du grenier, comme dans le rêve qu'elle avait fait cette fameuse nuit.

— Jiyu, appelle maman. Tu veux faire visiter le marécage à papa ? Vous pourrez aussi aller voir l'étang Demi-Lune.

— Là, tout de suite ?

La proposition est aussi curieuse que le bruit provenant d'en haut. Voilà qu'elle leur propose d'aller voir le marécage en pleine tempête de neige ! Et ne lui a-t-elle pas dit un instant plus tôt de laisser son manteau à l'étage ?

Maman désigne l'entrée du menton, l'air de dire : « Allez, dépêche-toi ! » Brusquement, Jiyu se rappelle que maman lui a demandé la même chose quand papa est venu.

— Et toi, maman ?

— Maman doit préparer le dîner.

Exactement la même réponse qu'avant.

— J'ai aussi un peu de ménage à faire, ajoute-t-elle.

Allez-y tous les deux.

— Et ma valise ? Je la monte dans ma chambre ?

Le toit répond à la place de maman. Un *boum* sonore, suivi d'un autre, plus faible.

— Si ça continue, le toit va s'effondrer, non ? murmure le beau-papa.

Maman fixe Jiyu de son regard dur, comme pour lui reprocher de ne pas avoir obéi tout de suite.

— Laisse ta valise ici, je la monterai.

— Suis-moi, dit la petite en se dirigeant vers la porte.

Elle s'est adressée au beau-papa, qui ne réagit pas. Il a l'air préoccupé par les bruits venant d'en haut.

— Eun-ho, Jiyu t'attend ! crie maman.

Le beau-papa quitte la cuisine à contrecœur.

— Rentrez avant la nuit.

Jiyu va dans la remise pour mettre ses bottes, sans avoir besoin que maman le lui demande. Après une hésitation, elle en tend une paire au beau-papa, qui l'inspecte longuement. Elle ne sait pas pourquoi, mais elle est mal à l'aise. Bien sûr, elle ne lui dit pas qu'il s'agit des bottes qu'a portées papa.

La nuit n'est pas encore tombée, mais il commence à faire sombre. Le ciel est très couvert, le marécage est enseveli sous la neige. Du côté du sentier ne s'élève aucun bruit, pas même les battements d'ailes que font les oiseaux dans les roseaux pour s'envoler, ni les cris des petits grèbes. On n'entend que le sifflement des rafales qui balaient le marécage.

— Marche bien derrière moi.

Jiyu s'engage sur le sentier. La neige paraît plus épaisse que devant la maison. A cause de la tempête, elle a du mal à distinguer le sentier du champ de roseaux, car la neige a recouvert les roseaux couchés par le vent.

— On dirait une plaine enneigée plutôt qu'un marécage, commente le beau-papa en regardant autour de lui.

Il semble inquiet.

— Normalement, ici, c'est un champ de roseaux, mais la neige empêche de le voir.

La fillette marche prudemment en tâchant de repérer le sentier. Ses pieds s'enfoncent dans la neige et sa progression est lente, mais au moins le sol n'est pas glissant. Des crissements agréables résonnent sous ses talons.

— Jiyu, tu viens souvent ici ? demande le beau-papa. Tu as l'air de bien connaître.

— C'est la maison de maman, répond-elle en choisissant une phrase déjà employée par celle-ci.

— Si tu n'étais jamais venue, tu ne pourrais pas te repérer aussi bien. Jiyu, la dernière fois aussi, tu es venue ici, pas vrai ?

La fillette comprend tout de suite ce qu'il entend par « la dernière fois », car il a posé la même question ce matin. Mais elle ne répond pas.

— Je sais que tu étais avec ton papa.

Jiyu s'arrête net. Son visage s'enflamme malgré le vent glacial, ce qui lui arrive quand elle est obligée de mentir. Le beau-papa devait déjà connaître la réponse quand il l'a interrogée ce matin. Alors, quel besoin de lui poser cette question ? Pourquoi ne l'a-t-il pas grondée quand elle a menti ? Il s'arrête aussi et baisse la tête pour la dévisager.

— Je ne suis pas fâché, je ne cherche pas à te coincer.

— Euh, je…

— Ce n'est pas ta faute, c'est celle de la personne qui t'a forcée à mentir.

Instinctivement, Jiyu cherche à défendre maman.

— Non, ce n'est pas maman qui m'a demandé ça. C'est juste que je…

Elle s'interrompt. Elle a l'impression d'avoir commis une gaffe. Beau-papa, le regard planté dans le sien, secoue la tête. Il a une drôle d'expression, entre la colère et la pitié ; on dirait qu'il veut lui dire quelque chose.

— J'ai l'impression de t'avoir mise dans l'embarras, constate-t-il. Cette histoire reste entre nous. On oublie. Ça te va ?

Jiyu ne répond pas. Elle est inquiète, mal à l'aise. Elle est assaillie par toutes sortes d'interrogations. Elle a prétendu que ce n'était pas maman qui lui avait demandé de mentir, mais qu'est-ce qu'il veut dire par « cette histoire reste entre nous » ? Comment a-t-il su que papa était venu ici ? Pourquoi lui pose-t-il toujours la même question ? Elle dévisage le beau-papa, mais ne remarque rien de particulier.

— On continue ?

Et il reprend sa marche, un pied sur le sentier et l'autre sur les roseaux, un peu devant Jiyu. Le silence règne pendant un moment.

— Il ne faut pas marcher sur les roseaux, déclare enfin Jiyu. Il y a de la boue en dessous, et si on y enfonce le pied, c'est difficile de l'enlever.

— Mais là, comme le sol est gelé, il est devenu dur, dit le beau-papa avec un petit sourire.

— Oui, mais quand même, insiste-t-elle en le devançant d'un pas. Fais comme moi.

Une fois qu'elle ne voit plus le beau-papa, elle respire

un peu mieux. Ses joues sont moins brûlantes, elle parvient à se concentrer davantage et s'oriente mieux. La limite entre le sentier et le champ de roseaux s'estompe de plus en plus. Elle se dit qu'ils doivent presque être arrivés à l'étang Demi-Lune, mais ne l'aperçoit pas. Ce n'est qu'en voyant le rocher du coin repas émerger de la plaine enneigée qu'elle se rend compte qu'ils l'ont déjà atteint.

— Nous voilà arrivés.

Jiyu monte sur le rocher et, du bout du pied, explore la neige devant elle afin d'éviter de trébucher.

— On est à l'étang Demi-Lune ? demande le beau-papa avant de venir à côté d'elle.

— Oui, répond-elle sans en être tout à fait sûre.

Le paysage ne lui est pas familier. Une étendue de neige a remplacé la surface d'eau verdâtre, un peu comme une piscine transformée en patinoire. Aucune plante aquatique ni canard en vue. Seul le rocher du coin repas sur lequel elle se tient lui prouve qu'ils sont bien au bord de l'étang.

— Les canards ont tous disparu, je ne sais pas où ils sont.

— L'eau est gelée, ils ont dû se réfugier dans un endroit chaud. Au fait, ils sont originaires d'ici ?

— Oui. Il y en a de toutes sortes…

La fillette s'interrompt et porte son regard sur la montagne au-delà de l'étang. La tempête de neige ayant tout avalé, on ne voit plus rien. Elle a beau tendre l'oreille, pas un oiseau ne chante. Elle n'entend que le sifflement du vent qui balaie la neige sur le marécage.

Jiyu revoit la lueur qui avançait le long du sentier cette nuit-là, et puis maman qui poussait la brouette dans le cercle lumineux projeté par la lampe de la cour. Des soupçons effrayants qu'elle s'est efforcée de réprimer lui reviennent soudain à l'esprit. Pourquoi maman est-elle partie seule à l'étang Demi-Lune cette nuit-là ?

— Bon, on rentre ? propose le beau-papa.

*

Maria, Maria, Maria que j'aime...

Dans le noir, Jae-in croit entendre son père chanter. Elle se dit qu'il doit s'agir d'un rêve où, assise sur le siège passager de la camionnette de papa, elle l'écoute fredonner. Parfois la mélodie résonne dans sa tête, parfois on dirait un lointain écho, et épisodiquement, elle disparaît, emportée par le hurlement du vent.

J'ai planté une fleur après t'avoir laissé partir.

J'ai planté une fleur dans mon cœur en pleurs...

Quand le froid la réveille, elle est couchée dans l'obscurité, les jambes repliées, les bras attachés dans le dos, recroquevillée en chien de fusil. Elle veut ouvrir les yeux, mais n'y parvient pas ; elle a beau essayer de lever la tête, elle ne peut la bouger d'un centimètre. Le corps paralysé comme dans un cauchemar, elle sombre de nouveau dans les ténèbres.

Le printemps revient et les fleurs refleurissent

Les fleurs refleurissent comme mon amour qui me manque...

Alors qu'elle oscille entre rêve et réalité sans pouvoir distinguer l'un de l'autre, une chose devient claire : elle n'est pas en proie à un cauchemar. C'est la douleur qui l'empêche de bouger, qui traverse sa gorge telle une flèche à chacune de ses respirations, qui lui comprime la cage thoracique à chaque battement de cœur. Et ce n'est pas dans ses rêves que résonne la chanson du père, mais à ses oreilles, telles des incantations psalmodiées.

Elle tâche encore d'ouvrir les yeux, en vain. Certes, l'un est blessé, mais même la paupière de l'autre est lourde, comme si un éléphant était assis dessus. Elle est doublement bâillonnée, poignets et chevilles ligotés, et le nœud coulant autour de son cou est relié à la corde de ses chevilles, de sorte qu'il se resserre quand elle cherche à tendre la nuque ou les jambes.

J'ai cueilli les fleurs pour t'oublier

Je les ai cueillies en pleurant

C'est vrai qu'elle a envie de pleurer. Sous le coup de la colère, elle pousse un hurlement muet : *Père, arrête de chanter cette chanson ! Je n'en veux pas, de ces fleurs minables. Donne-moi plutôt un couteau pour que je tranche le nœud que j'ai autour du cou. J'en profiterai aussi pour décapiter ta deuxième fille, qui m'a mise dans cet état.*

Elle croyait avoir triomphé de Yuna ou, plus précisément, elle pensait avoir surmonté son sentiment de culpabilité à l'égard de sa sœur. Mais hier soir, au moment précis où le sac de Yuna s'est abattu sur son œil gauche, elle a compris que ce n'était qu'une illusion.

Fermer les yeux, se détourner, faire preuve de froideur, couper les ponts… Toutes les tentatives qu'elle a déployées équivalaient à boxer dans le vide. Si elle avait réellement surmonté son histoire avec Yuna, elle n'aurait pas commis l'erreur de venir seule dans cette maison en s'inventant de faux prétextes. Elle aurait plutôt donné cette adresse à la police. Ou elle aurait ligoté Yuna dès son apparition, puisqu'elle était armée d'un couperet. Voilà comment un être normal réagirait face au danger.

Mais elle n'a rien fait de tel, et elle en paie le prix : elle a reçu un violent coup à l'œil et a dégringolé dans l'escalier avant de perdre connaissance. Lorsqu'elle a repris ses esprits, elle était couchée sur le ventre, les mains ligotées dans le dos. Quant à Yuna, elle se tenait près de son œil droit, le couperet dans une main et une corde dans l'autre, passée de la défensive à l'offensive dans le bref laps de temps où Jae-in s'était évanouie.

— Lève-toi, a ordonné Yuna. Ça fait déjà cinq minutes que j'attends.

Jae-in s'est redressée en position assise. Les pieds de Yuna étaient tout près de son œil droit. Si elle recevait un coup à cet endroit-là, elle risquait de ne plus rien y voir du tout, son œil gauche étant déjà très gonflé.

— Monte, a dit Yuna en pointant le couperet vers son cou. Je vais te montrer la pièce que tu voulais voir. A titre informatif, je te préviens que je sais mieux me servir de ce couteau que toi.

Ça, c'est sûr, s'est dit Jae-in avant de lui obéir. En gravissant les marches, elle est tombée deux fois. La première, elle s'est cogné le genou, la deuxième, elle s'est étalée à plat ventre, le nez heurtant violemment l'arête d'une marche. La faute à son œil gauche enflé et à l'obscurité qui régnait dans l'escalier.

Elle a ravalé ses gémissements, même si elle avait l'impression que les os de son nez étaient brisés en deux. Pas question de crier ni de pleurer. Elle n'avait pas encore perdu la boule à ce point. Yuna ne se souciait pas de ces détails, se contentant de dire, en lui administrant des petites tapes sur la nuque avec le dos du couperet :

— Je n'ai pas le temps, grande sœur ! Je dois rentrer faire manger Jiyu.

C'était la première fois en trente ans qu'elle appelait Jae-in « grande sœur ». Prise de frissons, celle-ci s'est levée sans broncher. Quelques instants plus tard, elle se trouvait devant la porte du grenier. Elle a regardé Yuna sortir un trousseau de clés d'un tiroir du petit meuble dans le couloir et déverrouiller le cadenas. Dès que la porte s'est ouverte, un air froid et humide l'a assaillie.

Yuna a allumé et Jae-in a inspecté les alentours de son œil valide. C'était une petite pièce allongée, sans fenêtre ; un plafond incliné selon la forme du toit, un bric-à-brac entassé le long des murs, des livres, un vieux ventilateur, des cartons, un grand bac en caoutchouc, un seau en plastique…

C'était là le grenier dont Jiyu avait parlé en dormant. Comme elle l'avait deviné, Jun-young n'y était pas. Pas le moindre signe de sa présence. Si on avait abandonné son corps dans un des cartons ou dans le bac en caoutchouc, il y aurait au moins une odeur.

— Assieds-toi là-bas, a ordonné Yuna en désignant un coin de la pièce, là où le plafond était le plus haut.

D'après la configuration de la maison, il devait se trouver du côté de la chambre de Jiyu. Elle s'est accroupie parmi les cartons plus ou moins grands entassés le long du mur.

— Tu te débrouilles bien, dis donc. Je n'ai pas besoin de t'expliquer, a raillé Yuna en venant se planter devant elle, jambes écartées.

La situation semblait beaucoup l'amuser. Elle s'est fendue d'un sourire candide en découvrant ses dents.

— Si tu restes accroupie comme ça, tu vas avoir des

crampes. Mets-toi plus à l'aise, assieds-toi en allongeant les jambes.

— Te bile pas pour moi, a rétorqué Jae-in, ce qui lui a valu un coup du dos du couperet sur le crâne.

— J'y crois pas, tu es encore plus lente à la détente que Jiyu. Il faut que tu tendes les pieds pour que je puisse les ligoter, pauvre imbécile !

Yuna est du genre à gaspiller inutilement son énergie pour dire ce qu'elle a à dire. Elle préfère parler par allusions ou par images plutôt que de formuler les choses simplement. Cela peut créer des malentendus, surtout à l'oral. Qui aurait pu déduire que « tu vas avoir des crampes » signifiait « je vais t'attacher les pieds » ?

Jae-in a obtempéré. Le dos plaqué contre le mur, elle a regardé sa petite sœur lui ligoter les chevilles de ses doigts blancs. Visiblement, ce n'était pas la première fois qu'elle faisait ça. Elle œuvrait avec un tel soin que Jae-in s'est dit qu'elle ne pourrait jamais se libérer, à moins de se trancher les chevilles. Une fois sa tâche achevée, Yuna a abattu le couperet sur ce qu'il restait de corde. Jae-in n'a pas pu s'empêcher de sursauter. La lame s'est plantée dans le parquet, tout près de ses chevilles.

— Tu as eu peur ? Tu es plus trouillarde que je ne le pensais, s'est moquée Yuna avec un nouveau sourire, en poussant le bout de corde tranché. Tout à l'heure, quand tu m'as menacée, qu'est-ce que tu as dit avec ta vilaine face de singe ? Que je ferais mieux de bien calculer mon coup ?

Quoi de plus vexant que d'être moquée sur son physique ? Furieuse, Jae-in a fusillé sa sœur du regard. Elle voulait lui rétorquer : « J'ai peut-être une face de singe, mais toi, tu as une tête de cochon ! » Mais elle s'est retenue en voyant Yuna reprendre le couperet au sol.

— Toi, tu n'avais pas *calculé* que tu allais te retrouver dans cette situation, hein ? a décoché Yuna, l'air de jubiler.

Jae-in revoyait défiler dans son esprit tous ces ustensiles de boucher, le hachoir, le mixeur et les marmites. Malgré elle, son imagination s'emballait.

— Où est Jun-young ? a-t-elle demandé.

Le sourire de Yuna s'est envolé subitement, et elle l'a fixée droit dans les yeux. Dans son regard brillait une question sérieuse : quelle est la nature de votre relation ?

— Qu'est-ce que vous êtes allés faire à Chungju ? a-t-elle demandé au lieu de répondre.

Jae-in a décidé de la pousser à bout ; quand elle était à cran, sa sœur devenait un vrai moulin à paroles. Elle pourrait peut-être en tirer quelque chose d'utile. Vu le contexte, il était difficile de renverser la vapeur, mais elle pourrait peut-être intercepter une information pouvant être tournée à son avantage.

— Visiter une maison, a-t-elle donc répondu.

Une lueur perplexe a traversé le regard de Yuna.

— Quelle maison ?

— Tu sais, Jun-young avait envie de vivre dans un endroit où il pourrait admirer le lac de Hoam. Un endroit où écrire et pique-niquer avec Jiyu…

— Comment ça, pique-niquer avec Jiyu ? Qui a dit que je la lui confierais ?

— On nous avait dit que cette maison était idéale pour des jeunes mariés. C'est pour ça que nous y sommes allés.

— Une maison pour jeunes mariés ? Il envisageait de

se marier ? Avec qui ? Pas avec toi, quand même ?

Yuna ne cessait de la bombarder de questions et, à chaque fois, sa voix montait de deux octaves. Les veines au milieu de son front saillaient, et son regard était tellement brûlant qu'il aurait pu graver un code-barres sur le front de Jae-in. Celle-ci avait dû appuyer là où ça fait mal.

Pour Yuna, ce qui lui appartenait un jour était à elle pour toujours. Elle n'acceptait pas qu'une de ses possessions passe dans les mains d'une autre. En témoignait la fin tragique des hommes qui avaient croisé sa route.

— Si, avec moi, a répliqué Jae-in.

— Tu rêves en plein jour, à ce que je vois. Méfie-toi, tu vas encore te retrouver à pleurer toute seule dans ton coin.

Contrairement à ce qu'elle laissait entendre, Yuna semblait déjà la croire. Elle parlait de plus en plus vite et sa voix stridente trahissait son inquiétude. Il était temps de lui asséner le coup fatal. Jae-in a opté pour une histoire banale, mais à l'efficacité garantie.

— Nous voulions nous marier avant que ça commence à se voir. Ça fait quatre mois.

Yuna a promené son regard en zigzag sur le ventre de sa sœur avant de le reporter sur son visage. A la voir, on aurait cru qu'elle venait d'apprendre qu'un opossum était enceint d'un bébé chat.

— Tu veux voir une échographie de ton futur neveu ? Elle est dans ma voiture.

— Arrête ton numéro.

Le baromètre émotionnel de Yuna semblait être au plus bas. Accroupie, le couperet entre les jambes, elle s'est mise à murmurer, les yeux dans le vague :

— Quel salaud ! Et malgré ça, il m'a suppliée de le laisser voir Jiyu ? Et il a osé menacer de me faire jeter en prison si je n'acceptais pas ?

Ses yeux jetaient des étincelles qui n'allaient pas tarder à se changer en flammes. Jae-in l'observait en silence. Tout en sachant le brasier imminent, elle continuait à attiser les braises pour gagner du temps.

— C'est normal après tout, non ? Jiyu est la fille de Jun-young, et quand nous serons mariés, elle deviendra aussi ma fille.

— La fille de qui ? s'est écriée Yuna, agrippant brusquement le couperet qu'elle avait laissé pendre mollement. La fille de qui ? La tienne ? Tu viens de dire qu'elle va devenir ta fille ?

Jae-in fixait sa petite sœur du regard en tâchant de ne pas flancher. Partie sur sa lancée, elle a décidé de pousser plus loin.

— Tu veux que je t'explique pourquoi je suis venue ici ? Quand tu m'as confié Jiyu, elle est restée hospitalisée une semaine. La fièvre l'a fait délirer pendant plusieurs jours. Elle aurait dû appeler sa maman, mais non. Elle ne t'a pas demandée, pas même une fois. Curieux, non ? Il n'y a que son papa qu'elle a appelé en pleurant. Elle disait qu'il était à l'étang Demi-Lune et que maman l'avait transporté dans une brouette.

Yuna a tressailli. Une lueur a traversé son regard avant de disparaître. Si on lui avait demandé de la définir, Jae-in aurait dit que sa sœur se sentait trahie.

— Y a-t-il un étang Demi-Lune ailleurs qu'ici ?

— Donc, si j'ai bien compris, tu es venue voir si Jiyu avait dit la vérité.

— Exactement.

A cet instant précis, le couperet s'est élancé vers le cou de Jae-in. Par réflexe, celle-ci a rentré la tête dans les épaules, et la lame lui a frôlé le sommet du crâne avant d'aller se planter dans un carton près d'elle.

— Tu veux savoir ce que j'ai fait de lui ? a crié Yuna en reprenant son arme.

Elle a abattu la lame sur le carton. Une fois, deux fois, trois fois. Le carton s'est déchiré en déversant son contenu : les marionnettes, la table et les chaises. Jae-in a repéré plusieurs boules de duvet jaune. D'après ses souvenirs, c'étaient des morceaux du canard en peluche lacéré trente ans plus tôt. Du bout du couperet, Yuna les a rassemblés devant sa sœur avant de lui demander, comme s'il s'agissait du corps de Jun-young :

— Et comme ça, je t'ai répondu ?

Jae-in était sans voix. Elle se doutait de cette réponse, mais n'était pas prête à l'entendre. Le choc était plus violent que lorsque sa sœur l'avait frappée avec son sac. Yuna avait-elle réellement fait ça ? Pour de vrai ?

— Tu as l'air surprise, a raillé Yuna.

Jae-in a serré fort les lèvres, réprimant son envie de vomir. Son imagination trop débridée a aussitôt fait apparaître une scène où Jun-young mourait sans pouvoir se défendre, abruti par les somnifères. Etait-ce dans la salle de bains du rez-de-chaussée ? Les cris du petit grèbe que Jiyu avait entendus étaient-ils les hurlements de douleur de Jun-young ? Et la voix de Kim Jinu a résonné dans sa tête : « J'ai appris que… la veille, Eun-ho avait bu une tisane aux coings préparée par Yuna. Et qu'il avait dormi profondément sans se rendre compte que son fils étouffait. »

Yuna avait commis des crimes odieux, qui laisseraient

leur trace dans l'histoire : tuer un père près de sa fille, et un fils près de son père.

— Ouvre un peu la bouche pour voir, a ordonné Yuna en montrant avec le couperet les lèvres de sa sœur.

Celle-ci a obéi immédiatement. Comment faire autrement face à une arme aussi redoutable ? En outre, celle qui la maniait était sur le point de péter un câble. Inutile de peser le pour et le contre. Une fois la tête du canard enfoncée dans sa bouche, Jae-in a cru suffoquer, les mâchoires en feu comme si elles se fendaient en deux. La gorge oppressée, elle était prise de nausées, de spasmes dans le gosier.

Yuna a quitté le grenier avant de revenir avec du ruban adhésif industriel. Elle lui a scellé la bouche en effectuant plusieurs tours, comme si elle enroulait un bandage, et a lâché le rouleau en le laissant pendre près de son oreille.

— Tu as dit que tu voulais faire quoi, tout à l'heure ? a-t-elle vociféré tout en essayant de découper le bout du ruban avec le couperet. Te marier avec ce salaud ? Et que ma fille devienne ta fille ?

Jae-in ne bougeait pas, le cou aussi droit qu'un bâton de sucette. Elle craignait que Yuna ne pète complètement les plombs et, de ses mains tremblantes de rage, finisse par lui trancher la tête.

— Il a suffi que je tourne le dos pour que tu fasses la maligne, Sin Jae-in ! Et maintenant, tu me prends pour une abrutie ?

Elle a plongé les mains dans les poches du blouson de sa sœur pour en sortir un stylo, son téléphone et ses clés de voiture. Elle a inspecté le stylo sous tous les angles, comme si elle en voyait un pour la première fois.

— Quelle belle histoire d'amour, a-t-elle murmuré en retrouvant son sourire.

Jae-in a deviné que sa petite sœur venait d'avoir une idée géniale, ce qui l'a plongée dans l'angoisse. Ce qui était bon pour Yuna ne l'était sûrement pas pour elle.

— Sin Jae-in !

Yuna avait repris sa voix habituelle, proche du bourdonnement d'un colibri. On aurait dit une soprano jouant sur les tonalités. Jae-in l'avait déjà vue passer d'un extrême à l'autre, mais elle n'avait jamais tremblé de peur comme en ce moment, où sa sœur l'appelait par son nom en entier, le visage jovial et un couperet à la main.

— Votre mariage, c'est moi qui vais le célébrer, a-t-elle poursuivi en remettant le stylo à sa place. Tu épouseras ce fils de pute demain, à l'étang Demi-Lune.

Que venait-elle d'entendre ? Jae-in essayait de digérer chaque donnée en clignant de son œil valide : l'étang Demi-Lune, demain…

— Ça, c'est moi qui les garde, a dit Yuna en brandissant le téléphone et les clés de voiture. Bonne nuit, fais de beaux rêves.

Aussitôt, la lumière s'est éteinte. Elle a entendu la porte se refermer, le cadenas être verrouillé et des pas dévaler l'escalier. L'instant d'après, un fracas a retenti au rez-de-chaussée. Bien plus tard, elle a perçu le bruit vague de la voiture qui démarrait, puis plus rien.

Le calme était revenu. Dans le noir et le froid, Jae-in s'est allongée sur le flanc. Elle tâchait de réfléchir, les yeux fermés. Que devait-elle faire, ou ne pas faire ? Comment sortir vivante de ce grenier ? Hélas, son cerveau n'était pas au top de sa forme. Elle savait que sa survie dépendait de sa capacité à réfléchir, mais aucune idée ne lui venait. Elle entendait seulement une voix qui l'abreuvait de reproches : elle ne s'était pas préparée à affronter Yuna, qu'elle s'attendait pourtant à rencontrer, et elle avait très mal géré cette rencontre avec sa petite sœur. Bien évidemment, elle était aussi furieuse contre Yuna. Seulement, elle n'osait pas l'exprimer, car sa colère était trop grande. Enfant, elle avait souvent apaisé sa colère en priant pour qu'il arrive malheur à sa sœur, qu'elle tombe dans une bouche d'égout par exemple, que le plafond s'écroule sur elle dans son sommeil, ou qu'elle entre en combustion spontanée. Mais pas maintenant. Il ne fallait surtout pas qu'il lui arrive quelque chose, ni qu'elle soit arrêtée ou poursuivie par la police, qui nourrissait déjà de sérieux soupçons à son égard. Sinon, il était très probable que Jae-in serait découverte morte ou à moitié morte dans ce grenier obscur, au pire, à l'état de momie, dans quelques mois. Aussi souhaitait-elle de toutes ses forces que Yuna passe la nuit saine et sauve et se dépêche de venir la tuer. C'était sa seule chance de se sortir de ce pétrin. Elle s'est forcée à réfléchir. Comment allait-elle s'y prendre au retour de sa sœur ?

Sa première idée : faire semblant d'avoir perdu connaissance et lui donner un coup de tête fatal au moment où elle s'approcherait. Elle ne pourrait peut-être pas éviter une riposte, car Yuna ne viendrait sûrement pas les mains vides.

Deuxième possibilité : dans l'hypothèse où Yuna lui détacherait les pieds pour l'emmener à l'étang Demi-Lune, s'enfuir à la première occasion. Si elle parvenait jusqu'au village, elle croiserait sûrement quelqu'un susceptible de l'aider. Le hic, c'était qu'il était peu probable que les choses se déroulent ainsi. Yuna n'agirait jamais de la sorte. Elle préférerait la transporter en brouette avant de la jeter dans l'étang.

Finalement, aucune solution ne s'est imposée à elle, mais du moins croyait-elle deviner quand Yuna reviendrait. Probablement tard dans la nuit, l'heure idéale pour perpétrer un crime aussi abject.

Jae-in a élargi sa réflexion à une question plus fondamentale : pourquoi Yuna commettait-elle toutes ces atrocités ? Par pure démence ? Parce qu'elle préférait l'attaque à la défense ? Etait-ce des dommages collatéraux des objectifs qu'elle visait ? Peut-être avait-elle simplement voulu donner une bonne leçon à ses victimes, qui avaient succombé dans le processus ; ou bien y avait-il une raison plus grave, qu'elle ne maîtrisait pas elle-même ?

Pour comprendre le comportement d'une personne, il faut être en mesure de l'expliquer ; malgré tous ses efforts, Jae-in en était incapable. Elle avait cru bien cerner sa petite sœur, mais en réalité ce n'était qu'une illusion. La Yuna qu'elle croyait connaître n'était pas la vraie Yuna, mais une image forgée à partir de ses propres ressentis. *Sin Yuna, qui es-tu donc ?* Jae-in répétait cette question en boucle, ce qui ne servait à rien, puisqu'elle ne la poserait jamais à l'intéressée.

Le temps qui s'écoulait était une vraie souffrance, non pas physique, mais psychologique. Jae-in s'indignait contre Yuna, mais dès qu'elle pensait à la journée à venir, elle était prise de frissons incontrôlables, car elle n'avait aucun moyen de savoir si c'était dans une heure ou dans dix qu'elle serait traînée inconsciente jusqu'à l'étang.

Sa douleur physique était plus concrète que sa peur. Son œil et son nez la brûlaient, sa gorge l'élançait, obstruée par la boule de poils, et elle s'étouffait sans pouvoir avaler ni cracher la salive accumulée. En outre, elle avait soif, et sa vessie ne cessait de gonfler ; à mi-chemin entre l'éveil et le sommeil, elle n'était plus en mesure de réfléchir.

A un moment donné, elle a entendu un bruit de voiture. Au début, elle ne savait pas trop si c'était une hallucination ou non. Elle a retenu son souffle et, l'oreille aux aguets, a attendu la suite. Il y a eu un grincement métallique. Aussitôt, le vieux portail rouillé lui est apparu, comme une vision. Ensuite, la porte d'entrée s'est ouverte et plusieurs voix ont retenti : un homme, une femme, et un enfant.

Bien sûr, elle ne comprenait pas ce qu'ils disaient. Ils ne parlaient pas fort et leurs murmures lui parvenaient en un bourdonnement dont il était impossible de distinguer les syllabes. Sauf qu'elle a su reconnaître une voix : celle de Jiyu.

Jae-in sentait ses battements de cœur dans tout son corps. A présent, elle était sûre que Yuna était de retour. Elle n'avait aucune idée de ce qu'elle mijotait, mais sa petite sœur était bel et bien là, avec son mari et sa fille. C'était une occasion inespérée. Il y avait de grandes chances pour que Cha Eun-ho et Jiyu ignorent qu'elle était enfermée dans le grenier. Il fallait donc à tout prix les avertir de sa présence.

Elle s'est assise et a étendu les jambes au maximum pour voir si ses pieds touchaient quoi que ce soit. Elle a perçu quelque chose au niveau des talons, sûrement des bouts du carton que Yuna avait lacéré la veille. Elle s'est déplacée vers le côté en rampant et a heurté quelque chose avec les pieds. A vue de nez, il devait s'agir d'un grand carton. Sans doute rempli de livres, car il était très lourd. Elle a tenté de le pousser à coups de talon, mais il n'a pas bougé d'un pouce.

Ses mains ligotées appuyées sur le sol, elle s'est penchée de biais, le corps en arrière, et a flanqué un coup de pied dans le grand carton. Elle l'a refait deux ou trois fois, en criant « Jiyu ! Jiyu ! ». Le carton s'est légèrement ébranlé, sans vraiment bouger. Ses talons lui faisaient mal. Ses cris semblaient ne résonner que dans sa gorge et, par-dessus le marché, elle a été prise d'une quinte de toux. Sans doute des poils avaient-ils pénétré dans sa gorge ; ils l'empêchaient de respirer et à force de tenter de les dégager à l'aide de sa langue, elle a été prise de nausées mais, chaque fois qu'elle essayait de vomir, elle avait des crampes d'estomac.

Les yeux larmoyants, elle a tenté de reprendre son souffle. A sa grande déception, personne ne semblait monter à l'étage. Après avoir bien toussé, elle a tout recommencé. Cette fois, elle ne criait pas. En se déplaçant sur les fesses, elle flanquait des coups de pied à tout ce qu'elle rencontrait, renversant le bac en caoutchouc et un lourd objet qu'elle n'est pas parvenue à identifier.

De temps en temps, elle s'arrêtait et tendait l'oreille. Elle ne décelait aucune présence humaine ; même les murmures de tout à l'heure avaient disparu. Désormais, il n'y avait plus rien autour d'elle auquel donner des coups de pied. Elle s'est avancée vers l'endroit où, d'après son souvenir, étaient entassés des cartons. Ses pieds en ont poussé un. Des objets ont dégringolé par terre avec fracas. A en croire le bruit métallique, ce devait être la vaisselle en inox de la grand-mère. Joli coup. Un vacarme pareil aurait pu réveiller les esprits d'ancêtres assoupis depuis cent ans.

Elle s'est redressée en position assise. Tout en calmant sa respiration, elle a attendu que quelqu'un monte. En effet, quelques instants plus tard, des bruits de pas ont résonné dans l'escalier et on a déverrouillé le cadenas. La porte s'est ouverte et la pièce s'est éclairée. Par réflexe, elle a fermé les paupières.

— Dis donc, tu es bien excitée ! a fait la voix de Yuna.

Jae-in a ouvert les yeux. Sa petite sœur était plantée sur le seuil. Pourquoi Yuna était-elle seule ? Où se trouvaient Eun-ho et Jiyu ? Etaient-ils dans le coup avec elle ? Ou étaient-ils partis ailleurs ?

— Tu as un trop-plein d'énergie, c'est ça ? a ironisé Yuna en mettant un pied dans la pièce.

Jae-in ne l'aurait pas crue si agile. En un clin d'œil, sa sœur était près d'elle et lui flanquait une grande claque. Elle est tombée en arrière et sa tête a heurté le sol. Avant même qu'elle ait repris son souffle, Yuna lui a plaqué le talon sur la gorge, et une douleur écrasante lui a bloqué la trachée.

— Tu as tellement d'énergie que tu ne sais pas quoi en faire, c'est ça ?

Elle a reçu un coup de pied dans les côtes, qui lui a fait l'effet d'un piquet qu'on y enfonçait. Pliée en deux, elle a roulé sur le côté.

— C'est pour ça que tu fais tout ce tapage, hein ? a vociféré Yuna en lui agrippant les cheveux pour renverser sa tête en arrière.

Elle tirait tellement fort que Jae-in a cru que ses yeux allaient jaillir de leurs orbites. Son regard n'a croisé celui de Yuna que l'espace d'une seconde, mais dans ce bref instant, elle a trouvé la réponse à la question qui la taraudait depuis un moment : quelle créature se cache donc derrière ce visage ?

Jae-in y a vu une petite fille âgée de sept ans qui, assise sur l'appui de la fenêtre de la chambre voisine, lacérait le canard en peluche : la petite Yuna qui la traitait de sale voleuse. C'est cette enfant-là qui pilotait Yuna depuis trente ans.

— Allez, continue ! J'aimerais bien voir qui va venir t'aider, a raillé Yuna en la frappant violemment du poing sur l'oreille gauche.

Elle ne s'en est pas tenue là. Elle lui a agrippé la tête à deux mains et, la maintenant tournée vers la droite, lui a flanqué un coup de genou. Jae-in a senti une bombe exploser, d'abord dans la nuque, puis dans la gorge, et enfin dans les oreilles. Tout est devenu noir autour d'elle. La voix de Yuna est parvenue à sa conscience vacillante, telle une flamme sur le point de s'éteindre :

— Continue, je te dis, sale garce !

Elle s'est écroulée de tout son long. Malgré ses pensées qui vagabondaient, elle a senti Yuna lui passer un nœud coulant autour de la gorge, l'attacher à la corde liant ses jambes repliées au niveau des chevilles, et éteindre la lumière avant de ressortir.

Lorsqu'elle finit par se ressaisir, une certitude s'impose à elle : Yuna compte sérieusement la tuer. Par ce nœud coulant, elle semble lui demander de choisir : mettre fin à ses propres jours, ou attendre que Yuna vienne l'achever.

Jae-in n'a pas envie de mourir, enfin, pas de cette manière, et encore moins dans ce grenier. Pas question de rester tranquillement couchée à écouter la chanson de son père.

Elle sonde sa mémoire. Où se trouvait-elle quand Yuna est entrée dans la pièce un instant plus tôt ? Vers le centre. Yuna l'a frappée et elle est tombée, elle n'a pas dû beaucoup bouger. Elle fait fonctionner son GPS mental. Elle prend comme point de départ l'endroit où elle se trouve. Etant donné qu'elle a avancé tout droit en tapant autour d'elle, elle n'a qu'à reculer pour regagner son emplacement d'origine. Si elle touche les cartons et non le tas de bibelots, ce sera bon signe. Les jambes recroquevillées, elle croit pouvoir se déplacer en roulant.

Le décalage entre la théorie et la mise en pratique découle forcément d'un facteur imprévu. Au moment où elle plie les jambes, une douleur qu'elle n'avait pas anticipée se réveille, et les endroits où elle s'est fait tabasser par Yuna se mettent à hurler de concert. Quand elle approche le menton de la poitrine, c'est comme si toutes ses cervicales se brisaient, et lorsqu'elle roule sur le côté, ses côtes s'enfoncent dans ses poumons. Au contact de son front sur le sol, elle a l'impression que ses globes oculaires se détachent de leurs orbites. Elle roule encore, et son menton cogne fort contre le sol. Une douleur aiguë lui traverse la mâchoire. La souffrance est insoutenable.

Malgré tout, elle roule de nouveau en serrant les dents, le menton tremblant. A chaque rotation, elle laisse échapper un gémissement, elle est trempée de sueur. Franchement, sa condition physique la déçoit. Elle ne pensait pas que son corps résisterait aussi mal. Elle n'a reçu que quelques coups, donnés par une femme, et voilà dans quel état elle est !

Enfin, son front touche le coin d'un carton. Elle roule encore une fois, et ses genoux atteignent un mur. Alors, elle se relâche enfin, pose sa joue couverte de sueur contre le sol, détend ses épaules crispées et ferme les yeux. Elle attend que la douleur se calme.

Un bruit d'aspirateur se fait entendre au rez-de-chaussée. Peu après, un air de violon qu'elle ne connaît pas. S'y mêlent ponctuellement des bruits de couteau, de vaisselle qu'on entrechoque, d'eau qui coule…

Au bout d'un moment, elle entend plusieurs personnes qui parlent. Elle colle son oreille au sol et, à force de se concentrer pour comprendre ce qu'ils disent, parvient à saisir une phrase de Yuna :

— Allez vous laver les mains, on va passer à table.

9

— Chéri, tu t'assieds là ? suggère Yuna en désignant du regard une chaise près de la porte du séjour.

Cela lui est égal, alors il obéit.

— Et toi, Jiyu, installe-toi à côté de papa.

La fillette obtempère à son tour. Elle est toute pâle, les yeux rivés à la table. Il suit son regard et remarque les objets qui s'y trouvent : un vase en verre bleu, long et fin, une bougie parfumée allumée, des coupes de champagne… Il sent son visage se crisper. Ce sont exactement les mêmes objets qu'il a vus sur la photo, jusqu'aux trois roses dans le vase.

— Moi, je vais m'asseoir de ce côté-ci, déclare sa femme en apportant un saladier.

En face de lui, sont posées une coupe à champagne et une assiette avec ses couverts.

— Je vais devoir faire des allers-retours dans la cuisine, précise-t-elle inutilement.

Il baisse discrètement les yeux pour consulter sa montre. Dix-huit heures. Un peu tôt pour dîner.

— Ici, la nuit tombe vite, affirme-t-elle, comme si elle lisait dans ses pensées.

— Je peux t'aider ?

— Non, ça va. Reste assis. Tu n'as qu'à bavarder un peu avec Jiyu.

Yuna ne cesse d'aller et venir à petits pas rapides entre le plan de travail et la table. Elle apporte tour à tour une bouteille de champagne plongée dans un seau de glaçons, du jus d'orange, une panière remplie de tranches de pain, de la confiture, du beurre de cacahuète, et leur sert du goulasch à chacun. Pendant ce temps, Eun-ho et Jiyu restent assis sans broncher comme des enfants au piquet.

Sa femme semble être de bonne humeur, plus que d'habitude. Elle se déplace à pas de chat, ou comme si elle glissait sur de la glace. Ses joues sont rougies par l'excitation et sa voix a des notes aiguës. D'ailleurs, elle est très loquace, deux fois plus qu'en temps normal, surtout quand il s'agit de se plaindre : le four est vieux, elle a du mal à faire griller le pain uniformément ; la salade n'est pas très fraîche, c'est dommage ; il n'y a pas assez de glaçons, elle ne sait pas si le champagne est assez froid…

Une fois attablée, elle se met à palabrer sur le champagne, sujet dont il se moque royalement. Elle explique qu'il s'appelle « Belle Epoque », et le lui traduit gentiment en coréen ; c'est un vin léger mais qui a du corps, aux bulles fines et à l'arôme de pêche, il est agréable à boire avant le repas, et ainsi de suite. Il n'y connaît rien et ne comprend pas grand-chose, il n'arrive même pas à imaginer quel goût ça peut avoir.

— C'est notre première escapade en famille, il faut fêter ça ! s'exclame Yuna en lui souriant. Tu veux bien ouvrir le champagne, chéri ?

Elle le lui demande d'une voix tellement sucrée qu'il a presque l'impression de déjà goûter l'arôme de pêche. Il débouche la bouteille avant de remplir son verre et celui de sa femme, tandis que celle-ci sert du jus d'orange à Jiyu.

— On trinque à ce magnifique premier voyage ?

Elle lève son verre, imitée par Eun-ho et Jiyu.

— Ah, une minute, dit-elle en se levant. Ne bougez pas, vous deux.

Ils obéissent docilement. Elle se penche sous la table pour récupérer son téléphone.

— On va faire une photo-souvenir.

Elle s'éloigne à reculons jusqu'à l'évier.

— Chéri, mets la joue contre celle de Jiyu et souris !

La fillette le regarde du coin de l'œil et il penche la tête vers elle. Jusque-là, rien de bien difficile. Seulement, il n'arrive pas à sourire. Ses lèvres se crispent, un frisson glacé lui parcourt l'échine. Il est monté dans le train de la mort conduit par Sin Yuna, comme les autres avant lui.

— Qu'est-ce que tu fais, Jiyu ? Allez, souris en regardant par là !

Yuna lève un bras et claque des doigts. Jiyu tourne la tête vers sa mère. L'embarras se lit sur son visage. Plus elle s'efforce de sourire, plus ses lèvres se tordent bizarrement, comme si elle allait fondre en larmes. Yuna compte lentement : un… deux… trois !

Le flash se déclenche. Sa femme regagne sa place en tripotant son téléphone.

— Ça rend bien. Tu veux voir ?

Eun-ho prend l'appareil qu'elle lui tend. A l'instant où il regarde l'écran, lui revient en mémoire une autre photo qui a été prise exactement au même endroit : un homme qui sourit, la joue contre celle de Jiyu, deux portes ouvertes derrière eux, les roses, la bougie parfumée et la bouteille de champagne sur la table. La composition est parfaitement identique, si ce n'est qu'il a pris la place de l'ex-mari à côté de Jiyu.

— Oui, c'est une belle photo, approuve-t-il en rendant le téléphone à sa femme. Envoie-la-moi.

— Plus tard. Maintenant, c'est l'heure de dîner.

Elle éteint son téléphone et le pose à l'envers sur la table. Elle lève sa coupe et propose encore de porter ce fichu toast :

— Cette fois, trinquons à notre bonheur !

Il entrechoque sa coupe avec la sienne et boit cul sec dans l'espoir de dissiper la tension qui le paralyse. A force d'imaginer la suite, il n'a pas la tête à sentir l'arôme de pêche, la légèreté du vin ou il ne sait quoi.

— C'était comment, le marécage ? demande Yuna en reposant sa coupe.

— Je ne sais pas trop, on ne voyait rien, répond-il négligemment. Il paraît qu'il y a beaucoup de canards d'habitude ?

Jiyu tourne aussitôt la tête vers lui, comme pour dire : « Quand est-ce que j'ai dit ça ? » Il craint d'avoir commis une gaffe.

— Les canards reviennent au printemps, murmure sa femme comme pour elle-même en prenant une cuillère de goulasch.

Eun-ho, lui, n'y touche pas. Si elle veut lui faire avaler quelque chose, c'est là qu'elle a dû en mettre. Certes, il est monté de son plein gré sur l'autel du sacrifice, mais n'a pas envie pour autant de tendre le cou. Il prend un morceau de pain et l'enduit de beurre de cacahuète. Il n'aime pas tellement ça, mais il n'a pas le choix. Il n'y avait pas beaucoup de confiture et Jiyu l'a finie. Le regard de sa femme reste braqué sur sa main qui tartine. Sa jovialité a disparu, et l'impassibilité qui lui est propre quand sa joie retombe assombrit son visage.

— Est-ce que l'étang Demi-Lune est gelé ? demande-t-elle tout à coup.

Il acquiesce.

— Complètement ? insiste-t-elle.

Intrigué, il penche légèrement la tête sur le côté. Pourquoi ce brusque intérêt ?

— Ne fais pas cette tête ! C'est si difficile de me répondre ?

Sa voix est chargée de colère.

— Comme la neige a recouvert la surface de l'eau, on ne peut pas le savoir, répond-il après un certain temps.

Il mord dans sa tranche de pain et se met à mâcher. Un bout de ceinture serait moins caoutchouteux. En tout cas, il ne perçoit aucun goût particulier. Comment le pourrait-il, alors qu'il a l'impression de manger le dernier repas d'un condamné à mort ?

Sa femme se tait. Le silence règne dans la pièce. On n'entend que les couverts qui s'entrechoquent. Dans la tête d'Eun-ho, les soupçons s'accumulent, comme les miles aériens d'un grand voyageur. Il est intrigué par les bruits mystérieux qu'il a entendus à son arrivée, mais trouve également bizarre le comportement de sa femme, qui leur a proposé à peine arrivés d'aller voir le marécage sous la tempête. Et à leur retour, la maison était bien silencieuse.

Yuna a dit que le toit était secoué par le vent, mais il n'en croit rien. Si le bruit provenait réellement de là, on devrait encore l'entendre, car dehors le vent souffle toujours autant. L'idée de Jiyu, qui pensait qu'il s'agissait des cris d'un petit grèbe, lui paraît plus crédible. Et si on remplaçait ces cris par une voix humaine, par exemple celle de Seo Jun-young…

Il se rappelle la voiture abandonnée qu'il a vue en venant ici. Un véhicule parqué dans la cour d'une maison en ruines à l'écart d'un petit village ? Etrange… Et puis, ça n'avait pas l'air d'être une épave. Ce n'était pas une berline, mais plutôt un grand SUV ou une Jeep. De couleur bleue, même s'il ne pourrait l'affirmer, car il était couvert de neige et garé derrière une serre à la bâche en plastique déchirée.

— Merci, c'était très bon, dit Jiyu en reposant ses couverts la première.

Elle n'a presque pas touché à son goulasch. Elle s'est contentée de deux bouts de pain tartinés de confiture et d'un verre de jus d'orange.

— Merci pour ce repas, dit-il à son tour en reposant son couteau à beurre.

Lui aussi n'a avalé que deux tranches de pain et une coupe de champagne. Sa femme ne réagit pas. Les yeux baissés, elle remue son goulasch, l'air encore plus de mauvais poil que tout à l'heure. Les lèvres pincées, elle semble ailleurs.

— Je m'occupe de la vaisselle, ajoute-t-il.

Comme arrachée à sa rêverie, elle le regarde.

— Tu peux ? Dans ce cas, je vais monter mettre Jiyu au lit.

La fillette, aussi perplexe que lui, jette un coup d'œil

discret à Eun-ho. Si sa mémoire est bonne, sa femme n'a jamais accompagné sa fille au lit ; en tout cas, pas à Cheongyeon. C'était plutôt Jiyu qui partait se coucher en leur souhaitant bonne nuit.

— On y va, Jiyu ?

Yuna pose ses couverts avant de se lever. La fillette l'imite hâtivement. Un instant plus tard, elles montent l'escalier avant de disparaître à l'étage.

Il se met à débarrasser la table. Tout en entreposant la vaisselle dans l'évier, il tend l'oreille au maximum pour entendre ce qui se passe à l'étage. Elles ne semblent pas encore être entrées dans la chambre. Leur conversation traverse l'escalier et lui parvient ponctuellement, mais elles parlent tellement bas qu'il ne comprend pas.

Tout en tournant le robinet de l'évier, il s'aperçoit brusquement que ses pensées s'interrompent sporadiquement, comme les idées décousues qui vont et viennent juste avant de s'endormir. Ses paupières sont lourdes. Il cligne fort des yeux, mais ça ne s'améliore pas. Il lui semble que ses paupières restent collées aux pupilles. La tête lui tourne, les perspectives se brouillent, comme si tout lui apparaissait à travers un miroir.

Ses gestes aussi sont différents de d'habitude. Ce n'est pas la première fois qu'il fait la vaisselle, pourtant il est très maladroit. Des assiettes lui échappent à deux reprises. Alors qu'il essaie de ranger les cuillères rincées dans la boîte à couverts, celle-ci se renverse par terre avec fracas.

— Chéri, tu as cassé quelque chose ? lui demande sa femme depuis l'étage.

Il ignore ce qu'elle fabrique, mais elle doit encore être dans le couloir.

— Non, ce n'est rien, répond-il.

Sa propre voix lui paraît lointaine, comme s'il portait des bouchons d'oreille, et il ne sent plus l'odeur qui avait assailli ses narines à son arrivée. Est-ce parce qu'il s'y est habitué, ou ses sens se sont-ils engourdis ? Il ne saurait le dire.

Il est peu probable qu'il ait ingéré un somnifère, puisqu'il n'a pas touché au goulasch. C'est sûrement le manque de sommeil. Depuis la mort de Noah, il souffre de graves insomnies. Et la nuit dernière, il n'a pas fermé l'œil, car sa femme était très en colère. Rien de plus normal, après tout. Aucune femme n'accepterait docilement une demande de divorce aussi inattendue. Et quand cette femme est Sin Yuna, c'est encore pire.

A vrai dire, ce n'était pas vraiment divorcer qu'il voulait, mais la pousser à bout. Aussi n'a-t-il pas embelli les choses avec des grands mots ou de longues explications. Il s'est contenté d'une phrase expéditive : il en avait assez d'elle, ce qui n'était ni un mensonge, ni une exagération. Depuis la mort de Noah, il passait la nuit dans la chambre de son fils. Le soir où il avait consulté en secret le téléphone de sa femme, il s'était efforcé de supporter le corps de Yuna blotti dans ses bras, mais n'y était pas parvenu. Dès qu'il avait senti la langue de sa femme s'immiscer entre ses lèvres, il avait été pris d'une envie de vomir. Il l'avait repoussée violemment et s'était enfui dans la chambre de Noah.

Il lui a dit à quel point elle le dégoûtait, en prenant l'exemple de cette nuit-là. Quand elle lui a demandé quelle erreur elle avait commise, il n'a rien répondu. Elle a prétendu que c'était lui qui avait rendu leur vie de couple difficile, et il n'a pas réagi non plus.

Dans un dialogue, il y a deux types d'interlocuteur : celui qui réagit en se fiant à ses propres critères, et celui qui se fonde sur la réaction de l'autre. Dans le deuxième cas, la conversation s'engage sur des rails infinis. L'un fait *ping*, l'autre *pong*.

Sa femme appartient à cette catégorie-là. A partir du moment où son mari réagit, peu importe comment, les questions insistantes et les réponses épuisantes se succèdent. Elle le pousse à bout, jusqu'à déclencher une bagarre physique. Et même s'il garde son sang-froid, ça ne change rien. Ça empire, même. Elle va jusqu'à s'automutiler. Ce schéma répétitif lui est devenu familier au bout d'à peine un an de mariage, et il en a par-dessus la tête. La seule solution est de couper court.

Il a regardé droit dans les yeux de sa femme qui tremblait de rage et a rassemblé son courage pour annoncer d'une voix neutre :

— Je quitte cette maison demain matin. Je te laisse tout.

— Evidemment que tu laisses tout ! Il y a quelque chose qui t'appartient ici, mis à part ton corps ? a-t-elle rétorqué, exhalant une haleine aigre.

De nouveau pris d'une envie de vomir, il s'est levé de son fauteuil en repoussant les jambes de sa femme qui se trouvaient encore sur les accoudoirs. Il a repris la doudoune qu'il avait jetée sur le bureau et a quitté la pièce. Juste avant de refermer derrière lui, il a entendu la voix de sa femme :

— Eun-ho, viens ici.

Sa voix était calme, chuchotante. Avant, cela aurait suffi à l'amadouer. Si sa vie avec Yuna était un train voyageant entre le paradis et l'enfer, « viens ici » aurait été un aller simple pour le paradis : «Viens ici, je vais te rendre heureux. »

Eun-ho a refermé la porte. Dans la foulée, il est sorti en passant par le portillon de derrière. Une fois sur le petit chemin de promenade éclairé par les réverbères, il est monté d'une traite jusqu'à la clairière au milieu du bois. Pendant tout ce temps, son téléphone n'a pas cessé de sonner. Au bout d'un moment, il s'est tu avant de reprendre de plus belle. Inutile de vérifier de qui il s'agissait. Qui d'autre que sa femme était capable d'appeler avec autant de ténacité à une heure aussi tardive ?

Il a coupé le son et le silence est enfin revenu. Il s'est assis sur un banc rendu humide par la rosée nocturne et, les mains croisées et les coudes sur les genoux, il a contemplé les lumières en contrebas. Une brume blanchâtre flottait. Il a cru entendre la voix de Noah depuis l'au-delà : « Papa, qu'est-ce que tu fais là ? »

Je me le demande aussi. Comment en suis-je arrivé là ?

C'était comme s'il pénétrait dans un néant si sombre qu'il ne voyait pas où poser les pieds. Depuis sa rencontre avec Yuna, il était comme ensorcelé, tel un alpiniste qui continue de grimper tout en sachant qu'il va mourir à cause de son amour aveuglant pour les sommets. Sa situation actuelle était le prix à payer pour son amour fou.

Sa gorge le brûlait, ses tempes l'élançaient, des larmes lui montaient aux yeux. Le visage enfoui dans ses mains gelées, il s'est mis à pleurer. Ses gémissements se sont mués en sanglots de plus en plus violents. Ce n'est pas qu'il s'apitoyait sur son sort, ni qu'il était triste d'avoir perdu Noah ; ses sanglots étaient la forme la plus raffinée de son dégoût de soi.

Deux heures plus tard, il se levait du banc. Il aurait voulu tenir le coup jusqu'au point du jour, mais le froid était trop intense, le réverbère était éteint, l'ambiance lui flanquait la chair de poule. Il venait de sortir son téléphone pour en allumer la lampe, quand il a reçu un appel de Jinu.

— Tu es où ? lui a aussitôt demandé son ami.

Eun-ho voulait demander pourquoi il l'appelait à cette heure-là, mais il s'est ravisé. Il pensait le deviner. En effet, Jinu lui a appris que Yuna était venue le voir un instant plus tôt. Inutile aussi de lui demander la raison de cette visite. Elle croyait sûrement trouver son mari là-bas. Bien évidemment, Jinu n'avait rien pu faire pour l'empêcher de fouiller son appartement.

— Je lui ai dit que tu n'étais pas là, mais elle ne m'a pas cru. Je savais que Yuna était particulière, mais pas à ce point ! Elle a dit qu'elle avait vu ta voiture dans le parking souterrain, et s'est mise à fureter…

Jinu s'est tu, laissant son ami imaginer la suite.

Eun-ho s'est senti rougir. Il avait honte, comme s'il venait de baisser son pantalon en public. Heureusement que Jinu vivait seul ! La seule idée du contraire l'horrifiait.

Jinu lui a redemandé où il se trouvait. Lorsqu'il le lui a dit, il lui a proposé de venir chez lui. Il voulait qu'Eun-ho récupère sa voiture et qu'ils discutent de ce qui s'était passé. Mais Eun-ho n'en avait pas envie. Il avait peur que son ami lui dise « Mon pauvre, quelle vie minable ! » et aussi que sa femme soit cachée dans les environs. Et surtout, il ne voulait pas entraîner son ami dans cette histoire.

— Non, il faut que je rentre.

Il a cherché un cybercafé près de chez lui. Il se demandait comment sa femme réagirait s'il rentrait faire ses valises. Lui proposerait-elle de boire un dernier café ? Ou l'emmènerait-elle quelque part ? Le premier cas était peu probable. Sa femme venait de passer chez Jinu et elle avait vu sa voiture. Elle savait donc que cette tactique ne marcherait pas.

La seconde solution était sûrement la bonne. Il en aurait mis sa main à couper. Sa femme savait qu'il avait des soupçons, aussi ne recourrait-elle pas à sa méthode habituelle. Il était fort possible que, dans un premier temps, elle essaie de le faire changer d'avis en l'amenant quelque part, peut-être là où elle avait conduit son ex-mari.

C'était ce qu'il souhaitait. Mais il y avait un hic : il n'était pas sûr de s'en tirer si la situation devenait critique. En un sens, il se sacrifiait lui-même. Ça lui était égal, si cela lui permettait de découvrir la vérité sur la mort de Noah. Ce qu'il voulait par-dessus tout, c'était obtenir une preuve irréfutable de sa propre innocence. Pas pour la montrer à la police et au reste du monde, mais pour lui. A trente-cinq ans, il comprenait enfin que parfois, la vérité importe plus que la vie.

Il est rentré à la maison vers 7 heures du matin. Sa femme buvait un café face à la véranda. Elle avait dû entendre la porte s'ouvrir, mais ne s'est pas retournée pour autant ; elle semblait attendre qu'il prenne la parole.

Il s'est rendu tout droit dans le dressing. Il a rangé ses habits dans son grand sac à dos, puis est allé chercher dans son bureau son ordinateur et quelques affaires. Sa femme, qui n'avait pas réagi jusque-là, a surgi brusquement sans frapper.

— Chéri, j'ai à te parler.

Evidemment, la conversation s'est mal passée. Yuna était douée pour les monologues, mais peu versée dans les dialogues. Ça n'a pas manqué. Pendant qu'elle lui expliquait en long et en large à quel point sa décision de divorcer était absurde et précipitée, combien elle souffrait et avait tourné et retourné le problème dans sa tête toute la nuit, il a dû étouffer près de dix-huit bâillements.

— Si tu tiens vraiment à quitter la maison, fais-le. Seulement, donne-moi une journée.

Il a senti son envie de dormir se dissiper d'un coup. Qu'est-ce qu'elle avait en tête ? Apparemment, une escapade en famille de deux jours et une nuit, à l'occasion de l'anniversaire de Jiyu, qui était dans deux jours. Elle lui demandait de consacrer une journée à la fillette, qui n'avait jamais voyagé avec lui comme papa. S'il acceptait, elle accéderait à sa demande de divorce.

Après dix minutes de silence, il a fini par répondre :

— Ok. On n'a qu'à faire ça.

Par la suite, tout s'est passé comme il l'avait imaginé. Elle l'a bel et bien emmené quelque part. Sauf qu'il y a eu deux épisodes inattendus. Le premier, c'est que ce matin-là, sa femme devait se rendre au commissariat de Seodaemun où elle était entendue en tant que témoin. Cet imprévu a plutôt joué en sa faveur, car il a pu discuter avec Jiyu en l'absence de Yuna.

Comme il l'avait supposé, Jiyu avait été bien dressée par sa mère. Toutefois, étonnamment, ses abords dociles dissimulaient une vraie capacité de résistance. C'était discret, mais évident. Cette résilience ne se limitait pas à quelques points spécifiques, c'était plutôt un trait de caractère. Par exemple, elle répondait « oui, c'est maman qui a raison », mais dès que celle-ci avait le dos tourné, elle suivait son avis à elle. Yuna, avec sa sensibilité particulière, l'avait forcément remarqué. La violence dont elle avait fait preuve la veille à l'égard de sa fille en était sûrement la conséquence.

Le second épisode a été le coup de fil de Jinu, qui n'a pas vraiment joué en sa faveur car, à cause de ça, il s'est trouvé privé de son téléphone. Et a perdu son unique moyen d'appeler les secours… A ce moment-là, il pensait pouvoir le récupérer plus tard ; le plus important était que sa femme ne se doute de rien. Sauf qu'à présent, il se rend compte qu'il s'est trompé sur toute la ligne. Il a obéi aveuglément à Yuna, comme quand il l'implorait de revenir à la maison. D'une certaine manière, il n'est pas si différent de Jiyu, lui aussi a été bien dressé par Sin Yuna.

Juste avant de partir, il a envoyé un bref message à Seo Min-yeong :

Je pars en week-end avec ma femme. Je ne reviendrai pas avant un certain temps.

Il a pensé lui donner davantage d'indices, mais s'est ravisé. Il valait mieux qu'elle ne les trouve pas trop rapidement. Il a rédigé ce message lorsqu'il était seul avec Jiyu et a appuyé sur le bouton d'envoi juste avant de monter dans la voiture. Puis il a bloqué le numéro de Seo Min-yeong.

En ce moment même, elle doit se démener pour les retrouver en recourant à tous les moyens possibles, notamment mobiliser la police et le détective privé à qui elle avait demandé d'enquêter sur lui discrètement.

Lorsqu'ils verront la maison vide, ils se lanceront à leur poursuite, ce qui serait la meilleure issue possible. Aussi Seo Min-yeong constitue-t-elle son unique filet de sécurité. Son téléphone devait permettre à ses poursuivants de le retrouver. Hélas, il se trouve à présent dans les mains de sa femme, ce qui le rend fou d'inquiétude. Il n'a pas forcément besoin de le récupérer, il lui suffirait de le trouver et de l'allumer avant de le remettre à sa place.

Sa femme semble encore traîner dans le couloir de l'étage. Laissant le robinet ouvert, il se met à fureter dans la cuisine. Le téléphone posé sur une étagère sous la table est celui de sa femme. Il appuie dessus, mais l'appareil est éteint. Il ouvre un à un les tiroirs du meuble de rangement, mais rien.

— Eun-ho, qu'est-ce que tu cherches ? dit la voix de sa femme depuis l'étage.

Elle a l'ouïe fine et a dû l'entendre.

— Où est l'essuie-tout ? improvise-t-il.

Sa voix lui semble aussi pâteuse que celle d'un ivrogne et lui donne l'impression de venir de loin, de l'extérieur.

— Sous la table, explique-t-elle.

Lorsqu'il se relève, la tête lui tourne. Tout tangue autour de lui, comme s'il était un bateau malmené par les vagues.

— Tu l'as trouvé ? demande-t-elle.

— Oui.

Enfin, il entend la porte se refermer. Sa femme et Jiyu ont dû entrer dans la chambre. Il cherche son équilibre, les fesses posées sur l'évier. Son vertige va crescendo. Ses jambes s'allongent sans fin, ses pieds sont à plusieurs mètres de lui. Le phénomène n'est pas passager, ni dû à un simple manque de sommeil. On lui a donné un somnifère.

Les inducteurs de sommeil ne fonctionnent pas sur lui. Certes, son corps se ramollit, mais son esprit reste clair. C'est ce qu'on lui a appris lors de son examen. C'est la première fois qu'il tombe autant de sommeil depuis la nuit où Noah est mort. Sans doute a-t-il avalé le même médicament que cette nuit-là.

La scène de tout à l'heure, à table, défile lentement devant ses yeux : une assiette de goulasch à laquelle il n'a pas touché, une coupe de champagne, une salade qu'il n'a fait que regarder, la coupelle de beurre de cacahuète, son couteau qui en prélève pour l'étaler sur un bout de pain. Là, la scène s'arrête net. C'est le beurre de cacahuète. Il est le seul des trois à en avoir mangé.

Jiyu était-elle au courant ? Est-ce pour cela qu'elle n'y a pas touché ? A-t-elle agi de même avec son père ? Un goût acide lui monte dans la bouche et il est pris de nausées, comme s'il souffrait du mal des transports. Brusquement, il a envie de vomir. Non, il va le faire.

Il met la bouche sous le robinet ouvert et boit sans respirer, jusqu'à se remplir la gorge. Puis il y enfonce les doigts et vomit dans l'évier. Il réitère l'opération cinq fois de suite. Exténué, il se retient de s'effondrer. Sa veste est trempée, comme si on lui avait jeté un seau d'eau sur la tête. Une flaque s'est formée par terre sous l'évier.

Il nettoie l'évier, arrache plusieurs carrés d'essuie-tout pour éponger le sol. En espérant que ces petits gestes affolés retarderont son sommeil, il quitte la cuisine avec pour objectif de trouver le sac de sa femme qu'elle a dû poser dans le séjour. En temps normal, cinq secondes suffiraient pour parcourir cette distance, mais là, on dirait qu'il doit parcourir l'univers entier. Toute sensation de normalité a disparu. Son champ visuel se déforme et se gondole, tel un tableau de Dali. Les murs se courbent, le plafond s'abaisse, la porte s'éloigne et s'approche tour à tour. A chaque pas, ses talons s'enfoncent, comme si le sol du couloir voulait le happer, gueule ouverte.

Il repère le sac sur la table basse du séjour. Sa grande valise est en dessous, la doudoune de Yuna sur un accoudoir du canapé. Le sac est profond et doté d'une petite ouverture, il contient tellement de choses qu'il peine à distinguer quoi que ce soit. Et puis, impossible de focaliser son regard.

Il plonge une main dans le sac et attrape d'abord la trousse de maquillage. Dès qu'il en ouvre la fermeture Eclair, l'un des deux pans s'affaisse, laissant échapper bruyamment le contenu. Retenant son souffle, il voit une chose disparaître sous le canapé, une autre s'envoler vers le milieu du séjour, et un objet lourd tomber à ses pieds avec un *bing* !, tout ça comme dans un film au ralenti.

En haut, le calme règne. Il baisse les yeux pour voir ce qui est tombé à ses pieds. C'est son téléphone. Il s'accroupit pour le ramasser et l'allume de ses mains tremblantes. Sur l'écran s'affiche la liste des appels en absence. Douze en tout, tous provenant de Jinu.

Il coupe le son et appuie sur la touche qui lance un enregistrement avant de remettre l'appareil dans la trousse à maquillage. En se retournant, il aperçoit une enveloppe au milieu du séjour. Il avance à quatre pattes pour l'attraper. A l'intérieur se trouvent cinq sachets de pilules longues et blanches, portant l'inscription : *Sheba 10 mg – Somnifères. 1 par jour*. Le mot Sheba lui saute aux yeux, comme s'il était en relief. C'est précisément ce qu'il avait imaginé que sa femme lui donnerait. Cette substance n'a pas la même fonction, paraît-il, que celle d'un simple inducteur de sommeil. C'est un somnifère beaucoup plus puissant. Les symptômes dont il souffre actuellement lui semblent tout à fait correspondre à la description qu'il en a lu.

C'est la clinique du sommeil du « Docteur G » qui a fourni cette ordonnance à sa femme. L'adresse de la pharmacie n'est pas à Cheongyeon mais à Geomdan, là où se trouve son entreprise. La clinique doit également être dans les environs. Mais à quoi bon savoir tout ça maintenant ? Alors qu'il remet l'enveloppe dans la trousse, il sursaute en entendant s'ouvrir la porte à l'étage. Il tend l'oreille. Sa femme doit être en train de redescendre. Ses pas résonnent dans l'escalier. Il se fige en position accroupie. Il y a encore des choses qui traînent sous le canapé et qu'il doit ramasser, mais il ne peut pas bouger. Son pouls s'accélère, ses aisselles sont trempées d'une sueur froide et, dans sa tête, une voix hurle : *Allez, ressaisis-toi ! Bouge-toi ! Dépêche-toi de tout ramasser !*

— Eun-ho ? appelle sa femme derrière la porte du séjour.

Il vient de faire un effort quasi surhumain : traîner son corps lourd comme un camion en panne jusqu'au canapé, ramasser un rouge à lèvres et un petit miroir, les fourrer dans la trousse, remettre le sac à sa place. Il essaie d'ôter sa veste mouillée.

— Qu'est-ce que tu fais là ?

Il se retourne. Il veut dire : « Ma veste est mouillée, je cherche de quoi me changer. » Mais sa langue s'enroule dans sa bouche, et sa prononciation s'écrase dans une sorte de gémissement :

— Oh… Ma… Ve… Cher… Chan…

Il penche la tête sur le côté malgré lui. Sa femme avance, il la voit tantôt en double, tantôt en triple. Le séjour s'étire comme l'élastique d'un lance-pierre ; et puis, on dirait qu'un caillou s'élance vers lui comme une flèche. Finalement, tous ses efforts n'ont servi à rien. Il tombe en arrière, et c'est le noir total.

Lorsqu'il reprend ses esprits, il est emprisonné sous la surface d'un lac gelé. Celui-là même qu'il a vu en rêve, la nuit où Noah est mort. Comme cette nuit-là, son corps flotte sous la glace, dont la surface est éclairée par une lumière dont il ignore la source. Au loin, le vent hurle.

— Chéri, pourquoi tu as fait ça ? résonne la voix de sa femme au milieu des rafales, comme un murmure atone qu'elle semble n'adresser qu'à elle-même. Pourquoi tu n'as pas tenu ta promesse ? Tu sais à quel point j'ai rêvé d'être heureuse en t'épousant ?

Une masse d'eau lui heurte le front. Poussé par un courant souterrain, son corps ballotté par les flots dérive lentement vers une direction inconnue.

— Tu sais à quel point… dit sa femme, la voix brièvement emportée par le vent… j'ai fait des efforts pour réaliser ce rêve ?

Oui, des efforts. Tes efforts. Tes terrifiants efforts qui nous entraînent vers la destruction !

Une vague explose soudain dans son dos.

— Tu sais tous les efforts que j'ai déployés pour te protéger ?

Son corps est propulsé vers la surface glacée avant de redescendre aussi brutalement. La voix de sa femme a le même rythme : elle monte et retombe brusquement.

— Quand la police t'a soupçonné après la mort de Noah, j'ai tout fait pour te défendre. J'ai encaissé tes crises d'hystérie. Je me suis efforcée d'oublier les souffrances que tu m'infligeais. Je voulais qu'on prenne un nouveau départ…

Le vent avale ses paroles. Quelle heure peut-il bien être ? Combien d'heures se sont écoulées depuis qu'il a perdu connaissance ? Deux ? Trois ? Cinq ?

— … Mais tu me repousses sans arrêt.

Sa voix est revenue.

— Tu m'évites, tu me trompes, tu me trahis. Quand j'entre dans la chambre, tu fais semblant de dormir, et quand je dors, tu fouilles dans mon téléphone. Tu bois avec Jinu dans mon dos, tu demandes le divorce. Je n'arrête pas de te pardonner, mais toi, tu me prends pour une gourde jusqu'au bout. Et ça me rend triste.

Il tente de remuer les doigts, en vain. Pareil pour les yeux. Il n'arrive pas à soulever les paupières. Désormais, il sent le vent qui lui balaie le front, et son corps qui s'agite lui paraît plus réel. Sa femme poursuit son monologue.

— Quand on est arrivés ici, j'avais encore de l'espoir. Je croyais que tu me comprendrais si je te racontais tout, que tu me soutiendrais, comme moi, je le ferais pour toi, que ta demande de divorce n'était pas vraiment sincère, que tu avais parlé sous le coup de la colère et que tu le regrettais.

Eun-ho comprend soudain qu'il ne flotte pas sous le lac de son rêve, mais qu'il se trouve dans le monde réel et qu'on le trimballe à bord d'un engin inconnu ; s'il n'est plus en proie à des hallucinations, il n'est pas tout à fait lucide pour autant. Contrairement à son esprit, son corps est paralysé, comme dans les cauchemars. Il peut penser et éprouver des sensations, tout en étant incapable de remuer le petit doigt.

— Je me disais que sinon, tu ne m'aurais pas suivie jusqu'ici. Que tu ne serais quand même pas venu ici si tu voulais me livrer à la police !

Sous lui, il sent des roues passer sur une bosse. Son corps est soulevé avant de retomber. Sa tête chavire en arrière et revient en avant tandis que son dos se plie brutalement, comme s'il allait se fendre en deux ; pourtant, il n'éprouve presque aucune douleur.

— Il fallait quand même que je mette ta sincérité à l'épreuve, continue de murmurer sa femme. Souvent, mes attentes ne concordent pas avec la réalité. Toujours, même.

Il est sûr qu'ils ne sont pas en voiture, car il sent le vent qui le fouette de plus en plus vivement. Et puis, ils avancent trop lentement. Il doit s'agir d'un véhicule muni de roues et d'une plateforme dont on se sert pour transporter des choses. Une brouette, par exemple.

— Si j'avais deviné juste, autrement dit si tu avais réussi cette épreuve, je t'aurais laissé une seconde chance. On aurait pu repartir à zéro dans un nouveau pays. Tu n'aurais eu qu'à me suivre. Je suis très organisée, tu sais.

Tout à coup, il visualise la brouette qu'il a vue dans la remise. Dotée de deux roues, elle sert à transporter de l'engrais ou des outils pour le jardinage. S'il avait été Jinu, on n'aurait jamais pu le caser dedans ; mais il n'a pas son gabarit, même si ses jambes doivent sûrement pendre en dehors. Inutile de se demander qui la pousse ; c'est forcément sa femme, qui poursuit son monologue d'une voix fervente.

— J'étais sûre que tu allais réussir, car cette épreuve était tellement facile que même un écolier y serait arrivé ! Toi, tu aimes le goulasch et pas le pain. D'habitude, tu ne regardes même pas le beurre de cacahuète. Pourtant, tu n'as mangé que ça, sans toucher au goulasch. Pourquoi ? Tu pensais que j'avais mis quelque chose de louche dedans ?

Elle émet un son nasillard. Sans doute pour se moquer de lui.

— A mon retour dans le séjour, après avoir mis Jiyu au lit, j'ai vu que tu avais fouillé dans mon sac. Alors, tu es content d'avoir trouvé l'enveloppe de médicaments ? Tu croyais qu'il suffisait d'allumer ton téléphone pour te sortir de là ? Tu pensais pouvoir me livrer à la police grâce à l'enregistrement que tu as lancé ?

Tout à coup, la brouette penche en avant, comme stoppée net ; les roues ayant heurté un obstacle, elle manque de se renverser. Son corps bondit en l'air, tombe par terre et roule un moment sur le champ enneigé avant de s'immobiliser sur le ventre. Là encore, il ne ressent aucune douleur. En revanche, il s'aperçoit que ses mains et ses pieds sont ligotés. A-t-elle utilisé les cordes d'alpinisme qu'elle a fait livrer au n° 11 ? Ou du ruban adhésif industriel dont se servent habituellement les kidnappeurs ? Dans un cas comme dans l'autre, il lui est impossible de se libérer par lui-même.

Le visage enfoui dans la neige, il tend l'oreille ; des pas crissent dans la neige. Ceux de sa femme qui s'avance vers lui. Ceux de la mort qui approche.

— A ton avis, Noah est mort à cause de qui ?

La voix de Yuna résonne tout près de son oreille et une lumière se répand sur son visage.

— Tu penses que c'est ma faute ?

Elle s'assied près de lui et lui agrippe les cheveux pour lui soulever le visage. Une lumière blanche l'éblouit malgré ses paupières fermées.

— Non.

Les lèvres froides et humides de sa femme lui touchent le lobe de l'oreille, faisant tressaillir ses paupières.

— C'est toi le coupable.

Sa voix n'est pas indignée, ni moqueuse, elle est dépourvue d'émotion. Plus d'une fois, il l'a vue perdre la boule, mais jamais de cette manière. C'est comme si un mécanisme essentiel en elle, ce système d'autogestion qu'on appelle généralement « conscience » chez les humains, s'était éteint.

— Ah, si tu avais accepté d'adopter ma pauvre Jiyu ! Je t'avais pourtant dit que je me chargeais de persuader Seo Jun-young. Quand la vieille gâteuse de Hanam nous a demandé de prendre Noah chez nous, tu as répondu « oui », alors que tu savais pertinemment que ce n'était pas possible tant que le nom de Jiyu n'avait pas été changé.

Il brûle de lui demander si c'est pour ça qu'elle a tué Noah. Mais il n'arrive toujours pas à ouvrir la bouche. Il ne sent rien d'autre que le souffle de sa femme qui s'immisce dans le creux de son oreille.

— Il n'y a que ton fils qui importe pour toi ?

Elle lui tire la tête en arrière, comme pour ouvrir le couvercle d'une bouilloire électrique, faisant craquer un os dans son cou.

— Dis-moi, fumier, il n'y a que ton gosse qui compte ?

Elle lui enfonce le visage dans la neige de toutes ses forces. Inondé par une douleur presque insoutenable, il a l'impression d'avoir le visage brisé en mille morceaux. Un gémissement lui monte dans la gorge et son corps frémit de douleur. Enfin, ses sens semblent se réveiller, ce qui n'est pas forcément une bonne chose ; il aurait préféré attendre que sa femme ait fini de le martyriser.

— Je n'ai vraiment pas de chance.

Elle le fait rouler sur le dos, et il sent qu'elle soulève ses mains attachées au-dessus de sa tête. Au même moment, ses paupières s'entrouvrent. Une ombre noire vacille dans son champ de vision étroit et flou.

— J'ai beau être complaisante et dévouée, tout le monde me trahit. Même mon propre père.

Saisissant la corde qui lui attache les poignets, elle se lève et se met à marcher en le traînant sur le sol.

— Je pensais que toi, au moins, tu n'étais pas comme eux.

Il se laisse tirer, les deux mains levées comme dans un hourra. Bientôt, il perçoit vaguement un faisceau de lumière. Au bout se trouve la brouette.

— Moi qui te prenais pour le plus sincère des hommes…

La brouette est dressée à la verticale. Elle a dû s'enfoncer dans un fossé ou accrocher un obstacle.

— Mais au fond, tu n'es qu'un sale hypocrite.

D'un coup de talon, elle le projette dans la brouette, et une douleur écrasante le frappe au ventre. Sa tête pend en dehors, un « Arg ! » lui échappe.

— Tiens, on dirait que tu es réveillé.

Il voit pour la première fois sa femme de près depuis qu'il a retrouvé ses esprits. Elle porte des bottes bleues, un imperméable à capuche, ainsi qu'une lampe frontale. Son regard inexpressif croise le sien.

— Tu ne dois pas être très à l'aise, mais un peu de patience. On est presque arrivés.

Elle saisit les poignées de la brouette et les pousse vers le bas en pesant de tout son poids. La brouette se remet à l'horizontale et reprend son avancée, faisant ballotter la tête d'Eun-ho.

— Tout à l'heure, j'ai essayé de t'imiter, reprend sa femme. Tu sais, quand tu as allumé mon téléphone en prenant mon pouce pendant que je dormais. Mais j'aurais mieux fait de m'abstenir, parce que c'est ce qui m'a fait disjoncter.

Mon Dieu... Il ravale son gémissement. Toutes sortes de fichiers compromettants défilent devant ses yeux : les photos volées dans le téléphone de Yuna, l'enregistrement de sa conversation avec Seo Min-yeong, sa boîte mail, les messages échangés avec son ex…

— A propos de l'appel d'hier matin, tu m'as dit que c'était ton avocat, pas vrai ? Et qu'il voulait te voir, hein ? J'ai rappelé le numéro. Une voix qui m'est familière a répondu. Surprise, je n'ai rien dit, je me demandais quand cette femme était devenue avocate. Mais, d'une voix pressante, elle n'arrêtait pas de répéter : « Je vous écoute, monsieur Cha Eun-ho. C'est moi, Seo Min-yeong. »

Elle éclate de rire. Ce fameux rire qui lui avait chatouillé le nombril au lac Baïkal, celui qui faisait se dresser tous les poils de son corps. Là aussi, il sent qu'ils se hérissent, mais pas pour la même raison. Cette fois, elle est vraiment démente.

— Au fait, chéri, reprend-elle, son rire s'arrêtant aussi brutalement qu'il a commencé. Pourquoi as-tu appelé Jae-in ce matin ? Comme elle ne répondait pas, tu as appelé dix fois de suite.

Ne comprenant pas ce qu'elle raconte, il reste interdit, avant qu'un souvenir lui revienne : lorsque Jiyu lui a emprunté son téléphone, c'est Jae-in qu'elle a dû appeler. Mais pourquoi celle-ci n'a-t-elle pas décroché ?

— Qu'est-ce que tu avais de si important à lui dire ? Depuis quand vous vous parlez comme ça ? Vous sortez ensemble ? Et voilà qu'encore une fois, je suis la dernière au courant.

A chaque nouvelle question, sa voix monte d'une octave. Il balaie les alentours d'un regard incertain. A la lueur de la lampe, il ne distingue rien d'autre que la blancheur du champ de neige fouetté par le vent qui file à toute vitesse en emportant les flocons avec lui. Il tend l'oreille en espérant entendre quelque chose, comme la sirène d'un véhicule de police surgissant de la tempête. Mais tout est calme, mis à part le monologue fébrile de sa femme.

— En tout cas, ça m'a donné une idée géniale. J'ai l'intention de créer un chef-d'œuvre que la police va adorer. Un couple adultère se noie dans l'étang à cause d'un amour impossible ! Qu'en penses-tu ?

Tout à coup, le véhicule garé dans la ruine lui revient à l'esprit, et c'est la révélation : cette Jeep ou ce SUV bleu marine couvert de neige appartient à Jae-in. Et le « petit grèbe » là-haut n'est pas Jun-young, mais Jae-in.

Une autre vérité le frappe aussitôt : ils se trouvent au marécage et sa femme l'amène à l'étang Demi-Lune.

*

Un petit grèbe crie, comme cette nuit-là. Sauf que cette fois-ci, il gratte aussi le mur. Les deux bruits sont aussi discrets qu'un chuchotement, un peu comme si on lui disait : « Viens ici. » Jiyu remonte la couverture au-dessus de sa tête et se bouche les oreilles pour ne pas entendre. En vain. Les bruits viennent de très près, juste de l'autre côté du mur où il y a son lit. A chaque nouveau cri, les jambes de Jiyu tressaillent. Quand elle entend gratter le mur, son nombril est assailli de picotements, comme lorsqu'elle est très tendue, ou juste avant qu'elle le devienne. A chaque fois, elle se rappelle ce qui s'est passé avec maman quelques heures plus tôt.

— Jiyu, va dans la salle de bains, lui a-t-elle lancé en s'arrêtant devant sa chambre, ce qui n'est pas dans ses habitudes.

Sans comprendre, elle a regardé tour à tour la salle de bains et maman.

— Brosse-toi les dents, lave-toi le visage et les pieds, et fais pipi.

Jiyu a dit « oui », mais elle était toujours aussi intriguée. Elle aurait pu le faire une fois que maman serait redescendue, et aller seule aux toilettes quand elle en aurait eu besoin.

— C'est que tu ne pourras peut-être pas le faire avant demain, a ajouté maman.

La fillette comprenait encore moins, mais elle a obéi docilement. Maman est restée plantée devant la porte de la chambre jusqu'à son retour. Elle semblait ailleurs, si bien qu'elle ne s'est pas rendu compte que Jiyu était à côté d'elle. Ce n'est que lorsque celle-ci l'a appelée qu'elle a tourné vers elle un visage inexpressif.

— Tu as fini ?

Lorsqu'elle lui a répondu « oui », maman lui a ouvert la porte de la chambre. Elle a suivi Jiyu, qui est entrée la première.

— A ton avis, pourquoi maman t'a suivie jusque dans ta chambre ? lui a-t-elle demandé en refermant derrière elle.

— Je n'ai pas encore…

Mais elle s'est interrompue avant de fixer ses pieds. La réponse, elle la connaissait. Seulement, elle avait peur de l'énoncer à haute voix.

— Qu'est-ce que tu as dit ? a insisté maman, comme pour exiger qu'elle prononce la phrase en entier.

— Je n'ai pas encore été punie.

— Dans ce cas, qu'est-ce qu'il faut faire ?

Jiyu a cligné une fois des yeux et, ravalant la phrase « je te demande pardon », s'est forcée à dire :

— Maintenant, je dois être punie.

Le silence a régné un moment. Elle se sentait glacée et solitaire, comme en pleine tempête de neige.

— Tu sais, tout le monde fait des erreurs, a enfin lâché maman. J'aimerais croire que ce que tu as fait n'était qu'une erreur, et que c'était ta première.

Jiyu a levé la tête pour la regarder. Elle ne savait pas où maman voulait en venir. Celle-ci avait-elle l'intention de lui pardonner sans la punir, ou après l'avoir punie ?

— Jiyu, tu as apporté le papa-marionnette ici, pas vrai ?

Du coin de l'œil, Jiyu a considéré la valise à côté du

bureau. Il ne fallait pas mentir, quitte à être de nouveau privée de la marionnette. Maman avait déjà dû ouvrir la valise en la montant.

— Oui.

— Rends-le-moi.

Jiyu est allée s'accroupir près de la valise. Elle l'a couchée par terre, a ouvert la fermeture Eclair et a sorti le papa-marionnette qu'elle avait caché sous sa veste. Elle l'a regardé dans les yeux en guise d'adieu, lui disant en silence : « Merci de m'avoir accompagnée jusqu'ici. »

— Qu'est-ce que tu fabriques ? s'est agacée maman.

Jiyu s'est redressée avant de lui tendre le papa-marionnette.

— Comment tu l'as trouvé ? a questionné maman en s'en emparant.

— Eh bien… Je n'arrivais pas à dormir, alors…

Le visage en feu, la petite avait honte de ce qu'elle avait fait. Pas facile d'en parler sans gêne.

— Dis-le-moi franchement, je ne te punirai pas pour ça.

— J'ai attendu que tu sois endormie et je suis sortie de ma chambre.

Jiyu a inspiré un grand coup avant d'achever sa phrase d'un trait : elle avait trouvé la clé dans un tiroir du meuble dans le couloir et avait ouvert la porte du grenier.

— Donc, si tu n'étais pas sortie de ta chambre, tu n'aurais pas fait cette bêtise, c'est ça ?

Oui, sans doute maman avait-elle raison.

— Tu pourrais ne pas quitter ta chambre cette nuit ?

Sans répondre, la fillette l'a regardée. Elle ne comprenait pas ce qu'elle voulait dire.

— C'est l'épreuve que maman te donne. Si tu ne sors pas de ta chambre avant demain matin, je te pardonnerai.

L'épreuve, le pardon… Jiyu a ravalé sa salive.

— Ensuite, je te rendrai la marionnette.

— Pour de bon ?

Jiyu n'était pas sûre d'avoir bien saisi, mais la question que maman lui a posée ensuite lui a confirmé que oui.

— Si tu ne réussis pas mon épreuve, qu'est-ce qui se passera ?

— Je ne serai pas pardonnée, et je ne recevrai pas ma récompense.

Maintenant elle savait pourquoi maman lui avait demandé de passer dans la salle de bains avant.

— Et si tu n'es pas pardonnée, qu'est-ce qui arrivera ?

La terrible réponse « j'irai à l'orphelinat » s'est aussitôt imposée à elle, mais elle n'a rien dit. Le pouvoir des mots était tel qu'il suffisait de les prononcer pour qu'ils deviennent une réalité. Elle l'avait vérifié plus d'une fois.

— Tu ne sais pas ?

— Je ne pourrai plus vivre…

La fillette a fouillé dans son esprit à la recherche des mots qui lui permettraient de transmettre ce qu'elle voulait dire sans pour autant prononcer le mot « orphelinat ».

— Je ne pourrai plus vivre avec maman, ni avec grand-mère.

— Bonne réponse. Maintenant, je te repose la question : tu pourrais ne pas sortir de ta chambre cette nuit ?

Ça, c'était facile. Plus facile que de mâcher un chewing-gum. Il lui était souvent arrivé de rester confinée dans sa chambre toute une journée. Comme elle a répondu

« oui », maman a enchaîné avec une autre question, très difficile cette fois :

— Si jamais maman t'appelle, qu'est-ce que tu feras ?

Jiyu a réfléchi sérieusement avant de dire, les mains jointes, en priant de tout son cœur pour que son choix soit le bon :

— Quoi qu'il arrive, je ne sortirai pas de ma chambre jusqu'à demain matin.

— Bien, a approuvé maman avant de désigner le lit du regard : Maintenant, vas te coucher.

Jiyu, en sous-vêtements, s'est mise au lit. Maman a éteint la lumière avant de sortir. Bientôt, ses pas se sont éloignés vers le bas de l'escalier. C'est à ce moment-là que le petit grèbe s'est mis à pousser des cris. On aurait dit qu'il avait attendu le départ de maman.

Jiyu se tourne sur le côté. Le sommeil la fuit de plus en plus. Elle reste dos au mur, mais il y a tellement de bruits, et elle les entend si distinctement qu'elle est capable d'en discerner chacun : le vent qui souffle fort, la neige qui fouette la fenêtre, les branches de l'érable qui se frottent entre elles, les pas de maman qui vont et viennent au rez-de-chaussée, ses hurlements, un objet aussi lourd qu'un bout de ferraille qui roule par terre, la porte d'entrée qui s'ouvre et se referme, le portail qu'on pousse.

Jiyu écarte sa couverture et s'assied. Maligne petite souris, restée calme jusque-là, sort de sa cachette et insinue d'une voix mielleuse : *Songe bien à ce qu'a dit maman. Elle t'a interdit de sortir de ta chambre, mais pas de ton lit. Pas vrai ?*

Tout compte fait, elle n'a pas tort. Jiyu a le droit de se déplacer librement dans sa chambre. D'ailleurs, il ne fait pas tout à fait noir dans la pièce ; grâce à la lueur de la lampe dehors, elle arrive à distinguer ce qui l'entoure. Même pas besoin d'allumer.

Elle descend du lit et s'approche de la vitre. Du bout du doigt, elle frotte le carreau blanchi par le givre et dessine une petite fenêtre. Elle approche doucement le visage et regarde le portail. Celui-ci est grand ouvert. Quelqu'un sort en poussant une brouette, quelqu'un en imperméable noir à la capuche relevée, quelqu'un dont elle a croisé le regard par la vitre cette fameuse nuit-là, quelqu'un qui ressemble à maman, ce qu'elle n'a pas envie de croire.

Jiyu recule d'un bond, mais trop tard. Elle vient de voir une chose qu'elle n'aurait pas dû. Elle aimerait prétendre le contraire, mais ne peut se duper elle-même, car elle a déjà compris ce qui dépassait de la brouette : des jambes chaussées de baskets blanches.

Entendant le portail se refermer, elle approche de nouveau le visage de la petite fenêtre dessinée sur la vitre. Plus d'imperméable, de brouette ni de baskets blanches. Tout ce qu'elle voit, c'est une lumière blanche qui traverse la route avant de pénétrer dans le marécage, au milieu de la tempête de neige.

Dans le grenier, le petit grèbe a cessé de chuchoter pour hurler carrément, comme s'il avait compris que maman était partie. Si, avant, il grattait le mur, là, il le cogne de toutes ses forces. *Boum, boum, boum…*

Jiyu sent ses jambes se dérober et son corps s'affaisser sous l'appui de fenêtre. Au fond de sa conscience, le cauchemar qu'elle avait presque oublié se réveille. Elle revoit les jambes aux baskets blanches qui oscillent comme le pendule d'une horloge. *Tic-tac tic-tac…* A présent, les cris du petit grèbe deviennent les appels de papa. Elle a beau enrouler la tête entre les genoux, se boucher les oreilles, ces appels l'envahissent comme une flotte invincible : *Jiyu, dépêchons-nous !*

Et puis, le cauchemar de cette nuit-là revient en force. Elle ne se rappelle pas quand elle s'est endormie cette nuit-là, elle n'est même pas sûre de s'être réellement assoupie. Elle se souvient seulement d'avoir entendu les cris d'un petit grèbe.

Au début, elle a pensé que ça venait de l'étang Demi-Lune et n'y a donc pas prêté attention. Ça ne la gênait pas, car elle les entendait chaque fois qu'elle venait dans la maison de campagne. Sauf que les cris étaient de plus en plus forts et proches. Aussi a-t-elle trouvé ça bizarre. On aurait dit que ça ne venait pas du marécage, mais du grenier.

Jiyu s'est assise sur le lit en laissant pendre ses jambes. Comme envoûtée, sans songer à appeler maman ni à réveiller papa, elle a ouvert la porte. Elle a appuyé sur l'interrupteur et, au mur, l'ampoule en forme de bougie s'est allumée. L'éclairage était faible mais suffisant pour trouver le petit meuble du couloir. Elle en a sorti la clé et a déverrouillé le cadenas du grenier. Curieusement, elle n'avait pas peur. Peut-être qu'elle rêvait…

Dans le grenier, il n'y avait rien qui criait. Pourtant, depuis sa chambre, elle était persuadée que les cris provenaient de là. Mais non, ils retentissaient au rez-de-chaussée. Elle a regagné le couloir et verrouillé le cadenas avant de remettre la clé à sa place. Cette fois encore, c'est sans peur qu'elle a dévalé l'escalier. Les cris étaient de plus en plus étranges ; ils ressemblaient tantôt à des hurlements de douleur, tantôt à des pleurs, tantôt à des cris de colère…

Lorsqu'elle a passé le palier, il faisait complètement noir. La partie inférieure de l'escalier partait dans une direction différente et la lumière du couloir n'y parvenait pas, le rez-de-chaussée n'était pas éclairé. C'est alors que l'effroi l'a saisie. Elle avait l'impression que quelque chose allait surgir sous ses pieds pour lui agripper les chevilles, ou que, enfermée dans l'obscurité, elle allait être prise de panique et s'agiter dans tous les sens en appelant maman.

Malgré tout, elle n'est pas retournée dans sa chambre. Elle a poursuivi sa descente, telle une enfant envoûtée par la mélodie d'une flûte. En tâtonnant prudemment du bout des pieds, elle a descendu une marche après l'autre. Lorsqu'elle a enfin atteint la cuisine, un hurlement de douleur a résonné dans le noir, si fort et si soudain qu'elle a failli crier à son tour. C'était la voix de maman dans la salle de bains. Elle n'a pas eu la présence d'esprit d'allumer, ni de penser à quoi que ce soit. Quelque chose était en train d'arriver à maman, quelque chose de terrible, et elle avait besoin de son aide. C'est ce qui l'a poussée à se précipiter vers la salle de bains et à en ouvrir la porte à la volée.

Au début, elle n'a pas compris ce qu'elle voyait. Elle avait l'impression de contempler un drôle d'album illustré : la baignoire et les murs couverts de sang, maman debout près de la baignoire, la tête tournée vers elle, un grand couteau à la main et le visage ensanglanté, des jambes qui pendaient hors de la baignoire, pieds nus, et un orteil frémissant, comme pris de convulsions.

Lorsqu'elle a fini par comprendre, quelque chose s'est rompu dans sa tête, les ténèbres l'ont engloutie. Elle n'a aucun souvenir de la suite, si ce n'est d'avoir entendu son propre cri de terreur juste avant de perdre conscience.

Lorsqu'elle a rouvert les yeux, elle se trouvait sur un lit. Maman se tenait à côté d'elle, sous la faible lumière. Sa mine était soucieuse.

— Jiyu, est-ce que ça va ?

Elle a regardé autour d'elle. Elle a reconnu sa chambre et son lit.

— Comme tu as poussé des cris tout à coup, je suis montée te voir. Tu as vu un monstre en rêve ?

Maman portait un peignoir bleu, elle avait la tête enroulée dans une serviette de la même couleur. Il n'y avait pas la moindre trace de sang sur elle. Ses yeux brillants souriaient ; deux mèches mouillées étaient collées sur son front rond et ses joues pâles paraissaient humides, comme si elle sortait de la salle de bains. Jiyu a lâché des soupirs pareils à des sanglots. Ouf, c'était donc un rêve…

— Tu as mal quelque part ? s'est inquiétée maman.

La scène a ressurgi dans son esprit.

— Non.

Elle a secoué la tête pour chasser ces images. Elle ne voulait plus jamais y repenser.

— Ce n'est rien. C'est juste que…

— Oui, ça va aller. Ce n'était qu'un cauchemar, a affirmé maman en hochant la tête. Il aura disparu demain matin.

Jiyu a hoché la tête à son tour. Ce n'était qu'un rêve. Il le fallait.

— Tu veux que je reste avec toi jusqu'à ce que tu te rendormes ? a proposé maman d'un air préoccupé.

— Non, ça ira.

Jiyu ne s'était jamais endormie sous la surveillance de maman, du moins pas dans ses souvenirs. Elle pensait même qu'au contraire, elle aurait encore plus de mal à trouver le sommeil.

— Bien. Dans ce cas, je vais retourner dans mon bain.

Maman a éteint la lumière avant de quitter la chambre, laissant derrière elle une odeur moite et écœurante.

Au début, Jiyu a cru qu'elle refaisait le même rêve ; maintenant, elle sait que non. Son rêve prenait toujours fin en bas de l'escalier, car la voix de maman l'empêchait d'aller dans la salle de bains. Elle avait effacé de sa mémoire les pieds nus qui pendaient hors de la baignoire, jusqu'à un instant plus tôt, quand elle a aperçu les baskets blanches dépassant de la brouette. Elle réfléchit. Ces baskets blanches font-elles également partie de son rêve ? Dans ce cas, les cris du petit grèbe qui sortent du grenier, aussi. Oui, c'est sûrement un cauchemar, qu'elle ne ferait pas si elle avait le papa-marionnette avec elle, et qui aura disparu à son réveil. Jiyu se lève, et son regard se dirige machinalement vers la fenêtre. La lumière s'est arrêtée vers le milieu du sentier. La tempête de neige la rend floue, mais elle la distingue clairement. *Au fait, tu ne trouves pas ça bizarre ?* dit tout à coup Maligne petite souris. *Ce soir, tu n'es pas encore endormie... Pour rêver, il faut être endormie, pas vrai ?*

Jiyu réfléchit, est-ce qu'elle se serait endormie sans s'en apercevoir ? Quand on reste allongé les yeux fermés, il arrive parfois qu'on erre entre le sommeil et l'éveil. C'était le cas peut-être cette nuit-là, et aussi celle-ci. A l'hôpital, le médecin lui a dit qu'elle avait le sommeil léger. Jiyu regrette de ne pas lui avoir demandé si, dans ces cas-là, on rêve quand même.

Tu n'as qu'à le vérifier ! suggère Maligne petite souris. *Maman n'est pas dans la maison.*

La fillette tourne la tête vers le mur du côté du lit. Les cris et les cognements ont un peu changé depuis tout à l'heure. Avant, ils étaient prudents, comme s'ils cherchaient à transmettre un signal secret ; mais à présent, on crie à tue-tête et on fait un vacarme digne d'un tambour.

On dirait que le petit grèbe sait que maman n'est plus là. Il a l'air de te demander de venir à son secours, tu ne trouves pas ? Il se peut qu'il s'agisse d'un être humain et non d'un petit grèbe. La fillette secoue aussitôt la tête en se disant que ce n'est pas possible. Qui pourrait bien venir ici ? Si c'était un voleur, il ne lui enverrait pas des signaux dans ce genre. Il se dépêcherait de prendre la fuite avec son butin en profitant de l'absence de maman. *Alors, remets-toi au lit !* lui dit la petite fille sage en elle, l'ennemie de Maligne petite souris, en lui rappelant la promesse faite à maman. Elle lui conseille de se recoucher vite et de dormir. Elle la prévient que, si elle ne tient pas parole, elle ne sera jamais pardonnée. Elle lui montre une scène où Jiyu entre à l'orphelinat en traînant sa valise derrière elle.

Jiyu va s'asseoir sur le lit tandis que, de l'autre côté du mur, les coups se poursuivent avec ténacité, selon un rythme à trois temps : *boum-boum-boum... Boum-boum-boum...*

J'ai une idée, dit la voix de Maligne petite souris. *Essaie de parler vers le mur. Si c'est vraiment un petit grèbe ou si tu es en train de rêver, il n'y aura pas de réponse. Mais si c'est une vraie personne, elle réagira sûrement. Ce n'est pas parce que tu parles qu'il va t'arriver quelque chose ! Tu n'as pas besoin de sortir de ta chambre pour ça. Tu ne rompras pas la promesse faite à maman.*

L'idée est assez séduisante. Prenant son courage à deux mains, Jiyu frappe prudemment sur le mur, deux fois, comme pour toquer à une porte. Les cris du petit grèbe s'arrêtent net. On dirait qu'il prête attention au bruit qui vient de se produire.

— Il y a quelqu'un ? risque-t-elle à voix basse, l'oreille contre le mur.

Un *boum* retentit, comme pour répondre par l'affirmative. Jiyu sursaute et écarte son oreille. Y a-t-il vraiment quelqu'un ? Ou est-ce un hasard ? Incapable de trancher, elle demande :

— Vous êtes une personne ? Si oui, tapez une fois. Sinon, deux.

Un unique *boum* retentit. Jiyu fixe le mur et pose une troisième question.

— Est-ce que vous me connaissez ?

Encore un *boum*. Son cœur fait *boum*, lui aussi. Elle a du mal à le croire. Ça ne peut être qu'un rêve, elle en est sûre. Tout de même, elle n'a pas envie d'interrompre ce jeu des questions-réponses. Elle veut savoir qui est cette personne qui la connaît, qui pousse des cris de petit grèbe, et qui répond par des *boum*.

— Alors, quel est mon nom ? Tapez une fois si c'est Seo Jiyu, deux si c'est Cha Jiyu.

Un *boum*.

Elle se lève d'un bond ; elle a le corps comme électrifié, elle doit contracter les jambes pour rester debout. Son pouls bat fort, partout : front, tympans, cou, poitrine, nombril… Sa tête est entièrement vide, et elle est incapable de réfléchir à la question suivante.

Comme tu es cruche ! Il faut savoir qui c'est, intervient impatiemment Maligne petite souris. *Le boum-boum de l'autre côté du mur sait comment tu t'appelles. Ça veut dire que toi aussi, tu le connais. Essaie d'appeler toutes les personnes que tu connais.*

Cette petite souris a tout à fait raison.

— Maintenant, je vais dire le nom de toutes les personnes que je connais. Si vous êtes l'une d'elles, tapez une fois. Bon, je commence. Papa.

Silence.

— Grand-mère.

Toujours aucun bruit de l'autre côté du mur. Tout en se disant : « Non, quand même pas », Jiyu poursuit :

— Tante.

Boum.

— Tante Jae-in ?

A ces mots lâchés dans un cri de stupeur, la réponse est : *boum*.

— C'est vraiment ma tante ? Ma tante Jae-in ?

Le *boum* est suivi d'un cri de petit grèbe, il lui semble entendre sa tante l'appeler : « Jiyu ! »

Sans réfléchir, elle se précipite vers la porte. Mais à cet instant, la petite fille sage lui barre la route : *Tu ne dois pas sortir. Tu as promis à maman que tu ne sortirais pas, même si elle t'appelait.*

Jiyu tourne la tête vers le mur et crie tout haut en s'adressant à l'autre côté, où le silence est revenu :

— Tante, qu'est-ce que tu fais là ?

Elle croit encore l'entendre appeler : « Jiyu ! » Elle reste figée devant la porte, sans pouvoir se décider. Elle aimerait que ce soit un rêve. *Non, ça n'a rien d'un rêve. Tu ne l'as toujours pas compris ?* dit Maligne petite souris tout en l'entraînant impitoyablement vers des idées qu'elle préférerait éviter. *Maman a fermé le grenier avec un cadenas, la tante est à l'intérieur, mais elle ne peut pas parler. Essaie de réfléchir à ce que signifient ces trois choses ensemble.* C'est inutile, elle connaît déjà la réponse. Maman a enfermé la tante dans le grenier, tout comme elle l'a confinée dans cette chambre. Elle ignore pourquoi la tante ne peut pas parler, mais ça n'a pas d'importance. L'important, c'est qu'elle est enfermée dans ce grenier et que Jiyu est en mesure d'en ouvrir la porte. Enfin, si elle décide de le faire.

La fillette se remémore la voix de la tante qu'elle a entendue dans un demi-rêve à l'hôpital : « Ouvre les yeux, mon bébé. Ouvre les yeux… Si tu fais encore un cauchemar, appelle-moi. »

Fidèle à sa promesse, la tante est restée à son chevet. Elle l'a réveillée de son cauchemar en l'appelant « mon bébé », l'a consolée en disant « ça va aller », l'a prise dans ses bras pour calmer ses sanglots et s'est précipitée à Cheongyeon pour lui apporter le papa-marionnette. Maintenant qu'elle l'appelle désespérément, Jiyu hésite de ce côté-ci du mur. *Sors de là, ta tante t'appelle !* insiste Maligne petite souris. Jiyu inspire un grand coup et tend la main vers la poignée de la porte.

*

Jiyu avance à pas prudents, en retenant son souffle comme si elle pénétrait dans la tanière d'un lion endormi. Le système nerveux de Jae-in s'éveille avec la force d'un volcan. Son pouls bat trois fois plus vite que d'habitude, elle a la gorge sèche et le visage aussi brûlant qu'une grille chauffée par le feu. La tête de canard enfoncée dans sa bouche lui fait l'effet d'un bout de charbon rougi. Ces quelques dizaines de secondes pendant lesquelles Jiyu s'approche sont encore plus pénibles que les dix heures qui viennent de passer.

Elle plie les jambes et les serre contre sa poitrine, plaque sa nuque au mur. Les yeux fermés, elle compte les pas de l'enfant. A chacun d'eux, une boule lui remonte douloureusement dans la gorge, car elle sait quel conflit et quelle peur l'enfant a dû surmonter avant de se décider à sortir de sa chambre : elle a entendu sa conversation avec sa mère quelques heures plus tôt.

Lorsque la mère et la fille étaient dans le couloir, elle avait eu mal à comprendre ce qu'elles disaient. Il lui semblait vaguement que c'était Yuna qui parlait. Mais, une fois qu'elles sont entrées dans la chambre, elle a pu suivre leur discussion, si bien qu'elle s'est même demandé si le mur n'était pas fait d'alvéoles. Quoi qu'il en soit, elle comprenait non seulement ce que disait Jiyu, mais même la voix bourdonnante de Yuna. Elle ne s'est pas donné la peine de deviner les phrases qui lui avaient échappé, car elle avait enregistré deux informations essentielles.

La première était que Jiyu pouvait ouvrir le cadenas

du grenier, ce qui lui donnait de l'espoir. Elle l'avait déjà supposé quand Yuna avait lacéré le carton d'où s'étaient déversées les marionnettes. C'est là que la fillette avait dû prendre le papa-marionnette. La deuxième était que Jiyu ne pouvait quitter sa chambre ; cette nouvelle-là lui était plutôt défavorable. Yuna était le dieu qui dominait le monde de la fillette. Aussi Jae-in devait-elle faire face non à Jiyu, mais à son dieu.

Sa probabilité de réussite était proche de zéro, mais elle devait tenter le coup quand même. Elle s'est creusé la cervelle pour trouver le moyen de faire venir Jiyu sans pour autant la mettre en danger. C'était quasi impossible. Il y avait malgré tout une manière d'attirer l'attention de la fillette : imiter les cris d'un petit grèbe. Elle s'est assise, le dos appuyé au mur. Il fallait d'abord la prévenir de sa présence dans le grenier. Elle a commencé à voix basse, pour que Yuna ne l'entende pas, et a fait son possible pour imiter de mémoire les cris d'un petit grèbe. Etant bâillonnée, elle avait du mal à donner de la voix, mais cela l'a plutôt aidée à émettre un cri convaincant. De temps en temps, en grattant le mur du bout de l'index, elle lui faisait comprendre où elle se trouvait. Les oreilles grandes ouvertes, elle était également attentive aux bruits provenant du rez-de-chaussée. Par chance, elle a pu distinguer la voix de Yuna, au milieu d'un vacarme incompréhensible, qui disait : « Partons, chéri. » Puis le portail s'est ouvert et s'est refermé. Elle en a déduit que sa sœur était sortie en emmenant Cha Eun-ho avec elle.

Le calme est revenu. Jae-in a attendu un peu, mais Yuna et son mari ne revenaient pas. Elle ignorait où ils étaient partis, et pour quel motif, mais une chose était claire : c'était sa dernière chance.

Ses tempes palpitaient avec force et il lui semblait que son corps, pourtant assis contre le mur, ne touchait plus terre. Elle n'avait plus conscience de ce qu'elle faisait. Elle ne se rendait pas compte de la force démente avec laquelle elle hurlait et se tapait la tête contre le mur, jusqu'à ce que Jiyu lui adresse la parole.

Quelle fillette intelligente ! A l'instant où elle a prononcé le mot « Tante », Jae-in a cru que son cœur éclatait. Quand elle a entendu la porte de la chambre s'ouvrir enfin, elle a failli fondre en larmes. Les pas qui avancent prudemment en ce moment même ne signifient pas simplement qu'une petite-nièce vient aider sa tante, mais qu'une enfant enfreint la loi de son dieu en prenant de grands risques. Les pas s'arrêtent dans le couloir. Le silence règne un instant. Jae-in, le menton sur les genoux, contracte le bas du ventre pour retenir sa vessie pleine. Tout en tâchant de calmer sa respiration, elle implore son corps de tenir rien que trois minutes, non, juste une…

La fillette bouge de nouveau. Jae-in retient son souffle et tend l'oreille vers le couloir : le trousseau qui s'agite, la clé qui s'enfonce dans le cadenas qui se déverrouille. Enfin, la porte s'ouvre et elle entend la voix qu'elle a tant attendue dans l'obscurité :

— Tante !

La pièce s'éclaire, un flot de lumière se déverse sur elle. Elle ferme fort les paupières.

— Tu es vraiment ma tante ? demande prudemment Jiyu.

Jae-in ouvre les yeux et aperçoit l'enfant qui, accroupie devant elle, la dévisage, effrayée. Une réaction normale, après tout. Son visage gonflé et ensanglanté doit être méconnaissable ; sans ses cheveux, la fillette n'aurait même pas pu la reconnaître.

Jae-in a envie à la fois de rire et de pleurer. Elle aimerait crier le nom de Jiyu et se lever d'un bond pour la prendre dans ses bras. Hélas, elle ne peut rien faire d'autre qu'appliquer les règles de conversation définies par l'enfant. Elle tape une fois sa nuque contre le mur.

— Oh, mais tu as du sang plein les yeux…

Jiyu tend la main avant de l'écarter aussitôt en sursautant. Jae-in secoue la tête et essaie de croiser le regard de sa nièce de son œil valide pour lui faire comprendre : non, Jiyu, ce ne sont pas mes yeux, c'est ma bouche.

Aussitôt, le regard de la petite descend vers la bouche bâillonnée. Cette enfant intelligente a tout de suite saisi ce que l'œil de sa tante essayait de lui montrer.

— Attends voir.

Elle s'approche tout près de Jae-in et commence par retirer le ruban adhésif qui lui ferme la bouche, de sa petite main fine comme une feuille d'érable. Ce n'est pas une mince affaire. Yuna ayant fait plusieurs tours avec le ruban autour de sa tête, Jae-in a l'impression qu'on lui arrache le cuir chevelu et, quand enfin le ruban est entièrement dégagé, elle s'aperçoit qu'elle a perdu toute sensation dans le visage. Puis l'enfant retire la tête de canard enfoncée dans sa bouche et Jae-in vomit en hoquetant, déversant une salive visqueuse.

Enfin, elle respire mieux et cesse d'avoir l'impression de se noyer sans la moindre goutte d'eau. Elle se rend compte que l'enfant lui tapote le dos en lui demandant :

— Tante, est-ce que ça va ?

— Jiyu… dit-elle d'une voix éraillée. Il me faut des ciseaux.

La fillette hoche la tête avant de se ruer hors de la pièce. Elle revient tout aussi vite avec des ciseaux de cuisine. Suivant les consignes de sa tante, elle tranche d'abord le nœud coulant qui lui enserre le cou, avant de s'occuper tour à tour des cordes lui liant les chevilles et les poignets.

Enfin libre, Jae-in s'effondre au sol. Elle a l'impression que tout n'était qu'un songe : ce qui s'est passé avec Yuna, sa séquestration dans ce grenier, le nœud coulant autour de son cou, Jiyu qui la dévisage, et même cet instant, où elle est couchée sur le parquet froid en tirant la langue.

La réalité la rattrape, un problème des plus basiques s'imposant à elle : sa vessie pleine tire la sonnette d'alarme. Elle tente de se lever, mais tombe à plat ventre et se cogne le menton au sol. Elle n'arrive pas à déplier les genoux. Elle n'a aucune force dans les talons non plus.

— Tante, qu'est-ce que tu as ? s'inquiète Jiyu en la saisissant par les épaules.

Jae-in est incapable de répondre. Dès qu'elle ouvrira la bouche, sa vessie, qui a tenu toute une journée, finira par exploser. Aussi se met-elle à se déplacer de la manière la plus grotesque qui soit : elle rampe vers les toilettes comme une otarie, balayant le sol de ses mains tremblantes, un filet de bave dégoulinant de ses lèvres paralysées. Jiyu, cette enfant si vive d'esprit, court devant sa tante pour lui ouvrir la porte de la salle de bains.

Voilà peut-être une dizaine de minutes qu'elle est assise sur la cuvette. Ses muscles paralysés commencent à se relâcher, parcourus de décharges. Elle se traîne jusqu'au lavabo. Elle ouvre le robinet et boit en faisant couler l'eau dans le creux de ses mains. Au début à petites gorgées, tel un oiseau, puis goulûment, comme un cheval. Elle lave son visage plein de sang et se regarde dans le miroir. Le reflet lui renvoie l'image d'une femme inconnue. Il n'est pas étonnant que Jiyu ait mis du temps à la reconnaître. C'est même un miracle qu'elle ait pu le faire. On dirait plutôt une combattante de MMA qui se serait fait tabasser jusqu'à ce qu'au cinquième round l'arbitre la déclare vaincue.

Ses paupières contusionnées sont collées à ses arcades sourcilières, son nez semble avoir été remplacé par un ravioli grillé, sa bouche, dont sa sœur s'est tant moquée en la traitant de « face de singe », s'est changée en petit pain écrasé, et ses joues aplaties par le ruban adhésif semblent couvertes de boutons. Heureusement, sa vue est floue. Cela lui évite de voir trop nettement ce qu'elle n'a pas envie de voir. Elle essuie les larmes qui débordent de ses yeux. Ce n'est qu'alors qu'elle aperçoit Jiyu qui se tient derrière elle, une serviette à la main.

— Est-ce que ça va, tante ? s'inquiète la fillette en croisant son regard.

Pour toute réponse, Jae-in se retourne et la serre dans ses bras. Un « merci » s'échappe de sa bouche, tel un sanglot. Elle aimerait quitter cette maison sur-le-champ avec sa nièce. Mais d'abord, elle doit appeler la police. Pour cela, elle va devoir descendre et trouver un téléphone.

— Tu sais où est allée maman ? demande-t-elle en écartant Jiyu.

La fillette baisse la tête, les lèvres serrées. Elle semble hésiter.

— Jiyu, il faut que tu me le dises. Ça a un rapport avec papa.

Les yeux emplis de larmes, la fillette tient des propos incohérents :

— Ce n'était pas un rêve, c'est ça ? Tout était vrai ?

— Quel rêve ? demande Jae-in, un peu déroutée. Celui avec le petit grèbe ?

Jiyu secoue la tête avant d'exploser en sanglots et de s'exprimer par phrases hachées.

— Dans la salle de bains du bas… Dans la baignoire couverte de sang… Deux jambes… Deux pieds… Des vraies jambes…

Son hypothèse se vérifie donc. Jae-in reste sans voix. Cette enfant a donc assisté à la scène ?

— Cette nuit… où papa… est venu…

Jae-in la serre fort contre sa poitrine.

— Chut… Chut… Arrête… N'en dis pas plus. Tante a tout compris.

Mais Jiyu poursuit en hoquetant :

— Maman m'a dit que c'était un rêve, mais… je… sais… Ce n'était pas un rêve. Il n'a pas disparu, même au réveil. Je me souviens de tout.

Jae-in devine que Jiyu a vu ce qui se passait dans la salle de bains, et que Yuna a voulu lui faire croire que ce n'était pas réel.

— La nuit d'après, maman est allée à l'étang Demi-Lune en poussant la brouette qu'elle utilise pour donner à manger aux canards.

Jae-in comprend enfin ce que signifie le cauchemar récurrent de la fillette, et pourquoi elle était si mal à l'hôpital, au point de perdre connaissance. C'est pour ça qu'elle est si fort attachée au papa-marionnette. Elle parle avec lui comme s'il était son propre papa et non une simple marionnette. Et jusqu'ici elle croyait que celui-ci était encore en vie, en se persuadant que ce qu'elle avait vu n'était qu'un songe.

Petit à petit, les hoquets convulsifs de l'enfant se muent en pleurs. Jae-in ouvre plusieurs fois la bouche avant de la refermer. Elle n'ose pas la calmer. La ramener au calme ne résoudra pas le problème. Que cette fillette de six ans a dû souffrir, avec ce terrible secret enfoui dans son cœur ! Jae-in ne parvient même pas à l'imaginer. Elle se dit que tout ce qu'elle peut faire pour le moment, c'est d'attendre qu'elle s'apaise d'elle-même. La petite se reprend plus vite qu'elle ne l'aurait cru, et s'écarte de sa tante en levant son visage couvert de morve et de larmes.

— Tu m'as demandé où est allée maman ? dit-elle de sa voix encore larmoyante, mais bien distincte.

Jae-in hoche la tête.

— Suis-moi.

Elle prend la main de sa tante et la conduit vers la fenêtre de sa chambre. Jae-in regarde l'endroit que lui désigne sa nièce. Une lumière progresse lentement au milieu de la tempête de neige, en direction du marécage envahi de roseaux.

— C'est maman ? demande-t-elle.

— Oui. Même si je n'ai pas vu son visage. Et dans la brouette…

Jae-in avale sa salive, la gorge en feu. Elle est contrainte de poser la question qu'elle n'a pas envie de poser :

— Il y avait aussi des jambes dans cette brouette ?

La fillette hoche la tête, tandis que Jae-in reporte son attention sur la fenêtre. Ces jambes doivent appartenir à Eun-ho. Est-il encore en vie, ou déjà mort ? Aucune idée. Elle devine que si Yuna le transporte en brouette vers l'étang Demi-Lune en pleine nuit sous une tempête de neige, ce n'est pas pour jouer à une partie de cache-cache.

— Il y a un téléphone à la maison ? Un fixe, je veux dire.

— Non, répond Jiyu.

Jae-in hoche la tête en se disant qu'elle ne s'est pas trompée. La veille non plus, elle n'a pas vu de ligne fixe. Cela veut dire que, si elle ne retrouve pas son téléphone, elle ne pourra pas prévenir la police. Et si elle ne retrouve pas la clé de sa voiture, que pourra-t-elle faire ? Se rendre au marécage à pied ?

Le doute et l'inquiétude s'emparent d'elle. Comment rattraper Yuna dans le noir, en pleine tempête de neige, alors qu'elle est toute meurtrie de partout ? Et à supposer qu'elle la rattrape, quelle sera sa marge de manœuvre ? Si jamais Eun-ho est encore vivant…

— Jiyu, tu peux rester seule à la maison ?

— Oui.

— Tu ne dois pas sortir de cette chambre jusqu'à mon retour.

— Tu vas aller au marécage ?

— Il le faut.

— Alors, prends le sentier, dit Jiyu en levant brusquement les yeux. Moi, je le connais très bien.

— Je le connais aussi, assure Jae-in en secouant la tête. Toi, tu dois rester ici. C'est la meilleure façon de m'aider.

Le visage de Jiyu, qui essaie d'opposer un « mais », trahit sa déception. Jae-in l'entraîne sur son lit et s'assied en face d'elle.

— Tu sais, je ne peux pas protéger deux personnes à la fois.

Jiyu agite frénétiquement la tête, frustrée de ne pas être comprise. Son regard exprime une supplication ardente.

— Je ne te dérangerai pas…

— Je n'ai pas le temps, la coupe sa tante. Il est peut-être déjà trop tard. Si tu ne me laisses pas partir tout de suite…

Elle s'interrompt et réfléchit. Jusqu'à quel point cette enfant comprend-elle ce qui se passe ? Plus qu'elle ne l'imagine, conclut-elle. Sinon, elle ne l'aurait pas conduite à la fenêtre pour lui montrer la lumière dans le marécage.

— … ce que tu crains va se produire, achève-t-elle.

Jiyu baisse les yeux et lui lâche la main, qu'elle agrippait de toutes ses forces.

— Je reviens le plus vite possible, promet Jae-in en lui serrant les épaules.

Alors qu'elle s'apprête à franchir la porte, la voix de Jiyu s'élève dans son dos :

— Tante, tu vas revenir avec maman, pas vrai ?

Jae-in se retourne.

— Je voudrais que tu réussisses à convaincre maman, ajoute la fillette d'une petite voix.

Jae-in ne peut répondre. Est-elle capable de raisonner Yuna ? Ça paraît improbable.

— Je vais essayer, lui promet-elle quand même.

Jae-in dévale précipitamment l'escalier. A la vitesse de l'éclair, elle fouille le séjour et la cuisine. Par chance, elle tombe sur une clé de voiture dans le sac de Yuna ; vu le sigle BMW, ce doit être celle de sa sœur. En revanche, elle ne trouve aucun téléphone, ni à elle ni à personne d'autre. Puis elle découvre que, dans la cuisine, tous les ustensiles de boucher ont disparu. Non seulement les quatre couteaux, mais aussi le mixeur, le hachoir et les marmites.

Voilà encore une réponse à une de ses questions : pourquoi Yuna est-elle revenue hier dans cette maison ? Pour se débarrasser de ces ustensiles. Cela signifie que la police a dû pas mal avancer dans son enquête, et que Yuna cherche à se protéger. Eun-ho l'a-t-il lui aussi démasquée ? Est-ce pour cela qu'elle l'emporte dans une brouette vers le marécage ?

Jae-in regarde la clé dans sa main. Eun-ho est-il encore en vie ? Si oui, elle n'a pas le temps d'aller à la police. Elle n'a pas le choix.

Elle cherche un objet dont elle puisse se servir comme d'une arme, mais il n'y a même pas un couteau dans la cuisine. Elle se rappelle les ciseaux qui doivent encore se trouver au grenier, mais y retourner serait problématique. Elle craint de recroiser Jiyu, dont elle s'est séparée avec beaucoup de mal. Finalement, elle s'empare du manche en aluminium du balai pour laver le sol posé près de l'armoire à chaussures et se rue dehors pieds nus.

Par chance, la voiture est garée devant le portail. De la main, elle balaie la neige sur le pare-brise avant et arrière avant de monter. Elle pose le manche du balai entre les deux sièges avant, démarre, met sa ceinture de sécurité et allume les phares. Elle recule jusqu'au bout de l'allée et positionne le véhicule sur les traces des roues de la brouette, prête à se lancer dans une course folle.

Jetant un regard de défi au marécage puis aux bourrasques de neige, elle tente de se convaincre que c'est l'occasion ou jamais de réaliser un de ses fantasmes : rouler sur une plaine enneigée au milieu de la tempête dans une voiture qui ne lui appartient pas. Elle agrippe le volant et écrase la pédale d'accélérateur. Dans un vrombissement, le véhicule s'élance. Dans ses veines, le sang tourne à cent à l'heure ; ivre d'adrénaline, elle est prise de vertiges et sa vue se brouille. Sa tête part brutalement en arrière et ses fesses tressautent tandis que le véhicule cahote, bondit, retombe et zigzague.

Malgré tout, il ne s'enfonce pas dans la neige qui est moins molle qu'elle ne le croyait. Le sol accidenté l'empêche de déraper. Par chance, son œil gauche gonflé ne la perturbe pas beaucoup dans sa conduite. La voiture suit les traces de roues de la brouette et avance avec la lourdeur d'un tank, écrasant les roseaux ployés sous le poids de la neige.

Le temps s'écoule très différemment de la sensation qu'elle en avait dans le grenier. Là-bas, on aurait dit une ondulation sur la surface tranquille d'un lac. A présent, ce serait plutôt le courant tumultueux d'un torrent. Alors qu'elle croit apercevoir quelque chose, elle l'a déjà atteint. Il s'agit du chemin aménagé autour de l'étang. Quelqu'un s'y tient debout.

Il doit s'agir de Yuna. La chance d'en finir d'un seul coup s'offre à elle. Ce serait si facile, il lui suffirait de rouler droit sur Yuna. Sa vitesse est suffisante, et le chemin descend en pente douce vers le marécage.

Yuna reste immobile, l'air de dire : « Tu vas vraiment le faire ? » Plantée à côté de la brouette, elle la regarde les bras ballants, sans défense.

En effet, Jae-in n'en est pas capable. Elle finit par virer à droite, juste devant la digue, de toutes ses forces, au point que son corps se retrouve couché sur le siège passager. L'angle du capot heurte la digue, pivote à quatre-vingt-dix degrés et s'élance vers l'étang en écrasant les roseaux enneigés. Elle agrippe fort le volant en appuyant sur la pédale de frein. Dans un vacarme assourdissant, la carrosserie est secouée violemment, la neige gicle sur les vitres. Elle a l'impression d'être coincée dans un grand immeuble qu'on démolit à la dynamite.

La voiture s'arrête péniblement, les roues arrière enfoncées dans le champ de roseaux. Par chance, l'airbag ne se déclenche pas, ce qui lui évite de se retrouver écrasée comme une crêpe. Elle défait sa ceinture, prend le manche du balai et descend du côté passager.

Les phares éclairent les rizières en terrasse, qui s'étagent vers le bas du marécage. Yuna est face à l'étang, les mains crispées sur les poignées de la brouette. Maintenant que le spectacle est fini, elle a sûrement l'intention de poursuivre sa tâche. Sa lampe frontale éclaire la surface blanchâtre et gelée de l'étang. Le niveau de celui-ci étant presque identique à celui de la berge, il prend des airs de plaine enneigée. Le vent le balaie en entraînant les tas de neige comme s'il s'agissait d'un troupeau de moutons. Au loin, sur la route, résonnent des sirènes. Jae-in ne saurait dire si c'est la police ou les pompiers.

Elle monte précipitamment sur la berge. Sans héler Yuna ni lui crier d'arrêter, elle se rue sur elle. Pourtant, si quelques secondes suffisent habituellement à couvrir cette distance, là, l'écart paraît aussi grand que celui qui sépare deux planètes. Voyant Yuna soulever lentement les poignées de la brouette, elle prend son élan et exécute ce qui lui fait l'effet d'un saut en longueur.

Trois choses arrivent presque en simultané : Yuna lève la brouette à la verticale pour en vider le contenu ; un homme qu'elle suppose être Eun-ho glisse sur l'étang enneigé ; et Jae-in heurte Yuna de plein fouet. Résultat, tous les trois basculent sur l'étang.

Si la surface de celui-ci est couverte d'une épaisse couche de neige, la glace n'est en revanche pas très solide. Sous le choc, la mince couche gelée se brise avec un craquement sec. Jae-in culbute dans l'eau, qui en un rien de temps lui rentre dans les narines, la bouche et les oreilles, l'empêchant de respirer.

A vrai dire, l'étang n'est pas très profond. Mais elle est si désorientée qu'il lui faut un certain temps pour se reprendre. Percevant une lumière de son œil gauche pourtant fermé, elle tourne la tête et aperçoit la lueur d'une lampe frontale dirigée vers le ciel. Ce doit être celle de Yuna, qui est probablement couchée sur le dos, même si la distance empêche Jae-in d'en être sûre.

Autour d'elle, il ne fait pas tout à fait noir. Grâce aux feux de route de la BMW qui éclairent de biais un côté de l'étang, elle parvient à en distinguer les contours et découvre une sorte de trou noir sur sa droite. Sans doute un endroit où la glace s'est brisée, autrement dit, celui où Eun-ho est tombé.

Elle commence à avancer vers ce trou. Il est très probable qu'il soit sous l'emprise de somnifères, sans quoi il ne se serait pas laissé transporter si docilement dans la brouette ni jeter dans l'étang. Il risque de se noyer. Il faut intervenir de toute urgence. Malheureusement, Jae-in est incapable de courir. Le fond de l'étang est tellement boueux qu'à chaque pas, ses pieds s'enfoncent et se libèrent difficilement, comme pris dans des pièges. Elle a déjà perdu ses deux chaussettes, et c'est très glissant. En à peine cinq pas, elle s'est déjà affalée à deux reprises. Des cailloux et des éclats de verre dans la boue lui blessent et lui piquent les pieds. Si l'eau était profonde, elle pourrait au moins essayer de nager, mais celle-ci lui arrive à peine en haut des cuisses. Et elle est tellement froide que tout son corps tremble et que ses jambes s'ankylosent. A chaque respiration, elle sent ses poumons se comprimer.

Elle se dit que, si ça continue comme ça, elle y arrivera peut-être le jour de Noël quand, soudain, ses genoux touchent une masse à la fois lourde et douce. Elle baisse prudemment les yeux sur ses genoux plongés dans l'eau. Malgré la pénombre, elle le reconnaît tout de suite. Un visage humain flotte sous l'eau sombre et trouble. Il a les yeux ouverts. En croisant son regard, Jae-in sursaute et manque de s'enfuir vers la berge avec un cri de terreur. Elle l'aurait réellement fait si elle n'avait pas reconnu le visage de celui qu'elle cherchait.

— Cha Eun-ho ! crie-t-elle.

Elle glisse les mains sous ses aisselles et le hisse de toutes ses forces hors de l'eau.

— Cha Eun-ho, vous êtes réveillé ? demande-t-elle.

La tête légèrement penchée sur le côté, il ne répond pas, mais il a une réaction qui lui donne de l'espoir. Dès que son visage sort de l'eau, il se met à respirer, longuement et bruyamment, à plusieurs reprises, comme s'il avait retenu son souffle jusque-là. Il est trop faible pour se tenir debout, mais il est bel et bien conscient, sinon il lui aurait été impossible de retenir sa respiration sous l'eau.

— Cha Eun-ho, essayez de cligner une fois des yeux, dit-elle.

Il s'exécute difficilement d'un œil. Le mouvement est lent et maladroit, mais ce n'est pas grave. Ce qui compte, c'est qu'il soit conscient. Les bras du jeune homme sur ses épaules, elle entreprend d'avancer vers la berge en cassant la fine couche de glace avec les jambes. La distance est d'à peine une dizaine de pas, et il est plus facile de traîner un corps dans l'eau que sur la terre. Malgré tout, il lui faut un certain temps pour atteindre sa destination. Plonger les pieds dans la boue et les en ressortir sans glisser s'avère aussi ardu que d'escalader une paroi rocheuse. Contrairement à ce qu'elle avait cru de loin, l'eau et la terre ferme ne sont pas exactement au même niveau. Elle commence par hisser les épaules d'Eun-ho sur la berge, pensant remonter le reste après y être grimpée elle-même. Hélas, elle s'est trompée dans ses calculs, car elle a omis un paramètre décisif : Yuna.

Alors qu'elle se hisse à son tour en appuyant les mains sur la berge, elle sent qu'on lui éclaire le dos et, au même moment, qu'on lui saisit la nuque. Impuissante, elle tombe en arrière. Lorsqu'elle comprend ce qui vient de se passer, elle se trouve déjà sous l'eau. Elle a beau se débattre, rien à faire. Yuna, assise sur elle, lui enfonce le visage avec les deux mains, lui comprime les épaules à l'aide des genoux ; même à l'air libre, cette seule position suffirait à la priver d'oxygène.

Le monde commence à virer au noir et ses facultés mentales se paralysent. Seul son instinct pousse ses bras à agir. A l'instant où elle croit ne plus pouvoir respirer, elle parvient à attraper les chevilles de Yuna et s'encourage elle-même, malgré la panique : *Rappelle-*

toi le jour où tu as soulevé ton propre poids sur le banc de presse. Le coach t'a complimentée en disant que tu étais la plus vaillante de la salle de gym. Fais comme ce jour-là.

Elle enfonce les talons dans la boue, concentre ses forces dans le bas de son dos et soulève au maximum les chevilles de Yuna avant de les relâcher brutalement. Le corps de sa sœur s'envole au-dessus de sa tête, lui libérant ainsi le visage et les épaules. Elle redresse aussitôt le buste et, sortant enfin la tête de l'eau, respire, tousse et recrache l'eau avalée.

Mais au moment où elle parvient à reprendre son souffle, Yuna, déjà remise, lui agrippe les cheveux à l'arrière du crâne. Le même calvaire se répète. Yuna lui replonge la tête dans l'étang et la livre de nouveau au supplice de la noyade. Entre-temps, sa méthode a évolué. Au lieu de se contenter de peser sur le visage de sa proie, elle l'entoure de son bras et tente de l'étrangler. Avec une force herculéenne.

Jae-in a beau se débattre, impossible de se libérer. Les poumons sur le point d'éclater, elle croit comprendre ce qu'on ressent quand on se noie dans une flaque d'eau. Tout à coup, la chanson du père semble résonner au loin.

Maria, Maria que j'aime...

J'ai planté une fleur dans mon cœur en pleurs

Jae-in est à bout. Elle saisit enfin le sens de cette chanson qui la poursuivra jusqu'au fond des enfers ; ce n'est pas celle de son père, mais une rengaine qu'elle se chante à elle-même. Une sorte d'incantation qu'elle s'est récitée en boucle à chaque instant marquant de sa vie, pendant toute sa jeunesse, et même après qu'elle est devenue indépendante : *Reste en retrait, tu connaîtras la paix.*

Elle comprend aussi pourquoi elle a toujours cédé aux caprices de Yuna : c'était à cette condition qu'elle pouvait rester la petite fille sage de son père, car elle craignait de perdre sa confiance si jamais elle se battait bec et ongles avec sa petite sœur. Et elle pensait ne pouvoir devenir une bonne personne que si elle gardait la confiance de son père.

En fin de compte, elle n'est pas si différente de Yuna. Elle aussi est gouvernée par une petite fille de sept ans, car le fantôme de cette petite fille qui fredonne cette chanson de fleurs paralyse sa volonté, même en cet instant où la mort est imminente. Elle cesse de résister et se relâche, comme si elle perdait connaissance. Ses bras, qui s'agitaient encore frénétiquement un instant plus tôt, pendent mollement. Elle ne remue que le bout des doigts, pour tâter le fond de l'étang, et attrape un caillou fin et tranchant. Elle se met à compter : un, deux, trois…

Elle sent que la main qui lui tient les cheveux se relâche un peu, ainsi que celle qui lui enserre le cou, et elle attend que Yuna lui sorte le visage de l'eau pour vérifier où elle en est. Elle compte viser les yeux, juste en dessous de la lampe frontale.

Ce moment arrive plus vite que prévu. La lumière de la lampe lui inonde le visage, elle ouvre brusquement les paupières et, au même moment, brandit le bras pour frapper violemment sa cible avec le caillou. Avec un « ah ! » de douleur, Yuna recule, les mains sur les yeux.

Jae-in se lève et repère aussitôt sa sœur grâce à l'excellent éclairage qu'offre la lampe. A cinq pas de là, celle-ci hurle de douleur, les mains toujours plaquées sur ses yeux d'où coule du sang, tout en l'abreuvant d'insultes : « Espèce de pute, salope, sale voleuse ! »

Jae-in avance d'un pas. Dans sa tête, la chanson du père résonne de nouveau.

Maria, Maria...

J'ai planté une fleur dans mon cœur en pleurs

Ça suffit, père ! Elle serre plus fort le caillou dans sa main et avance encore. *Je ne suis pas ta petite fille sage. Je suis...* Elle s'arrête net. Les sirènes retentissent, tout près. Comment se fait-il qu'elle ne les ait pas entendues plus tôt ?

Elle tourne la tête dans la direction où elle pense que se trouve la maison. Vers l'horizon sombre, les lumières scintillantes des gyrophares se déplacent rapidement. Il y a plusieurs véhicules. Est-ce ceux de la police ? Comment ont-ils su ? Eun-ho les aurait-il prévenus avant de perdre connaissance ?

Elle jette un regard au jeune homme, étendu sur la pente. Il a dû s'y hisser de lui-même. Sans doute récupère-t-il peu à peu ses capacités motrices. Elle reporte son attention sur Yuna. Mon Dieu, où est-elle ? Elle regarde tout autour d'elle. En vain. Enfin, elle repère la lampe frontale, qui tombe rarement en panne, progressant vers la rive d'en face. Au début, Jae-in ne comprend pas pourquoi elle a pris cette direction. Si c'est pour fuir, mieux vaut partir à gauche, où s'élève la colline. Sur la droite se succèdent les rizières en terrasse qui mènent vers le village. Mais en face il n'y a que l'abîme des gorges… Jae-in comprend enfin que Yuna ne s'est pas trompée et qu'il s'agissait d'un choix délibéré.

« Non, je ne peux pas te laisser faire ça. Tu ne t'en tireras pas aussi facilement », marmonne-t-elle en entreprenant de traverser l'étang à la poursuite de Yuna. En fait, ce n'est pas sa sœur qu'elle va tuer, mais la petite fille sage en elle que son père aimait tant. Elle va la supprimer pour de bon, s'assurer qu'elle ne reviendra plus jamais.

Les sirènes résonnent de plus en plus fort, comme si elles étaient tout près. Tout à coup, les environs s'éclairent. Jae-in ne saisit pas ce que signifie ce changement, car elle est concentrée sur l'avancée de la lampe frontale devant elle, les oreilles occupées par la chanson du père.

J'ai vu la fleur et je l'ai prise pour ton visage

J'ai vu la fleur en espérant que tu reviendras dans mes bras

Maria, Maria...

Alors qu'elle comprend enfin que les voitures foncent vers l'étang, elle voit Yuna poser une main sur la rive d'en face. Elle s'élance pour lui attraper les chevilles. Sa petite sœur glisse sur la pente.

— Lâche-moi ! Lâche-moi ! hurle Yuna en battant des jambes.

— La ferme ! Tais-toi et crève ! crie Jae-in à son tour, non à Yuna, mais à la chanson du père.

Un des talons de sa sœur lui frappe violemment l'œil gauche, et Jae-in sent un éclair lui traverser la tête. Elle a l'impression que son œil déjà gonflé s'aplatit comme une crêpe ; la douleur est telle qu'elle laisse échapper un cri de souffrance. Malgré tout, elle ne lâche pas les chevilles de sa sœur. A présent, les gyrophares et les sirènes sont juste derrière elle.

— Lâche-moi, je te dis ! répète Yuna avec un cri de rage, tout en ruant comme un âne.

Maintenant, ce ne sont plus les sirènes, mais un mégaphone qui hurle :

— Qu'aucune de vous ne bouge !

Jae-in, tout en encaissant les coups de pied de sa sœur, regarde sur le côté. Les policiers ont déjà encerclé la berge et avancent vers Yuna.

— Qu'aucune de vous ne bouge, ordonne encore un homme arrivant sur la droite. Restez où vous êtes.

Yuna s'arrête net d'agiter les jambes, tourne la tête et considère sa grande sœur par-dessus son épaule. Puis elle chuchote, d'une voix étouffée, comme si elle serrait fort les dents :

— Lâche-moi, sale voleuse !

Sous la lampe frontale, les yeux de sa sœur sont noirs comme des cavités. Jae-in se rend compte que Yuna croit sincèrement ce qu'elle vient de dire, c'est-à-dire que sa grande sœur lui a volé sa vie. Cette conviction ne changera jamais, c'est même dans cette haine que Yuna a dû puiser son énergie.

La force quitte ses mains et elle libère les chevilles de sa sœur. Debout, éperdue, elle regarde Yuna qui s'approche de la rive à grands pas, fillette dans un imperméable noir au bord de l'abîme. Les policiers touchent Yuna et lui lancent, comme pour la consoler :

— Restez calme. Ne bougez pas. Tout ira bien.

Alors qu'un policier lui tend la main, Yuna s'élance vers l'abîme. Dans la tête de Jae-in, la chanson du père s'est tue.

Epilogue

— Pourquoi tu as divorcé ? demande Yuna, qui rend parfois visite à Eun-ho en rêve.

— Elle m'a dit de foutre le camp, répond-il après une hésitation.

Yuna s'esclaffe. Son rire, pareil à une plume d'oiseau, se disperse dans la tempête de neige. Les étoiles glissent sur son front et il tend l'oreille pour entendre le chuchotement de sa femme.

— Oh, mon pauvre… Je te plains.

*

— Chéri, pourquoi tu as fait ça ? demande-t-elle, envahissant encore son rêve.

Eun-ho la cherche de son regard flou. Il distingue une silhouette noirâtre derrière la tempête de neige.

— A te voir comme ça, chéri, on croirait mon grand-père !

Yuna baisse la tête et le dévisage. La lumière de sa lampe frontale l'éblouit.

— Ah, c'est vrai que tu ne connais pas mon grand-père.

Le monde est trop calme. L'étang Demi-Lune n'est pas encore visible.

— Tu sais, mon grand-père était un ornithologue assez connu. Mais il a eu un AVC qui lui a gâché la vie. Il avait du mal à marcher, se soulageait parfois dans son pantalon, et parlait comme un ivrogne. Bref, il venait se promener ici tous les matins, et chaque fois, il m'emmenait avec lui. Arrivé à l'étang, il me parlait des canards. J'étais très heureuse quand j'étais ici avec lui, parce que…

Elle s'interrompt, le temps de gravir une pente avec la brouette. Eun-ho essaie de remuer discrètement les doigts. Il y parvient, enfin, disons qu'il arrive à faire frémir le bout de ses doigts.

— Parce qu'à la maison, j'étouffais à cause de ma grand-mère, reprend-elle, essoufflée, tandis qu'Eun-ho se demande pourquoi elle insiste pour lui donner toutes ces précisions alors qu'elle est en plein effort. Autrefois, ma grand-mère était institutrice et elle avait la réputation d'être une vraie sorcière en classe. J'ai été la dernière élève de la vieille sorcière retraitée. Tous les jours, je devais me plier à l'emploi du temps qu'elle avait imaginé pour moi. Je devais me lever avec les poules, manger à heures précises, me coucher tôt. Je n'avais droit qu'à une heure de télé par jour. Le reste du temps, je devais étudier avec ma grand-mère, faire les devoirs qu'elle me donnait, passer des examens sous son contrôle, et je me faisais punir quand j'avais des mauvaises notes. A ma place, tu aurais supporté tout ça ?

La brouette s'immobilise. Sa femme marque une pause avant d'ajouter :

— Je l'ai enduré pendant deux ans, de peur que ma grand-mère aussi m'abandonne.

Eun-ho a froid. Le bas de son dos, plié en deux, est pris de tremblements incontrôlables, et son visage couvert de givre lui fait mal.

— J'ai un peu froid. Toi aussi, chéri ? s'enquiert sa femme en lui chatouillant l'oreille de son haleine tiède. J'aurais dû apporter un peu de café chaud dans un mug isotherme, tu ne crois pas ?

Elle s'exprime avec affection, comme s'ils partaient en pique-nique. Il croit même distinguer son joli sourire au fond de sa capuche. Il n'ouvre pas les yeux, car il n'a pas envie de la voir l'entraîner en pleine tempête de neige pour le tuer. Il a l'impression que son histoire d'amour avec cette femme date d'il y a un milliard d'années. Des sanglots lui échappent. Ce n'est pas qu'il a peur, mais cette situation lui semble décidément trop pitoyable.

— Bon, on s'est un peu reposés, repartons, dit-elle en reprenant sa marche. Au fait, j'en étais où déjà ? Ah, c'est vrai. Je parlais de ma grand-mère.

La brouette roule bien malgré le chemin enneigé. Dans la tempête qui souffle de plus en plus fort, sa femme continue de monologuer.

— A chaque visite de papa, je le suppliais de me ramener à la maison. Je me suspendais à son bras en pleurnichant que je ne voulais pas vivre avec grand-mère. Mais j'avais beau supplier, pleurer et me cramponner à lui, papa me repoussait toujours impitoyablement avant de repartir. Après son départ, grand-mère me grondait en disant que je me comportais comme une gamine immature, qui ne tenait pas compte de la situation familiale. Alors, je me rebiffais. Tu connais mon caractère, hein ? Non, je pense que n'importe qui dans cette situation se serait forgé le même tempérament. Il aurait mieux valu me consoler que de m'enfermer dans le grenier, tu ne crois pas ?

Elle s'arrête de parler. Eun-ho est attentif aux alentours. Hélas, le monde est toujours aussi calme. Il se sent pris de désespoir à l'idée que la police ne viendra pas.

— Mais tu sais, il y avait une personne encore plus détestable que ma grand-mère : mon grand-père. Il disait m'aimer plus qu'elle, mais quand elle m'enfermait, il se contentait de dormir dans sa chambre, comme un lâche. Plus tard, j'ai su par ma mère que c'est sa faute si je suis restée là pendant deux ans. Maman a voulu me reprendre au bout d'un an, mais mon grand-père l'en a dissuadée en disant que je m'entendais bien avec ma grand-mère, et qu'ils n'avaient qu'à venir me chercher quand il serait temps pour moi d'aller à l'école. Il disait vouloir me dresser avant de me laisser repartir. Je me suis sentie trahie. Il me prenait pour une bête, ou un insecte ? Si j'avais su ça à l'époque où je vivais ici, je l'aurais peut-être poussé dans l'étang Demi-Lune.

Elle gravit la berge abrupte. Pendant un moment, sa respiration essoufflée remplace ses paroles.

— A force de raconter l'histoire de mon enfance, nous voilà déjà arrivés !

La brouette s'arrête.

— Mon cher monsieur, vous donneriez-vous la peine de descendre maintenant ?

*

Son rêve prend toujours fin juste avant de descendre de la brouette. Quand il rouvre les yeux, il est couché dans sa maison du bord de mer, à Aewol, sur l'île de Jeju, que la brume marine enveloppe comme une tempête de neige. La peau du visage lui tire, comme après avoir pleuré à chaudes larmes, et les sanglots bouillonnent dans sa gorge. Sa mémoire le ramène de force à cette nuit où une voiture roulait à toute allure vers l'étang Demi-Lune, les phares allumés. Lâchant les poignées de la brouette, sa femme s'est tournée vers la lumière des phares. Il a essayé de soulever sa tête qui pendait en dehors de la brouette, mais il n'avait plus de force dans la nuque. Il a dû se contenter de tourner la tête sur le côté pour voir la voiture arriver à pleine vitesse dans un grand vrombissement. Ebloui par les phares, il ne pouvait pas voir de quel type de véhicule il s'agissait, sauf qu'il était sûr que ce n'était pas la police, car il n'y avait qu'une seule voiture et qu'elle n'était équipée ni de sirènes ni de gyrophares. Le conducteur a dû voir sa femme, mais n'a pas réduit sa vitesse pour autant ; le véhicule roulait à une allure effarante, comme pour gravir d'un trait la berge avant de percuter sa femme. Celle-ci n'avait pas l'air surprise, et ne semblait pas avoir l'intention de l'éviter. Elle fixait la voiture qui fonçait droit sur elle. On aurait dit qu'il s'agissait d'un jeu, où le perdant était celui qui renoncerait le premier.

Mais la voiture a brusquement changé de direction, juste avant de heurter la digue. Virant à quatre-vingt-dix degrés, elle a dérapé en creusant le sol enneigé et s'est immobilisée un peu plus loin. Ce n'est qu'alors qu'il l'a reconnue. Inutile de se donner la peine de vérifier le numéro d'immatriculation : c'était la BMW de sa femme.

— Cette sale voleuse a encore touché à ce qui m'appartient, a maugréé Yuna avec irritation.

Il a tenté de réfléchir aux personnes que sa femme aurait pu désigner ainsi parmi celles qu'elle connaissait. Seule Jiyu et sa belle-sœur Jae-in lui sont venues à l'esprit.

— Et Jiyu m'a encore trahie…

Tout à coup, elle a fait volte-face et, laissant la brouette retomber brutalement en arrière, a brandi quelque chose. Un couteau de cuisine.

— Chéri, tu aimerais que je meure, hein ?

Il n'a pas pu répondre, obnubilé par la lame qui effectuait des va-et-vient au-dessus de sa tête. Voyant le couteau descendre près de son ventre, il a fermé les yeux ; contrairement à ce qu'il redoutait, elle a tranché les liens qui lui attachaient les mains et les pieds. Son corps avait retrouvé la liberté, mais il ne se sentait pas libre pour autant. Certes, dans sa tête, il avait déjà bondi hors de la brouette, mais son corps refusait de bouger, même s'il a réussi à lever une fois la tête en y mettant toutes ses forces. Sa femme a jeté le couteau et la corde avant de murmurer, en agrippant de nouveau les poignées de la brouette :

— Je n'ai vraiment pas de chance.

Le temps que les poignées se soulèvent, c'est-à-dire moins de trois secondes, il a entendu les sirènes. Il n'a pas eu le temps de voir d'où elles venaient car, au même instant, il a senti son corps glisser hors de la brouette pour tomber dans l'étang. La surface glacée de l'étang a cédé sans effort et il s'est enfoncé dans l'eau, une eau d'un froid aussi tranchant que la lame du couteau, qui l'a gelé jusqu'aux pores. Son cœur s'est ratatiné jusqu'à faire la taille d'une cacahuète. Dans sa tête, un animal apeuré cabriolait en tous sens.

Il savait que l'étang n'était pas profond, Jiyu le lui avait dit. Il savait aussi qu'il ne fallait pas s'agiter, qu'il devait retenir sa respiration, se détendre et réfléchir. Le hic, c'est qu'il y a un monde entre « savoir » et « faire ». Au moment où la mort enfonçait ses griffes, son instinct a pris les rênes.

Son esprit s'est assombri et ses oreilles se sont bouchées tandis que son corps ballottait comme une plante aquatique. Sa bouche s'ouvrait toute seule et l'eau glacée lui emplissait le ventre. Il revoyait Noah se débattre en suffoquant, l'entendait même appeler jusqu'à ses derniers instants : « Papa, papa… » La voix de Yun-hee résonnait aussi quelque part : *Nous ne pourrons jamais nous libérer, moi du crime d'avoir abandonné notre enfant...*

Il a arrêté de se laisser dériver et, à plat ventre sous l'eau, a écouté la fin de la phrase de sa femme : *... toi de celui de l'avoir tué.*

Il a senti qu'il recouvrait progressivement ses esprits et s'est rappelé ce qu'il était venu faire dans cette maison de campagne. Se disculper justement de ce crime. Il n'était pas là pour sauver sa vie, mais pour connaître la vérité. Il ne fallait pas qu'il meure de cette façon, du moins pas encore.

Il s'est mis à réfléchir. Si les sirènes qu'ils avaient entendues étaient celles de la police venant à son secours, combien de temps leur faudrait-il pour rallier l'étang Demi-Lune ? Deux minutes ? Trois ? Cinq ? Pourrait-il tenir sous l'eau jusque-là ? N'avait-il aucun moyen de s'en sortir avant ?

Ce n'est qu'alors qu'il s'est souvenu de la BMW, arrivée avant les sirènes. Si sa belle-sœur était au volant comme il le pressentait, et si c'était aussi elle qui avait été enfermée dans le grenier, elle n'était sûrement pas là pour donner un coup de main à sa femme. Peut-être même était-elle venue le secourir. Oui, peut-être. Alors, tout ce qu'il pouvait faire pour soutenir ce « peut-être », c'était de rester en vie le temps qu'elle le repêche.

Laissant flotter ses quatre membres, il s'est concentré pour tenir le coup sans respirer. Petit à petit, il a senti son corps se retourner lentement et son visage s'orienter vers le haut, sans pour autant émerger, puisque la surface était gelée. La couche de glace était certes mince, mais pas au point de céder au moindre effleurement. Il aurait bien aimé donner un coup de tête, mais impossible de la soulever, et ses pieds avaient beau toucher parfois le fond de l'étang, il ne pouvait leur insuffler la force nécessaire pour le propulser vers le haut. Sa poitrine comprimée était sur le point d'éclater ; il suffoquait tellement qu'il avait envie de se lacérer le cou. S'il en avait eu la force, il l'aurait fait.

Ses sens s'engourdissaient rapidement. Il n'entendait et ne voyait plus rien, la frontière entre rêve et réalité était de plus en plus floue. Tantôt il flottait dans son rêve comme un cadavre au milieu d'un lac, tantôt il ouvrait les yeux et se voyait toujours emprisonné sous la glace. C'est sûrement pour ça qu'il ne s'est pas rendu compte qu'on le sortait de l'eau. Il a bien senti que quelqu'un lui soulevait les bras, mais n'y a pas prêté attention. Croisant un regard à travers l'eau sombre et troublée, il a cru qu'il appartenait à son rêve, jusqu'à ce qu'on le hisse hors de l'eau. Ce n'est qu'un bon moment après qu'il a entendu une voix l'appeler : « Cha Eun-ho ! »

C'était sa belle-sœur. Même pendant qu'elle le tirait vers la berge, il n'avait pas encore tout à fait recouvré ses esprits, si ce n'est qu'il respirait mieux, que de l'oxygène affluait dans ses veines et que, par conséquent, il était parcouru de picotements comme sous l'effet de piqûres d'abeilles. Il n'a pas compris ce que signifiait la lumière qui s'approchait du dos de Jae-in ; ce n'est qu'en voyant la main de Yuna l'entraîner dans l'eau en lui agrippant les cheveux que ça a fait tilt.

C'est aussi à cet instant qu'il a entendu les sirènes. Elles semblaient bien plus proches que lorsqu'il était tombé de la brouette. Peut-être résonnaient-elles aux environs de la maison ; en ce cas, il devait s'agir de la police. Il s'est mis à gravir la pente enneigée en y enfonçant les doigts et en se tortillant comme une chenille. Au début, il était sans forces mais, au fil de sa progression, celles-ci lui sont revenues. Les muscles en feu, il a oublié un instant le froid. Les sirènes se rapprochaient de l'étang. Il s'est couché sur la berge et, peu après, les véhicules de la police sont arrivés.

Il s'est réveillé le lendemain à l'hôpital, et Jae-in, quatre jours après. Sa femme, jamais. On n'a découvert son corps dans les gorges que le lendemain après-midi. Les recherches avaient été retardées par les chutes de neige incessantes et un relief très accidenté.

D'après Jinu, c'était Seo Min-yeong qui avait appelé la police. Comme Eun-ho l'avait deviné, dès qu'elle avait lu son message, elle avait alerté les forces de l'ordre. Les inspecteurs chargés de l'affaire s'étaient tout de suite mis en route pour la maison du couple à Cheongyeon, où ils étaient tombés sur Jinu, qui s'y était rendu après son bref échange au téléphone avec son ami. Jusque-là, les inspecteurs ne se doutaient pas qu'Eun-ho pouvait être en danger. Ils n'avaient changé d'avis qu'en apprenant la disparition de Jae-in.

La police avait des soupçons sur sa femme dès le début. Avant de quitter Cheongyeon, Yuna avait été convoquée une deuxième fois au commissariat de Seodaemun. Elle avait dû pressentir que la troisième fois, ce serait pour la placer en garde à vue. Après sa première convocation, elle était retournée à la maison de campagne pour se débarrasser des instruments de son crime. C'était le jour où elle était tombée sur Jae-in. Le soir même, elle maltraitait Jiyu et Eun-ho demandait le divorce. Elle était déjà au bord du gouffre.

L'enquête de police avait rencontré des difficultés car les téléphones d'Eun-ho, de sa femme et de Jae-in s'étaient éteints dans trois endroits différents : celui de Jae-in vers le ruisseau de Cheongyeon, celui de Yuna dans la maison de campagne, et le sien dans les environs de Cheongyeon. Plus tard, la police a expliqué que Yuna avait jeté le portable de Jae-in dans le ruisseau de Cheongyeon pour brouiller les pistes.

Si les policiers avaient ciblé la maison de campagne, c'était grâce à son téléphone qu'il avait allumé avant de sombrer dans le sommeil. Puis l'appareil de Yuna avait été brièvement allumé au même endroit. Peu après, ils avaient pu reconstituer le trajet de la voiture de Jae-in grâce à son GPS, ce qui avait renforcé leur conviction qu'ils devaient se rendre sur les lieux.

L'ADN de Seo Jun-young a été découvert dans des échantillons de terre provenant de l'étang Demi-Lune. Les mêmes résultats ont été obtenus à partir du mixeur et du hachoir que Yuna avait revendus dans une brocante, ce qui a permis de confirmer sa culpabilité dans le meurtre de Seo Jun-young. Mais pour la mort de son père et de ses anciens petits amis, il n'y a que des présomptions. L'intéressée étant morte, toutes ces affaires resteront irrésolues à tout jamais, tout comme la mort de Noah d'ailleurs. Eun-ho n'est plus soupçonné de meurtre, mais il n'a pas pu retrouver sa vie d'avant pour autant.

*

Après ce fameux soir, Eun-ho n'a plus jamais revu Jae-in. Il a appris qu'elle était partie pour la Russie avec Jiyu. Ça devait être trop dur pour elle de continuer de vivre sur ce sol.

Lui aussi, que les médias désignaient comme « le seul homme ayant survécu à Sin Yuna », a ressenti le besoin de changer d'air. Dès le bouclage de l'affaire, il a présenté officiellement sa démission avant de partir pour l'île de Jeju, où vit son père. Voilà un an qu'il s'est installé dans une maison de location à Aewol, un quartier de l'île. Il y mène une vie de mort-vivant. Il ne parle pas, ne travaille pas, ne voit personne, il va s'asseoir dans un café d'où il peut admirer le phare, ou il va marcher sur la plage.

A Aewol, le matin, il souffle toujours une brume marine. Il quitte la maison à l'heure où point le jour et, alors qu'il marche dans le brouillard et le bruit des vagues, ses pensées se tournent vers le rêve de la veille. La nuit dernière, sa femme est venue le voir et lui a demandé :

— Chéri, pourquoi tu t'es marié avec moi ?

Pourquoi l'a-t-il épousée ? A l'époque, il était une planète qui tournait entièrement autour de Sin Yuna. Il pensait à elle sans arrêt, à chaque instant : quand il se réveillait le matin, quand il s'arrêtait au feu rouge en allant au travail, quand il faisait une pause au milieu de ses cours, quand il passait prendre des bières dans une supérette en rentrant chez lui après le travail. Lorsqu'il buvait sa bière, assis seul dans son séjour, les éclats de rire de Yuna l'accompagnaient. Elle était si éblouissante lorsqu'elle surgissait chez lui ! Quand il allait se coucher, elle hantait ses pensées jusqu'à ce qu'il s'endorme. Que pouvait-il faire d'autre que se marier avec une femme dont il était fou amoureux ? Ce choix lui a coûté cher, puisqu'il a fini par tout perdre. Il en souffre encore aujourd'hui, obsédé par l'idée d'avoir tué son fils. La nuit quand il ne trouve pas le sommeil, il prend un comprimé de Sheba, ce remède à la fois mystérieux et funeste que sa femme lui a fait connaître. Quand il s'endort enfin, il revoit cette fameuse nuit, et sa femme vient le tuer.

— Maintenant, tu es heureuse ? lui demande-t-il.

— Non, répond-elle de son air impassible. Je n'ai vraiment pas de chance.

Un mot de l'autrice

C'était à la moitié du trajet de la vie ;
je me trouvais au fond d'un bois sans éclaircie,
comme le droit chemin était perdu pour moi.
Dante, *La Divine Comédie – L'Enfer.*

Ce roman parle de bonheur ou, plutôt, il parle d'une femme narcissique qui s'efforce d'éliminer toute cause potentielle de malheur pour atteindre le bonheur parfait.

On qualifie généralement de « narcissiques » les personnes éprises exclusivement d'elles-mêmes mais, en réalité, ce trouble de la personnalité ne correspond pas tout à fait à cette définition ; on ne saurait le réduire à une forme excessive d'amour ou d'estime de soi, comme c'est le cas dans le langage courant.

On établit souvent un lien entre individus narcissiques et psychopathes. Précisons toutefois que, si tous les narcissiques ne sont pas forcément des psychopathes, tous les psychopathes, eux, sont essentiellement narcissiques. Les personnalités narcissiques étant plus répandues et moins repérables que les psychopathes, elles présentent en réalité une plus grande menace.

L'amour excessif qu'elles se vouent à elles-mêmes cache un grand vide intérieur, et c'est là toute leur tragédie. Elles sont dangereuses, car souvent séduisantes. Elles fascinent et manipulent par un mécanisme de *gaslighting* – une forme d'abus psychologique consistant à déformer les faits pour contrôler sa victime, jusqu'à parfois la détruire complètement.

J'avoue, moi aussi, m'être retrouvée dans ce genre de situation. J'ai été manipulée petit à petit à mon insu et, quand j'ai enfin réussi à m'en libérer, j'étais déjà marquée à vie. C'est cette expérience qui m'a inspiré ce personnage narcissique. Je me suis dit que, si ce projet finissait par se concrétiser, la trame évoluerait autour de la notion de bonheur.

Depuis un certain temps, un curieux phénomène commence à apparaître dans notre société : on est obsédé par le culte du moi et la quête du bonheur. S'aimer et chercher à être heureux sont des valeurs positives, mais elles deviennent problématiques si tout le monde se met à crier en chœur : « Je suis un être exceptionnel ! »

Si chacun de nous est un être singulier et unique, personne n'est exceptionnel. Penser le contraire ouvre la voie au narcissisme, et peut donc devenir dangereux.

Je tiens à préciser que l'héroïne de ce roman n'a jamais réellement existé. Certes, je me suis bel et bien inspirée d'une personne en particulier, mais l'intrigue, les personnages, le décor, la narration, ainsi que tout le reste, ne relèvent que de la fiction.

Ce roman raconte l'histoire d'une femme malfaisante, mais celle-ci n'apparaît pas au premier plan et ne prend jamais la parole en tant que narratrice. On pourrait dire qu'elle est cachée derrière des rideaux, bouche cousue. Il s'agit là d'un choix délibéré car ce n'est pas l'intériorité d'une personne malveillante que je souhaitais montrer, mais la manière dont un être humain peut influer sur le bonheur des autres et, éventuellement, le détruire. Cela a représenté pour moi un nouveau défi. Je ne m'étais encore jamais essayée à dessiner précisément une protagoniste sans faire d'elle une narratrice.

Je remercie de tout cœur le profileur Bae Sang-hun, dont l'aide m'a été précieuse dans cette nouvelle tentative, le professeur Guk Hyeon du département de médecine de l'université de Jeonnam, qui m'a permis d'éviter une grave erreur, et Choi Hyeon-mi, la directrice du quotidien *Munhwa Ilbo*, qui m'a prodigué des conseils très concrets.

Nous cherchons tous le bonheur. C'est une prédisposition humaine, qui donne du sens à l'existence. Cependant, nous ne devons jamais oublier que, si nous avons effectivement le droit d'être heureux, nous sommes également responsables du bonheur des autres.

A Gwangju, juin 2021
JEONG YOU-JEONG

Imprimé en France par CPI
en février 2024

Dépôt légal : mars 2024
N° d'impression : 178847